Fake Arrangement

Rebecca Baker

***

Newsletter und kostenloser Liebesroman: **www.rebeccabaker.de**

Kapitel 1

Annabelle

„Was soll das heißen, Sie können die Reservierung nicht finden?" Empört starrte ich den Oberkellner an, der mit seinem dünnen Oberlippenbart arrogant und überheblich wirkte.

Ich holte tief Luft. Gerade erst war ich aus der beißenden Kälte nach drinnen in die Lobby des eleganten Restaurants gekommen. Meine Lungen schmerzten noch von der eisigen Luft und meine Finger waren leicht gefroren. Rasch rieb ich sie aneinander und hob sie dann an meine Lippen, um darauf zu pusten.

„Ms. Haven, mir scheint, hier gibt es keine Reservierung auf Ihren Namen." Der Oberkellner zog leicht indigniert die Augenbrauen hoch.

„Das kann nicht sein. Ich habe per Mail eine Bestätigung bekommen." Ich unterdrückte ein genervtes Schnauben. Das *Da Michele* war eines der exklusivsten Restaurants der Upper East Side. Das Essen galt als hervorragend und der Service als ausgezeichnet.

Und jetzt wollte mir dieser Typ erzählen, dass er meine Reservierung nicht finden konnte?

Da war ja das Personal bei Burger King professioneller!

Ruhig, Annabelle, ruhig, Reg dich nicht auf. Bestimmt ist alles nur ein Missverständnis.

Ich biss mir auf die Lippen und bemühte mich um ein Lächeln. Freundlichkeit würde mich jetzt gewiss weiter bringen als ein Streit.

Denn ich BRAUCHTE diesen Tisch. Ich brauchte ihn wirklich unbedingt. Das Treffen hier war nicht irgendein Treffen. Hier ging es um meine Zukunft.

Ich war mit meinem Chef verabredet. Er hatte mir angekündigt, dass er etwas ganz Besonderes, etwas wirklich Wichtiges mit mir besprechen wollte. Ein Projekt, das so einzigartig war, dass es nicht im Büro unseres Magazins besprochen werden konnte.

Mehr hatte er nicht gesagt und alle meine Bemühungen, ihm nähere Informationen zu entlocken, waren ins Leere gelaufen. Ich solle einen Tisch im *Da Michele* reservieren. Das war seine einzige Anweisung.

Also hatte ich getan wie geheißen und mein Glück kaum glauben können, als ich über eine Online-Plattform noch einen Tisch in derselben Woche ergattert hatte.

„Vermutlich ist hier etwas schief gelaufen." Der schmale Oberlippenbart des Oberkellners zuckte.

„Schief gelaufen?" Ungläubig starrte ich den Mann an. „Was kann bei einer Reservierung schon schief laufen?"

Der Oberkellner zuckte mit den Schultern. „Technik. Sie wissen schon."

Das Problem schien ihn nicht sonderlich zu kümmern. Ich strich mir eine verirrte Haarsträhne aus dem Gesicht und fixierte den Mann mit festem Blick. „Hören Sie, ich BRAUCHE diesen Tisch. Ich bin mit meinem Chef verabredet und..."

Der Oberkellner hob die Hand. „Geben Sie mir eine Minute." Er tippte in seinem Computer herum.

Ich schloss den Mund. Wenn er wüsste, wie wichtig dieses Treffen für mich war!

Der Job als Journalistin war der erste feste Job, den ich seit Jahren hatte. Ich hatte mich vorher mit allen möglichen Arbeiten über Wasser gehalten. Hochzeitsfotografin. Donut-Verkäuferin auf dem Weihnachtsmarkt. Ich hatte Online-Umfragen beantwortet und mich als Nageldesignerin versucht. Meine Freunde hatten meine Lust am Ausprobieren bewundert. Doch ich hatte mich heimlich nach Stabilität gesehnt. Vor über einem Jahr hatte ich mich dann auf einen der Plätze im Intensivkurs der Journalistenschule beworben und war tatsächlich genommen worden.

Und danach hatte ich eine Stelle ergattert!

Zuerst hatte ich mein Glück nicht glauben können. Feste Stellen für Journalisten waren selten.

Doch ich hatte eine gefunden. Zwar befand ich mich noch in der Probezeit, aber wenn ich mich bewies, dann könnte das der Anfang einer richtigen Karriere als Journalistin werden! Ich musste einfach alles richtig machen.

Und dazu gehörte, dass der heutige Abend reibungslos verlief. Wenn mein Chef glaubte, dass ich noch nicht einmal dazu fähig war, einen Tisch in einem Restaurant zu reservieren... dann würde ich mein Leben lang nur über Vereinsjubiläen berichten. Natürlich musste das auch jemand machen. Aber ich wollte Großes erreichen, jetzt, wo ich endlich eine Chance hatte.

Ein Gast trat durch die schweren Samtvorhänge nach draußen und ich erhaschte einen kurzen Blick in den Hauptsaal des *Da Michele*. Ich sah gedämpftes Licht, hell genug, um sich zu unterhalten, aber nicht blendend. Auf den Tischen mit den schweren cremefarbenen Leinentischdecken standen Leuchter und eine elegante Blumen-Deko. Ein Piano spielte und das Klirren von Geschirr und leises Lachen drangen zu mir nach draußen.

Bisher war das noch außer Reichweite für mich. Ein Mann mit dünnem Oberlippenbart hielt mich auf.

Ich biss die Zähne zusammen.

„Ich habe einen Tisch für Sie", verkündete da der Oberkellner und sah mich an, als erwarte er Stürme der Begeisterung.

Doch ich nickte nur. „Natürlich. Ich habe einen Tisch reserviert, also erwarte ich, dass Sie einen für mich haben. Das ist doch wohl selbstverständlich." So arrogant wie er konnte ich schon lange auftreten. Eigentlich war das nicht meine Art. Aber jetzt gerade...

„Dann kommen Sie bitte mit." Der Oberkellner kam hinter seinem kleinen Tischchen hervor und nahm mir den Mantel ab. Als er ihn auf einen Kleiderbügel hängte, berührte ich das goldene Medaillon, das ich um einen Hals trug.

Großmutters Medaillon.

Ich schluckte ein wenig und wünschte mir einmal mehr, dass meine Großmutter jetzt hier wäre und mir Mut zusprechen würde. Leider war sie schon verstorben. Aber wenn ich das Medaillon umfasste, dann fühlte ich ihre Energie.

Es wird alles gut, Annabelle. Nur weil der Abend nicht so besonders anfängt, heißt das noch lange nicht, dass er völlig daneben geht. Ab jetzt geht es aufwärts.

„Bitte." Der Oberkellner hielt die schweren Samtvorhänge für mich auf. Ich muss länger an Großmutter gedacht haben, als mir bewusst war, denn der Oberkellner fügte hinzu: „Oder haben Sie es sich anders überlegt?"

„Nein." Ich schüttelte den Kopf und trat durch die Vorhänge nach drinnen. Wohlige Wärme empfing mich. Ich sah Kellner in dunklen Fracks, die zwischen den Tischen hin- und hereilten und dabei Teller, Gläser und Weinflaschen balancierten.

Wie sie das nur alles schafften!

Der Pianist machte gerade eine Pause und so war der Raum einzig von Stimmengemurmel und dem Klirren von Besteck und Gläsern erfüllt. Der Raum wurde von eleganten Kronleuchtern erhellt.

Was ein Essen hier wohl kostete?

Plötzlich zog sich mein Magen zusammen.

Mein Chef erwartete doch wohl nicht, dass ich das hier bezahlte?

Das konnte ich mir nicht leisten!

„Hier." Der Oberkellner blieb neben einem Tisch an der Seite des Raums stehen und zog einen Stuhl zurück.

Ich setzte mich.

„Darf ich Ihnen bereits einen Apéritif bringen lassen?"

„Nein danke", lehnte ich ab. „Ich warte noch auf jemanden."

„Wie Sie wünschen." Der Oberlippenbart zuckte leicht. Dann deutete der Oberkellner eine Verbeugung an und sagte knapp. „Wenn Sie mich entschuldigen. Ich habe noch zu arbeiten."

Wieder konnte ich das Gefühl nicht unterdrücken, gerade unverschämt und herablassend behandelt worden zu sein. Aber ich wollte keinen Ärger. Also sagte ich nichts.

Verstohlen musterte ich die anderen Gäste. Diese Frau dort drüben! Wie viel der Schmuck, den sie trug, wohl wert war? Ich ließ meinen Blick über die Perlen an ihrem Hals gleiten. Die waren echt, ohne Zweifel.

Mit einem Mal kam ich mir schäbig vor, obwohl ich mein bestes Kleid trug.

Kein Wunder, dass der Oberkellner mich so abfällig gemustert hatte.

Ich saß noch keine fünf Minuten an meinem Tisch, als ich Schritte vernahm und aufblickte. Zuerst sah ich nur die glänzenden Lackschuhe, dann die anthrazitfarbene Bundfaltenhose und schließlich den arroganten Oberkellner mit seinem dünnen Oberlippenbart selbst.

Er war nicht allein.

Ich erwartete, meinen Chef neben ihm zu sehen. Doch stattdessen erblickte ich...

IHN.

Mein Atem stockte, als ich den Fremden in dem eleganten Anzug sah, der seinen durchtrainierten Körper betonte. Sicher ein maßgeschneiderter Anzug. Die dunklen Haare saßen perfekt und sein Blick war...

Mit einem Mal fühlte ich mich nackt.

Als säße ich hier am Tisch und trüge nichts weiter als Großmutters Medaillon.

Doch der Gedanke war mir noch nicht einmal unangenehm.

Der Fremde musterte mich und verzog die Lippen zu einem leichten Grinsen. Als ob ihm gefallen würde, was er sah.

Mein Herz begann zu rasen und ich spürte, wie mir das Blut in die Wangen schoss.

Der Typ sah einfach... einfach sexy aus. Aber nicht auf diese weiche Art, die in den letzten Jahren in die Mode gekommen war. Nein, sein nach vorne gerecktes Kinn, seine gerade Nase und der Blick verrieten, dass dieser Mann gewohnt war, Befehle zu erteilen.

Sicher hatte er Geld.

Mindestens so viel wie die anderen Restaurantgäste.

Also mehr als ich mir vorstellen konnte.

Aber das war es nicht, das ihn so faszinierend machte.

Es war... einfach alles an ihm.

Der Oberkellner warf mir einen Blick zu, als hätte er meine Gedanken erraten und würde mich nun für meine Unzucht missbilligen. „Es tut mir sehr leid, Ma'am", sagte er mit einer Stimme, die das glatte Gegenteil ausdrückte. „Ich habe Ihnen vorhin bereits gesagt, dass es ein Problem mit Ihrer

Reservierung gibt. Das hat sich nun bestätigt. Ich habe mich eben geirrt, als ich Ihnen den Tisch zugeteilt habe. Der Tisch ist bereits reserviert.“ Er warf dem Adonis einen scheinheiligen Blick zu.

„Und zwar für mich.“ Der Fremde verzog leicht die Lippen und taxierte mich von oben bis unten. Offenbar gefiel ihm nicht, was er sah, denn seine Miene wurde nur noch arroganter. Er sah mich an. „Das ist doch hoffentlich kein Problem?“

„Natürlich nicht, Sir“, antwortete der Oberkellner, bevor ich etwas sagen konnte. Er deutete auf mich. „Bei der Reservierung ist, wie gesagt, ein kleiner Irrtum unterlaufen. Wahrscheinlich ein Fehler in den IT-Systemen. Wir müssen Sie bitten, den Tisch frei zu machen. Gerne begrüßen wir Sie an einem anderen Tag als unseren Gast. Wenn Sie wollen, kann ich Ihre neue Reservierung gleich aufnehmen.“ Der Oberkellner machte eine Kopfbewegung in Richtung der Lobby, in der er mich vorhin empfangen hatte.

Was?

Fassungslos starrte ich zwischen den beiden Männern hin und her. Das konnte doch nicht ihr Ernst sein!

„Aber ich brauche den Tisch heute. Und ich habe ihn auch reserviert!“ Obwohl ich mich um eine energische Stimme bemühte, konnte ich nicht verhindern, dass sich ein kleines Zittern bemerkbar machte.

Ich brauchte den Tisch!

Wenn ich ihn nicht bekam, würde mir mein Chef die Hölle heiß machen.

„Meine Reservierung wurde bestätigt.“ Hastig griff ich nach meiner Handtasche und zog mein Smartphone hervor. Es gelang mir erst beim dritten Versuch, es zu entsperren. „Hier. Die Bestätigungsmail.“ Ich hielt dem Oberkellner das Smartphone hin.

„Wie gesagt, das muss ein Fehler sein“, erwiderte der Oberkellner scheinheilig und zuckte mit den Schultern. „Der Tisch ist jetzt gebucht, für einen äußerst wichtigen Gast.“ Er nickte dem Mann neben sich zu. „Sir.“

Sir.

Damit war der sexy Typ gemeint.

Der arrogante Typ.

Prompt warf er einen überheblichen Blick in meine Richtung und zog die Augenbrauen hoch. „Ich würde Sie ja gerne einladen, Miss, aber heute ist mir das nicht möglich. Ich habe hier wichtige Geschäfte zu erledigen, wenn Sie verstehen, was ich meine."

„Ich auch." Die Antwort entfuhr mir, ehe ich darüber nachdenken konnte, was ich sagen sollte.

Doch sie war richtig.

Ich HATTE wichtige Geschäfte zu erledigen.

„Das ist ja wohl nicht ganz das gleiche." Der sexy Typ lächelte mich ein wenig von oben herab an. Er tauschte einen Blick mit dem Oberkellner.

Machten die beiden sich etwa über mich lustig?

Das war doch wohl die Höhe!

„Wie können Sie das behaupten?" Ich sprang auf. Der Oberkellner machte eine beschwichtigende Geste. An den umliegenden Tischen wandten sich einige Gäste zu uns um.

Egal.

Mir war das egal.

Sollten sie nur mitbekommen, wie ich hier behandelt wurde.

Bedeutungsschwer sah der Mann mich an. Bei seinem Blick prickelte meine Mitte leicht und eine Gänsehaut überzog meine Arme.

Verdammt.

Wieso musste mein Körper so reagieren?

Weil der Kerl einfach unverschämt gut aussieht, Annabelle. Und weil er dich genauso unverschämt ansieht.

„Weil wir uns kennen würden, wenn Sie auf dem gleichen Level wie ich Geschäfte machen würden." Mr. Sexy-Arrogant zuckte leicht die Schultern.

Zu gerne hätte ich seinen Namen gekannt.

Ich schnaubte. „Mir ist egal, auf welchem Level Sie Geschäfte machen. Ich habe diesen Tisch reserviert.." Weitere Gäste drehte sich zu mir um. Der Oberkellner winkte einem der Kellner im Frack.

Ruhig, Annabelle, ruhig.

Wenn ich jetzt eine Szene machte, würde das nur nach hinten losgehen. Also sprach ich möglichst gelassen: „Okay, meine Herren. Lassen Sie uns das Ganze auf zivilisierte Art und Weise klären. Es ist ein einfaches Missverständnis und wir finden bestimmt eine Lösung."

„Hier gibt es kein Missverständnis", beharrte der heiße Typ und lächelte selbstgefällig. „Mein Tisch wurde fälschlicherweise an Sie vergeben. Darum sitzen Sie hier. Aber glauben Sie ja nicht, dass Sie deshalb irgendeinen Anspruch darauf hätten, hier zu bleiben. Das *Da Michele* ist ein Edel-Restaurant der Extraklasse. Hier gibt es keine Kompromisse in Sachen Qualität und Service – und das beinhaltet auch, dass den Stammgästen höchste Priorität eingeräumt wird."

Er taxierte mich noch einmal mit arrogant-gelangweiltem Blick. „Und jemand wie Sie passt hier einfach nicht hin, verstehen Sie? Jemand der so... ungezwungen auftritt. Das stört die Atmosphäre und damit die anderen Gäste, die gerne unter sich bleiben."

Mein Mund öffnete und schloss sich wieder, während ich nach einer schlagfertigen Antwort rang. Woher nahm dieser Kerl die Dreistigkeit, mich quasi aus dem Restaurant werfen zu wollen?!

„Also, Ma'am?" Der Oberkellner hob auffordernd die Augenbrauen. „Bitte gehen Sie. Wir warten."

„D-das ist einfach... unglaublich!" Endlich fand ich meine Stimme wieder und funkelte die beiden Männer zornig an. „Glauben Sie tatsächlich, ich lasse mich so einfach von Ihnen einschüchtern? Ich habe hier genauso reserviert wie Mister Superreich! Sie können mich nicht einfach rausschmeißen!"

Kurz sah ich Richtung Eingang.

Hoffentlich erschien mein Chef nicht ausgerechnet jetzt.

Ich musste das hier klären.

Allein.

Er würde mir nicht glauben, dass ich an der Situation keine Schuld trug.

Mr. Superreich-Supersexy-Superarrogant musterte mich kurz irritiert, als hätte er mit einer solch vehementen Reaktion nicht gerechnet. Doch schon im nächsten Moment verzog sich seine Miene zu einem höhnischen Grinsen. „Oho, sie hat ja Feuer, unsere kleine Lady!"

Ich biss die Zähne zusammen.

Was bildete der Kerl sich eigentlich ein?

„Ms. Haven, ich weise Sie darauf hin, dass wir in unserem Restaurant über das Hausrecht verfügen. Ich entscheide, wer hier isst und wer nicht. Und heute Abend sind das nicht Sie", schaltete sich der Oberkellner ein. „Ich muss Sie bitten, jetzt zu gehen. Sonst sehe ich mich gezwungen, unsere Security zu rufen."

„Die Security? Weil SIE eine Tischreservierung verschlampt haben?“ Empört starrte ich den Oberkellner an. „Das ist ja wohl die Höhe. Und dass Frauen hier als Gäste zweiter Klasse behandelt werden, das ist… das ist wirklich das Allerletzte.“

„Nun mal langsam. Das hat doch nichts damit zu tun, dass Sie eine Frau sind.“ Das war Mr. Supersexy. „Ihr Frauen behauptet so etwas immer gerne. Nicht gleichberechtigt, nicht einbezogen, blablabla… Das ganze Gelaber, kennen wir alle auswendig.“ Mr. Supersexy winkte ab.

„Ach ja?“ Ich funkelte ihn an. „Das würde man nicht vermuten. Es hört sich eher an, als hätten Sie keine Ahnung.“

Mr. Supersexy grinste arrogant. „Oh doch. Nur habe ich leider keine Zeit, Ihnen das zu beweisen.“

„Ms. Haven.“ Der Oberkellner fasste mich am Ellbogen.

„Lassen Sie mich los.“ Ich schüttelte ihn ab. „Ich gehe schon. Aber glauben Sie bloß nicht, dass ich hier noch einmal einen Fuß herein setzen werde.“

Leider erzielte meine Drohung nicht den gewünschten Effekt.

Im Gegenteil.

Der Oberkellner sah erleichtert aus.

Mr. Supersexy grinste weiter. Auf die arrogante Art.

Ich sah schnell weg.

Er sollte nicht merken, dass schon wieder die Hitze in mir aufstieg.

„Ich bin Journalistin. Ich werde über diese Vorgehensweise in der Zeitung schreiben“, drohte ich nun.

Der Oberkellner zuckte mit den Schultern. Er schien mir nicht zu glauben.

Mr. Supersexy lächelte. „Den Artikel werde ich gerne lesen. Würden Sie ihn mir zusenden? Warten Sie, ich gebe Ihnen meine Karte. Dann können Sie mich kontaktieren und wir können das vielleicht bei einem gemeinsamen Essen…“

Ich wartete das Ende des Satzes nicht ab.

Ohne auf den Oberkellner zu warten, schnappte ich meine Handtasche und ging zum Ausgang.

Niedergeschlagen verließ ich das *Da Michele*. Die eisige Luft traf mich wie eine Wand. In den wenigen Minuten, die ich im Restaurant verbracht hatte, schien es noch kälter geworden sein. Es war bereits dunkel. Doch um mich blinkten und funkelten die Lichter von Manhattan.

Ich schloss für einen Moment die Augen.

Was sollte ich jetzt tun?

Dieses arrogante Arschloch hatte mich nicht nur gedemütigt, sondern er hatte auch meine Pläne für den ganzen Abend zunichte gemacht.

Hier ging es nicht um irgendwas.

Hier ging es um das wichtigste Projekt meines Lebens!

Ich stampfte einmal kurz auf. Doch der Zorn und die Frustration in mir wurden nicht kleiner.

Was bildeten die beiden sich eigentlich ein?

Ich würde wirklich einen Artikel schreiben!

Und dann würde ich ihn ans *Da Michele* schicken!

„Annabelle?"

Erschrocken riss ich die Augen auf.

„Oh... äh... Mr... Ich meine, Marcus." Mir gegenüber stand mein Chef Marcus Bryant. Er hatte mir kürzlich das „Du" angeboten, doch die Anrede war immer noch ungewohnt für mich. „Ich habe Sie gar nicht kommen hören. Also ich meine dich", stotterte ich.

Marcus Bryant nickte nur. „Na dann wollen wir mal." Er deutete auf die Tür des *Da Michele*. „Ich freue mich schon den ganzen Abend auf das Essen."

„Das... das wird leider nichts", stammelte ich und spürte, wie mir die Hitze ins Gesicht stieg. Verzweifelt suchte ich nach den richtigen Worten. „Mit der Reservierung gab es wohl irgendeine Panne und... sie konnten mir den Tisch nicht geben. Obwohl ich eine Bestätigung per Mail bekommen habe."

Marcus Bryants Augenbrauen zogen sich zusammen.

„Ich hab den Tisch ganz regulär gebucht, das schwöre ich!" beteuerte ich hastig.

Marcus Bryant schnaubte. „Du hast es verkackt."

„Ich... nein, es war ein IT-Problem." Verzweifelt sah ich mich um. „Wollen wir... wollen wir woanders hingehen? Da drüben?" Ich deutete auf das erste Schild, das ich sah. Es war eine kleine, schmuddelige Leuchtreklame, auf der man bei genauerem Hinsehen *Mike's Place* entziffern konnte. Sie gehörte zu einer kleinen Sportsbar an der Ecke zu einer engen Seitengasse.

„In diese schäbige Bude?" Mein Chef starrte mich an. „Du machst wohl Witze."

Ich schluckte. „Ich... ich weiß nicht. Haben Sie... hast du einen besseren Vorschlag?“

Marcus Bryant taxierte mich eine gefühlte Ewigkeit. „Da beauftrage ich dich, den Abend zu organisieren und...“ Er schüttelte den Kopf.

Ich fühlte mich wie eine Versagerin.

Ging denn heute alles schief?

Am liebsten wäre ich auf der Stelle nach Hause gegangen und hätte mich unter meine warme Decke verkrochen.

Doch das kam nicht in Frage.

Ich war noch in der Probezeit und musste für meinen Job kämpfen.

„Also gut“, blaffte Marcus Bryant energisch und stapfte zu *Mike's Place*, ohne weiter auf mich zu achten. Hastig eilte ich hinterher.

Wir betraten die Bar durch eine schwere Holztür. Sofort schlug mir eine Wolke von Zigarettenqualm und Biergeruch entgegen, die mich husten ließ. An der Theke drängte sich ein kunterbunter Haufen zerschlissener Typen.

Marcus Bryant bahnte sich einen Weg in die hinterste Ecke und ließ sich an einem Tisch nieder.

Ein baumlanger Kerl mit Glatze und Hornbrille tauchte auf. „Hier ist Selbstbedienung“, erklärte er.

„Bring mir ein Bier“, murrte Marcus Bryant sichtlich ungehalten.

Der Kerl tippte sich an die Stirn.

Marcus Bryant hob die Augenbrauen.

Den Blick kannte ich.

Er verhieß nichts Gutes.

„Also gut.“ Der baumlange Kerl nickte. „Wir können wohl eine Ausnahme machen. Und für dich?“ Er sah mich an.

„Das gleiche.“ Ein Wasser wäre mir lieber gewesen, aber ich wollte um keinen Preis weitere Aufmerksamkeit erregen.

„Dämlicher Schuppen“, murmelte Marcus Bryant, kaum dass der Barkeeper wieder verschwunden war.

Ich erwiderte nichts.

„Das nächste Mal solltest du dir gefälligst mehr Mühe geben. Ich habe keine Lust, mehr als einmal in so einer Spelunke zu landen.“ Marcus Bryant schnaubte.

Ich nickte.

Doch innerlich war ich erleichtert.

Das nächste Mal.

Das bedeutete, dass Marcus Bryant nicht ganz so verärgert war, wie es den Anschein hatte.

„Natürlich, ich werde das nächste Mal telefonisch reservieren", versicherte ich. „Es tut mir wirklich leid, dass das nicht geklappt hat."

Marcus Bryant nickte knapp. „Dann kommen wir zum Thema. Ich habe dich wegen eines besonderen Projekts herbestellt, das habe ich ja schon angedeutet."

Ich nickte.

Der baumlange Kerl erschien und stellte zwei Gläser Bier auf den Tisch.

„Kennst du *PerfectPartner*?" fragte Marcus Bryant.

Die Dating App.

Jeder kannte sie.

„Ich... ich habe es noch nie genutzt", erwiderte ich und versuchte, meine Überraschung zu verbergen. Redeten wir jetzt über mein Privatleben?

„Solltest du aber." Mein Chef nahm einen kräftigen Schluck Bier. „Du wirst einen Artikel darüber schreiben und ich möchte natürlich, dass du dir eine eigene Meinung bildest über die... die Klientel, die dort vertreten ist."

Ich schluckte.

Was?

„Die App häuft in letzter Zeit viele schlechte Rezensionen an. Frauen behaupten, dort niemanden zu finden, der es ernst meint." Marcus Bryant grinste. „Liegt vielleicht an den Frauen. Aber für uns wäre es besser, wenn es an der App läge. Das wäre eine Enthüllungsstory. Und ich will, dass du sie schreibst. Dafür solltest du dir ein Profil zulegen und dich mit ein paar Kandidaten treffen. Nichts Ernstes. Aber auch nicht nur... nicht nur spazieren gehen. Verstehst du?"

Ich starrte Marcus Bryant an. „Ich... ich... also ich..."

Ich hörte wohl nicht richtig?

Das konnte er doch nicht im Ernst von mir verlangen?

Hilflos schüttelte ich den Kopf. „Es ehrt mich, dass du mir dieses Projekt anbietest. Aber ich glaube, dafür bin ich nicht ganz die richtige Person. Ich nutze keine Apps dieser Art und..."

Marcus Bryant beugte sich nach vorne und ließ seine Hand schwer auf meine fallen. „Bis jetzt, mein Püppchen. Bis jetzt. Aber das wird sich ab sofort ändern. Ein solcher Artikel wäre ein gefundenes Fressen für unsere Leser. Und damit auch für die Anzeigenkunden. Verstehst du?"

Ich nickte. „Sicher, aber ich..."

Mein Chef ließ mich nicht ausreden. „Das ist deine Chance. Wir müssen unsere Auflage dringend steigern. Wenn der Artikel nicht einschlägt wie eine Bombe, muss ich Personal einsparen." Marcus Bryant zog seine Augen zusammen. „Und eingespart wird immer bei der Person, die als letztes kam. Das weißt du ja."

Das wusste ich.

Und ich wusste auch, wer diese Person war.

Ich.

Mein Chef teilte mir durch die Blume mit, dass ich entweder diesen Artikel schreiben musste oder dass er mich feuern würde.

Ich schluckte. „Aber diese Treffen, von denen du da redest..."

„Wie du das ausgestaltest, das überlasse ich dir." Mein Chef grinste mich an. „Du bist ein heißes Eisen, Annabelle, das weißt du ja selbst. Verdammt, ich überlege glatt, mir ebenfalls ein Konto bei *PerfectPartner* zuzulegen. Wenn wir beide kein Match sind, dann weiß ich auch nicht..." Marcus Bryant lachte laut.

Ich versuchte, mein Entsetzen zu verbergen.

Scheiße.

Der heutige Abend hatte beschissen angefangen.

Und er wurde immer schlimmer.

Wie kam ich denn nur aus der Nummer wieder raus.

Gar nicht, Annabelle. Gar nicht. Oder nur, indem du deinen Job aufs Spiel setzt.

Keinen Job.

Die Gedanken in meinem Kopf überschlugen sich.

Feste Stellen als Journalistin waren kaum vorhanden.

Es würde lange dauern, wenn ich einen anderen Job fand.

Wenn überhaupt.

Vielleicht würde ich mich von Auftrag zu Auftrag hangeln müssen.

Oder wieder Donuts verkaufen.

Das wollte ich auf keinen Fall.

Ich wollte es endlich schaffen.

Alle meine Freundinnen hatten es geschafft. Sie hatten gute Jobs, waren verheiratet und hatten sogar bereits Kinder.

Nur ich, ich saß hier mit meinem Chef in einer Spelunke, trank Bier und redete über... Dating. Mein Liebesleben. Darüber, was ich Männern versprechen würde.

Um einen verdammten Artikel zu schreiben.

„Wenn du das machst, kannst du dir danach die Projekte aussuchen." Marcus Bryant grinste mich an. „Dann hast du bei mir was gut, Püppchen."

Misstrauisch sah ich ihn an.

„Ich schwöre es." Mein Chef hob zwei Finger.

Ich nickte.

Darauf konnte ich nicht bauen.

Aber eigentlich war das sowieso egal.

Ich hatte keine Perspektive und wer keine Perspektive hatte, der hatte keine Wahl.

Ich holte tief Luft. „Ich mache es."

Mein Chef grinste zufrieden.

Ein unangenehmes Gefühl machte sich in meinem Bauch breit.

Doch ich drängte es schnell zur Seite.

Nur nicht denken.

Einfach machen.

Vielleicht musste ich über die App gar keine Männer treffen.

Ich konnte erst einmal so recherchieren.

Möglicherweise fand ich dabei etwas heraus, das bereits für einen Artikel reichte.

Es war nur ein Strohhalm.

Aber ich klammerte mich daran.

Kapitel 2

Jaxon

Ich starrte ihr nach, als sie wutschnaubend in Richtung der schweren roten Samtvorhänge davonging.

Was für eine Frau!

Was für ein Temperament!

Und sie ließ mich einfach so sitzen!

Das hatte noch keine Frau je gewagt!

Und es bewirkte... es bewirkte, dass ich sie umso mehr haben wollte.

Ihre roten Locken schwangen hin und her, als sie durch die Samtvorhänge verschwand. Wahrscheinlich blitzten ihre grünen Augen immer noch zornig.

Ich schluckte. Beim Gedanken an sie wurde meine Hose eng.

Verdammt, was für eine heiße Braut!

Rote Haare und grüne Augen brachten jeden Mann um den Verstand. Doch wenn dazu noch vollen Lippen kamen und eine makellose Figur, dann war es doch wohl kein Wunder, dass ich nur daran dachte, wie es sich anfühlen musste, diese Frau zu berühren.

Sollte ich ihr nachgehen?

Sie um ihre Nummer bitten?

Sie hatte mich eben stehen lassen. Ihre Nummer würde ich trotzdem bekommen können. Ich war Jaxon Caldwell und ich bekam immer alles, was ich wollte. Wenn ich die heiße Unbekannte noch heute im Bett haben wollte, dann würde ich das bekommen.

Keine Frau konnte mir widerstehen.

Ja, vielleicht handelte ich mir auf dem Weg zum Erfolg den ein oder anderen Rückschlag ein wie gerade eben. Aber dann änderte ich meine Taktik ein wenig und schon hatte ich, was ich wollte.

Dann konnte ich meine Hände in diesen wilden Locken vergraben und die Schöne leidenschaftlich küssen. Ihre vollen Lippen spüren und ihre Brüste, die sich an mich pressten.

Die rothaarige Feuer-Hexe hatte volle Brüste. Genau die Größe, die ich gerne anfasste. Weil sie perfekt in meine Hand passten und ich genau wusste, was ich tun musste, um die Frau zum Stöhnen zu bringen. Und sie dazu zu bringen, sich mir ganz hinzugeben.

So, dass ich alles tun konnte, was ich wollte.

Natürlich kam sie dabei auch auf ihre Kosten.

Noch immer starrte ich die Vorhänge an, hinter denen die Hexe mit den langen Beinen, der schmalen Taille und den vollen Brüsten verschwunden war. Wenn ich sie haben wollte, dann musste ich mich beeilen.

Doch dann schüttelte ich den Kopf.

Natürlich KONNTE ich sie haben.

Ich bekam alles, was ich wollte.

Vor allem bei Frauen.

Sie konnten mir nicht widerstehen. Sei es mein Aussehen, mein Geld, mein Auftreten... egal was. Frauen waren fasziniert von mir.

Ich grinste. Das hatte ich mir bisher zunutze gemacht.

Warum auch nicht?

Jeder Mann in meiner Lage hätte genauso gehandelt, jeder.

Aber nicht heute.

Heute hatte ich einen wichtigen Termin. Genau darum war ich hier und genau darum hatte ich auf meinem Tisch bestanden und die rothaarige Hexe verjagt.

Energisch schüttelte ich den Kopf, um die verführerischen Fantasien aus meinem Hirn zu vertreiben. Jetzt musste ich mich konzentrieren. Heute ging es um meine Zukunft.

„Jaxon, na? Träumst du?“ Eine sonore Stimme riss mich aus meinen Gedanken.

Ich sprang auf. „Victor! Ich habe dich gar nicht kommen hören.“

„Ach, erzähl mir nichts.“ Victor Davenport lachte laut.

Ich verkniff mir eine Antwort und schüttelte seine Hand. Ihm gehörte die größte Venture Capital Firma der USA.

Und er dachte darüber nach, bei mir einzusteigen.

„Ich habe gerade über die Details meiner neuesten Pläne nachgedacht“, erklärte ich, während Victor und ich uns setzten. Das war nicht einmal gelogen. Ich hatte ja nicht gesagt, um WELCHE Pläne es ging.

„Soso. Nun, du hast mir ja schon einige Details geschickt.“ Victor musterte mich, während der Oberkellner wie aus dem Nichts erschien und uns mit Speisekarten versorgte.

„Darf ich den Herren schon einen Apéritif bringen?“ wollte er wissen.

„Einen Soho-Gin“, bestellte Victor ohne zu zögern.

„Ich nehme das gleiche“, schloss ich mich an. Der Soho-Gin war diese Saison eine angesagte Mischung aus Gin, Apfelsaft und Ginger Beer. Und noch ein paar anderen Zutaten, die ich aber wieder vergessen hatte.

Egal.

Ich war schließlich kein Barkeeper.

Mir gehörte die Dating App *PerfectPartner*, die im letzten Jahr durch die Decke gegangen war. Unser Versprechen: Wir finden den perfekten Partner unter den zig Profilen, die es auf der App gab. Wer uns seine Wünsche anvertraute, wurde nicht enttäuscht.

Victor machte es sich auf seinem Stuhl bequem. „Was sind denn die neuesten Details?“ wollte er nun wissen.

„Oh, nichts wirklich Neues“, wiegelte ich ab. „Du weißt ja schon, dass ich darüber nachdenke, in die Bereiche Friendship und Business Networking einzusteigen.“

„Nachdenken?“ Victor zog die Augenbrauen nach oben.

„Ich habe konkrete Pläne“, verbesserte ich mich und ärgerte mich über meine nachlässige Wortwahl. Victor Davenport ließ einem nichts durchgehen. Wirklich gar nichts.

„Gut.“ Victor nickte zufrieden. „Ich dachte schon, daran hätte sich vielleicht etwas geändert.“

„Dann wäre ich heute nicht hier, sondern hätte unser Treffen abgesagt.“ Ich wollte Victor Davenports Geld. Aber er sollte bloß nicht glauben, dass ich darum betteln würde.

„Haben die Herren schon gewählt?“ Erneut erschien der Oberkellner wie aus dem Nichts. Er stellte die beiden Apéritif vor uns hin.

„Ich nehme die Bouillabaisse und danach den Rehrücken“, erwiderte Victor Davenport, ohne die Speisekarte auch nur anzusehen. „Die waren bereits beim letzten Mal exzellent.“

„Dann nehme ich…“ Mein Blick flog die Speisekarte entlang. Ich hatte keine Ahnung. Aber ich konnte auch nicht das gleiche nehmen wie Victor. Das hätte unentschlossen gewirkt. Als ob ich kein eigenes Rückgrat hätte. „Ich nehme die Jakobsmuscheln als Vorspeise. Und dann die Rotbarbe.“ Auf die Nennung der komplizierten Beilagen verzichtete ich genau wie Victor.

„Sicher.“ Der Kellner sammelte die Speisekarten ein und ging mit einem Nicken.

„Auf *PerfectPartner*.“ Victor Davenport hob sein Glas.

„Auf *PerfectPartner*“, wiederholte ich und prostete Victor zu.

Dann nahm ich einen tiefen Schluck.

Ein vielversprechender Anfang.

Victor hatte mir noch keine Zusage für sein Investment gegeben. Aber wir stießen auf meine Firma an.

Das musste ein Zeichen sein.

Ich grinste zufrieden. Nach dem Dating-Markt wollte ich die riesigen Märkte für freundschaftliche Treffen und Business Networking erobern. Doch dazu brauchte ich Geld. Ich müsste meine App um zahlreiche Features erweitern. Das kostete Geld. Fast noch einmal so viel, wie die Entwicklung der App ursprünglich einmal gekostet hatte.

PerfectPartner hatte ich nach und nach ausgebaut und es war ein gigantischer kommerzieller Erfolg geworden. Ich hatte mehr Geld, als ich mir je erträumt hatte und konnte mir alles leisten. Aber um mein neues Projekt zu stemmen, brauchte ich frisches Geld. Das sollte Victor bringen.

Und am Ende würden wir beide noch reicher sein als bisher.

Ich grinste zufrieden.

„In der letzten Zeit hört man allerdings nicht nur Positives von *Perfect-Partner.*" Victor riss mich ein weiteres Mal aus meinen Gedanken.

„Wie bitte?" schreckte ich auf.

Victor musterte mich nachdenklich und zog dann ein Tablet aus seiner Aktenmappe. Mit einer raschen Bewegung legte er es auf den Tisch vor uns und rief dann einige Websiten auf, die er gespeichert hatte.

Scheiße.

Ich kannte diese Artikel.

„Davon rede ich." Victor tippte mit dem Finger auf die reißerischen Schlagzeilen. „Das wirft nicht gerade ein gutes Licht auf dich."

Ich beugte mich über den Tisch, um zu sehen, welchen Artikel Victor aufgerufen hatte.

Kein PerfectPartner, sondern ein Verführer.

Natürlich. Diesen Artikel hatte ich auch gelesen.

Lässig winkte ich ab und verengte dann genervt die Augen. „Also bitte, Victor. Das sind doch nur aufgebauschte Aussagen von irgendwelchen Frauen, die nicht damit umgehen können, dass sie einen Korb bekommen haben."

Victor tippte auf das Tablet. „Du wirst als arroganter Frauenheld und rücksichtsloser Charmeur dargestellt, der nur auf der Jagd nach dem nächsten Abenteuer ist. Ein Eroberer ohne jedes Gewissen. Und das nicht nur von EINER Frau. Von... na ja, von ziemlich vielen." Victor runzelte die Stirn.

„Meine Güte." Abwehrend hob ich die Hände. „Alle Frauen, die je mit mir im Bett waren, waren freiwillig dort. Ich habe keine einzige dazu gezwungen. Die meisten waren eher scharf auf eine Wiederholung." Ich grinste. Doch als ich Victors Miene sah, wurde ich schnell wieder ernst. „Ich habe nichts Unrechtes getan."

„Das glaube ich dir", erwiderte Victor.

Erleichtert lehnte ich mich in meinem Stuhl zurück.

Dann war die Sache ja geritzt.

„Aber dennoch bereitet mir das Bauchschmerzen. Wenn ich deine Expansionspläne unterstützen soll, dann muss ich absolut sicher sein, dass das ein riesiger Erfolg wird, Jaxon. Da darf uns die Presse nicht dazwischenfunken."

„Und was soll ich dagegen tun?" Ich hob die Hände. „Du glaubst doch nicht im Ernst, dass jemand meine App nicht runterlädt, weil ein Artikel mich als Frauenheld brandmarkt?" Ich schüttelte den Kopf. „Das ist einfach lächerlich."

„Ganz und gar nicht", widersprach Victor energisch. „Du willst in den Bereich Business expandieren. Und dein Verhalten ist alles andere als seriös." Er tippte erneut auf das Tablet. „In jedem Artikel werden irgendwelche neuen Geschichten bekannt. Was war denn mit dieser Affäre mit Amelia Dawson?"

Ich stöhnte auf.

Amelia Dawson war eine der bekanntesten Schauspielerinnen der USA und hatte mehrfach auf der Nominierungsliste für den Oscar gestanden.

„Ihre Vorspeisen, meine Herren." Der Oberkellner erschien hinter uns. „Ich habe mir außerdem erlaubt, einen Wein auszuwählen, der Ihnen sicherlich zusagen wird."

Ich war dankbar für die Pause, in der Teller auf den Tisch gestellt und Gläser gefüllt wurden. Vorsichtig sah ich mich um. Unser Tisch stand am Rand des großen Saals. Niemand konnte uns hören. Das Stimmengewirr der anderen Gäste drang gedämpft zu uns herüber.

„Nun?" fragte Victor, kaum dass wir wieder allein waren.

„Meine Güte, Victor, ich hatte eine Affäre mit Amelia Dawson. Ganz Hollywood hat Affären. Das war nichts weiter." Ich verkniff mir weitere Ausführungen. Es gab nichts zu sagen. Ich hatte Amelia haben wollen und sie bekommen. Das war alles.

„Sie hat sich von ihrem Partner getrennt. Und am nächsten Tag hast du sie fallen lassen. Das ging durch alle Zeitungen." Victors Augen waren so kohlschwarz wie die eines Raben.

Ich zuckte mit den Schultern. „Das hatte sie nicht mit mir besprochen. Ich wollte gar keine Zukunft mit ihr. Sie hätte mich lieber fragen sollen, bevor sie so unüberlegt handelt."

Victor schnaubte. „Siehst du. Genau das meine ich. Und mit diesem Verhalten willst du Nutzer für eine Business App gewinnen? Das funktioniert nie und nimmer." Victor musterte mich kritisch. „Schau dich doch an. Heute geht es um viel Geld und du hast es nicht mal für nötig gehalten, eine Krawatte anzuziehen. Wie deutlich kannst du mir noch zeigen, dass du mich nicht wichtig nimmst?“

„Ich trage nie Krawatten“, stieß ich verärgert hervor. „Und überhaupt, das Äußere sagt wenig aus, das wissen wir doch beide ganz genau.“

„So.“ Victor lachte. „So ein Quatsch, natürlich zählt das Äußere. Heute mehr denn je. Das weißt du besser als jeder andere. Oder willst du mir weiß machen, dass die Nutzer deiner App nicht nach den Fotos auswählen?“

Ich rutschte auf meinem Stuhl hin und her.

Doch Victor war noch nicht fertig. „Und was ist mit diesen ganzen Bewertungen, die man seit neuestem zu *PerfectPartner* überall im Netz findet?“

Auch ein unangenehmes Thema.

Doch ich atmete auf.

Immerhin ging es nicht mehr um mich persönlich.

„Ach“, machte ich. „Du weißt doch, wie das bei solchen Bewertungen ist. Die Nutzer lassen ihren Frust ab. Drei schlechte Dates und schon hat die App nur einen Stern. Man wird von einem Idioten angemacht und die App hat nur noch einen Stern.“

„Die meisten dieser Bewertungen beziehen sich darauf, dass man bei *PerfectPartner* angeblich gar keine Männer mit seriösen Absichten mehr findet, sondern nur solche, die auf einen One-Night-Stand aus sind. Auf etwas Unverbindliches. Eine Affäre. Oder Männer, die ihre Partnerin betrügen wollen. Kurz, Männer wie dich.“ Victor Davenport beobachtete mich bei diesen Worten genau.

„Was soll denn das?“ brauste ich auf. „Ich habe nie jemanden betrogen.“

„Klar. Wer keine Partnerin hat, kann sie auch nicht betrügen.“ Victor zog die Augenbrauen in die Höhe. „Darum geht es auch nicht. Das habe ich dir gerade gesagt.“

Ich biss meine Zähne zusammen. Am liebsten hätte ich Victor ordentlich die Meinung gesagt. Er sollte sich aus meinem Privatleben raushalten.

Ruhig, Jaxon. Wenn du jetzt in die Luft fliegst, bringt dich das keinen Millimeter weiter. Im Gegenteil. Dann hast du ein richtiges Problem.

Ich holte tief Luft. „Sieh mal, Victor, ich habe dir eben gesagt, dass sowas natürlich vorkommt. Und wir wissen beide, dass frustrierte Nutzer eher einen Kommentar hinterlassen als zufriedene. Irgendwo muss man seinen Frust schließlich ablassen. Das verstehe ich. Aber damit habe ich persönlich doch nichts zu tun." Ich lehnte mich zurück und betrachtete meinen Teller.

Victor löffelte seine Bouillabaisse. „Das ist wirklich köstlich."

Verärgert starrte ich ihn an. Er nahm mich in die Zange und dann redete er von seiner Fischsuppe. Am Ende war auch diese verdammte Bouillabaisse nichts weiter als eine simple Fischsuppe, die nur mit ein paar Zutaten aufgemotzt worden war.

„Bald wirst du es mit sinkenden Nutzerzahlen zu tun haben. Besonders unter Frauen." Victor sah mich herausfordernd an. „Keine guten Voraussetzungen für ein Investment."

„Unfug!" triumphierte ich nun. „Wer keinen Partner findet, der wird umso länger die App nutzen. Schließlich hat er sein Ziel noch nicht erreicht."

Victor schüttelte den Kopf. „Je mehr diese Frauen schlechte Erfahrungen machen, umso eher werden sie die Schnauze voll haben. Das ist schlecht fürs Geschäft und du musst dringend was unternehmen. Wenn du willst, dass ich bei dir einsteige, muss sich etwas ändern." Victor klopfte energisch mit seinen Fingerknöcheln auf den Tisch.

Was wollte Victor von mir?

„Ich kann doch nicht die Männer ändern. Wenn sie nichts Seriöses suchen, dann ist das so. Am Ende findet sich für jeden Topf ein Deckel. Oder wie das gleich wieder heißt." Ich grinste und versuchte, die Situation etwas aufzulockern.

Victor schüttelte nur den Kopf und seine Gesichtszüge verhärteten sich. „Solche dämlichen Sprüche bringen uns hier keinen Schritt weiter, Jaxon. Wie kannst du von steigenden Gewinnen und Expansionsplänen reden, wenn die Kernzielgruppe rapide das Interesse verliert?"

Ich schnaubte abfällig und wollte gerade zu einer giftigen Retourkutsche ausholen, als Victor mit einer energischen Armbewegung Einhalt gebot. „Du bist mit deinem zweifelhaften Image zu dieser oberflächlichen Dating-Mentalität geworden, die deine Nutzerinnen nicht mehr wollen."

Wieder wollte ich etwas erwidern, doch Victors vorwurfsvolle Geste hielt mich zurück. „Wie gesagt, das muss sich ändern, Jaxon. Und ich meine das sehr, sehr ernst." Victors Augen verengten sich.

Nervös rückte ich auf meinem Stuhl hin und her, während Victor sich mit vor der Brust verschränkten Armen zurücklehnte.

„Ich sage es dir jetzt nochmal deutlich. Wenn du mein Geld und meine Unterstützung für dein geschäftliches Expansionsvorhaben willst, dann musst du dein Image aufpolieren! Und zwar schnell und gründlich! Du musst nicht nur deine App glaubhaft als professionell und hochwertig präsentieren. Sondern vor allem auch dich selbst als die dafür passende und vertrauenswürdige Persönlichkeit! Verstanden?"

Ich schluckte schwer.

Am liebsten wäre ich einfach aufgestanden und gegangen.

Doch das konnte ich mir nicht erlauben.

„Wir sehen uns nächste Woche." Victor ließ nicht locker. „Und neben den Zahlen, die du mir versprochen hast, erwarte ich dann auch einen genauen Plan. Ich will nicht nur wissen, welche Ziele du mit deinen neuen Geschäftsfeldern verfolgen willst und was du dazu brauchst. Sondern auch, wie du dein Image verbessern wirst. Wenn das steht, dann kann ich an Bord sein."

Ich biss die Zähne zusammen.

Was bildete der Kerl sich eigentlich ein?

Glaubte er, mir vorschreiben zu können, wie ich mein Leben gestaltete?

Das konnte er nicht!

Ich war ein freier Mann!

Frauen konnten mir nichts vorschreiben! Und Victor Davenport auch nicht!

Victor deutete mein Schweigen jedoch völlig anders. „Gut, ich wusste doch, dass du Vernunft annimmst. Dann lass uns das Essen genießen und von etwas anderem reden."

Ich nickte.

Als wir den Hauptgang verzehrt hatten, entschuldigte sich Victor für einen Moment. Er musste ein wichtiges Telefongespräch führen.

Ich lehnte mich in meinem Stuhl zurück.

Dieser Abend war bisher wirklich nicht besonders ideal gelaufen.

Ganz und gar nicht.

Ich brauchte dringend einen Plan. Und zwar einen, der es mir ermöglichte, ich selbst zu bleiben. Ich hatte nicht vor, mich von Victor verbiegen zu lassen. Nachdenklich starrte ich in den weiten Saal. Konnte ich nach außen hin so auftreten, wie Victor es wünschte? Und dabei doch der bleiben, der ich war?

Wer veränderte sich schon für Geld?

Das taten nur Menschen ohne Rückgrat!

Und so war ich wirklich nicht.

Ich bewegte meinen Fuß und stieß an etwas Hartes.

Was war das?

Ich sah nach unten.

Auf dem Boden neben meinem Stuhl lag ein Handy.

Victors Handy?

Hastig bückte ich mich und hob das Smartphone auf. Wenn es Victor gehörte, dann würde er gleich zurückkommen, denn er konnte ja nicht telefonieren. Und er würde sicher dankbar sein, dass ich es gefunden hatte.

Dankbarkeit war immer gut.

Wenn mir jemand dankbar war, stand er in meiner Schuld und das gab mir eine gewisse Macht.

Unwillkürlich drückte ich auf den Knopf an der Seite des Handys. Der Sperrbildschirm erschien.

Es handelte sich um ein Bild von drei Frauen. Und eine davon kannte ich nur zu genau.

Ich blickte direkt in ein Paar verführerische grüne Augen, die mich unter eine wilden roten Lockenmähne anfunkelten. Die vollen Lippen lächelten frech in die Kamera.

SIE!

Das Handy gehörte der rothaarigen Hexe von vorhin.

Plötzlich rauschte das Blut in meinen Ohren.

Vorsichtig sah ich mich um.

Niemand hatte bemerkt, wie ich das Smartphone aufhob. Und niemand schien es zu suchen. Das konnte nur bedeuten, dass die heiße Hexe sich bisher nicht erkundigt hatte, ob ihr Handy hier war.

Das kam mir gerade recht.

Ich grinste.

ICH würde ihr das Handy zurückbringen. Sicher hatte sie die Ortungsfunktion aktiviert und so würde ich schon irgendwie mit ihr in Kontakt treten können. Dann würde ich herausfinden, wie sie hieß. Wo sie wohnte. Wer sie war.

Und alles andere, was ich über sie herausfinden wollte.

Wie sich diese vollen Brüste in meiner Hand anfühlten.

Wie es war, sie zu küssen, sie vor Erregung stöhnen zu hören oder in diese roten Lockenmähne zu fassen. Wie es sein würde, die rote Hexe dazu zu bringen, sich mir völlig zu unterwerfen.

Mein Grinsen wurde breiter.

Victor Davenport konnte mich nicht dazu bringen, auf mein Vergnügen zu verzichten.

Ganz bestimmt nicht.

Und schon gar nicht jetzt.

Er wünschte sich einen Plan für ein besseres Image.

Den sollte er bekommen.

Aber damit würde ich erst morgen beginnen.

Das Handy war ein Zeichen.

Heute gehörte mir.

Und der rothaarigen Hexe.

DIESER Plan hatte Vorrang.

Ich war Jaxon Caldwell.

Und ich bekam immer, was ich wollte.

Jetzt erst recht.

Kapitel 3

Annabelle

„Ich muss weiter, Annabelle. Dringende Termine, du verstehst.“ Marcus Bryant sah mich mit hochgezogener Augenbraue an. „Bleib du ruhig noch hier und trinke aus. Ich zahle. Du bist mein Gast.“ Marcus grinste mich an.

Ich presste meine Lippen zusammen.

Sein Gast.

Das war ja wohl das Mindeste, nach dem, was er von mir verlangte.

Und wie nett, dass er es mir gönnerhaft erlaubte, meinen Drink in Ruhe zu Ende zu trinken. Das hier war zwar nicht die Art von Bar, in der ich gerne allein saß. Vermutlich gab es in New York kaum eine Frau, die hier gerne alleine saß.

Aber auf keinen Fall wollte ich mit Marcus nach draußen gehen. Womöglich würde er dann auf weitere Ideen kommen. Ich traute ihm zu, dass er vorschlug, ich sollte ihn begleiten. Oder dass wir uns später wieder treffen würden. Oder dass ich gleich *PerfectPartner* installieren sollte und wir gemeinsam passende Kandidaten auswählen würden.

Ich unterdrückte mit Mühe meine Emotionen.

„Danke“, murmelte ich stattdessen.

„Keine Ursache." Marcus grinste noch breiter. „Ich freue mich schon auf die ersten Ergebnisse deiner Recherchen. Und du weißt ja: Unsere Leser wollen alles wissen. Bis ins kleinste Detail." Marcus leckte sich leicht mit der Zunge über die Lippen.

Angewidert sah ich auf die Tischplatte. Ich konnte mir schon vorstellen, von welchen Details er sprach. Aber diesen Gefallen würde ich ihm nicht tun. Marcus mochte die Themen auswählen, über die ich zu schreiben hatte. Doch alles konnte er mir nicht vorschreiben.

Es gab schließlich so etwas wie Grenzen.

„Schönen Abend", wünschte mir Marcus, klopfte mit den Fingerknöcheln auf die Tischplatte und ging nach draußen.

Ich ergriff mein Glas und leerte es in einem Zug. Scheißegal, dass ich kein Bier mochte. Gerade hatte ich das Gefühl, es zu brauchen. Eigentlich brauchte ich sogar etwas Stärkeres.

Ob ich mir noch einen Whisky bestellen sollte?

Oder einen Gin?

Nein.

Ich musste einen klaren Kopf behalten. Jetzt würde ich nach Hause fahren und einen Schlachtplan entwerfen, wie ich die Aufgabe erfüllen konnte, die Marcus mir gestellt hatte.

Wann ging die nächste Subway?

Ich griff in meine Handtasche, um mein Handy hervorzuholen. Meine Finger tasteten über den Schlüsselbund, mein Portemonnaie, eine Packung Kleenex, eine Tube Handcreme...

Kein Handy.

Wo war das verdammte Ding?

Ich holte die Tasche auf meinen Schoß und durchwühlte sie.

Da war wirklich kein Handy.

Hatte ich es Zuhause vergessen?

Unmöglich!

Ich ging nie ohne mein Smartphone aus dem Haus und hatte es doch vor kurzem erst in der Hand gehabt.

Oder?

Mit zitternden Fingern durchwühlte ich die Tasche ein zweites Mal und kippte ihren Inhalt schließlich auf den schmierigen Tisch vor mir.

Schlüssel. Portemonnaie. Kleenex. Handcreme. Notfall-Tampons. Lippenbalsam. Kopfschmerztabletten.

Aber kein Handy.

Wo zum Teufel war das verdammte Ding?

Ich atmete tief ein.

Ruhig, Annabelle. Es wird sich schon finden. Und überhaupt ist es nur ein Handy.

Was hatten diese Dinger an sich, das einen glauben machte, man könnte nicht mehr ohne sie auskommen?

Ich sah in allen Fächern der Tasche nach. Doch da war nichts.

Hatte ich das Handy vorhin irgendwo liegen lassen?

An der Theke?

Ich raffte meine Sachen zusammen, stopfte sie wieder in meine Handtasche und sprang auf.

„Ich bring dir kein Bier mehr. Und dem Typen kannst du ausrichten, dass er das nächste Mal woanders hingehen soll. Wir mögen hier keine Gäste, für die man jede Extrawurst braten muss.“ Mürrisch sah mich der baumlange Kerl mit Halbglatze und Hornbrille an.

Ich nickte hastig. „Werde ich ihm sagen. Ich… ähm… ich bin auf der Suche nach meinem Handy. Du hast es nicht zufällig hier irgendwo liegen sehen?“

„Seh ich so aus?“ antwortete der Barkeeper gedehnt. Dann schnaubte er. „Und wenn ich es gesehen hätte, dann hätte ich es dir doch wohl zurückgegeben. Oder glaubst du, ich stehle Handys von Gästen und verkaufe sie dann weiter?“ Empört schlug der Barkeeper auf den Zapfhahn.

„Nein, das meine ich natürlich nicht“, versicherte ich hastig.

Verstand mich denn heute jeder falsch?

„Was hast du dann gemeint?“ Drohend zog der Barkeeper die Augenbrauen zusammen.

„Ich habe nur gefragt, ob du das Handy gesehen hast. Du hast doch deine Augen überall“, stammelte ich.

„Erst der Typ, jetzt du. Solche Gäste wie euch braucht man wirklich nicht“, schimpfte der Barkeeper.

„Hey, nun mach mal halblang. Die Süße kann doch nichts dafür, wenn ihr Kerl sich so unmöglich benimmt.“ Ein stämmiger Gast, der auf einem der Barhocker saß, wandte sich um.

Ich hielt den Atem an. Der Kerl stank zehn Meter gegen den Wind.

Wann hatte er zum letzten Mal geduscht?

Aber ich wollte nicht undankbar erscheinen und so lächelte ich ihn an.

Der Gast grinste zurück und offenbarte dabei eine Zahnlücke. „Ich bin Robby."

„Annabelle", erwiderte ich.

Robby zwinkerte anzüglich. „Soll ich dir bei der Suche helfen?"

„Ich... ähm... also...", stotterte ich.

„Das mache ich gerne für so ne hübsche Lady wie dich." Robby stupste mich leicht in den Oberarm.

Unwillkürlich wich ich ein paar Schritte zurück.

„Wenn du willst, schau ich mal auf der Männertoilette nach." Robby grinste. „Da kannst du ja nicht hin. Aber vielleicht warst du vorhin mit deinem Schatz doch dort... du weißt schon."

Röte schoss in meine Wangen und ich war froh, dass man das bei der dämmrigen Beleuchtung hier drin sicher nicht sehen konnte.

„Du kannst mich auch gerne begleiten", bot Robby an. „Dann kannst du dich selbst vergewissern, dass dein Handy nicht dort ist."

„Ich... also ich werde mal lieber auf der Damentoilette nachschauen", stieß ich hervor. Bevor Robby oder der baumlange Barkeeper ein weiteres Wort sagen konnten, wandte ich mich ab und lief den Gang hinunter zur Damentoilette.

Als ich die Tür hinter mir schloss, lehnte ich mich an die Wand und atmete tief durch. Auf meiner Stirn lag ein ganz leichter Schweißfilm. Ich schloss die Augen.

Was für ein verdammter, beschissener Abend.

Sowas würde mir keiner glauben, wenn ich es erzählte.

Die Tür neben mir öffnete sich.

„Alles okay?" Eine Stimme drang an mein Ohr.

Hastig schlug ich die Augen wieder auf. Vor mir stand eine Frau in den Vierzigern, die mich besorgt musterte. „Ist Ihnen schlecht? Kann ich Ihnen helfen?"

„Nein, nein, alles gut", versicherte ich hastig.

„Das sieht aber nicht so aus." Die Frau ließ nicht so leicht locker.

„Ich hatte bloß... Ach..." Ich hob die Schultern. „Mein Abend war irgendwie beschissen und jetzt habe ich mein Handy verloren. Ich dachte, vielleicht wäre es hier."

Die Frau musterte mich. „Bleiben Sie hier, ich schau nach." Dankbar blieb ich stehen und sah zu, wie die hilfsbereite Unbekannte einen Blick in jede Kabine warf. „Hier ist nichts", verkündete sie dann. „Aber Sie können natürlich auch selbst noch einmal nachsehen."

Mutlos schüttelte ich den Kopf. „Nein, das ist sinnlos. Ich... ich werde es wohl irgendwo verloren haben."

„Wenn Sie Zuhause sind, dann können Sie es doch sicher orten." Die Frau versuchte, mir Mut zu machen.

Na klar!

Ich schlug mir mit der flachen Hand vor die Stirn.

Das war die Lösung!

Ich griff in meine Tasche. Genauer gesagt, in die innere Seitentasche. Dort war mein Tablet verstaut. Normalerweise ging ich nicht mit Handy und Tablet aus dem Haus. Doch da Marcus eine geschäftliche Besprechung angekündigt hatte, hatte ich sicherheitshalber alles mitgenommen.

Geschäftliche Besprechung.

Ich schnaubte.

Ich drückte auf die An-Taste an der Seite des Tablets.

Der Bildschirm blieb schwarz.

Verdammt!

War der Akku leer?

Mit klopfendem Herzen versuchte ich es noch einmal.

Der Bildschirm erhellte sich.

Hastig rief ich den Browser auf und loggte mich in mein Konto ein.

Geräte finden.

Das war es.

Ich wählte mein Handy aus und beobachtete gespannt, wie sich die Seite aufbaute. Der Empfang hier drin war grauenhaft und die Karte schien einfach nicht laden zu wollen.

„Gehen Sie hier rüber. Da am Fenster ist es besser. Oder wahrscheinlich ist es draußen am besten", riet mir die hilfsbereite Unbekannte.

„Ich… ja… am besten gehe ich wohl raus. Vielen Dank für Ihre Hilfe.“ Ich sah die Frau an.

Sie lächelte. „Keine Ursache. Ich habe ja kaum was getan.“

Hastig zog ich die Tür auf und ging den Gang entlang. Ohne den Barkeeper eines weiteren Blicks zu würden, drängte ich mich an der Theke vorbei. In dieser Spelunke war ich das erste und letzte Mal gewesen.

„Hey Süße, wo willst du denn so schnell hin? Nimm mich mit!“

Ich brauchte mich gar nicht erst umzusehen, um zu wissen, wer mir diese Worte hinterher rief.

Robby stank noch immer zehn Meter gegen den Wind.

„Lass sie in Ruhe!“ Die energische Stimme gehörte zu meiner Retterin.

Nun wandte ich doch den Kopf.

Die Frau zwinkerte mir zu und machte eine rasche Geste in Richtung Ausgang.

Dankbar nickte ich und machte, dass ich nach draußen kam.

„Robby, du musst mit mir vorlieb nehmen“, hörte ich gerade noch, bevor sich die Tür hinter mir schloss und ich draußen in der eisigen Winterluft stand.

Ich atmete tief ein.

Scheiße, war das kalt.

Doch es war genau das, was ich brauchte nach der erhitzten Atmosphäre in der Bar.

Eigentlich sollte ich über den heutigen Abend einen Artikel schreiben.

Aber das schlug ich Marcus besser nicht vor.

Das Tablet.

Ich blickte auf den Bildschirm.

Hier war der Empfang tatsächlich besser und die Karte erschien auf dem Bildschirm.

Ein Punkt zeigte meinen Standort an. Und ein anderer der meines Handys.

Ich starrte auf das Tablet.

Die beiden Punkte lagen fast aufeinander.

Wie konnte das sein?

Ich hatte mein Smartphone nicht.

Ganz sicher.

Hastig wischte ich mit zwei Fingern über die Karte, um näher heranzuzoomen.

War das Handy in der Bar?

Ich sah mich um.

Eben hatte ich mir noch geschworen, den Laden nie wieder zu betreten. Aber um mein Handy wieder zu bekommen, würde ich mich noch einmal die Höhle des Löwen wagen und es mit Robby und dem Barkeeper aufnehmen.

Da bewegte sich der Punkt, der zu meinem Handy gehörte.

Es war im *Da Michele*!

Gleich nebenan.

Natürlich!

Dort hatte ich es aus der Tasche genommen, um die Mail mit meiner Reservierung vorzuzeigen. Dabei musste ich es vergessen haben. Oder verloren.

Egal.

Ich schloss kurz die Augen und schickte ein Dankgebet Richtung Himmel.

Immerhin eine Sache, die heute gut enden würde. Mein Handy war nicht weit weg.

Der Punkt auf dem Bildschirm bewegte sich wieder.

Nahm jemand gerade mein Handy an sich?

Wenn es unbeachtet in einer Ecke gelegen hätte, dann hätte sich der Punkt nicht bewegt.

Oder?

Der Punkt sprang in eine andere Ecke.

Und da kam Bewegung in mich.

Ich konnte nicht zulassen, dass jemand mein Handy mitnahm. Nicht nach allem, was heute passiert war.

Erst der unverschämte Kerl im Restaurant.

Als ich an ihn dachte, durchfuhr mich ein Prickeln, dessen Energie an einen kleinen Stromstoß erinnerte.

Verdammt.

Er.

Dann Marcus.

Robby.

Es reichte.

Ich würde mir mein Handy nicht so einfach wegnehmen lassen.

Hastig eile ich auf das *Da Michele* zu.

Doch da wurde ich am Oberarm gepackt und unsanft zurückgerissen.

„Hey, Süße. Dich kenne ich noch. Nun renn nicht so schnell weg." Die Hand lag wie ein Schraubstock auf meinem Arm.

Wer war das?

Die Stimme kam mir bekannt vor.

Ich fuhr herum und erwartete halb, Robby zu sehen.

Doch Robby war es nicht.

Wer dann?

Die Silhouette kam mir bekannt vor. Doch da ich genau zwischen zwei Straßenlaternen stand, sah ich gerade nicht besonders gut. Hastig ließ ich das Tablet in meine Handtasche gleiten. Nicht dass der Kerl hier mir das auch noch klauen wollte. Ich hatte rein körperlich zwar keine Chance gegen ihn, aber das hieß ja nicht, dass ich mich einfach so geschlagen geben musste.

„Erkennst du mich nicht mehr? Dann sollte ich deinem Gedächtnis wohl etwas auf die Sprünge helfen?" Ein vernarbtes Gesicht näherte sich meinem.

Jetzt wusste ich, wer er war.

Ich unterdrückte ein Stöhnen.

Heute blieb mir aber auch nichts erspart.

Vor mir stand Draven, der Ex meiner Freundin Deborah. Der „Das ist wirklich schon ewig her" Ex. Nicht der „Sie hat ihn eben erst abserviert" Ex. Deborah und Draven hatten sich vor einer gefühlten Ewigkeit getrennt und ich hatte schon beinahe vergessen, dass es ihn je gegeben hatte, zumal wir uns nur flüchtig gekannt hatten.

Deborah war in der Zwischenzeit mit einem wunderbaren Mann namens Luke verheiratet und Mutter eines süßen kleinen Mädchens namens Missy.

Heimlich beneidete ich sie. Sie hatte das große Los gezogen.

„Draven", sagte ich gedehnt. „Natürlich erinnere ich mich an dich. Was für eine Überraschung." Das war zumindest nicht gelogen. Ich hatte nicht damit gerechnet, Draven je wieder zu sehen.

„Ah." Draven lachte meckernd. „Du weißt noch, wer ich bin. Deborah spricht sicher oft von mir, oder?"

„Nein, gar nicht", rutschte es mir heraus.

„Gar nicht?" knurrte Draven.

Ich zuckte mit den Schultern. „Sie hat ein anderes Leben. Du bist Vergangenheit." Ich zerrte an meinem Arm. „Lass mich los, Draven."

Draven verstärkte seinen Griff um meinen Arm. „Das könnte dir so passen."

„Au!" schrie ich leise auf. „Du tust mir weh."

„Stell dich nicht so an, Schätzchen", zischte Draven. „Dass ihr Frauen immer so ein Theater machen müsst, sobald man euch anfasst. Dabei wollt ihr doch genau das."

„Sicher nicht." Ich bemühte mich, von Draven loszukommen, doch er hielt mich eisern gepackt.

„Was machst du hier, Draven?" wollte ich wissen.

„Eigentlich wollte ich nur da drüben in die Bar..." Draven machte eine Kopfbewegung zu *Mike's Place* hin. „Aber dann bist du mir über den Weg gelaufen."

„Oh, in der Bar wird es dir bestimmt gefallen. Lass mich einfach los und geh rein", schlug ich vor.

„Wenn du mir sagst, wo ich Deborah finde, dann lasse ich dich sofort los." Dravens Stimme war direkt an meinem Ohr. Sein Atem roch stark nach Alkohol.

Hatte er getrunken?

Angewidert warf ich meinen Kopf nach hinten.

„Na los. Ich will Deborah sprechen." Draven blies seinen Alkohol-Atem direkt in mein Gesicht.

„Aber sie will dich nicht sprechen. Sonst hätte sie sich schon längst bei dir gemeldet", erwiderte ich mit mehr Mut, als ich tatsächlich empfand.

Draven hatte Deborah nach ihrer Trennung schnell durch eine neue Freundin ersetzt. Doch er hatte immer wieder versucht, an Deborah heranzukommen.

Oder besser gesagt an ihr Geld. An Deborah selbst lag ihm nicht viel. Das hatte er während der gemeinsamen Beziehung schon bewiesen.

„Ich will sie sprechen. Her mit ihrer neuen Nummer. Sonst setzt es was", drohte Draven und zog mich näher an sich heran.

„Lass mich los. Ich werde dir nichts sagen", fauchte ich.

Draven lachte hämisch. „So leicht kommst du mir nicht davon."

Da reichte es mir.

Ich trat nach Dravens Schienbein.

Und ich traf.

„Au!“ heulte Draven laut in mein Ohr.

Ja.

Doch statt mich loszulassen, packte Draven mich nur noch fester. Er legte eine Hand um meinen Hals. Seine plumpen Finger strichen über meine Haut und ich konnte spüren, wie sie an der feinen Ketten entlang tasteten, an der Großmutter Medaillon hing.

Bisher war ich nur verärgert gewesen. Doch jetzt bekam ich Angst.

Was wollte Draven von mir?

Plötzlich spürte ich einen kräftigen Ruck an meinem Hals und keuchte.

Dravens Hand erschien vor meinem Gesicht.

Mit dem baumelnden Medaillon.

Er hatte es mir abgerissen!

Draven ließ den Schmuck vor meinem Gesicht hin- und herbaumeln und beäugte ihn genüsslich. „Na, was haben wir denn da? Das ist doch dieses Ding, an dem du schon immer so gehangen hast, auch wenn das keiner verstanden hat. Es ist schließlich nichts wert. Aber wer weiß... Ich glaube, ich werde es behalten und mal in einem Pfandhaus schätzen lassen.“

Großmutter Medaillon.

Plötzlich spürte ich ungeahnte Energie durch mich pulsieren.

„Gib das zurück, du Arschloch!“, schrie ich außer mir. Einige Passanten auf der anderen Straßenseite wandten sich um. Doch sie gingen weiter. Wahrscheinlich glaubten sie, der Lärm käme aus der Bar hinter uns.

„Nun... vielleicht könnte ich es dir zurückgeben.“ Draven grinste diabolisch. „Unter einer Bedingung... Du hilfst mir. Deborah wieder zu finden. Oder nein.“ Draven legte seinen Kopf schief und runzelte seine Stirn. „Dieser Preis ist viel zu niedrig für so ein erlesenes Schmuckstück, an dem offensichtlich dein Herz hängt. Es muss etwas anderes sein.“

Ich versuchte, nach dem Medaillon zu greifen, doch Draven hielt es kichernd außer Reichweite. Seine Hand hielt mich weiter fest gepackt. „Das könnte dir so passen. So leicht kommst du nicht an mir vorbei.“

„Was... was willst du?“ fragte ich mit zitternder Stimme.

„Na endlich.“ Draven lachte.

Es war das Lachen eines Betrunkenen.

„So gefügig mag ich euch gerne. Ja, wenn ihr Frauen immer so gehorchen würdet..." Dravens Stimme wurde schwer. „Wenn Deborah mir nur so gehorcht hätte... doch sie war ungehorsam... aber ich will sie wieder haben... und du wirst mir dabei helfen. Arrangiere ein Date für uns. Verabrede dich mit ihr. Aber du wirst nicht hingehen. Sondern ich." Draven grinste stolz.

„Du bist betrunken, Draven. Nur darum willst du Deborah zurück. An ihr selbst liegt dir doch gar nichts." Ich versuchte es mit Vernunft.

„Woher willst du denn das wissen?" brauste Draven auf. „Ich habe gelitten wie ein Hund, als sie sich diesem Schönling in die Arme geworfen hat. So wie jeder Mann gelitten hätte!" Dravens Stimme drohte zu kippen.

Angewidert verzog ich das Gesicht. Wie erbärmlich konnte ein Mann nur sein? Wollte der Idiot mein Mitleid gewinnen, indem er hier so eine peinliche Nummer abzog? Er hatte Deborah nie gut behandelt und sehnte sich jetzt sicher nicht nach ihr. Wahrscheinlicher war, dass Draven pleite war und Geld brauchte.

Aber das konnte ich ihm nicht sagen.

Sonst würde ich Großmutter Medaillon nie wieder sehen.

Ich holte tief Luft.

„Draven, das würde doch gar nichts bringen, wenn ich ein Date arrangiere", redete ich mit sanfter Stimme auf ihn ein. „Deborah ist verheiratet und hat ein Kind. Und sie ist sehr glücklich."

„Nein!" Dravens Gesicht verzerrte sich.

„Lass mich jetzt los und gib mir das Medaillon. Dann vergessen wir einfach die ganze Sache", schlug ich vorsichtig vor.

„Vergessen?" dröhnte Draven. „Ich vergesse nichts. Und dein Medaillon kannst du dir sonstwohin stecken." Draven verstärkte seinen Griff weiter und schüttelte mich.

„Lass mich los!" rief ich.

„Hey, was ist denn hier los?" Eine befehlsgewohnte Stimme erklang plötzlich neben uns. Die Härchen in meinem Nacken richteten sich auf und meine Haut begann zu prickeln.

Was für eine Stimme!

Ich sah auf.

Er war es.

ER!

Der unverschämte Typ aus dem Restaurant.

Mir wurde heiß.

Und dann kalt.

Und dann wieder heiß.

Plötzlich konnte ich nicht mehr richtig atmen und die Luft um mich schien vor Energie zu schwirren.

„Lass sie los!“ Der Unbekannte packte Draven am Kragen.

Dravens Griff um meinen Arm lockerte sich.

„Ganz los“, verlangte der Mann.

Mein Herz schlug bis zum Hals.

Doch nun war nicht mehr Draven der Grund dafür.

Sondern ER.

Kapitel 4

Jaxon

Mit raschen Schritten verließ ich das *Da Michele*.

Wie lange es wohl dauern würde, bis die rothaarige Hexe bei mir auftauchte? Oder konnte ich sie irgendwie wissen lassen, dass ich ihr Handy hatte? Ich könnte natürlich die SIM-Karte entnehmen und den Provider kontaktieren. Der würde mir ihren Namen geben…

Aber das war sehr umständlich.

Sicher konnte ich das Handy auch bei der Polizei oder im Fundbüro abgeben und dort meinen Namen hinterlassen. Aber dann hätte ich meinen Trumpf im wahrsten Sinne des Wortes aus der Hand gegeben. Außerdem gab es keine Garantie, dass die Rothaarige sich bei mir melden würde, wenn sie das Handy abgeholt hatte. Nicht alle Menschen wollten einen Finderlohn bezahlen.

Und wenn ich meine Kontaktdaten im *Da Michele* hinterließ, mit der Nachricht, dass ich das Handy hatte?

Irgendwann würde die Frau bemerken, dass sie ihr Handy verloren hatte und dann würde sie alle Orte kontaktieren, an denen sie heute gewesen war. So jedenfalls würde ich die Sache angehen.

Ich wandte mich um und wollte zum *Da Michele* zurückgehen, da drangen zwei Stimmen an mein Ohr. Ich sah in die Richtung, aus der sie kamen. Dort, im Halbdunkel zwischen zwei Straßenlaternen, standen zwei Gestalten.

Ein Mann und eine Frau.

Er hatte sie am Arm gepackt und sie leistete Widerstand.

In diesem Augenblick fuhr ein Auto vorbei und das Licht der Scheinwerfer streifte die beiden Streitenden.

Ich erkannte sie sofort wieder.

SIE war es. Die rothaarige Hexe.

Ein Mann mit einem vernarbten Gesicht hielt sie fest. So viel hatte ich gesehen.

Vorsichtig näherte ich mich.

„Lass mich los!“ hörte ich sie da deutlich sagen.

Der Mann lachte nur und packte sie fester.

Die Frau wehrte sich. Doch gegen den kräftigen Mann hatte sie keine Chance.

Wut durchströmte mich.

Was bildete der Kerl sich eigentlich ein?

Wie konnte er sie festhalten?

Und so behandeln?

Das durfte er nicht!

Das konnte ich nicht zulassen!

„Hey, was ist denn hier los?“ ging ich dazwischen und packte den Kerl am Kragen. Er stank ekelhaft nach Alkohol. Ein Betrunkener, der sich an einer Frau vergriff. Das kam hier in New York leider nur allzu häufig vor.

Ich zerrte den Kerl von der rothaarigen Schönheit weg. Die Frau sah mich an und ihre grünen Augen weiteten sich vor Überraschung.

Sie hatte mich erkannt.

Ich unterdrückte ein Lächeln.

Gut so.

Gerne hätte ich beruhigend auf sie eingeredet. Doch der ekelhafte Kerl wand sich in meinem Griff. „Was willst du?“ knurrte er mich an.

„Was wohl?“ blaffte ich zurück. „Ich will, dass du sie loslässt. Und sie dann für immer in Ruhe lässt. Deine Pranken solltest du bei dir behalten, verstanden?“

„Ich hab ihr doch gar nichts getan!" verteidigte sich der Mann. „Das sind die Frauen von heute. Die machen schon bei der kleinsten Sache ein riesiges Theater. Kennst du bestimmt auch, oder?"

„Nein." Der Idiot wollte mich auf seine Seite ziehen. Doch dabei spielte ich nicht mit.

So würde ich keine Frau je behandeln.

Ja, ich hatte gerne meinen Spaß und wollte mich nicht binden.

Aber das hier...

Das war etwas ganz anderes.

„Wir haben nur einen kleinen Streit", behauptete der Mann nun. „Meine Freundin hier..."

„Ich bin nicht deine Freundin", unterbrach die Rothaarige ihn schrill. „War ich nie. Und ich werde dir auch ganz bestimmt nicht helfen, Deborah wieder rumzukriegen. Sie ist ohne dich glücklicher."

Ich hatte keine Ahnung, wovon die beiden redeten. Aber das musste ich auch nicht. Die attraktive Rothaarige wollte, dass der Kerl ging.

Das reichte mir.

„Warte nur, jetzt hast du einen Beschützer gefunden. Aber sobald du wieder allein bist..." Eine Alkoholfahne traf mich.

Der Typ musste ganz schön einen sitzen haben. Sogar jetzt drohte er der Frau noch.

Ich biss die Zähne zusammen.

Na warte.

Dem würde ich es zeigen.

Mit einer einzigen schnellen Bewegung nahm ich den Mann in den Schwitzkasten. „Wenn du meine Freundin hier noch einmal belästigst, dann kannst du was erleben, verstanden?"

„Deine... Freundin?" keuchte der betrunkene Kerl und versuchte, sich aus meinem Griff zu befreien.

Er hatte keine Chance.

Ich packte ihn fester.

Sogar jetzt versuchte er noch, die Rothaarige zu packen. Doch es gelang ihm nicht. Ich verstärkte meinen Griff. Die Frau wich einen Schritt zurück und warf mir einen dankbaren Blick zu.

„Meine Freundin“, bestätigte ich knapp. „Sie steht unter meinem persönlichen Schutz und wenn du sie noch einmal so anmachst, dann breche ich dir jeden Knochen im Leib. Kapiert?“

Männer wie dieser Kerl verstanden keine andere Sprache.

„Ich….“, stotterte der Kerl und schien nun sichtlich verunsichert.

Gut.

„Er hat mein Medaillon.“ Die Rothaarige hatte Mut gefasst. Sie warf ihre Locken über die Schulter und funkelte den Mann an. „Er hat es mir vom Hals gerissen und wollte mich damit erpressen. So war es, stimmt’s, Draven?“

Der Idiot hieß also Draven.

Ich hielt ihn weiter fest und sah die Frau an. Sie fasste sich an den Hals. Ihr Finger fuhr dort eine feine Linie entlang und ich meinte, einen dünnen roten Strich zu erkennen. Dort musste sie die Kette getragen haben.

Er hatte ihr weh getan.

Wütend verstärkte ich meinen Griff.

„Rück das Medaillon raus“, zischte ich. „Und zwar sofort.“

„Ich… ich habe kein Medaillon“, behauptete der Kerl.

Draven.

„Ach nein? Dann sollten wir mal in deinen Taschen nachsehen.“ Ich drückte mein Knie an Dravens Oberschenkel. Genau dort, wo die beiden Muskellappen aufeinander trafen. Genau dort, wo es richtig weh tat.

„Das ist Diebstahl“, jammerte Draven. „Dann gehe ich zur Polizei.“

„Oh, das ist eine großartige Idee. Wir kommen mit. Dann wird sich klären, wer dort wirklich wem was gestohlen hat.“ Ich ließ meinen Blick über Draven schweifen und bemerkte, dass er eine Hand zur Faust geballt hatte.

„Öffne die Hand“, befahl ich.

Draven grunzte nur.

„Wird’s bald!“ Ich versetzte ihm einen auffordernden Stoß. „Oder sollen wir wirklich zur Polizei? Wer weiß, was noch so alles gegen dich vorliegt. Womöglich sind sie dort froh, dich zu sehen.“ Drohend verstärkte ich meinen Griff.

„Keine… keine Polizei“, keuchte Draven.

„Dann öffne die Hand“, befahl ich.

Jetzt gehorchte Draven.

In der Hand lag ein goldenes Medaillon. Es hing an einer feinen Kette.

„Gib es ihr", befahl ich nun.

Draven machte eine Bewegung und die Frau trat zögernd einen Schritt näher. Ich nickte ihr aufmunternd zu und sie schnappte sich das Medaillon.

„Entschuldige dich", wies ich Draven nun an.

Allmählich begann mir die Sache Spaß zu machen.

Draven grunzte etwas Unverständliches.

„Wie bitte?" rief ich laut. „Das haben wir leider nicht gehört. Noch mal."

„Tut mir leid", nuschelte Draven.

„Gut." Ich nickte zufrieden. „Jetzt lasse ich dich los. Du wirst auf der Stelle von hier verschwinden. Und wenn du noch einmal, und ich meine wirklich nur ein einziges Mal, in die Nähe meiner Freundin kommst, dann bist du geliefert. Du wirst deine Pfoten von ihr lassen und vergessen, dass es sie überhaupt gibt. Haben wir uns verstanden?"

Wieder grunzte Draven etwas Unverständliches.

Der Kerl brauchte wohl jedes Mal eine extra Aufforderung.

„Haben wir uns verstanden?" Ich schüttelte ihn.

„Ja." Dravens Stimme klang undeutlich.

„Gut." Ich ließ ihn los und stieß ihn gleichzeitig von mir weg.

Draven stolperte, fing sich aber wieder. Aus drei Schritten Entfernung funkelte er mich an. Selbst im Halbdunkel konnte ich den Hass und die Verachtung in seinen Augen spüren.

Das ließ mich kalt.

Der Kerl war ein Stänkerer und ein Säufer, der morgen wahrscheinlich schon vergessen haben würde, dass es mich gab. Vermutlich würde er mit einem riesigen Kater aufwachen und nicht mehr wissen, was geschehen war.

„Verdammtes Arschloch, das wirst du büßen", presste Draven zwischen seinen Zähnen hervor, bevor er davon ging.

„Arschloch!" brüllte er noch einmal laut, als er schon in sicherer Entfernung war.

Niemand beachtete ihn.

Das war New York.

Durchgeknallte Typen gab es hier zuhauf.

„Danke." Die rothaarige Frau stand zwei Schritte von mir entfernt und hob ihr Gesicht leicht an. Ihre grünen Augen funkelten im Licht der Straßenlaterne. Ihr Mantel stand leicht offen und so bemerkte ich, dass sie schwer atmete und dass sich ihre vollen Brüste hoben und senkten.

Ich lächelte sie an. „Keine Ursache. Dem Typen habe ich gerne eine Lektion erteilt." Vorsichtig machte ich einen Schritt auf die Frau zu. „Ich bin übrigens Jaxon. Nachdem ich dich schon als meine Freundin bezeichnet habe, solltest du wenigstens wissen, wie ich heiße."

Mir stieg ein warmer Duft in die Nase.

Ich schnupperte.

Zypresse? Und ein wenig Grapefruit?

„Ich bin Annabelle." Die Frau sah mich aufmerksam an.

Täuschte ich mich oder klang ihre Stimme ein wenig dunkler als vorhin?

„Freut mich." Ich rückte endgültig an Annabelle heran.

Annabelle.

Der Name klang wie Musik und passte hervorragend zu ihr. Er war so außergewöhnlich wie ihre Haare.

Ich atmete Annabelles Duft ein.

Wenn ich jetzt nichts falsch machte, dann würde ich mein Ziel schneller erreichen als gedacht.

Ich unterdrückte ein Grinsen und tastete in meiner Tasche nach Annabelles Handy.

Wenn ich ihr das überreichte...

Doch bevor ich etwas sagen oder tun konnte, stieß Annabelle einen erschreckten Ruf aus und zog etwas aus ihrer Handtasche. „Bestimmt ist es weg", jammerte sie. „Und das nur, weil dieser Idiot mich aufgehalten hat."

„Was meinst du?" fragte ich. Es schien mir ganz natürlich, Annabelle zu duzen.

Doch Annabelle beachtete mich nicht. Sie hielt ein Tablet in der Hand und tippte verzweifelt auf dessen Bildschirm. „Komm schon", murmelte sie. „Oh bitte, sei nicht weg."

Wovon redete sie?

Wie gebannt beobachtete ich Annabelle, während ihre geschmeidigen Finger fahrig über das Tablet-Display huschten.

Was machte sie da?

Musste sie jemanden vor Draven warnen?

Diese Deborah, von der sie beide gesprochen hatten?

Vorsichtig wartete ich ab.

Ruckartig hob Annabelle den Kopf. Sie starrte mich an. Dann sah sie wieder auf das Tablet. Und wieder zu mir.

„Du! Du hast es!“ schleuderte sie mir ohne Vorwarnung entgegen. Ihre Augen hatten sich geweitet und schienen Funken zu sprühen. Aber nicht vor Leidenschaft. Sondern vor Wut.

Das verheißungsvolle Knistern, das ich eben verspürt hatte, war wie weggeblasen.

„Rück es sofort raus!“ befahl Annabelle. Empört ließ sie das Tablet sinken. „Erst spielst du hier den großen Retter, der mir mein Medaillon wieder besorgt. Aber in Wahrheit bist du auch nichts anderes als ein Dieb. Genau wie Draven.“ Annabelles Stimme überschlug sich nun nahezu.

„Moment mal!“ Ich spürte Ärger in mir aufsteigen. „Ich habe dir nichts gestohlen.“

„Ach nein?“ Annabelle lachte höhnisch auf. „Natürlich hast du. Gleich zweimal. Es fing schon damit an, dass du dir meinen Tisch unter den Nagel gerissen hast. Wir wissen beide ganz genau, dass er eigentlich mir gehört hat.“

Das konnte ich nicht einmal leugnen.

„Und nun hast du auch noch mein Handy!“ Annabelle stemmte eine Hand in ihre Hüfte. Ihr Mantel klaffte leicht auf und ich hatte ungehinderten Blick auf ihre Brüste unter dem engen Pullover. Annabelles Augen glitzerten und ihre Locken schienen feuerrote Funken zu sprühen.

Ihr Handy?

Natürlich hatte ich es.

Aber nicht, weil ich stehlen wollte.

Beschwichtigend hob ich eine Hand, um Annabelle zu bremsen. „Ich habe dein Handy gefunden und…“

„Komm mir nicht mit deinen Ausreden! Das war doch eben alles nur Show!“ Annabelle beachtete meine Worte kaum. „Typisch Mann.“ Annabelle stampfte leicht mit dem Fuß auf.

„Typisch Mann?“ wiederholte ich perplex.

„Natürlich.“ Annabelle schnaubte.

Verdammt. So wirkte sie sogar noch heißer als vorhin im Restaurant. Wenn sie sich aufregte oder ärgerte, dann verströmte sie eine Energie, wie ich sie noch nie gespürt hatte. Eine sexy Energie. Eine Energie, die mich auf die heißesten

Gedanken brachte. Wie wäre es, wenn ich Annabelle jetzt packen und einfach meinen Mund auf diese vollen Lippen pressen würde? Dann würde ich sie zum Schweigen bringen und ihre Wut würde sich direkt in Leidenschaft verwandeln...

Ganz schlechtes Timing, Jaxon. Ganz schlecht.

Es war noch zu früh dafür.

„Ihr seid doch alle gleich." Annabelle redete sich in Rage. „Egal ob ihr Draven, Marcus oder Jaxon heißt. Du nimmst mir den Tisch, Marcus setzt mich unter Druck, damit ich beruflich liefere, was er will und Draven klaut mein Medaillon. Und einmal, wenn ich denke, dass einer von euch vielleicht doch nicht so übel ist, dann stellt sich raus, dass er mein Handy geklaut hat."

Was für ein Temperament!

Ich musste mich zusammenreißen, um ein Grinsen zu unterdrücken.

Stattdessen erwiderte ich. „Und wenn du dich getäuscht hast? Vielleicht sind das alles nur voreilige Schlussfolgerungen?"

„Ach ja? Und wie erklärst du dir dann, dass mein verlorenes Handy laut der Ortung direkt neben mir ist, hm? Und bis eben im *Da Michele* war?" Annabelle schüttelte den Kopf. Ich setzte zu einer Antwort an, doch Annabelle hob die Hand. „Spar dir deine Erklärungen. Ich kenne das. Im Märchen erzählen seid ihr alle ganz groß. Gib mir einfach das Handy und lass mich dann in Ruhe. Ich habe wirklich genug von euch allen. Männer!" Annabelle gab ein Schnauben von sich, das keinen Zweifel daran ließ, dass wir für sie auf der untersten Entwicklungsstufe standen.

Ich griff erneut in meine Tasche. „Hier ist dein Handy. Ich wollte es dir zurückgeben." Ich nahm das Smartphone und drückte es Annabelle in die Hand.

Annabelle starrte mich misstrauisch an. „Und das soll ich dir glauben? Wie hättest du mich denn finden wollen, wenn wir uns hier nicht zufällig über den Weg gelaufen wären?"

Eine berechtigte Frage.

„Ich wollte das Handy zur Polizei bringen", log ich. „Die können den Eigentümer ermitteln und es dann zurückgeben. Das schien mir sicherer als es einfach im *Da Michele* zu lassen. Da weiß man schließlich nie, was so passiert."

Annabelles Blick wurde ein wenig weicher. Aber sie war immer noch auf der Hut.

„Das mit dem Tisch tut mir ehrlich leid.“ Ich stockte für einen Moment. „Da habe ich nicht gerade meine beste Seite gezeigt“, gab ich dann zu.

Annabelle schnaubte.

Aber immerhin sagte sie nichts und ließ mich weiterreden.

Ich ergriff meine Chance. „Ich stand unter Druck und hatte einen dringenden Termin… der beschissen lief.“ Ich grinste.

Annabelle zuckte mit keiner Wimper.

„Egal“, erklärte ich hastig. „Es war nicht richtig von mir. Ich hätte dafür sorgen sollen, dass wir beide einen Tisch bekommen. Ich habe mich wirklich unmöglich verhalten. Es tut mir leid.“ Zerknirscht sah ich Annabelle an. „Ich hoffe, ich bin nicht der Grund, aus dem du alle Männer für Idioten hältst. Oder Arschlöcher. Oder sonstwas. Ich… Ich schulde dir was. Einen Drink. Oder eigentlich einen schönen Abend.“ Schief grinste ich Annabelle an.

Annabelles Augen wirkten im Halbdunkel unglaublich groß. Vorhin hatte ich sie für meergrün gehalten. Doch jetzt musste ich mich korrigieren. Sie waren eher Smaragdgrün.

Oder?

„Ich hatte schon genug Drinks für heute“, lehnte Annabelle ab.

Hervorragend.

Ich kannte diese Tonlage. So redeten Frauen, wenn sie eigentlich ja sagen wollten und nur von uns Männern noch einmal überredet werden wollten. Man sagte uns Männern nach, Jäger zu sein. Vielleicht. Doch das konnten wir nur sein, weil die Frauen es genossen, gejagt zu werden. Sie wollten Beute sein. Aber keine leichte Beute.

Wer konnte es ihnen verdenken?

„Wir müssen ja keinen Drink nehmen.“ Ich lächelte Annabelle an. „Wenn du spontan bist, dann kann ich dir New York einfach von einer anderen Seite zeigen. Ich habe da einen Geheimtipp… und ich wette, du bist vielleicht schon dort gewesen. Aber SO hast du es noch nie gesehen.“

Annabelle sah mich an. „Geheimtipp. Das kenne ich. Du willst mich wohl in irgendeine Spelunke verschleppen und dann dort abfüllen.“

Ich brach in lautes Gelächter aus. „Hat man dir schon mal gesagt, dass du überaus misstrauisch bist?“

Annabelle sah mich an. Und plötzlich stimmte sie in mein Lachen mit ein. „Das habe ich schon mal gehört“, gab sie zu.

„Vielleicht ist da was dran.“ Ich rückte ein wenig näher an Annabelle heran und blinzelte ihr zu.

„Vielleicht.“ Annabelle blinzelte zurück.

Yes.

Ich hatte gewonnen.

So gut wie.

Sie würde ja sagen.

Zuerst würde sie sich noch ein wenig zieren.

Doch dann würde sie ja sagen.

„Dazu habe ich aber auch allen Grund.“ Annabelle wurde wieder ernster.

Auch ich nahm eine ernste Miene an. „Dann hoffe ich, dir heute Abend beweisen zu dürfen, dass es auch andere Männer gibt. Welche, die sich zwar vielleicht mal daneben benehmen, aber denen es trotzdem nicht an Anstand und Aufrichtigkeit mangelt und die ehrliche Absichten verfolgen.“

Annabelle sah mich an. Ihre Augenbrauen waren skeptisch zusammengezogen. Ihre smaragdgrünen Augen bohrten sich tief in meine und es schien, als wollte sie mich auf Herz und Nieren prüfen. Für einen langen Moment herrschte Schweigen zwischen uns, nur durchbrochen vom gelegentlichen Jaulen einer Polizeisirene in der Ferne.

Ich hielt Annabelles forschendem Blick stand. Eine vorwitzige Strähne einer wilden Locke fiel ihr ins Gesicht und ich hob unwillkürlich meine Hand. Am liebsten hätte ich Annabelle das Haar aus dem Gesicht gestrichen. Dann hätte ich ihre samtige Haut gestreichelt und...

Ich ließ meine Hand wieder fallen.

Keine gute Idee.

Noch nicht.

Wenn der Jäger die Beute umgarnt hatte, dann hieß es langsam machen.

Die Spannung der Jagd war etwas, das genossen werden wollte...

Und das konnte ich.

Plötzlich lächelte Annabelle. „Falls ich zusage... ich sage nur falls... wenn du dann nicht hältst, was du versprichst, dann bin ich schneller weg, als du denkst.“ Sie zwinkerte mir zu, doch es war klar, dass sie ihre Worte ernst meinte.

Erleichtert stieß ich meinen Atem aus.

Dann zwinkerte ich Annabelle zu. „Du wirst nicht enttäuscht sein“, versprach ich.

Annabelle sah mich an.

Es war kalt.

Doch keiner von uns schien das zu merken.

Die Luft um uns flirrte.

Vor Erregung.

Oder Erwartung.

Oder beidem.

Ich war am Ziel.

Beinahe jedenfalls.

Jaxon Caldwell bekam immer, was er wollte.

So würde es auch heute Abend sein.

Ich grinste.

Kapitel 5

Annabelle

Ich sah Jaxon an. Mein Herz klopfte so laut, dass ich glaubte, Jaxon müsste es hören. Meine Haut kribbelte und die Luft um uns herum flirrte.

Und das mitten im Winter. Es war so kalt, dass ich meinen Atem in kleinen Wölkchen kondensieren sehen konnte. Dabei fror ich kein bisschen. Jaxon stand so nah, dass ich sein herbes Parfum roch. Ich schluckte. Sollte ich wirklich den restlichen Abend mit ihm verbringen?

Bei der Aussicht wurden meine Knie ziemlich weich.

„Hm…", machte ich und legte zögernd meinen Kopf schief.

„Oder hast du schon etwas anderes vor?" fragte Jaxon unvermittelt. „Vielleicht ein Treffen mit einem anderen Arschloch?"

Ich schüttelte den Kopf. Ein Lachen entfuhr mir. Mir gefiel, dass Jaxon sich nicht so ernst zu nehmen schien. Ein anderer Mann hätte vermutlich schon längst beleidigt die Flucht ergriffen. Doch Jaxon hielt meinen Ärger aus. Ja, er gab mir sogar recht. „Nein. Ich habe nichts anderes vor."

„Und was hält dich dann ab?" Jaxons dunkle Augen bohrten sich erneut in meine.

Ich hielt den Atem an. Meine Haut prickelte und meine Mitte zog sich leicht zusammen. Mit einem Mal wünschte ich mir, Jaxon würde die Hand ausstrecken und die winzige Distanz zwischen unseren Körpern überbrücken.

Er sollte mich berühren.

Wie sich das wohl anfühlte?

Wie sich seine Lippen wohl anfühlten?

Wie es sich anfühlen musste, in seinen starken Armen zu sein und...

„Immerhin bist du nicht mehr sauer auf mich." Jaxon grinste mich an und durchbrach die Spannung zwischen uns beiden.

„Stimmt." Ich war selbst überrascht, als ich das feststellte. Meine Wut schien wie weggeblasen. Und zwar nicht nur meine Wut auf Jaxon. Auch Marcus und Draven waren schon fast vergessen. Die beiden schienen mit einem Mal nicht mehr wichtig. Draven würde ich dank Jaxons Hilfe nie wieder sehen. Falls wir uns doch einmal begegnen würden, so würde Draven mich sicher in Ruhe lassen. Und Marcus... nun, irgendwie würde ich diesen Artikel schon schreiben. Und zwar, ohne meine Prinzipien zu verraten.

Was hatte ich also zu verlieren?

Nichts.

Es ging auch um nichts.

Es ist nur eine Einladung für einen amüsanten Abend, Annabelle. Er lädt dich nicht in sein Leben ein. Oder macht dir einen Antrag. Oder irgendwas.

Ich beäugte Jaxon ein letztes Mal.

Das gab es also wirklich? Einen Mann, der einfach nur einen schönen Abend mit mir verbringen wollte, ohne Hintergedanken zu haben?

Jaxon erwiderte meinen Blick. Seine Augen waren dunkel, aber ohne Argwohn.

Konnte ich ihm wirklich vertrauen? Ich kannte ihn schließlich kaum.

Er hat dir geholfen, Annabelle. Wenn du ihm nicht vertrauen kannst, wem dann?

Ich dachte nach.

Warum nicht?

Ich konnte schließlich jederzeit gehen.

„Ich komme mit“, hörte ich mich selbst sagen. Nach all dem Stress mit der Jobsuche und besonders nach dem heutigen Abend hatte ich mir eine Abwechslung redlich verdient.

„Großartig!“ Jaxon lachte mich an.

„Dann bin ich mal gespannt auf deinen Geheimtipp.“ Ich blinzelte Jaxon zu.

„Oh, das glaube ich.“ Jaxon lachte.

„Was ist es denn?“ fragte ich.

Jaxon grinste. „Das verrate ich dir nicht. Dann ist es ja kein Geheimtipp mehr.“ Er lachte. „Wir fahren am besten mit dem Taxi.“ Er deutete weiter nach vorne. „Da ist ein Taxistand.“

Wir gingen nebeneinander die Straße entlang. Es war dunkel und zwischen uns herrschte... eine gewisse Intimität?

Ich fand schon immer, dass Spaziergänge im Dunkeln sich ganz anders anfühlten als Spaziergänge im Hellen.

Irgendwie persönlicher.

Im Dunkeln fielen die Masken, die wir sonst aufhatten, viel schneller.

„Es wird dann sowieso nicht mehr DEIN ultrageheimer Tipp sein, wenn wir gemeinsam dort waren.“ Ich sah Jaxon von der Seite aus an. „Da kannst du mir genauso gut jetzt sagen, was es ist.“

„Oh nein.“ Jaxon schüttelte den Kopf. „Ich will dich staunen sehen, wenn wir dort ankommen.“

Wir hatten den Taxistand erreicht. Ein einsames Taxi wartete dort auf Fahrgäste.

„Bitte.“ Jaxon hielt mir die hintere Tür auf.

Ich stieg ein. Jaxon ging um das Taxi herum und stieg hinter dem Fahrer ein. Er klopfte ihm auf die Schulter und flüsterte ihm etwas ins Ohr. Der Fahrer nickte. Das Taxi setzte sich in Bewegung.

„Du nimmst diese Sache mit den Überraschungen ziemlich ernst“, stellte ich fest.

„Was dagegen?“ Jaxon grinste mich wieder an.

Oh dieses Grinsen.

Meine Nippel kribbelten leicht.

„Nein.“ Meine Stimme klang rau.

„Gut." Jaxon blinzelte mir zu. „Wenn du mich für einen Moment entschuldigst, ich muss noch kurz jemanden anrufen."

Ich nickte.

„Henry?" ertönte Jaxon Stimme da neben mir. „Du erinnerst dich an das, was du mir einmal versprochen hast?"

Ich lauschte. Vielleicht würde ich so einen Hinweis auf das bekommen, was Jaxon vorhatte.

Vielleicht auch nicht.

Und da merkte ich, dass es mir egal war.

Ich genoss die Anspannung und die Vorfreude.

„Genau", hörte ich Jaxon sagen. „Wir sind in etwa zehn Minuten da."

Stille.

„Ja, ich und meine Begleitung. Sie heißt Annabelle. Ich bürge für sie." Jaxon zwinkerte mir zu. „Ich werde auf sie aufpassen und sie wird nichts anstellen. Das verspreche ich dir."

Wieder Stille, während Henry sprach.

„Gut, dann bis gleich." Sichtlich zufrieden beendete Jaxon das Gespräch.

„Was sollte ich anstellen?" Ich hob die Augenbrauen.

„Oh!" Jaxon lachte dunkel. „Man weiß nie, oder?" Er zwinkerte mir zu, um zu zeigen, dass er nur einen Scherz machte. Dann räusperte er sich. „Henry ist manchmal ein wenig besorgt. Bei seinem Job ist das kein Wunder. Daher musste ich ihm einfach versichern, dass es dafür keinen Grund gibt."

„Was arbeitet Henry?" wollte ich wissen.

„Wirst du gleich sehen." Jaxon tippte mir kurz auf die Nase. „Du bist ziemlich neugierig, oder? Und gibst dich nie mit einer Antwort zufrieden."

Meine Nase kribbelte an der Stelle, an der Jaxons Finger mich berührt hatte.

Und irgendwie... kribbelte mein ganzer Körper.

Meine Wangen wurden warm und ich war froh, dass Jaxon das in der Dunkelheit nicht sehen konnte.

„Berufskrankheit", erwiderte ich schlicht.

Ich wäre eine schlechte Journalistin, wenn ich keine guten Fragen stellen oder leicht aufgeben würde.

„Was ist dein Beruf?" wollte Jaxon wissen.

Bevor ich etwas antworten konnte, hielt das Taxi an. „Wir sind da“, erklärte der Fahrer.

Wo waren wir?

Ich spähte aus dem Fenster.

Vor uns lag das MoMA, das Museum of Modern Art, eines von New Yorks bekanntesten Kunstmuseen. Wenn nicht sogar DAS bekannteste.

Hier war die Überraschung?

Um diese Zeit?

Jaxon bezahlte den Fahrer und stieg aus. Dann ging er um das Taxi und öffnete die Tür für mich.

Wann hatte ein Mann so etwas zum letzten Mal für mich getan?

„Ich hoffe, du gehst gerne ins Museum“, sagte Jaxon.

„Ins Museum?“ Ich beäugte das Gebäude vor uns. „Ab und zu gehe ich ganz gerne hin, ja. Aber das hatte doch jetzt geschlossen.“

Jaxon lachte. „Ja schon. Aber nicht für uns?“

„Nicht für uns?“ wiederholte ich. Ich verstand gar nichts mehr.

„Henry, mit dem ich eben telefoniert habe, ist der Direktor des MoMA. Und zufälligerweise ist er mir noch einen Gefallen schuldig. Einen ziemlich großen Gefallen sogar.“ Jaxon zwinkerte mir zu. „Wir beiden brauchen also nur zum Eingang gehen und man wird uns reinlassen. Auch wenn das Museum schon geschlossen ist.“

Ich sah von Jaxon zu dem Gebäude und wieder zurück. „Wow. Das ist... das ist wirklich eine tolle Überraschung.“

Meine Worte kamen mir ziemlich lahm vor.

Ein Mann lud mich ins Museum ein. Aber nicht nur das. Er stellte mir das ganze Museum zur Verfügung!

So etwas gab es doch sonst nur im Film.

Ich zwickte mich kurz, um sicherzugehen, dass das hier gerade wirklich passierte.

„Komm.“ Jaxon ergriff meine Hand und zog mich in Richtung Eingang.

Sein Griff war warm und fest. Er umschlang meine Finger und mein Körper fing Feuer. Ich hielt den Atem an und musste mich beeilen, um mit Jaxon Schritt zu halten. Am liebsten hätte ich mich an ihn geschmiegt.

Verdammt.

Was war das nur, das dieser Mann in mir auslöste?

So etwas hatte ich noch nie gespürt.

„Hi Jaxon." Der Wachmann am Eingang schien Jaxon zu kennen.

„Tony." Jaxon ließ meine Hand los und schüttelte dem Wachmann die Hand. „Alles klar? Wie geht es deiner Familie?"

Ich sah Jaxon von der Seite an. Offensichtlich war er nicht nur mit Museumdirektoren befreundet, sondern kam auch mit Wachmännern gut aus. Mit Menschen, die er ohne weiteres herumkommandieren konnte. Stattdessen zeigte er freundliches Interesse. Kurz dachte ich daran, wie Draven oder Marcus sich in einer solchen Situation verhalten hätten. Vermutlich hätten sie Tony nicht einmal gegrüßt. Geschweige denn sich an seinen Namen erinnert.

Jaxon war wirklich anders als alle anderen Männer.

Er hatte recht gehabt, als er versprochen hatte, mir das Gegenteil zu beweisen. Nur geschah es auf ganz andere Weise als gedacht.

„Alles in bester Ordnung, Sir, danke der Nachfrage." Tony grinste und seine Zähne leuchteten weiß in seinem dunklen Gesicht auf.

„Ich hab dir doch schon oft gesagt, dass du mich nicht Sir nennen sollst", tadelte Jaxon. „Dann ist die Kleine wieder gesund?"

„Gesund und munter wie ein Haufen Flöhe." Tony lachte. Dann hielt er uns die Tür auf. „Viel Spaß da drinnen."

Jaxon und ich betraten das Museum.

Staunend hob ich den Kopf. Tagsüber war die hohe Halle voller Menschen. Zwar redete im Museum selten jemand laut. Doch jede Menge leise Stimmen sorgten für eine ständige Geräuschkulisse. Außerdem gab es Führungen und immer wieder Besucher, die sich nicht an die Regeln hielten, sondern laut telefonierten.

Jetzt herrschte Stille.

Und Dunkelheit.

„Die Exponate sind auch nachts beleuchtet", erklärte Jaxon. „Zumindest heute. Dafür hat Henry gesorgt."

Stumm nickte ich.

„Was möchtest du gerne sehen? Die Demoiselles d'Avignon von Picasso?" fragte Jaxon. Das war eines der bekanntesten Werke im MoMA.

Ich schüttelte den Kopf. „Mit Picasso kann ich nicht so viel anfangen", flüsterte ich. „Seine Darstellungen von Frauen sind mir irgendwie unheimlich."

Jaxon lachte. „Das hätte ich mir denken können. Also, was dann?"

„Die Sternennacht von van Gogh", wisperte ich nach kurzer Überlegung.

„Gut. Warum flüsterst du?" wollte Jaxon wissen. Er sprach in normaler Lautstärke.

„Weil... weil das hier ein Museum ist. Und weil es dunkel ist und..." Ich sprach nicht weiter. Jetzt kam ich mir selbst ein wenig lächerlich vor.

„Hier ist niemand außer uns." Jaxon lachte. „Wir können uns ganz normal unterhalten." Seine Stimme hallte ein wenig in der großen Halle. „Los, hier geht es entlang zu van Gogh." Er legte mir eine Hand auf den Rücken und dirigierte mich in einen Gang.

Hier brannte nur die Notbeleuchtung.

Stumm gingen wir nebeneinander her. Unauffällig musterte ich Jaxon aus dem Augenwinkel. Ich sah sein markantes Kinn, seine gerade Nase, seine entschlossene Miene.

Er wusste, was er wollte.

Aber was wollte er?

Er hatte mir eine Überraschung versprochen und nun waren wir allein in einem Museum. In DEM New Yorker Museum. Wieso tat ein Mann, den ich kaum kannte, so etwas für mich?

Mein Misstrauen verflog nicht so leicht.

Auch wenn sich von der Stelle aus, an der Jaxons Hand auf meinem Rücken lag, Wärme in meinem ganzen Körper ausbreitete.

Aber vielleicht war ich gerade darum misstrauisch.

„Hier." Nun sprach auch Jaxon etwas leiser.

Wir betraten einen der Säle, in dem Bilder ausgestellt waren.

„Da drüben." Jaxon deutete auf ein Bild.

Van Goghs Sternennacht.

Die ganze Welt kannte das Bild.

Die ganze Welt wollte es sehen.

Und nun stand ich davor.

Ohne dass ich mich dafür durch eine Menschenmenge drängen musste.

Einfach so.

Mit einem Mann, der eben seinen Arm um meine Schultern legte.

In diesem Moment schienen sich die Sternenwirbel auf dem Gemälde zu drehen.

Eine halbe Stunde später gingen Jaxon und ich nebeneinander durch einen der Gänge. Ich hätte nicht mehr sagen können, wo der Ausgang war. Aber das war mir egal. Ich genoss einfach nur die Gegenwart. Diesen Abend. Diesen Moment.

Mit Jaxon.

Es fühlte sich so leicht, so völlig natürlich an. Zu Beginn des Abends war ich angespannt gewesen und nun fühlte ich mich so entspannt und locker wie schon lange nicht mehr.

Abrupt blieb ich stehen.

War das richtig?

Sollte ich nicht lieber nach Hause gehen?

Statt mich hier Hals über Kopf in irgendetwas zu stürzen?

„Alles okay?“ fragte Jaxon, als hätte er meine Gedanken gelesen.

„Ich... ähm... ja... Alles okay“, log ich. „Ich müsste nur mal dringend auf die Toilette. Mich... mich ein bisschen frisch machen. Du verstehst schon.“

„Sicher.“ Jaxon nickte. „Dort drüben.“ Er deutete auf ein Schild, das in den Gang hineinragte.

„Okay. Dann... dann gehe ich mal.“ Meine Beine zitterten leicht, als ich mich von Jaxon entfernte.

„Ich warte da vorne“, rief er.

Als ich die schwere Holztür aufstieß, empfing mich absolute Stille. Das Licht schaltete sich dank des Bewegungsmelders automatisch an. Meine Schritte hallten auf den Kacheln wider, als ich zu den Waschbecken ging.

Ich atmete tief durch. Dann drehte ich das Wasser auf und ließ es über meine Handgelenke rinnen. Vorsichtig kühlte ich auch meine erhitzten Wangen.

Verdammt.

Dabei war es im Museum nicht sonderlich warm.

Ich sah in den Spiegel.

In diesem Augenblick öffnete sich die Tür hinter mir.

Ich fuhr herum.

„Jaxon, ich...“ Ich unterbrach mich.

Vor mir stand nicht Jaxon. Ein Wachmann sah mich misstrauisch an und legte eine Hand auf den Schlagstock, den er an seiner Seite trug. Ich schluckte.

Mir war noch nie aufgefallen, dass Wachmänner so ausgestattet waren. Oder war das nur nachts der Fall?

„Was machen Sie hier?" Die Stimme des Wachmanns war tief.

„Ich... ähm ich musste mal auf die Toilette", stotterte ich.

„Schon klar. Aber was machen Sie um diese Zeit im Museum?" Der Wachmann kam näher. Die schwere Tür fiel hinter ihm ins Schloss.

„Ich... ein Freund hat mich eingeladen. Er kennt Henry... und Tony... und wir durften hier rein..." Meine Stimme quietschte leicht und als ich diese Worte sprach, bemerkte ich selbst, wie lächerlich sie klangen.

Der Wachmann sah mich misstrauisch an. „Das kann jeder erzählen. Bitte kommen Sie mit." Er trat weiter an mich heran.

Mitkommen?

Wohin?

„Bei Besuchern, die sich hier außerhalb der Öffnungszeiten aufhalten, muss die Polizei informiert und eine Untersuchung eingeleitet werden." Der Wachmann sah mich streng an. „Sie wären nicht die erste, die hier für eine Bande von Kunstdieben spionieren soll."

Kunstdieben?

Mein Herz rutschte nach unten.

„Ich... ich bin keine Kunstdiebin." Verzweifelt sah ich den Wachmann an.

„Das können Sie der Polizei erzählen. Mitkommen." Der Wachmann war nun nicht mehr so freundlich wie gerade eben noch.

Ich schluckte.

Mir blieb wohl nichts anders übrig.

Ob Jaxon sich auch schon im Gewahrsam der Wache befand?

Aber er kannte doch Tony!

Da öffnete sich die schwere Holztür erneut. „Annabelle?"

Jaxon erschien.

Der Wachmann fuhr herum. „Was ist denn hier los? Eine Versammlung?"

Jaxon hob seine Hand. „Ich kann Ihnen alles erklären. Aber am besten machen wir das draußen. Wir wollen der Dame doch ein wenig Privatsphäre gönnen."

Misstrauisch sah der Wachmann zu Jaxon.

Jaxon deutete auf das Funkgerät am Gürtel des Wachmanns. „Wenn Sie Ihren Chef fragen, Tony, dann wird der Ihnen bestätigen, dass alles seine Ordnung hat."

Der Wachmann sah von Jaxon zu mir. Dann zuckte er mit den Schultern. „Gut, warten wir draußen. Von der Toilette kann sie schließlich nicht entkommen."

Jaxon blinzelte mir zu.

In diesem Moment erwachte das Funkgerät des Wachmanns zum Leben. „Roger? Hier ist Tony. Ich hab dir vergessen zu sagen, dass wir heute zwei unangemeldete Besucher haben. Order von ganz oben."

Der Wachmann beäugte Jaxon und mich. Dann nahm er das Funkgerät. „Tony? Ich bin hier mit einem Herrn und einer Dame. Du bist dir sicher, dass alles seine Ordnung hat?"

„Sicher. Mach ganz normal deine Runde", drang es aus dem Funkgerät.

„Gut, wenn du das sagst." Der Wachmann steckte das Funkgerät wieder weg. Dann blickte er uns ein letztes Mal an. „Nichts für ungut. Ich mache nur meinen Job."

Jaxon nickte.

Ich konnte nichts sagen.

Der Wachmann verschwand.

Jaxon lächelte mich an. „Dann lasse ich dich mal allein. Ich warte draußen." Er grinste. „Wenn du willst, können wir noch ein paar Bilder ansehen. Oder auf den Schreck einen trinken gehen."

Einen trinken gehen.

Ich starrte Jaxon nach, als er durch die Tür verschwand.

War das hier… ein Date?

Ich war davon ausgegangen, dass Jaxon mich nach dem Museumsbesuch nach Hause bringen würde.

Aber…

Eigentlich wollte ich das nicht.

Das hatte ich vorhin schon gewusst.

Ich ging nach hinten zu den Kabinen und betrat die erste. Dort klappte ich den Deckel der Toilette herunter und setzte mich drauf. Dann holte ich mein Smartphone aus der Tasche.

Ich brauchte Rat.

Dringend.

Konnte ich Scarlett um diese Zeit anrufen?

Meine Freundin war schon immer eine Nachteule gewesen. Einen Versuch war es wert. Deborah dagegen würde tief und fest schlafen. Da war ich mir sicher.

Scarlett meldete sich bereits nach dem zweiten Klingeln. „Annabelle! Wie schön, mal wieder von dir zu hören! Was gibt es Neues?"

Ich holte tief Luft. „Scarlett, ich brauche deinen Rat. Dringend. Ich bin hier im Museum of Modern Art. Mit einem Mann, den ich heute Abend erst kennengelernt habe."

„Was? Im MoMA?" fragte Scarlett ungläubig. „Um diese Zeit? Das ist doch längst geschlossen, oder? Wie seid ihr denn da reingekommen?"

„Das ist eine längere Geschichte", erklärte ich. „Der Mann... er heißt Jaxon... also er kennt hier den Chef oder sowas in der Art. Die ganze Sache ist ziemlich verrückt und ich weiß nicht, ob das wirklich... also... ich weiß nicht.... Ich weiß nicht, was ich tun soll", beendete ich schließlich meinen wirren Satz.

„Was für eine Sache?" Scarlett hörte mir aufmerksam zu.

„Na die Sache mit Jaxon. Er hat mir erst den Tisch im Restaurant geklaut und nach dem Meeting mit Marcus habe ich ihn zufällig wiedergesehen. Er hat mir geholfen und mich dann hierher eingeladen. Und das Ganze ist irgendwie so... so intim... ich weiß auch nicht, wie ich das sagen soll. Er..."

„Du magst ihn", stellte Scarlett trocken fest.

„Ja. Nein. Ich weiß auch nicht. Ich kenne ihn doch kaum. Aber bei mir prickelt alles und dann weiß ich nicht, ob das hier ein Date ist oder nicht und..." Mein Satz war genauso konfus wie eben.

Doch Scarlett kannte mich zum Glück gut genug, um mich zu verstehen. „Meine Güte, Annabelle. Das ist doch völlig egal, ob es ein Date ist oder nicht. Du hast gerade einen schönen Abend mit einem Mann. Wo ist denn nun das Problem?"

„Ich kenne ihn doch gar nicht", beschrieb ich mein Dilemma.

„Das ist am Anfang immer so." Scarlett lachte laut. „Meine Güte, irgendwann hat jede Frau ihren zukünftigen Mann zum ersten Mal gesehen. Und da kannte sie ihn nicht."

„Zukünftiger Mann?" Ich hickste leicht. „Das ist wohl etwas zu viel, ich meine, er ist anziehend und so... Aber ich weiß doch gar nicht, ob ich ihn wiedersehen will und ob er mich wiedersehen will und… also vielleicht ist er auch einfach nur gerade nett und eigentlich nicht und…“

„Annabelle!“ unterbrach Scarlett mich streng. „Du solltest aufhören, ständig alles bis ins Allerletzte zu kontrollieren. Es wird endlich mal Zeit, dass du ein bisschen lockerer wirst.“

Ich schluckte. Das hatte man mir schon oft gesagt.

Und es stimmte.

Scarlett hatte recht.

Aber…

Ich holte tief Luft und strich mir mit der freien Hand eine Locke aus der Stirn. „Und wenn er am Ende auch nur ist wie alle anderen? Ich möchte wirklich nicht riskieren, schon wieder enttäuscht zu werden. Gerade bekomme ich beruflich endlich einen Fuß auf den Boden, da will ich keinen Liebeskummer!“

„Oh, meine Güte! Es könnte doch auch gut gehen?“ entgegnete Scarlett. „Nun unterstelle doch nicht immer allen, dass sie dir das Herz brechen wollen. Manche Männer wollen dich auch einfach nur kennenlernen. Genieße den Abend, lern ihn kennen und schau, was sich ergibt. Ich hab nicht gesagt, dass du ihm gleich dein Herz schenken sollst.“

Ich nickte. Dann schloss ich die Augen und sog für einen Moment tief die Luft ein.

„Man weiß nie, was sich ergibt. Ich habe auch nur einmal den falschen Koffer vom Gepäckband mitgenommen und dabei Garrison kennengelernt.“ Scarlett lachte. „Und glaub mir, es gab Momente, da sah es wirklich gar nicht danach aus, dass wir einmal verheiratet wären und ein gemeinsames Kind haben würden. Aber es ist so gekommen. Manchmal muss man Dinge einfach zulassen.“

Wieder nickte ich.

„Und wenn sich nichts weiter ergibt… dann hast du zumindest einen schönen Abend mit einem einmaligen Erlebnis gehabt. Ich will morgen alles darüber hören, wie es war, die Sternennacht von van Gogh zu sehen, ohne dass dir dabei jemand auf die Füße getreten ist.“

Ich lachte. „Also gut, du hast recht“, kapitulierte ich.

Und das fühlte sich in diesem Moment einfach großartig an.

„Natürlich will ich auch alles andere hören. Die ganze Geschichte, über den ganzen Abend.“ Scarlett lachte. „Und jetzt lass deinen Helden nicht zu lange warten.“

„Mach ich“, versprach ich.

Ich fühlte mich, als hätte sich eine Klammer um mein Herz gelöst. Meine beste Freundin hatte mir wieder einmal geholfen.

Ich beendete das Gespräch und wusch mir erneut die Hände.

Dann zog ich die schwere Tür wieder auf.

Im Gang lehnte Jaxon lässig an der gegenüberliegenden Wand. Bei meinem Anblick lächelte er und ging mir einige Schritte entgegen.

Mein Herz klopfte laut.

Kapitel 6

Jaxon

Als sich die schwere Holztür der Damentoilette öffnete, spürte ich einen leichten Druck in meiner Hose. Annabelle schob sich in den Gang. Sie warf ihre roten Locken über die Schultern zurück. Ihre grünen Augen glitzerten im Halbdunkel, das im Museum herrschte.

Ich starrte sie an.

Welche Farbe hatten ihre Augen?

Mal wirkten sie smaragdgrün.

Mal meergrün.

Mal ein wenig wie eine Mischung aus beidem.

Mein Blick glitt zu Annabelles vollen Brüsten, dann ihre schlanke Taille hinab und zu ihren langen Beinen. Wie es sich wohl anfühlen musste, von diesen Beinen umschlungen zu werden? Und welche Farbe würden Annabelles Augen dann haben?

Ich wollte es herausfinden.

Heute Nacht.

Egal was Victor Davenport sagte, was irgendwelche Zeitungen über mich schrieben, was irgendwer dachte, den ich gar nicht kannte.

Annabelles Körper war das heißeste, was ich je betrachtet hatte. Ich wollte sie berühren. Vorhin hatte ich ihre Hand genommen. Später hatte ich meine Hand auf ihren Rücken gelegt. Beide Male hatte ich ein Kribbeln und eine Spannung gespürt, die ich noch bei keiner anderen Frau wahrgenommen hatte.

Ich wollte Annabelle.

Ich wollte sie nackt sehen, ich wollte sie stöhnen hören, ich wollte...

Ich wollte alles.

Doch das würde ich strategisch angehen müssen.

Annabelle wirkte ein wenig angespannt, als sie auf mich zuging. Fast so, als würde sie mit sich selbst ringen.

„Alles okay?" fragte ich und zwinkerte ihr aufmunternd zu. „Ich habe hier aufgepasst, damit dich niemand mehr stört." Ich grinste. „Mittlerweile weiß zwar sicher das gesamte Wachpersonal, dass wir hier sind... aber man weiß ja nie."

Annabelle blickte den Gang entlang. Niemand war zu sehen. Es wirkte wieder, als wären wir beide ganz allein in dem riesigen Museum.

„Alles okay", beruhigte ich sie.

Annabelle lachte nervös. „Vielleicht bin ich einfach nur etwas überfordert von all dem hier. Schließlich bin ich nicht jeden Tag ganz allein in einem Museum. Noch dazu nach den Öffnungszeiten."

Ich grinste und nickte. „Ja, das verstehe ich. Ich mache sowas auch zum ersten Mal."

„Wirklich?" Annabelles Augen wurden groß und rund und das Grün schien sich ein wenig zu vertiefen.

Wieder nickte ich. „Wirklich. Und du bist nicht allein. Ich bin ja bei dir."

Jetzt nickte Annabelle. „Ich weiß." Ihre Stimme war leise.

Mit einem Mal schien die Luft um uns zu flirren. Vorsichtig rückte ich ein Stückchen näher an Annabelle. „Was... was möchtest du denn als Nächstes sehen? Vielleicht kann ich dich doch noch dazu überreden, einen Blick auf Picasso zu werfen? Auch wenn er ein merkwürdiges Frauenbild hatte oder das in seinen Bildern zumindest so wirkt?"

Annabelle lachte. „Das ist nur mein Eindruck. Die Gesichter sind bei ihm immer so verzerrt, das ist sehr merkwürdig."

„Stimmt“, gab ich zu. „Ich würde mich auch nicht wohl fühlen, wenn jemand mich so malen würde.“

Annabelle strich sich eine Locke aus dem Gesicht. „Das hätte ich nicht gedacht, dass du das so siehst.“ Sie grinste. „Im Restaurant habe ich dich für ein echtes Arschloch gehalten. Aber siehe da, du hast noch einige versteckte Seiten. Gar nicht so üble Seiten.“ Sie blinzelte mir zu.

Ich blinzelte zurück. „Allerdings. Und die meisten davon kennst du noch gar nicht.“

Annabelle lachte. „Sicher. Sooo lange kennen wir uns auch noch nicht.“

Sie hatte recht.

Aber es fühlte sich an, als würden wir uns schon lange kennen. Oder auch als würde der heutige Abend schon ewig dauern. Mit Annabelle schien alles ganz einfach. Das Gespräch floss, die Energie floss, die Dinge flossen.

Meine Gedanken von eben… die gehörten zu anderen Frauen in anderen Zeiten.

Oder?

Jaxon! Lass dich nicht von deinen Zielen abbringen. Oder von deinen Prinzipien!

Ich grinste wieder. „Willst du dann Picasso eine Chance geben und ein paar versteckte Seiten an ihm entdecken?“

Annabelle lachte wieder. „Einerseits klingt das verlockend. Aber andererseits…“ Sie sah den dunklen Gang entlang. „Ich fühle mich nicht mehr so richtig wohl“, gestand sie. „Die ganze Zeit denke ich, ob uns nochmal ein Wachmann überraschen wird. Ich weiß, das ist lächerlich, aber…“

„Nicht lächerlich“, unterbrach ich Annabelle. „Sollen wir gehen?“

Annabelle nickte erleichtert. „Ich… also ich meine, es ist nicht, dass ich nicht mehr in deiner Gesellschaft sein will oder so… aber…“

„Ich versteh schon“, versicherte ich. „Und wenn du mir beweisen willst, dass es nicht ich bin, den du loshaben willst, dann können wir auch noch einen Drink nehmen. Direkt auf der anderen Straßenseite ist ein kleines aber feines Boutique-Hotel mit einer guten Bar.“ Ich zwinkerte. „Nicht sowas wie die Kaschemme beim *Da Michele*.“

Annabelle lachte wieder. „Okay.“

Ich grinste.

Mein Ziel rückte näher.

„Dann los."

Wir liefen nebeneinander durch den Gang in Richtung Ausgang. Dort hatte ich unsere Mäntel deponiert. Als wir sie wieder angezogen hatten, verließen wir das Museum. Tony stand nach wie vor am gleichen Platz.

„Danke, Tony. Das war wirklich ein besonderes Erlebnis. Ich hoffe, wir haben nicht allzu viele Umstände gemacht." Ich klopfte dem Wachmann auf die Schulter und schüttelte ihm die Hand.

„Ach was." Tony grinste. „Die meisten Nächte hier sind ziemlich eintönig und wir freuen uns, auch mal ein paar Besucher und etwas Abwechslung zu haben."

Ich lachte und verabschiedete mich.

Dann nahm ich Annabelles Hand und zog sie über die Straße zu dem kleinen Boutique-Hotel. Ihre Finger lagen warm und nachgiebig in meiner Hand. Sie drückte meine Hand leicht. Das fühlte sich... Ich konnte gar nicht genau sagen, wie es sich anfühlte. Nur dass ich den unbändigen Drang spürte, Annabelle hier und jetzt in meine Arme zu ziehen und sie zu küssen.

Wild.

Tief.

Leidenschaftlich.

Annabelle lachte „So habe ich mir den Abend wirklich nicht vorgestellt als ich heute Morgen aufgestanden bin."

Ich stimmte in ihr Lachen ein. „Ich auch nicht."

„Dann mal auf zum nächsten Geheimtipp." Annabelle wirkte leicht aufgeregt, als wir die Straße überquerten und das Hotel betraten.

Wenige Minuten später betraten wir das alte Stadthaus, das das Hotel beherbergte. Es gehörte zu keiner Kette und hatte sich daher seinen individuellen Charme bewahrt. Gepolsterte Stühle standen vor dem Kamin, in dem um diese Jahreszeit ein gemütliches Feuer brannte. Die Lampen warfen ein eigentümliches Muster auf die Tische und die Vorhänge vor den hohen Fenstern ließen die Lobby eher wie ein Wohnzimmer wirkten.

„Sir, darf ich Ihnen die Mäntel abnehmen?" Ein Page eilte auf uns zu.

„Gerne. Wir wollen in die Bar", ließ ich den Pagen wissen.

„Sicher, Sir. Da hinten." Der Page wies in Richtung der Bar. Hier war man immer freundlich und Gäste waren zu jeder Tages- und Nachtzeit willkommen.

Ich legte eine Hand auf Annabelles Rücken und ließ sie vorausgehen.

„Wow!“ machte Annabelle, als sie die geschmackvoll eingerichtete Bar betrat. Eine moderne Theke mit dezenter Beleuchtung und einigen Barhockern, eckige Tische mit je zwei Stühlen und in einer Ecke ein Tisch mit einem gemütlichen Sofa. Außer uns waren nur wenige Paare anwesend, die sich leise unterhielten und uns keine weitere Beachtung schenkten. In einer Ecke stimmten Musiker einer Band leise ihre Instrumente. Offensichtlich nutzten sie gerade ihre Pause.

„Da drüben?“ Ich deutete auf das Sofa.

Annabelle nickte. Sie nahm mir gegenüber Platz und ich konnte sie endlich wieder ansehen. Ihre Augen wirkten in diesem gedämpften Licht smaragdgrün. Eindeutig.

Sie musterte die Palette an Flaschen hinter der Bar und spitzte ihre vollen Lippen.

Oh, wie sehr ich sie küssen wollte.

„Ich weiß gar nicht, was ich nehmen soll…“ Sie lächelte. „Ich glaube, ich sollte mich etwas zurückhalten. Ich habe nicht viel gegessen und…“

„Ach was“, winkte ich ab. „Ich bringe dich später heim. Wir nehmen gemeinsam ein Taxi.“

Annabelle zögerte. Dann nickte sie. „Was kannst du empfehlen?“

„Sie machen hier einen exzellenten Batida Hot Passion. Mit Batida, weißer Schokolade, Zimt und Orange. Genau das richtige für die kalte Jahreszeit.“ Ich lächelte.

„Oh!“ Annabelle riss die Augen auf und strich sich eine Locke hinter Ohr. „Das habe ich noch nie getrunken. Es klingt wirklich verführerisch.“

„Dann wird es aber Zeit, dass du es probierst.“ Ich machte dem Barkeeper ein Zeichen. Er nickte mir zu. Meine Bestellung war angekommen.

Ich lehnte mich in meinem Sessel zurück und sah Annabelle an. Um ihren Hals leuchtete das Medaillon, das der Kerl ihr entrissen hatte. Ich wurde immer noch wütend, wenn ich daran dachte. Doch das ließ ich mir nicht anmerken. Ich deutete auf das Medaillon. „Konntest du den Verschluss einfach so wieder gerade biegen?“

Annabelle nickte. „Er war zum Glück nicht gebrochen. Nur ein wenig verbogen. Ich dachte, ich brauche eine Zange. Aber es ging auch ohne.“

„Was hat es damit auf sich?“ Ich studierte das Medaillon. Es gab mir eine ausgezeichnete Möglichkeit, Annabelles Brüste genauer zu betrachten.

Annabelle errötete leicht. Es stand ihr ausgezeichnet. „Oh, das... das ist ein altes Erbstück von meiner Großmutter. Sie hatte es bei sich, als sie als junges Mädchen ganz allein aus Europa in die USA kam. Es hat sie immer beschützt und ihr Glück gebracht. Als ich volljährig wurde, hat sie es mir geschenkt.“ Annabelle umklammerte das Medaillon und blickte wehmütig auf den Tisch. „Es hat mich schon durch viele Höhen und Tiefen begleitet. Auch als meine Großmutter nicht mehr da war.“

Ich nickte. In diesem Moment erschien der Barkeeper und stellte zwei Drinks für uns auf den Tisch. Eine Batida Hot Passion und einen Martini. Ich bedankte mich mit einem Nicken. Dann nahm ich mein Glas und hielt es in die Höhe.

„Auf deine Großmutter und alle starken Frauen, die einmal hierher gekommen und unser Land zu dem gemacht haben, was es ist. Auf deine Großmutter, von der du sicherlich eine Menge gelernt hast. Ich kenne dich noch nicht lange, aber ich weiß, etwas von ihr steckt in dir.“ Ich prostete Annabelle zu.

Die Röte auf ihren Wangen vertiefte sich und ihre Augen schienen so grün wie nie. Sie öffnete den Mund, als ob sie etwas sagen wollte, schloss ihn dann aber wieder, stieß ihr Glas gegen meines und nahm dann einen tiefen Schluck.

„Wow. Das schmeckt einfach unglaublich.“ Annabelle lachte. „Daran könnte ich mich gewöhnen.“

Ich grinste. „Tu dir keinen Zwang an. Du bist mein Gast. Es wäre unhöflich, sich auf nur einen Cocktail zu beschränken.“

Annabelle lachte noch mehr. Dann wurde sie wieder ernst. „Ach... jetzt haben wir so viel von mir geredet. Dabei weiß ich noch gar nichts von dir. Was ist mit dir, hast du auch Familie?“ Sie prostete mir wieder zu und nahm erneut einen tiefen Schluck. Schon war ihr Glas halb leer.

„Ja, natürlich habe ich das.“ Ich verzog mein Gesicht. „Aber wir haben nicht so schöne Traditionen wie ihr. Medaillons gibt es nicht und auch sonst kaum Gemeinsamkeiten. Wir haben sehr unterschiedliche Lebensentwürfe.“ Ich grinste schief. „In der heutigen Zeit ist das wahrscheinlich kein Wunder.“

Annabelle öffnete den Mund, um noch etwas zu fragen.

Ich kam ihr zuvor. „Lass uns lieber von etwas anderem reden.“ Ich nahm einen Schluck Martini. „Du hast im Restaurant Geschäfte erwähnt. Was machst du eigentlich genau?“

Jetzt schüttelte Annabelle den Kopf. „Ah, das ist eine lange Geschichte. Ich habe in meinem Leben mal dies, mal jenes gemacht. Jetzt bemühe ich mich um eine feste Anstellung und alles sieht gut aus. Aber mein Chef ist ein Ekel. Glaube ich.“ Annabelles Blick verdüsterte sich.

Sie nahm ihr Glas und leerte es in einem Zug. Dann zwinkerte sie mir zu. „Jetzt bin ich diejenige, die sagt, lass uns lieber von etwas anderem reden, wenn ich den Abend genießen soll.“ Annabelles Smaragdaugen bohrten sich in meine.

Ich hielt ihrem Blick stand.

Hinter uns begann die Band zu spielen.

Ich lächelte. „Also gut, dein Wunsch ist mir Befehl. Dann bestellte ich dir noch einen Batida Hot Passion. Und...“ Ich wiegte meinen Kopf hin und her. „Was ist dein Lieblingssong?“

Einen Moment lang schien Annabelle tatsächlich zu überlegen. Dann jedoch huschte ein Lächeln über ihr Gesicht. „Ich glaube, *At Last* von Etta James.“

Ich hob die Augenbrauen. Ein Lied darüber, wie man seinen Geliebten entdeckt und die einsamen Tage dann vorüber sind.

Hervorragend.

„Sehr gute Wahl. Das ist wirklich ein Klassiker.“ Ich lächelte. Dann stand ich auf. „Komm mit.“ Ich hielt Annabelle meine Hand hin. Annabelle sah mich leicht unsicher an, ergriff sie dann aber und ließ sich von mir nach oben ziehen. Wir gingen zur Bar.

„Noch einen Batida Hot Passion für die Dame“, bestellte ich.

„Sehr wohl.“ Der Barkeeper begann sogleich, den Drink zu mixen.

„Ich bin sofort zurück.“ Die Band hatte soeben den ersten Song beendet und ich nutzte meine Chance, machte dem Bandleader ein Zeichen. Als er sich zu mir beugte, flüsterte ich ihm unseren Wunsch ins Ohr. Er nickte.

Ich wandte mich wieder zur Bar, wo Annabelle schon den ersten Schluck ihres nächsten Drinks genoss. Als ich vor ihr stand, ertönten hinter mir schon die ersten Klänge von „At Last“.

Annabelle lächelte hingerissen und ihre Wangen röteten sich.

„Darf ich um diesen Tanz bitten, Madam?" fragte ich mit einer charmanten Verbeugung und streckte Annabelle eine Hand entgegen.

Für einen Moment nur zögerte sie, dann jedoch ergriff sie meine Finger und ich führte sie auf die kleine Tanzfläche. Dort zog ich Annabelle wie selbstverständlich nahe an mich heran. *At Last* war wirklich kein Lied, das man auf Abstand tanzte.

Annabelle schmiegte sich an mich. Endlich. Endlich spürte ich ihren Körper an meinem.

Und was für einen Körper.

Was für eine Frau. Die vollen Brüste drückten sich an meine Muskeln.

Meine Hose wurde eng und ich bewegte meine Hüften vorsichtig ein wenig, um Abstand zu gewinnen. Noch wollte ich Annabelle meine Erregung nicht zeigen. Annabelles Duft stieg in meine Nase. Zypresse und ein wenig Grapefruit. Als würden wir uns am Mittelmeer befinden und dort den Winter genießen.

Annabelle kicherte leise. „Ich fürchte, die Drinks sind mir ein wenig zu Kopf gestiegen. Ich war zu schnell. Aber sie waren einfach sooo gut."

„Kein Problem. Ich halte dich." Meine Hände glitten Annabelles Rücken herab und ich bewegte sie vorsichtig in Richtung ihres Pos.

Annabelle protestierte nicht. Im Gegenteil. Sie schien ihr Gesicht ein wenig mehr in meine Richtung zu heben. Und sie lächelte.

Ich ließ meine Hände tiefer gleiten und knetete ihren Po. Er war fest und knackig.

Genau wie ich es liebte.

Meine Hose wurde noch enger und mein Schwanz pochte leicht.

Bei Gott, wenn nicht bald...

In diesem Augenblick stolperte Annabelle. Ich zog sie noch enger an mich, um sie zu halten und mit einem Mal spürte ich jede ihrer Kurven an meinem Körper. Ihre vollen Lippen schienen direkt vor mir und ohne groß nachzudenken, beugte ich mich zu ihr und legte meinen Mund auf ihren. Sanft strich ich mit meiner Zunge über Annabelles Lippen. Sie waren weich und nachgiebig.

Annabelle drängte sich an mich. Meine Hände fuhren nach oben und ich umfasste ihren Hinterkopf. Vorsichtig zog ich sie weiter an mich. Wieder ließ ich meine Zunge über Annabelles Lippen gleiten. Sie öffnete ihren Mund leicht und ließ mich herein.

Ja.

Unsere Zungen trafen aufeinander. In diesem Moment rieb Annabelle ihre Hüfte an meiner und spürte meine Erektion.

Sie wich nicht zurück.

Unsere Zungen umschlangen sich und begannen einen langsamen, leidenschaftlichen Tanz, der genau zum Rhythmus von Etta James' Lied passte.

Endlich.

Das bedeutete *At Last*.

Meine Hand wanderte zu Annabelles Hals und strich langsam über die zarte Haut. Annabelle entfuhr ein leises Seufzen. Ich löste meine Lippen von ihr und hielt ihren Kopf fest. Annabelles Lippen wirkten noch voller als vorhin und in ihren grünen Augen schimmerte Leidenschaft und der Beginn von Lust.

Diesen Blick kannte ich nur zu gut.

Unsere Hüften berührten sich noch immer.

Annabelle machte mich wahnsinnig.

Ich musste sie haben.

Das hatte ich bereits vorhin entschieden.

Doch jetzt... jetzt gab es kein Zurück mehr.

„Darf ich noch einmal bitten?" flüsterte ich in Annabelles Ohr.

„Ja", hauchte sie.

Ich löste mich für einen Moment von ihr und nahm ihre Hand. Dann machte ich dem Barkeeper ein Zeichen.

Er verstand.

Ich brauchte ein Zimmer und zwar sofort. Zwar hatte ich nicht gelogen, als ich Annabelle gesagt hatte, dass ich noch niemals eine Frau mit ins MoMA genommen hatte. Aber hier im Hotel war ich schon einige Male zu Gast gewesen. Das Personal kannte mich.

Ich bevorzugte es so.

Wenn ich am nächsten Tag gehen wollte, gab es keine Komplikationen. Keine Frau würde mich bis nach Hause verfolgen oder eines Tages dort auf mich warten. Sie wussten ja nicht, wo ich wohnte.

Der Barkeeper drückte mir eine Karte in die Hand. „105 im ersten Stock."

Ich nickte.

Dann zog ich Annabelle an mich und umschlang sie, als ob wir noch tanzen würden. Während ich ihren Hals mit kleinen Küssen bedeckte, behielt ich mit halbem Blick unsere Umgebung im Auge. Wir tanzten zum Lift. Als ich den Knopf drückte, öffneten sich seine Türen sofort.

Ich zog Annabelle nach drinnen. Dort lehnte sie sich gegen die Wand. Ihr Atem war schwer und ihre Brüste hoben und senkten sich mit jedem Atemzug. Ich wollte ihr diesen engen Pullover ausziehen und sie berühren. Mein Schwanz pochte noch heftiger als vorhin. Ich hob eine Hand, legte sie auf Annabelles Wange und strich dann mit einem Finger ihren Hals hinab. Vorsichtig fuhr ich entlang der Kette bis zu dem Medaillon, das zwischen ihren Brüsten ruhte.

Annabelle sah mich unverwandt an.

Pling!

Schon waren wir in der ersten Etage angekommen.

Ich zog meine Hand zurück, ergriff Annabelles Arm und zog sie hinter mir her aus dem Fahrstuhl. Unser Zimmer war nur wenige Schritte den Gang hinab.

Als ich die Karte an das Schloss hielt, hauchte ich einen Kuss auf Annabelles Ohrläppchen. Und dann einen auf ihren Hals.

Annabelle kicherte leicht.

Endlich öffnete sich die Tür und wir betraten das Zimmer. Ich zog Annabelle erneut in meine Arme und beugte meinen Kopf nach vorne. Sie kam mir entgegen und unsere Lippen fanden sich. Sofort öffnete Annabelle ihren Mund und unsere Zungen nahmen den Tanz von vorhin wieder auf. Doch diesmal waren wir nicht langsam.

Es war wild.

Leidenschaftlich.

Annabelle wollte mich genauso sehr, wie ich sie wollte.

Ich biss sie leicht in die Lippe, was Annabelle mit einem Stöhnen quittierte.

Ja.

Meine Hand fuhr ihre Seite hinab. Und wieder hinauf.

Ich löste meinen Mund von ihrem und strich mit meiner Zunge leicht über ihre Lippen. Dann über ihren Kieferknochen bis zum Ohrläppchen und den Hals hinab. Sanft biss ich sie.

Annabelle stöhnte lauter. Ihre Hände lagen auf meinem Po. Sie zog mich leicht an sich und rieb ihre Hüften an meinen.

Oh verdammt.

Gleich würde meine Hose...

Annabelles Finger tasteten sich zu meinem Gürtel vor.

Ja.

Ich schob ihren engen Pullover nach oben und nach und nach fielen unsere Kleidungsstücke zu Boden. Der Pullover. Die Hose. Das Hemd. Der BH. Das Höschen.

Endlich stand Annabelle nackt vor mir und ich konnte ungeniert den Körper betrachten, von dem ich schon den ganzen Abend geträumt hatte.

Sie war nackt noch heißer als angezogen.

Annabelles grüne Augen funkelten.

„Jaxon..."

„Ja." Ich zog sie an mich und fuhr mit meiner Hand von ihrer Hüfte über ihren nackten Bauch bis nach oben zu ihrer Brust. Langsam knetete ich sie und presste meinen Schwanz dabei an ihren Eingang. Annabelles grüne Augen verdunkelten sich. Vorsichtig strich ich mit meinem Daumen über ihren Nippel. Wieder. Und wieder. Bis er sich unter meiner Berührung aufrichtete. Als er steif war, beugte ich mich nach unten und leckte mit meiner Zunge darüber. Einmal. Zweimal. Dann nahm ich ihn in den Mund und saugte daran.

Annabelle stöhnte.

Laut.

Ungeniert.

Genauso wie ich es mochte.

Ich biss zu.

Meine andere Hand glitt nach unten und streichelte Annabelles Eingang. Unwillkürlich spreizte sie ihre Beine für mich.

OH JA.

Annabelle war nicht feucht. Sie war nass vor Erregung.

Und genau das erregte auch mich.

Sanft ließ ich meine Finger weiter in Richtung von Annabelles Eingang gleiten. Ich führte eine Fingerspitze ein. Nur ein paar Millimeter. Dann zog ich sie wieder zurück und fand ihre Perle. Sanft massierte ich sie.

Annabelle stöhnte noch lauter als vorhin.

Ja Baby. Lass sie wissen, dass wir hier sind und dass du es genießt.

Ich machte weiter.

Mein Schwanz pochte.

Dann zog ich Annabelle zu dem großen Bett, das in der Mitte des Zimmer stand. Gemeinsam sanken wir darauf. Vorsichtig strich ich über Annabelles Bauch und näherte mich dann erneut ihrer empfindlichsten Stelle.

Annabelle spreizte ihre Beine und drückte ihre Hüften leicht nach oben.

Es war eine unausgesprochene Einladung.

Ich sah Annabelle an. Ihre grünen Augen waren jetzt vor Lust verschleiert. Sie schienen smaragdfarben. Ich lächelte zufrieden. Dann zog ich meine Hand weg, brachte mich in Position und drang in Annabelle ein.

„Ja", stöhnte sie und hob ihre Hüften weiter nach oben. Gemeinsam begannen wir, uns zu bewegen und fanden rasch einen Rhythmus.

Endlich.

At Last.

Annabelle schlang ihre Beine um mich.

Ich stieß meinen Schwanz tiefer in sie.

Und tiefer.

Ja.

Annabelles Augen wurden groß.

„Jaxon!" keuchte sie und hob ihre Hüften weiter. „Hör nicht auf."

„Sicher nicht, Baby", keuchte ich.

Plötzlich zuckte Annabelle unter mir. Wieder. Und wieder.

„Ich komme", stöhnte sie. In diesem Moment zog sich ihre Vagina auch schon um meinen Schwanz zusammen.

Oh ja.

Ich liebte dieses Gefühl.

Wieder trieb ich meinen Schwanz in sie.

Und wieder.

Tief.

Tiefer.

Tiefer.
Dann kam auch ich.
Endlich.
At Last.

Kapitel 7

Annabelle

Blinzelnd öffnete ich die Augen. Sonnenlicht blendete mich.

Sonnenlicht?

Wo war ich?

Wie spät war es?

In meiner eigenen Wohnung zeigte sich die Sonne selbst im Sommer kaum. Im Winter schon gar nicht. Außerdem stand ich auf, bevor es hell wurde.

Doch jetzt...

Ich setzte mich mit geschlossenen Augen auf.

Dann ließ ich mich stöhnend wieder in die Kissen sinken. Mein Schädel brummte, als hätte ich gestern einen Boxkampf bestritten und dabei ein paar heftige Schläge kassiert. Ich lag im Bett und atmete tief ein und aus.

Wo war ich?

Und warum fühlte mein Körper sich so anders an?

So... lebendig?

Mit dem Bewusstsein für meinen Körper kam die Erinnerung.

Jaxon.

Der heiße Typ aus dem Restaurant, der sich gar nicht als Arschloch sondern als ausgesprochen nett entpuppt hat. Er hatte mich ins Museum eingeladen, mich behandelt wie eine Königin und dann… dann waren wir nach ein paar Drinks zusammen im Bett gelandet. Ich erinnerte mich an seine dunkle Stimme, die mir letzte Nacht süße Worte ins Ohr geflüstert hatte. An seinen Geruch. An die Berührung seiner Hände, die mir mehr als einmal einen Schauer der Erregung über den Rücken gejagt hatte. An seine Lippen, die meinen Körper so sinnlich erkundet hatten. An seinen Körper, der mit meinem zu verschmelzen schien.

Röte breitete sich auf meinen Wangen aus.

Wie oft hatten wir es in der vergangenen Nacht getan?

Oft.

Ich hatte keine Ahnung mehr.

Jedes Mal, wenn ich mich erschöpft zurückgelehnt hatte, hatte Jaxon mit ein paar Liebkosungen meine Leidenschaft wieder geweckt. Wir hatten ALLE Positionen durchprobiert. Alle, die ich kannte. Und noch ein paar mehr.

Vorsichtig tastete ich mit einer Hand über die Bettdecke. Sie war noch lauwarm.

Aber da war niemand.

Oder?

Vorsichtig schlug ich die Augen auf. Die Wintersonne drang durch die bodentiefen Fenster ins Hotelzimmer. Ich blinzelte noch ein weiteres Mal.

Das Bett neben mir war leer.

Jaxon musste bereits aufgestanden sein. Vorsichtig setzte ich mich auf. Das Brummen in meinem Schädel nahm ein wenig zu, blieb aber noch erträglich. Ich lauschte. Im Zimmer war es ruhig.

Wo war Jaxon?

Er konnte noch nicht lange weg sein.

War er im Bad?

Vorsichtig stand ich auf und tapste mit nackten Füßen über den Teppich. Ich klopfte an die Badtür. „Jaxon?“

Keine Antwort.

Ich klopfte erneut. Dann öffnete ich die Tür, weil wieder keine Antwort kam.

Das Bad war leer.

Ich sog die Luft ein und sah mich im Zimmer um.

Von Jaxons Kleidung war keine Spur zu sehen.

Er war weg.

Er war WIRKLICH weg.

Die Realität traf mich hart.

Taumelnd bewegte ich mich in Richtung des Bettes und kroch wieder unter die Decke.

Er war weg.

Er hatte mich nach einer heißen Nacht einfach hier im Hotelzimmer sitzen gelassen. Wie konnte das nur sein?

Hatte ich mich so in ihm getäuscht?

Ich schüttelte den Kopf und schloss die Augen.

Das wollte ich einfach nicht glauben.

Es konnte nicht sein.

Es DURFTE nicht sein.

Ein leises Klopfen an der Zimmertür schreckte mich auf.

Jaxon!

Das musste er sein.

Meine Haut kribbelte leicht und ich konnte fühlen, wie sich ein Strahlen auf meinem Gesicht ausbereitete. Er hatte mich also doch nicht vergessen. Oder einfach verlassen.

Scarlett hatte recht.

Ich war wirklich viel zu pessimistisch und musste lernen, positiver zu denken. Nicht alle Männer waren schlecht und nicht alles, was sie taten, bedeutete, dass sie mich schlecht behandelten oder waren wie die anderen Männer, die mich mein Leben lang enttäuscht hatten. Manchmal passierten positive Dinge. Ich hatte eine unglaubliche Nacht verbracht. Sicher war es für Jaxon ebenso unglaublich gewesen.

Warum sollte er mich dann verlassen?

Ich vergaß meinen Kater, sprang aus dem Bett und griff nach einem der weißen, flauschigen Bademäntel, die das Hotel für seine Gäste bereit hielt. Dann öffnete ich die Tür.

„Hey, ich dachte schon, du bist einfach gegangen und…“ Das Lächeln erstarb auf meinen Lippen. Der Rest des Satzes blieb ungesagt in der Luft hängen.

Vor mir stand nicht Jaxon.

Ein junger Zimmerkellner von höchstens 18 Jahren im Anzug sah mich an. „Guten Morgen."

„Guten Morgen", stotterte ich und fühlte, wie die Röte in meine Wangen stieg. Zum Glück hatte ich mir wenigstens den Bademantel übergezogen, bevor ich die Tür geöffnet hatte. Dennoch fühlte ich mich irgendwie nackt.

Exponiert.

„Ich bringe Ihnen Frühstück." Der Zimmerkellner deutete auf einen Rollwagen, den er neben sich stehen hatte. Er war mit einem weißen Tuch bedeckt. Darauf befanden sich ein Korb mit Brötchen, eine Auswahl an Marmelade und Honig, etwas Käse, Eier mit Schinken, Pancakes und Müsli mit frischem Obst. Dazu Kaffee, Tee und Orangensaft.

Ich sperrte die Augen auf. Das Essen duftete verführerisch und mit einem Mal machte sich mein Magen mit einem lauten Knurren bemerkbar. Wann hatte ich zum letzten Mal etwas zu mir genommen?

Das Wasser lief mir im Mund zusammen. Dennoch sagte ich: „Das... das muss ein Irrtum sein. Ich habe gar kein Frühstück bestellt."

Der Kellner schüttelte den Kopf. „Es wurde für Sie bestellt. Von Ihrem... Partner."

Ich sah ihn an. Hatte das kleine Zögern vor dem Wort Partner etwas zu bedeuten? Ich kam nicht dazu, weiter darüber nachzudenken, denn mit einer kleinen Verbeugung deutete der Kellner auf einen Umschlag, der am Brötchenkorb lehnte. „Er hat dieses Frühstück für Sie bestellt. Von allem etwas, da er sich nicht sicher war, was Sie genau mögen. Und er hat diese Nachricht für Sie hinterlassen."

Eine Nachricht!

Ich lächelte und fühlte, wie meine Lebensgeister wieder zurückkehrten.

Jaxon hatte mich also doch nicht vergessen!

Er hatte mir Frühstück bestellt und eine Nachricht hinterlassen.

„Wenn ich dann hereinkommen darf?" Höflich sah mich der Zimmerkellner an.

„Oh. Natürlich." Ich wich zur Seite und öffnete die Tür weit.

Der junge Mann schob den Wagen ins Zimmer und platzierte ihn geschickt neben dem kleinen Tischen mit den beiden Sesseln. „Soll ich den Tisch für Sie decken, Madam?"

„Nein danke“, lehnte ich höflich ab. Ich brannte darauf, Jaxons Nachricht zu lesen und hätte den Umschlag am liebsten sofort aufgerissen. Doch ich wollte nicht zu ungeduldig erscheinen.

Was er mir wohl zu sagen hatte?

Wann würden wir uns wiedersehen?

Meine Haut prickelte am ganzen Körper. Selbst jetzt, nach einer langen Liebesnacht, sehnte ich mich nach Jaxon.

Der Abend und die Nacht waren unvergleichlich gewesen und… Ich verlor mich in meinen Fantasien und Gedanken.

Nach einer gefühlten Ewigkeit verließ der Kellner endlich das Zimmer. Kaum war die Tür hinter ihm ins Schloss gefallen, da stürzte ich mich auf den Brief. Hastig riss ich ihn auf. Es war mir egal, dass ich dabei den Umschlag zerstörte. Wirklich egal.

Danke für die unvergessliche Nacht. Ich werde sie immer in Erinnerung behalten. Und jetzt vergiss mich. Es ist besser so. Für uns gibt es keine Zukunft. Es war nur diese eine Nacht.

Was?

Die mit blauem Kugelschreiber auf Hotelbriefpapier geschriebenen Worte tanzten vor meinen Augen. Mir wurde leicht übel.

Das konnte nicht sein.

Ich las die Nachricht erneut.

Danke für die unvergessliche Nacht. Ich werde sie immer in Erinnerung behalten. Und jetzt vergiss mich. Es ist besser so. Für uns gibt es keine Zukunft. Es war nur diese eine Nacht.

Kein Zweifel.

Scharf sog ich die Luft ein.

Ich sank in einen Stuhl und betrachtete das Frühstück, das neben mir stand. Mit einem Mal verspürte ich keinen Appetit mehr. Meine Knie waren weich. Meine Unterlippe und mein Kinn begannen zu zittern.

Ich kauerte mich zusammen. Am liebste hätte ich mich wieder ins Bett verkrochen und mich zu einer kleinen Kugel zusammengerollt.

Plötzlich ergriff mich heiße Wut. Ich warf den Brief mitten auf den Tisch.

Dieses Arschloch ist es nicht wert, dass du ihm auch nur eine Träne nachweinst, Annabelle.

Was bildete der Kerl sich eigentlich ein?

Für wen hielt er sich?

Und für wen hielt er MICH?

Der Idiot hatte mir weiß gemacht, dass Männer nicht so schlimm wären, wie ich eigentlich glaubte. Dass es auch andere gäbe und nicht jeder wäre wie Draven oder Marcus.

Ja genau!

Es gab wesentlich schlimmere Exemplare.

IHN!

Gerade noch hatte ich mich nach Jaxons Berührung gesehnt und es kaum erwarten können, ihn wiederzusehen und gar eine weitere Nacht mit ihm zu verbringen. Aber jetzt… jetzt wollte ich am liebsten nicht einmal mehr seinen Namen in den Mund nehmen.

„Idiot!" sagte ich so laut ich konnte.

Das Wort hallte im leeren Zimmer wieder.

Ich sah auf das Frühstück.

Keinen Bissen würde ich davon essen.

Glaubte er denn, er würde sich von seinem schlechten Gewissen mit einem FRÜHSTÜCK freikaufen können?

Hatte er das schon oft so gemacht?

War ich nur eine unter vielen?

Mit einem Mal wandelte sich meine Wut wieder in abgrundtiefe Verzweiflung.

Warum musste nur immer mir so etwas passieren?

Ich brauchte dringend Trost und Beistand.

Ich stand auf und suchte nach meinem Handy.

Er war ein Arschloch.

Ich tippte die Worte und schickte die Nachricht an Scarlett.

Kaum hatte ich die Nachricht abgeschickt, da tippte ich weiter.

Er ist heute Morgen einfach gegangen. Aus dem Hotelzimmer. Ohne ein Wort!

Ich hielt mein Smartphone in der Hand und starrte blicklos ins Leere.

Auch mein Körper fühlte sich leer an.

Ich war erschöpft.

Plötzlich begann mein Handy zu vibrieren.

Für einen winzigen Augenblick durchzuckte mich der Gedanke, das könnte Jaxon sein.

Unfug, Annabelle. Er hat nicht mal deine Nummer.

Es war Scarlett.

Ich schluckte den Kloß hinunter, der in meinem Hals saß und nahm das Gespräch an.

„Hey Annabelle. Ich habe gerade deine Nachrichten gelesen. Das klingt gar nicht gut", drang Scarletts Stimme besorgt an mein Ohr. „Was ist denn genau passiert?"

„Ach..." Ich schniefte.

„Alles wird gut. Der Abend war nicht so toll?" fragte Scarlett teilnahmsvoll.

„Doch", widersprach ich. „Er war sogar sehr toll. Er war einfach unglaublich. Erst dieser Besuch im Museum und dann waren wir noch was trinken und er hat die Band dazu gebracht, *At Last* von Etta James zu spielen und dann..." Ich holte Luft.

Scarlett gab einen undefinierbaren Laut von sich.

„Dann sind wir miteinander im Bett gelandet", gab ich zu.

„Ah", machte Scarlett. „Ja, das habe ich mir schon gedacht, als du von einem Hotelzimmer geschrieben hast."

„Und heute Morgen war der Idiot einfach weg. Er hat mir Frühstück geschickt und einen Brief, dass ich ihn vergessen sollte." Ich hatte geglaubt, alles würde über mir zusammenbrechen, wenn ich diese Worte aussprach. Aber tatsächlich schien mir genau das eine Last von den Schultern zu nehmen.

Als ich geendet hatte, herrschte einen Augenblick lang Stille in der Leitung. Dann seufzte Scarlett: „Oh Annabelle, das tut mir wirklich leid für dich! Endlich hast du dich dazu entschlossen, jemandem wieder ein wenig zu vertrauen und dann... dann passiert so etwas." Sie zögerte einen Moment. „Gab es denn irgendeinen Hinweis, dass er einfach gehen könnte? Irgendetwas, das in dieser Nacht passiert ist und das zeigt, dass er... dass er nur auf Spaß aus ist?"

„Nein." Ich schüttelte den Kopf, auch wenn Scarlett das nicht sehen konnte. „Am Anfang, ja, da habe ich gedacht, er ist ein Idiot. Als er mir im Restaurant den Tisch weggenommen hat." Ich erzählte die ganze Geschichte noch einmal. „Aber dann hat er ganzen Abend über so charmant und zuvorkommend gewirkt. Er hat mir mein Handy gebracht, mir gegen Draven beigestanden, wir sind ins Museum... Ja, wir sind schnell im Bett gelandet. Aber selbst das hat sich wirklich richtig und intim angefühlt. Ich meine, wirklich INTIM. Nicht nur leidenschaftlich. Ich dachte mir, dass hier vielleicht mal ein Mann ist, der mehr als nur das Eine will."

„Oh Süße." Scarlett seufzte erneut. „Und dabei war es nur einer, der sich offenbar besonders gut verstellen konnte." Scarlett schnaubte leicht. „Manche Männer sind eben einfach so – sie nehmen, was sie kriegen können und ziehen dann ohne ein schlechtes Gewissen weiter. Aber lass dir von so einem Arschloch nicht die Stimmung verderben, okay? Du musst den Kerl schnellstmöglich aus deinem Kopf streichen."

Ich schwieg einen Moment, dann nickte ich, ehe mir bewusst wurde, dass Scarlett meine Geste nicht sehen konnte. „Ja, du hast recht. Er ist es nicht wert, dass ich mir noch länger Gedanken um ihn mache."

„Genau so ist es! Es gibt da draußen andere Männer. Bessere. Welche, die es wirklich ernst mit dir meinen." Scarletts Stimme wurde lebhaft. „Ein fauler Apfel heißt nicht, dass die ganze Ernte faul ist."

Bei diesem Vergleich entfuhr mir ein Lachen.

Scarlett hatte es mal wieder geschafft.

Mit ein paar wenigen Sätzen hatte meine Freundin mich aufgeheitert.

„Ich könnte den Vorfall für meinen Artikel nutzen", überlegte ich nun. Der Gedanke gefiel mir.

„Welcher Artikel?" fragte Scarlett.

Nun war ich es, die seufzte. „Ach, ich hatte doch gestern dieses Treffen mit Marcus."

„Stimmt. Das hatte ich über all der Aufregung völlig vergessen." Scarlett schnalzte mit der Zunge. „Wie ist das gelaufen?"

Ich schnaubte. „Der ist genau wie Jaxon. Er will, dass ich mich auf *PerfectPartner* anmelde und Männer treffe. Dann soll ich einen Artikel über *PerfectPartner* schreiben. Dass es da keine seriösen Männer mehr gibt und es nur eine Plattform für Hook Ups, One-Night-Stands und so ist."

Scarlett lachte. „Vielleicht triffst du so jemand serösen. Dann kannst du ein Loblied auf die Plattform singen. Und etwas darüber schreiben, dass man außerhalb keine seriösen Männer trifft."

Plötzlich musste ich lachen. „Du hast völlig recht. Nur ist das wahrscheinlich gar nicht das, was Marcus hören will. Dem wäre es lieber, ich schreibe über diese Nacht und mache Jaxon zu einem der Männer, die ich über die App kennengelernt habe."

Scarlett lachte. „Das klingt verlockend. Nur ist es nicht gerade seriöser Journalismus."

Ich seufzte. „Ich glaube, Marcus legt auf Seriosität nicht so viel Wert, wie ich dachte. Für ihn kommt es vor allem auf Verkaufszahlen an. Er hat mir gedroht, mich zu feuern, wenn ich den Artikel nicht so mache, wie er es will."

„Was?" rief Scarlett entsetzt.

„Ja." Ich schloss kurz die Augen. „Dann habe ich eben zugesagt. Welche Wahl habe ich schon? Mich von Auftrag zu Auftrag zu hangeln, ohne zu wissen, wo das Geld herkommt? Ich habe mich lange genug mit Gelegenheitsjobs über Wasser gehalten. Darauf habe ich keine Lust mehr."

„Hm", machte Scarlett nachdenklich. „Klar, natürlich hast du keine Lust mehr darauf und willst deinen Job behalten…" Sie legte eine kurze Pause ein. „Mach einfach das Beste aus der Situation, Annabelle. Du bist schlecht genug behandelt worden, sowohl von Marcus als auch von Jaxon. Nun kannst du einfach mal an DICH denken. Ohne schlechtes Gewissen."

„Das stimmt." Ich dachte nach. „Aber ich habe trotzdem Prinzipien. Ich werde recherchieren. Vielleicht kann ich die Geschichte mit Jaxon als Einstieg für meinen Artikel benutzen. Einfach um die Problematik zu zeigen."

Ich betrachtete das Frühstück auf dem Rollwagen.

Vielleicht hatte die ganze Sache noch etwas Gutes.

Vielleicht würde Jaxon dazu beitragen, dass ich meinen Job behielt.

Plötzlich lächelte ich.

Rache war süß.

Und sie war komplett mein.

„Danke, Scarlett. Es bedeutet mir viel, dass du immer für mich da bist." Meine Freundin war wirklich ein Fels in der Brandung.

„Zeig's ihnen, Annabelle. Allen. Sie mögen uns schlecht behandeln. Umso mehr Grund für uns, ihnen zu zeigen, was wir drauf haben." Scarlett lächelte. „Lass dich nicht unterkriegen. Und jetzt… jetzt lässt du dir dieses Frühstück so richtig schmecken und beginnst den Morgen gemütlich. Ein bisschen Erholung hast du dir jetzt wirklich verdient."

„Das mache ich“, versprach ich.

„Wir müssen uns bald sehen“, erklärte Scarlett. „Elijah ist momentan in einer schwierigen Phase und will abends nicht allein bei der Nanny bleiben. Aber sobald Garrison von dieser Geschäftsreise zurück ist, treffen wir beide uns.“ Elijah war der kleine Sohn von Scarlett und Garrison.

„Klar.“ Mit ein paar aufmunternden Worten beendeten wir das Gespräch. Mir ging es schon viel besser. Im Hotelzimmer herrschte jetzt Stille. Doch die empfand ich beinahe als angenehm.

Ich blickte auf das Frühstück.

Erneut lief mir das Wasser im Mund zusammen.

Es sah wirklich zu appetitlich aus.

Doch dann dachte ich daran, wie Jaxon es beim Zimmerservice bestellt haben musste.

Nein!

Er sollte nicht glauben, dass ich das einfach als Entschuldigung sehen und dann alles vergessen würde.

Das würde ich nicht!

Ich warf den Brief in den Mülleimer und suchte nach meinen Klamotten.

Ich würde es dem Mistkerl schon zeigen. Er würde sich in meinem Artikel wiedererkennen.

Und dann würde ich ihn für immer aus meinen Gedanken verbannen.

Kapitel 8

Jaxon

Meine Finger huschten über die Tastatur meines Laptops. Hier hatte Jacy aus der Buchhaltung doch tatsächlich vergessen, ein Diagramm zu erstellen. Ich klickte den entsprechenden Button an, wählte die Art des Diagramms und die Daten aus und schon erschien das Diagramm wie von Zauberhand auf meinen Bildschirm.

Ich runzelte die Stirn. Etwas stimmte nicht. Sorgfältig überprüfte ich noch einmal die Zahlen.

Da.

Jacy hatte eine Formel falsch eingetragen. Ich biss die Zähne zusammen. Wie oft hatte ich meinen Mitarbeitern schon gesagt, dass es überaus wichtig war, alle Zahlen korrekt einzugeben und alle Formeln nochmals zu überprüfen?

Oft genug.

Dachte ich.

Aber anscheinend nicht.

Ich griff zum Telefon. Jacy konnte sich auf etwas gefasst machen. Derart schlampige Arbeit konnte ich in meinem Unternehmen nicht dulden. Wir wollten ganz nach oben an die Spitze und noch weiter. Das würden wir nur mit exzellenten, fehlerfreien Leistungen hinbekommen.

Ich betrachtete nochmals den Bildschirm.

Da fiel mir ein weiterer Fehler auf.

Den hatte ich selbst eben eingebaut.

Ich schnaubte und biss die Zähne noch fester zusammen als gerade eben. Normalerweise war dies meine Lieblingsbeschäftigung – die detaillierten Planungen, die präzisen Kalkulationen, das smarte Jonglieren mit Zahlen und Fakten. Es erfüllte mich stets mit einem Gefühl von Kontrolle und Klarheit. Heute jedoch fand ich einfach keine rechte Ruhe und konnte mich nur schwer konzentrieren.

Ich lehnte mich in meinem Executive Chair zurück und rieb mir leicht die Schläfen. Vor meinen riesigen Panoramafenstern breitete sich die Skyline von New York aus. Der Anblick der Stadt begeisterte mich immer wieder. Egal ob im Sommer oder im Winter, egal ob die Sonne schien oder mystischer Nebel über Manhattan hing, das war MEINE Stadt. Hier war ich aufgewachsen, hier hatte ich mein Unternehmen aufgebaut, hier wollte ich sein. Immer.

Doch heute konnte mich nicht einmal Manhattan aufmuntern. Und das, obwohl die Natur wirklich ihr Bestes gab. Die Wintersonne strahlte und der Himmel war so blau wie er um diese Jahreszeit nur sein konnte.

Aber irgendwie...

Irgendwie waren die Dinge nicht wie immer.

Den Grund dafür kannte ich genau. Aber ich wollte ihn mir nicht eingestehen. Seit gestern Morgen hatte ich wie ein Besessener gearbeitet. Jedes Mal, wenn ich meinen Blick vom Bildschirm abwandte, sah ich Annabelles Gesicht vor mir: ihre vollen Lippen, die sich zu einem sinnlichen Lächeln kräuselten, ihre smaragd- oder meergrünen Augen, ihre wilden roten Locken...

So fing es an.

Dann meinte ich, ihren Duft zu riechen. Grapefruit und Zypresse. Ich glaubte, ihre samtweiche Haut unter meinen Händen zu fühlten und ihre Hände auf meiner Haut. Ihre Lippen auf meiner Haut. Wenn ich ihr Stöhnen durch den Raum hallen hörte, dann wurde meine Hose eng und mein Schwanz begann zu pochen.

Jaxon!

Ich sprang aus meinem Executive Chair und ging mit großen Schritten auf das Fenster zu. Dort presste ich meine Stirn an die kühle Scheibe und kniff die Augen zusammen. Ich musste Annabelle vergessen, ich musste einfach.

Was war nur los mit mir?

So war ich sonst nicht.

Ich hatte Annabelle geschrieben, dass sie mich vergessen sollte.

Genauso wie ich normalerweise die Frauen vergaß, mit denen ich eine Nacht verbrachte. Das war nur Leidenschaft. Sinnlichkeit. Ausleben meiner Fantasien. Nicht mehr.

Natürlich vergaß ich die Frauen nicht wirklich. Aber ich dachte auch nicht mehr an sie. Ich hatte schließlich keine emotionale Bindung zu ihnen. Einige Tage oder Wochen später hatte ich stets eine neue Gelegenheit gefunden, mich zu amüsieren.

Auch jetzt würde es so sein.

Es gab keinen Grund, aus dem ich immer noch an Annabelle denken sollte.

Wirklich keinen.

Und doch tat ich es.

Irgendetwas war anders an Annabelle. Diese Nacht hatte etwas in mir berührt, das ich sonst sorgfältig verborgen und verschlossen hielt und das keine Frau je zu sehen bekommen hatte.

Ich wandte mich wieder um und ließ meinen Blick über meinen Schreibtisch und den Stuhl schweifen. Das Mobiliar war edel. Ich hatte an nichts gespart. Und dennoch erschien mir mein Büro in diesem Augenblick leer und ohne Seele.

Ich hörte mit einem Mal Annabelles Lachen, sah ihre Gesten, ihre Blicke. Ihre ganze Lebendigkeit. Sie erfüllte jeden Raum mit Leben und Licht.

Verdammt nochmal, Jaxon! Du wirst doch hier nicht zum alten Romantiker mutieren, bloß weil du eine rothaarige Hexe wild gevögelt hast!

Vielleicht hatte sie mich wirklich verhext.

Für einen Moment kam es mir so vor.

Dann schüttelte ich energisch den Kopf, biss die Zähne zusammen und ließ mich erneut in meinen Executive Chair fallen. Ich musste die Arbeit an den Kalkulationen und Prognosen beenden und Annabelle endlich vergessen.

Vielleicht nagte auch einfach nur mein Gewissen an mir.

Ich hatte Annabelle im Hotel allein zurückgelassen. Ja, ich hatte ihr ein paar Zeilen geschrieben. Ich gehörte nicht zu den Ärschen, die einfach gingen und nie wieder von sich hören ließen. Ich verabschiedete mich. Mit einem Frühstück und einem Brief.

Aber dennoch… Ich hatte behauptet, anders zu sein als die anderen Männer, die Annabelle kannte.

War ich es?

Ich stöhnte.

Das durfte doch alles nicht wahr sein.

Wie konnte eine Nacht mich in so einen innerlichen Schlamassel stürzen?

Es war nur eine einzige Nacht!

Ich würde sicher nicht gegen meine Prinzipien verstoßen, nur weil eine rothaarige Frau mich irgendwie verhext hatte. Das wichtigste in meinem Leben war mein Unternehmen.

Ich lehnte mich zurück in meinem Stuhl und dachte an das Gespräch mit Victor Davenport. Der Investor hatte sich seit vorgestern Abend nicht mehr gemeldet.

Hatte das etwas zu bedeuten?

Sicher, unser nächster Termin stand bereits. Und Victor hatte mir klipp und klar gesagt, was er von mir erwartete. Ich sollte einen Plan vorlegen, wie ich meinen Ruf verbessern würde. Victor wollte aus mir einen seriösen Menschen machen.

Einen, der keinen Spaß mehr am Leben hatte, sondern ein vorhersehbares, langweiliges, sicheres Leben führte. So wie der durchschnittliche Angestellte, der ein durchschnittliches Gehalt verdiente, ein durchschnittliches Auto fuhr und… Mr. Durchschnittlich eben.

Ich war Mr. Außergewöhnlich und das wollte ich bleiben.

PerfectPartner war mein Baby. Ich war reicher als 99 Prozent der New Yorker und konnte mir alles leisten, was ich wollte. Ich fuhr einen Aston Martin, einen Lamborghini und liebäugelte bereits mit dem nächsten Kauf. Vielleicht ein Motorrad? Eine Harley oder eine Ducati?

Keinesfalls würde ich das gegen eine Familienkutsche eintauschen. Oder einen Kinderwagen. Ich kannte Frauen. Gab man ihnen den kleinen Finger, nahmen sie sich die ganze Hand. Und am Ende war man der Gelackmeierte.

Das kam nicht in Frage.

Diese Entscheidung hatte ich schon vor langer Zeit getroffen.

Aber ich brauchte einen Plan. Ohne Victor würden meine Expansionspläne scheitern. Oder zumindest würde es ohne sein Geld viel länger dauern, bis ich sie umsetzen konnte. Aber ich wollte schnell handeln. Schnell wachsen. Ich konnte es kaum erwarten, in neue Länder und Märkte vorzustoßen. Wenn ich zögerte, dann würde jemand anders schneller sein und sich das größte Stück vom Kuchen schnappen.

Wieder nahm ich das Telefon in die Hand. „Chloe, kannst du raufkommen?"

„Bin in zwei Minuten da", lautete die knappe Antwort.

Chloe arbeitete als PR Consultant bei *PerfectPartner*. Sie würde mir helfen, den perfekten Plan für Victor auszuarbeiten.

Tatsächlich schob sich Chloes schlanke Gestalt schon wenig später durch die Tür meines Büros. „Jaxon." Ihre bernsteinfarbenen Augen blitzten. „Lange nicht mehr gesehen, stimmt's?"

Ich nickte. „Ich hatte viel zu tun und da..."

Chloe seufzte. „Ich weiß. PR fällt dann immer hinten runter. Nicht so wichtig. Kann warten."

Ich hob die Schultern. Chloe hatte recht.

„Was gibt es denn jetzt?" Chloe ließ sich unaufgefordert in einen der Stühle vor meinem Schreibtisch sinken.

Unbehaglich rutschte ich in meinem Executive Chair hin und her. Am liebsten hätte ich Chloe eine allgemeine Story aufgetischt und sie beauftragt, eine Imagekampagne für mich zu entwerfen. Aber das würde nichts nutzen. Nur wenn ich die Aufgabe genau umriss, würden wir Erfolg haben.

„Victor Davenport stört sich an meinem Image. Er findet, dass ich zu sehr wie ein Frauenheld wirkte. Wie ein Player. Und er macht sich Sorgen, dass das Auswirkungen auf *PerfectPartner* haben könnte. Darum will er, dass ich an meinem Ruf arbeite." Ich kam direkt auf den Punkt und seufzte schwer. „Ich denke, dass ich das tun muss. Es würde die Chancen auf ein Engagement von Victor erheblich vergrößern."

Chloe blickte mich schweigend an. Sie kaute nachdenklich auf ihrer Unterlippe herum. „Und was soll ich da tun?" fragte sie dann.

„Du? Du bist PR Consultant! Und damit bist du für meinen Ruf zuständig. Ich erwarte einige Vorschläge, wie ich... wie ich mein Image verbessern kann.“ Meine Stimme wurde lauter.

„Schon gut, schon gut.“ Chloe hob abwehrend die Hände. „Das verstehe ich. Aber ich meine... ich kann keine Kampagne starten, um deinen Ruf zu verbessern, wenn du dein Verhalten nicht änderst.“ Chloe zuckte mit den Schultern. „Oder jedenfalls keine erfolgreiche Kampagne, um es mal so zu sagen. Eine Kampagne kann man immer starten. Aber wenn sie nicht zur Realität passt...“

„Was willst du damit sagen?“ Ich blickte Chloe aus schmalen Augen an.

„Also Jaxon.“ Chloe beugte sich nach vorne. Um ein klares Wort war sie selten verlegen. „Wenn ich dich als seriösen Typen hinstellen soll, als den perfekten Partner...“ Sie hielt inne und sah mich an. „Darum geht es doch, oder?“

Ich nickte.

„Dann musst du der perfekte Partner sein!“ Triumphierend blickte Chloe mich an. „Such dir eine Freundin. Damit wird die ganze Sache ein Kinderspiel.“

„Das ist doch nicht dein Ernst.“ Ich hob meine Hand und ballte sie zur Faust. Ich wollte sie auf den Schreibtisch krachen lassen. Doch im letzten Moment besann ich mich eines Besseren.

„Na ja...“ Chloe hob die Schultern.

„Sind denn hier alle verrückt geworden?“ Ich sprang aus meinem Executive Chair und begann, in meinem Büro auf und ab zu laufen. „Erst schlägt Victor so einen Blödsinn vor und jetzt du.“ Ich fuhr herum und fixierte Chloe. „Es muss doch einen Weg geben, mein Image zu verbessern, ohne dass ich dafür gleich mein gesamtes Leben ändern muss.“

„Und an welchen Weg hast du da gedacht?“ wollte Chloe wissen.

„ICH? Sag du es mir!“ Ich baute mich vor Chloe auf und verschränkte die Arme.

Chloe blickte mich unerschrocken an. „Ich habe es dir gerade gesagt, Jaxon. So einen Weg gibt es nicht. Jedenfalls nicht, wenn du glaubhaft bleiben willst. Such dir eine Freundin, werde sesshaft.“

Ich stöhnte auf.

Waren denn hier alle von guten Geistern verlassen?

„Der beste Weg, ein besseres Image zu bekommen, ist, ein besserer Mensch zu werden“, schob Chloe nach.

Ich hatte meiner PR Consultant einmal gesagt, sie solle immer ehrlich sein und nie ein Blatt vor den Mund nehmen. Diese Aufgabe nahm sie sehr ernst.

„Was zum Teufel hast du denn gegen eine Beziehung?“ wollte Chloe nun wissen. „Ich sag ja nicht, dass du dich mit einer x-beliebigen Frau einlassen sollst. Aber es gibt wirklich nette Ladies da draußen. Das kann ich nur bestätigen. Ich habe einige Freundinnen, die Single sind und ich selbst bin es seit kurzem auch wieder.“

„Wie nett.“ Bitterkeit schwang in meiner Stimme mit. „Dann weißt du ja, dass das Single-Leben durchaus Vorteile bietet und eine Beziehung nicht die einzig mögliche Lebensform ist.“

Chloe lachte. „Stimmt. Ich lehne das aber auch nicht vehement ab. Du schon.“

„Darüber will ich nicht reden.“ Meine Stimme machte klar, dass das Thema für mich beendet war.

Chloe räusperte sich.

In diesem Augenblick klopfte es an der Tür.

„Ja?“ rief ich und war froh über die Ablenkung.

Ich hatte keine Lust auf Daten. Oder Beziehungen. Bisher hatte ich die Frauen in meinem Leben immer einfach so gefunden und damit war ich zufrieden.

Ich wollte nichts anderes.

Und ich fügte niemandem Schaden zu.

Warum sollte ich mich also ändern?

„Entschuldigung, Mr. Campbell, ich will wirklich nicht stören. Sie wollten aber die neuesten Nutzerzahlen sofort sehen. Joe hat sie mir eben vorbeigebracht.“ Meine Assistentin Belinda blickte ins Zimmer. „Sie liegen auch seit gerade eben auf dem Server. Ich kann Ihnen aber auch einen Ausdruck bringen...“

Belinda war nicht gerade entscheidungsfreudig.

Ich nickte. „Schon gut. Ich schaue sie mir an.“ Mit zwei Schritten war ich wieder an meinem Stuhl und ließ mich hineinfallen.

Belinda wartete noch einen Moment ab und als ich nichts mehr sagte, trat sie unschlüssig von einem Fuß auf den anderen.

„Sie können gehen", brummte ich, ohne sie dabei anzusehen.

Meine Aufmerksamkeit war auf den Bildschirm gerichtet.

Die Zahlen waren eine Katastrophe. Joe lieferte ausführliche Statistiken, in denen er die Aktivitäts- und Nutzerzahlen nach bestimmten Kriterien wie Regionen und Zielgruppen aufschlüsselte

Ich starrte auf die Auswertungen nach Geschlecht.

In den letzten beiden Wochen hatten wir zehn Prozent unserer weiblichen Nutzer verloren.

Zehn Prozent!

In nur zwei Wochen!

Joe lieferte außerdem noch Auswertungen der Konkurrenz mit, soweit er an diese Zahlen kommen konnte. Genaueres wollte ich lieber nicht wissen. Joe hatte mir versichert, dass dabei alles mit rechten Dingen zuging. Diesmal konnte ich mir dessen sicher sein, denn Joe hatte eine Pressemitteilung von *DateFresh* verlinkt. Laut der Mitteilung verzeichnete *DateFresh* neue Rekorde bei den Nutzerzahlen und hatte vor allem weibliche Nutzer dazugewonnen.

Ich biss die Zähne zusammen. „Was zum Teufel..."

„Was ist los?" wollte Chloe wissen.

„Unsere Nutzerinnen rennen davon. Und gehen zu *DateFresh*." Fassungslos schlug ich mit der flachen Hand auf meinen gläsernen Designer-Schreibtisch und starrte Chloe an. „Wie konnte das nur passieren? Unsere Nutzeroberfläche ist die beste auf dem gesamten Markt. Wir haben monatelang daran gearbeitet und sie an die Wünsche der Nutzer angepasst! Und jetzt? Jetzt gehen sie!"

Chloe blickte mich vielsagend an. „Das wird dann wohl andere Gründe haben."

Ich schnaubte. „Nun fang du nicht auch noch an."

„Du hast mich um Rat gebeten, ich gebe dir diesen. Das ist alles." Chloe hob abwehrend ihre Hände.

„Ich kann doch nichts dafür, wenn Männer sich unmöglich verhalten. Wir moderieren Diskussionen in den Foren, prüfen Accounts und sperren Konten bei Übergriffen. Was können wir mehr tun?" Wütend blickte ich Chloe an.

„Was kannst DU mehr tun?" fragte meine PR Consultant.

Ich biss die Zähne zusammen. Die Ader an meiner Schläfe begann zu pochen.

„Jaxon, ich will doch nur das Beste für die Firma. Wenn wir unsere Basis bei den Nutzerinnen verlieren, dann haben wir irgendwann keine große Perspektive mehr…" Chloe schlug ihr rechtes Bein über das linke. „Ich kann verstehen, dass du nach schlechten Erfahrungen vielleicht keine große Lust hast, dich auf jemanden einzulassen. Aber sieh es doch mal so, du tust so viel für *PerfectPartner*. Warum nicht auch das?"

Ich schwieg.

Dieses Thema hatten wir bereits besprochen.

„Ich könnte dich auch dabei unterstützen." Chloe lächelte.

„Was soll das denn heißen?" Misstrauisch starrte ich in Chloes bernsteinfarbene Augen.

Chloe lächelte immer noch. „Na ja, ich kann ein Profil für dich anlegen und deine Matches ein wenig… sagen wir… vorfiltern. Dann hast du nicht so viel Arbeit damit und…"

„NEIN!" donnerte ich, bevor Chloe zu Ende sprechen konnte. „Das kommt überhaupt nicht in Frage, klar? Ich melde mich NICHT bei *PerfectPartner* an. Keine Chance. Null. Kapiert?"

„Es wäre perfekt, Jaxon. Ein Gründer, ein Chef, der sein eigenes Produkt selbst nutzt. Und es wäre sicher nicht schwierig für dich, jemanden kennenzulernen… eine Frau, die dir hilft, dein Image aufzupolieren. Ganz automatisch. Ohne dass du etwas tun musst." Chloe kräuselte leicht ihre Nase.

Ohne dass ich etwas tun musste?

Ich musste mein ganzes Leben ändern!

„Das ist der größte Schwachsinn, den ich je gehört habe." Ich schüttelte den Kopf. „Demnächst heißt es dann noch, ich lasse mir die Frauen von anderen aussuchen. Vergiss das einfach, Chloe. Vergiss es."

Chloe seufzte. „Vielleicht war mein Vorschlag nicht der Beste. Aber du solltest es dir wirklich überlegen, Jaxon, Wirklich."

„Nächstes Thema", knurrte ich.

Chloe sah mich an.

Ich erwiderte ihren Blick.

Etwas in ihr gab nach.

Ich konnte es spüren.

„Denk an das Charity Dinner heute Abend. Ich habe dich angemeldet und der Veranstalter hat deinen Namen auf die Gästeliste gesetzt, die in diesen

Minuten in einer Pressemitteilung veröffentlicht wird." Chloe tippte mit einem Finger auf den Tisch. „Vielleicht findet sich eine interessante Frau unter den Gästen."

Vielleicht.

Aber garantiert keine, die mir helfen würde, mein Image aufzubessern.

Mit einem Mal erschien wieder Annabelles Gesicht vor meinem inneren Auge.

Kapitel 9

Annabelle

Ich nahm einen großen Schluck Kräutertee.

Klarer Geist.

So hieß dieser Tee.

Und einen klaren Geist brauchte ich dringend. Seit ich gestern das Hotelzimmer verlassen hatte, ging es in mir drunter und drüber. Nach dem Gespräch mit Scarlett hatte ich mir vorgestellt, wie ich für meinen Artikel recherchieren würde. Ich würde etwas schreiben, das ganz New York aufrüttelte und womöglich sogar die Dating-Welt revolutionierte. Frauen würden sich von Männern wie Jaxon abwenden und Männer… Männer würden womöglich sogar anfangen, über sich selbst nachzudenken und sich zu ändern.

Ich würde die Welt verändern.

Mit meinen Worten.

Genau davon hatte ich geträumt, als ich mich für den Kurs an der Journalistenschule eingeschrieben hatte.

Doch als ich mich gestern an meinen Laptop gesetzt hatte, waren meine Finger nicht wie üblich flink über die Tastatur gehuscht. In meinem Kopf war nichts als weiße Watte gewesen. Oder gähnende Leere. Ich brachte einfach nichts zustande.

Jedes Mal, wenn ich eine Taste berührte, sah ich Jaxons dunkle Augen vor mir, die mir schelmisch zuzwinkerten oder mich nachdenklich musterten. Ich glaubte, seinen Geruch in meiner Nase wahrzunehmen und seine Hände auf meinem Körper zu spüren. Meine Mitte zog sich leicht zusammen und meine Haut begann zu prickeln.

Röte überzog meine Wangen.

Ich stellte meine Teetasse ab und ging zu dem Käfig, der in der Ecke auf dem Boden stand. Vorsichtig öffnete ich die Tür. Edward kam sofort angehoppelt. Er war ein Zwergkaninchen mit anthrazitgrauem Fell, das sich gerne streicheln ließ und ansonsten zu allerhand Unfug aufgelegt war.

„Ich sollte den Kerl einfach vergessen“, seufzte ich. „Also ich meine, nicht ganz vergessen. Aber ich sollte vergessen, wie es sich mit ihm angefühlt hat. Ich sollte einfach neutral beschreiben, was passiert ist. Das macht einen guten Artikel aus.“

Edward mümmelte unbeeindruckt vor sich hin.

Meine Hand glitt über Edwards weiches Fell. „Aber das schaffe ich einfach nicht. Und ich weiß nicht, wieso. Kannst du mir sagen, wie das geht?“

Edward gab etwas von sich, das an ein kurzes Quietschen erinnerte. Oder wie auch immer die Geräusche hießen, die Kaninchen von sich gaben.

„Wie macht ihr denn das?“ Verzweifelt sah ich Edward an. „Euch sagt man doch nach, dass ihr eure Partner recht schnell vergesst und in der Natur auch gar nicht monogam seid?“

Edwards dunkle Knopfaugen schienen mich vorwurfsvoll anzublicken.

Ich seufzte. „Ja, ich weiß. Du lebst hier schon seit Jahren monogam. Tut mir leid, Edward. Aber ich habe nicht den Platz, um hier eine Kaninchenzucht aufzumachen. Als Poppy nach Europa gegangen ist, konnte sie dich nicht mitnehmen und hat mich gebeten, dich aufzunehmen. Das habe ich getan.“

Poppy war meine Cousine. Sie hatte ursprünglich nur einen Monat in Europa herumreisen wollen. Doch nun war sie schon über ein Jahr weg und Edward und ich waren langsam ein eingespieltes Team. Manchmal hoffte ich heimlich, Poppy würde noch etwas länger bleiben. Dann konnte ich Edward weiter bei mir behalten.

Edward quiekte wieder.

Ich tätschelte ihn. „Ich muss mich wirklich an diesen Artikel machen, Edward. Mein Chef Marcus ist ein Idiot. Wenn ich nichts liefere, dann feuert er mich womöglich noch und dann... dann weiß ich auch nicht, wie ich das Futter für dich bezahlen soll. Wahrscheinlich muss ich dann wieder Donuts auf dem Weihnachtsmarkt verkaufen."

Aber bis zum nächsten Weihnachtsmarkt würde es noch lange dauern. Es war erst Januar.

Was sollte ich sonst tun?

Burger braten?

Nun mal den Teufel nicht an die Wand, Annabelle. Setzt dich hin und schreib diesen Artikel! Das kannst du!

Ich streichelte ein letztes Mal über Edwards weiches Fell und schloss die Käfigtür. Dann holte ich tief Luft und setzte mich an meinen Laptop. Zielstrebig öffnete ich den Browser und tippte „*PerfectPartner*" in die Suchmaske ein.

Erst einmal würde ich mit einer gründlichen Recherche starten. Dafür musste ich weder ein Konto anlegen. Noch würde mich irgendetwas an Jaxon erinnern. Ich klickte auf den Link zur Website von *PerfectPartner* und startete.

Zuerst las ich mich durch die FAQ, die Häufig gestellten Fragen.

Wie funktionierte die App?

Was unterschied sie von allen anderen Apps?

Was versprach sie ihren Nutzern?

Gab es Erfolgsstorys?

Ich las und las. Hin und wieder kopierte ich einen Absatz in meine Notiz-App und fügte den Link mit Datum hinzu. Marcus mochte vor allem an Erfahrungsberichten gelegen sein. Doch ich wollte so gründlich wie möglich recherchieren und einen professionellen und serösen Bericht abliefern, ganz egal was Marcus sagte oder erwartete.

Ich las einige Artikel im Blog von *PerfectPartner*, in denen es um Tipps zu Dating und Beziehungen ging. Darin stand zwar nichts wirklich Neues. Eigentlich wusste doch jeder, dass man bei einem ersten Date offen und neugierig sein, den Gegenüber aber nicht mit Informationen überschwemmen sollte. Jeder wusste, dass man sich zurechtmachte, aber nicht übermäßig auftakelte, dass man nicht am Handy herumspielte...

All das waren keine Neuigkeiten. Interessant jedoch, dass es dazu Blogartikel gab. Die Menschen schienen immer unsicherer zu werden, wie sie sich verhalten sollten, wenn sie auf jemanden trafen, den sie vielleicht mögen könnten.

Denn genau das war es ja.

Man traf auf jemanden, den man noch gar nicht kannte, machte sich all diese Gedanken darüber... und am Ende erlebte man vielleicht eine Enttäuschung, weil man sich bereits ein Bild vom anderen gemacht hatte, das in der Realität gar nicht zutraf.

Und dennoch rannten die Menschen den Dating Apps die Bude ein. Wo konnte man sonst noch jemanden kennenlernen? Das sagten meine Freunde und Bekannten oft. Und ich musste ihnen recht geben. Menschen redeten in der Realität immer weniger miteinander. Dafür waren sie mehr mit ihren Apps beschäftigt.

Dabei gab es die Apps noch gar nicht so lange.

Und *PerfectPartner* war sowieso relativ neu.

Ich klickte auf „Über uns". Jetzt würde ich herausfinden, wer hinter der ganzen Sache steckte.

Der Text auf der Website war kurz und nichtssagend.

Nachdem er seinen Collegeabschluss in der Tasche hatte, stellte Jaxon Caldwell fest, dass es seinen Freunden immer schwerer fiel, potenzielle Partner kennenzulernen. Also tat er sich mit einem Entwickler zusammen, um die Dating-Welt zu revolutionieren. Das Ergebnis: PerfectPartner.

Jaxon Caldwell.

Jaxon.

Ich holte tief Luft. Meine Finger zitterten leicht und ich umklammerte die lauwarme Teetasse.

Der Gründer von *PerfectPartner* hieß Jaxon.

Genau wie... genau wie Jaxon.

Der Mann von letzter Nacht.

Das ist nur ein Zufall, Annabelle. Der Name ist nicht besonders häufig. Aber auch nicht gerade superselten, besonders hier in New York. Hier gibt es unzählige Namensdoppelgänger.

Dennoch ging mein Atem flacher und mein Herzschlag hatte sich beschleunigt.

Hatte Jaxon mir gestern verraten, wie er mit Nachnamen hieß?

Nein.

Ich hatte ihm meinen Nachnamen auch nicht genannt.

Hatte ihn jemand mit seinem Nachnamen angesprochen? Der Kellner im *Da Michele* oder Tony, der Wachmann des Metropolitan Museum of Modern Art?

Ich dachte nach.

Dann schüttelte ich den Kopf und nahm einen Schluck Tee, um mich zu beruhigen.

Der Name Jaxon wird dir wahrscheinlich noch das ein oder andere Mal unterkommen, Annabelle. Dann darfst du nicht jedes Mal komplett durchdrehen oder glauben, dass sich hinter jedem Jaxon DEIN Jaxon verbirgt. Das ist Unsinn.

Doch ich konnte denken, was ich wollte und mich so oft ermahnen, wie ich wollte… es nutzte nichts. Mein Körper kribbelte und ich sah wieder einmal Jaxons entschlossenes Gesicht und seine dunklen Augen vor mir. Seine Hand glitt zu meinen Brüsten hinauf und strich sanft über meinen Nippel…

Annabelle!

Hart stellte ich die Teetasse auf den Tisch und klickte auf den Reiter „Presse“, der sich oben rechts auf der Website von *PerfectPartner* befand. Ich musste mich auf meine Arbeit konzentrieren. Wetten, dass dieser Arsch von Jaxon schon lange wieder an seinem Schreibtisch saß und keinen Gedanken mehr an mich verschwendete?

Wahrscheinlich wusste er nicht einmal mehr, wie ich hieß!

Doch im Pressebereich war nichts Interessantes zu finden. Die letzte Pressemitteilung war bereits einige Monate alt und vermeldete einen neuen Rekord bei den Nutzerzahlen. *PerfectPartner* schien sich in Sachen Öffentlichkeitsarbeit eher bedeckt zu halten.

Ja, an jeder Ecke war Werbung für die App zu sehen.

Aber Werbung sagte wenig aus.

Das war nur Schein.

Ich brauchte Tatsachen.

Ich biss die Zähne zusammen. So einfach wie gedacht würde es also nicht werden, einen wirklich guten Artikel zu schreiben.

Aber ich würde es schaffen.

Ich atmete tief ein und gab „Jaxon Caldwell" in die Suchmaske bei Google ein.

Zuerst erschienen einige Links zu Artikeln.

„Dating-König und Filmsternchen in Liebe vereint"

„Aus für Traumbeziehung des Dating-Königs"

„Dating-König mit neuer Frau an seiner Seite"

„Ist der Dating-König ein Frauenheld?"

„Jaxon Caldwell hat mein Herz gebrochen"

Jaxon Caldwell schien kein Kind von Traurigkeit zu sein. Das konnte man sagen. Wenn ich den Ergebnissen meiner Suche Glauben schenkte, dann war vermutlich schon jede Frau von Rang und Namen mit ihm im Bett gelandet.

Er war ein Verführer.

Ein Player.

Jemand, der Frauen nicht ernst nahm, sondern lockere Verbindungen zu bevorzugen schien.

Und er wollte Menschen dabei helfen, den perfekten Partner zu finden.

Mir entfuhr ein Lachen. „Der Typ ist ja echt der Oberhammer", murmelte ich.

Den Mann würde ich doch zu gerne kennenlernen. Zu schade, dass *PerfectPartner* keine Interviewanfragen annahm.

Ich scrollte weiter und versuchte, die verschiedenen Informationsschnipsel zu einem Gesamtbild zusammenzusetzen.

Gerade wollte ich einen Link anklicken, um mehr zu lesen und diesen berüchtigte Mann endlich anzusehen, da stockte ich. Jaxon Caldwell wurde in der Pressemitteilung eines Charity Events erwähnt. Das schien so gar nicht zu dem zu passen, was ich bis jetzt über ihn gelesen hatte. Neugierig klickte ich auf den Link.

Bald findet die alljährliche Charity Gala der New Yorker Obdachlosenhilfe im Grand Plaza statt. Wie die Veranstalter mitteilen, werden zahlreiche Größen aus Wirtschaft und Gesellschaft erwartet, darunter…

Meine Augen huschten weiter die Namen entlang, bis sie plötzlich an einem vertrauten festhingen:

Jaxon Caldwell, Gründer der Dating-App PerfectPartner.

Ich starrte auf den Eintrag.

Dann schlug ich mir mit der flachen Hand gegen die Stirn.

Das war meine Chance.

Zu einem Charity Event waren Pressevertreter zugelassen. Man konnte gar nicht genug von ihnen bekommen. Schließlich wollten die Veranstalter die größtmögliche Menge an Spenden einsammeln.

Ich grinste.

Auch wenn Jaxon Caldwell keine Interviewanfragen annahm… ich würde schon mit ihm ins Gespräch kommen. Hastig checkte ich Datum und Uhrzeit des Events.

Heute!

Ich hielt inne.

Dann zuckte ich mit den Schultern. Nicht dass ich andere Pläne gehabt hätte. Und manche Chancen konnte man sich nicht entgehen lassen. Fragen konnte ich mir zur Not auf dem Weg zum Event überlegen. Oft ergaben sich die wirklich interessanten Dinge auch einfach im Gespräch. Man musste auf alles vorbereitet und stets wachsam sein.

Bei Typen wie Jaxon Caldwell sowieso.

Ich schnaubte.

Ein smarter Geschäftsmann, der die Frauen reihenweise verführte.

Ich grinste.

Heute Abend würde ich mich besonders schick machen.

Und dann würde der Kerl mich kennenlernen. Wahrscheinlich wollte er seinen Charme auch bei mir spielen lassen. Aber da würde er auf Granit beißen.

Hastig klickte ich ein weiteres Mal auf den Reiter „Presse“. Nur dass ich mich dieses Mal auf der Website des Charity Events befand.

Hoffentlich wurden noch Akkreditierungen vergeben. Da oft ein kurzer Background-Check durchgeführt wurde, wurde die Registrierung in der Regel irgendwann geschlossen.

Doch ich hatte Glück.

Das Formular war nach wie vor auf der Website zu finden. Hastig trug ich alle gewünschten Angaben in das Formular ein und klickte auf den Button.

Wir haben Ihre Daten erhalten und melden uns in Kürze bei Ihnen.

Ich starrte auf die Mitteilung. Mehr konnte ich nicht tun. Zumindest nicht jetzt.

„Nun müssen wir warten." Ich wandte mich zu der Ecke, in der Edwards Käfig stand. Dann runzelte ich die Stirn.

Der Käfig war leer und die Tür stand offen.

Edward war ausgebüxt.

Ich musste die Tür vorhin nicht richtig geschlossen haben. Das war mir bereits einige Male passiert. Edward hatte jedes Mal seine Chance genutzt und war in die Freiheit entwischt. Ich hatte ihn dann meist mümmelnd in der Küche gefunden, wo er vor dem Schrank saß, in dem ich sein Futter aufbewahrte. Er schien einen außergewöhnlich guten Geruchssinn zu haben.

Ich wollte mich gerade erheben, da ertönte ein „Pling" hinter mir.

Eine Mail.

Ich klickte zu meinem Posteingang.

Yes.

Meine Presseakkreditierung war eben bestätigt worden.

Nun musste ich nur noch ein Bild von Jaxon Caldwell suchen, mir einige Fragen zurechtlegen, mein Outfit bestimmen, Edward wieder einfangen und...

Urplötzlich wurde ich aus meinen Gedanken gerissen. Ohrenbetäubender Lärm drang durch die Wand.

Ich biss die Zähne zusammen.

Nicht schon wieder!

Das war das dritte Mal in einer Woche!

Es hörte sich an, als wäre direkt hinter der Wand ein Presslufthammer im Einsatz.

Verzweifelt hielt ich mir die Ohren zu und wartete. Vielleicht würde das ja gleich aufhören.

Doch nach einigen Minuten gab ich auf und nahm meine Hände von den Ohren. Ignorieren brachte nichts. Wütend starrte ich noch eine Weile auf die Wand, ganz als ob ich hoffte, den Nachbarn allein mit meinen Blicken dazu bringen zu können, endlich aufzuhören.

Der Kerl renovierte seine Wohnung nun schon seit... Wochen? Monaten?

Seit einer Ewigkeit.

Was machte er nur die ganze Zeit?

So groß waren die Wohnungen hier gar nicht!

Und Rücksichtnahme schien für ihn ohnehin ein Fremdwort zu sein. Er bohrte und hämmerte zu jeder Tages- und Nachtzeit. Wenn er nicht schlafen konnte, wenn ihm etwas einfiel, wenn... Er tat, was ihm gerade passte und scherte sich wenig um seine Nachbarn.

Ich hatte mich schon einige Male bei ihm beschwert.

Aber das hatte nichts genutzt.

Seufzend erhob ich mich. Zu allem Übel hatte der Kerl vermutlich auch noch ein Gedächtnis wie ein Goldfisch und konnte sich nicht mehr daran erinnern, dass er mir das letzte Mal gesagt hatte, er werde zumindest um die Mittagszeit nicht mehr arbeiten.

Ein kurzer Blick auf meine Uhr bestätigte, dass es zwölf Uhr war.

Ich erhob mich. Franklin Jennings war kein besonders angenehmer Zeitgenosse. Aber wenn niemand etwas sagte, dann würde er nur immer weiter tun, was er wollte und immer unverschämter werden.

Das konnte ich mir nicht bieten lassen.

Die Geräusche nebenan wurden lauter.

Riss Franklin Jennings nun schon eine ganze Mauer ein? Womöglich würde er bald hier durch die Wand brechen, wenn ich der Sache kein Ende setzte.

Ich stand auf.

Wenig später hämmerte ich an Franklins Tür.

Keine Reaktion. Der Presslufthammer war unvermindert im Einsatz.

Ich biss die Zähne zusammen und wartete ab. Irgendwann musste man doch mal eine Pause einlegen.

Jetzt.

Das Hämmern verklang. Ich hieb geben die Tür.

Keine Reaktion.

Doch ich wusste genau, dass Franklin Zuhause war. Hinter der Tür waren Schritte zu hören.

Jetzt würde er öffnen.

Doch die Schritte verklangen.

Hatte er mich nicht gehört? Oder wollte er mich einfach hier vor der Tür stehen lassen?

Ich biss meine Zähne fester zusammen und hieb fester gegen die Tür als vorhin. „Franklin!“

Keine Reaktion.

„Franklin! Franklin! Franklin!" Ich machte weiter und hämmerte im Rhythmus meiner Silben gegen die Tür.

Plötzlich wurde sie aufgerissen und der untersetzte Franklin stand in einem weißen Feinripp-Unterhemd vor mir. In seinen Haaren lag Staub und auch seine Haut hatte einen unnatürlichen, kreideweißen Ton.

Riss er tatsächlich eine Wand ein?

„Ja?" grunzte er mich an und zog seine Augenbrauen nach oben. Dabei rieselte etwas Staub in mein Gesicht.

„Ich..." Ich schluckte. „Es ist ziemlich laut und..."

„Na und?" Franklin verschränkte die Arme und sah mich herausfordernd an. „Was dagegen?"

„Na ja, wir hatten doch ausgemacht, dass in der Mittagspause Ruhe herrscht und jetzt ist... jetzt ist 12 Uhr", erklärte ich.

„So, hatten wir das?" Franklin lachte meckernd. „Das kann gut sein." Ich schielte an Franklin vorbei in den Flur seiner Wohnung und erspähte Schutt, Staub, Kabel und Tapetenrollen.

Was zu Teufel machte der Kerl?

„Das... das haben wir ausgemacht", erwiderte ich jedoch nur und reckte mein Kinn nach vorne.

Urplötzlich wünschte ich mir, Jaxon wäre hier und würde mir beistehen, so wie er es gegen Draven getan hatte.

Annabelle! Er ist nicht hier und er wird auch nie wieder auftauchen. Du kannst das alleine!

„Ja, bevor dein verdammtes Kaninchen hier aufgetaucht ist und alles angenagt hat." Franklin richtete drohend den Finger auf mich.

„Das war doch nur ein einziges Mal", verteidigte ich mich. Edward war letzte Woche tatsächlich aus seinem Käfig entflohen, ohne dass ich es bemerkt hatte. Als ich dann die Wohnung verlassen wollte, war er an mir vorbei in den Flur gehoppelt und hatte an Franklins Wohnungstür gekratzt.

DAS hatte der Nachbar dann sofort gehört.

Innerlich schüttelte ich den Kopf.

„Edward macht nichts", erklärte ich. „Er ist nur ein Zwergkaninchen, das ein wenig neugierig ist."

Franklin schnaubte. „So ein Quatsch. Er ist ein Nagetier. NAGETIER." Franklin betonte jede Silbe. „Er knabbert alles an. Kabel. Möbel. Wegen solchen Viechern habe ich am Ende die doppelte Arbeit." Mein Nachbar fixierte mich aus schmalen Augen. „Und dann kommst du daher und willst, dass ich mich an die Mittagspause halte."

„Also...", setzte ich an. Doch weiter kam ich nicht.

Genau in diesem Moment spürte ich etwas Weiches an meinem Bein.

Ich stöhnte.

Edward.

Verdammt.

Ich hatte nicht mehr daran gedacht, dass er eben wieder ausgebüxt war. Und nun war er hier, im ungünstigsten Moment.

„Siehst du!" schrie Franklin mit einem Mal wütend.

Ehe ich etwas sagen oder mich nach Edward bücken konnte, beugte Franklin sich rasch nach unten und packte Edward am Nacken. Er hob das Kaninchen hoch und hielt es mir vor die Nase. Edward zappelte hilflos.

„Lass ihn los!" befahl ich wütend.

Wie konnte er dem armen Edward nur so weh tun?

„Loslassen?" Franklin lachte bedrohlich. Seine Augen schienen aus seinem Gesicht hervorzutreten. „Ja, ich werde dir sagen, wo ich das Mistvieh loslassen werde. Im Central Park. Da können ihn die Hunde fressen. Oder wer auch immer!"

Mir stockte der Atem.

Franklin wollte Edward aussetzen.

„Nein!" schrie ich. „Das ist mein Kaninchen."

„Ach ja?" Franklin grinste. „Aber jetzt ist es meins. Es ist freiwillig in meine Wohnung gekommen. Ich habe es gefunden. Nun gehört es mir und ich kann damit tun, was auch immer ich will."

Wütend starrte ich Franklin an.

Sein Grinsen wurde immer diabolischer.

„Gib mir Edward sofort zurück!" forderte ich.

Franklin drückte Edwards Nacken fester zusammen.

Edward gab ein lautes Quieken von sich.

Das würde ich nicht zulassen. Ohne groß nachzudenken, trat ich Franklin fest auf den Fuß. Überrascht starrte er mich an.

„Au!“ jaulte er.

In genau diesem Moment entriss ich ihm Edward. Dann wirbelte ich herum und rannte über den Flur zurück in meine Wohnung. Schwer atmend knallte ich die Tür zu und presste den leise fiependen Edward beschützend an meine Brust.

„So.“ Ich streichelte Edward zärtlich. „Zu diesem bösen Mann darfst du nicht mehr gehen, versprochen? Der ist nicht gut für dich.“

Edward fiepte erneut.

Nebenan wurde der Presslufthammer wieder angestellt.

Ich stöhnte.

Jetzt würde Franklin mich erst recht terrorisieren.

Das war klar.

Ich schluckte. Behutsam streichelte ich Edward und trug ihn dann zu seinem Käfig. „Ich geb dir jetzt noch was extra Leckeres“, versprach ich und öffnete den Küchenschrank.

Danach vergewisserte ich mich, dass ich die Gittertür des Käfigs richtig verschlossen hatte.

Wütend starrte ich die Wand an, hinter der Franklin weiter hämmerte und bohrte.

Was sollte ich tun?

Mir eine neue Wohnung suchen?

Ich konnte unmöglich weiter neben diesem Kerl wohnen. Er bedrohte Edward und seine Renovierungsaktionen nahmen kein Ende.

Hier waren Edward und ich nicht mehr sicher.

Aber einen Umzug konnte ich mir erst leisten, wenn ich den Artikel veröffentlicht hatte. Umziehen kostete Geld und Wohnungen waren in der letzten Zeit auch nicht gerade günstiger geworden.

Ich seufzte.

Ein Schritt nach dem anderen, Annabelle. Jetzt bereitest du dich erst mal auf das Event vor.

Ich ließ die Hand über die Zettel auf meinem Schreibtisch gleiten.

Zettel.

Ich erstarrte.

Das war der Abhol-Zettel für mein Medaillon. Als ich gestern nach Hause gekommen war, hatte sich das Schloss geöffnet und das Medaillon war in meine Hände geglitten. Ich hatte es genauer inspiziert. Offensichtlich war das Schloss doch schwerer beschädigt als gedacht. Ich hatte das Medaillon sofort zur Reparatur gebracht, denn ich wollte es auf keinen Fall noch einmal verlieren. Der Juwelier hatte mir versprochen, dass ich es heute abholen konnte. Aber er hatte nur bis zum frühen Mittag geöffnet. Ich musste sofort los.

Danach würde ich mich fertig machen und dann...

Dann musste ich noch herausfinden, wie Jaxon Caldwell eigentlich aussah.

Aber das konnte ich auch noch auf dem Event.

Bis dahin konnte ich mich vielleicht noch meiner geheimen Fantasie hingeben.

Dass Jaxon Caldwell genauso aussah wie mein Jaxon.

Eigentlich wollte ich ihn nicht wiedersehen.

Aber irgendwie hatte er sich in jedem Winkel meines Hirns festgesetzt.

Kapitel 10

Jaxon

So früh war ich sonst selten Zuhause. Aber nachdem Chloe mir unmissverständlich eingebläut hatte, dass ich auf dem Charity Event einen guten Eindruck hinterlassen musste, hielt ich es für angebracht, mich noch einmal umzuziehen. Außerdem wollte ich einen Blick auf die Gästeliste werfen und nachsehen, welche Journalisten vor Ort sein würden. Ein dürrer Kerl, der für irgendeine unwichtige Zeitung schrieb, hatte mich das letzte Mal besonders genervt, da er eine Frage nach der anderen stellte und mit keiner Antwort je zufrieden zu sein schien. Wenn er da war, würde ich ihn meiden.

Ich schnippte mit den Fingern.

Es war eine viel bessere Strategie, wenn ich mich eher an Journalistinnen halten würde. Frauen. Wenn ich sie warm anlächelte, dann vergaßen sie sowieso alle Fragen, die sie mir je stellen wollten. Oder sie vergaßen meine Antworten und nickten nur mit offenem Mund. Sie waren viel leichter beeinflussbar und würden garantiert einen vorteilhaften Artikel über mich schreiben.

Überhaupt, Journalisten.

Ich schnaubte.

Warum hatte man nicht ein paar Influencer eingeladen, die auf ihren Kanälen über das Charity Event berichten würden? So bekam man eine viel größere Reichweite. Wer las denn heutzutage noch Zeitungen? Nur ältere Menschen. Ja, die hatten meist viel Geld, weil sie schon ihr Leben lang dafür gearbeitet hatten. Aber die Zukunft, das waren die jüngeren Generationen.

Und die lasen keine Zeitung.

Ich nahm zwei Manschettenknöpfe aus der Schachtel.

Würfel.

Die würden mir heute Abend Glück bringen. Wenn ein vorteilhafter Artikel über mich erschien, dann konnte ich vielleicht Victor Davenport überzeugen, dass es um meinen Ruf nicht so schlimm stand wie gedacht.

Unfug, Jaxon. Victor Davenport ist nicht dumm. Er ist hochintelligent. Sonst hätte er es nicht so weit gebracht. Er weiß also ganz genau, dass ein einziger Artikel nichts bedeutet. Jeder kann irgendwas schreiben und jeder kann jemanden dafür bezahlen, über jemand anderen oder einen selbst etwas Gutes oder Schlechtes zu schreiben. Es kommt auf das Gesamtbild an.

Victor würde keine Ruhe geben, bis ich nicht mit einer Partnerin an meiner Seite aufkreuzte.

So wenig ich das wollte, so sehr musste ich zugeben, dass Chloe in diesem Punkt recht hatte.

Ich wollte keine Partnerin.

Ob ich in Betracht ziehen sollte, jemanden zu bezahlen?

Ich dachte nach und schüttelte dann den Kopf.

Wenn das rauskam, dann war mein Ruf endgültig im Eimer.

Am besten war, ich machte einfach gute Miene zu diesem Spiel, benahm mich anständig und...

Verzichtete auf Spaß?

Ich schüttelte wieder den Kopf.

Das kam auch nicht in Frage. Es war kein bisschen besser, als mir eine dauerhafte Freundin zuzulegen. Es war sogar schlimmer. In beiden Fällen gab ich vor, jemand zu sein, der ich nicht war. Und wenn ich auf Spaß verzichtete, dann hatte ich... nicht mal Spaß.

Mit einer Frau könnte ich mich wenigstens amüsieren.

Plötzlich stand Annabelles Gesicht wieder vor meinen Augen. Wie sie ihren Kopf mit der roten Lockenmähne zurückwarf, vor Leidenschaft laut stöhnte und mich dann wieder ansah, mit smaragdgrünen Augen, die funkelten und blitzten.

Ich biss die Zähne zusammen.

Daran solltest du nicht denken, Jaxon. Denk an das Event.

In diesem Augenblick klingelte mein Handy. Dankbar für die Ablenkung schnappte ich das Smartphone und nahm das Gespräch an, ohne darauf zu achten, wer mich anrief.

„Jaxon Caldwell“, meldete ich mich.

„Jaxon! Gut, dass ich dich erwische. Hier ist Chloe“, tönte die etwas atemlose Stimme meiner PR Consultant aus dem Lautsprecher.

„Chloe“, erwiderte ich gedehnt. „Was gibt's?“

Hatte diese Frau mir denn vorhin noch nicht genug hirnrissige Vorschläge unterbreitet? Ich war froh, wenn ich einmal einen Abend lang Ruhe vor ihr haben würde.

Ich sah auf die Uhr. „Ich habe nicht viel Zeit. Ich muss gleich los. Das Galadinner, du weißt schon.“ In meiner Stimme schwang leichte Ironie mit.

„Ich weiß, Jaxon, ich weiß. Aber ich habe hier etwas... oder vielmehr jemanden, der alle deine Probleme auf einen Schlag lösen könnte.“ Chloe klang atemlos. „Ich weiß gar nicht, warum mir das nicht schon eher eingefallen ist.“

„Alle meine Probleme auf einen Schlag lösen?“ Jetzt war ich ganz Ohr. „Du meinst, meinen Ruf retten?“ vergewisserte ich mich.

„Genau!“ Chloe klang regelrecht begeistert. „Es ist wirklich perfekt, Jaxon. Absolut perfekt.“

Ich setzte mich in den Sessel aus schwarzem Leder und lehnte mich zurück. „Lass hören.“

„Sie heißt Rebecca Eastbrook und wenn ich mir sie an deiner Seite vorstelle, dann sehe ich das perfekte Paar. Ihr beide...“

„Was?“ unterbrach ich Chloe. „Das haben wir doch vorhin zur Genüge besprochen. Sowas kommt nicht in Frage!“ Eine düstere Ahnung machte sich in mir breit. „Hast du etwa schon ein Konto für mich auf *PerfectPartner* angelegt? Obwohl ich dir das verboten habe?“

Ich hatte es nicht direkt verboten. Aber erlaubt hatte ich es auch nicht.

„Aber Jaxon“, gab Chloe entrüstet zurück. „Natürlich habe ich das nicht getan. Für wen hältst du mich denn?“

Ich unterdrückte ein Schnauben. Chloe war ausgezeichnet in ihrem Job. Ich traute ihr alles zu.

Eben.

Ich traute ihr alles zu.

Bisher hatte sie sich an meine Anweisungen gehalten. Doch heute Mittag hatte ich für einen Moment den Eindruck gewonnen, sie würde sich zur Not auch darüber hinweg setzen, wenn sie glaubte, dass es gut für *PerfectPartner* war.

„Ich kenne Rebecca schon seit langem. Sie ist wirklich eine ganz besondere Person und wenn du sie erst kennengelernt hast, dann wirst du ganz sicher meiner Meinung sein. Sie ist wunderschön, hat eine tolle Ausstrahlung und... Ja, du wirst schon sehen." Chloe lachte.

„Ich hab dich nicht gebeten, mich zu verkuppeln. Im Gegenteil", erwiderte ich brutal. „Außerdem... woher willst du meinen Geschmack kennen?"

„Aus der Zeitung", erwiderte Chloe schlicht.

Darauf hatte ich keine Antwort.

Hinter Chloe war Straßenlärm zu hören, als sie ins Telefon rief: „Ich bin gerade mit Rebecca unterwegs, Jaxon. Wir sind fast bei dir vor der Tür und trinken nebenan einen Kaffee. Wenn du willst, dann können wir kurz raufkommen und du kannst sie kennenlernen. Einfach so. Ganz unverbindlich."

Ich verdrehte die Augen.

Einfach so.

Ganz unverbindlich.

Nachdem Chloe mir gerade klargemacht hatte, dass Rebecca die ideale Frau für mich war.

Das war alles andere als unverbindlich.

Bestimmt brauchte diese Rebecca Geld. Oder sie war eine der Frauen, die einfach nicht alleine sein konnten. Davon gab es mehr als genug. Diese Sorte Frau tat alles, um einen Mann an sich zu binden. Egal wie er aussah oder was er wollte.

„Wir können natürlich auch einen anderen Termin ausmachen." Chloe schien meinen Widerstand zu spüren. „Rebecca geht gerne einmal mit dir aus oder kommt ins Büro. Ganz wie du willst."

Kommt ins Büro.

Wie verzweifelt musste eine Frau sein, wenn sie ins Büro eines Mannes ging, um ihn kennenzulernen?

„Ich schau mal in deinen Kalender. Nächste Woche gibt es bestimmt einen größeren freien Slot." Chloe ließ nicht locker.

„Nein. Kommt hoch", hörte ich mich sagen. „Ich habe aber nicht viel Zeit. Du weißt ja. Das Galadinner."

„Perfekt", jubelte Chloe.

Kunststück.

Sie hatte sich durchgesetzt.

Aber ich würde ihr einen Strich durch die Rechnung machen.

Fünf Minuten später klingelte es. Die beiden mussten wirklich direkt vor meiner Tür gewartet haben. Fast jedenfalls.

Ich verdrehte die Augen. Würde ein Mann sich so verhalten, dann würde die Frau gleich die Polizei informieren, um den Stalker loszuwerden. Aber umgekehrt galten anscheinend andere Maßstäbe.

Egal. Ich würde niemanden um Hilfe bitten. Ich fühlte mich auch allein in der Lage, Chloe und diese Rebecca abzuwimmeln. Ich schnaubte. Ich wusste schon, warum ich seit langem keiner Frau mehr verraten hatte, wo ich wohnte. Sie verfolgten einen bis vor die eigene Haustür und das wurde dann lästig. Aber in diesem Fall... Rebecca wusste ja sowieso schon, wo ich wohnte. Ein Grund mehr, sie schnell wieder loszuwerden. Und dann würde ich ein ernstes Wort mit Chloe reden müssen.

Was bildete sie sich eigentlich ein?

„Jaxon." Als ich öffnete, strahlte Chloe mich an. „Wie schön, dass es noch geklappt hat. Ich verspreche, wir stören auch nur kurz. Das hier ist Rebecca." Chloe wies auf die Frau, die neben ihr stand.

Rebecca hatte langes, seidiges braunes Haar, braune Augen mit grünen Einsprengseln, volle Lippen und ein absolut ebenmäßiges Gesicht mit einer geraden Nase und hohen Wangenknochen. Ihre Haut war glatt und wirkte samtig. Rebecca war im klassischen Sinne schön.

Aber...

Ich runzelte die Stirn.

Irgendetwas fehlte.

„Kommt rein“, sagte ich und hielt die Tür auf. „Ich bin Jaxon“, stellte ich mich nochmals vor. Dabei nahm ich an, dass Rebecca meinen Namen schon kannte.

Chloe und Rebecca spazierten an mir vorbei nach drinnen. Dabei konnte ich Rebeccas Parfum riechen. Es war etwas Schweres, Orientalisches. Ich verspürte ein leichtes Ziehen hinter meiner Stirn.

Genau.

Das war ein Kopfschmerz-Parfum.

„Stelle dir vor, Rebecca hat gerade ihren ersten großen Vertrag an Land gezogen“, plapperte Chloe.

„Ach ja?“ Ich zog die Augenbrauen hoch. „Was machst du denn beruflich?“ wandte ich mich an Rebecca.

„Ich bin Model“, erwiderte sie.

Ich nickte und ließ meinen Blick noch einmal über Rebeccas ebenmäßiges Gesicht gleiten.

Ja.

Sie war schön.

Meine Augen wanderten weiter.

Volle Brüste, eine schmale Taille und lange Beine. Rebecca hatte die typische Modelfigur. Sie war fast genauso groß wie ich und an ihr war kein Gramm zu viel.

In einem hatte Chloe recht. Rein äußerlich kannte sie offenbar meinen Geschmack und hatte ihn genau getroffen.

Ich blickte Rebecca wieder in die Augen. Sie hatte genau gesehen, wie ich sie gemustert hatte. Dennoch verzog sie keine Miene.

Sie wirkte ein wenig leblos.

Blutleer.

„Sind Sie hier auf der Durchreise?“ erkundigte ich mich.

„Aber ihr werdet euch doch nicht siezen“, fuhr Chloe dazwischen.

Fragend sah ich zu Rebecca. Sie zuckte mit den Schultern. Dann erwiderte sie. „Oh, nein, ich bin nicht auf der Durchreise. Ich bin eine waschechte New Yorkerin.“ Mit einem Mal kam etwas Leben in ihre Stimme.

„Sieh an. Ich auch.“ Ich grinste Rebecca an.

„Vorhin hatte ich einen Fototermin im Metropolitan Museum of Modern Art und Chloe meinte, wir könnten spontan hierher zu Ihnen fahren." Rebeccas Mundwinkel hoben sich ein wenig und sie lächelte hoheitsvoll.

„Ach, das MoMA?" Ich lachte. „Lustig, dort war ich erst vor kurzem. Ist immer wieder interessant dort."

Rebecca zuckte mit den Schultern. „Keine Ahnung, die Bilder hab ich mir nicht angesehen."

Ich hob die Augenbrauen. Nicht angesehen?

Okay, nicht jeder konnte etwas mit Kunst anfangen. Damit hatte ich kein Problem. Aber um herauszufinden, was man mochte, musste man doch erst einmal die Kunstwerke ansehen. Dann konnte man sie mögen oder kritisieren. Aber ein derartiges Desinteresse… wenn man direkt davor stand…

Rebecca ging zu den bodentiefen Fenstern meines Penthouse. „Interessante Aussicht", kommentierte sie.

Interessante Aussicht?

New York lag mir zu Füßen und diese Frau nannte das „interessante Aussicht"?

Wollte sie hier die Dame von Welt spielen, die man durch nichts beeindrucken konnte?

Missbilligend schüttelte ich den Kopf. Rebecca Eastbrook mochte glauben, dass sie auf diese Weise Männer dazu brachte, ihr zu Füßen zu liegen. Doch da täuschte sie sich. Mich törnte das ab. Sie schien nicht nur keinen Sinn für Kunst zu haben, sondern sich noch nicht einmal vom Panorama der Stadt beeindrucken zu lassen.

Ich hatte lange gesucht, bis ich dieses Penthouse gefunden hatte. Weder wollte ich in einigen Jahren einen anderen, womöglich noch höheren Wolkenkratzer vor meiner Nase haben, noch wollte ich nur auf den Hudson oder East River blicken. Ich wollte die gesamte Halbinsel von Manhattan überblicken.

Das tat ich.

Und diese Frau redete, als würde sie gerade aus jedem x-beliebigen Küchenfenster schauen.

Jetzt durchquerte Rebecca mein riesiges Wohnzimmer mit wenigen zielsicheren Schritten und betrachtete meine Einrichtung aufmerksam.

„Das hier hat eine Innenarchitektin gemacht, oder?“ fragte sie schließlich in einem neutralen Ton, der irgendwie herablassend und arrogant auf mich wirkte.

Ich nickte.

„Es ist dezent und stilvoll.“ Huldvoll neigte Rebecca den Kopf. „Aber warum hat sie ihre Arbeit nicht beendet?“

„Was?“ Ich betrachtete mein Wohnzimmer. Zwei große schwarze Ledersofas, zwei Sessel, ein eleganter Tisch. Ein Kamin, ein riesiger Fernseher, zwei Regale mit einigem Krimskrams drinnen. Eine Bar, ein Teppich.

„Es wirkt alles ziemlich leer. Sehr kahl.“ Rebecca sah mich vorwurfsvoll an, ganz als hätte ich persönlich der Innenarchitektin die Anweisung gegeben, alles leer und kahl zu lassen.

Ich knirschte mit den Zähnen.

Ich wusste schon, warum ich sonst keine Frau in mein Penthouse einlud. Damit sie mir hinterher nicht auf die Pelle rückte, ja. Und damit ich mir keine derartig dummen Bemerkungen anhören musste.

Ich fixierte Chloe. Mit ihrer überfallartigen Strategie hatte sie mich dazu gebracht, gegen meine Prinzipien zu verstoßen. Ja noch mehr, ich hatte meine Prinzipien glatt vergessen.

Das würde mir nicht noch einmal passieren.

„Mir reicht die Einrichtung vollkommen aus wie sie ist.“ Fest sah ich Rebecca an.

Jetzt lächelte sie. Auf die mitleidige Tour. „Ja, für einen Mann mag das genügen.“ Rebecca ging auf mich zu und strich dabei beiläufig mit einer Hand über das Ledersofa. „Aber eine Frau...“ Sie blickte mich fest an. „Hier fehlt einfach eine persönliche Note. Deine Möbel sind edel und schick. Aber sie wirken kalt und unpersönlich.“

Mir schoss durch den Kopf, dass Rebecca sich in diesem Fall hier besonders wohl fühlen musste.

„Ich würde das ganz anders gestalten. Mit etwas mehr Wärme und Behaglichkeit. Ein Fell auf der Couch, ein paar schöne Kerzenleuchter, dezente Farbtupfer. Das wird Wunder wirken!“ Rebecca wiegte ihren Kopf hin und her.

Was?

Ich schüttelte den Kopf.

Die Frau hatte wirklich Nerven.

„Soso.“ Etwas von oben herab blickte ich Rebecca an. Es wurde Zeit, dass ich sie in ihre Schranken verwies. „Na ja, zum Glück wohnst du nicht hier. Ich fühle mich mit allem sehr wohl. Zu viel Dekoration ist mir nur lästig. Davon bekomme ich Augenkrebs.“ Ich schnaubte.

Rebeccas Gesichtszüge entgleisten für einen Moment.

Gut.

Da kicherte Chloe. „Ach Jaxon, du kannst wirklich witzig sein.“ Sie tätschelte Rebeccas Arm. „Dekoration ist Rebeccas Hobby. Sie hat ein wenig Ahnung davon.“

„Aha“, machte ich.

Das interessierte mich nicht im Geringsten.

So wie mich alles an Rebecca nicht im Geringsten interessierte.

„Rebecca könnte einmal vorbeikommen und dir einige Vorschläge unterbreiten, was sich hier noch optimieren ließe“, schlug Chloe da vor.

„Nein danke.“ Ich schüttelte den Kopf. „Ich brauche keine Vorschläge. Vor allem anderen lege ich Wert auf meine Ruhe und danach, die Dinge nach meinen Vorstellungen selbst zu gestalten.“

„Deine zukünftige Gattin hat dabei aber auch noch ein Wörtchen mitzureden.“ Wieder lachte Chloe.

Diese Anspielungen wurden immer dreister.

„Nun, zum Glück kenne ich meine zukünftige Gattin noch nicht“, erwiderte ich kurz angebunden.

Ich sah auf die edle Uhr von Philippe Patek, die ich an meinem Handgelenk trug. „Wenn ihr beide mich jetzt entschuldigen wollt… ich habe noch einen wichtigen Termin und muss mich noch kurz vorbereiten.“ Ich nickte Chloe zu. „Das Event, du weißt ja.“

Chloe nickte. „Rebecca könnte dich doch begleiten.“

Was?

Das wurde ja immer schlimmer.

Wie hatte ich diese beiden nur hier hereinbitten können?

Sie waren schlimmer als Kletten.

Nun würde ich sie nicht mehr loswerden.

Fiberhaft dachte ich nach.

Was konnte ich tun?

Ich musste Rebecca ein für alle Mal in die Schranken weisen. Und Chloe gleich mit.

Da kam mir eine zündende Idee.

„Tut mir leid. Aber das wird nicht möglich sein. Ich habe schon eine Begleitung“, hörte ich mich sagen. Dann hielt ich kurz inne und setzte betont langsam hinzu. „Eine weibliche Begleitung.“

„Was?“ Chloe starrte mich erstaunt an.

Über Rebeccas Gesichtszüge lief ein kurzes Zucken. Dann wandte sie sich zu Chloe um. „Warum hast du mir das nicht gleich gesagt?“

„Das wusste ich doch selbst nicht“, verteidigte sich Chloe. „Sonst hätte ich dich doch nicht hierher gebracht.“ Chloe blitzte mich an. „Warum hast DU es mir denn heute Mittag nicht gesagt, Jaxon?“

Weil dich das gar nichts angeht.

Diese Worte lagen mir auf der Zunge.

Doch ich schluckte sie herunter.

Chloe war eine ausgezeichnete Mitarbeiterin und verstand ihren Job. Ich wollte sie weder verärgern noch vor den Kopf stoßen. Sie sollte nur verstehen, dass sie sich nicht weiter in mein Privatleben einmischen sollte.

„Nun...“ Ich zögerte und versuchte, den passenden Gesichtsausdruck aufzusetzen. „Intime Dinge sind eine delikate Angelegenheit und man ist nicht immer sofort bereit, alle Details zu enthüllen, nicht wahr?“ Ich sah Chloe an. „Das geht dir doch sicher auch so.“

Chloe öffnete ihren Mund. Dann schloss sie ihn wieder. Ohne etwas gesagt zu haben. Das war bisher noch nie vorgekommen.

Mit einem Mal schluchzte Rebecca auf. „Diese Demütigung. So dumm bin ich mir noch nie in meinem Leben vorgekommen.“

Fast hatte ich Mitleid.

Doch dann bemerkte ich, dass Rebeccas Augen trocken wirkten.

Spielte sie mir etwas vor?

Egal.

„Wenn ich euch jetzt bitten darf...“ Ich schritt an Rebecca und Chloe vorbei zur Tür und öffnete sie weit.

„Wir sehen uns“, sagte ich zu Chloe. Sie nickte.

„War nett, dich kennenzulernen." Diese Worte gingen an Rebecca. Das Model erwiderte nichts. Sie warf ihren Kopf in den Nacken und schritt an mir vorbei.

Man mochte über mein Verhalten bei Frauen sagen, was man wollte.

Aber für diese Sache konnte ich nun wirklich nichts.

Als Chloe und Rebecca sicher im Lift waren, schloss ich erleichtert die Tür.

Endlich Ruhe.

Ich schnaubte.

Ich wusste schon, warum ich die Frauen, mit denen ich mich vergnügte, nie wieder sehen wollte.

Keine von ihnen.

Annabelles Gesicht erschien vor meinem inneren Auge.

Ich schüttete den Kopf.

Nein.

Auch sie nicht.

Kapitel 11

Annabelle

Mein Herz klopfte, als ich auf die 5th Avenue einbog. Da vorne war schon das St. Regis. In diesem Hotel fand das Galadinner statt. Ich war noch nie im St. Regis gewesen. Es war eines der exklusivsten New Yorker Hotels und ich konnte mir dort ganz sicher kein Zimmer leisten. Auch die exorbitanten Preise für einen Drink konnte und wollte ich nicht bezahlen.

Vielleicht eines Tages, wenn ich eine bedeutende Journalistin war.

Womöglich gäbe es dann sogar jemanden, der mich hierher einlud, um das Privileg zu haben, mich zu treffen.

Ich lächelte.

Wer weiß.

Doch heute war ich da, um Jaxon Caldwell zu sehen.

Kritisch blickte ich an mir herab. Unter meinem grauen Wollmantel trug ich ein grünes Kleid mit farblich dazu passenden Schuhen. Kein Designer-Kleid, denn auch das konnte ich mir nicht leisten. Aber es passte genau zu meinen Augen und ich fand, dass ich ziemlich gut darin aussah.

Bis jetzt.

Vorsichtig beobachtete ich, wie eine Limousine nach der anderen vor dem St. Regis vorfuhr. Der Portier öffnete jedes Mal die hintere Tür und hieß die Gäste willkommen. Hier gab es niemanden, der KEIN Designer-Kleid trug. Oder keinen maßgeschneiderten Anzug, wenn es sich um einen Mann handelte. Ich betrachtete die edlen Stoffe und die ausgefallenen Schnitte. Eine Frau trug ein Kleid, das wirkte, als flösse Gold an ihr herab.

Und dazu der Schmuck. Ich fasste an meinen Hals. Großmutters Medaillon hatte mir immer Glück gebracht. Aber heute... heute würde ich damit einfach nur altbacken aussehen. Sogar aus meinem Versteck konnte ich Diamanten funkeln sehen. Eine Dame legte ihre Hand auf die Perlenkette um ihren Hals und hüstelte leicht.

Kunststück.

Sie trugen alle keine Mäntel, als wollten sie zeigen, dass sie es gar nicht nötig hatten, sich bei diesem Wetter allzu viel an der frischen Luft aufzuhalten.

Mein Plan war gewesen, das Event zu besuchen und Jaxon Caldwell unauffällig in ein Gespräch zu verwickeln. Ich wollte mich gar nicht als Journalistin zu erkennen geben. Meinen Presseausweis würde ich nicht offen tragen. So kam ich viel eher an Informationen.

Bis eben noch hatte ich das für einen guten Plan gehalten. Aber als ich die anderen Gäste sah, schwand meine Zuversicht.

Wieso sollte Jaxon Caldwell überhaupt mit mir reden?

Ich würde zwischen all diesen Damen wirken wie ein hässlichen Entlein unter Schwänen.

Schon im *Da Michele* hatte ich mich fehl am Platz gefühlt. Aber hier erst...

Annabelle, du schaffst das. Denk an deinen Witz, deine Intelligenz, deinen Charme.

Doch mein Selbstvertrauen verringerte sich mit jedem Gast, den ich ankommen sah.

Ich holte tief Luft.

Wenn mir etwas so schwer fiel, dann brachte ich es am besten gleich hinter mich. Mit zielstrebigen Schritten eilte ich auf den Eingang des St. Regis zu. Ich musste selbstsicherer wirken als ich mich fühlte.

„Madam, willkommen im St. Regis." Der Portier beäugte mich kritisch. „Sind Sie hier Gast?"

Röte stieg mir in die Wangen. Hatte er das auch alle anderen Gäste gefragt, die aus den luxuriösen Limousinen gestiegen waren? Machte ich mich automatisch verdächtig, weil ich zu Fuß kam?

Ich reckte meine Nase ein wenig in die Luft. „Ich bin als Pressevertreterin für das Galadinner akkreditiert."

Der Portier nickte. „Ihren Presseausweis bekommen sie links vom Empfang."

Irrte ich mich oder klang seine Stimme nun weniger herzlich als vorhin?

Das ist Einbildung, Annabelle. Du solltest deine Unsicherheiten nicht auf andere projizieren. Ein Hotel wie das St. Regis kann es sich nicht leisten, Journalisten zu verärgern oder schlecht zu behandeln.

Ich betrat die Lobby.

Meine Güte!

Ich hob den Kopf und sah staunend nach oben. Die Lobby war mindestens zwei Stockwerke hoch. Oder kam mir das nur so vor? In der Mitte plätscherte ein Springbrunnen, der aus Marmor und Granit sein musste. Unter meinen Füßen befanden sich blank polierte Marmor-Fliesen in zweierlei Farben. Einige Sitzgruppen mit eleganten Sofas und niedrigen Tischen luden Gäste zum Verweilen ein. Wer hier auf ein Taxi wartete, musste das nicht auf dem Bürgersteig tun.

Wahrscheinlich mussten die Gäste noch nicht einmal warten.

Eher warteten die Taxis auf sie.

Vor mir ertönte ein Räuspern. „Kann ich Ihnen helfen, Madam?" Ein gutgekleideter Page stand vor mir.

„Oh..." Ich lief rot an, als mir bewusst wurde, dass ich beim Starren ertappt worden war.

Verdammt!

Ich hatte doch so tun wollen, als wäre ich an eine derartige Umgebung gewohnt.

„Ich... ich möchte meinen Presseausweis abholen", erklärte ich.

„Bitte hier." Der Page wies auf einen kleinen Tisch. „Darf ich unterdessen Ihren Mantel nehmen?"

„Oh. Sicher." Ich nestelte mich aus meinem Mantel und übergab ihn dem Pagen. Dann ging ich zu dem kleinen Tisch, auf dem ein Schild mit der Aufschrift „Presse" stand.

„Hallo und herzlich willkommen. Darf ich Ihren Namen erfahren?“ Ein streng dreinblickender Mann Ende fünfzig nickte mir zu.

„Annabelle Haven. Ich habe mich heute noch akkreditiert.“ Ich strahlte den Mann an. „Das ist wirklich wunderbar, dass das alles so schnell gegangen ist. Ich hatte gar nicht mehr damit gerechnet.“

„Annabelle Haven...“ wiederholte der Mann und scrollte über den Bildschirm seines Tablets. Er scrollte und scrollte und scrollte. Ungeduldig trat ich von einem Fuß auf den anderen. Der Mann sah mich an. „Tut mir leid, ich finde Ihren Namen hier nicht.“

„Oh.“ Ich öffnete den Mund. Dann lächelte ich. „Das ist kein Problem, ich habe die Bestätigung in den Mails auf meinem Handy. Soll ich Sie Ihnen zeigen?“ Ohne die Antwort des Mannes abzuwarten, zog ich mein Smartphone aus der Tasche und suchte die Mail. „Hier. Sehen Sie.“

Der Mann runzelte die Stirn. „Hm...“ Wieder sah er auf sein Tablet. „Aber Sie sind nicht auf der Liste. Ganz eindeutig.“ Er sah mich an. „Haben Sie einen Presseausweis dabei?“

„Äh... nein.“ Ich schüttelte den Kopf. Ich hatte noch gar keinen Presseausweis. Marcus Bryant hatte sich darum kümmern wollen, dass ich einen bekam. Doch dann hatte er wie üblich andere Dinge zu tun gehabt.

Der Mann vor mir drückte auf einen Knopf an seinem Ohr. „John, ich habe hier eine Annabelle Haven. Hat eine Akkreditierung per Mail bekommen, aber ist nicht auf der Liste.“

Der Mann lauschte und nickte. Dann ließ er den Knopf an seinem Ohr los und wandte sich mir zu. „Für welches Magazin arbeiten Sie?“

„*Intrigued*“, erwiderte ich.

Der Mann runzelte die Stirn. „Noch nie gehört.“ Er tippte wieder auf seinem Tablet herum. Dann hob er den Kopf. „Ich habe eben die Liste der Mitglieder der Pressevereinigung heruntergeladen. Ihr Name ist dort nicht verzeichnet.“

„Ja...“ Ich rang meine Hände. Damit hatte ich nicht gerechnet. Ich stand hier vor der Tür und nun wollte man mich nicht reinlassen.

Das konnte nicht sein.

Ich MUSSTE rein.

Wie sollte ich sonst meinen Artikel schreiben?

An Informationen kommen?

„Bitte, ich muss da rein, ich…“, flehte ich. „Ich muss wirklich. Sonst bekomme ich Ärger.“

Der Mann blieb unbeirrt. „Tut mir leid. Aber ich kann nichts für Sie tun. Da könnte jeder kommen und behaupten, Journalist zu sein. So einfach ist das nicht.“

„Ich bin noch nicht auf der Liste der Vereinigung, weil mein Chef noch nicht dazu gekommen ist“, erklärte ich. „Aber ich kann ihn gerne anrufen und dann…“

„Wie heißt Ihr Chef?“ fragte der Mann. Er verzog noch immer keine Miene.

„Marcus Bryant“, erklärte ich.

Der Mann runzelte die Stirn. „Den Namen habe ich schon einmal gehört.“ Er tippte wieder auf seinem Tablet herum. Dann sah er mich an. „Ihr Chef ist auf der Liste.“

Ich schöpfte etwas Hoffnung.

„Ich werde ihn anrufen“, kündigte der Mann an. „Hier ist eine Telefonnummer aufgeführt.“

„Gerne.“ Ich nickte.

Der Mann wählte. Ich biss die Zähne zusammen. Hoffentlich war Marcus auch da und ging ran.

„Guten Abend, Mr. Bryant“, sagte der Mann da. „Ich habe hier eine Annabelle Haven, die behauptet, für Sie zu arbeiten…“

Erleichtert atmete ich auf. Jetzt würde alles gut.

Der Mann lauschte. Dann nickte er. „In Ordnung, Mr. Bryant. Ja, ich gebe sie Ihnen.“ Er reichte mir ein Smartphone.

„Marcus?“ Ich presste das Smartphone an mein Ohr.

„Annabelle.“ Marcus lachte meckernd. „Du machst ja Sachen.“

„Das ist nicht meine Schuld, Marcus, ich…“ Weiter kam ich nicht.

Marcus unterbrach mich. „Der Anruf hat mich in einem äußerst privaten und intimen Moment gestört. Wenn du verstehst, was ich sagen will.“ Mein Boss grunzte und lachte immer noch.

„Das… das tut mir leid, Marcus. Vielleicht können wir nächste Woche die Sache mit meinem Presseausweis regeln. Dann muss ich dich auch nicht mehr stören und…“ Ich wusste nicht, was ich sagen sollte.

„Was machst du überhaupt auf der Gala?“ wollte Marcus wissen.

Ich senkte meine Stimme. „Der Gründer von *PerfectPartner* ist da."

„Aha, verstehe". Marcus kicherte. „Nun, dann hoffe ich, dein Dekolleté ist tief genug." Mein Chef kicherte noch mehr.

Was?

Mir bleib die Luft weg.

„Und wenn er dann deine zwei schlagkräftigen Argumente bewundert hat… und du deinen Artikel geschrieben hast… dann würde ich sagen, dass ich an der Reihe bin, diese Argumente zu bewundern. Wenn du verstehst, was ich meine." Marcus legte eine kurze Pause ein. „Das bist du mir schuldig. Quasi als Ausgleich für die Störung jetzt", fügte er dann hinzu.

WIE BITTE?

Wütend presste ich meine Lippen zusammen und schluckte eine grobe Antwort hinunter. Am liebsten hätte ich Marcus gesagt, er sollte sich seine Kommentare sonstwohin stecken. Doch das konnte ich mir nicht leisten.

Ich brauchte den Job.

„Dann viel Spaß heute Abend", sagte Marcus, bevor ich etwas erwidern konnte. Er kicherte. „Amüsier dich. Umso netter wird es später, wenn wir uns sehen."

Ein Klicken in der Leitung sagte mir, dass die Verbindung beendet war.

Ich reichte dem Mann das Telefon.

Er hielt mir eine Plastikkarte an einem Lanyard hin. „Hier ist Ihr Ausweis für heute Abend. Bitte tragen Sie ihn gut sichtbar, damit man sie von den regulären Gästen unterscheiden kann.

Ich wünsche Ihnen einen angenehmen Abend bei uns im St. Regis."

Ich nickte, doch seine Worte rauschten an mir vorbei.

Marcus' Worte dröhnten noch immer in meinen Ohren. Mein Chef musste von allen guten Geistern verlassen sein.

Am liebsten hätte ich ihm gesagt, dass ich ihn als abschreckendes Beispiel in meinen Artikel einbauen würde.

Aber dann wäre ich meinen Job los.

Waren denn wirklich alle Männer so?

Marcus. Jaxon. Draven.

Gab es nur schmierige Widerlinge, die Frauen als Freiwild betrachteten?

Ich schüttelte den Kopf. Scarlett war mit einem wundervollen Mann namens Garrison verheiratet und meine beste Freundin Deborah schwärmte in höchsten Tönen von ihrem Luke. Und er von ihr. Es gab gute Männer.

Ja die, die vergeben sind, Annabelle. Alle anderen sind aus gutem Grund noch Single.

Egal.

Ich hatte jetzt keine Zeit, über so etwas nachzudenken.

Ich steuerte auf die riesigen Flügeltüren zu und betrat den weitläufigen Ballsaal. Dann stockte ich.

Meine Güte.

Der Saal war voller runter Tische, an denen Gäste saßen und sich angeregt unterhielten. In einer Ecke war eine Bar aufgebaut, an der noch mehr Gäste standen und sich ebenfalls unterhielten. Über mir hingen riesige Kronleuchter aus Kristall. Die Wände waren mit edlen Stoffen bespannt und die ganze Szene wirkte wie in einem Film.

Es war eleganter als alles, was ich je gesehen hatte.

Das *Da Michele* war nichts dagegen.

Mit klopfendem Herzen und einem leicht unbehaglichen Gefühl im Magen, ließ ich meinen Blick ziellos durch den prachtvollen Ballsaal schweifen. Überall tummelten sich die illustren Gäste in ihren teuren Abendroben und perfekt sitzenden Smokings, begrüßten einander mit herzlichen Umarmungen oder standen in kleinen Grüppchen beisammen und plauderten angeregt. Für einen kurzen Moment überkam mich die Befürchtung, dass ich hier möglicherweise vollkommen fehl am Platze war.

Mindestens die Hälfte aller Gäste waren Männer.

Und ich kannte keinen davon.

Wie sollte ich herausfinden, wer Jaxon Caldwell war?

Du hättest Zuhause googeln sollen, Annabelle. Sei froh, dass Marcus nicht hier ist und nicht mitbekommt, wie miserabel du vorbereitet bist.

Ob es jemand bemerken würde, wenn ich jetzt googelte?

Leicht schüttelte ich den Kopf. Das würde ich nicht tun. Auf keinen Fall wollte ich negativ auffallen.

Energisch straffte ich die Schultern.

Annabelle, du hast hier einen Auftrag.

Wenn ich mir als Journalistin einen Namen machen wollte, durfte ich mich von so einer Umgebung nicht einschüchtern lassen. Zielstrebig steuerte ich eine kleine Traube an Gästen an.

„Verzeihung." Ich lächelte. Die vier älteren Geschäftsmänner in perfekt geschnittenen Smokings und Fliegen unterbrachen ihr Gespräch und blickten mich an. „Ich suche Jaxon Caldwell. Hat einer von Ihnen ihn heute schon gesehen?"

Die drei Herren schüttelten den Kopf. „Nie gehört, den Namen", murmelte dann einer.

„Oh." Ich lächelte wieder. Meine Wangen fühlten sich an wie festgetackert. „Na dann. Trotzdem danke."

Ich ging weiter.

Dann wiederholte ich das Spiel bei einer Gruppe Frauen, doch auch hier hatte ich kein Glück.

Ich schlenderte weiter durch den Saal. Jüngere Männer wollte ich nicht fragen. Womöglich war einer von ihnen selbst Jaxon Caldwell. Das wäre reichlich peinlich geworden.

Ein älterer Herr stand alleine mit einem Glas in der Hand an der Bar. Ich stellte mich neben ihn.

„Guten Abend." Er lächelte mich höflich an.

„Guten Abend." Ich räusperte mich. „Verzeihung, wenn ich so mit der Tür ins Haus falle, aber ich suche Jaxon Caldwell und..."

Der ältere Herr seufzte. „Das hätte ich mir denken können, dass Sie nicht meinetwegen hier sind. Ach... was waren das für Zeiten früher..."

Ich lächelte abwartend. In solchen Fällen sagte man am besten gar nichts, das hatte ich auf der Journalistenschule gelernt.

Der ältere Mann seufzte noch einmal. Dann nickte er mit dem Kopf zur anderen Seite der Bar. „Er ist dort drüben. Der Mann, dem der Barkeeper gerade ein Glas hinstellt."

Ich ließ meinen Blick in die angegebene Richtung wandern. Ein Mann, den ich nur von hinten sah, nahm ein Glas und entfernte sich dann einige Schritte von der Bar. Dann drehte er sich um.

Ich schnappte nach Luft.

Jaxon!

Mein Herz setzte für einen Schlag aus. Schockiert sog ich die Luft ein.

ER war es.

Jaxon Caldwell war… mein Jaxon.

Oder auch nicht mein.

Aber es war der Jaxon, mit dem ich eine heiße Nacht verbracht hatte.

Der Jaxon, der mich dann eiskalt sitzen gelassen hatte.

Kein Zweifel.

Ich ließ meinen Blick über die aufrechte Körperhaltung und die markanten Gesichtszüge wandern. Jaxons dunkle Augen waren in die Ferne gerichtet. Er hatte mich noch nicht gesehen. Sein Kinn war energisch nach vorne gereckt und er wirkte, als gehörte er in diese luxuriöse Umgebung.

Wie gebannt starrte ich ihn an.

Lässig bewegte sich Jaxon in eine ruhige Ecke.

Ich schluckte.

Meine Haut prickelte und meine Mitte zog sich bei seinem Anblick leicht zusammen.

NEIN!

Das durfte einfach nicht sein.

Ich durfte so etwas nicht fühlen.

Wie konnte das sein?

Ich griff nach meinem Medaillon und umfasste es fest.

Das war keine zufällige Namensgleichheit, wie ich bis eben angenommen hatte. Ich war mit dem Gründer von *PerfectPartner* im Bett gelandet und er hatte mich danach fallen lassen wie eine heiße Kartoffel.

Und dieser Typ betrieb eine Dating App.

Eine erfolgreiche Dating App!

Dabei war er selbst völlig unfähig, eine Beziehung zu führen.

Er war ein egozentrischer Typ, der nichts von Frauen hielt.

Und genau darum waren die Männer, die seine Plattform nutzten, auch solche ekelhaften Typen.

Ich schnaubte.

Na warte.

Den Typen würde ich in meinem Artikel fertig machen.

Mehr als das.

Ich würde ihn an die Wand nageln.

Auf ihn sollte keine Frau mehr reinfallen.

Und auf die anderen Typen, die seine App nutzten, auch nicht.

Mit zielstrebigen Schritten drängte ich mich an den anderen Gästen vorbei und hielt direkt auf Jaxon zu.

Kapitel 12

Jaxon

Gelangweilt ließ ich meinen Blick durch den überfüllten Ballsaal schweifen und unterdrückte nur mit Mühe ein genervtes Seufzen. Ich trat von einem Bein aufs andere und klammerte mich an meinem Drink fest. Der immerhin würde mich etwas aufmuntern.

Was war das für eine langweilige Veranstaltung!

Endloser Smalltalk, endlose Reden... Und alles so seriös, dass ich mich schon beim Anblick der anderen Gäste bemühen musste, nicht laut zu gähnen. Die Männer waren im Durchschnitt sicherlich zwanzig Jahre älter als ich. Und ihre Frauen auch.

Ich schnaubte.

Ablenkung würde ich hier nicht finden. Es gab ja nicht einmal etwas zum Ansehen.

Vermutlich hatte Chloe mich genau darum hierher geschickt. Hier würden nichts passieren, das meinen Ruf in Gefahr brachte.

Wobei...

Ich unterdrückte ein Grinsen.

Da mein Ruf sowieso schon ruiniert war, war er auch nicht in Gefahr. Immerhin etwas.

Ein älterer Mann spazierte an mir vorbei und musterte mich. Dann schüttelte er den Kopf. Irgendetwas schien ihm nicht zu passen.

So hatte der Abend schon begonnen. Die Angestellten des St. Regis waren überaus höflich gewesen und hatten mich willkommen geheißen. Aber als ich dann den großen Ballsaal betreten wollte…

„Sir, hier findet eine geschlossene Veranstaltung statt." Ein kleiner Mann mit blauen Augen hatte sich mir in den Weg gestellt. Um mir in die Augen zu sehen, hatte er seinen Kopf fast in den Nacken legen müssen.

„Ich weiß. Ich nehme an dieser Veranstaltung teil." Mit einem knappen Nicken wollte ich an dem Mann vorbei gehen. Er trug keine Uniform und war sicherlich kein Angestellter des St. Regis.

„Halt." Der kleine Mann stellte sich mir wieder in den Weg. „Dann muss ich bitte Ihre Einladung sehen."

Ich seufzte, zog jedoch mein Smartphone aus der Tasche und rief die Einladung auf. „Hier, bitte."

Der kleine Mann war jedoch noch nicht zufrieden. „Gut. Sie dürfen hinein. Aber das nächste Mal muss ich Sie bitten, sich an den Dresscode zu halten."

„Dresscode?" Ich schüttelte den Kopf. „Davon steht nichts in der Mail."

„Natürlich nicht." Die Nase des kleinen Mannes wanderte noch ein Stück weiter nach oben. „Wir gehen davon aus, dass alle Gäste, die einen nicht unerheblichen Betrag dafür zahlen, an diesem Event teilzunehmen, wissen, wie man sich zu kleiden hat."

Ich knirschte mit den Zähnen.

Wollte der Typ mich beleidigen?

Mein Anzug war maßgeschneidert. Und zwar nicht vom besten New Yorker Schneider, sondern aus der vornehmen Londoner Savile Row. Ich flog mehrere Mal im Jahr nach London, um dort einzukaufen. Anschließend ging es weiter nach Italien. Dort kamen meine Schuhe her. Ich kaufte am liebsten direkt vor Ort. Die Qualität war doch eine ganz andere als bei Importware, selbst wenn der Hersteller der gleiche war.

„Eine Krawatte oder eine Fliege wäre durchaus angemessen", belehrte mich der kleine Mann jetzt.

Ich maß ihn mit einem abschätzigen Blick. „So. Dann sollten Sie sich vielleicht eine neue kaufen.“ Mit diesen Worten war ich an ihm vorbei in den Ballsaal spaziert.

Und nun war ich hier.

Aber ich zweifelte immer mehr, ob das der richtige Ort für mich war. Alle um mich herum trugen ihre Nasen noch höher als der Kerl, der mich beinahe am Betreten des Ballsaals gehindert hatte. Fliege und Krawatte gehörten in der Tat zum Standard-Outfit. Und das war nicht nur eine rein äußerliche Sache. Es war eine Frage des Mindsets.

Mit wem sollte ich mich den ganzen langen Abend unterhalten? Ich hatte mich vorhin meinem Tisch genähert, mich dann aber schnell wieder entfernt, als klar wurde, dass ich neben einem stocksteifen Typen und seiner ebenso stocksteifen Frau sitzen würde.

Danke, aber da verzichtete ich lieber auf das Essen.

„Jaxon.“ Eine Hand legte sich von hinten auf meinen Arm. „Du hier, das hätte ich gar nicht erwartet.“

Ich drehte mich um und blickte in das grinsende Gesicht von Pete Collins. Wir kannten uns noch aus dem College. Allerdings waren wir bereits da nicht die engsten Freunde gewesen. Pete hatte mir meinen Erfolg stets geneidet. Er hatte weder so gute Noten wie ich gehabt, noch war er so gut bei den Studentinnen angekommen.

Ich grinste.

Manche Dinge änderten sich nicht.

Pete verdiente höchstens einen Bruchteil dessen, was ich mir an Gehalt auszahlte. Und bei den Frauen hatte er noch immer nicht mehr Erfolg.

Klar.

Wer wollte schon einen Loser?

Das Leben in New York war teuer.

Doch das würde ich Pete natürlich nicht sagen. Stattdessen grinste ich ihn an. „Pete, wie nett, dich hier zu sehen.“

Pete grinste zurück. „Ich hab mir noch vor kurzem gesagt, dass ich mich wirklich mal wieder bei dir melden muss. Wir müssen mal was zusammen trinken gehen.“

„Ah ja.“ Ich nickte. „Mein Kalender ist leider ziemlich voll.“ Ich seufzte. „Diese ganzen Verpflichtungen. Aber wem sage ich das…“

Pete nickte. Dabei hatte er vermutlich erheblich weniger zu tun als ich. „Man hört ja nur Gutes von deiner Firma."

Ich grinste wieder. „Ja, es läuft wirklich nicht schlecht. Ich kann nicht klagen. Und bei dir?"

„Ach." Pete winkte ab. „Ganz okay." Er musterte mich. „Und sonst? Was gibt es Neues? Wie geht es deiner Familie? Was macht dein Bruder? Ich wollte mich auch bei ihm melden. Vielleicht können wir zu dritt etwas trinken gehen."

Ich biss die Zähne zusammen.

Mein Bruder.

Musste Pete ausgerechnet nach ihm fragen?

Blieb mir heute auch wirklich nichts erspart?

Doch ich ließ mir nichts anmerken. „Oh, es geht ihm gut", erwiderte ich vage. Dann zuckte ich mit den Schultern. „Pete, hat mich wirklich gefreut, dich hier zu treffen. Aber ich muss weiter."

Ohne Petes Antwort abzuwarten, bahnte ich mir einen Weg durch die übrigen Gäste.

Mein Bruder.

An ihn wollte ich nicht denken.

Wir hörten nur noch das nötigste voneinander.

Und das war gut so.

Ich wollte es nicht ändern.

Nie wieder.

Der Zorn, den ich bei der Erwähnung seines Namens fühlte, war nur oberflächlich. Darunter saß abgrundtiefer Schmerz.

Den wollte ich nicht fühlen.

Niemals.

Ich lief vor Pete davon. Aber eigentlich lief ich vor dem Schmerz davon. Durch die endlosen Reihen von Tischen und Gästen hindurch, mal nach links abbiegend, dann wieder nach rechts. Das Gewusel und die Gespräche um mich herum gingen in einem stetigen Rauschen unter, während ich meinen Blick starr geradeaus gerichtet hielt und kaum etwas wahrnahm.

„Jaxon Caldwell!" Erneut hörte ich meinen Namen. Doch das war nicht Petes Stimme.

Ich blieb stehen.

„Du!“ entfuhr es mir ungläubig. Alles in mir zog sich zusammen, als ich sie so vor mir stehen sah. „Was zum Teufel machst du denn hier?“

Ich blickte in ein makelloses Gesicht, aus dem mich grüne Augen anblitzten. Die roten Lockenmähne darüber schien Funken zu sprühen.

Annabelle.

Ich starrte sie fassungslos an.

Mein Blick glitt über ihre vollen Lippen, ihre gerade Nase und ihre hohen Wangenknochen. Sie trug ein grünes Kleid, das genau zur Farbe ihrer Augen passte und ihre Figur auf eine Art und Weise betonte, die…

Mein Schwanz pochte.

Oh verdammt.

Ich hatte Annabelle nie wieder sehen wollen und nun stand sie hier vor mir. Sie sah aus wie vor vorgestern Abend. Sie roch wie vor vorgestern Abend. Zypresse und Grapefruit. Auch ihre Stimme klang so.

Mein Herz machte einen merkwürdigen Sprung.

Was war das?

Meine Hose wurde eng und ich war versucht, den Blick abzuwenden.

Doch jetzt würde ich keine Schwäche zugeben.

Ich grinste und deutete eine kleine Verbeugung an. „Ich freue mich, dich hier wiederzusehen.“

„So ein Unfug!“ fuhr mich Annabelle an.

„Natürlich freue ich mich“, erwiderte ich.

„Red nicht so einen Quatsch!“ fauchte Annabelle. „Du hast mich…“ Sie senkte ihre Stimme ein wenig. „Du hast dich nach unserer gemeinsamen Nacht davongeschlichen wie ein Dieb aus dem Kunstmuseum.“ Sie richtete ihren Finger anklagend auf mich. „Du hattest keine Absicht, mich wiederzusehen. Also tu jetzt bloß nicht so, als ob du dich freuen würdest.“ Annabelle schnaubte. „Auf so ein dämliches Gelaber falle ich kein zweites Mal rein.“

Ich hob abwehrend die Hände. „Hey ja, was du sagst, stimmt. Aber ich kann mich doch trotzdem freuen, dich hier wiederzusehen.“ Friedfertig lächelte ich Annabelle an.

Mein Gott, war diese Frau heiß.

Jetzt sogar noch mehr als vor drei Tagen.

Normalerweise verlor ich recht schnell das Interesse an Frauen, mit denen ich bereits eine Nacht verbracht hatte. Immer die gleiche Frau... das war wie jeden Tag das gleiche essen. Wer wollte das schon? Abwechslung brachte erst die wahre Würze ins Leben.

Aber jetzt...

Das war etwas anderes.

Annabelle war anders.

Das hatte ich nach unserer gemeinsamen Nacht schon gedacht. Und genau darum war ich gegangen.

Anders war gefährlich.

Zumindest in diesem Fall.

Ich konnte es mir nicht leisten, die Kontrolle zu verlieren.

Aber... Ich wollte Annabelle.

„Du freust dich, mich wiederzusehen?" Annabelle lachte trocken. „So ein Quatsch. Wahrscheinlich findest du hier nur keine andere, die du gerade flachlegen kannst." Sie verschränkte die Arme.

Oh verdammt.

Diese Geste betonte ihre vollen Brüste noch mehr.

Ich konnte mich genau daran erinnern, wie es sich angefühlt hatte, sie zu berühren. Und wie Annabelle gestöhnt hatte, als ich an ihren Nippeln gesaugt hatte.

Es war eine perfekte Nacht gewesen.

Ich sah Annabelle an. In diesem Augenblick war mir klar: Ich wollte sie noch einmal.

„Ich habe gehört, dir gehört eine Dating App." Annabelle schüttelte den Kopf. „*PerfectPartner*. Das könnte man glatt ironisch finden." Sie zog ihre wohlgeformten Augenbrauen nach oben. „Der Gründer von *PerfectPartner* ist alles andere als ein perfekter Partner. Im Gegenteil, er ist ein Arschloch, das Frauen reihenweise aufreißt und sie dann sitzen lässt. Eine nach der anderen."

„Hey, nun mach aber mal langsam." Ich hob die Hände. „So schlimm ist das auch wieder nicht. Ich bin kein Heiratsschwindler oder so und mache niemandem falsche Versprechen."

Annabelle lachte. „So? Nun gehörst du zu den Guten, weil es Männer gibt, die noch schlimmer sind als du? Faule Ausreden!" Sie spuckte die Worte regelrecht aus. Ihre Stimme wurde lauter und um uns herum wandten sich die ersten Köpfe nach uns um.

„Hey, leise“, zischte ich. Zwar hatte ich mit der steifen Gesellschaft hier nichts am Hut. Aber Aufmerksamkeit erregen wollte ich auch nicht unbedingt. Ich war schließlich hier, um an meinem Ruf zu arbeiten. Wenn ich mich mit einer Frau stritt, die ich nach einer leidenschaftlichen Nacht sitzengelassen hatte, dann trug das nicht unbedingt zu einer Verbesserung meines Images bei.

„ICH soll Ruhe geben?“ Annabelles Haare schienen in Flammen zu stehen. Ihre Augen waren tiefgrün und ihre Lippen verzogen sich leicht. „Das sagst ausgerechnet du. Warum sollte ich denn Ruhe geben?“

Ich machte eine beschwichtigende Geste. „Schon okay, du hast ja recht. Das war alles nicht richtig von mir. Ich hätte mit dir reden sollen. Oder eigentlich hätte ich gar nicht gehen sollen. Das war... das war irgendwie eine Kurzschlusshandlung von mir.“

„Kurzschlusshandlung?“ fauchte Annabelle. „So nennt man das jetzt, wenn einem der Anstand fehlt?“

Sie wusch mir gehörig den Kopf und sagte mir die Meinung.

Und das gefiel mir.

Ich hatte genug von den Leuten, die mir entweder nach dem Mund redeten oder sich so aufbliesen wie der kleine Mann vorhin oder die arrogante Rebecca.

Annabelle war wütend.

Und sie war echt. Sie hatte nichts Künstliches an sich wie alle anderen Menschen hier im Raum.

Annabelles smaragdgrüne Augen funkelten mich zornig an und ihre Wangen glühten. Da bemerkte ich, wie sich ihre Brüste schwer hoben und senkten.

Gut.

Ich war ihr nicht gleichgültig.

Hervorragend.

Das waren beste Voraussetzungen. Jetzt musste ich nur noch sicher stellen, dass ich nicht die Kontrolle verlor.

„Weißt du, ich kann dir das alles erklären“, setzte ich jetzt an.

„Erklären?“ Annabelle lachte. „Darauf verzichte ich gerne. Solche Erklärungen habe ich schon dutzendweise gehört. Sie sind alle gleich. Oh, sie mögen sich ein wenig anders anhören. Aber im Grunde sind sie alle gleich. Genauso wie ihr Typen alle gleich sein. Zuerst davonrennen. Aber sobald sich eine gute Gelegenheit bietet, versucht ihr es gerne nochmal. Oh ja." Annabelle schnaubte.

„So ist das doch nicht, das denkst du nur…", versuchte ich es nochmal.

„Denke ich nur?" Annabelles Stimme erhob sich wieder in neue Höhen. „Hör endlich auf mit dem Quatsch, den du da redest!"

„Madam, ist alles in Ordnung?" Ein Kellner im Frack eilte herbei und blieb neben uns stehen. „Oder benötigen Sie irgendwelche Hilfe? Wir wollen, dass sich alle unsere Gäste wohl fühlen und…"

Annabelle sah den Kellner an. „Oh. Danke." Sie starrte auf ihre Schuhspitzen und hob ihren Blick dann wieder. „Nein, ich benötige keine Hilfe." Sie atmete tief ein und sah mich an.

Unsere Blicke verhakten sich ineinander.

Genau wie in unserer gemeinsamen Nacht.

„Das… das ist nur ein kleines Missverständnis", stotterte Annabelle jetzt. Ihre Wangen glühten nun tiefrot.

„Genau", bekräftigte ich.

Der Kellner sah uns misstrauisch an.

„Das kommt immer mal wieder vor. Kennen Sie von sich Zuhause sicherlich auch." Ich nickte dem Kellner zu. „Und da gibt es nur eine todsichere Methode, alles wieder ins Lot zu bringen…"

Annabelle sah mich an.

Ich machte einen Schritt auf sie zu. Plötzlich waren wir uns wieder so nah wie vor drei Tagen. Ich atmete ihren Duft ein. Die Luft um uns schien mit einem Mal zu schwirren. Das Stimmengewirr um uns trat in den Hintergrund. Die Welt schien nur noch aus Annabelle und mir zu bestehen.

In einer einzigen fließenden Bewegung legte ich meine Hände auf ihre Schultern und zog Annabelle an mich. Unsere Lippen trafen sich, als ob es die natürlichste Sache der Welt wäre. Annabelle gab einen leisen Laut von sich. Dann öffnete sie ihren Mund und presste ihren Körper an meinen.

Hitze loderte in mir auf, als ich spürte, wie sich Annabelles Brüste an meinen Körper pressten. Meine Hand glitt ihren Rücken hinab und begann, ihren Po leicht zu kneten. Vorsichtig drückte ich Annabelles Becken an meine Hüften und ließ meine Zunge in ihren Mund gleiten.

Ja.

Oh verdammt.

Meine Hose wurde eng.

Ich wollte nicht, dass dieser Kuss endete.

Ich wollte genau da weiter machen, wo wir an jenem Morgen – oder in jener Nacht – im Hotel aufgehört hatten.

Und offensichtlich wollte Annabelle das auch. Ihre Finger krallten sich in meine Schultern. Unsere Zungen umschlangen sich leidenschaftlich.

In diesem Augenblick zerschellte neben mir ein Glas. Annabelle und ich fuhren auseinander.

Ich sah sie an. Für einen endlosen Moment sah ich sie an.

Und in diesem Augenblick wurde mir klar, dass Annabelle der Schlüssel zu allem war. Natürlich. Wenn man mich mit ihr sah, immer wieder mit ihr, dann... dann würde mich niemand mehr für einen Frauenhelden halten.

„Ich habe wirklich Mist gebaut", sagte ich. „Ich... ich hätte dich nie gehen lassen sollen. Jemanden wie dich lässt man nicht einfach gehen."

Annabelle lächelte. Ein echtes, richtiges Lächeln.

Mein Puls raste.

Meine Gedanken auch.

Wenn man mich mit Annabelle sah...

Aber... War ich gerade dabei, die Kontrolle zu verlieren und alle meine Prinzipien über Bord zu werfen?

Das durfte ich nicht.

Ich dachte an alles, was Annabelle mir gesagt hatte.

Sie strich eine Locke hinters Ohr. Am liebsten hätte ich sie erneut geküsst.

Das war gefährlich.

Aber ich konnte sie auch nicht wieder gehen lassen.

Nicht nach diesem Kuss.

Und mit einem Mal machte es *Klick* in meinem Hirn. Natürlich. Es gab einen sehr einfachen Weg, Annabelle an meine Seite zu holen. Ohne dabei die Kontrolle zu verlieren.

Ich holte Luft. „Du hast mir doch gesagt, dass dein Job nicht besonders sicher ist, oder?"

Annabelles Augen weiteten sich. Der abrupte Themenwechsel schien sie zu überraschen. Doch sie nickte. „Ja, leider."

„Nun, dann habe ich hier ein anderes Angebot für dich. Wenn du einige Male mit mir ausgehst, als... als meine... meine Partnerin..." Das Wort kam mir nur schwer über die Lippen. Auch wenn ich Annabelle anziehender fand als jede Frau, die mir je begegnet war. Auch wenn ich mir sicher war, dass ich sie erneut berühren, ausziehen, liebkosen, küssen wollte.

Aber das war etwas völlig anderes.

Diese beiden Dinge hatten nichts miteinander zu tun.

Oder?

Annabelle starrte mich an. Ihre Augen hatten sich zu schmalen Schlitzen verengt und ihr Mund war ein dünner Strich.

„Ich zahle gut", fügte ich hastig hinzu. „Nicht dass du meinst, ich will dich hier übers Ohr hauen. Ich bezahle dich besser als jeder Chef, den du je hattest. SEHR viel besser."

Das war doch ein faires Angebot.

Für beide Seiten.

Ich bekam eine Begleitung. Und Zeit, um über alles nachzudenken.

Und Annabelle bekam eine ordentliche Summe und musste sich keine Sorgen mehr um ihren Job machen.

Annabelle sagte noch immer nichts.

Okay.

Ich hatte sie überrascht. Vielleicht musste sie auch erst einmal kurz nachdenken. Das konnte ich verstehen.

Annabelles Lippen öffneten sich. „Bist du denn jetzt völlig übergeschnappt?" Sie schnupperte. „Getrunken hast du doch nichts, das hätte ich geschmeckt?" Sie schüttelte den Kopf. „Du bist echt nicht mehr ganz dicht, Jaxon."

„Ich meine es ernst", beharrte ich.

Annabelle starrte mich eine ganze Weile lang an. „Du meinst es tatsächlich ernst", sagte sie dann. Es war eine Feststellung, keine Frage.

Ich nickte.

Ja, ich meinte es ernst.

„Und was erwartest du jetzt von mir? Dass ich einfach so zusage?" Annabelle hob ihr Kinn und sah mich herausfordernd an. „Nachdem du mich erst sitzengelassen und jetzt so überrumpelt hast? Wer sagt mir denn, dass das Angebot keinen Haken hat, hm?"

Abwehrend hob ich meine Hände. „Du kannst dir alles in Ruhe überlegen, wenn du das möchtest."

Annabelle verzog das Gesicht.

Ich unterdrückte ein Grinsen.

Annabelle hatte Interesse.

Sonst hätte sie nicht gefragt.

Jetzt schnaubte Annabelle abfällig. „Du glaubst wohl, dass du dir alles mit Geld kaufen kannst. Aber ich kann dir sagen, Jaxon, da täuschst du dich."

Sie holte Luft. „Ich muss allerdings sagen, dass ich dein Angebot aus gewissen Gründen gar nicht so uninteressant finde." Annabelle spitzte ihre Lippen.

Aus gewissen Gründen?

Was zum Teufel meinte sie damit?

Ich sah sie an. Das Angebot hatte ich gemacht, um die Kontrolle nicht zu verlieren. Doch in diesem Augenblick fühlte ich mich ganz und gar nicht, als hätte ich irgendwas unter Kontrolle.

Kapitel 13

Annabelle

Wie erstarrt stand ich da und starrte Jaxon an.

Hatte ich richtig gehört? Hatte er mir wirklich eben ein Angebot gemacht, dass ich in aller Öffentlichkeit seine Partnerin spielen sollte? Dafür wollte er mich bezahlen?

Ich wollte etwas sagen, doch mir wollte kein Wort über die Lippen kommen. Ich konnte nicht einmal den kleinen Finger rühren.

Was bildete der Kerl sich eigentlich ein? Er verführte mich und ließ mich sitzen. Wir sahen uns zufällig wieder und stritten miteinander, bis er mich küsste.

Und was für ein Kuss das gewesen war.

Selbst jetzt schien meine Haut noch zu prickeln. Mein Herz pochte und mein Körper machte mir klar, dass er nur eines wollte: Weiter von Jaxon berührt werden.

Nein, Annabelle. Du kannst nicht alle deine Vorsätze oder Prinzipien über Bord werfen, nur weil so ein arroganter Typ dahergelaufen kommt und... und dich wie ein Spielzeug behandelt.

Mir schoss ein Gedanke durch den Kopf.

Jaxon verarschte mich. Er gehörte zu den Männern, die eine Frau glauben machen wollten, sie würden sie erwählen, auf irgendeine Weise. Doch das war nicht der Fall.

Er wollte mich KAUFEN.

Aber ich war nicht käuflich.

Jaxon grinste mich an. Er wirkte so verdammt sicher, dass ich sein Angebot annehmen würde. Das steigerte meine Wut. Und meine Erregung.

Es hatte etwas für sich, wenn ein Mann wusste, was er wollte.

War es das, was uns Frauen immer wieder zu Typen wie Jaxon zog?

Jaxon wartete ab. Er schien sich wirklich sicher zu sein.

„Du glaubst wohl, dass du dir alles mit Geld kaufen kannst. Aber ich kann dir sagen, Jaxon, da täuschst du dich." Die Worte waren aus meinem Mund, bevor ich auch nur darüber nachdenken konnte, ob das intelligent war. Dann schob ich hinterher: „Ich muss allerdings sagen, dass ich dein Angebot aus gewissen Gründen gar nicht so uninteressant finde."

Verdammt, Annabelle.

Das Angebot war auch eine Chance. So konnte ich näher an Jaxon herankommen. Das musste ich, wenn ich einen guten Artikel schreiben wollte.

Näher herankommen.

Ich unterdrückte ein kleines Stöhnen.

Oh verdammt.

Jaxon sah mich an. Seine Augen waren so dunkel wie noch nie und ich hätte schwören konnten, dass er mich gleich wieder küssen würde.

Meine Mitte zog sich leicht zusammen.

Nein.

Nicht jetzt.

Ich kannte mich. Sobald ich seinen heißen Atem auf mir spüren würde, seine Hand auf meinem Po, seinen Mund auf meinem, seine Zunge... dann würde ich alles vergessen und einfach nur noch fühlen. Dann könnte er mir anbieten, was er wollte und ich würde zusagen.

Ich starrte Jaxon an.

Warum brannte die Leidenschaft nur derartig zwischen uns?

Ja, er sah gut aus.

Ja ,er hatte anscheinend sehr viel Geld.

Ja, er war bestimmend und...

Und irgendwie war er auch ein Arsch.

Oder vielleicht doch nicht?

Was verbarg sich hinter diesen Augen?

Ich musterte Jaxon.

Was bewegte jemanden, so ein Angebot zu machen?

Was bewegte ihn WIRKLICH?

Wenn er eine Partnerin brauchte, dann konnte er sich doch eine suchen. Mit jemandem wie ihm würde jede Frau gerne ausgehen. Dessen war ich mir sicher.

Warum also tat er das nicht?

Warum wollte er mich anheuern?

Er könnte mir genauso gut die große Liebe vorspielen und dann nach ein paar Wochen unvermittelt Schluss machen. So, wie er das Hotelzimmer unvermittelt verlassen hatte.

Doch das tat er nicht.

Jaxon machte ein Angebot.

Das war ehrlich.

Aber...

„Annabelle? Annabelle Haven?" Eine weibliche Stimme ließ mich herumfahren.

„Oh", machte ich, als ich erkannte, wer mich angesprochen hatte. Harper Bishop, die gemeinsam mit mir den Kurs der Journalistenschule besucht hatte. Wir hatten uns ganz gut verstanden, doch nach Ende des Kurses war jede ihrer Wege gegangen. Natürlich hatten wir in Kontakt bleiben wollen. Aber ich war einfach zu beschäftigt gewesen, um neue Freundschaften aufzubauen. Dafür benötigte ich schließlich Zeit und Energie. Und so war der Kontakt zu Harper rasch eingeschlafen.

„Was machst du denn hier?" Harper lächelte mich an. „Ich freue mich so, dich wieder zu sehen."

Diese Worte schienen ehrlich gemeint.

Sie taten mir gut.

„Oh, ich... das ist eine lange Geschichte", erklärte ich vage.

Harpers Gesicht verdunkelte sich ein wenig.

„Ich freue mich auch, dich wiederzusehen“, erklärte ich hastig. „Ich wollte dich einige Male anrufen, aber das habe ich irgendwie nie geschafft...“ Ich hob entschuldigend die Achseln.

Harper ließ ihren Blick von mir zu Jaxon und wieder zurück schweifen. „Störe ich gerade?“

Ich schüttelte den Kopf. Jaxon musterte Harper genau. Sein Blick war undurchdringlich. Was dachte er? Ich schluckte.

Harper war eine Verführung auf zwei Beinen. Sie hatte pechschwarzes Haar und dunkle Augen. Ihre Haut hatte einen leichten Olivton, ihre Lippen waren voll und dunkel. Ihre Beinen schienen nicht enden zu wollen und ihre Brüste... solche Brüste hätte ich auch gerne gehabt.

Harper provozierte Jaxon nicht.

Sie war einfach nur da.

Das reichte.

Sicher starrte jeder Mann im Saal sie an.

Jaxon auch.

Es war eine natürliche Reaktion.

Oder?

In meinem Kopf drehte sich alles.

„Ich möchte so gerne wissen, wie es dir ergangen ist“, sprudelte Harper da hervor. „Für mich ist alles gar nicht so einfach und...“ Sie unterbrach sich und schaute Jaxon an. „Bist du sicher, dass ich nicht störe?“

Ich schüttelte den Kopf. Zu mehr war ich nicht fähig.

„Du bist ein bisschen blass, Annabelle“, bemerkte Harper da.

„Ich... ja, ich glaube, ich brauche ein wenig frische Luft“, hörte ich mich sagen. Ich blickte zu Jaxon. „Ich... ich komme nachher wieder.“

Jaxon sah mich an. Er nickte leicht.

Ich schuldete ihm noch eine Antwort.

Die Luft zwischen uns beiden schien vor Energie zu vibrieren. Meine Nippel drückten gegen meinen BH. Ich versuchte, das Pulsieren in meiner Mitte zu ignorieren.

Vergeblich.

Mein ganzer Körper kribbelte.

Hastig hakte ich mich bei Harper unter und zog sie in Richtung der großen Flügeltüren.

Abstand.

Ich wollte Abstand gewinnen. Neben Jaxon konnte ich nicht klar denken. Ich konnte nur fühlen.

„Bis gleich“, warf ich noch kurz über meine Schulter zurück.

„Bist du beruflich hier?“ wollte Harper wissen. „Oder ist das dein neuer Freund?“ Sie kicherte. „Er sieht wirklich gut aus.“

Harper und ich traten auf den Bürgersteig vor dem St. Regis. Es war dunkel und kalt, doch die eisige Luft war genau das, was ich jetzt brauchte. Ich nahm einige tiefe Atemzüge.

„Nein, das ist nicht mein Freund“, erklärte ich. Dann schwieg ich. Ich wollte Harper alles sagen. Aber konnte ich ihr wirklich vertrauen?

Harper sah mich überrascht an. „Ich hätte schwören können, dass da was zwischen euch läuft. Da war so eine Energie...“ Als ich nichts sagte, zuckte Harper mit den Schultern. „Na ja, ich kann mich täuschen.“ Sie sah mich an. „Bist du beruflich hier? Ich habe gehört, du hast einen Job gefunden. Du bist echt zu beneiden.“

Ich lachte auf. „Ja, ich habe einen Job. Aber glaub mir, ich bin wirklich nicht zu beneiden.“

Harper schüttelte den Kopf. „Du hast ja keine Ahnung. Ich habe nichts. Noch nicht mal den kleinsten Auftrag. Seit wir den Kurs beendet haben, schreibe ich für dubiose Webseiten und bekomme dafür gerade mal ein paar Cent. Davon kann niemand leben, schon gar nicht in New York.“ Verzweifelt lehnte sie sich an die kalte Steinmauer und legte ihren Kopf an die Wand.

„Ja, das kenne ich.“ Ich nickte. „Es ist wirklich unfair. Du bist eine begnadete Schreiberin, du stellst gute Fragen in Interviews und hast ein Gespür für Menschen. Die ideale Journalistin. Aber trotzdem... meinen Job würdest du auch nicht wollen.“ Ich lachte freudlos auf. „Er ist alles andere als ideal. Mein Chef hat mir den Auftrag gegeben, über *PerfectPartner* zu schreiben. Dafür soll ich dort ein Profil anlegen und Männer treffen.“

Harper schnaubte.

„Seriöser Journalismus ist out.“ Ich lehnte mich neben Harper an die Wand. Plötzlich flossen die Worte nur so aus mir heraus. Und das tat mir unglaublich gut. Es war befreiend. „Ich wollte ein anderes Thema. Aber Marcus... mein Chef... er hat gedroht, dass er mich feuern wird, wenn ich den

Artikel nicht schreibe. Und ich glaube, ein Date mit ihm gehört auch noch zu der Recherche."

„Verdammte Idioten", stieß Harper wütend hervor. „Die Typen glauben wirklich, sie könnten sich alles erlauben. Am besten gehen wir noch mit ihnen ins Bett, damit sie uns bezahlen." Sie stampfte mit dem Fuß auf.

„Aber der Typ da... der scheint doch anders zu sein?" fragte Harper und bewegte ihren Kopf in Richtung des St. Regis.

Sie sprach von Jaxon.

Ich scharrte mit dem Fuß auf dem Bürgersteig. „Ich weiß nicht..." Dann holte ich tief Luft. „Er ist der CEO von *PerfectPartner*."

Harper kicherte. „Oh. Wie wundervoll. Du solltest mit ihm auf ein Date gehen. Dann hast du das perfekte Material für deinen Artikel." Sie lachte.

Ich schluckte. „Das... er möchte, dass ich seine Freundin spiele. Für Geld."

„Was?" Harpers Ruf war so laut, dass sich eine Frau, die gerade aus einer luxuriösen Limousine stieg, nach uns umdrehte.

„Pscht", machte ich und legte einen Finger auf die Lippen.

„Du willst mich wohl verarschen", zischte Harper.

„Nein." Ich schüttelte den Kopf. „Das ist die Wahrheit. Ich... ich bin ziemlich in der Klemme. Ich meine, ich kann mich doch nicht unter einem Vorwand bei ihm einschleichen und dann..."

„Welcher Vorwand?" Harper sah mich an. „Was hast du ihm denn erzählt?"

„Bisher nichts", erwiderte ich. „Wir haben nur ein wenig geplaudert, aber nichts... nichts tiefes."

Bevor ich mehr erzählen konnte, hielt eine weitere Limousine vor dem St. Regis. Der Portier machte sich auf, um die hintere Tür zu öffnen. Doch da wurde das Fenster heruntergelassen. Ein Arm in einem weißen Hemdsärmel erschien und verscheuchte den Portier. Der verneigte sich und entfernte sich rasch wieder.

Immer im Dienst der Gäste, auch wenn die einen gerade nicht wollten.

Nun winkte der Arm Harper und mich heran.

„Was ist das denn?" tuschelte Harper neben mir.

„Keine Ahnung." So etwas war mir noch nie passiert.

„Los." Harper packte mich am Arm und zog mich zu der Limousine. Wir beugten uns zu dem Fenster hinab. Im Inneren der Limousine brannte kein Licht und auch die Beleuchtung des St. Regis konnte nicht alles erhellen. Auf dem Rücksitz saß ein Mann. Er schien um die Sechzig zu sein, doch genau konnte ich das wirklich nicht sagen.

„Wie viel nehmt ihr?“ fragte er mit kratziger Stimme.

„Was?“ Ich sah Harper an.

„Wie viel nehmt ihr?“ fragte der Mann. Er hob eine Hand und machte eine Bewegung zwischen Daumen und Zeigefinger. „Ich will den Preis wissen. Für ein Stündchen mit euch beiden. Oder auch zwei oder drei Stündchen.“ Selbst im Halbdunkel konnte ich erkennen, dass der Mann sich über die Lippen leckte.

Ich rang nach Luft.

Der Kerl hielt uns für…

„Gute Ecke habt ihr euch da ausgesucht. Kommen bestimmt viele zahlungskräftige Kunden vorbei, oder?“ Der Mann musterte uns. Aus seiner Position konnte er uns gut sehen. Womöglich beobachtete er uns schon einige Minuten.

„Was bilden Sie sich eigentlich ein?“ rief Harper. „Wenn Sie ein paar Nutten suchen, dann sind sie hier am falschen Ort!“

„Von mir aus könnt ihr euch nennen, wie ihr wollt“, knurrte der Mann jetzt. „Escort-Damen. Oder wie man heutzutage sagt. Ist mir egal. Also, wie ist der Preis?“

„Wir haben keinen.“ Harper richtete sich auf. „Suchen Sie sich ihre Frauen woanders.“ Die Art, wie Harper das Wort Frauen betonte, ließ keinen Zweifel daran, was sie meinte. Sie packte mich am Arm und zog mich wieder weg.

„Blöde Schlampen“, knurrte der Mann.

Harper zog mich unbeirrt weiter. Als wir den Eingang des St. Regis erreichten, warf ich einen Blick über meine Schulter. Die Limousine fuhr gerade weg.

„Siehst du?“ sagte ich verzweifelt, während Harper mich nach drinnen zog. „Das ist genau das gleiche. Wenn ich Jaxons Angebot annehme, dann bin ich auch nicht besser als die Frauen, die zu diesem Typen in den Wagen steigen werden.“

Harpers Gesichtszüge nahmen einen entschlossenen Ausdruck an, als sie sich mir zuwandte und die Hände in die Hüften stemmte. „Unsinn, Annabelle! Du kannst diese beiden Dinge doch überhaupt nicht miteinander vergleichen!“

Fahrig strich ich mir eine Haarsträhne aus der Stirn und sah mich in der luxuriösen Lobby um. Was, wenn uns hier jemand hörte?

Harper schien meine Gedanken zu erraten und zog mich zu einem der Sofas. Dort setzte sie sich neben mich. „Du recherchierst für einen Artikel. Wenn der Typ dich auch noch dafür bezahlen will, dann ist das doch nicht dein Problem, oder?“

War es nicht.

Aber ich war einfach nicht so abgebrüht wie Harper.

Und vielleicht war ja genau das am Ende mein Problem.

„Solange in deinem Artikel Tatsachen stehen, hast du dir keinen Vorwurf zu machen.“ Harper lachte auf. „Oder glaubst du, der Kerl würde auch nur eine Sekunde zögern, wenn er an deiner Stelle wäre? NEIN. Würde er nicht.“ Harper schnaubte. „Genau darum sitzen überall Männer am Hebel. Wir Frauen sind einfach zu nett. Wir lassen uns ausnutzen und schwupps…“

„Aber… das ist nicht gerade die sauberste Form von Journalismus“, entgegnete ich. Auch wenn ich Harper im tiefsten Inneren recht geben musste.

„Sauber wäre nur, wenn du nicht richtig recherchierst, sondern einen Artikel ablieferst, der lediglich auf Annahmen, Interpretationen und Meinungen Dritter basiert.“ Harper grinste. „Hast du schon vergessen, was wir in dem Seminar bei dem guten alten Doktor Walker gelernt haben?“

Ich lachte.

„Solange du über das schreibst, was du rausgefunden hast, ist doch alles in Ordnung.“ Harper sah mich an. „Es könnte doch auch sein, dass er ganz nett ist und bloß Bindungsängste hat. Dass *PerfectPartner* wirklich eine tolle App ist und Männer einfach nur Idioten. Oder irgendwas.“

Ich dachte nach.

Das war natürlich möglich.

„Wenn du den Job nicht willst, dann nehme ich ihn.“ Harper grinste und stieß mich leicht in die Seite. „Mensch Annabelle, ist dir überhaupt klar, was du für ein verdammtes Glück hast? Ich strample mich ab und bekomme keinen einzigen Job. Und du hast zwei Eisen im Feuer. Schreiben für Marcus und die Freundin dieses Typen spielen.“

Harper hatte recht.

Ich dachte an Marcus' Drohung. Mein Job war beileibe nicht so sicher, wie ich das gerne hätte. Selbst WENN ich den Artikel über Jaxon schrieb… würde Marcus mich dann in Zukunft wirklich in Ruhe lassen?

Und Jaxon?

Würde ER mich in Ruhe lassen?

Wollte ich das überhaupt?

In diesem Augenblick fiel mein Blick auf die Flügeltüren zum Ballsaal. Sie öffneten sich.

Jaxon trat hindurch und ließ seinen Blick suchend durch die Lobby schweifen.

Er suchte nach mir.

Unwillkürlich zog ich meinen Kopf ein. Doch ich spürte schon wieder das vertraute Kribbeln. Ein Leichter Schauer jagte meinen Rücken hinab und mein Atem ging etwas schneller, als ich Jaxons athletische Gestalt betrachtete.

Verdammt, war der Mann sexy.

Harper spürte meine Reaktion. Und dann sah sie Jaxon. „Ah", machte sie.

„Er… ist…", setzte ich an. Doch dann gingen mir die Worte aus.

„Schätzchen." Harper tätschelte mir den Oberarm. „Ich glaube, du hast immer noch nicht verstanden, nach welchen Regeln hier gespielt wird."

„Ich dachte, es gibt keine Regeln", gab ich zurück.

Harper lachte leise. „Amüsiere dich, Annabelle. Und mach dir nicht allzu viele Gedanken. Du hast nur ein Leben. Also schnapp dir diesen Jaxon und hab etwas Spaß. Spiel sein Spiel mit, das will er doch." Harper grinste. Dann näherte sie ihren Mund meinem Ohr. „Aber spiel nicht um dein Herz. Das behältst du für dich. Dann kann er es dir auch nicht brechen."

Harper klopfte mir leicht auf die Schulter und erhob sich.

In diesem Augenblick wurde Jaxon auf uns aufmerksam. Harper winkte ihm zu. Dann drehte sie sich zu mir um, zwinkerte verschwörerisch und ging an Jaxon vorbei nach drinnen in den Ballsaal.

Jaxon durchquerte die Lobby mit festen Schritten, bis er schließlich vor mir stand. Unwillkürlich hob ich mein Kinn ein wenig, als ich zu ihm hochblickte. Seine Augen waren dunkler als je zuvor. Ich blinzelte und schluckte. Mir war leicht schwindlig und ich spürte etwas… etwas wie eine magnetische Anziehung.

Es klang lächerlich.

Hätte ich das irgendwo gelesen, so hätte ich das Buch sofort in die Sparte Kitschroman einsortiert.

Aber genauso war es.

Jaxons Augen schienen meine nie wieder loslassen zu wollen.

„Hast du darüber nachgedacht?“ Jaxons Stimme war so dunkel und rau wie in unserer ersten Nacht, als wir gemeinsam im Bett gelandet waren.

Mein Herz schlug so laut, dass ich glaubte, Jaxon müsste es hören können.

Ich holte tief Luft. „Ich…“ Ich räusperte mich und begann noch einmal. „Ich muss eine Nacht drüber schlafen. So ein Angebot habe ich noch nie bekommen und ich möchte nichts überstürzen.“

Es kostete mich all meine Willenskraft, Jaxons Blick standzuhalten. Ich presste die Lippen zusammen. Auf keinen Fall wollte ich wie eine Frau wirken, mit der er alles machen konnte.

Jaxons Augen verdunkelten sich noch mehr. Ein Schatten huschte über sein Gesicht. Er presste seine Lippen zu einem schmalen Strich zusammen. Dann nickte er. „In Ordnung.“

„Ich melde mich bei dir“, erklärte ich.

Jaxon nickte. Er griff in seine Tasche und holte eine Visitenkarte heraus, die er mir in die Hand drückte. Als unsere Finger sich berührten, durchzuckte mich ein leichter Stromstoß.

Oh Gott.

Am liebsten hätte ich mich in Jaxons Arme geworfen.

Doch genau darum wollte ich mir alles noch einmal überlegen.

Harper hatte mir geraten, Jaxons Spiel einfach mitzuspielen. Die Fäden in der Hand zu behalten.

Aber was, wenn ich gerade dabei war, völlig die Kontrolle über mein Leben zu verlieren?

Kapitel 14

Annabelle

Müde schob ich mich durch die Türen des Lifts und drückte auf den Knopf zu meiner Etage. Jetzt würde ich bald Zuhause sein. Ich freute mich schon auf mein Bett.

Doch so müde mein Körper auch war, meine Gedanken sprangen wie wild hin und her. Das war einer der Momente, in dem ich nichts sehnlicher wollte, als zu schlafen und genau das am wenigsten konnte.

Was für ein Abend!

Ich hatte nicht damit gerechnet, Jaxon wiederzusehen. Und schon gar nicht hatte ich damit gerechnet, dass er sofort wieder diese magnetische Wirkung auf mich haben würde. Meine Lippen prickelten, als ich an unseren Kuss dachte.

Röte stieg in meine Wangen. Ich hatte mich sofort und ohne Bedenken darauf eingelassen. Irgendetwas in meinem Körper hatte einfach nachgegeben. Es war, als wäre tief in mir eine Stimme, die mich zu Jaxon schickte.

Ich schüttelte den Kopf und lehnte mich an die Wand des Fahrstuhls. Er ruckelte kurz und setzte dann seine Fahrt nach oben weiter fort. Das Gebäude hier war nicht mehr das neueste. Ich schluckte.

Was sollte ich nur tun?

Ich konnte Jaxons Angebot nicht wirklich ablehnen, oder?

Dann saß ich zweifach in der Klemme.

Du wolltest drüber schlafen, Annabelle. Genau das wirst du jetzt auch tun. Hier und jetzt ist nicht die Zeit für Entscheidungen.

Der Lift erreichte meine Etage. Die Türen öffneten sich und ich stieg aus.

Dann blinzelte ich.

Heilige Scheiße!

Was war denn das?

Sprachlos starrte ich auf die Baumaterialien, die sich im Flur stapelten. An der Wand lehnten zwei Fenster und drei Türen. Davor stapelten sich drei Zementsäcke, von denen einer aufgerissen war. Direkt daneben stand eine Kiste mir Werkzeug. Ich erkannte Hämmer, Spatel und Sägen. Ein ganzes Set an Schraubenziehern und Schraubzwingen, ein riesiger Bohrer und noch einige andere Dinge, von denen ich nicht wusste, wofür sie verwendet wurden.

Das Zeug versperrte den gesamten Flur.

Oh, man konnte problemlos zu Franklins Wohnungstür gelangen. Dafür war ein kleiner Gang frei.

Doch der Weg zu meiner Wohnungstür war zugebaut.

Ich knirschte mit den Zähnen.

Das ging zu weit.

Natürlich musste jeder einmal etwas renovieren und als Nachbarin hatte ich dafür Verständnis.

Im normalen Rahmen.

Meine Nase kribbelte. Baustaub und der Geruch nach frischer Farbe lagen in der Luft. Ich nieste laut und versuchte vorsichtig, über einen Zementsack zu steigen. Dabei stieß ich gegen die Werkzeugkiste. Etwas fiel mit lautem Poltern auf den Boden.

Verdammt, wie sollte ich unter diesen Umständen in meine Wohnung kommen?

In diesem Augenblick wurde die Tür zu Franklins Wohnung aufgerissen.

„Was machst du da?“ Mein Nachbar baute sich drohend im Türrahmen auf und verschränkte die Arme. Finster starrte er mich an. „Kannst du nicht aufpassen? Weißt du nicht, wie viel diese Sachen gekostet haben?“

Ich schnappte nach Luft. „Aufpassen?“ Ich machte eine Geste, die den ganzen Flur umfasste. „Wie soll ich hier aufpassen? Alles zu vollgestellt. Ich kann kaum in meine Wohnung.“ Verärgert starrte ich Franklin an.

Doch mein Nachbar ließ sich davon nicht im Geringsten beeindrucken. „Mit vorübergehenden Behinderungen durch Nachbarn ist zu leben, sofern diese in absehbarer Zeit enden. Steht so in der Hausordnung.“ Ausdruckslos blickte er mich an.

„Ja, vorübergehend.“ Ich lachte. „Du willst mir doch wohl nicht erzählen, dass du dieses ganze Zeug bis morgen früh in deine Wohnung geräumt haben wirst? Und überhaupt, Behinderungen… dass ich nicht in meine Wohnung kann, geht nun wirklich zu weit!“

„Ich konnte ja nicht wissen, dass du nicht zu Hause bist“, grunzte Franklin. „Ich hatte bei dir geklingelt und dachte, du machst nicht auf, weil du nicht mit mir reden willst.“

„Du solltest nicht von dir auf andere schließen.“ Wütend starrte ich Franklin an. „Ich war arbeiten und bin todmüde. Ich will verdammt nochmal in meine Wohnung und schlafen.“

Franklins Gesichtsausdruck änderte sich schlagartig. „Arbeiten?“ Er lachte. „Seit wann geht man denn in diesem Aufzug arbeiten?“ Er deutete auf mein Kleid, das unter meinem geöffneten Mantel sichtbar war. „Du musst ja einen schönen Job haben.“

Ich biss die Zähne zusammen. „Das geht dich gar nichts an. Ich will einfach nur in meine Wohnung.“ Beinahe wäre ich mit dem Fuß aufgestampft, doch ich schaffte es im letzten Moment, mich zurückzuhalten.

„Das alles hier hast du dir selbst zuzuschreiben.“ Franklin lachte gehässig.

„Haha.“ Ich wurde von Minute zu Minute frustrierter. Was sollte ich nur tun, wenn Franklin hier nicht aufräumte? Die Polizei rufen? Die hatte wirklich etwas anderes zu tun und kam wegen solcher Lächerlichkeiten nicht. Schon gar nicht um diese Uhrzeit. „Mir zuzuschreiben. Derjenige, der entschieden hat, seine Wohnung in eine Baustelle zu verwandeln, das warst doch wohl DU!“ Ich schnaubte. „Versuch jetzt nicht, mir die Verantwortung für deine Entscheidungen in die Schuhe zu schieben.“

Gerade noch unterdrückte ich die Worte „typisch Mann“.

Ganz wollte ich es mir mit Franklin dann doch nicht verderben.

„Das ist alles die Schuld deines blöden Kaninchens. Dieses dumme Vieh richtet Schaden an, wo auch immer es auftaucht. Das muss ein Ende haben. Ich werde mich bei der Hausverwaltung beschweren." Franklin schüttelte wild den Kopf. „Ich habe die Hausordnung gelesen und es ist gar nicht erlaubt, hier größere Tiere zu halten."

„Edward ist ein ZWERGkaninchen." Ich schüttelte den Kopf. „Natürlich darf ich ihn hier halten. Und er richtet keine Schäden an. Er ist lediglich etwas neugierig."

„An deiner Stelle würde ich das auch leugnen", keifte Franklin laut. Dann griff er neben sich und nahm ein bedrucktes Blatt Papier von der Kommode, die dort stand. „Das ist die Aufstellung aller Kosten, die der gute EDWARD verursacht hat." Franklin spuckte mir Edwards Namen förmlich vor die Füße.

Ich lachte. „So ein Unfug."

Franklin fuchtelte wild mit dem Papier herum und machte einige Schritte nach vorne, bis er direkt vor mir stand. Am liebsten wäre ich zurückgewichen. Aber das ging nicht. Das Baumaterial stand überall im Weg.

„Hier", zischte Franklin und drückte mir das Blatt in die Hand.

Automatisch griff ich danach und ebenso automatisch warf ich einen Blick darauf. Es war eine lange Auflistung von einzelnen Positionen und Zahlen.

Ein neuer Couchtisch.

Reparatur von Kabeln.

Ich überflog die Liste und starrte dann auf die Summe am Ende. Es waren über 30.000 Dollar. So viel Geld hatte ich in meinem Leben noch nie gesehen.

Ich sah Franklin an. „Was soll das?"

Er grinste. „Das ist meine Rechnung an dich. Du bist schließlich für Edward verantwortlich, oder etwa nicht?"

„Aber Edward hat keine Schäden verursacht. Und schon gar nicht..." Meine Augen suchten das Papier ab.

Da!

Franklin hatte doch wahrhaftig die Kosten für seinen Zement mit auf die Rechnung geschrieben.

„Schon gar nicht hat er irgendwelche Schäden am Mauerwerk verursacht. Er ist ein Zwergkaninchen." Ich spürte, wie meine Wangen sich röteten. „Du willst mich wohl für dumm verkaufen und die Kosten für deine Arbeiten auf mich abwälzen. Nicht genug, dass ich schon mit dem ganzen Lärm leben muss! Und nicht mal in meine Wohnung komme.“ Wütend deutete ich auf den Schlamassel um mich herum.

Franklin grinste. „Irgendwas musste ich ja anstellen, um dir die Rechnung zu übergeben. Freiwillig hättest du dich bestimmt nicht bei mir gemeldet.“

„Natürlich nicht. Und diesen verdammten Quatsch werde ich auch nicht bezahlen. Mit sowas kommst du vielleicht bei jemand anderem durch, aber nicht bei mir!“ Energisch starrte ich Franklin an.

Mir reichte es.

Mir reichte es wirklich.

Glaubte denn jeder einzelne Mann in dieser Stadt, mit mir machen zu können, was er wollte?

„Quatsch?“ Franklin lachte meckernd. Mit einem Ruck zog er sein Smartphone aus der Hosentasche und tippte kurz darauf herum. Dann hielt er mir das Gerät unter die Nase. Auf dem Display war eine Videoaufnahme zu sehen. Etwas Kleines, Weiches bewegte sich an einer Mauer entlang. Es hoppelte.

„Da hast du dein dämliches Kaninchen“, blaffte Franklin gehässig. „Das Vieh macht sich überall breit und richtet dabei Schaden an. Und dafür wirst du bezahlen. Dafür werde ich sorgen.“

Mein Magen verknotete sich. Der Ton in Franklins Stimme machte mir Angst.

„Sicher nicht“, erwiderte ich und versuchte, das leichte Zittern in meiner Stimme zu verbergen.

30.000 Dollar.

So viel Geld hatte ich in meinem Leben noch nicht verdient.

Auf meinem Konto befanden sich nicht einmal 3.000 Dollar. Ich hatte keine Schulden. Aber ich kam eben gerade so über die Runden.

„Das kannst du dann mit meinem Anwalt besprechen.“ Franklin grinste mich an. Dann strich er über seine Bartstoppeln. „Ich weiß, ich sehe nicht aus wie der Typ, der sich überhaupt einen Anwalt leisten kann. Aber da täuschst du dich. Und zwar ganz gewaltig.“ Er grinste. „Mein Onkel übernimmt das. Er wird dafür sorgen, dass du zahlst. Ich würde dir aber raten, es freiwillig zu tun.“ Drohend beugte sich Franklin zu mir herüber.

Ich spürte, wie meine Knie unter mir zu schlottern begannen.

Doch tapfer hob ich mein Kinn. „Du solltest erst mal hier aufräumen, bevor du so große Töne spuckst.“

Franklin schnaubte.

Da öffnete sich eine Tür hinter uns. „Was soll das hier mitten in der Nacht? Könnt ihr euch nicht woanders streiten?" Mr. Donovan stand breitbeinig in seinem Türrahmen. Der Kerl war ein ehemaliger Profiboxer und gut doppelt so groß und breit wie Franklin Jennings.

Ich atmete auf. „Ich würde ja gerne in meine Wohnung. Aber dieses ganze Zeug hier…" Ich machte eine Kopfbewegung, die den ganzen Flur umfasste.

Mr. Donovan kam in den Flur. „Ist das dein Kram, Jennings?"

Franklin nickte eingeschüchtert.

Ich genoss diesen Anblick.

„Dann mach Platz hier, aber dalli." Mr. Donovan stellte sich vor den Lift. Seine Schultern wirkten so breit, dass ich für einen Moment lang überlegte, ob er überhaupt durch die Tür passte. „Ich hab nicht ewig Zeit, also würde ich dir raten, nicht zu trödeln."

Franklin warf mir einen giftigen Blick zu und machte sich dann daran, die Sachen so zu stapeln, dass ein Gang zu meiner Wohnungstür frei wurde. Als er endlich fertig war, zischte er mir zu: „Wir sprechen uns noch."

Dann verschwand er in seiner Wohnung und knallte die Tür hinter sich zu.

„Danke", wandte ich mich an Mr. Donovan.

„Keine Ursache." Mr. Donovan nickte mir zu und verschwand ebenfalls in seiner Wohnung.

Ich zog meinen Schlüssel aus der Tasche und steckte ihn ins Schloss.

Endlich.

Ich war so müde, dass ich kaum die Tür öffnen konnte. Doch schließlich schaffte ich es. Kaum machte ich den ersten Schritt in meine Wohnung, da berührte etwas Weiches und Wuscheliges meine Beine.

Ich sah nach unten.

„Edward!" Er war doch tatsächlich schon wieder aus seinem Käfig ausgebrochen. Wie bekam er das nur immer hin?

Ich bückte mich, doch Edward war schneller. Flink quetschte er sich zwischen meinen Beinen hindurch und hoppelte aus der Wohnung.

„Edward! Komm zurück!" Ich wandte mich um. Doch Edward hörte nicht auf mich. Mein freiheitsliebendes Zwergkaninchen flitzte an Franklins Baumaterialien vorbei und hielt auf die Treppe zu. Ich sah gerade noch, wie sein Stummelschwänzchen die Stufen hinunter verschwand.

„Bleib stehen!“ rief ich, während ich die Tür ins Schloss zog und Edward hinterher hastete. Von Edward war bereits keine Spur mehr zu sehen, als ich die Treppe hinunter rannte.

Mein Magen zog sich zusammen. Bisher hatte ich Edwards Freiheitsdrang nicht besonders ernst genommen. Doch jetzt…

Ich wollte mein Kaninchen nicht verlieren.

Edward war alles, was ich hatte. Was, wenn er es durch die Haustür auf die Straße schaffte?

Schon malte ich mir die fürchterlichsten Szenarien in meinem Kopf aus: Edward, der sich auf die vielbefahrene Straße verirrte und im New Yorker Verkehr von einem Auto überrollt wurde. Oder wie er panisch durch die Großstadt hoppelte und nie wieder nach Hause fand. Wie er im Central Park einem Kaninchenfänger in die Fall ging.

Gab es so etwas noch?

Bestimmt. Es gab auch Menschen, die Hunde vergiften wollten. Es gab alles Mögliche, das ich mir lieber nicht vorstellen wollte.

„Edward“ rief ich so laut ich konnte, während ich die Treppen hinunter rannte. Meine Seite tat bereits weh.

Verdammt, musste das ausgerechnet jetzt passieren? In Kleid und Schuhen mit Absatz war ich wirklich nicht dafür gerüstet, Edward wieder einzufangen.

Ich erreichte den dunklen Flur. Die Haustür war geschlossen.

„Edward!“ Ich lauschte.

War da nicht ein leises Rascheln zu hören?

Ich drückte auf den Lichtschalter.

Nichts.

Das Licht war schon seit Wochen kaputt. Bisher hatte mich das nicht sonderlich gestört.

Aber jetzt…

„Edward!“ rief ich mit kräftiger Stimme und horchte angestrengt in die Dunkelheit hinaus. „Edward, wo bist du?“

Nichts.

Noch nicht einmal mehr ein Rascheln.

Hatte ich mir das nur eingebildet?

Ich nahm mein Handy und benutzte es als Taschenlampe, um in jeden Winkel des Flurs zu leuchten. Dann fiel mein Blick auf die Tür zum Hinterhof. Sie war nur angelehnt.

Konnte Edward...?

Mit angehaltenem Atem öffnete ich die Tür. Ein ekelhafter Gestank schlug mir entgegen. Hier war der Platz für die Mülltonnen des ganzen Wohnkomplexes. Ich versuchte, durch den Mund zu atmen und leuchte so gut es ging mit meinem Handy.

War es nur meine Fantasie oder bewegte sich dort etwas Kleines am Boden?

Etwas, das hoppelte?

Ich ging in die Hocke. „Edward", lockte ich nun mit zärtlicher Stimme. „Komm her. Ich habe oben ein Leckerli für dich."

Etwas raschelte.

Und dann kam Edward tatsächlich auf mich zugehoppelt.

„Ja, wer ist denn da?" lockte ich mit sanfter Stimme und streckte ihm meine zusammengeschobenen Handflächen entgegen.

Edward zögerte kurz und mein Herz stand einen Moment still.

Doch dann hoppelte er in meine Hände. Ich fasst ihn mit festem Griff und drückte ihn an meine Brust. „Was bist du nur für ein ungezogener Lausejunge!" schimpfte ich zärtlich.

Edward fiepte.

„Was soll das, verdammt nochmal!" Plötzlich erhob sich eine Gestalt zwischen den Mülltonnen. „Das hier ist MEIN Revier."

Entsetzt starrte ich den Mann an. Ich hatte keine Ahnung, wie alt er war. Er wirkte, als würde er... als würde er hier leben?

In unserem Hinterhof lebte ein Obdachloser?

Drohend kam der Mann auf mich zu.

Ich mobilisierte alle meine Kräfte und rannte wie von Sinnen auf die Tür zum Gebäude zu. Hastig schlug ich sie hinter mir zu und rannte zum Lift, wo ich den Knopf bearbeitete, bis endlich die Türen aufgingen. Zitternd quetschte ich mich hinein. Erst als sich die Türen schlossen, atmete ich erleichtert auf.

Einige Minuten später streichelte ich Edward, bevor ich ihn in seinen Käfig setzte. Wie gerne hätte ich noch mit ihm gekuschelt. Aber ich war wirklich viel zu müde. Und ihn die Nacht in meinem Bett verbringen zu lassen... das kam nicht in Frage. Ich traute Edward mittlerweile alles zu. Womöglich würde er noch einmal ausbüxen.

Ich gab Edward die versprochenen Leckerli. Er warf mir einen treuherzigen Blick aus seinen Knopfaugen zu und wirkte mit einem Mal wie das bravste Kaninchen auf Erden.

Ausbüxen?

Aber doch nicht Edward.

„Schlingel", drohte ich ihm liebevoll. „Gute Nacht."

Edward fiepte kurz.

Ich ging in mein Schlafzimmer und zog das Kleid aus. Erschöpft ließ ich mich auf das Bett fallen und starrte an die Zimmerdecke, von der einzelne Haarrisse nach unten zogen.

In diesem Augenblick setzte auf der anderen Seite der Wand ein vernehmliches Hämmern ein. Gerade leise genug, dass andere Nachbarn wie Mr. Donovan es nicht hören würden. Aber laut genug, damit ich es hörte.

Ich schloss die Augen. Der Rhythmus des Hämmerns hallte von meiner Schädeldecke wider.

So würde ich kein Auge zu tun.

Ich musste ausziehen.

Am liebsten wäre ich sofort gegangen und hätte mir für heute Nacht ein Hotelzimmer gesucht.

Doch das konnte ich mir nicht leisten.

Und einen Umzug vermutlich auch nicht.

Wer wollte schon eine Journalistin ohne Ersparnisse, dafür mit ungewissen Zukunftsaussichten als Mieterin?

Genau.

Niemand.

Kurz dachte ich an Jaxons Angebot. Wenn ich es annahm, dann hätte ich genügend Geld, um jede Kaution zu hinterlegen, die ein Vermieter wünschte.

Es war verlockend.

Aber nicht nur wegen des Geldes.

Annabelle. Du wolltest darüber schlafen. Dann mach das auch.

Doch jetzt war an Schlaf erst recht nicht zu denken.

Franklin hämmerte.

Und ich dachte an Jaxon. Meine Haut kribbelte und in meinem Körper breitete sich eine erregende Wärme aus.

Als ich am nächsten Morgen in meiner Küche stand, brummte mein Schädel. Heute würde ich mindestens die dreifache Dosis Kaffee brauchen.

Ich hatte nicht geschlafen.

Franklin hatte mich wachgehalten.

Oder vielleicht eher die Entscheidung, die ich zu treffen hatte?

„Was soll ich nur machen, Edward?" klagte ich und sah mein Zwergkaninchen an.

Edward saß in seinem Käfig und mümmelte vor sich hin.

Ich seufzte.

Dann setzte ich mich an den Küchentisch.

Was, wenn ich annahm?

Was, wenn ich nicht annahm?

Dann wirst du dich dein ganzes Leben lang fragen, was passiert wäre, wenn du angenommen hättest, Annabelle.

Ich schnippte mit den Fingern.

So war es.

Mit einem Mal herrschte in mir die Klarheit, die ich gesucht hatte.

Ich holte meine Tasche, nahm mein Smartphone und Jaxons Karte heraus und tippte eine Nachricht.

Ich nehme dein Angebot an.

Mehr war nicht nötig.

Er würde wissen, dass es von mir war.

Mein Herz hämmerte aufgeregt gegen meine Rippen.

Hatte ich das Richtige getan?

Oder hatte ich gerade den größten Fehler meines Lebens begangen?

Vielleicht.

Aber eigentlich… eigentlich hatte ich die ganze Zeit gewusst, dass ich annehmen würde.

Jetzt hatte ich es getan.

Kapitel 15

Marcus ließ sich mit einem schweren Seufzer in den Sessel hinter seinem Schreibtisch fallen. Der Tisch war über und über mit Papieren bedeckt. Ich wunderte mich nicht zum ersten Mal, wie Marcus überhaupt arbeiten konnte, wie er es schaffte, einen Artikel pünktlich zur Deadline fertigzustellen und wie er überhaupt wusste, wer was machte. Ich hätte in einem solchen Chaos völlig den Überblick verloren. Aber Marcus schien sich hier gerade wohl zu fühlen.

Ich sah ihn an.

Warum hatte er mich so spontan hierher bestellt?

Hatte er etwa einen neuen Auftrag für mich?

Nervös kaute ich auf meiner Unterlippe herum, als mir bewusst wurde, dass ich keinen neuen Auftrag wollte. Ich hatte gezögert, Jaxons Angebot anzunehmen. Doch kaum hatte ich mich darauf eingelassen, da wurde mir klar, dass es genau das war, was ich wollte.

Ich wollte Jaxon nahe sein.

Und diesen Artikel... darüber würde ich mir später Gedanken machen. Harper hatte nicht ganz unrecht: Ich konnte wohl kaum festlegen, was in einem Artikel stehen würde, bevor ich meine Recherche nicht abgeschlossen hatte. DAS würde auf jeden Fall gegen alle Regeln des guten Journalismus verstoßen.

Ich musste es nur schaffen, Jaxon nicht zu nahe an mich heranzulassen.

Meine Lippen kribbelten leicht und ich biss abermals auf meine Unterlippe.

Es durfte nicht schief gehen.

„Also, nochmal zu deinem Artikel." Marcus sah mich an. „Ich habe dich herbestellt, weil ich letztens den Eindruck hatte, dass du von der Idee nicht sonderlich begeistert bist."

Ich schluckte. „Das... das kam alles etwas überraschend und..."

„Du musst diesen Artikel schreiben, das habe ich dir hoffentlich klar gemacht." Marcus sah mich durchdringend an.

Ich nickte. „Ja, ich werde den Artikel schreiben", versprach ich.

„Gut." Marcus leckte sich zufrieden mit der Zunge über seine Lippen. „Du hast schon mit der Recherche begonnen, das weiß ich."

Ich nickte. „Natürlich."

Marcus nickte. „Ich muss zugeben, das hätte ich dir gar nicht zugetraut. Du scheinst mir folgsamer zu sein als ich dachte." Marcus grinste. „Das ist gut. Gefällt mir. Und es wird auch allen anderen Männern gefallen. Wie viele Dates hast du schon ausgemacht?"

„Äh... was?" Verständnislos blickte ich Marcus an.

„Na auf *PerfectPartner*. Ich hab dir doch gesagt, dass du ein Konto anlegen sollst. Hast du das noch nicht gemacht?" Marcus sah mich stirnrunzelnd an.

„Ich..." Ich holte tief Luft. „Ich hielt es für besser, die Recherche woanders zu beginnen. Zunächst habe ich mich über *PerfectPartner* und seinen Gründer informiert und... Du weißt doch, dass ich auf dem Event war, um Jaxon Caldwell zu treffen."

„Verdammt nochmal, Annabelle. Das ist doch übles Blabla. Ich will kein Interview mit Caldwell. Sonst hätte ich dir gesagt, du sollst einen Termin mit ihm ausmachen. Die Leserinnen haben genug von diesem wachsweichen Zeugs. Sie wollen wahre Geschichten, direkt aus dem Leben. Mit pikanten Details, wenn du verstehst, was ich meine." Marcus grinste mich breit an.

„Ich muss die Fakten kennen, um den Artikel zu schreiben", gab ich zurück. „Das heißt nicht, dass ich sie wiedergebe. Aber ohne Hintergrund...

da werden auch die pikantesten Details nicht zu einer Gesamtgeschichte." So leicht würde ich mich nicht geschlagen geben.

„Ich habe den Verdacht, dass du die ganze Sache nur hinauszögerst." Marcus wischte über seinen Schreibtisch. „Wenn du dich nicht in der Lage fühlst, so einen Artikel zu schreiben, dann sagst du es mir besser gleich. In dem Fall werde ich jemand anderen beauftragen. Es gibt da draußen genügend arbeitslose Journalistinnen, die ganz scharf auf einen solchen Auftrag sind. Und auch auf den Job, den sie anschließend hier bekommen können."

Die Drohung wurde nicht offen ausgesprochen.

Aber es war klar.

Wenn ich nicht spurte, würde Marcus mich feuern.

Ich hatte Marcus nichts von der Abmachung mit Jaxon erzählen wollen. Aber wenn ich wollte, dass mein Chef Ruhe gab und mich meine Arbeit machen ließ, dann würde mir wohl nichts anderes übrig bleiben.

„Ich habe Jaxon Caldwell getroffen", erklärte ich daher.

Marcus hob eine Augenbraue. „Keine Interviews, das habe ich dir doch eben schon gesagt. Auch wenn du ihn sicher gerne anschaust. Soll ziemlich gut aussehen, der Kerl."

Ich spürte, wie eine leichte Röte in meine Wangen stieg.

Ziemlich gut.

Das war noch untertrieben.

Marcus rümpfte leicht die Nase. „Was hat er gesagt? Wahrscheinlich nur das Übliche."

„Er… er hat mich eingeladen. Ich soll auf ein paar Dates mit ihm gehen und… na ja…", druckste ich herum. Dann fügte ich hinzu: „Ich habe zugesagt. So kann ich an exklusive Infos kommen, die sonst bestimmt niemand hat."

Marcus blickte mich für eine Weile an. Dann grinste er und stieß einen anerkennenden Pfiff aus. „Wow! Das ist sogar noch besser als ein Konto bei *PerfectPartner*. Du bist undercover unterwegs. Das hätte ich dir gar nicht zugetraut! Du bist ja doch richtig engagiert. Lässt dich als erstes von deren Gründer flachlegen. Nicht schlecht."

Was?

Empört setzte ich mich auf.

Doch ich biss mir auf die Zunge und verkniff mir eine Erwiderung.

„Der Artikel wird der absolute Knaller." Marcus war mit seinen Gedanken bereits in der Zukunft. „Wir müssen auf jeden Fall eine Rekordauflage drucken lassen." Mein Chef sah mich an. „Du musst herausfinden, was er denkt. Wie er tickt. Alles."

Ich nickte.

Marcus faltete die Hände über seinem Bauch. „Ich sehe schon die Überschrift vor mir… CEO von *PerfectPartner*: Alles andere als perfekt. Was hältst du davon?"

„Ähm", machte ich. „Vielleicht sollte ich erst einmal mehr herausfinden, bevor ich den Artikel schreibe und wir die Überschrift festlegen."

Marcus winkte ab. „Ach komm, Annabelle. Lass den Scheiß. Du glaubst doch nicht im Ernst, dass der Kerl ein seriöser Unternehmer ist? Oder im Privatleben seriös ist?"

„Ich…", stotterte ich.

Marcus fixierte mich mit einem stechenden Blick. „Lass dich bloß nicht von diesem Kerl um den Finger wickeln, ich warne dich."

„Natürlich nicht." Ich schüttelte den Kopf. „Ich werde alles sorgfältig recherchieren und…"

„Geh mit ihm auf Dates. Und vergiss dabei nie, wem du es verdankst, dass du auf diese Dates gehen kannst." Marcus grinste anzüglich. „Mir natürlich."

Angewidert verzog ich das Gesicht und wandte mich schnell zur Seite, damit Marcus nicht sehen konnte, was ich fühlte. Ich war froh, dass ich den Job hatte. Aber manchmal war mein Chef wirklich widerlich.

„Dafür will ich jedes noch so schmutzige, kleine Geheimnis wissen, das Jaxon Caldwell mit sich herumträgt." Marcus' Augen funkelten bei diesen Worten übermütig und ich lächelte matt. Mein Chef grinste. „Wer weiß, was du herausfindest. Vielleicht kriegt der Chef der beliebtesten Dating App keinen hoch? Vielleicht hat er einen Fetisch?"

Ich öffnete den Mund. „Das… das hat aber nichts mit *PerfectPartner* zu tun", stotterte ich.

„Es hat mit Jaxon Caldwell zu tun und dadurch hat es natürlich mit *PerfectPartner* zu tun", belehrte mich Marcus.

„Aber diese Art von Geschichten haben wir bisher nie veröffentlicht", erwiderte ich. Wenn *Intrigued* so ein Klatschblatt wäre, dann hätte ich mich gar nicht erst dort beworben.

„Nein. Aber ab jetzt schon. Ich hab dir doch gesagt, ich will die Auflage steigern. Und so ein Zeug kaufen die Leute wie geschnitten Brot. Was steht denn in den Kiosken? Wer wen mit wem betrogen hat? Oder das langweilige Zeug über die seriösen Ehen?“ Marcus lachte. „Niemand will wissen, wo es gut läuft. Aber alle gieren nach Skandalen. Also besorg mir einen Skandal.“

Ich schluckte. „Und wenn ich keinen finde?“

Marcus stand auf und ging um seinen Schreibtisch herum, bis er vor mir stand.

Sehr nah.

Zu nah.

„Dann sorgst du selbst für einen Skandal“, flüsterte er.

Ich starrte ihn an.

Marcus rückte näher an mich heran. „Dabei kann ich dir behilflich sein“, flüsterte er. „Denn ich habe dir gesagt… du bist mir noch einen Gefallen schuldig. Dafür, dass ich dir diese Chance gebe.“ Mein Chef hob eine Hand und strich mit einem Finger über meine Wange.

Die Berührung war kalt und glitschig.

Marcus roch nach abgestandenem Zigarettenrauch und etwas Muffigem, das ich nicht genauer benennen konnte.

Ich unterdrückte den Impuls, seinen Finger abzuschütteln. Auch wenn ich nichts lieber getan hätte als das.

Stattdessen stotterte ich. „Ich… ich muss zu einem Termin. Mit Jaxon Caldwell.“

„Ah, sehr gut.“ Marcus grinste. Er ließ seine Hand sinken und trat einen Schritt zurück. Mit unverhohlenem Interesse musterte er mich von oben bis unten. „Du verlierst keine Zeit. Das gefällt mir.“

Ich antwortete nicht.

„Dann mal los. Aber vergiss nicht, mir später Bericht zu erstatten. In allen Details“, ermahnte mich Marcus.

Angewidert wandte ich mich ab und ging in Richtung Tür.

Beim Vorstellungsgespräch hatte Marcus sich ganz anders gegeben und von seriösem Journalismus geredet. Davon war jetzt nichts mehr zu spüren. Wenn sich das nicht änderte, musste ich über meine Zukunft nachdenken.

Ich schob den Gedanken jedoch vorerst beiseite.

Jaxon wartete auf mich.

Eine halbe Stunde später stand ich vor einem riesigen Wolkenkratzer aus Stahl und Glas, der sich majestätisch in den Himmel reckte. Ich trat durch die Schiebetüren in die Lobby, die noch größer war als die Lobby des St. Regis. Ich sperrte meine Augen auf.

So wohnte Jaxon?

Er musste mehr Geld haben, als ich dachte.

„Ms. Haven?" fragte ein uniformierter Pförtner, der nun hinter seiner Loge hervorkam.

„Ja." Erstaunt sah ich ihn an.

„Mr. Caldwell hat mich über Ihr Kommen informiert. Er hat Sie gut beschrieben." Der Pförtner lächelte freundlich. „Wenn Sie bitte mitkommen."

Ich folgte dem Pförtner zu den Fahrstühlen am anderen Ende der Lobby.

„Mr. Caldwell erwartet Sie oben", erklärte er, als er einen Fahrstuhl gerufen und für mich den richtigen Knopf gedrückt hatte.

„Danke", stammelte ich, als sich die Türen schlossen. Dann war ich allein in der Kabine und glitt nach oben.

Zu Jaxons Penthouse.

„Willkommen in meinem Heim", begrüßte er mich wenig später. „Ich hoffe, es macht dir nichts aus, mich hier zu treffen."

Stumm schüttelte ich den Kopf. Natürlich hatte ich mich gefragt, warum Jaxon mich ausgerechnet zu sich nach Hause bestellte und nicht in seine Firma. Aber ich hatte nicht gewagt, ihm die Frage tatsächlich zu stellen.

„Ich erkläre dir das gleich. Komm rein." Jaxon hielt die Tür weit auf.

Ich trat ein. Nach wenigen Schritten stand ich direkt in seinem Wohnzimmer.

„Oh mein Gott", hauchte ich. Das Penthouse schien keine Wände zu haben. Stattdessen war der Raum an zwei Seiten von einer bodentiefen Fensterfront umgeben, die einen überwältigenden Panoramablick über ganz Manhattan gewährte.

Staunend trat ich einen Schritt näher. „Das... das ist unglaublich."

Jaxon grinste. „Ja, mir gefällt es auch immer wieder."

Ich drehte mich um. „Du machst wohl Witze. Gefallen. Es ist das Beeindruckendste, was ich je gesehen habe." Wieder sah ich aus dem Fenster, das gar nicht wie ein Fenster wirkte. Es war vielmehr, als wäre der Raum endlos. New York war Teil von Jaxons Wohnzimmer.

Nachdem ich für einige Minuten die Aussicht bewundert hatte, wandte ich mich widerstrebend um. Jaxon beobachtete mich. Seine dunklen Augen blickten mehrwürdig zufrieden und musterten mich zugleich ein wenig prüfend.

Ich ließ meinen Blick durch den Raum schweifen. Zwei edle Ledersofas und zwei Sessel im gleichen Design. Ein paar Regale. Keine Bilder an den Wänden.

Es war ein typisches Junggesellen-Penthouse, das ein wenig kahl wirkte.

Aber andererseits... wenn ich so einen Ausblick vor meiner Tür hätte, dann würde ich wahrscheinlich auch keine Bilder an den Wänden benötigen.

Eins war jedenfalls klar: Jaxon hatte keine Frau in seinem Leben.

Sein Penthouse war stylish, aber nicht wohnlich.

Warum erleichterte mich das?

Eigentlich ging es mich nichts an.

Das hier war Business.

Jaxon räusperte sich. „Ich... Ich habe dich zuerst hierher bestellt, weil ich etwas Grundlegendes mit dir besprechen wollte." Er sah ein wenig verlegen aus.

Ein leichtes Prickeln jagte über meinen Rücken. Doch ich ließ mir nichts anmerken. „Grundlegendes?" fragte ich.

Jaxon nickte. „Nun... also ich... ich habe dir gesagt, dass ich möchte, dass du... als die Frau an meiner Seite auftrittst."

Ich nickte.

Jaxons Lippen kräuselten sich. „Für alle anderen muss es absolut echt wirken. Auch für diejenigen, die zu meinem vertrauten Kreis zählen. Meine PR Consultant zum Beispiel. Sie liegt mir schon seit einiger Zeit in den Ohren, dass ich an meinem Ruf als Frauenheld arbeiten soll und..." Jaxon stockte. „Ich möchte nicht, dass sie erfährt, dass wir... nun, dass wir ein Arrangement haben. Es soll echt wirken."

Misstrauisch starrte ich Jaxon an. „Ja, das hatte ich so verstanden."

Jaxon hob lässig seine Hände. „Oh, ich habe nichts mit Chloe, falls du das glaubst." Er lächelte. „Sie sitzt mir nur im Nacken und ich... ich möchte einfach für eine Weile meine Ruhe haben." Jaxon machte einen Schritt auf mich zu.

Sandelholz und Amber. Das war sein Duft.

Wie anders er roch als Marcus.

Wie anders er auftrat.

Jaxon... Jaxon hatte mir dieses Angebot gemacht und dennoch verhielt er sich wie ein echter Gentleman.

„Der wichtigste Mensch ist allerdings Victor Davenport", erklärte Jaxon. „Ihn muss ich überzeugen. Er will in *PerfectPartner* investieren und... dafür muss ich makellos erscheinen." Jaxon schnaubte. „Als ob eine vielversprechende Business-Idee nicht genug wäre."

„Oh, du willst *PerfectPartner* erweitern?" fragte ich.

„Ja." Jaxon nickte. „Andere Länder, Friendship, Business-Networking... der Markt ist riesig. Das Potenzial ist riesig. Da will ich vorne dabei sein. Aber irgendwie haben sich alle eingeredet, dass mein Image dafür wichtiger sei als meine Ideen." Jaxon grinste schief. „Nun weißt du, wie es zu meinem Angebot gekommen ist."

Ich nickte. Jaxon war Chef seiner eigenen Firma. Aber so viel freier als ich wirkte er in diesem Moment gar nicht.

„Auf gar keinen Fall darf etwas nach draußen dringen. Am bestens sagst du so wenig wie möglich und..." Jaxon hob die Hände. „Dann kann nichts schief gehen. Schau mich einfach so verliebt an wie an wie... vor ein paar Tagen."

Bei diesen Worten wurde Jaxons Stimme dunkel.

Ich schluckte. Mir lief ein Schauder über den Rücken und meine Haut prickelte.

Mit einem Mal schien die Luft um uns nur so zu schwirren.

Ganz wie in unserer ersten Nacht.

Da hatte ich Jaxon verliebt angeschaut.

Aber es war nicht gespielt gewesen.

„Absolut JEDER soll annehmen, dass du und ich fest zusammen sind. Die Öffentlichkeit, die Presse, meine Geschäftspartner und insbesondere eben auch meine unmittelbaren Mitarbeiter. Niemand darf auch nur den geringsten Zweifel haben. Verstehst du?" Jaxon sah mich fest an.

Ich nickte. Doch in meinem Magen machte sich ein flaues Gefühl breit. Was, wenn ich meine Rolle nicht glaubhaft spielte?

„Wir... wir kennen uns kaum“, wandte ich zaghaft ein.

Jaxon nickte. „Ich weiß. Aber das sollte kein Problem sein. Wenn Fragen nach der Vergangenheit kommen, dann antworte einfach vage. Fragen nach der Zukunft überlässt du mir.“

Ich nickte wieder. Wenn ich mir noch eingebildet hatte, dass es sich hier um mehr handelte als um ein geschäftliches Arrangement, dann belehrte Jaxon mich jetzt eines Besseren.

„Ich gebe dir allerdings recht, dass wir... das wir ein wenig üben sollten. Und darum werde ich dich Chloe vorstellen.“ Jaxon sah auf die Uhr. „In einer halben Stunde. Wir fahren in die Firma.“

Chloe.

Das war die PR-Agentin.

„Wenn sie uns glaubt, dann sind wir perfekt vorbereitet.“ Jaxon grinste.

Er ergriff meine Hand und zog mich mit sich.

Ich ließ es geschehen.

Meine Finger lagen warm in seinen.

Es ist nur ein Spiel, Annabelle. Ein doppeltes Spiel.

In jeder Hinsicht.

Ich dachte an meinen Artikel, der darauf wartete, geschrieben zu werden.

Jaxon war nicht der einzige, der Geheimnisse hatte.

Jaxon und ich fuhren zu seiner Firma. Er hatte einen Lamborghini. Mir war der Mund offen gestanden, als wir in der Tiefgarage zu dem luxuriösen Sportwagen gegangen waren. Ja, ich war schon mit Deborah und Scarlett in ähnlichen Autos unterwegs gewesen. Aber das war etwas anderes. Etwas komplett anderes. Wenn ein Mann mich mitnahm, dann fühlte sich das gleich anders an.

Jaxon sah starr gerade aus. „Das Wichtigste... Lass mich so viel wie möglich reden.“ Jaxon warf mir einen kurzen Blick zu. „Chloe ist eine harte Nuss. Sie wird dich unter die Lupe nehmen. Wenn du zu viel sagst, kann es nach hinten losgehen. Kapiert?“

Ich nickte.

„Später, wenn wir Victor Davenport treffen, dann verhältst du dich ganz genauso“, wies mich Jaxon an. „So kann eigentlich nichts passieren.“

Ich nickte. Dann räusperte ich mich. „Und das ist wirklich nur ein Treffen? Was ist, wenn dieser Victor Davenport mich... also deine Freundin... später nochmal sehen will?“

Jaxon runzelte die Stirn. Dann zuckte er mit den Schultern. „Wenn er sein Investment bereits getätigt hat, dann ist das eigentlich egal.“ Er grinste. „Also. Tu einfach so verliebt wie in unserer ersten Nacht. Dann passt alles.“

Ich nickte.

Dafür musste ich mich nicht besonders verstellen.

Und genau das bereitete mir Sorgen.

Schweigend fuhren wir weiter, während ich Jaxons maskulinen Duft einatmete. Mir war früher nie aufgefallen, wie nah man beieinander saß, wenn man gemeinsam in einem Auto irgendwohin fuhr. Jetzt lag Jaxons rechter Arm locker auf der Stütze in der Mitte zwischen unseren Sitzen. Mein Arm lag daneben und ich meinte, Jaxons Härchen an meiner Haut zu spüren und mit ihnen ein verlockendes Prickeln, das sich in alle meine Körperregionen ausbreitete.

So verging der Rest der Fahrt.

Als wir in der Tiefgarage von *PerfectPartner* aus dem Wagen steigen, ergriff Jaxon erneut meine Hand. Unsere Finger verschränkten sich wie von selbst ineinander. Dann machte Jaxon sich wieder los und legte wie selbstverständlich einen Arm um meine Schultern, als wir den Lift betraten. Hastige Schritte erklangen hinter uns und eine dünne Blondine quetschte sich in letzter Sekunde in den Fahrstuhl.

„Guten Tag, Mr. Caldwell.“ Neugierig musterte mich die Blondine.

Jaxon grüßte, machte aber keine Anstalten, mich vorzustellen.

Das hier war also offensichtlich nicht Chloe, vor der ich meine Rolle spielen musste.

Wir stiegen in der obersten Etage aus dem Lift. Jaxon führte mich den Gang entlang. Dann klopfte er gegen eine Tür.

„Herein.“ Eine tiefe Stimme antwortete.

Jaxon öffnete die Tür und steckte seinen Kopf hindurch. „Chloe, ich wollte dir jemanden vorstellen.“ Er nahm meine Hand und zog mich in ein großes Eckbüro. „Das hier ist Annabelle Haven.“

„Hallo.“ Ich blickte Chloe an. Sie war eine makellos schöne Frau, die auf dem Cover einer Modezeitschrift abgebildet sein könnte. Ihr Haar war lang und glatt und wirkte perfekt gestylt. Unwillkürlich schüttelte ich meine Locken. Ich schaffte es einfach nicht, sie zu zähmen, egal was ich tat.

Chloe musterte mich. Ihr Blick glitt meinen Körper hinab und wieder hinauf, bevor er kurz auf meinem Gesicht zu liegen kam. Und dann fixierte sie unsere Hände. Jaxon hielt mich immer noch an der Hand. Jetzt drückte er meine Finger beruhigend, als wollte er mir sagen, dass wir das schaffen würden und dass ich nicht allein war.

„Hallo", sagte Chloe gedehnt. Dann schickte sie einen fragenden Blick zu Jaxon.

„Nun… ich habe dich wie gesagt nicht über alle Veränderungen in meinem Privatleben auf dem Laufenden gehalten", erklärte Jaxon. „Aber ich dachte nach unserem letzten Gespräch, dass es vielleicht an der Zeit wäre, dich einzuweihen." Er ließ meine Hand los und legte den Arm wieder um meine Schultern. Jetzt zog er mich fest an sich. Sein Körper war stark, kräftig und muskulös.

Chloes Blick flog von Jaxon zu mir und wieder zurück. „Aha…" Sie stand auf und ging ein paar Schritte auf uns zu. „Veränderungen, soso. Das kommt aber ein wenig plötzlich, wenn du mir diese Bemerkung gestattest. Du hättest mir das durchaus sagen können. Bevor ich mit Rebecca bei dir aufkreuze."

Jaxon hob die Schultern. „Irgendwie habe ich mich noch nicht bereit dafür gefühlt."

Noch nicht bereit.

Diese Worte hatte ich schon von vielen Männern gehört.

Damit konnte man alles abwehren.

Ich würde sie mir merken.

Aber… Jaxon wollte ich nicht abwehren. Ich wollte ewig hier so stehen, an seinen Körper gekuschelt, mit seinem Arm um meine Schultern…

„Aber gut." Chloe verschränkte die Arme. „Dann sollten wir vielleicht eine Pressemeldung herausgeben."

Jaxon nickte.

„Ich brauche ein wenig Material dafür. Wo ihr euch kennengelernt habt, wie es zwischen euch gefunkt hat…" Chloe sah mich an. „Annabelle?" fragte sie.

„Im Restaurant. Er hat mir meinen Platz weggenommen", erklärte ich.

Jaxon stieß mich in die Seite.

Mist.

Das hätte ich nicht sagen dürfen.

„Na ja, eigentlich... eigentlich habe ich dort mein Handy verloren und er hat es mir wiedergebracht“, korrigierte ich mich hastig. Das war immerhin nicht falsch.

Chloe hob die Augenbrauen. „Was denn nun?“

„Es gab ein Missverständnis mit der Reservierung und man hat uns den gleichen Tisch gegeben.“ Ich lachte nervös.

„Das ist schon die dritte Version der Geschichte“, brummte Chloe. „Wenn uns das jemand glauben soll, dann müssen wir noch ein wenig daran arbeiten. Setzt euch.“

Erleichtert atmete ich auf.

Es lief nicht optimal.

Aber ich war nicht durchgefallen.

Kapitel 16

Jaxon

„Belinda, kannst du nochmal die Nutzerzahlen zusammenfassen?“ Ich sah meine Assistentin an, die eben von einer Folie auf die nächste klickte.

„Aber das habe ich doch gerade…“, setzte Belinda an. Dann biss sie sich auf die Lippen, klickte eine Folie zurück und nickte nur. An der Wand erschienen wieder die Grafiken und Charts, die sie mir vor einigen Tagen ins Büro gebracht hatte.

Und an ihrem Blick konnte ich erkennen, dass sie diese Grafiken eben gezeigt und erklärt hatte. Doch ich hatte nichts davon mitbekommen.

Gar nichts.

Ich hatte aus dem Fenster gesehen. Dort gab es nichts zu sehen. Der Konferenzraum, in dem ich gerade saß, war in einem der unteren Stockwerke unseres Wolkenkratzers. Gegenüber war ein anderer Wolkenkratzer.

Doch den hatte ich nicht wahrgenommen. Stattdessen hatte ich Annabelles Gesicht vor mir gesehen. Ich hatte sie Chloe vorgestellt und Annabelle hatte die Sache um ein Haar verpatzt. Eigentlich hätte ich stinksauer auf sie sein müssen. Ich hatte ihr die einfach Anweisung gegeben, mich so viel wie möglich reden zu lassen und Annabelle hatte sich nicht daran gehalten.

Aber...

Ich war nicht stinksauer.

Auf eine gewisse Weise war ich fasziniert. Annabelle hatte offensichtlich ihren eigenen Kopf. Sie hatte nicht nur wilde rote Locken, die vor Feuer nur so sprühten. Nein, sie war lebendig und wundervoll und...

Als ich in Chloes Büro neben ihr gestanden und gespürt hatte, wie sie sich eng an mich schmiegte, da hatte mein Schwanz mir mit einem unmissverständlichen Pochen zu verstehen gegeben, dass er mehr wollte als nur bloßes Kuscheln. Er wollte sie spüren.

Ich wollte sie spüren. Ihre samtweiche Haut, ihre vollen Lippen, ihre Kurven, jeden einzelnen Quadratzentimeter von ihr...

Aber war das wirklich richtig?

Ich hatte Annabelle in mein Penthouse eingeladen und damit gegen meine eigenen Regeln verstoßen. Annabelle wusste jetzt, wo ich wohnte. Nur fühlte sich das gar nicht beängstigend oder merkwürdig an.

Jaxon!

Ich rief mich zur Ordnung.

Über all das würde ich später nachdenken. Jetzt musste ich mich den Nutzerzahlen widmen. Imagepflege war gut und schön. Aber ich musste Victor Davenport noch auf anderer Ebene überzeugen. Auf einer rein sachlichen.

„Wie Sie sehen können, ist die Zahl der Neuanmeldungen weiter gesunken“, dozierte Belinda. „Dieser Trend setzt sich schon seit einiger Zeit fort. Ich habe mir das genauer angesehen. Dieser Trend begann, als wir immer mehr Bewertungen von Nutzerinnen bekamen, die behaupteten, dass sie auf der Plattform keine seriösen Begegnungen mehr hätten, obwohl sie genau das in ihrem Profil angegeben hätten.“

„Wie kann das sein?“ unterbrach ich Belinda und sah die dritte Person im Besprechungsraum an. Ethan Collins war Programmierer und als solcher hauptsächlich dafür verantwortlich, den Algorithmus zu verfeinern, der steuerte, welche Profile auf *PerfectPartner* wem angezeigt wurden.

„Noch dazu...“, meldete sich Belinda wieder zu Wort, „haben wir in den letzten Wochen einige Nutzerinnen verloren. Sie haben ihr Konto gekündigt. Ich habe mir angesehen, wer von ihnen eine Bewertung für uns verfasst hat.“

Ich nickte Belinda zu.

Sie lächelte stolz. „Achtzig Prozent der Bewertungen von abgemeldeten Nutzerinnen sprechen von Fake Profilen und Männern, die nur kurze Affären suchen."

„Achtzig Prozent?" echote ich.

„Genau. Und zwanzig Prozent erklären, einen Partner gefunden zu haben und sich darum abzumelden." Belinda räusperte sich.

„Das Verhältnis müsste umgekehrt sein." Ich wandte mich wieder Ethan Collins zu. Mein Programmierer hatte blonde Haare, die ungekämmt in alle Richtungen standen. Er trug kurze Hosen und blaue Flipflops aus Plastik. Als ITler konnte er sich so etwas erlauben. Innerlich schüttelte ich den Kopf. „Was ist hier los?"

Ethan war in seinem Stuhl nach unten gerutscht. Nun schob er sich ächzend weiter nach oben. Wenn ich nicht genau gewusst hätte, dass er hart arbeitete, dann hätte ich ihn für desinteressiert gehalten. „Nichts Besonderes." Er zuckte mit den Schultern.

„Was soll das heißen, nichts Besonderes?" Ich wurde wütend.

„Nicht jeder findet auf Anhieb gleich den passenden Partner. Das ist doch heute überall so." Ethan zuckte mit den Schultern. „Wenn sich die Frauen dann gleich frustriert abmelden, dann kann ich auch nichts dafür."

„Ach, jetzt sind also die Frauen schuld, wenn die Männer sich wie Idioten verhalten?" Wütend blitzte Belinda Ethan an.

Ich starrte meine Assistentin an. Die graue und schüchterne Maus, die sonst in mein Büro huschte und so schnell wie möglich wieder verschwand, schien verschwunden.

Was war mit Belinda los?

Dann schüttelte ich den Kopf. Damit konnte ich mich jetzt nicht beschäftigen.

Ich wandte mich wieder an Ethan. „Vielleicht gibt es ein Problem mit dem Algorithmus, das noch nicht erkannt wurde. Sowas kommt schließlich immer mal wieder vor. Manchmal genügt doch ein Update oder eine Änderung an einer einzigen Komponente, damit das Ergebnis am Ende ganz anders aussieht wie gewünscht. Das weiß doch jeder, der schon einmal einen Computer benutzt hat." Ich kannte mich mit Ethans Arbeit kaum aus. Aber das durfte ich nicht zugeben.

„Stimmt schon." Ethan lehnte sich lässig nach hinten. Seine Kiefer mahlten. Dann spitzte er seine Lippen und blies einen Kaugummi auf.

Pling.

Die Blase platzte. Unbeeindruckt zog Ethan die Kaugummifäden wieder in seinen Mund und sprach weiter. „Darum prüfen wir den Algorithmus auch regelmäßig. So können wir derartige Fehlfunktionen ausschließen. Wir lassen tägliche Tests laufen, wir haben Testprofile, wir probieren täglich Neues aus... und ich kann Ihnen versichern, dass *PerfectPartner* noch nie so gut war wie jetzt, Mr. Caldwell."

„Offensichtlich irren Sie sich da." Kalt sah ich Ethan an. Ich konnte es mir nicht leisten, ihn zu verärgern. Doch seine lässige Art ging mir auf die Nerven. War ihm bewusst, wie groß das Problem war, von dem wir hier sprachen? Kümmerte es ihn überhaupt? Oder war ihm unser wirtschaftlicher Erfolg egal, solange er nur an seinem Computer herumspielen und Dinge programmieren konnte und dafür auch noch bezahlt wurde?

„Wir haben doch gerade gehört, die Mehrzahl der Nutzerinnen meldet sich nicht ab, weil sie einen Partner gefunden hat, sondern weil sie die Nase voll hat von Männern, die nur nach Sex suchen und das vor dem ersten Date noch nicht mal offen zugeben." Ich schlug mit der flachen Hand auf den Tisch. „Da haben wir ein Problem. Und zwar eines, das unseren Erfolg entscheidend behindern kann."

Ethan fuhr sich mit einer Hand durch die strubbeligen Haare und kratzte sich am Hinterkopf. „Na ja, das seh ich schon ein."

Ich holte tief Luft.

„Allerdings wüsste ich jetzt auch nicht, was ich da machen kann", belehrte mich Ethan.

„Wie bitte?" Ich beugte mich nach vorne und fixierte Ethan. „Das ist doch Ihr Job. Sie sollen den Algorithmus verbessern, weiter ausbauen, die Matchquote erhöhen... damit die Mitglieder bei uns den perfekten Partner finden. Genau das versprechen wir ihnen, schon im Namen unserer App."

„Na ja...", brummte Ethan. „Das mag sein. Aber wie gesagt, der Algorithmus arbeitet einwandfrei und sortiert die Nutzer nach Angaben und Präferenzen. Aber das kann er nur auf Basis der bereitgestellten Daten."

„Wie ist das gemeint?" Ich runzelte die Stirn und musterte Ethan kritisch. Sein Tonfall gefiel mir ganz und gar nicht.

Ethan hob die Achseln. „Wenn ein Mann bei seiner Registrierung eingibt, dass er eine langfristige Beziehung sucht, dann werden wir ihm Partnerinnen zuordnen, die dasselbe suchen. Aber wir können natürlich nicht die Gedanken lesen, die er bei der Eingabe hat. Oder was sich in seinen Absichten ändert, wenn er später eine Nutzerin trifft."

Ich rieb mir die Nase. Ethan hatte einen Punkt. Und auch wieder nicht. „Schon gut. Aber sicher werden nicht achtzig Prozent der Männer ihre Absichten ändern, nachdem sie sich angemeldet haben. Diese Zahl erscheint mir viel zu hoch. Da muss noch etwas anderes nicht stimmen."

Ethan zuckte mit den Schultern. „Keine Ahnung."

Keine Ahnung?

Der Ärger über Ethans Gleichgültigkeit in mir erreichte seinen Höhepunkt.

„Verdammt!" Ich hieb mit einer Faust auf die Tischplatte. „Wir können es uns nicht leisten, weiter Nutzer zu verlieren und schlechte Bewertungen zu bekommen. Haben Sie denn nicht verstanden, dass Sie am Ende einer solchen Entwicklung ihren Job verlieren könnten?"

„Wir werden das schon in den Griff bekommen." Ethan war nicht aus der Ruhe zu bringen.

„Eine Entscheidung über ein Investment, das kritisch für unsere Zukunft ist, steht unmittelbar bevor." Ich sah Ethan an. Doch seine Augen huschten unruhig hin und her und er vermied es, mich direkt anzublicken. „Dass die Zahlen stimmen, ist AUSSERORDENTLICH wichtig! Sonst können wir uns die Expansion in die Haare schmieren."

„Wir werden das schon hinbekommen. Solche Phasen sind doch bei allen Apps normal." Ethan seufzte. „So lange gibt es *PerfectPartner* eben noch nicht. Da ist einiges noch nicht ausgereift... vielleicht sollten wir diese Expansion einfach verschieben und..."

„Auf gar keinen Fall!" donnerte ich nun.

Für wen hielt Ethan sich?

ICH war hier der Chef.

Ich gab die Anweisungen.

Und denen musste Folge geleistet werden.

Wenn Ethan das noch nicht kapiert hatte, dann wurde es jetzt höchste Zeit dafür.

„Ich will alles über diese Nutzer wissen, die sich anmelden und dann ihre Meinung ändern", ordnete ich an. „Außerdem muss der Algorithmus noch einmal geprüft werden." Ethan wirkte gleichgültig. Er schien eine genauere Anweisung zu brauchen. Also fuhr ich fort. „Das mit dem Algorithmus übernehmen Sie, Ethan. Und Belinda, Sie versuchen mehr darüber herauszufinden, warum Männer sich anmelden und dann ihre Meinung dazu ändern, was sie suchen und keine feste Beziehung mehr wollen, obwohl sie das angegeben haben. Zu so einem großen Teil."

Ich nickte Ethan und Belinda zu.

Meine Assistentin starrte mich an. Sie wirkte anders als sonst. Mit einem Mal holte sie tief Luft. „Da sollten Sie nicht mich fragen. Sondern Ethan." Ihre Stimme klang fremd.

„So?" Ich hob die Augenbrauen. „Nun, Ethan kann viel, aber in einem gebe ich ihm recht. Die Gedanken der Nutzer kann er noch nicht lesen. Das können Sie natürlich auch nicht. Aber Sie können die Anmeldungen analysieren. Und die Bewertungen, die von Männern abgegeben wurden. Vielleicht finden wir da einen Hinweis."

„Wir können auch einfach einen dieser Männer direkt fragen." Belinda richtete anklagend ihren Zeigefinger auf Ethan. „Ihn."

„Was?" Mein Blick schweifte von Belinda zu Ethan und wieder zurück. „Was ist hier los? Ich verstehe nur Bahnhof."

Belinda zitterte, als sie weitersprach. Ihre Wangen röteten sich. „Ich hatte einen Match auf *PerfectPartner*. Einen Typen, der richtig sympathisch schien, ein tolles Profil hatte und nette Nachrichten schrieb. Er sagte, er würde es ernst meinen. Dann haben wir uns getroffen. Wir... wir sind uns näher gekommen. Und dann... dann meinte er, er würde doch nichts Ernsthaftes suchen." Belindas Unterlippe zitterte und ihre Augen wirkten groß und feucht.

Unbehaglich rutschte ich auf meinem Stuhl hin und her.

Oh Gott.

Sie würde doch hoffentlich nicht hier anfangen zu heulen.

Dem fühlte ich mich nicht gewachsen. Ich hasste es, wenn Frauen weinten. Das konnten sie ja tun. Aber nicht in meiner Gegenwart.

„Es tut mir leid, dass Ihnen das auch passiert ist“, äußerte ich unbeholfen. „Sie müssen den Mann nicht wiedersehen und ihn fragen. So habe ich diese Aufgabe nicht gemeint.“

Das wollte ich Belinda wirklich nicht zumuten.

„Aber ich sehe ihn ja wieder.“ Belinda schluckte hart. „Hier sitzt er.“ Sie richtete einen Finger auf Ethan.

Ich starrte von meiner Assistentin zu meinem Programmierer und wieder zurück.

Was?

Die beiden hatten auf *PerfectPartner* gematcht?

Ich freute mich, wenn meine Mitarbeiter die Plattform nutzten. Dafür gab es sogar Rabatt. Ich wollte meine Mitarbeiter ermutigen, den für sie passenden Partner zu finden. Wer ein glückliches Privatleben hatte, arbeitete besser und produktiver.

Aber dass Belinda die Plattform nutzte...

Und Ethan...

Und dass beide gematcht hatten...

Ich runzelte die Stirn. Der Algorithmus schien eine merkwürdige Idee davon zu haben, wer zueinander passte und wer nicht. Die organisierte Belinda und der lässige Ethan? Da waren doch Konflikte nahezu vorprogrammiert.

„Ich... ich habe schon daran gedacht zu kündigen“, schluchzte Belinda da. „Jeden Tag fühle ich mich so gedemütigt. Ich gehe hier rein und denke daran, wie wir...“

„Aber dafür gibt es doch gar keinen Grund“, unterbrach ich Belinda schnell. Ich wollte wirklich keine Details wissen. „Sowas passiert doch vielen Menschen.“

Super Satz, Jaxon. Das ist kein Trost.

Belinda schluchzte prompt weiter auf.

„Ich schätze Ihre Arbeit sehr und ich möchte Sie nicht verlieren“, sagte ich zu Belinda.

„Hey, Moment Mal“, beschwerte sich da Ethan. „Hier wird gerade so getan, als wäre ich ein Bösewicht. Ja, ich war mit Belinda essen. Aber zwischen uns beiden hat es eben einfach nicht so richtig gefunkt. Was soll ich dann machen? Mein Leben mit einer Frau verbringen, die ich nicht will? Nur damit sie hier nicht losheult?“

„Natürlich nicht." Energisch sah ich Ethan an. „Das sagt doch keiner. Aber ein wenig Verständnis für Belindas Situation kann man doch wohl erwarten."

Ethan lehnte sich in seinen Stuhl zurück und verschränkte die Arme. „Soll ICH dann gehen, damit die Arme mich nicht mehr sehen muss und ihr gebrochenes Herz heilen kann?" Spöttisch sah er mich an.

„Natürlich nicht. Wir brauchen auch Sie, Ethan. Sie leisten hier wichtige Arbeit", antwortete ich hastig.

Großer Gott.

Programmierer waren Mangelware.

Wenn eine Stelle frei wurde, dauerte es ewig, bis ein neuer Kandidat gefunden wurde.

Ich konnte es mir nicht leisten, Ethan zu verlieren. Egal was ich von seiner lässigen Art hielt.

„Wie wäre es, wenn wir alle in der nächsten Zeit ein wenig darauf achten, dass Belinda den Abstand bekommt, den sie braucht?" schlug ich vor.

„Und wie soll ich das machen?" Ethan kratzte sich am Hinterkopf. „Ich kann gerne rausgehen, Meetings sind sowieso nicht so mein Ding. Ich rede nicht so gerne."

„Klar. Wenig reden, schnell ins Bett." Das war Belinda. „So ist das mit allen Typen, die es nicht ernst meinen."

„Ruhe!" Erneut hieb ich auf den Tisch. „Ich verstehe durchaus, wenn ihr noch etwas zu klären habt. Dann erledigt das außerhalb dieses Konferenzraums."

Ethan schnaubte. „Sicher nicht. Alles ist geklärt. Ich hab ihr gesagt, dass es das war. Was sollte ich dann noch mehr sagen?" Misstrauisch fixierte er mich. „Wollen Sie mich etwa hintenrum dazu bringen, mit ihr nochmal auf ein Date zu gehen?"

Ich schüttelte den Kopf.

„Das wird nicht funktionieren", verkündete Ethan.

Belinda warf den Kopf in den Nacken. „Genau. Ich würde nämlich auf kein weiteres Date mit dir gehen. Für wen hältst du mich? Für ein Spielzeug, das du erst wegwerfen und dann wieder aus dem Regal holen kannst?" Belinda schnaubte. Ihre Wangen waren immer noch rot. Doch ich registrierte erleichtert, dass sie aufgehört hatte zu schluchzen und ihre Augen trocken waren. „Mit mir nicht."

„Dann ist ja alles klar“, sagte ich hastig, bevor die beiden sich erneut in die Haare bekommen konnten. „Ich denke, wir sollten das Meeting damit beenden. Jeder kennt seine Aufgaben. Und da wirklich alles geklärt ist…“ Ich ließ meinen Blick von Belinda zu Ethan wandern und wieder zurück, „… da alles geklärt ist, treffen wir uns wieder, sobald erste Ergebnisse vorliegen. Die Zeit drängt.“

Ich erhob mich und eilte aus dem Konferenzraum, bevor Belinda und Ethan sich weiter in die Haare kriegen würden. Ich hatte wirklich wichtigere Dinge zu tun als zwischen meinen Mitarbeitern zu vermitteln.

Meine Zukunft stand auf dem Spiel.

Kapitel 17

Annabelle

Meine Schuhe klatschten gleichmäßig auf das Straßenpflaster. Ich lief und lief. Meine Schenkel brannten, ich keuchte und tief drinnen fühlte ich mich, als würde ich bald zusammenbrechen.

Doch irgendwie tat das auch verdammt gut.

Vor einer Stunde hatte ich noch in meiner Wohnung gesessen und Panik geschoben. Heute sollte ich mich mit Jaxon in der Öffentlichkeit zeigen. WIRKLICH in der Öffentlichkeit. Es ging nicht um ein Essen mit diesem Investor. Nein, wir sollten gemeinsam den Presseball der New Yorker Wirtschaftskammer besuchen.

Das Ganze war Chloes Idee gewesen. Sie hatte Jaxon daran erinnert, dass dieses Event immens wichtig war, er dort von allen gesehen würde und dann vorgeschlagen, dass ich ihn begleiten sollte.

Ich keuchte. Noch zweimal um die Ecke, dann wäre ich wieder bei mir Zuhause. Zum Glück. Mit der Jogging-Runde hatte ich mich wohl etwas übernommen. Mein Körper war so etwas einfach nicht gewohnt. Aber ich hatte dringend frische Luft gebraucht.

Der Presseball machte mich nervös.

Wie hatte Jaxon nur zusagen können, mich mitzunehmen?

Weil er es nicht ablehnen konnte, Annabelle. Welche Ausrede hätte er Chloe denn liefern sollen? Es gibt keinen vernünftigen Grund, aus dem du nicht mitkommen solltest. Außerdem ist es eine super Generalprobe für das Essen mit Victor Davenport. Da musst du wirklich überzeugen.

Das war schließlich Sinn und Zweck des Deals.

Ich rannte keuchend weiter.

Gleich geschafft. Atemlos hielt ich vor der Haustür an und holte meinen Schlüssel aus der kleinen Tasche der Jacke. Meine Finger zitterten von der Anstrengung und so schaffte ich es nicht gleich, den Schlüssel ins Schloss zu stecken.

Gott, war das schweinekalt.

Mein Atem ging stoßweise und kondensierte in der Luft.

„Nun mach schon", sagte ich zum Schlüssel. Ich musste dringend nach drinnen und eine heiße Dusche nehmen. Sonst würde ich mich noch erkälten.

Endlich schwang die Tür auf. Erleichtert betrat ich den schäbigen Flur und quetschte mich in den Fahrstuhl. Franklin hatte sich in den letzten beiden Tagen etwas besser benommen. Der Gang vor meiner Wohnung war wieder geräumt und immerhin hämmerte er nicht mehr mitten in der Nacht, sondern hielt sich an die Ruhezeiten. Vielleicht würde der Spuk doch bald ein Ende haben. Ewig konnte er die Wohnung schließlich nicht renovieren, oder?

Ich dachte wieder an den Presseball. Am Ende musste ich nicht nur Chloe und Victor Davenport überzeugen. Hier ging es um jede Menge anderer Leute, von denen ich die meisten nicht einmal kannte. Am liebsten hätte ich abgesagt.

Denk an den Artikel, Annabelle.

Der Artikel. Auch das bereitete mir immer mehr Bauchschmerzen. Bisher hatte ich nichts herausgefunden, was sich als große Enthüllungsstory eignen würde. Jaxon schien im Wesentlichen mit den gleichen Problemen zu kämpfen wie andere Unternehmer auch.

Der Fahrstuhl erreichte meine Etage. Ich stieg aus und schloss meine Wohnungstür auf.

„Bin wieder da, Edward", rief ich.

Ein Fiepen war die Antwort.

Ich lächelte und drückte auf den Lichtschalter. Nichts tat sich.

Ich runzelte die Stirn und drückte noch einmal.

Wieder nichts.

War die Birne kaputt? Aber das hätte ich doch bemerken müssen!

Ich ging in die Küche und drückte dort auf den Lichtschalter.

Auch hier tat sich nichts.

Ein Stromausfall?

Ich blickte aus dem Fenster. In den Nachbargebäuden brannte Licht. Und auch gerade eben hatten unten auf der Straße die Leuchtreklamen wie immer geblinkt. Als ich die Tür aufgeschlossen hatte, waren gerade die Straßenlaternen angegangen.

Nein, das hier war kein Stromausfall.

Ich zuckte mit den Achseln.

Vielleicht funktionierte nur hier im Gebäude etwas nicht. Ich würde mir erst einmal den Schweiß abduschen. Womöglich war der Strom bis dahin wieder da.

„Ich gehe duschen, Edward", verkündete ich.

Edward fiepte.

Ich lachte. „Noch ist nicht Zeit für dein Abendessen, du kleiner Lausejunge."

Edward fiepte wieder.

Ich hob meine Hand. „Mich kriegst du nicht so leicht um den Finger gewickelt", drohte ich scherzhaft.

Edward fiepte kläglicher denn je.

Ich lachte. Mittlerweile kannte ich die Tricks meines Zwergkaninchens. Darauf durfte ich nicht reinfallen.

Ich ging in den Flur. Dort lehnte an der Wand das Geschenk, das ich für Jaxon gekauft hatte.

Ob es ihm gefallen würde?

Ich ging ins Bad. Sollte ich ihm das Geschenk überhaupt geben? War das nicht etwas zu viel? Uns verband schließlich nur... ein Arrangement.

Aber ich hatte es gesehen und gedacht, dass es perfekt war für Jaxon.

Dann hatte ich es gekauft.

Einfach so.

Ich zog meine Joggingkleidung aus und steckte sie in den Wäschekorb aus Rattan. Hastig strich ich mir die schweißverklebten Locken aus dem Gesicht und sprang dann unter die Dusche. Ich stellte das Wasser warm ein und drehte den Hahn auf. Erwartungsvoll hob ich mein Gesicht nach oben.

Nichts geschah.

Aus der Leitung kamen ein paar spärliche Tropfen Wasser.

Dann nichts mehr.

Was?

Ich versuchte es noch einmal.

Wieder nichts.

Ich sprang aus der Dusche und versuchte mein Glück beim Waschbecken.

Auch nichts.

In der Küche das gleiche.

Ich hatte kein Wasser und keinen Strom.

Ich konnte nicht duschen und... ich blickte auf die Uhr. In weniger als drei Stunden würde ich Jaxon zu einem Event begleiten, bei dem nicht nur die High Society von New York anwesend sein würde, sondern auch ein ganzer Haufen Journalisten.

ALLE würden mich sehen.

„So eine Scheiße aber auch“, murmelte ich.

Edward fiepte.

„Entschuldigung“, sagte ich.

In diesem Augenblick setzte lautstarkes Bohren auf der anderen Seite der Wand ein.

Franklin!

Vielleicht konnte er mir helfen. Er hatte jede Menge Werkzeug. Und in seiner Wohnung schien es Strom zu geben. Wie hätte er sonst bohren können?

„Bin gleich wieder da“, sagte ich zu Edward.

Rasch streifte ich mir ein Paar Jeans und einen Pulli über und öffnete die Wohnungstür. Dann stand ich vor Franklins Tür und wartete, bis das Bohren kurz aufhörte.

Dann hämmerte ich mit der Faust an die Tür. „Franklin!“

Nichts tat sich.

„Hey, mach auf, ich weiß, dass du da bist!“ Wieder hämmerte ich.

Schließlich wurde die Tür einen Spalt breit geöffnet. „Was ist los?“ Unwirsch sah Franklin mich an. Er roch, als hätte er seit Tagen nicht geduscht. Seine Haare waren mit weißem Kalkstaub bedeckt.

„Ich habe kein Wasser und keinen Strom“, begann ich.

„Kann ich nichts für. War wohl dein Kaninchen.“ Franklin zog die Nase hoch.

„Bestimmt nicht. Seit wann nagen Kaninchen Wasserleitungen an? Und Kabel, die durch Wände verlaufen?“ Ich schüttelte den Kopf. „Nein, das tun sie nicht. Außerdem ist Edward in seinem Käfig. Er tut nichts.“

„Na dann.“ Franklin hob die Achseln und machte Anstalten, die Tür wieder zu schließen.

Hastig presste ich meine Handfläche gegen die Tür, um ihn aufzuhalten. „Franklin, ich brauche Hilfe. Du hast ja Strom und…“

„Hab ich nicht.“ Franklin schüttelte den Kopf.

„Aber ich habe dich doch eben bohren gehört.“ Allmählich verlor ich die Geduld. Wollte Franklin mich für dumm verkaufen?

„Akku. Und ich hab nen Generator hier.“ Franklin machte eine unbestimmte Geste hinter sich.

„Aha.“ Ich überlegte. „Franklin, ich brauche wirklich dringend Wasser. Ich muss duschen, ich habe einen dringenden Termin und…“

„Dann hättest du dich eben nicht dreckig machen sollen.“ Franklin lachte laut.

„Franklin, du renovierst doch alles und…“ In diesem Augenblick kam mir ein Gedanke und ich unterbrach mich. „Warst du das? Haben wir wegen dir kein Wasser und keinen Strom mehr?“

Franklin schüttelte den Kopf. „Ich habe lediglich ein paar Rohre verlegt und an den Leitungen rumgeschraubt. Aber sicher nichts, was Auswirkungen auf dich hatte“, behauptete er.

„Das sagst du so!“ Ich verschränkte meine Arme vor der Brust.

„Dann beweise mir doch das Gegenteil!“ Franklin trat einen Schritt aus seiner Wohnung und baute sich drohend vor mir auf.

Beweisen.

Ich konnte überhaupt nichts beweisen.

„Na bitte.“ Franklin schnaubte zufrieden. „Alles nur heiße Luft bei dir. Dann hau gefälligst ab und lass mich in Ruhe.“

Ehe ich etwas erwidern konnte, war Franklin in seine Wohnung zurückgekehrt und schlug die Tür hinter sich zu. Ich biss die Zähne zusammen.

Am liebsten hätte ich so lange gegen die Tür gehämmert, bis Franklin wieder herauskam. Doch das hatte wohl keinen Sinn.

In diesem Augenblick setzte der Bohrer wieder ein.

Verzweifelt wandte ich mich ab und ging in meine Wohnung.

Was sollte ich nur tun?

So konnte ich unmöglich zum Presseball.

Ich musste duschen.

Wenn nicht hier, dann woanders.

Zum ersten Mal verfluchte ich mich dafür, keine Mitgliedschaft in einem Fitnessclub zu haben. Dort gab es jede Menge Duschen.

Oder sollte ich schnell ins Schwimmbad?

Aber danach roch ich immer so nach Chlor und es war auch nicht der richtige Ort, um sich zu stylen. Ich hatte ein blaues Kleid herausgelegt, das genau passen würde.

Ich dachte nach.

Dann griff ich langsam nach meinem Handy.

„Annabelle?“ drang keine fünf Sekunden später Jaxons dunkle Stimme an mein Ohr. „Ist alles in Ordnung?“

„Ja. Nein. Ich meine…“, stammelte ich.

Jaxon lachte. „Was ist los?“

„Ich habe kein Strom und kein Wasser und muss dringend duschen… Ich war joggen, so kann ich unmöglich zum Presseball“, platzte ich verzweifelt heraus.

„Ich wusste gar nicht, dass du joggen gehst“, antwortete Jaxon.

„Eigentlich nicht.“ Ich lachte auf. „Darum bin ich auch so verschwitzt.“ Ich räusperte mich. „Ich… das ist mir jetzt ein bisschen peinlich. Aber kann ich vielleicht bei dir duschen?“

„Aber klar.“ Jaxon lachte wieder. „Komm einfach vorbei. Du hast ja meine Adresse.“

„Danke.“ Mir fiel ein Stein vom Herzen. Meine Probleme waren gelöst.

Dank Jaxon.

Ich würde bei ihm duschen.

Eine warmer Schauer huschte über meinen Rücken und meine Haut kribbelte.

Bei Jaxon duschen.

Oh Gott.

Vielleicht war das doch keine so gute Idee?

Ich musste dafür sorgen, dass die Situation nicht außer Kontrolle geriet.

„Dann bis gleich", verabschiedete sich Jaxon.

„Bis gleich", antwortete ich.

Als ich mein Smartphone einsteckte, fiel mein Blick auf das Geschenk für Jaxon. Nun hatte ich wenigstens etwas, das ich ihm mitbringen konnte. So schlecht war meine Idee also nicht gewesen.

Als ich eine halbe Stunde später vor Jaxons Tür stand, hielt ich das unförmige Paket fest umklammert. Nun kam ich mir doch wieder merkwürdig vor. War das alles richtig, was ich hier tat? Ich holte zweimal tief Luft und wollte meinen Finger auf die Klingel legen. Doch da schwang die Tür bereits auf.

„Annabelle." Jaxon erschien in der Tür. Er trug eine legere Jogginghose und ein simples T-Shirt, das seinen durchtrainierten Körper erahnen ließ. Sein vertrauter Duft nach Sandelholz und Amber drang mir in die Nase.

„Wow, du bist ja schwer beladen." Jaxon hielt die Tür auf und trat zur Seite, damit ich eintreten konnte. „Kann ich dir etwas abnehmen?"

Schwer atmend stellte ich das Paket ab und drückte Jaxon dann den Kleidersack in die Hand. „Das ist mein Outfit für heute Abend." Ich ließ die große Tasche von meinen Schultern gleiten. „Und hier sind meine Schminksachen drin. Nur für heute Abend." Ich grinste Jaxon an. „Keine Angst, ich werde nicht hier einziehen."

Jaxon lachte. „Das hatte ich auch nicht angenommen."

Etwas verlegen standen wir voreinander.

„Und was ist das hier?" wollte Jaxon dann wissen und deutete auf das Paket.

„Das... oh, das ist ein Geschenk für dich." Ich spürte, wie mir die Röte in die Wangen stieg.

Verdammt.

Das war doch keine besonders gute Idee gewesen.

Oder?

„Ein Geschenk?" Jaxon musterte mich überrascht.

„Ein... Dankeschön dafür, dass ich hier duschen darf", erklärte ich.

Das stimmte nicht.

Ich hatte das Geschenk bereits vorher gekauft.

„Das ist doch selbstverständlich", erwiderte Jaxon. „Freunden in der Not hilft man immer."

„Na ja, eigentlich habe ich das gestern in einem Laden gesehen und dann an dich gedacht. Und dann habe ich es gekauft", gestand ich und fixierte verlegen meine Fußspitzen.

Jaxon sagte eine ganze Weile nichts.

Schließlich holte er Luft und erklärte: „Dann werde ich es wohl mal öffnen."

Ich nickte.

Beklommen beobachtete ich Jaxon, als er die Packschnur löste. Was, wenn es ihm nicht gefiel? Oder wenn er es gar übergriffig fand, dass ich ihm das schenkte?

„Wow." Jaxon betrachtete den Inhalt des Pakets. „Moderne Kunst. Lauter Farbkleckse. Hast du das gemacht?"

Jetzt lachte ich. „Natürlich nicht. Das ist ein Druck von Jackson Pollock. Sein Name hat mich an deinen erinnert und dann... dann dachte ich, dass du hier keine Bilder an den Wänden hast und..." Ich verstummte kurz. „Deine Einrichtung geht mich eigentlich nichts an", fügte ich dann hinzu. „Ich dachte wirklich nur, dass es schön aussehen würde."

„Es... es ist schön", sagte Jaxon. Er lächelte mich an. „Und du hast völlig recht. Was Bilder angeht, ist das hier eine richtige Junggesellenbude."

Er lachte.

Ich stimmte ein.

Wir lachten gemeinsam.

Das war befreiend. Die Spannung, die ich verspürt hatte, als ich Jaxon das Geschenk überreicht hatte, fiel von mir ab.

„Dann... dann zeige ich dir wohl mal die Dusche." Jaxon griff nach meinem Rucksack und dem Kleidersack und ging mir voraus. Er öffnete eine Tür zu seiner Linken.

Ich sperrte meine Augen auf.

Das Bad war riesig.

Es war größer als meine ganze Wohnung.

Und es hatte ein Fenster.

Ein bodentiefes Fenster.

Und einen Whirlpool

„Du… du kannst im Whirlpool liegen und Manhattan anschauen." Ich biss mir auf die Lippen. Dass so etwas existierte, hätte ich mir nicht einmal träumen lassen.

Jaxon grinste. „Ja. Mache ich aber nicht so oft. Ist allein auf Dauer auch irgendwie langweilig."

Ich lachte.

„Aber wenn du willst…", fügte Jaxon hinzu. Seine Stimme klang jetzt eine Spur tiefer als vorhin.

Wenn ich wollte.

Ein leiser Schauer der Erregung durchfuhr mich.

Wenn ich WAS wollte?

„Du kannst aber auch gerne hier alle Einstellungen durchprobieren." Jaxon deutete auf eine riesige Duschkabine.

Regendusche.

Massagedüsen.

„Das ist ziemlich entspannend. Oder erregend. Wie man es nimmt." Jaxon sah mich an.

Waren seine Augen vorhin schon so dunkel gewesen?

Ich schluckte. Plötzlich wurde mir bewusst, dass wir gemeinsam in Jaxons Bad standen. Und dass ich gleich nackt unter der Dusche stehen würde.

Unter seiner Dusche.

Meine Mitte zog sich zusammen und meine Nippel pressten gegen meinen BH.

Oh verdammt.

Mir entfuhr ein leises Keuchen

Oh verdammt, verdammt, verdammt.

Jaxon hob den Kopf.

Wir sahen uns für einen endlosen Moment in die Augen.

Dann machte Jaxon einen Schritt auf mich zu. Und noch einen. Und noch einen.

Schließlich stand er so nahe vor mir, dass zwischen unsere Körper kein Blatt Papier mehr gepasst hätte.

Er legte seine Arme um mich, zog mich an sich und küsste mich.

Ich sträubte mich. „Ich bin so verschwitzt."

„Oh." Jaxons Stimme war dich an meinem Ohr. „Das werden wir gleich ändern."

Er küsste mich auf mein Ohr und knabberte an meinem Ohrläppchen. Gleichzeitig wanderten seine Hände in Richtung meines Hosenbunds. Ich spürte, wie Knopf und Reißverschluss meiner Hose geöffnet wurden. Dann hob Jaxon den Bund meines Pullovers und zog ihn mir über den Kopf. Bereitwillig hob ich meine Arme. Dann stand ich in Unterwäsche vor ihm.

„Ich glaube, du brauchst etwas Hilfe beim Duschen." Jaxons Stimme war dunkel vor Erregung. „Manchmal bin selbst ich mit der Bedienung dieser Dusche überfordert."

Ich schluckte, während Jaxon sich das Oberteil über den Kopf zog und sich aus seinen Hosen schälte.

Mit einem Mal kam die Erinnerung an unsere gemeinsame Nacht wieder.

Dieser muskulöse Körper, der sich an meinen gepresst und der mich zu neuen Höhen der Lust geführt hatte. Diese Hände.

Dieser...

Dieser Schwanz.

Ich wollte es.

Und wie ich es wollte.

Ich hatte es die ganze Zeit über gewollt.

„Ich kann dich doch nicht allein lassen", flüsterte Jaxon, als er mich erneut umfasste und meinen BH aufhakte.

Er fiel zu Boden.

Jaxon streichelte meine Brust, doch dann zog er seine Hände rasch zurück. „Ich werde dich erst anfassen, wenn du sauber bist. Dein Wunsch ist mir Befehl." Dann grinste Jaxon mich an, beugte sich leicht nach vorne und blies sacht über meine Nippel.

Oh Gott.

Oh mein Gott.

Ich stöhnte. Dann ließ ich meine Hände nach unten gleiten und zog mir mein Höschen selbst aus.

Jaxon grinste. Er entledigte sich seiner Boxershorts und zog mich dann in die Dusche.

„Regendusche, würde ich sagen." Jaxon stellte das Wasser an und prüfte die Temperatur. „Perfekt." Dann sah er mich an und schüttelte den Kopf.

„Halt. Lieber den Duschkopf.“ Jaxon stellte das Wasser um, nahm den Duschkopf aus seiner Halterung und begann, mich langsam abzubrausen.

Meine Arme.

Meine Beine.

Meinen Rücken.

Meine Brüste.

Meinen Bauch.

Er bewegte den Duschkopf in Richtung meiner intimsten Stelle.

Ich starrte ihn an.

Er lächelte mir zu.

Dann spreizte ich meine Beine. Jaxon änderte die Einstellung des Duschkopfs leicht und hielt ihn mir zwischen die Beine. Genau an die richtige Stelle.

Ich stöhnte und krallte meine Finger in seine Oberarme, um mich an ihm festzuhalten, während er meine Perle mit dem Massage-Wasserstrahl verwöhnte.

„Mach weiter“, flüsterte ich.

Jaxon hatte mich trotz des Wassers gehört. „Mit Vergnügen, Baby.“

Ich warf meinen Kopf in den Nacken und gab mich ganz der Lust hin. Meine Perle pochte und ich spürte, wie sich in mir alles zusammenzog.

Gleich.

Gleich würde ich kommen.

In diesem Augenblick stellte Jaxon die Regendusche an. Wasser strömte von oben auf mich. Gleichzeitig wurde der Wasserstrahl zwischen meinen Beinen intensiver.

„JA!“ schrie ich laut. „JA! Jaxon!“ Eine Welle der Lust überrollte mich.

Ich kam.

Ehe ich einen klaren Gedanken fassen konnte, legte Jaxon den Duschkopf beiseite und presste seine Lippen gierig auf meinen Mund. Seine Hände glitten über meinen nassen Körper, als er mich an die Wand hinter mir presste. Ein kehliges Stöhnen entrang sich meiner Kehle, als Jaxons Zunge fordernd in meinen Mund eindrang und er sich lustvoll an mir rieb.

Er war hart.

Steif.

„Du bist unglaublich“, keuchte Jaxon und ließ seine Finger über meine Brüste wandern. Sachte umkreisten seine Daumen die harten Knospen, bis ich erneut laut stöhnte.

Mit einer geschickten Bewegung drehte Jaxon mich jetzt um, presste sich von hinten an mich und ließ seinen Schwanz zwischen meine Beine gleiten.

Ich wimmerte vor Lust und bog meinen Rücken durch, um ihm noch besseren Zugang zu gewähren. Jaxon umfasste meine Brüste von hinten und massierte sie, während er seinen Schwanz immer tiefer in mich trieb. Ich bewegte meine Hüften und kam ihm entgegen.

„Oh ja, Baby“, raunte er mir mit rauer Stimme ins Ohr und presste seinen Unterleib fester gegen meinen vor Erregung bebenden Körper.

Ich stöhnte lauter. Jaxons Schwanz berührte in dieser Position genau den richtigen Punkt in mir. „Tiefer“, keuchte ich.

Jaxon trieb seinen Schwanz weiter in mich, während das Wasser weiter auf uns herabprasselte. Ich presste meine Hände gegen die Fliesen.

Jaxon stieß weiter in mich.

Und dann, ohne Vorwarnung, kam ich ein zweites Mal.

„Jaxon“, schrie ich, während sich eine Welle der Lust von meiner Mitte aus zuerst nach unten in meine Zehenspitzen und dann nach oben ausbreitete.

„Ja, Baby“, keuchte Jaxon und stieß erneut in mich.

Dann kam auch er.

Kapitel 18

Jaxon

Als ich am nächsten Morgen ins Büro kam, waren meine Gedanken noch immer ganz bei der leidenschaftlichen Nacht mit Annabelle. Wie sie unter der Dusche gestanden und mich mit diesem ganz besonderen Blick aus ihren smaragdgrünen Augen gereizt hatte, bis ich es kaum noch aushielt und sie leidenschaftlich gegen die Wand presste. Das samtige Gefühl ihrer weichen Haut unter meinen gierigen Händen, ihr hitziges Keuchen nah an meinem Ohr, als ich tief in sie eindrang...

Eigentlich hatte ich Sex mit ihr gehabt, weil ich...

Ja, weil mir eben danach war.

Gab es einen besseren Grund, Sex zu haben?

Doch dann... Dann hatten wir wieder die gesamte Nacht miteinander verbracht.

Presseball?

Ich schnaubte.

Wir waren nicht hingegangen.

Sicher hatte mich dort auch keiner vermisst. Okay, Chloe würde nicht gerade erfreut darüber sein, dass ich dieses Event verpasst hatte. Aber damit konnte ich leben. Ich zuckte mit den Schultern. Am Ende war ich Chloes Chef. Ich war der Chef aller. Alle ließen sich von mir sagen, wo es lang ging.

Alle außer Annabelle.

Sie hatte etwas...

Wie sie sich nach hinten lehnte, wenn sie auf mir saß und mich ritt... Ich sah ihre Brüste vor mir, die wild auf und ab wippten...

Leicht leckte ich mir über die Lippen. Meine Hose wurde eng und ich war froh, dass ich mich in diesem Augenblick allein im Fahrstuhl befand. Als ich die oberste Etage erreichte, ging ich eilig den Gang hinab, öffnete die Tür zu meinem Vorzimmer und warf Belinda ein hastiges „Guten Morgen" zu. Dann steuerte ich dir Tür zu meinem Büro an.

„Halt, Mr. Caldwell, ich muss Ihnen dringend noch was sagen, bevor Sie da reingehen. Ich...", rief Belinda aufgeregt.

Dafür hatte ich jetzt keine Zeit. Ich wollte nicht mit Belinda reden, während ich eine Beule in der Hose hatte. Ich wollte allein sein und an Annabelle denken.

„Das kann warten", knurrte ich über meine Schulter und betrat mein Büro.

„Mr. Caldwell, nein, wirklich, Sie müssen mir glauben, ich..." Belindas Stimme hinter mir wurde immer lauter.

Ich schloss die Tür hinter mir. Jetzt hatte ich Ruhe. Aufatmend ging ich auf meinen Schreibtisch zu.

„Jaxon. Da bist du ja." Eine groß gewachsene, schöne Frau erhob sich. Sie hatte auf einem der Stühle am Konferenztisch gesessen.

Ich erstarrte.

Was machte SIE denn hier?

Sie.

Amelia Dawson.

Der Hollywood-Star, mit dem ich einst eine Affäre gehabt hatte.

Das war vorbei.

Vergangenheit.

Ich hatte eine Ewigkeit nicht mehr an Amelia gedacht. Genau genommen bis zu dem Essen mit Victor Davenport, der sie erwähnt hatte als Beweis für meine... meine unseriöse Lebensführung.

„Was machst du denn hier?“ Ich fixierte Amelia mit hartem Blick. Sie war so schön wie eh und je. Vielleicht sogar ein wenig schöner als damals. Sie war sorgfältig zurecht gemacht in einem schicken Wollkleid, das ihr knapp bis übers Knie reichte.

Aber nicht irgendein Wollkleid.

Sicher war es edelste Kaschmirwolle. In Hellgrau. Dazu ein Paar schwarze Stiefel, die Amelias schlanke Beine betonten. Ich ließ meinen Blick wieder nach oben wandern. Amelia war sorgfältig geschminkt. Doch die Schwärze um ihre Augen ließ sie weinerlich wirken.

„Ist das denn eine Begrüßung, einfach zu fragen, was ich hier mache?“ Amelia lächelte mich an.

Ich riss mich zusammen. Je freundlicher ich war, desto eher würde ich sie wieder loswerden. „Hallo Amelia.“ Ich ging zu ihr hinüber und küsste sie auf die Wange.

Ihre Haut war leblos.

Die ganze Amelia war leblos.

Ich dachte an die funkensprühende Annabelle und wunderte mich, wie ich mich nur je auf jemanden wie Amelia hatte einlassen können. Was hatte mich an ihr so fasziniert, dass ich sie bis nach Hollywood verfolgt hatte?

„Was führt dich nach New York?“ Ich bot Amelia keinen Platz an.

„Ich wollte dich wiedersehen“, sagte Amelia schlicht.

„Mich wiedersehen?“ Ich runzelte die Stirn. „Wir hatten vereinbart, uns nie wieder zu sehen.“

Amelia lachte. „Nein. DU hast bestimmt, dass du mich nicht wiedersehen willst. Aber das verbietet mir ja nicht, hierher zu kommen.“

Ich starrte Amelia an. Was war in sie gefahren?

„Jaxon, ich denke so oft an die gemeinsame Zeit... und ich vermisse dich...“ Amelias Augen waren groß. Sie leckte sich über die Lippen. „Ich bin hier, weil ich will, dass wir es nochmal miteinander versuchen.“

„Was?“ Unwillkürlich machte ich zwei Schritte zurück. „Hast du getrunken? Oder irgendwelche Drogen genommen?“

Amelia lachte. „Oh Jaxon. Du bist wirklich noch ganz der Alte.“ Sie blickte mich ernst an. „Nein, ich meine es ernst. Ich habe dich nie vergessen und...“

„Nein“, unterbrach ich Amelia brüsk und verschränkte meine Arme vor meiner Brust. „Das glaube ich dir nicht. Du überfällst mich hier doch nicht so einfach ohne Grund!“

„Ist es denn kein Grund, dass ich dich vermisse?“ Amelia sah mich leidend an.

Vermutlich hätte mindestens die Hälfte aller Männer in den Vereinigten Staaten einen Arm und ein Bein dafür gegeben, so von Amelia Dawson angesehen zu werden. Ganz zu schweigen davon, so ein Angebot von ihr zu bekommen. Amelia war eine der bekanntesten und begehrtesten Schauspielerinnen Hollywoods und sicher hatte so mancher Zuschauer schon einmal davon geträumt, sie ganz für sich zu haben.

Ich hatte sie ganz für mich gehabt.

Es war vorbei.

Jetzt noch mehr als damals.

„Jaxon, wirklich, ich...“ Amelia kam auf mich zu. „Du hast keine Ahnung, was du mir bedeutet hast und...“

Abwehrend hob ich beide Hände. „Es gibt keine zweite Chance, Amelia.“

„Warum?“ verlangte Amelia zu wissen. Nun verschränkte sie ebenfalls ihre Arme. „Ich gehe hier nicht weg, bevor du mir nicht den Grund gesagt hast.“

„Ich habe jemanden kennengelernt“, rutschte es mir heraus, bevor ich genau darüber nachdenken konnte, was ich sagte.

„Jemanden kennengelernt“, wiederholte Amelia leise. Ich konnte förmlich vor mir sehen, wie sie diese Szene in einem Film spielte.

Dann schrie sie unvermittelt los. „Jemanden kennengelernt! Du mieser Betrüger!“

„Hey!“ schrie ich zurück. „Ich bin kein Betrüger. Zwischen uns ist schon lange nichts mehr. Und wenn hier jemand betrügt, dann du. Du bist schließlich verheiratet und warst das schon, als wir... als wir uns noch miteinander vergnügt haben.“

„Und das war dir gerade recht“, schleuderte Amelia mir ins Gesicht. Ihre Augen funkelten wütend und ihre Wangen waren nun gerötet vor Zorn. „So musstest du dir wenigstens keine Sorgen machen, dass ich je mehr von dir wollen würde.“

„Na und?“ Ich sah sie herausfordernd an. „Das kann dir doch egal sein.“

„Jaxon, ich liebe dich!“ Amelias Augen wurden noch größer.

Ich wich zurück. Wahrscheinlich würde sie hier gleich auf die Knie sinken. Das hatte mir gerade noch gefehlt.

„Ich liebe dich“, schrie Amelia jetzt so laut, dass es sicher auch Belinda hören musste.

Dann brach Amelia in Tränen aus. „Und du… du Rohling. Du gefühlloser… Idiot.“

Amelia schluchzte laut.

Großer Gott.

Ich ging in weitem Bogen um sie herum und öffnete die Tür zu meinem Vorzimmer. „Belinda.“

Meine Assistentin sah mich mit schlechtem Gewissen an. „Entschuldigung, Mr. Caldwell. Aber sie hat gedroht, wenn ich sie nicht in Ihr Büro lasse…“

Ich winkte ab. „Schon gut.“

Der Schaden war angerichtet und es nutzte nichts, darüber zu sprechen. Ich wollte Amelia einfach nur schnellstmöglich loswerden. „Nehmen Sie sie mit. Ich glaube nicht, dass sie noch irgendeine Gegenwehr leisten wird. Geben Sie ihr Wasser und Schminke. Und wenn Sie ein Taxi braucht, dann rufen Sie eins. Oder fahren Sie sie selbst. Ganz egal. Hauptsache, sie kommt hier raus, ohne Aufsehen zu erregen.“

Amelia würde überall erkannt werden, wo sie auftauchte. Und auch wenn ich sie nicht zurückhaben wollte und vielleicht nie Gefühle für sie gehabt hatte, so wollte ich doch nicht, dass sie zum Gespött der Presse wurde.

Belinda nickte und stand auf. Sie ging in mein Büro.

Ich wartete.

Einige Minuten später kamen Belinda und Amelia aus der Tür. Amelia warf mir einen giftigen Blick zu.

„Das war ein riesiger Fehler“, brummte sie, als sie an mir vorbeirauschte. Sie warf ihren Kopf in den Nacken. Ihre Nasenflügel bebten leicht und ihr Blick irrte im Raum umher. Sie sah mich nicht direkt an.

Gut.

Bei Amelia wollte ich gerne als Fehler gelten, wenn das bedeutete, dass ich meine Ruhe vor ihr hatte.

Aufatmend ging ich in mein Büro zurück und schloss die Tür. Hoffentlich hatte ich für heute nicht zu viele Meetings. Die Aufregung eben reichte mir für heute.

Doch kaum hatte ich mich an meinen Schreibtisch gesetzt, da klingelte mein Handy.

Seufzend zog ich es hervor.

Am liebsten hätte ich den Anruf einfach ignoriert. Doch als ich sah, dass er von Victor Davenport kam, nahm ich das Gespräch an.

Victor konnte ich nicht warten lassen.

„Jaxon Caldwell", meldete ich mich.

„Jaxon. Gut dass ich dich erreiche. Hier ist Victor." Der Investor räusperte sich. „Ich rufe in einer etwas delikaten Angelegenheit an."

Delikat?

Hatte Amelia sich etwa bei Victor gemeldet?

Unsinn, Jaxon. Außerdem weiß Victor von dieser Affäre. Das ganze Land weiß davon.

„Ich habe ein paar Mails bekommen", erklärte Victor, bevor ich ihm eine Frage stellen konnte. „Anonym."

„Ach ja?" Ich massierte mir die Schläfen. „Na ja, sowas bekomme ich jeden Tag. Haufenweise Spam. Ich kann alles haben. Heiße Ladies, Penisvergrößerungen, schnelle Autos, Gutscheine..." Ich lachte.

„Nicht diese Art von Mails." Victors Stimme war dunkel. „In den Mails ging es um dich. Und sie waren offensichtlich von jemandem geschrieben, der dich sehr gut kennt und dir sehr nahe ist. Ein Mitarbeiter. Oder jemand, der dir privat nahe ist."

Ich setzte mich auf. Jetzt hatte Victor meine volle Aufmerksamkeit. „Was steht in den Mail?"

Victor holte tief Luft. „Dass *PerfectPartner* als Plattform für Frauenhandel dient. Dass man sich dort Prostituierte buchen kann."

„Das ist doch lächerlich", erklärte ich. „Wahrscheinlich wurde das von jemandem verschickt, der neidisch ist."

„Das dachte ich auch zuerst", stimmte Victor mir zu. „Aber dann kamen weitere Mails an. Verstoß gegen den Datenschutz. Und am Ende..."

„Ja?" drängte ich. Wenn ich schon unangenehme Nachrichten bekam, dann konnte ich sie wenigstens alle auf einmal hören.

„Ich leite dir das am besten weiter." Victor räusperte sich. „Moment."

Ich wartete.

Pling.

Mein PC verkündete, dass ich eine Mail erhalten hatte.

Ich öffnete sie.

Jaxon Caldwell ist ein toxischer Mann der übelsten Sorte. Frauen bedeuten ihm nichts. Gar nichts. Es sind reine, austauschbare Sexobjekte für ihn. Mit wem er sich gestern vergnügt hat, das hat er morgen schon vergessen. Gefühle sind für ihn ein Fremdwort. Ebenso Respekt. Erteilt ihm eine Frau eine Abfuhr, manipuliert er sie, bis er sie schließlich rumgekriegt hat. Nur um sie am Ende zu entsorgen.

Für genau diese Art von Männern hat er PerfectPartner programmieren lassen. Wer es toxisch mag, sollte sich in dieser App anmelden.

„So ein dämlicher Schwachsinn", zischte ich und ballte meine freie Hand zur Faust.

„Vielleicht", ertönte Victors tiefe Stimme an meinem Ohr. „Aber andererseits nicht so viel anders als das, was wir bei unserem Abendessen besprochen haben. Du erinnerst dich?"

„Klar erinnere ich mich. Aber das ist doch etwas anderes. Da ging es um mein Image. Das hier..." Ich schüttelte den Kopf. Was ich sagen wollte, war nur schwer in Worte zu fassen.

Wütend starrte ich auf meinen Bildschirm. Victor hatte recht. Das war wirklich nicht die übliche Spam-Mail. Alles war korrekt geschrieben. Die Sätze waren lang. Und die Argumentation war zwar falsch, aber schlüssig. Ein Journalist konnte darauf reinfallen.

„Das darfst du nicht glauben, Victor", erklärte ich. Dann holte ich tief Luft. Es war Zeit, den nächsten Schritt meines Plans in die Tat umzusetzen. „Ich... also bei unserem Treffen war ich wenig offen für deine Ideen. Tatsächlich habe ich aber kurz vorher schon eine Frau kennengelernt, die... nun ja, es ist etwas anderes mit ihr als mit allen anderen."

„So?" Victor klang skeptisch.

„Ich habe dir das nicht gesagt, weil ich die Sache erst mal für mich selbst verdauen musste", fuhr ich hastig fort. „Aber nun... na ja... man kann sagen, dass wir zusammen sind. Und ich würde sie dir gerne vorstellen. Sie heißt Annabelle."

„Ah“, machte Victor.

„Ich... wie wäre es am Freitag zum Dinner?“ fragte ich hastig, bevor Victor weitere Fragen stellen konnte. „Dort wird sich sicher alles klären.“

„Und das mit dem Datenschutz und dem Frauenhandel?“ hakte Victor nach.

„Nur das übliche dumme Gewäsch. Weißt du doch.“ Ich bemühte mich, gleichgültig zu klingen. Aber in Wahrheit kochte ich vor Wut.

Wer verbreitete solch einen Schmutz über mich?

Und warum?

Das würde ich nicht so einfach hinnehmen.

„Gut, Freitag“, bestätigte Victor da. „Schick mir den Ort, sobald du Bescheid weißt.“

„Mache ich.“ Wir beendeten das Gespräch.

Danach saß ich eine Weile reglos in meinem Executive Chair und starrte nach draußen auf die New Yorker Skyline.

Anonyme Mails.

Von jemandem, der genau über mich Bescheid wusste.

Aber von wem?

Ich konnte die Sache nicht so einfach auf sich beruhen lassen.

Womöglich hatte ich einen Verräter in den eigenen Reihen.

Aber natürlich konnte alles auch nur ein guter Bluff sein von jemandem wie... Amelia?

Wäre sie zu so etwas fähig?

Ich schüttelte den Kopf. Das glaubte ich nicht. Aber gleichzeitig konnte ich es auch nicht sicher ausschließen.

Wieder nahm ich mein Smartphone zur Hand.

„Jaxon, alter Junge.“ Die Stimme am anderen Ende begrüßte mich freudig.

„Chase.“ Ich lachte. Wie gut es tat, endlich einmal wieder mit meinem besten Freund zu sprechen. „Mann, tut mir leid, dass ich mich so ewig nicht gemeldet habe. Hier war der Teufel los.“

„Ach ja? Na ja, solange der Teufel dich nicht aufspießt“, scherzte Chase.

„Bald.“ Ich wurde ernst. „Aber damit das nicht passiert, brauche ich deine Hilfe, Buddy.“ Chase war Privatdetektiv. Das kam mir jetzt gerade recht.

„Hilfe?“ Chase wurde hellhörig.

„Ich habe hier ein paar anonyme Mails und keine Ahnung, wer sie verschickt hat. Könnte irgendwer sein. Jemand Unwichtiges. Aber es konnte auch jemand sein... der hier arbeitet. Oder mich kennt. Wenn du verstehst, was ich meine.“ Ich räusperte mich.

„Mhm ja, verstehe“, machte Chase. „Leite mir die Mails weiter und betrachte die Angelegenheit als erledigt. Ich melde mich, wenn ich was habe.“

Ich atmete erleichtert auf. „Ich habe nur eine Mail“, erklärte ich. „Sie gingen nicht direkt an mich.“

„Ist egal. Es dauert maximal etwas länger. Aber ich werde den Idioten schon finden.“ Chase lachte.

Ich ballte die Faust.

Yes.

Auf Chase konnte ich mich verlassen. Das hatte ich schon immer gewusst.

Wer sich mit mir anlegte, musste sich vorsehen.

Ich gab mich nicht so leicht geschlagen.

Kapitel 19

Annabelle

Die elegante Limousine glitt durch die Abenddämmerung New Yorks. Jaxon und ich saßen nebeneinander auf der Rückbank.

„Normalerweise fahre ich lieber selbst", gestand Jaxon. „Aber heute hatte ich das Gefühl, ein Service wäre angemessener."

„Ich habe mir immer vorgestellt, Menschen, die so viel Geld haben wie du, die hätten Privatchauffeure." Ich blickte aus dem Fenster und sah die Leuchtreklamen an uns vorüber ziehen.

Jaxon lachte. „In New York haben nicht sooo viele Menschen einen Chauffeur. Diese Fahrdienste sind viel praktischer. Man kann seinen Chauffeur ordern, wann immer man will. Ja, wer selbst nicht gerne fährt, der stellt vielleicht einen Chauffeur an. Aber für mich lohnt sich das wirklich nicht."

Lohnt sich nicht.

Innerlich schüttelte ich den Kopf.

Es ging hier nicht um Geld. Jedenfalls nicht in dem Sinne, in dem es für mich darum ging. Ich musste vor jeder Taxifahrt überlegen, ob ich mir das leisten konnte oder lieber zu Fuß ging.

Jaxon dagegen...

„Du musst ganz schön viel Geld verdienen“, murmelte ich leise.

Jaxon hatte mich dennoch gehört. Hinten im Auto war es still. Eine dicke Glasscheibe trennte uns von unserem Fahrer. Sie konnte auf Knopfdruck heruntergelassen werden, falls das nötig war.

„Na ja, *PerfectPartner* ist wirklich eingeschlagen wie eine Bombe“, erklärte er. „Das hatte ich natürlich gehofft. Aber so erwartet hatte ich es nicht.“

„Nicht?“ Ich sah Jaxon an. „Du hast doch die App nicht entwickelt, weil du an die Liebe glaubst oder sowas. Sonst...“ Ich lachte auf. „Sonst hättest du mir nicht dieses Angebot gemacht. Oder?“ Forschend sah ich Jaxon an.

Jaxon schürzte die Lippen. „Das ist sicher nicht ganz falsch. Aber ich meine, hey, wer gründet schon ein Unternehmen aus altruistischen Motiven? Niemand. Jeder will mit seiner Idee Geld verdienen. Und das tut man, indem man einen Markt bedient. Vielleicht glaube ICH nicht an die Liebe. Aber jede Menge andere Menschen tun es. Und ihnen will ich eine Plattform bieten. Ist es so verwerflich, dass ich mich dafür bezahlen lasse?“

Ich schüttelte den Kopf. „Nein, das nicht. Aber... wie kannst du diese Menschen verstehen, wenn du selbst nicht an die Liebe glaubst?“

Jaxon lachte. „Ich habe nicht gesagt, dass ich nicht an die Liebe glaube. Vielleicht habe ich mich nur einfach entschieden, ein anderes Leben zu leben.“

„Aber warum?“ fragte ich.

Ein Schatten glitt über Jaxons Gesicht.

„Das musst du mir natürlich nicht sagen“, erklärte ich hastig. „Ich war nur neugierig. Es gäbe schließlich genug andere Geschäftsfelder, in denen du dich betätigen könntest. Ganz ohne Gefahr, je mit der Liebe in Berührung zu kommen. Menschen machen alles mögliche online. Sport. Sprachen lernen. Was weiß ich.“ Ich hob die Hände.

„Vielleicht möchte ich trotz allem glauben.“ Jaxon sah mich an. Seine dunklen Augen fixierten mich. In ihnen lag ein Ausdruck, den ich nicht deuten konnte. „Vielleicht habe ich tief in mir eine Hoffnung bewahrt, die ich mir selbst nicht eingestehen wollte.“

Mein Magen zog sich leicht zusammen. Ich öffnete den Mund, um etwas zu sagen, doch mein Hals war wie zugeschnürt.

Jaxons Blick...

Und die Hoffnung...

Annabelle, lass dich jetzt von ihm nicht einwickeln. Denk an das, was Harper dir gesagt hat. Denk an deine Zukunft. Und vor allem, denk an deinen Artikel.

Die Recherche dafür hatte ich in der letzten Zeit sträflich vernachlässigt. Zu sehr hatte ich Jaxons Gegenwart genossen. Ich hatte mich einfach nicht damit beschäftigen wollen, was passieren würde, wenn ich diesen Artikel schrieb und er veröffentlicht wurde. Ein Wunder, dass Marcus mir noch nicht weiter im Nacken saß. Er musste anderes zu tun haben. Vielleicht hatte er eine andere Person gefunden, die er in die Enge treiben konnte.

Aber nun... vielleicht konnte ich das, was Jaxon mir gerade gesagt hatte, für den Artikel nutzen. Es zeigte doch ein ganz anderes Bild von ihm als die oberflächlichen Kommentare, die sonst über ihn verbreitet wurden.

Plötzlich erschien ein Artikel vor meinem inneren Auge, der ganz anders aussah als alles, woran ich bisher gedacht hatte.

Jaxon war ein Mann, der Menschen die Hoffnung geben wollte, an die er selbst nicht mehr glaubte und der dadurch heimlich hoffte, seine eigene Hoffnung wiederzubeleben.

Doch wie hatte er diese Hoffnung verloren?

Das hatte er mir nicht sagen wollen.

Ich würde das Thema nicht weiter vertiefen.

„Und wie machst du das dann? Den Menschen Hoffnung geben?" fragte ich stattdessen. „Es gibt schließlich tausende von Apps. Was macht *PerfectPartner* besser als alle anderen?"

Jaxon sah mich überrascht an. „Du stellst ja Fragen..."

„Ich interessiere mich eben für solche Dinge." Ich zuckte mit den Schultern.

„Die Hoffnung liegt in vielen kleinen Dingen", erklärte Jaxon. „Schon im Namen. *PerfectPartner*. Wie viele Menschen sind da draußen unterwegs, die jemanden suchen, der wirklich zu ihnen passt?"

Jaxon sah mich kurz an, bevor er seine Frage selbst beantwortete. „Viele. Weil es eben vorher nicht geklappt hat. Und wir sind diejenigen, die ihnen sagen: Aber diese eine Person ist da draußen, irgendwo. Und wir helfen dir, sie zu finden."

Ich nickte. „Aber es gibt doch einige Gerüchte und negative Schlagzeilen um *PerfectPartner*. Das eben genau das nicht klappt."

Jaxon seufzte. „Unser Algorithmus ist nicht perfekt. Menschen sind nicht perfekt. Also ja, es klappt nicht immer."

Das Thema schien Jaxon unangenehm zu sein, denn er verzog das Gesicht. Dann grinste er mich an. „Fürs Fragenstellen hast du wirklich ein Talent, das muss man sagen. Selbst bei meiner Bank bin ich diese Dinge nicht gefragt worden, als ich meine Geschäftsidee vorgestellt habe."

„Dann warte nur, was dieser Victor Davenport gleich fragt", scherzte ich. Wir waren unterwegs zu dem Dinner mit dem Investor.

DEM entscheidenden Dinner.

Jaxon grinste. „Na ja, da ich dich dabei habe, habe ich ehrlich gesagt nicht mehr sehr viele Bedenken. Wenn er etwas fragt, dann wirst du ihn schon mit einer entsprechenden Gegenfrage löchern."

Jaxon lachte. Ich stimmte in sein Lachen ein. In diesem Augenblick löste sich etwas in mir.

Anspannung.

Ich hatte versucht, mir nichts anmerken zu lassen. Aber die Aussicht, gleich dem wichtigen Investor beim Dinner gegenüber sitzen und vor ihm bestehen zu müssen, die machte mich doch nervöser als ich zugeben wollte.

„Keine Angst, es wird schon klappen", beruhigte mich Jaxon.

Ich nickte.

Jaxon grinste wieder. „Ich hab dich noch gar nicht gefragt, was du eigentlich beruflich machst. Was dieser Job ist, der so unsicher ist." Er lachte. „Bei all deinen Fragen bin ich nicht zum Zug gekommen. Man könnte glatt meinen, du wärst Journalistin oder Interviewerin."

Ich erstarrte. Wieder zog sich mein Magen zusammen, aber diesmal nicht vor Erregung.

Wusste Jaxon Bescheid? Kannte er meinen Auftrag?

„Hahaha", machte ich und versuchte, ein Lachen vorzutäuschen.

„Jedenfalls hast du dafür ganz sicher Talent", erklärte Jaxon. Er lachte ebenfalls. „Wenn du einmal einen Job in der Richtung suchst... vielleicht kannst du Chloes Aufgaben übernehmen. Ich komme ehrlich gesagt nicht immer so gut mit ihr klar. Sie fragt manchmal so aggressiv... gar nicht interessiert wie du. Es ist, als wollte sie mir eine schlechte Absicht unterstellen." Jaxon blickte durch die Fensterscheibe nach draußen.

„Das... Das ist natürlich nicht besonders angenehm." Meine Stimme klang ein wenig anders als sonst.

Schlechte Absicht unterstellen.

Was würde Jaxon sagen, wenn er herausfand, dass ich einen Artikel über ihn schreiben sollte?

Wenn es ein guter Artikel ist, der die Wahrheit darstellt, dann wird er sich freuen, Annabelle. Also schreib so einen Artikel.

Ich setzte mich auf. Vielleicht war das ein guter Zeitpunkt, um Jaxon zu erzählen, wer ich wirklich war und was mein Auftrag war. Dann würden wir beide mit offenen Karten spielen.

Ich öffnete meinen Mund.

In diesem Augenblick hielt die Limousine. Die Scheibe zwischen uns und dem Fahrer glitt nach unten.

„Wir sind da", verkündete der Fahrer.

Dann glitt die Scheibe wieder nach oben.

„Oh verdammt", brummte Jaxon. „Ich hab diese dämliche Krawatte immer noch nicht angezogen."

„Krawatte?" wiederholte ich. „Ich habe dich noch nie in einer gesehen."

Jaxon grinste schief. „Na ja, eigentlich trage ich auch keine. Aber heute wollte ich eine Ausnahme machen. Victor hat mir klar gemacht, wie wichtig ihm ein seriöses Auftreten ist."

Ich lachte. „Als ob eine Krawatte einen Menschen wirklich seriöser oder besser machen würde. Das ist doch nur das Aussehen. Es ist nur ein Kleidungsstück"

„Für manche scheint es mehr zu sein." Jaxon holte eine kleine Papiertüte hervor, die neben ihm auf dem Sitz lag. Daraus zog er eine Krawatte hervor. Er legte sie sich um den Hals und sah mich dann ratlos an. „Ich habe nur keine Ahnung, wie man das verdammte Ding bindet." Er seufzte. „Ich werde das wohl googlen müssen."

Ich lachte. „Ach, lass mich das machen." Ich ergriff die beiden Enden der Krawatte und zog sie in die richtige Position. Dann schlang ich sie übereinander und knüpfte geschickt den Knoten.

„Du kannst das?" staunte Jaxon.

„Habe ich oft genug für meinen Bruder gemacht." Ich lachte. „Der konnte das gar nicht, egal wie viele Videos er sich dazu angesehen hat."

Meine Finger berührten die feine Haut von Jaxons Hals, als ich den Sitz der Krawatte kontrollierte, sie gerade rückte und den Hemdkragen richtete.

Jaxon ergriff meine Hand. Er führte sie an seine Lippen und hauchte einen leichten Kuss darauf. „Danke. Du bist ein Engel. Du rettest jetzt schon den Abend."

Ein Prickeln durchfuhr mich von Kopf bis Fuß.

Jaxon war mir so nah!

Ich schluckte.

„Ich...", stammelte ich.

„Dann mal los", sagte Jaxon und ließ meine Hand sinken, ohne sie loszulassen. „Auf zu Victor Davenport."

Die majestätischen Flügeltüren des Grandhotels schwangen auf und der Oberkellner geleitete uns in den privaten Eckbereich des hauseigenen Restaurants. Durch die bodentiefen Fenster konnte man den beleuchteten Springbrunnen auf dem Vorplatz sehen, sowie die imposanten Fassaden der umliegenden Wolkenkratzer. An einem der Tische saß ein elegant gekleideter Herr und musterte uns beide mit einer Mischung aus Neugier und Reserviertheit, als wir näher kamen.

Das musste Victor Davenport sein.

Er stand auf.

„Victor, wie schön, dass es geklappt hat"." Jaxon streckte Victor die Hand hin.

„Jaxon", grüßte Victor knapp. Sein Blick glitt an Jaxon herab und blieb an der Krawatte hängen. „Wie ich sehe, nimmst du dir meine Ratschläge zu Herzen. Das freut mich."

Ich runzelte die Stirn. Victor erschien mir ein wenig übergriffig.

„Und das ist..." Victor wandte sich mir zu.

„Annabelle Haven", stellte ich mich vor und ergriff nun ebenfalls Victors Hand. „Ich freue mich, Sie persönlich kennenzulernen. Ich habe schon so viel von Ihnen gehört."

Victor nickte knapp. „Das kann ich von Ihnen leider nicht sagen. Ich war ziemlich überrascht, als Jaxon angekündigt hat, eine... seine Partnerin mitzubringen." Victor zog die Augenbrauen hoch. „Sie beide kennen sich noch nicht sehr lange, oder?"

„Nein." Ich schüttelte den Kopf.

„Eine Weile“, sagte Jaxon im gleichen Moment.

Victor ließ seinen Blick von Jaxon zu mir und wieder zurück wandern. Er sagte nichts. Ich spürte, wie mir die Röte in die Wangen stieg.

Verdammt.

Wir hätten uns besser absprechen müssen. Jetzt lief schon beim ersten Wortwechsel alles schief.

„Wir kennen uns schon eine Weile“, erklärte ich hastig und sah Jaxon von der Seite an. „Aber... wir haben uns eben nicht zusammen in der Öffentlichkeit gezeigt. Mir ist das eher unangenehm. Ich bin ein sehr privater Mensch.“

Victor musterte mich für einen langen Moment. Dann nickte er. „Nun, ich schlage vor, dass wir uns setzen. Wir sind schließlich zum Essen hier.“ Er grinste. Aber es war nicht auszumachen, was er dachte.

Jaxon zog einen Stuhl für mich nach hinten und legte eine Hand auf meinen Rücken, als ich mich setzte. Die Geste beruhigte mich.

Ich atmete tief durch.

„Ich schlage vor, dass wir als erstes den Wein wählen. Sie mögen doch beide Rotwein?“ Victor schlug die Karte auf.

„Ja sicher“, antwortete Jaxon.

„Nein“, entgegnete ich in diesem Moment.

Scheiße.

Schon wieder.

Victor ließ die Karte sinken. Das Misstrauen in seinem Blick war nun unverkennbar.

Gezwungen lächelte ich, als ich zu Jaxon sagte: „Aber Schatz, hast du denn vergessen, dass ich von Rotwein Migräne bekomme?“

Jaxon schlug sich mit der Hand vor die Stirn. „Oh verdammt, Liebling. Das habe ich nun schon zum dritten Mal vergessen. Du sagst es mir immer wieder und ich vergesse es immer wieder.“ Zerknirscht blickte er mich an. „Manchmal weiß ich gar nicht, wie du es mit so einem unaufmerksamen Kerl wie mir überhaupt aushältst.“

Ich lachte.

Jaxon und ich mochten jeden Wortwechsel verkacken.

Aber wir waren grandios gut darin, die Dinge wieder auszubessern.

„Sooo schlimm bist du auch wieder nicht." Ich zwinkerte Jaxon zu. „Die meisten Dinge behältst du. Wir Frauen sind eben kompliziert. Da kann man sich nicht alles merken. Schon okay."

Victor schaltete sich ein. „Die meisten Frauen würden ihrem Mann den Kopf abreißen, wenn er sich nicht daran erinnert, was sie mögen und was ihnen bekommt oder auch nicht."

„Annabelle ist da anders." Jaxon lachte und lehnte sich in seinem Stuhl zurück. „Sie ist wirklich unkompliziert. Das hat mich von Anfang an für sie eingenommen. Ich glaube, ein Grund, warum ich mich so lange nicht binden konnte, ist, dass die Dinge immer kompliziert waren. Es hat sich einfach nie richtig angefühlt. Aber dann ist Annabelle gekommen und alles war anders."

Wie Jaxon das sagte.

Es hörte sich aufrichtig an.

Und wahr.

Victor nickte. „Ja, das kann ich verstehen." Er runzelte die Stirn. „Aber dennoch... es fühlt sich an, als säßen mir zwei Menschen gegenüber, die sich nicht besonders gut kennen."

„Wir können uns sicher noch besser kennenlernen." Jaxon seufzte. „Eigentlich wünsche ich mir, ich würde Annabelle besser kennen. Ich konnte noch nicht so viel Zeit in unsere Beziehung investieren wie ich das gerne gewollt hätte. Auch die Firma fordert mich. Ich habe Pläne, die ich umsetzen will. Außerdem sind schließlich einige Arbeitsplätze von mir abhängig. Diese Menschen kann und will ich nicht im Stich lassen. Ich fühle mich für sie verantwortlich."

Victor nickte. „Das ist ein wahres Wort." Ein Schatten huschte über sein Gesicht. „Leider habe ich diesen Fehler begangen. Ich habe meiner Arbeit immer Vorrang gegeben. Dass das ein Fehler war, habe ich erst bemerkt, als meine Frau nicht mehr da war." Er seufzte. „Sie war nicht mehr dazu zu bewegen, wieder zu mir zurückzukommen." Victor sah Jaxon an. „Mach nicht den gleichen Fehler."

Jaxon schüttelte den Kopf. Dann sah er mich an und lächelte. „Das werde ich nicht tun. Versprochen." Seine Stimme war warm und in diesem Moment hätte ich schwören können, dass er die Wahrheit sagte. Jaxon nahm meine Hand, die auf dem Tisch lag und drückte sie fest mit seinen beiden Händen. „Wir machen diesen Fehler nicht", wiederholte er beschwörend.

Ich sah in seine Augen. Meine Lippen waren trocken und ich leckte kurz darüber. Mein Magen kribbelte und mein Atem stockte.

War das noch gespielt?

Es fühlte sich echt an.

So echt.

Jaxon ließ meine Hand wieder sinken und wandte sich Victor zu. „Verzeihung. Wir wollten nicht ablenken. Das ist wirklich nicht der Abend, um so etwas zu besprechen. Das werden Annabelle und ich unter vier Augen tun. Bald."

Mir war ein wenig schwindelig.

Ich konnte immer weniger sagen, was echt und was gespielt war.

Was wollte Jaxon?

Wer war er?

Wer war er wirklich?

Der Mann, der mich engagierte, weil er sich nicht binden wollte?

Oder der Mann, der auf der Suche nach Hoffnung war, die er irgendwo verloren hatte?

Der Mann, der sein Herz nicht mehr verschenken wollte?

Oder der Mann, der es tun wollte, aber Angst davor hatte?

Es war ein Rätsel, das ich für meinen Artikel lösen wollte.

Aber irgendwie... auch nicht nur dafür.

Annabelle, pass auf. Denk an Harpers Worte. Verschenk in diesem Spiel nicht dein Herz.

Ich schluckte. Was, wenn es dafür schon längst zu spät war?

Victor ließ seinen Blick wieder zwischen uns hin und her schweifen. Doch diesmal lag kein Misstrauen darin. Eher etwas wie Interesse. Er machte dem Oberkellner ein Zeichen. „Bitte bringen Sie uns einen Weißwein zur Auswahl."

Dann sah Victor mich an. „Ich hoffe, Sie verzeihen mir, wenn Jaxon und ich für einen Moment über geschäftliche Dinge reden. Er hat viele interessante Expansionspläne, über die ich noch Genaueres erfahren will."

Jaxon nickte. „Ich habe einige Fundamentaldaten zu den Märkten zusammengestellt und werde dir nächste Woche die Präsentation schicken. Inklusive dem Potenzial, das ich für uns sehe. Aber natürlich kann ich dir die wichtigsten Fakten jetzt kurz nennen."

Victor nickte.

Ich lehnte mich auf meinem Stuhl zurück.

Vorerst war ich aus dem Schneider. Aber ich blieb wachsam.

Jemand wie Victor gab sich nicht mit ein paar oberflächlichen Fragen zufrieden.

Das zeigte sich schon daran, wie er gerade mit Jaxon die Zahlen durchging.

Noch hatten wir Victors Test nicht bestanden.

Kapitel 20

Jaxon

Ich saß in meinem Büro und trommelte mit den Fingern auf die Glasplatte meines Schreibtischs. Seit unserem Dinner mit Victor Davenport waren einige Tage vergangen. Doch Victor hatte sich noch nicht bei mir gemeldet.

War das nun ein gutes oder ein schlechtes Zeichen?

An dem Abend war ich mir sicher gewesen, dass Annabelle und ich Victors Prüfung mit Bravour bestanden hatten. Ja sicher, wir hatten uns einige Schnitzer erlaubt. Aber jedes Mal hatten wir es geschafft, die ganze Sache so zu drehen, dass Victor am Ende nur noch überzeugter war, dass Annabelle und ich fest zusammengehörten.

Alles hatte sich echt angehört und angefühlt.

Sogar für mich.

Ich schüttelte den Kopf, als ich daran dachte.

Wie konnte das nur sein?

Ich hatte Annabelle einen Deal angeboten und jetzt...

Jetzt hatte ich mich noch nicht wieder bei ihr gemeldet. Ich redete mir ein, dass Victors Schweigen der Grund dafür war.

Aber eigentlich...

Eigentlich war es etwas anderes.

Noch bevor ich genau darüber nachdenken konnte, klingelte mein Handy. Hastig nahm ich es zur Hand. Jedes Mal in den letzten Tagen hatte ich auf Victors Anruf gehofft. Und jedes Mal war ich enttäuscht worden. Doch jetzt leuchtete mir tatsächlich sein Name vom Display entgegen.

Ich atmete tief durch.

„Jaxon Caldwell.“ Ich meldete mich betont gelassen. Victor sollte bloß nicht denken, dass ich nervös war oder vor dem Telefon saß und auf seinen Anruf wartete so wie eine Frau auf den Anruf des Liebhabers, der eben erst zur Tür hinausgegangen war.

Flüchtig schoss mir durch den Kopf, dass Annabelle nicht so war.

Sie war in wirklich jeder Hinsicht völlig anders.

„Jaxon, hier ist Victor. Du hast bestimmt schon auf meinen Anruf gewartet“, begrüßte mich Victor. „Leider kamen mir ein paar private Dinge dazwischen. Aber nun melde ich mich endlich.“

„Oh, kein Problem“, wiegelte ich ab.

„Nun, dafür habe ich gute Nachrichten.“ Victor schien bester Laune. „Ich habe mich entschlossen, bei *PerfectPartner* einzusteigen. Vorerst mit einer Anfangssumme, damit die Expansion wie geplant starten kann. Wenn das gut läuft, besteht die Aussicht, dass ich mein Investment erhöhe.“

YES!

Ich sprang auf, ballte eine Faust und stieß meinen Arm in Richtung Decke.

Ach was, in Richtung Himmel.

Ein wildes Triumphgefühl durchströmte mich. Ich hatte gesiegt und mein großes Ziel erreicht.

Meine Träume würden wahr werden.

YES! YES! YES!

Ich holte nochmals tief Luft. „Das ist einfach großartig, Victor. Das sind wirklich gute Neuigkeiten“, erklärte ich so gelassen wie möglich.

„Die Präsentation mit allen Details war wirklich überzeugend“, sagte Victor. „Aber eigentlich war es nicht das, was den Ausschlag gegeben hat.“

„Was dann?“ wollte ich gespannt wissen. In der Präsentation hatte ich detailliert alle meine Visionen und Pläne für *PerfectPartner* dargelegt und sie mit Zahlen untermauert. Diese Präsentation hätte jeden von unserem Potenzial überzeugt. Was war noch überzeugender?

„Deine Annabelle, die du dir da geangelt hast, ist wirklich etwas ganz Besonderes." Leichte Wehmut klang durch Victors Stimme. „Ich kann verstehen, warum du so lange gewartet hast, bis du dich für eine Frau entschieden hast. Nun sei nicht dumm und halte dein Glück gut fest."

„Ich... ja, Das werde ich." In dem Moment, in dem ich die Worte aussprach, bemerkte ich, dass ich sie tatsächlich ernst meinte.

Ich sah Annabelles Gesicht vor mir. Ihre wilden roten Locken, ihre blitzenden grünen Augen, die mal in der Farbe von Smaragden leuchteten und mal wie das Meer erschienen, ihre vollen Lippen, ihr sinnliches Lächeln. Ich schloss die Augen.

Ihr hatte ich alles zu verdanken.

Wie sehr ich mir wünschte, dass sie jetzt hier wäre und meinen Triumph mit mir teilen würde.

Es war auch ihr Triumph.

„Details können wir in den nächsten Tagen und Wochen besprechen", erklärte Victor da und holte mich in die Gegenwart zurück. „Ich werde meine Mitarbeiter anweisen, die entsprechenden Verträge fertig zu machen und sie an euch zu schicken. Dann könnt ihr sie prüfen, wir passen Details an. Und wenn alles unterschrieben ist, trinken wir eine gute Flasche Rotwein darauf. Nur wir beide." Er lachte.

„Abgemacht." Ich grinste breit und blickte aus dem Fenster. Die New Yorker Skyline lag vor mir und sah aus wie immer.

Aber alles war anders.

New York war noch ein Stück mehr MEINE Stadt geworden. Es war die Stadt, in der meine Erfolgsgeschichte ihren Anfang genommen hatte. Und hier würde ich sie weiter schreiben. Dank Victor. Und dank Annabelle.

Nachdem Victor aufgelegt hatte, saß ich eine Weile einfach nur so da und genoss das Gefühl, das erreicht zu haben, wofür ich so hart gearbeitet hatte. Ja, es war nur der erste Schritt auf einer langen Reise.

Aber dennoch...

Es war ein entscheidender Schritt. *PerfectPartner* würde den großen Sprung nach vorne machen.

Plötzlich überkam mich der Wunsch, meinen Sieg zu teilen.

Ich griff wieder nach meinem Handy und wählte Annabelles Nummer.

Es klingelte.

Und klingelte.

Und klingelte.

„Jaxon?“ meldete Annabelle sich schließlich mit atemloser Stimme.

„Annabelle. Störe ich dich?“ fragte ich.

„Oh nein“, lachte Annabelle. „Ich konnte nur das Handy nicht finden. Ich hatte es unter irgendwelchen Papieren hier vergraben. Mein Schreibtisch ist das reinste Chaos.“

Ich lachte. „Da übertreibst du bestimmt.“

„Na ja, ich kenne unordentlichere Menschen. Meinen Chef zum Beispiel“, räumte Annabelle ein. „Aber es wäre auch übertrieben, wenn ich sage, dass ich immer mustergültig Ordnung halte.

„Das tut doch keiner“, entgegnete ich.

„Stimmt wohl.“ Annabelle lachte wieder. „Wir haben manchmal nur so hohe Ansprüche an uns und wollen in allem perfekt sein. Dabei reicht gut genug schon.“

Gut genug.

Dieses Gefühl gab Annabelle mir in jeder Hinsicht.

Das hatte ich noch bei keiner anderen Frau empfunden.

„Was kann ich für dich tun?“ wollte Annabelle nun wissen.

Ich räusperte mich. „Victor hat eben zugesagt. Er wird hier einsteigen.“

Annabelle entfuhr ein spitzer Schrei. „Wirklich?“ rief sie so laut, dass ich das Handy ein Stück von meinem Ohr weghielt.

„Wirklich“, bestätigte ich. Dann schluckte ich. „Das... das ist auch dein Verdienst, Annabelle. Ich habe es dir zu verdanken. Ohne dich hätte ich das nicht geschafft.“

„Ach was“, wiegelte Annabelle ab.

„Doch. Du hast viel mehr gemacht, als dir selbst bewusst ist“, widersprach ich.

Annabelle blieb eine Weile stumm. Dann lachte sie wieder. „Ich würde gerne sagen, dass du übertreibst. Aber vielleicht hast du tatsächlich recht.“

Ich stimmte in Annabelles Lachen ein. Sie war nicht angeberisch oder arrogant. Aber sie war sich ihrer Vorzüge und Stärken sehr wohl bewusst. Das war attraktiv. SEHR attraktiv.

„Das sind ja wunderbare Neuigkeiten, Jaxon." Selbst über die Leitung konnte ich das strahlende Lächeln in Annabelles Stimme heraushören. „Ich freue mich so sehr für dich! Ich wusste, Victor würde zusagen!"

„Nun, dann wusstest du mehr als ich." Ich lachte.

„Und wie geht es jetzt weiter?" wollte Annabelle wissen.

„Das wird sich in den nächsten Tagen und Wochen entscheiden, wenn wir den Vertrag ausarbeiten." So ganz konnte ich immer noch nicht glauben, dass alle meine Träume tatsächlich wahr werden würden. „Ich kann dir aber gerne die ein oder andere Sache erzählen. Wie wäre es heute Abend beim Essen?" schlug ich vor. „Dann können wir auch Victors Entscheidung gemeinsam feiern. Das muss einfach sein."

Annabelle schwieg für einen Moment.

Das machte mich nervös.

Was dachte sie?

„Also gut", sagte sie dann unvermittelt. „Du schuldest mir sowieso noch ein Essen. Schließlich hast du mich damals aus dem *Da Michele* verjagt."

Ich lachte. „Wir essen mindestens so gut wie im *Da Michele*. Dafür werde ich sorgen."

„Abgemacht." Annabelle nahm meine Einladung an und für einen Moment glaubte ich vor mir zu sehen, wie sie mir frech zuzwinkerte.

Einige Stunden später führte ich Annabelle zum Eingang von Loebs Boathouse im Central Park.

„Hier?" Sie sperrte ihre Augen auf. „Wow. Hier habe ich noch nie gegessen."

„Dann ist meine Überraschung ja gelungen." Ich grinste zufrieden. Das Boathouse war ein wunderschön am See gelegenes Gebäude mit einer der begehrtesten Restaurantterrassen der Stadt. Jetzt im Winter waren die großen Schiebefenster natürlich geschlossen. Aber im Sommer waren sie geöffnet und man hatte wirklich den Eindruck, direkt am See zu sitzen. Heute war die Atmosphäre jedoch eher romantisch: Bereits vom Eingang konnten wir die sorgfältig gedeckten Tische mit Kerzen erkennen.

„Madam, Sir, herzlich willkommen bei uns." Ein Kellner verneigte sich, als wir durch die Tür schritten. „Darf ich Ihnen ihre Mäntel abnehmen?"

Ich half Annabelle aus ihrem Mantel. Mir stockte der Atem, als ich sah, was darunter zum Vorschein kam. Sie trug ein schulterfreies, dunkelgrünes

Abendkleid, das ihre Kurven auf eine schmeichelnd-verführerische Art und Weise umspielte. Ihre Haare fielen in seidigen Wellen über ihre Schultern und ihre Augen funkelten verschmitzt, als sie meine verblüffte Miene bemerkte.

„Ja, ich hab nicht immer meine wilde Lockenmähne", witzelte sie und drehte sich einmal kokett vor mir im Kreis.

Ich hielt ihr meine Hand hin und sie ergriff sie. Dann zog ich sie zu mir. „Du siehst wunderbar aus", hauchte ich ihr ins Ohr.

Annabelle neigte ihren Kopf zu mir. „Danke", wisperte sie.

Der Kellner räusperte sich. „Darf ich Sie zu Ihrem Tisch führen?"

Wir folgten dem Kellner zu einem Tisch direkt am Fenster.

„Das ist einfach wunderbar." Annabelle lächelte und sah hinaus auf den See, wo sich das Licht der Laternen im Wasser spiegelte. Dann wandte sie ihren Blick wieder mir zu. Ihre Augen waren dunkelgrün, als sie sagte: „Du hast mir nicht zu viel versprochen. Das hier ist um Klassen besser als das *Da Michele*."

„Dabei haben wir noch gar nichts gegessen", bemerkte ich.

„Egal. Einfach diese ganze Atmosphäre. Einfach... alles." Annabelle machte eine Handbewegung, die das gesamte Restaurant umfasste. „Ich habe immer davon geträumt, einmal hier zu essen und jetzt wird mein Traum Wirklichkeit."

Einen Moment lang sahen wir uns einfach in die Augen. Dann ergriff ich ihre Hand und drückte sie kurz. „Das freut mich. Dann wird durch Victors Beteiligung nicht nur mein Traum wahr, sondern auch deiner."

Annabelle lächelte und eine leichte Röte machte sich auf ihren Wangen breit.

„Darf ich Ihnen einen Wein bringen?" erkundigte sich der Ober in diesem Moment.

Ich sah ihn an. „Nur weißen, bitte. Keinen roten."

Annabelle lächelte. „Du hast es dir gemerkt." In ihren Augen lag ein warmes Funkeln.

„Selbstverständlich. Wie bereits von Ihnen bestellt." Der Ober verneigte sich kurz und fragte: „Ich bringe dann auch die bestellte Vorspeise?"

Ich nickte.

Annabelle sah mich mit großen Augen an. „Du hast schon bestellt."

„Sicher. Es soll doch was wirklich besonderes werden." Ich lächelte. „Eine echte Überraschung."

„Wow." Annabelle lehnte sich in ihrem Stuhl zurück. „Wie toll."

Wieder einmal wurde mir klar, wie unkompliziert sie war. Andere Frauen hätten spätestens an dieser Stelle protestiert und gemeckert.

Nicht so Annabelle.

Sie freute sich.

„Dann bin ich gespannt, was wir essen." Annabelle lächelte.

„Der Weißwein." Der Ober erschien hinter uns und schenkte mir einen Schluck zu Probe ein.

Ich kostete. „Hervorragend." Ich nickte dem Ober zu und er füllte unsere Gläser.

„Dreierlei Winterkohl mit Maronencreme und Leche de Tigre." Wie aus dem Nichts erschien eine Kollegin des Obers und stellte je einen Teller vor mich und einen vor Annabelle.

„Leche de Tigre?" Annabelle sah mich fragend an.

„Eine peruanische Sauce auf Limettenbasis", erklärte ich. „Eigentlich wird sie zu Fisch gereicht. Aber hier scheint man die ganze Sache etwas anders interpretiert zu haben."

„Dann bin ich gespannt." Annabelle inspizierte ihren Teller und sah zu mir auf. „Ich freue mich immer, etwas Neues probieren zu dürfen."

„Genau. Und du liebst es fruchtig-spritzig", ergänzte ich.

Überrascht sah Annabelle mich an. „Woher weißt du das?"

„Das hast du beim Essen mit Victor erzählt. Beim Dessert. Als du diese Limoncello-Variationen bestellt hast." Ich grinste.

„Du hast dir alles gemerkt." Die leichte Röte auf Annabelles Wangen vertiefte sich.

„Aber sicher. Ich will Victors Rat befolgen. Manchmal sind die kleinen Dinge die wichtigsten. Und nicht die großen wie ein Investment." Ich blickte Annabelle tief in die Augen.

Für einen Moment sahen wir uns einfach nur an.

Für einen langen Moment.

„Das ist... das ist wirklich außergewöhnlich aufmerksam von dir." Ein Lächeln umspielte Annabelles Lippen.

„Selbstverständlich", erwiderte ich und zwinkerte ihr zu. „Ich wollte, dass dieser Abend perfekt für dich wird. Schließlich bist du der Hauptgrund dafür, dass wir heute diesen Triumph feiern können. Das habe ich dir schon gesagt."

Annabelle errötete leicht und senkte verlegen den Blick, doch ich sah, wie sehr sie die Geste zu schätzen wusste.

„Guten Appetit", sagte ich dann.

Wir kosteten von der Vorspeise.

„Exzellent." Annabelle verdrehte genießerisch die Augen. Sie lachte. „Aber ich bin auch überzeugt, dass nicht nur ich bei Victors Entscheidung eine Rolle gespielt habe. Wenn deine Pläne Mist wären, dann hätte ihn auch das charmanteste Lächeln nicht umstimmen können."

Ich lachte. „Das stimmt wohl. Allerdings habe ich dir auch da einiges zu verdanken. Ich habe einige Punkte aus unserem Gespräch in meine Vorstellung einfließen lassen."

„Aus unserem Gespräch?" wiederholte Annabelle fragend.

„Ja. Du erinnerst dich, wie du mich auf dem Weg gefragt hast, warum ich *PerfectPartner* gegründet habe, wenn ich doch selbst nicht an die Liebe glaube. Diese Frage hat mir wirklich geholfen, meine Vision genauer zu definieren. Oder mich überhaupt wieder daran zu erinnern. Und ich denke, dass Victor das gespürt hat und auch das ihn am Ende überzeugt hat." Ich lächelte Annabelle an. „Ich bin dir in vieler Hinsicht zu Dank verpflichtet."

Annabelle zeichnete mit ihren Fingern einige Muster auf die Tischdecke und schwieg. Dann nahm sie einen Schluck Wein. „Du kehrst also zurück zu deinen Wurzeln."

Ich nickte. „Ich glaube, das tun viele erfolgreiche Unternehmer. Sich wieder auf das besinnen, was sie am Anfang dazu gebracht hat zu gründen. *PerfectPartner* ist eine tolle App. Wenn ich davon nicht überzeugt wäre, dann würde ich auch nicht expandieren. Sicher, wir haben noch einige Probleme. Aber wer hat das nicht? Das Entscheidende ist, dass wir jeden Tag besser werden. Besser darin, Menschen zusammenzubringen. Und genau das will ich tun."

Annabelles Augen waren groß und dunkel, als sie mich ansah. Sie musterte mich, als hätte sie mich noch nie gesehen.

Und in diesem Augenblick wusste ich es.

Sie hatte die perfekte Partnerin gespielt. Sie hatte mir Inspiration geliefert.

Und sie hatte mir die Hoffnung zurückgegeben.

Das war es.

In mir keimte Hoffnung.

Frisch, ja.

Ich musste vorsichtig damit umgehen.

Aber dennoch...

Annabelle mit den wilden Locken, den grünen Augen, dem sinnlichen Lächeln und dem verführerischen Körper hatte mir das gegeben, was ich bei allen Frauen vergebens gesucht hatte.

Einfach so.

Ohne dass ich sie auch nur darum gebeten hatte.

Ich schluckte.

Bisher hatte ich mir keine Gedanken gemacht, wie es für Annabelle und mich weitergehen sollte, wenn Victor mir die Zusage erteilt hatte. Normalerweise hätte es keinen Grund gegeben, unser Arrangement weiter aufrecht zu erhalten.

Aber jetzt...

Ich ertappte mich bei dem Gedanken, dass ich nicht wollte, dass Annabelle mein Leben wieder verließ.

Doch das sagte ich nicht.

Stattdessen plauderten wir über dieses und jenes, während wir einen Gang nach dem anderen aßen.

Ein raffinierter Tomaten-Aprikosensalat.

Foccacia-Knödel im Wirsingmantel.

Mascarpone-Mousse mit Maroni-Püree und Beeren.

Bei jedem neuen Gang funkelten Annabelles Augen vor Vergnügen und sie kostete die Speisen mit einem Genuss, der mich innerlich lächeln ließ.

„Du hast wirklich an alles gedacht.“ Annabelle bedachte mich mit einem tiefen Blick, als sie die letzten Beeren zwischen ihre vollen Lippen schob.

Ich nickte. „Ich wollte, dass dieser Abend perfekt wird. So perfekt wie du.“

Annabelle errötete wieder. „Noch ist er ja nicht vorbei.“

Meine Hose wurde eng.

Und in meiner Brust zog sich etwas zusammen, das ich schon seit Jahren nicht mehr gespürt hatte.

Oder vielleicht auch noch nie.

Kapitel 21

Annabelle

Es war der schönste Abend, den ich seit langem verbracht hatte.

Nein.

Ich korrigierte mich.

Es war der schönste Abend, den ich je verbracht hatte.

Schöner als im MoMA, als Jaxon mir ein ganzes Museum zu Füßen gelegt hatte?

Anders schön.

Dort war ich beeindruckt gewesen.

Aufgeregt.

Und heute… heute fühlte ich mich wohl.

Behaglich.

Intim.

Satt und rundum zufrieden verließen Jaxon und ich jetzt das Boathouse und traten in die kühle Nachtluft des Parks hinaus. Ein paar vereinzelte Schneeflocken wirbelten zwischen den hohen Bäumen hindurch und bescherten der Szenerie einen fast märchenhaften Anstrich.

„Kannst du mit diesen Schuhen laufen?“ fragte Jaxon besorgt.

Überrascht blickte ich ihn an. „Warum sollte ich das nicht können?"

„Ich meine, kannst du auf dem Schnee laufen?" präzisierte Jaxon.

„Ach so." Ich lachte und war gleichzeitig gerührt.

Wie besorgt Jaxon um mich war.

„Das geht schon", nickte ich. „So schlimm ist der Schnee nicht. Hauptsache, es wird nicht glatt."

Langsam schlenderten wir den langen Weg entlang, der uns zum Ausgang führen würde. Um diese Zeit war dieser Teil des Central Parks nahezu leer. Die knirschenden Geräusche unter unseren Sohlen waren beinahe das einzige Geräusch, das die nächtliche Stille durchbrach.

Fröstelnd zog ich meine Jacke enger um mich und rieb mir dann die Arme. „Ich glaube, wir sollten vorne an der Straße ein Taxi nehmen. Oder wartet dort wieder die Limousine?" Ich kicherte leicht.

Jaxon lachte. Dann legte er seinen Arm um meine Schultern und zog mich an sich. „Besser so?"

„Mhm...", machte ich, während mein Atem für einen kurzen Moment stehen blieb und mein Herz zu klopfen begann. Seine warme Umarmung schickte einen Schauer nach dem anderen über meinen Körper und raubte mir kurzfristig den Atem.

Jaxon zog mich noch eine Spur dichter an sich heran. „Das finde ich auch", raunte er.

In seiner Stimme lagen Vertraulichkeit und Begehren.

Unbewusst schmiegte ich mich ein wenig enger an ihn.

Das fühlte sich...

Es fühlte sich einfach so richtig an.

Wir gingen weiter. Nun konnte ich einige Stimmen hören. Bald würden wir die Haupt-Promenade erreichen. Dort war immer jemand unterwegs. Menschen, die ihre Hunde ausführten, Nachtschwärmer, jemand, der die ganze Nacht arbeitete und einfach mal etwas Abwechslung brauchte, Paare, die einen romantischen Spaziergang machten und andere, die einfach nur einen Augenblick allein sein oder den Dschungel der Großstadt verlassen wollten.

Wir bogen ab.

„Oh, Verzeihung", lachte ich. Beinahe wären wir mit einem anderen Paar zusammengestoßen.

Jaxon neben mir zuckte zusammen.

Ich blickte ihn an.

Ungläubig starrte er das Paar an.

„Jaxon?“ fragte der andere Mann da.

Jaxon antwortete nicht.

„Jaxon!“ Jetzt war der andere sich sicher. „Ich… oh du meine Güte. Wie oft habe ich gehofft, dir rein zufällig einmal wieder irgendwo zu begegnen, damit wir uns aussprechen können. Und nun… nun passiert es ausgerechnet hier.“ Der andere sah Jaxon an und musterte mich dann neugierig.

„Hallo Jaxon“, grüßte die Frau leise.

Jaxon war noch immer stumm. Er schien zur Salzsäule erstarrt. Jetzt löste er sich langsam von mir. Dann stand er einfach nur da.

„Liam…“, brachte er schließlich mühsam hervor. Er starrte den anderen Mann an, als wäre dieser ein Geist. „Was… was machst du denn hier?“

„Wir… wir machen einen Abendspaziergang. Helen und ich“, erwiderte Liam. Er hielt die Hand seiner Frau. „Wir hatten in der letzten Zeit etwas wenig Zeit für uns und da habe ich zu Helen gesagt, dass wir mal wieder nach draußen gehen sollten. Einfach so. Weil wir das schon lange nicht mehr getan haben.“ Liam sah Jaxon an. Dann warf er mir einen kurzen Blick zu. „Und du bist auch nicht allein.“

Das war mehr eine Feststellung als eine Frage.

„Das ist Annabelle.“ Jaxon zeigte auf mich.

„Freut mich“, begrüßte ich Liam und Helen.

Waren sie Freunde von Jaxon?

Aber warum hatte er Liam dann so merkwürdig angesehen? Und wieso freute er sich dann nicht mehr?

„Ich bin Liam. Jaxons Bruder“, stellte sich Liam vor.

Jaxons Bruder?

Mir blieb der Mund offen stehen.

„Wahrscheinlich haben Sie bisher nicht viel Gutes über mich gehört.“ Liam sah mich an. „Aber lassen Sie mich sagen, ich freue mich, dass es meinem Bruder gut geht. Und noch mehr freue ich mich, dass er eine so wunderbare Begleitung hat.“ Liam lächelte mich an.

Ich hob meine Mundwinkel leicht. So richtig wusste ich nicht, wie ich mich verhalten sollte.

Liam sah Jaxon wieder an. „Ich habe immer nur in der Zeitung von dir gelesen. Du hast ziemlich viel Erfolg. Das freut mich."

Jaxon nickte. „Ja, das kann man so sagen."

Jetzt sah Jaxon Helen an.

Ich wusste seinen Blick nicht recht einzuordnen. Etwas war zwischen diesen dreien. Etwas, das gerade hochkochte. Das spürte ich instinktiv. Aber ich konnte nicht genau sagen, was.

Jaxon trat unbehaglich von einem Bein aufs andere.

„Das ist meine Frau Helen", sagte Liam schnell und an mich gewandt.

„Freut mich", erwiderte ich ein zweites Mal und hob wieder meine Mundwinkel. „Ich wusste gar nicht, dass Jaxon einen Bruder und eine Schwägerin hat."

Mit diesen Worten wollte ich die Situation entspannen.

Doch das gelang mir nicht. Liam und Helen standen vor uns und schienen etwas sagen zu wollen, aber nicht zu wissen, was. Jaxons Mund war zu einem dünnen Strich zusammengepresst.

„Wir… vielleicht sollten wir später einmal wieder miteinander reden", sagte Liam. „Ich meine… es wäre schön, wenn wir uns einfach mal auf einen Drink verabreden könnten. Nur wir beide. Wie Brüder. Wie in alten Zeiten."

Jaxon räusperte sich. „Das… ja, vielleicht können wir das machen." Er kratzte sich leicht am Kopf. „Ich rufe dich an, Liam."

Es war klar, dass Jaxon nicht weiter mit Liam Smalltalk machen wollte.

Liam nickte. „War schön, dich getroffen zu haben."

Dann nahm Liam Helen an der Hand und zog sie weiter.

Jaxon drehte sich nicht um und rief ihnen auch keinen Gruß hinterher. Er stand einfach nur stumm neben mir. Seine Kiefernmuskeln waren angespannt. Vorsichtig blickte ich ihn an. Was war zwischen den beiden Brüdern vorgefallen?

„Wir haben uns ewig nicht gesehen. Jahre." Jaxon sah vor sich auf den Boden, auf dem sich eine dünne Schneeschicht gebildet hatte. Die weißen Flocken, die auf uns herab rieselten, waren jetzt dichter geworden.

„Das… das dachte ich mir", sagte ich vorsichtig. Ich überlegte, was ich hinzufügen konnte. Doch dann sagte ich nichts. Wenn Jaxon sich mir anvertrauen wollte, dann würde er das tun.

„Helen war einmal meine Freundin. Bevor sie mit Liam zusammenkam", verkündete Jaxon da überraschend.

„Oh", machte ich.

Jaxon lachte bitter auf. „Man könnte sagen, er hat sie mir ausgespannt." Jaxons Kiefer mahlten und er sah wieder vor sich in den Schnee.

Ich wusste nicht, was ich sagen sollte. Zu gerne hätte ich Jaxons Hand ergriffen. Aber ich hatte das Gefühl, er brauchte mich genau da, wo ich jetzt war. Direkt neben ihm. Ohne dass wir einander berührten.

„Das war sicher sehr schmerzhaft", bemerkte ich schließlich.

Jaxon nickte. „Es war das Schlimmste, was mir je passiert ist." Unvermittelt hob Jaxon den Kopf und blickte mich an. Seine Augen waren so dunkel, dass ich Pupille und Iris nicht unterscheiden konnte. „Seitdem habe ich mich nie wieder ernsthaft auf eine Frau einlassen können. Ich hatte immer nur kurze Affären. Die Medien haben sich über mich lustig gemacht und mich verrissen." Jaxon presste seine Kiefer aufeinander.

Ich schluckte.

„Aber die Wahrheit ist, dass ich mich seitdem einfach bei keiner Frau mehr sicher gefühlt habe." Jaxon blickte mich unverwandt an. „Ich hatte immer Angst, dass sie mich eines Tages verlassen würden. Weil sie meinen Bruder attraktiver fänden, weil sie irgendjemanden attraktiver fänden, weil sie mich langweilig fänden, weil sie einfach genug von mir hätten." Jaxon sah mich an.

„Ich verstehe", erwiderte ich leise.

„Das habe ich noch nie jemandem erzählt", gestand Jaxon da.

Ich nickte. „Danke, dass ich es wissen darf. Ich..." Ich holte tief Luft. „Ich finde dich nicht langweilig. Von dir kann man nie genug bekommen und du bist sehr attraktiv."

Ich lächelte.

Nicht nur mit den Mundwinkeln wie eben.

Sondern ein richtiges, echtes Lächeln.

Jaxon sah mich an.

Dann lächelte auch er. Er machte einen Schritt nach vorne und legte seine Arme um mich.

Ich erwiderte die Geste.

Und so standen wir eng umschlungen im Central Park, während Schneeflocken auf uns herabrieselten.

Wir standen und standen und standen.

Ich hätte nicht sagen können, wie lange.

Doch irgendwann durchlief ein klammes Zittern meinen Körper. Ich schmiegte mich noch etwas enger an Jaxon, um seine Wärme zu spüren.

„Annabelle, du zitterst ja", murmelte er besorgt und rieb mir über Arme und Rücken, um mich aufzuwärmen. „Ich… Ich habe gar nicht mehr gespürt, wie kalt es ist. Es tut mir leid."

„Schon okay", lachte ich leise. „Ich bin ein zähes New Yorker Mädchen und erfriere nicht so leicht." Doch bei diesen Worten schlugen meine Zähne aufeinander.

„Ja, das merke ich." Jaxon lachte. „Aber egal wie zäh du bist, jetzt gehörst du ins Warme. Komm." Er ergriff meine Hand und zog mich mit sich. „Wir nehmen ein Taxi und dann… dann habe ich noch eine Überraschung für dich."

„Überraschung?" Meine Zähne klapperte immer lauter. Jetzt, wo ich die Kälte so richtig wahrnahm, schien sie in jeden Teil meines Körpers zu kriechen. „Solange es warm ist, ist es gut."

„Es ist warm", versprach Jaxon. „Es ist warm und wenn du es wärmer willst, dann können wir es jederzeit wärmer machen."

„An welchen geheimnisvollen Ort fahren wir denn?" wollte ich wissen.

„Na zu mir." Jaxon lachte. „Ich möchte dir dort unbedingt noch etwas zeigen." Er sah mich an. „Oder lieber nicht?"

In mir machte sich ein warmes Gefühl bereit. In den letzten Tage hatte ich mich bereits gefragt, ob sich zwischen Jaxon und mir…

Ob das noch ein Arrangement war.

Oder doch etwas anderes.

Jetzt wusste ich es.

Jaxon nahm mich mit zu sich.

Um mir etwas zu zeigen.

Er lud mich in sein Leben ein.

Ein warmer Schauer lief mir den Rücken hinab.

Das hatte ich mir von Anfang an gewünscht. Und doch hatte ich mir in der Zwischenzeit verboten, noch darauf zu hoffen.

Wir erreichten die Straße und Jaxon hob seine Hand, um ein Taxi anzuhalten.

„Oh, hier ist es wirklich warm“, erklärte ich eine halbe Stunde später, als wir Jaxons Penthouse betraten. „Und die Aussicht ist noch schöner, wenn es schneit.“ Staunend trat ich an das große Panoramafenster und sah im Dunkel – oder besser gesagt, Halbdunkel, denn in Manhattan wird es nie so richtig dunkel – wie Schneeflocken vor den Fensterscheiben herumwirbelten. „Bei Tag muss es im Schnee noch viel schöner aussehen.“

Jaxon lachte. „Und jetzt ist dir auch klar, warum ich keine Bilder an den Wänden habe. Es ist einfach unnötig. Man ist viel zu sehr von der Aussicht gefangen.“

„Das stimmt.“ Ich lachte ebenfalls. „War es das, was du mir zeigen wolltest?“

„Nein. Hinter dir an der Wand.“ Jaxon war nahe an mich getreten. Ich spürte seine Finger auf meinem Nacken, als er mir den Mantel auszog.

Ich wandte mich um. Dann schlug ich beide Hände vor den Mund. „Oh du meine Güte. Du hast es tatsächlich aufgehängt.“

Jaxon nickte. „Natürlich. Wie könnte ich nicht?“

Und wie hatte ich es nur übersehen können?

Mitten an der Wand hing der Druck von Jackson Pollock, den ich Jaxon geschenkt hatte. Er verlieh dem Raum Farbe und Tiefe. Und er machte neugierig auf den Besitzer.

„Es gefällt dir also wirklich?“ Ungläubig sah ich Jaxon an.

„Ja, das habe ich doch gesagt.“ Jaxon grinste. „Oder hältst du mich für den Typen, der aus Höflichkeit so ein riesiges Ding in sein Wohnzimmer hängt?“

Ich lachte. „Nein, so bist du sicher nicht.“ Dann schüttelte ich den Kopf. „Ich… ich kann noch gar nicht fassen, dass du es wirklich magst!“

„Wirklich“, bestätigte Jaxon.

Und da ließ ich meinen Gefühlen freien Lauf. Ich trat auf Jaxon zu, nahm sein Gesicht in meine beiden Hände und küsste ihn.

Einfach so.

Jaxon erwiderte den Kuss. Er schlang seine Arme um mich und presste mich eng an sich. Selbst durch meine Kleidung spürte ich seine Muskeln an meinen Brüsten. Seine Zunge leckte leicht über meine Lippen und begehrte Einlass. Ich öffnete meinen Mund.

Und dann verschlangen sich unsere Zungen ineinander.

Wild.

Leidenschaftlich.

Und so tief wie nie zuvor.

Meine Haut prickelte und kribbelte und meine Mitte zog sich leicht zusammen. Diesmal nicht nur vor Aufregung. Sondern vor Vorfreude auf das, was kommen würde. Jaxons Hand wanderte über meinen Rücken nach oben.

Dann löste er seinen Mund von meinem. Keuchend rang ich nach Atem, während Jaxon mit seinen Lippen meinen Kieferbogen entlang glitt und ihn mit kleinen Küssen bedeckte, bis er mein Ohrläppchen erreichte.

Ich stöhnte.

Dann presste Jaxon seine Hüften an mein Becken. Er war steif.

Oh Gott.

Ich löste mich leicht von ihm und strich mit meinen Händen über seine muskulöse Brust. Dann begann ich, die Knöpfe seines Hemds zu lösen. Einen nach dem anderen. Jaxon knurrte ungeduldig. Als ich unten angelangt war, zog ich ihm das Hemd nicht aus, sondern machte mich an seinem Gürtel zu schaffen.

Jaxon stöhnte.

Schließlich zog ich seine Hose nach unten. Dann seine Boxershorts.

Ich ging in die Knie und nahm Jaxons Schwanz in meine rechte Hand und begann, ihn langsam zu massieren. Auf und ab. Auf und ab. Jaxon wurde unter meinen Berührungen noch steifer und ich drückte etwas fester zu. Dann nahm ich meine andere Hand und spielte leicht mit seinen Eiern. Ich zupfte und zog vorsichtig daran und beobachtete Jaxons Reaktionen, als ich seinen Körper erkundete. Dann leckte ich mit einer Zunge neckisch über Jaxons Eier. Wieder und wieder, bis ich schließlich seinen Schwanz ganz in den Mund nahm.

Ein tiefes Stöhnen entfuhr Jaxons Kehle. „Oh ja, Baby, oh Annabelle."

Ich glitt mit meiner Zunge an Jaxons langem Schaft entlang zurück und liebkoste die Eichel. Dann saugte ich an seinem Schwanz und nahm ihn schließlich wieder tief in meinen Mund auf. Jaxon legte eine Hand auf meinen Hinterkopf und schob sein Becken im Rhythmus meiner Bewegungen leicht vor und zurück.

Ich hätte nicht sagen können, wie lange ich Jaxon schon so verwöhnte, als er sich sanft aber bestimmt von mir löste, mich an den Armen fasste, nach oben zog und begann, mich auszuziehen. Als ich im BH vor ihm stand, bedeckte Jaxon den Rand meiner Brüste mit kleinen Küssen. Dann zog er meinen BH aus, beugte sich vor und leckte mit seiner Zunge über meine Nippel. Links. Rechts. Links. Rechts.

Ich stöhnte.

Jaxon fuhr mit seiner Zunge in aller Seelenruhe um meine Brüste und dann meinen Bauch hinab. Bis er ebenfalls vor mir auf die Knie ging und mein Höschen nach unten zog. Ich spreizte meine Beine. Jaxons Zunge erkundete meine Falten. Als er meine Perle berührte, keuchte ich erregt auf und krallte meine Finger in seine Schultern.

Jaxon machte weiter und führte zwei Finger in mich ein. Da erst bemerkte ich, wie nass ich war. Rhythmisch begann ich, mit meinen Hüften zu kreisen, während Jaxon mich leckte und seine Finger weiter in mich bohrte.

Ich warf meinen Kopf in den Nacken und stöhnte. In meiner Mitte ballte sich alles zusammen und ich spürte, wie die Hitze in all meine Gliedmaßen ausstrahlte.

Unvermittelt stand Jaxon auf, packte mich, zog mich zum schwarzen Ledersofa, ließ sich darauf fallen und zog mich auf seine Hüften. Er zog mich zu einem weiteren wilden Kuss zu sich herab, während sein Schwanz sich tief in mich bohrte. Ich presste mich an ihn, bis ich ihn so tief in mir spürte wie noch nie zuvor.

„Oh ja!“ Ich stöhnte laut. Dann lehnte ich mich nach hinten und begann, meine Hüften vor und zurück zu bewegen, bis ich spürte, dass Jaxons Schwanz genau den richtigen Punkt in mir berührte. Ich bewegte mich erst langsam, dann immer schneller. Jaxon packte meine Arme und bewegte sich unter mir. Sein Schwanz glitt immer wieder so tief in mich, wie ich es noch nie gespürt hatte.

Ich keuchte.

Oh Gott.

Jaxon umfasste meine Hüften und drückte mich tief auf sich nieder. Und tiefer.

Ich lehnte mich noch ein Stück zurück.

Jaxon drückte mich wieder nach unten.

Und da ballte sich das Feuer in meiner Mitte erneut zusammen. Ich ließ alles los. Dann explodierte es und ich kam in einem überwältigenden Höhepunkt. Meine Haut glühte von Kopf bis Fuß, als mir ein lauter Lustschrei entfuhr.

Jaxon drückte mich erneut auf seine Hüften.

„Annabelle, Baby, du bist unglaublich“, stöhnte er laut, als er sich in mir ergoss.

Zitternd und schweißgebadet schmiegte ich mich an ihn.

So verharrten wir eine ganze Weile, ohne dass noch Worte nötig gewesen wären. Irgendwann richtete Jaxon sich etwas auf und strich mir eine verirrte Haarsträhne aus der Stirn.

„Perfekt“, hauchte er zufrieden. „Einfach perfekt.“

Kapitel 22

Jaxon

Pfeifend setzte ich mich hinter meinen Schreibtisch. In den letzten Tagen schien mir die Arbeit leichter von der Hand zu gehen. Ich war besser gelaunt und das, obwohl ich mich über einen Mangel an Stress nicht gerade beschweren konnte. Doch selbst wenn der Himmel draußen grau und diesig war oder wenn schwere Wolken über New York hingen, strahlte ich und fand, dass das Leben einfach wunderbar sei.

Selbst belanglose Meetings erfüllten mich nicht mehr mit Zorn. Irgendeinem Zweck dienten sie – sei es nur, dass man die Kollegen einmal wieder sah und sich miteinander abstimmte.

Meine Kollegen schrieben diese Stimmung der Tatsache zu, dass Victor sich entschieden hatte, bei *PerfectPartner* mit einem Investment einzusteigen. Ja, es war nur eine kleine Summe, aber war es nicht der Auftakt für etwas viel Größeres?

PerfectPartner selbst hatte schließlich auch einmal klein angefangen. Jetzt standen wir wieder vor einem großen Neubeginn. Gemeinsam würden wir das Unternehmen auf die nächste Stufe heben und weiter wachsen. Wir würden größer werden als jeder sich vorstellen konnte.

Ich gab Anzeigen für neue Stellen frei und die Personalabteilung lud Bewerber zu Gesprächen ein. Für unsere Pläne mussten wir die richtigen Leute in unserem Unternehmen versammeln.

Ja, ich hatte allen Grund, gut gelaunt zu sein.

Aber es war nicht nur das.

Annabelle.

Sie war der wahre Grund für meine gute Laune.

Seit unserem wundervollen Abend zusammen fühlte ich mich glücklicher und erfüllter als je zuvor. Ich hatte Annabelle meine tiefste Wunde gezeigt. Die ganzen Jahre hatte ich meine Wunde nicht spüren wollen und alles getan, um den tiefen Schmerz nicht fühlen zu müssen. Ich hatte gearbeitet, mich mit Frauen amüsiert, ich hatte...

Ich war nicht gerade stolz auf das, was ich getan hatte.

Doch bei Annabelle spielte das alles keine Rolle mehr. Sie hatte mir zugehört und nahm mich so, wie ich war. Mit ihrer fröhlich-unbefangenen Art war sie in der Lage gewesen, sämtliche Mauern einzureißen, die ich über die Jahre um mein Herz aufgebaut hatte.

Nun heilte meine Wunde und in mir blühte etwas auf, das völlig neu für mich war.

Ich warf einen Blick in meinen Kalender.

Wann stand heute noch einmal die nächste Besprechung an?

In diesem Augenblick blinkte das Chatsymbol rechts unten in der Symbolleiste.

Belinda schickte mir einen Link.

Das sollten Sie lesen, Mr. Caldwell. Am besten sofort.

Ich seufzte. Belinda hatte ihre Vorzüge. Doch oft hielt sie Dinge für dringend, die nicht wirklich dringend waren.

Aber mir blieb noch etwas Zeit und so klickte ich auf den Link.

Der Artikel ist merkwürdig und ich... ich weiß nicht, was ich tun soll.

Wieder Belinda.

Schon gut, ich las ja.

Die Seite eines Online-Magazins öffnete sich.

PerfectPartner: Ein Blick hinter die Kulissen

Ich seufzte, als ich den Titel las.

Schon wieder. Schon wieder bildete sich jemand ein, besser als ich selbst zu wissen, wie es in meinem Unternehmen zuging. Das kannte ich mittlerweile zur Genüge und ich hatte beschlossen, mich darüber nicht mehr aufzuregen.

Besonders jetzt.

Annabelle hatte so viele schöne Dinge in mein Leben gebracht.

Wieso sollte ich mir das von irgendwelchen Praktikanten verderben lassen, die einen Artikel aus Informationen zusammenkopierten, die sie anderswo im Internet gefunden hatten?

Ich las.

PerfectPartner verspricht viel – das liegt ja schon im Namen der App. Sie spielt mit den geheimen Träumen und Sehnsüchten so vieler Menschen in der modernen Zeit. Irgendwo muss er doch sein, der perfekte Partner – oder die perfekte Partnerin. Diese eine Person, die das Leben leichter und schöner macht und mit der es nicht ständig toxischen Streit gibt.

Doch wie soll man diese Person heute noch finden?

Hier verspricht PerfectPartner Hilfe. Der Algorithmus der App ist darauf spezialisiert, Menschen zusammenzubringen, die perfekt zusammenpassen, sich aber im wahren Leben nie kennengelernt hatten.

Ich schmunzelte.

Gar nicht so schlecht.

Was fand Belinda daran so dringend?

Soweit die Theorie. Doch in der Praxis macht der Algorithmus der App alles – nur nicht das, was er soll. Userinnen berichten vermehrt darüber, keine Matches mehr zu haben, die wirklich passen. Kaum eine, die auf PerfectPartner einen Mann trifft, der es wirklich ernst mit ihr meint.

Kein Wunder.

Jaxon Caldwell, der Kopf hinter PerfectPartner, hat den Algorithmus umschreiben lassen, um Männern zu helfen, schneller Hook-Ups zu finden.

WAS?

Ich erstarrte.

„Das kann doch nicht sein“, entfuhr es mir tonlos.

Was bildete dieser Schmierfink sich eigentlich ein?

Einfach derartige Gerüchte über mich verbreiten.

Ich ballte meine Hand.

„Der Kerl kann was erleben“, zischte ich.

Aber zuerst musste ich die ganze Wahrheit kennen. Also las ich weiter.

Caldwell selbst ist wie seine App: Eine Affäre nach der anderen. Wer in seine Klauen gerät, wird umgarnt und dann manipuliert, verführt und schließlich durch eine andere Person ersetzt. Oder Caldwell hält die Frau so weit von sich fern, dass sich keine Beziehung entwickeln kann.

So habe ich es am eigenen Leib erfahren.

Am eigenen Leib erfahren?

Eine meiner Ex hatte den Artikel geschrieben?

Ich sprang auf und verfluchte, dass ich keine Zeitung in der Hand hielt. Dann hätte ich jede einzelne Seite zerknüllen und aus dem Fenster werfen können.

Oder sonstwohin.

Hier oben ließen sich die Fenster nicht öffnen.

Ich atmete heftig.

Ruhig, Jaxon. Lies den Artikel fertig.

Das würde ich tun. Aber zuerst würde ich herausfinden, wer für dieses Geschmier verantwortlich war.

Ich ging zurück zu meinem Schreibtisch, ließ mich wieder in den Executive Chair fallen und scrollte mit einer fahrigen Bewegung ans Ende des Artikels.

Eine Reportage von Annabelle Haven.

Annabelle?

Annabelle?

ANNABELLE?

„Das kann nicht wahr sein", presste ich entsetzt hervor und spürte, wie sich mein Hals zusammenschnürte.

Annabelle tat so etwas nicht.

Oder?

Ich schloss die Augen. Sicher hatte ich mir das alles nur eingebildet. Jetzt sah ich Annabelles Namen schon überall.

Ich schlug meine Augen wieder auf.

Da stand es schwarz auf weiß.

Annabelle Haven.

Vielleicht handelte es sich um eine Namensgleichheit? Oder ein Pseudonym? Viele Autoren und Journalisten schrieben nicht unter ihrem wahren Namen, um nicht belästigt zu werden.

Ich schnaubte.

So ein Unfug Jaxon. Warum sollte jemand ausgerechnet Annabelles Namen als Pseudonym verwenden? Und wie viele Annabelles gibt es, die dich kennen? Das hier ist keine zufällige Namensgleichheit. Es ist Annabelle.

Meine Seiten stachen heftig und ich spürte, wie die Ader an meiner Schläfe zu pulsieren begann. In meiner Brust war ebenfalls ein Stechen. Oder ein anderes komisches Gefühl, das ich nicht genauer benennen konnte.

Doch ich las weiter.

Jaxon Caldwell ist ein toxischer Mann der übelsten Sorte. Frauen bedeuten ihm nichts. Gar nichts. Es sind reine, austauschbare Sexobjekte für ihn. Mit wem er sich gestern vergnügt hat, das hat er morgen schon vergessen. Gefühle sind für ihn ein Fremdwort. Ebenso Respekt. Erteilt ihm eine Frau eine Abfuhr, manipuliert er sie, bis er sie schließlich rumgekriegt hat. Nur um sie am Ende zu entsorgen.

Ich runzelte die Stirn.

Dieser Text kam mir bekannt vor.

Wo hatte ich das schon gelesen?

Wo?

Ich legte meinen Kopf in meine Hände und massierte vorsichtig meine Schläfen.

Wo?

Ich sah es vor mir, aber ich konnte es nicht greifen.

Dann hörte ich plötzlich Victors Stimme vor mir.

Victor.

Natürlich.

Ich schnippte mit den Fingern.

Dann suchte ich nach der Mail, die ich Chase geschickt hatte.

Hier.

Das war der gleiche Text.

Bis auf das letzte Komma.

Annabelle kannte den Text der anonymen Mails.

Und das konnte nur eins heißen.

Sie hatte die Mails selbst geschrieben.

Wieder legte ich den Kopf zwischen meine Hände. Dann ließ ich ihn nach unten sinken, bis er die Tischplatte berührte. Ein lautes Stöhnen entrang sich mir.

Dieser Schmerz.

Dieser entsetzliche Schmerz.

Doch plötzlich durchzuckte mich Ärger. Wut.

„Diese miese, verräterische…“, fauchte ich und sprang auf.

Sie hatte mich die ganze Zeit über nur benutzt und ausspioniert. Ich war für sie nur ein Mittel zum Zweck gewesen. Sie hatte so getan, als würde sie sich auf mein Spiel einlassen und dabei… dabei hatte sie selbst ein doppeltes Spiel gespielt.

Ich hatte geglaubt, ihr mit dem Arrangement einen Gefallen zu tun. Aber in Wahrheit… in Wahrheit… was war die Wahrheit?

Ich dachte an Annabelles viele Fragen, die ich als Interesse gedeutet hatte.

Interesse!

Dass ich nicht lachte!

Annabelle hatte Material für ihren Artikel gesammelt! Ihr Interesse an *PerfectPartner*, ihre vermeintliche Naivität und am Ende sogar ihre Leidenschaft… nichts davon war echt.

Sie hatte nur ein Ziel gehabt: Mich öffentlich vorführen zu können und meinen Ruf endgültig zu ruinieren.

Und ich Idiot war so naiv gewesen und hatte ihr auch noch meine Geheimnisse und meine tiefsten Wunden offenbart. Ja, ich hatte sogar geglaubt, in ihr die gefunden zu haben, mit der ich meine Wunden heilen konnte.

Wie hatte ich nur so dumm sein können?

Vor meinem inneren Augen sah ich unvermittelt wieder Annabelles entwaffnendes Lächeln, ihren nackten Körper unter meinen Händen, ich hörte ihre leidenschaftlichen Schreie, während wir wie ein verliebtes Pärchen in meinem Penthouse vögelten. Hatte sie sich dabei vollends über mich lustig gemacht wie ein falsches Miststück? Bei der Erinnerung daran begann ich vor Zorn derart zu zittern, dass ich wieder aufsprang.

Ich machte ein paar hastige Schritte zum Fenster, wo mir ein gellender Schrei entfuhr. Dann wandte ich mich um und rammte meine Fäuste auf die Tischplatte.

Das würde sie mir büßen.

Wie konnte sie es wagen, mich derart in den Schmutz zu ziehen?

„Mr. Caldwell?" Ein zaghaftes Klopfen an der Bürotür riss mich aus meiner Raserei.

Schwer atmend versuchte ich, mich zu beruhigen.

„Ja?"

„Ist alles in Ordnung?" Belinda steckte ihren Kopf zur Tür hinein.

Ich holte tief Luft. „Ja."

Zu mehr war ich nicht fähig.

„Ich dachte mir schon, dass dieser Artikel Sie aufregen wird", setzte Belinda an.

„Ich möchte nicht darüber reden", schnitt ich Belinda das Wort ab.

Warum nur glaubten Frauen, dass mit Reden alles besser würde? Warum nur? Davon kam nur der ganze Schmerz nach oben. Doch wenn man ihn tief in sich vergrub und dann einfach weitermachte, dann konnte man auch ganz gut leben. Das wusste ich. Schließlich hatte ich es jahrelang getan.

Flüchtig dachte ich an Helen.

Damals hatte ich geglaubt, sie hätte mich verraten.

Doch das war nichts gegen Annabelle.

Helen hatte immerhin keine intimen Details an Zeitungen geschickt.

„Mr. Caldwell, wenn ich etwas für Sie tun kann..." Belinda gab nicht so leicht auf.

„Ja, lassen Sie mich in Ruhe", schnauzte ich Belinda unwirsch an.

Meine Sekretärin sah mich verschreckt aus großen Augen an und zog sich dann zurück. Leise schloss sie die Bürotür hinter sich.

Ich ballte meine Hände wieder zu Fäusten und atmete heftig.

Wenn ich doch nur einen Boxsack hier im Büro hätte. Ich wollte auf etwas einschlagen. Ich MUSSTE auf etwas einschlagen. Anders würde ich mit meinen Gefühlen nicht fertig werden.

Wieder hieb ich auf meinen Schreibtisch.

Und dann nahm ich die Tastatur zwischen meine Hände, hob mein Knie und zerbrach das ganze verdammte Ding. Tasten und Elektronikkram splitterten und verteilten sich über den Boden um mich herum.

Genauso fühlte sich mein Herz in diesem Moment an – wie ein zerschmetterter, nutzloser Haufen Scherben, von dem ich mich fern halten musste. Sonst würde nicht nur mein Herz splittern, sondern ich würde mir auch noch die Hände aufschneiden.

Was für eine falsche Schlange!

Ich atmete heftig und starrte auf das Chaos am Boden.

Wie konnte ich nur so blöd sein?

Wie hatte ich nur glauben können, mit Annabelle die Frau gefunden zu haben, mit der alles anders wurde?

Diese Frau gab es nicht.

Annabelle gab es nicht.

Es gab nur ein Bild von ihr, das ich mir gemacht hatte und das in keiner Weise der Realität entsprach.

Die Scherben.

Ich atmete tief.

Annabelle hatte es nicht einmal für nötig gehalten, mich vor der Veröffentlichung anzurufen und mich irgendwie zu warnen. So wenig war ich ihr wert.

Wieder holte ich Atem.

Nachdem ich meiner Wut freien Lauf gelassen hatte, machte sich eine eisige Kälte in mir breit.

Und dann lächelte ich.

Es war ein berechnendes Lächeln.

Annabelle würde sich noch wundern.

Jetzt würde sie mich kennenlernen.

Und zwar richtig.

Sie hatte geglaubt, sie könnte mit mir spielen?

Ich schnaubte.

Das würde sie mir büßen.

Kapitel 23

Annabelle

Träumerisch saß ich vor meinem Bildschirm und wärmte meine Hände an einer Tasse Kaffee. Hier im Büro war es wirklich eisig kalt. Marcus hatte die Anweisung gegeben, die Heizung zu drosseln. Er meinte, wenn uns nicht zu warm und wohlig wäre, dann würden wir bessere Arbeit leisten.

Ich schüttelte innerlich den Kopf.

So ein Unsinn.

Marcus wollte sparen. Das war alles. An jeder Ecke suchte er nach Einsparpotenzial. Dabei verkaufte sich die Druckausgabe von *Intrigued* gar nicht mal schlecht. Die Werbekunden zahlten gut und auch unsere Online-Präsenz lief hervorragend.

Damit blieb nur eine Schlussfolgerung: Marcus stellte die Heizung ab, um mehr Geld zu haben, das er in die eigene Tasche stecken konnte. Welche Arbeit wir leisteten oder ob wir dabei froren, das war ihm ziemlich egal.

Ich stellte die Kaffeetasse auf meinen alten, fleckigen Schreibtisch. In einem hatte Marcus allerdings recht: Ich war furchtbar im Verzug mit dem Artikel, den ich schreiben sollte. Ich wollte einen ausgewogenen Bericht abliefern, in dem ich alle Vorwürfe gegen Jaxon auflistete und dann entkräftete. Und das nahm eben seine Zeit in Anspruch.

Einen Schmierenartikel konnte jeder schreiben.

Aber das war überhaupt nicht mein Stil.

Ich seufzte. Dann tippte ich auf die Tastatur meines Laptops und erweckte ihn zum Leben. Vor mir war eine leere Seite, auf der nur der Cursor blinkte.

Wie zum Teufel sollte ich anfangen?

Sollte ich von meiner persönlichen Beziehung zu Jaxon berichten oder das lieber ganz rauslassen? Einerseits könnte der Eindruck entstehen, ich sei befangen. Und andererseits… andererseits könnte man ebenso behaupten, dass ich wesentliche Tatsachen einfach wegließ.

Aber war Marcus nicht genauso befangen, wenn er mich einfach beauftragte, etwas über Jaxon zu schreiben, ohne sorgfältig zu recherchieren? Wer redete darüber?

Niemand.

Doch man sollte darüber reden.

Aber… Würde das überhaupt jemand glauben, wenn ich es schrieb?

Annabelle, du kannst nicht schreiben, dass Marcus dir den Inhalt und die Schlussfolgerung des Artikels vorgegeben hat. Das geht nicht. Marcus wird niemals zulassen, dass es veröffentlicht wird. Er wird es streichen. Und du wirst deinen Job verlieren.

Meinen Job, den ich so dringend brauchte.

Ich seufzte und starrte die leere Seite auf dem Bildschirm erneut an. So würde ich nicht weiterkommen. Also wechselte ich zum Browser. Mal sehen, was heute neu auf *Intrigued* veröffentlicht wurde. Vielleicht würde mich das inspirieren.

Ich warf einen flüchtigen Blick auf die Schlagzeile.

Dann erstarrte ich.

PerfectPartner: Ein Blick hinter die Kulissen

Was?

Ein Artikel über *PerfectPartner*?

Aber… was war dann mit meinem Artikel?

Sollte ich nichts mehr schreiben?

Hatte Marcus vergessen, mir das mitzuteilen?

Mein Herz schlug bis zum Hals, als ich auf den Titel klickte und der Artikel sich öffnete. Rasch begann ich zu lesen. Ich musste unbedingt herausfinden, was hinter dieser Sache steckte.

PerfectPartner verspricht viel – das liegt ja schon im Namen der App. Sie spielt mit den geheimen Träumen und Sehnsüchten so vieler Menschen in der modernen Zeit. Irgendwo muss er doch sein, der perfekte Partner – oder die perfekte Partnerin. Diese eine Person, die das Leben leichter und schöner macht und mit der es nicht ständig toxischen Streit gibt.

Doch wie soll man diese Person heute noch finden?

Hier verspricht PerfectPartner Hilfe. Der Algorithmus der App ist darauf spezialisiert, Menschen zusammenzubringen, die perfekt zusammenpassen, sich aber im wahren Leben nie kennengelernt hatten.

Die Einleitung war gar nicht so schlecht und ich ertappte mich dabei, wie ich überlegte, ob ich Marcus bitten konnte, diese Einleitung auch für meinen Artikel verwenden zu können. Vielleicht plante er eine Serie.

Das hätte er mir allerdings wirklich sagen können.

Ich las weiter.

Nun ging es um die Hook-Up-Vorwürfe.

Und dann...

Caldwell selbst ist wie seine App: Eine Affäre nach der anderen. Wer in seine Klauen gerät, wird umgarnt und dann manipuliert, verführt und schließlich durch eine andere Person ersetzt. Oder Caldwell hält die Frau so weit von sich fern, dass sich keine Beziehung entwickeln kann.

So habe ich es am eigenen Leib erfahren.

Was?

Wer hatte das am eigenen Leib erfahren?

Mit zitternden Fingern scrollte ich durch die Zeilen des Artikels bis nach unten, wo der Name der Autorin stehen musste. Ungläubige Fassungslosigkeit machte sich in mir breit, als ich meine eigenen Namen erblickte.

Eine Reportage von Annabelle Haven.

Was?

„Das kann doch nicht wahr sein", murmelte ich wie betäubt und starrte weiter angestrengt auf die Stelle, an der ich meinen Namen sah. Als könnte ich ihn durch bloße Willenskraft dazu zwingen, sich zu ändern oder zu verschwinden.

Doch er blieb.

Annabelle Haven.

Aber ich hatte diesen Artikel nicht geschrieben!

Mehr noch: Es war überhaupt nicht der Artikel, den ich schreiben würde. Ich scrollte erneut durch die Zeilen und überflog die einzelnen Absätze. Mir wurde schlecht bei dem Gedanken, dass eine derartige Falschdarstellung unter meinem Namen veröffentlicht worden war.

Das stimmte doch alles gar nicht!

So war Jaxon nicht!

Und ich hatte es auch nicht am eigenen Leib erfahren!

Noch dazu hatte ich nicht den kleinsten Beweis dafür gefunden, dass der Algorithmus auf Jaxons Befehl hin manipuliert wurde. Im Gegenteil, Jaxon schien selbst ratlos zu sein, warum die Matches nicht so funktionierten wie sie sollten.

Am liebsten hätte ich die Seite einfach geschlossen und vergessen, dass dieser Artikel existierte. Wie konnte man nur so etwas über Jaxon schreiben? Das konnte nur jemand getan haben, der ihn nicht wirklich kannte. Der seine Sanftmut nicht gesehen hatte und seine… seine Verletzlichkeit. Ich dachte an das Geständnis, das Jaxon mir gemacht hatte, nachdem wir Liam und Helen begegnet waren.

Ich schluckte.

Ob Jaxon den Artikel schon gelesen hatte?

Sicher hatte *PerfectPartner* ein Monitoring-System für die Presse und wusste sofort Bescheid, wenn ein Artikel veröffentlicht wurde, in dem die App erwähnt wurde. Das war Standard in jeder größeren Firma und sicher ganz besonders, wenn das Produkt eine App wie *PerfectPartner* war.

Jaxon wusste also Bescheid.

Ich musste ihn sofort anrufen.

Hektisch griff ich nach meinem Smartphone. Doch dann hielt ich inne.

Nein.

Ich würde zuerst herausfinden, was es mit der ganzen Sache auf sich hatte. *Intrigued* veröffentlichte keinen einzigen Artikel, ohne dass Marcus darüber Bescheid wusste.

Ich musste zu ihm.

Als ich an der Tür war, kam mir ein Gedanke.

Vielleicht war alles nur ein Versehen? Vielleicht hatte Tom, unser Editor, einfach nur auf den falschen Namen geklickt. Und schon war mein Name unter dem Artikel statt der Name der Person, die diese Zeilen geschrieben hatte.

Aber dennoch... Wieso war dieser Artikel überhaupt erschienen? Egal unter welchem Namen.

Ich öffnete die Tür und stürmte den Gang entlang.

„Marcus!" Ich klopfte zweimal hart an seine Tür und trat dann ein, ohne seine Antwort abzuwarten.

Marcus saß hinter seinem Schreibtisch, der wie immer von Papieren überladen war. Als ich eintrat, sah er auf. „Oh, Annabelle. Hast du heute deinen stürmischen Tag? Das steht dir gut." Marcus kicherte. „So kannst du gerne öfter hier reinkommen. Und gerne auch näher an mich."

Ich ignorierte diese zweideutigen Bemerkungen. „Wer hat den Artikel über *PerfectPartner* geschrieben?" wollte ich wissen.

Marcus kicherte erneut. „Ah ja, der Artikel. Ich habe mich schon gefragt, wann du ihn sehen würdest. Der ist wirklich gut geworden. Stimmt's?"

Ich schnaubte. „Gut? Das Ding ist eine einzige Lüge. Schon angefangen damit, dass ich es geschrieben haben soll. Habe ich nicht."

Ich verschränkte meine Arme vor der Brust und starrte Marcus herausfordernd an.

Nun sollte er mir das alles erklären.

„Hast du nicht", gab Marcus zu. „Das war ich selbst."

„Du?" Mir blieb der Mund offen stehen. Ich hatte viel vermutet. Aber das nicht.

Marcus kicherte wieder. „Ja, da staunst du, was? Das hättest du wohl nicht gedacht."

Ich war wie erstarrt. „Aber... aber wieso? Ich meine, du weißt doch, dass ich an einem Artikel arbeite. Meine Recherchen sind noch nicht abgeschlossen und... wieso veröffentlichst du dann einen Artikel, der irgendwelche Behauptungen aufstellt? Und noch dazu unter meinem Namen? Das ergibt alles gar keinen Sinn!"

Marcus grinste. „Nun, du hast anscheinend etwas Mühe, diesen Artikel zu schreiben. Und da habe ich gedacht, ich greife dir ein wenig unter die Arme. Es wurde Zeit, etwas über *PerfectPartner* zu schreiben. Wenn wir ewig schweigen, dann nimmt sich jemand anderes diese Story und veröffentlicht sie. Und wo gehen dann die Klicks und die Werbeeinnahmen hin? Woanders." Jetzt grinste Marcus nicht mehr.

„Schon. Aber das ist totaler Rufmord. Meine Recherchen... ich habe keinen einzigen Beleg dafür gefunden, dass alles tatsächlich so ist wie du schreibst. Und überhaupt... was fällt dir ein, das unter meinem Namen zu veröffentlichen? Ohne mich zu fragen?" Verzweiflung machte sich in mir breit.

Marcus grinste. „Wie gesagt, ich helfe dir. Wenn es einen Artikel von dir gibt, kann ich deine Stelle weiter rechtfertigen. Sonst nicht."

„Rechtfertigen? Aber du bist doch hier der Chef?" Ich verstand gar nichts mehr.

„Na und? Manchmal muss man auch etwas vor sich selbst rechtfertigen." Marcus sah mich stirnrunzelnd an. „Ich hatte ernsthafte Zweifel, dass du diesen Artikel noch fertig schreiben wirst. Du scheinst... privat involviert zu sein. Und zwar etwas zu sehr."

„Du hättest mich fragen müssen", stieß ich hitzig hervor, ohne Marcus' Worte weiter zu beachten.

„Musste ich nicht. Hast du mal in deinen Vertrag geschaut? Darin ist festgelegt, dass du deinen Namen als Autorin zur Verfügung stellst. Auch für Dinge, die von anderen verfasst wurden." Marcus runzelte die Stirn.

„Das ist trotzdem eine Frechheit!" protestierte ich weiter. „Es ist alles andere als seröser Journalismus."

Marcus sah mich kühl an. „Seriös? Davon musst du gerade reden, Annabelle. Ehrlich." Marcus kratzte sich an der Nase. „Ich habe den Verdacht, du hast dich in diesen Caldwell verknallt. Er hat einen auf charmanten Milliardär gemacht, du bist ihm auf den Leim gegangen und jetzt legst du dich ins Zeug, um seinen Ruf zu retten. Statt ihn so zu sehen wie er wirklich ist. Ein Idiot, der nichts auf Frauen gibt."

Ich öffnete den Mund, um etwas zu entgegnen. Doch mein Kopf war wie leergefegt. Ich suchte verzweifelt nach Worten.

Nichts.

Mein Herz begann zu rasen.

„Jetzt mal ehrlich, Annabelle. Für diesen Jaxon Caldwell bist du doch nichts weiter als eine Kerbe im Bettpfosten. Die nächste Affäre wartet bestimmt schon um die Ecke und dann bist du Geschichte." Marcus schüttelte den Kopf. „Klar, jetzt bist du verknallt, also hast du eine rosa Brille auf und bist total naiv... aber in ein paar Tagen oder Wochen wirst du aufwachen und dann wirst du mir danken, dass ich dich davor bewahrt habe, dein ganzes Leben zu ruinieren."

Ich stand reglos da, während ich Marcus' harte und zynische Worte hörte.

Mein Chef verdrehte die Augen. „Das ist wirklich immer das gleiche mit euch Frauen."

Was sollte das nun wieder heißen?

Marcus hatte keine Ahnung. Er saß hier vor mir und zog die Geschichte zwischen Jaxon und mir in den Schmutz. Dabei wusste er doch gar nicht, was wirklich geschehen war. Er war nicht dabei gewesen. Er hatte nicht gehört, wie Jaxon mir sein Herz geöffnet hatte.

„Sieh an, du wirst ein wenig rot." Marcus lachte. „Annabelle, vertrau mir. Wenn Caldwell dich erst fallen gelassen hat, dann wirst du dich fragen, wie du je so dumm sein konntest. Und dann... dann wirst du förmlich darauf brennen, alles der Öffentlichkeit zu enthüllen, was du weißt, jetzt aber nicht zu Papier bringen kannst. Und die Leute werden darauf abfahren, das kann ich dir jetzt schon sagen."

„Das...." Ich schnappte nach Luft.

„Und am Ende wirst du dich daran erinnern, dass du mir alles verdankst und du wirst mir das zurückzahlen. Mit Zins und Zinseszins. In Naturalien.". Marcus leckte sich grinsend mit einer Zunge über die Lippen und kratzte sich mit einer Hand am Schritt.

Angeekelt fuhr ich zurück.

Es war klar, was Marcus meinte.

Doch das konnte ich nicht.

Das wollte ich nicht.

„Du willst schließlich auch weiterhin deinen Job behalten." Marcus grinste immer noch. Er verschränkte die Arme und musterte mich herausfordernd, als er sich auf seinem Stuhl leicht hin und her drehte. „Da wäre das schon angemessen."

„Angemessen?" fauchte ich. „So was nennt man..." Ich schluckte die nächsten Worte herunter.

Mobbing.

Bossing.

Belästigung.

Nötigung.

Ich hätte mich nie auf dieses dämliche Projekt einlassen sollen.

Niemals.

„Wie nennt man es denn?" Marcus' Stimme klang ölig.

Ich schluckte. „Ich will damit nichts zu tun haben, Marcus. Du tust genau das, was du Jaxon unterstellst. Du nutzt mich aus und später... später wirst du das wahrscheinlich mit der Praktikantin tun. Dann wirst du Artikel unter ihrem Namen veröffentlichen. Mit solchen Methoden will ich nichts zu tun haben. Wer weiß schon, welche widerlichen Machenschaften du sonst noch treibst."

Marcus sprang auf. „Pass bloß auf, was du sagst."

Ich wich zurück.

Ich wollte nur noch weg.

Zu Jaxon.

Rasch wandte ich Marcus den Rücken zu und riss die Tür auf. Marcus lachte dröhnend hinter mir. Er traute mir wohl nicht zu, dass ich ihn einfach stehen ließ. Doch genau das würde ich jetzt tun. Flink eilte ich den Gang hinab in mein Büro und schnappte meine Tasche.

Ich musste Jaxon alles erklären.

Am besten sofort.

Er durfte nichts Falsches über mich glauben und er durfte nicht an mir zweifeln.

Er durfte nicht an UNS zweifeln.

Vielleicht hatte ich gerade meinen Job verloren.

Aber merkwürdigerweise war mir das total egal.

Irgendwie würde es schon weitergehen für mich.

Ich fühlte mich leicht und sicher.

Wenn ich Jaxon erst alles erklärt hatte, dann würde ich ihm von meiner misslichen Lage berichten und er würde mir sicher helfen, eine Lösung zu finden.

Einen anderen Job.

Alles würde gut werden.

Oder?

Ein kleiner Rest an Misstrauen blieb in mir zurück. Marcus' Worte waren nicht spurlos an mir vorüber gegangen.

Ich schüttelte den Kopf.

Daran durfte ich jetzt nicht denken.

Ich sah Jaxons Gesicht vor mir und seine dunklen Augen.

Alles würde gut.

Sicher.

Kapitel 24

Jaxon

Eben hatte ich noch eisige Kälte verspürt. Ich war mir sicher gewesen, dass Annabelle für das bezahlen sollte, was sie getan hatte.

Doch dann sah ich wieder auf den Bildschirm.

Es gab noch etwas Dringenderes als meine persönliche Rache.

PerfectPartner.

Dieser Artikel konnte uns das Genick brechen.

Wenn ich vorher geglaubt hatte, die Nutzerzahlen würden nach unten gehen... jetzt würden sie vermutlich in den Keller rutschen. Niemand würde sich neu bei uns anmelden.

Niemand.

Und wer schon Kunde war, der würde gehen.

Ich musste dringend Schadensbegrenzung betreiben.

Und danach... danach würde ich mir Annabelle vorknöpfen.

Meine Finger zitterten leicht, als ich mein Headset vom Schreibtisch nahm. „Belinda."

„Ja, Mr. Caldwell?" Meine Sekretärin klang leicht verängstigt. Wahrscheinlich erinnerte sie sich noch an unsere Begegnung von vorhin.

„Schicken Sie Chloe hierher. Aber sofort. Wenn sie in einer Besprechung ist, dann soll sie rauskommen. Das hier ist dringender“, befahl ich.

„Sicher, Mr. Caldwell.“ Belinda atmete flach.

„Gut.“ Ohne ein weiteres Wort legte ich auf. Um meine Sekretärin würde ich mich später kümmern. Das war wirklich nicht so dringend.

Ich wartete.

Eine Minute.

Fünf Minuten.

Nach zehn endlos erscheinenden Minuten ertönte endlich ein Klopfen an meiner Bürotür.

„Herein“, knurrte ich. Als Chloe mein Büro betrat, brummte ich: „Na endlich? Wo warst du denn so lange?“

Chloe lachte. „Nur unten im Meetingraum. Was gibt es so Dringendes?“

Sie hatte es noch nicht gesehen.

Ich winkte Chloe um meinen Schreibtisch herum.

„Lies.“ Ich wies auf den Bildschirm.

Chloe runzelte die Stirn und beugte sich nach vorne. Dabei rutschte ihre Bluse ein wenig nach unten und gab den Blick auf zwei wohlgeformte Brüste frei. Früher hätte ich diesen Anblick genossen. Ja, ich hätte sogar versucht, Chloe in eine Position zu bringen, in der ich einen noch ungehinderten Einblick hatte. Und vielleicht hätte ich sogar...

Vielleicht hätte ich sie hier mitten in meinem Büro verführt und auf dem Schreibtisch gevögelt.

Einfach so.

Weil ich es konnte.

Weil mir keine Frau widerstehen konnte. Auch wenn sie Chloe Gallagher war und glaubte, mir zu allem und jenem Vorschriften machen zu können.

Aber jetzt war mir ganz und gar nicht danach zumute.

Chloe las. Ihre Lippen bewegten sich leicht und ich konnte sehen, wie sie ihre Augen immer weiter aufriss. Dann scrollte ich ganz nach unten, damit Chloe den Namen der Verfasserin sehen konnte.

Annabelle Haven.

Chloe richtete sich auf und sah mich an. „Hast du davon gewusst?“

Empört starrte ich meine PR Consultant an. „Natürlich habe ich das nicht gewusst. Wie kannst du so etwas von mir glauben?“

Chloe wiegte den Kopf. „Na ja, du bist verliebt. Und verliebte Menschen sind nicht ganz zurechnungsfähig. Das weiß doch jeder. Es könnte also sein…" Chloe beendete den Satz nicht.

„Du meinst doch nicht ernsthaft, dass ich mich selbst demontiere, indem ich zulasse, dass Annabelle sowas veröffentlicht?" Ich biss die Zähne zusammen. „Schlimm genug, dass es überhaupt erschienen ist."

„Wir müssen schnellstens etwas unternehmen." Chloes Nasenflügel blähten sich leicht.

„Darum habe ich dich herkommen lassen", nickte ich. „Unser Ruf darf keinen weiteren Schaden nehmen."

Chloe lachte auf. „Ich fürchte, dafür ist es zu spät. Ich bin ziemlich gut in meinem Job und ich werde dir selbstverständlich beistehen. Wir werden auf die bestmögliche Art mit dieser Sache umgehen. Aber ich kann den Artikel nicht löschen. Und selbst wenn ich das könnte… aus den Köpfen der Menschen kriege ich den nicht so schnell wieder raus. Was gelesen ist, ist gelesen. In der Zwischenzeit ist es wahrscheinlich zigfach kopiert und irgendwo auf Social Media gepostet worden. Solche Artikel sind wie Unkraut." Chloe hielt inne und verbesserte sich dann: „Solche Artikel SIND Unkraut."

„Und was sollen wir dann tun?" Mutlos sah ich Chloe an. Ich hatte mir eingeredet, dass sie schon alles in Ordnung bringen würde. Das war nur ein weiterer Artikel, der mich in den Schmutz ziehen wollte. Und das würde ihnen nicht gelingen.

„Ich hätte das nie geglaubt." Chloe schüttelte den Kopf. „Gut, mir schien, das alles ziemlich schnell ging zwischen euch… Aber dass die Kleine sich auf die Lauer legt und dann hinter deinem Rücken eine Schmutzkampagne gegen dich startet… das wäre mir nicht im Traum eingefallen."

Mir auch nicht.

Aber das behielt ich für mich.

Es gab Dinge, die gingen Chloe nichts an.

Schlimm genug, dass ich Annabelle einiges anvertraut hatte.

Dass ich Annabelle VERTRAUT hatte.

Diesen Fehler würde ich nicht noch einmal machen.

Niemand sollte mich mehr ausnutzen.

„Mach Schluss mit ihr." Chloe lachte. „Wobei, ich nehme an, das hast du schon getan?"

Ich schwieg.

Hatte ich nicht.

„Früher hast du wegen wesentlich weniger Schluss gemacht." Chloe blickte mich auffordernd an. „Dann solltest du jetzt diese falsche Schlange..."

Genau das hatte ich noch vor wenigen Minuten im Sinn gehabt. Ich hatte mir geschworen, Annabelle für all das büßen zu lassen.

Aber jetzt...

Jetzt kam mir das plötzlich alles etwas übereilt vor.

„Ich sollte vielleicht mit ihr reden", sagte ich und blickte auf meinen Bildschirm. „Womöglich ist das alles nur ein riesiges Missverständnis."

Das konnte doch sein.

So etwas gab es.

Ein Flattern regte sich in meiner Brust.

Hoffnung.

Chloe lachte auf. „Ein Missverständnis? Welche Art von Missverständnis sollte das denn sein? Sie wollte eigentlich einen ganz anderen Artikel schreiben? Oder sie hat diesen Artikel gar nicht geschrieben und ihr Name steht da nur zufällig drunter?"

Jetzt wo Chloe es sagte, klang meine Theorie lächerlich.

Natürlich war es kein Missverständnis.

Annabelle hatte den Artikel geschrieben.

So stand es vor mir.

Schwarz auf weiß.

Ich verspürte wieder ein merkwürdiges Ziehen in meiner Brust. Vorhin war ich stinksauer gewesen und hätte vermutlich kein Wort mit Annabelle gewechselt, wenn sie plötzlich vor mir gestanden hätte.

Aber jetzt...

Du kannst nicht einfach die Augen vor der Wahrheit verschließen, Jaxon.

Dennoch.

So einfach war das nicht.

„Sie hat mir etwas bedeutet", murmelte ich. „Das war... etwas Besonderes."

„Nun mal langsam, Jaxon." Chloe klang leicht beunruhigt. „Ich verstehe ja, dass so etwas nicht spurlos an dir vorbei geht. Aber... du bist noch nie derart emotional geworden wegen einer Frau."

Ich holte Luft.

Doch.

Damals bei Helen war es auch so gewesen.

Aber das wusste Chloe nicht und das würde ich ihr auch nicht sagen. Das würde für immer mein Geheimnis bleiben. Annabelle hatte zumindest den Anstand besessen, nicht auch noch das in die Zeitung zu schreiben.

Da kam mir ein Gedanke.

Was, wenn sie es noch tun würde?

Wäre sie zu so etwas fähig?

Ich schüttelte den Kopf.

Andererseits hatte ich Annabelle auch nicht für fähig gehalten, so einen Artikel zu schreiben. Doch sie hatte es getan.

„Jaxon, sieh's doch mal von dieser Seite: Gut, dass Annabelle ihr wahres Gesicht zeigt, bevor du dich noch tiefer auf sie eingelassen hast und noch mehr Schaden entstanden ist! Jetzt wird sie einfach aus deinem Leben verschwinden. Mit solchen Frauen willst du doch ohnehin nichts zu tun haben!" Chloe blickte mich fest an.

Ich presste die Lippen zusammen.

Chloe hatte recht.

Sehr recht.

Ich war unvorsichtig gewesen und hatte mich auf Annabelle schon zu tief eingelassen. Tiefer als ich es je geplant hatte. Ich hatte meine eigenen Spielregeln missachtet. Und das hatte ich nun davon.

Das würde nicht wieder geschehen.

Ich ballte die Fäuste und meine Entschlossenheit kehrte zurück.

Chloe schien das zu spüren. „Ich kann natürlich umgehend eine Presseerklärung aufsetzen und die ganze Sache mit ein paar Fakten kontern. Aber ich fürchte, das wird keine große Wirkung entfalten. Wir müssen das Ganze auch auf der emotionalen Ebene angehen."

Ich nickte. Das klang logisch. Ich hatte nur keine Ahnung, was es bedeuten sollte. „Was meinst du damit?" wollte ich also wissen.

„Finde jemanden und amüsiere dich", forderte Chloe mich auf.

„Was?" Ich hatte wohl nicht recht gehört.

Chloe verdrehte die Augen. „Mein Gott, Jaxon, reiß ein junges Supermodel auf und zeig dich mit ihr. Lass dich fotografieren und feiere das neue Glück. Umso schneller wirst du Annabelle vergessen."

Als ob ich so schnell jemanden vergessen konnte, dem ich mein Innerstes anvertraut hatte.

Doch das sagte ich nicht.

Stattdessen entgegnete ich: „Du hast mir doch selbst empfohlen, mich nicht mehr so oft... zu amüsieren. Etwas mehr Stetigkeit und Konstanz in mein Leben zu bringen."

„Sicher, sicher", räumte Chloe ein. „Aber nun haben sich die Bedingungen eben geändert."

„Welche Bedingungen?" Ich verstand noch immer nicht, worauf Chloe hinauswollte.

Chloe seufzte. Dann erklärte sie: „Nun, wenn du mit einer Neuen zu sehen bist... dann ist es offensichtlich, dass Annabelle abserviert ist. Das wird jeder begreifen."

Ich nickte.

„Und was werden die Leute dann denken?" Chloe sah mich auffordernd an.

Ich hob die Schultern. „Dass ich schon wieder die nächste aufgerissen habe. Dass ich ein Player bin. Was sie eben denken."

Chloe lachte. „Du hast dir das vielleicht ein wenig zu sehr zu Herzen genommen." Sie machte eine kurze Pause. „Die Leute werden denken, dass Annabelle der Prototyp der eifersüchtigen Ex ist, die nicht verkraften kann, dass sie aussortiert wurde und sich jetzt an dem Typen rächen muss. Sie werden die ganzen Vorwürfe gegen dich nicht mehr ernst nehmen."

Ich nickte.

Das klang ziemlich logisch.

„Annabelle wird ziemlich schnell ihre Anhänger verlieren. Kein Mensch mag rachsüchtige Frauen. Männer mögen sie nicht, weil sie Angst davor haben, selbst mal Opfer der Hetzkampagne einer solchen Frau zu werden. Kein Mensch will das. Und Frauen... nun Frauen mögen solche Frauen nicht, weil sie alle Frauen in schlechtem Licht dastehen lassen. Es gibt schließlich auch noch andere. Am Ende... Am Ende werden Artikel über Annabelle erscheinen, in denen du von allen Vorwürfen reingewaschen wirst." Chloe lachte. „So machen wir uns die Emotionen zunutze."

Zweifelnd schwieg ich einen Moment und dachte über Chloes Vorschläge nach. So einfach es auch klang – etwas in mir sträubte sich gewaltig, Annabelles Ruf derart zu zerstören.

„Na ja... aber dann bin ich doch nicht besser als sie, oder?" fragte ich.

Chloe stöhnte frustriert. „Oh Mann, Jaxon, die Frau hat dich ja total verhext. Hat sie dir was in den Drink gemixt oder was?" Chloe beugte sich vor und sah mir fest in die Augen. „Hallo, sie hat dich gerade in aller Öffentlichkeit mit Schmutz beworfen. Und du denkst jetzt noch an sie und willst auf sie Rücksicht nehmen?"

Ich schluckte.

Chloe hatte recht.

Wieso nahm ich Rücksicht auf Annabelle?

Ich blickte wieder auf meinen Bildschirm. Dort war immer noch der Artikel zu sehen.

Eine Reportage von Annabelle Haven.

Reportage. Das war lachhaft.

„Du willst doch, dass *PerfectPartner* weiter bestehen bleibt?" Chloe richtete sich auf und stemmte ihre Hände in die Seiten. „Und mehr, du willst, dass Victor Davenport als Investor an Bord bleibt und seine Zusagen einhält?"

Victor Davenport.

An ihn hatte ich noch gar nicht gedacht.

Verdammte Scheiße.

Wenn ER den Artikel las...

Bisher hatte Victor sich nicht gemeldet.

Also hatte er den Artikel vermutlich noch nicht gelesen. Aber wenn das verdammte Ding sich so verbreitete, wie Chloe es sagte, dann war es nur eine Frage der Zeit.

Ich schluckte.

Chloes Vorschläge waren genau das, was ich tun musste, um *PerfectPartner* und mein Leben wieder auf Kurs zu bringen. Victor würde zuerst einen Aufstand machen, doch wenn es mir gelang, Annabelle als eifersüchtige Ex zu präsentieren, dann würde er alles verstehen. Nicht sofort, aber bald. Ganz bestimmt. Wie Chloe sagte: Auch Victor wollte vor der Rache einer eifersüchtigen Frau in Sicherheit sein. In dieser Hinsicht hielten Männer zusammen.

Es war die beste Option.

Ich würde es tun.

Das Problem war nur, dass es sich nicht richtig anfühlte.

Ganz und gar nicht.

Ein Teil von mir wünschte sich immer noch, die Tür würde sich öffnen, Annabelle würde das Büro betreten und mir eine Erklärung für all das geben.

Das wird nicht passieren, Jaxon. Sei kein Idiot. Vor allem, sei kein größerer Idiot als du es ohnehin schon warst.

„Du hast recht", rang ich mir schließlich seufzend ab.

„Ich wusste es", jubelte Chloe.

Dann nahm sie meinen Kopf zwischen die Hände und drückte mir einen Kuss auf die Lippen.

Tief sah sie mir in die Augen.

„Warum in der Ferne suchen, wenn das Gute so nah sein kann?" raunte sie dann und zwinkerte mir anzüglich zu. „Eine ganz besondere Freundin... das könnte ich für dich sein."

Chloes Parfum war überall um mich. Ehe ich etwas erwidern konnte, hatte sich Chloe auf meinen Schoß gesetzt. Ihre Augen funkelten mich herausfordernd an. Ihre vollen Lippen verzogen sich zu einem herausfordernden Lächeln.

„Chloe, ich, also das...", stotterte ich.

Himmel.

Wann hatte ich zuletzt eine Frau abweisen müssen?

Nie.

Darin war ich gar nicht geübt.

Chloe umfasste erneut meinen Kopf und presste ihren Körper an meinen. Ich spürte ihre festen Oberschenkel auf meinen Beinen und ihren vollen Brüste an meinen Muskeln.

„Ich fand dich schon immer unwiderstehlich heiß", raunte sie. Ich konnte ihren warmen Atem auf meinem Gesicht spüren. Dann beugte Chloe sich in einer fließenden Bewegung noch weiter vor und presste ihre Lippen auf meine.

Sie waren warm und weich.

Und für einen Augenblick ergab ich mich einfach in den Kuss.

Kapitel 25

Annabelle

Ich legte eine Hand auf die Klinke und holte tief Luft. Auf dem Weg hierher hatte ich mir so viele Worte zurecht gelegt, doch jetzt war mein Kopf wie leergefegt. Und zugleich wirbelten so viele Dinge darin herum. Mein Gespräch mit Marcus... hatte ich meinen Job bei *Intrigued* wirklich gerade mehr oder weniger hingeschmissen? Nachdem ich noch vor gar nicht langer Zeit alles dafür getan hätte, um genau diesen Job zu behalten.

War das jetzt die richtige Entscheidung gewesen?

Oder hatte ich vorschnell und überstürzt gehandelt?

In der Vergangenheit hatte ich mich von einem Job zum anderen treiben lassen und dabei mehr als einmal emotional gehandelt. Doch jetzt wollte ich mehr Stabilität in mein Leben bringen. Allerdings hatte ich gerade eben genau das Gegenteil getan.

Aber das war jetzt nicht das wichtigste.

Ich würde schon wieder Boden unter die Füße bekommen. So war das bisher immer gewesen.

Annabelle. Konzentriere dich.

Ich stand in Jaxons Vorzimmer. Es war leer. Der PC seiner Sekretärin war an, doch sie war nirgends zu sehen. Ich hatte unten behauptet, einen wichtigen Termin mit Jaxon und Chloe zu haben und nach kurzer Diskussion hatte man mich nach oben gelassen. Mit jedem Meter, mit dem ich mich Jaxons Büro näherte, stieg meine Nervosität.

Jetzt gleich würde ich ihm alles erklären müssen.

Wo sollte ich anfangen?

Die ganze Geschichte klang so unglaubwürdig… und ich hatte schließlich keine Beweise, dass Marcus den Artikel unter meinem Namen veröffentlicht hatte, ohne mich um Erlaubnis zu fragen…

Du brauchst keine Beweise, Annabelle. Es wird auch so alles gut.

Ich holte erneut tief Luft und erinnerte mich daran, wie Jaxon mir zugehört hatte. Er war der aufmerksamste Mann, der mir je begegnet war. Sicher würde er mir auch jetzt zuhören und mir Glauben schenken. Ich dachte an unsere gemeinsamen Nächte, an die Leidenschaft zwischen uns, daran, wie Jaxon mir seine tiefste Verletzung anvertraut hatte…

Ein Schauer lief über meinen Rücken. Wenn Jaxon mich aus seinen dunklen Augen ansah, dann fühlte ich mich auch ohne Worte verstanden und konnte mich ihm richtig hingeben.

Ich seufzte. Vielleicht heute Abend, wenn ich ihm alles erklärt hatte…

Oder im Büro…

Ein aufgeregtes Kichern entfuhr mir. An so etwas hatte ich bisher noch nie gedacht. Aber warum nicht… Ein wenig Abwechslung war immer gut.

Oder würde Jaxon das als zu gewagt empfinden? Vor allem, wenn der Vorschlag von mir kam.

Ich kicherte erneut. Ich würde es herausfinden. Mit dieser Aussicht konnte ich viel entspannter in das Gespräch gehen.

Dann drückte ich die Klinke herunter und trat ein.

Und dann stand meine Welt Kopf.

In mir gefror alles zu Eis, als ich das Bild sah, das sich mir bot.

Das konnte nicht sein.

Das konnte einfach nicht sein.

Verzweifelt schloss ich die Augen und öffnete sie nach einer Millisekunde wieder.

Jaxon saß in seinem Executive Chair. Auf seinem Schoß saß Chloe und küsste ihn leidenschaftlich. Die Lippen der beiden waren aufeinander gepresst und sie wirkten, als könnten sie nicht voneinander lassen.

Sie wirkten vertraut.

Als würden sie das nicht zum ersten Mal tun.

Ich wollte wegrennen, doch ich konnte mich nicht von der Stelle rühren. Wie festgenagelt stand ich auf der Türschwelle. Meine Beine schienen den Befehl zum Rennen nicht empfangen zu können. Mein Atem stockte und gleichzeitig schien mein Herz zu rasen.

Das war unmöglich.

Aber genau das passierte in mir.

Jaxon schien sich dem Kuss ganz hinzugeben und den Moment richtig zu genießen.

Jetzt wich ich fahrig einen Schritt zurück.

Was war ich nur für eine gottverdammte Idiotin?

Ich hatte geglaubt, jemand Besonderes für Jaxon zu sein.

Diese eine ganz besondere Person.

Ja, nicht zu Beginn. Aber spätestens, nachdem wir Victors Zusage gefeiert hatten.

Und jetzt schmiegte er sich hier leidenschaftlich an seine PR Consultant. Dabei hatte er mir weisgemacht, dass er sie nicht einmal leiden konnte. Ja, er hatte mir sogar ihren Job angeboten.

Ein hämisches Schnauben entwich mir.

Was hatte er wohl mit Job genau gemeint?

Jaxon und Chloe schienen mein Schnauben gehört zu haben. Sie ließen einander los und sahen sich atemlos für einen Moment in die Augen, bevor Jaxon seinen Blick zu mir wandte.

Ich hätte schwören können, dass in seinen Augen etwas aufblitzte. Doch der Funke erlosch sofort wieder.

„Annabelle." Jaxon sah mich an. „Was machst du denn hier?"

Er redete, als hätte ich ihn nicht gerade dabei ertappt, wie er eine andere küsste.

„Was... was ich hier mache?" stammelte ich. „Ich... also..." Mein Blick flog zwischen Jaxon und Chloe hin und her. „Ihr beide, ich meine..."

Jaxon lachte auf. Chloe saß noch immer auf seinem Schoß. „Ach so, das meinst du... Na ja, Chloe hat mich ein wenig... sagen wir, getröstet." Jaxons Augen wurden eine Spur dunkler. „Ich habe heute Morgen den Artikel gelesen, den du über mich geschrieben hast. Das hat mich doch etwas mitgenommen und ich musste Chloe um Hilfe bitten." Jaxon lachte und drückte Chloe eng an sich.

Chloe schmiegte sich an Jaxon und musterte mich mit spöttischem Blick.

Wer zuletzt lacht, lacht am besten. Das schien sie mir zu sagen.

Ich schluckte.

„Wie hast du noch geschrieben? An wahren Bindungen nicht interessiert? Behandelt Frauen wie Objekte? Oder so ähnlich?" Jaxon lachte. „Als ich das gelesen habe, dachte ich, dass ich mich etwas anstrengen sollte, damit ich diesem Bild entspreche." Er grinste. „Du hast so einen Mann beschrieben... hier hast du ihn."

Ich schluckte. „Jaxon... ich... ich habe den Artikel nicht geschrieben. Das war alles ein Missverständnis."

„Ach ja?" fragte Jaxon und ließ seine Hand leicht über Chloes Arm wandern. „Ein Missverständnis? Dann ist dein Name nur aus Versehen da drunter gekommen? Oder es gibt eine Journalistin, die genauso heißt wie du und die zufällig, also wirklich rein zufällig, an einem Artikel über *PerfectPartner* gearbeitet hat, während du dich an mich rangeschmissen hast?"

Die Art, wie Jaxon das Wort „zufällig" betonte, machte deutlich, dass er mir kein Wort glauben würde, egal was ich sagte.

„Das... das war alles ein Missverständnis. Marcus, mein Chef...", setzte ich an.

„Aha!" Jaxon hob einen Finger. „Du gibst also zu, dass du für dieses Klatschblatt arbeitest." Durchdringend blickte er mich an.

„Ja schon, aber...", stammelte ich. „Ich... also ich habe den Artikel wirklich nicht geschrieben."

Jaxon lachte auf. „Auf eine gewisse Weise hast du recht. Geschrieben kann man das vermutlich nicht nennen. Wenn ein Journalist etwas schreibt, dann steht in der Regel eine seriöse Recherche dahinter. Aber das hier... das hast du zusammengedichtet. Fabuliert." Er schüttelte den Kopf. Für einen Moment schien Enttäuschung in seinen Augen zu stehen.

Doch dann zogen sich seine Brauen zusammen.

Chloe kuschelte sich an Jaxon und strich mit der Hand durch sein Haar. Die Geste wirkte intim und vertraut zugleich.

Und das war zu viel.

Genau das war zu viel.

„Fabuliert? Aber anscheinend trifft der Artikel genau ins Schwarze.“ Meine Stimme quietschte so laut, dass sie selbst in meinen eigenen Ohren fremd klang. „Du sitzt hier und küsst eine andere und…“ Mein gesamter Körper begann unkontrolliert zu zittern und Tränen schossen mir in die Augen.

Jaxon schnaubte verächtlich. „Das alles sagst du doch nur, um von dir selbst abzulenken. Was hast du denn getan?“ Jaxon richtete einen Zeigefinger auf mich. „Du, Annabelle Haven. Du hast dich bei mir eingeschleimt und versucht, dir mein Vertrauen zu erschleichen, um dann einen so hinterhältigen Artikel zu schreiben. Du bist schlimmer als alles, was du mir vorwirfst. Tausendmal schlimmer. Du bist die Ärmste, das Opfer, das für nichts etwas kann! Nichts ist deine Schuld. Und ich bin für dich jetzt wahrscheinlich ein grausames Scheusal, das dir all diese Schandtaten vorhält.“

Chloe strich wieder durch Jaxons Haar und hauchte ihm einen Kuss auf den Hals.

Mir wurde schwindelig vor Entsetzen und Schmerz und ich musste mich am Türrahmen festklammern. Wie konnte das sein?

Eben hatte ich mir noch ausgemalt, dass Jaxon mich auf jeden Fall verstehen würde. Wie konnte ich mich derart getäuscht haben. Wo war der Mann geblieben, der mir zuhörte und mir das Gefühl gab, dass ich ihm vertrauen konnte?

„Jaxon, ich…“ Die Worte erstarben auf meinen Lippen. Ich wollte ihm sagen, dass ich alles ernst gemeint hatte.

„Ja?“ Jaxon blickte mich kalt an.

„Bitte versteh doch“, flehte ich mit zitternder Stimme. „Ich habe es ernst gemeint. Jeden Moment. Meine Gefühle waren nicht gespielt und…“

Jaxon lachte „Wie oft hast du so etwas schon getan, um an Material für einen Artikel zu kommen? Das ist bestimmt nicht das erste Mal. Man merkt, dass du ein Profi auf deinem Gebiet bist. Du hast sogar mich getäuscht.“ Er lachte wieder. „So etwas bringt nur eine Professionelle fertig.“

Jaxon betonte das Wort „Professionelle“ auf ganz besondere Art und Weise.

Oh Gott.

Tränen schossen erneut in meine Augen und ich blinzelte heftig.

Jetzt nicht weinen. Nur nicht weinen, Annabelle. Nicht vor den beiden.

Diese Blöße wollte ich mir wirklich nicht geben.

„Aber ich kann dich beruhigen." Jaxon lachte wieder. „Mir war die ganze Zeit bewusst, dass das zwischen uns nichts Ernstes ist. So etwas hatte ich nie im Sinn. Sonst hätte ich dir nicht das Angebot gemacht, meine Freundin zu spielen." Jaxon blinzelte und bleckte die Zähne. „Wenn ich möchte, dass eine Frau mit mir zusammen ist, dann kommuniziere ich das klar. Ganz klar. Ohne jeden Zweifel."

In diesem Augenblick drehte er seinen Kopf zu Chloe, die immer noch auf seinem Schoß saß. Er vergrub seine Hand in ihren Haaren, zog sie zu sich nach unten und presste seine Lippen leidenschaftlich auf ihre. Chloe umschlang Jaxon mit beiden Armen und erwiderte den Kuss.

Der Schwindel von vorhin kehrte zurück. Um mich drehte sich alles und meine Beine fühlten sich so weich wie Wackelpudding an. Ich verstärkte meinen Griff um den Türrahmen.

Chloe stöhnte leise.

Wahrscheinlich ließ Jaxon gerade seine Zunge in ihren Mund gleiten und…

Nicht dran denken, Annabelle. Nicht dran denken.

Chloe riss sich von Jaxon los. „Du bist ja immer noch da. Macht es Spaß, uns zuzusehen?" Sie grinste mich provokativ an. „Manche stehen ja auf alles Mögliche. Vielleicht ein Thema für deinen nächsten Artikel."

„Ich… der Artikel ist nicht von mir", flüsterte ich kraftlos. „Ich…"

„Ach komm schon, Süße!" fiel mir Chloe ins Wort und warf mir einen kalten, abfälligen Blick zu. „Du bist doch nicht wirklich so naiv und glaubst selbst noch an die Märchenstunde, die du hier abziehen wolltest! Hör endlich auf, uns nach Strich und Faden zu verarschen, ja? Wir haben besseres zu tun, als dir noch länger zuzuhören, wie du alles dreht und wendest, so wie es dir gerade passt."

Jaxon blickte Chloe von der Seite aus an und lächelte herablassend.

Wie lange ging das schon zwischen den beiden?

Hatte Jaxon mich DESHALB vor ihr gewarnt?

Weil sie beide eine… Affäre hatten? Oder gar zusammen waren?

War ich nur ein Lückenbüßer gewesen?

Vielleicht hatten die beiden sich gestritten und Jaxon hatte mich nur dazu benutzt, um Chloe eins auszuwischen und sie dazu zu bringen, sich wieder mit ihm zu versöhnen.

So etwas kam öfter vor.

„So ist es“, bestätigte Jaxon jetzt Chloes Worte. „Wir haben wirklich besseres zu tun. Unser Arrangement ist beendet. Ich kann dich nicht mehr brauchen. Aber das hast du dir wahrscheinlich schon selbst gedacht. Am Ende ist die ganze Sache ein wenig außer Kontrolle geraten. Sicher, der Sex war extrem gut und du bist wirklich eine wilde Furie im Bett. Aber das heißt noch lange nichts.“ Jaxon wedelte mit einer Hand in meine Richtung, als wollte er eine lästige Fliege verscheuchen.

Am Ende war ich das für ihn.

Lästig.

Eine Fliege.

Ich dachte an all die Worte, die ich ihm hatte sagen wollen und die nun für immer in meinem Inneren verschlossen bleiben würden.

Für Jaxon war ich...

Nichts.

Niemand.

In ein paar Wochen würde er meinen Namen vergessen haben.

Und dann würde der Tag kommen, an dem er sich vermutlich nicht einmal mehr daran erinnern würde, dass es mich gegeben hatte.

Mir wurde schlecht.

Ich konnte die beiden nicht mehr ansehen.

Ich konnte es wirklich nicht mehr.

Am liebsten wäre ich weggerannt. Doch ich hatte meinen Körper nicht vollständig unter Kontrolle. Mit Mühe schaffte ich es, mich langsam umzudrehen. Schleppend machte ich den ersten Schritt. Und dann den zweiten.

Chloe hinter mir entfuhr ein Lachen. Und Jaxon stimmte ein.

Sie machten sich über mich lustig.

Sie verspotteten mich.

Ihr Lachen wurde lauter und lauter.

Endlich schaffte ich es, das Vorzimmer zu durchqueren und die Tür zum Gang zu öffnen.

Als ich zum Fahrstuhl ging, musste ich mich an der Wand festhalten. Erschöpfung und Verzweiflung stürmten auf mich ein.

Das konnte doch alles nicht wahr sein.

Wieder stiegen Tränen in meine Augen.

Diesmal blinzelte ich nicht.

Ich ließ sie einfach laufen.

Kapitel 26

Annabelle

Schwankend verließ ich das Gebäude von *PerfectPartner* und trat nach draußen auf den Vorplatz. Ich fühlte mich immer noch, als würde ich gleich in Ohnmacht fallen.

Wie konnte er nur?

Eine heftige Windbö erfasste mich und ich sah nach oben. Dunkle Wolken ballten sich am Himmel zusammen und jagten über die Skyline von Manhattan.

Richtig.

Heute Morgen hatte der Wetterbericht Starkregen, Gewitter und heftigen Sturm vorhergesagt. Ich hatte dem keine weitere Beachtung geschenkt. Erstens war ich tagsüber sowieso meistens drinnen. Und zweitens… und zweitens hatten dann andere Dinge meine Aufmerksamkeit beansprucht.

Aber jetzt musste ich mich gegen den Wind anstemmen, um auf den Bürgersteig zu treten. Vorhin hatte es nur leicht genieselt, doch jetzt prasselten mir dicke Regentropfen ins Gesicht.

Verdammt.

Warum hatte ich keinen Schirm dabei?

Ich trug einen Mantel, der mich zwar gegen die Kälte schützte. Aber er hatte keine Kapuze und so rann der Regen ungehindert in meinen Kragen und meinen Rücken herab.

Doch das war mir in diesem Augenblick egal.

Endlich konnte ich meinen Tränen freien Lauf lassen. Unter dem Regen würde sich niemand über meine nassen Augen wundern.

Ich schluchzte laut und schrie dann meinen Schmerz einfach hinaus.

Ein Passant drehte sich nach mir um, ging aber gleich weiter, als er sah, dass mir wohl nichts fehlte.

Ich unterdrückte einen weiteren Schrei und weinte.

Was für ein Idiot.

Was für ein verdammter Idiot dieser Jaxon nur war.

Und das Schlimmste war: Ich hatte es von Anfang an gewusst. Das Arschloch hatte mich nach unserer ersten gemeinsamen Nacht einfach allein im Hotelzimmer gelassen. Bereits da hatte er sein wahres Gesicht gezeigt. Doch als wir uns wiedergesehen hatten, war ich erneut auf ihn reingefallen. Ich hatte seine Geschichten geglaubt und mich wider besseres Wissen auf ihn eingelassen.

Selbst schuld, Annabelle.

Regen prasselte auf meinen Kopf. Meine dichten roten Locken klebten an meinem Kopf und in meinem Gesicht. Schniefend wischte ich mir eine nasse Haarsträhne aus der Stirn und versuchte, meine Umgebung durch den dichten Regenschleier zu erkennen.

Regen.

Warum konnte es nicht schneien? In den letzten Tagen hatte sich die Wetterlage plötzlich geändert und es war viel wärmer geworden.

Bald würde der Frühling kommen.

Der Frühling, der so schön hätte sein können. Jaxon und ich im blühenden Central Park.

Ich schloss für einen Moment die Augen und schluckte den Kloß herunter, der sich in meinem Hals gebildet hatte.

Jaxon war gestrichen. Ich würde den Frühling mit jemand anderem genießen. Oder vielleicht würde ich auch einfach arbeiten. Wenn ich Glück hatte, dann verzieh mir Marcus noch einmal und ich würde meinen Job behalten. Doch dafür würde ich richtig hart arbeiten müssen. Da machte ich mir keine Illusionen. Aber immer noch besser als nichts.

Ich schlug die Augen wieder auf.

Dort vorne war die Subway, oder?

Ich wollte jetzt nichts mehr als nach Hause, unter die warme Dusche. Dann würde ich mich unter einer flauschigen Decke aufs Sofa legen und Edward streicheln.

Ich ging weiter. Doch schon nach wenigen Schritten fühlte ich mich, als würde ich gegen eine unsichtbare Wand aus Regentropfen anlaufen. Mein Mantel wurde schwer und ich fühlte, wie mich sein Gewicht nach unten zog. Mein Pullover unter dem Mantel war komplett durchnässt, weil mir so viel Wasser in den Kragen lief und auch meine Haare waren nass.

Ich nieste. In diesem Augenblick erfasste mich eine heftige Windböe und brachte mich ins Schwanken. Hilflos ruderte ich mit den Armen und es gelang mir gerade noch, einen Laternenpfahl zu umklammern. Schwankend hielt ich mich fest und zitterte dabei am ganzen Körper vor Kälte.

Über mir grollte ein lauter Donner, der für einen Moment alle Geräusche der Großstadt übertönte. Gleichzeitig zuckte ein Blitz über den dunklen Himmel.

Ich zuckte zusammen.

In diesem Augenblick fuhr ein Auto vor mir an den Fahrbahnrand. Hektisch versuchte ich, einen Schritt zurück zu machen, um nicht durchnässt zu werden.

Vergeblich.

Wasser spritzte bis in die Höhe meiner Knie. Nun klebte auch meine Hose nass und schwer an mir.

Der Wagen hielt nur wenig Schritte von mir entfernt an. Es war ein Taxi.

Ein Taxi.

Ich atmete auf.

Wenn das nicht meine ersehnte Rettung war.

Die hintere Tür öffnete sich. Zuerst erschien ein Schirm, dann schoben sich zwei Beine ins Freie. Ein Mann in einem eleganten Mantel stieg aus. Er brachte den Schirm über der Tür in Position und streckte eine Hand ins Innere des Wagens. Eine zarte Frauenhand legte sich in seine. Der Mann half seiner Partnerin nach draußen und hielt dabei schützend den Schirm über sie. Wie gebannt sah ich den beiden zu. Zart küsste er sie auf die Lippen und drückte ihr dann den Schirm in die Hand. Besorgt sah er in Richtung Himmel. Die Frau lachte trotz des schlechten Wetters und legte dem Mann beruhigend die Hand auf die Schulter. Er nahm die Hand und küsste sie. Dann gaben die beiden sich einen Abschiedskuss, bevor der Mann wieder ins Taxi stieg. Die Frau winkte mit ihrer freien Hand und eilte dann auf eines der Gebäude hinter ihr zu.

Ein Paar, das aufeinander aufpasste, selbst im schlimmsten Wetter.

Mit einem Mal verspürte ich heftiges Stechen in meiner Brust und ich konnte kaum atmen.

Ich hatte mir eingebildet, dass sich zwischen Jaxon und mir auch so etwas entwickelte.

Bitter verzog ich mein Gesicht.

Wie sehr ich mich getäuscht hatte.

Jaxon würde nicht den Schirm über mich halten. Er hatte mich mitten ins Unwetter laufen lassen. Wie es mir dabei ging, war ihm egal. Wirklich vollkommen egal. Er interessierte sich nur für sich selbst und sein eigenes Wohlergehen.

Wohlergehen?

Wohl eher Vergnügen!

Obwohl mir diese bitteren Gedanken durch den Kopf huschten, rannen noch immer Tränen über meine Wangen. Jetzt weinte ich allerdings lautlos.

Er hat deine Tränen nicht verdient, Annabelle. Hör auf zu weinen. Denk an alle anderen starken Frauen. Was würden sie tun? Was würden Scarlett und Deborah tun? Was würde Harper tun?

Was würde meine Großmutter tun?

Zitternd drängte ich die Tränen zurück und griff unter meinen Mantel, um mein Medaillon zu umklammern. Der Anhänger hatte mir schon in so vielen Situationen Kraft und Trost gespendet. Es war sicher nur Einbildung. Aber wenn ich ihn umklammerte, dann glaubte ich, die Hand meiner Großmutter auf meiner Schulter zu spüren und ihre Stimme in meinem Ohr zu hören. Sie hatte mir immer guten Rat gegeben und ich war jederzeit bei ihr willkommen gewesen.

Wo war das Medaillon?

Ich tastete meinen durchweichten Pullover ab.

Nichts.

Mit zitternden Fingern fuhr ich meinen Hals entlang, um die Kette zu suchen.

Nichts.

Panisch tastete ich noch einmal alles ab.

Nichts.

Das Medaillon war weg.

„NEIN!“ schrie ich laut in den Regen und den Wind, gefolgt von einem gequälten Schluchzen.

Dieser Verlust schien mir plötzlich viel schlimmer als alles, was ich heute erlebt hatte.

Mein Glücksbringer, meine Kraftquelle war verschwunden.

Er hatte mich in dem Moment verlassen, in dem mich auch das Glück verlassen hatte.

Fieberhaft überlegte ich, wo ich das Medaillon verloren haben konnte.

In Jaxons Büro?

Ich schloss die Augen.

Um mein Medaillon wiederzufinden, würde ich alles tun.

Wirklich alles.

Aber ich würde nicht in Jaxons Büro zurückkehren.

Ich runzelte die Stirn. Hatte ich das Medaillon heute Morgen überhaupt angezogen? Ich konnte mich nicht daran erinnern.

Vielleicht lag es Zuhause.

Wenn ich nur nach Hause konnte, würde alles gut.

Dann würde ich das Medaillon finden.

Ich nieste wieder. Ein heftiges Zittern lief durch meinen Körper und mit einem Mal fror ich erbärmlich. Die nasse Kälte war bis tief in meine Knochen gekrochen.

Mit einem Mal fühlte ich mich so schwach, dass es mir schien, als könnte ich keinen einzigen Schritt mehr tun. So schlecht hatte ich mich zum letzten Mal nach meiner Blinddarm-Operation gefühlt. Es war, als stürmten alle Ereignisse des heutigen Tages noch einmal mit unverminderter Wucht auf mich ein.

Ich konnte nicht mehr.

Es war zu viel.

Jemand musste kommen und mich abholen.

Ich brauchte Hilfe.

Mit klammen Fingern angelte ich mein Handy aus der Tasche.

Zuerst musst du aus dem Regen, Annabelle.

Ich stellte mich so nah wie möglich an das Gebäude hinter mir.

Dann wählte ich Deborahs Nummer. Deborah hatte mir immer geholfen, wenn ich sie gebraucht hatte. Vor zwei Jahren hatte sie sogar meinen Stand auf dem Weihnachtsmarkt für ein paar Tage übernommen und dort Donuts verkauft. Und das, obwohl sie Donuts hasste.

Sie würde mir auch jetzt helfen.

Es klingelte.

Einmal.

Zweimal.

Dreimal.

„Hallo, hier ist Deborah. Ich bin zur Zeit leider nicht erreichbar, beantworte Nachrichten aber, sobald ich kann. Gleich kommt der Signalton." Die muntere Stimme meiner Freundin drang an mein Ohr.

Verzweifelt schloss ich die Augen.

Ich hinterließ keine Nachricht. Wer wusste schon, wann Deborah ihre Mailbox abhören würde? Das konnte später sein. Oder morgen. Oder irgendwann. Seit sie verheiratet war und ein Kind hatte, war sie nicht mehr so verfügbar wie früher.

Das war normal.

Ich wählte Scarletts Nummer.

Wieder klingelte es und wieder lauschte ich mit angehaltenem Atem, ob jemand abnehmen würde.

„Hey, momentan kann ich den Anruf leider nicht entgegen nehmen, aber..."

Ich unterbrach die Mailbox und legte auf. Auch hier wollte ich keine Nachricht hinterlassen. Sie war für mich da, wann immer sie konnte. Doch ihr Mann Garrison und der kleine Elijah hielten sie voll und ganz auf Trab. Nebenbei versuchte Scarlett außerdem noch, ihren Beruf als Schmuckdesignerin auszuüben und entwarf pro Jahr eine Kollektion für Garrisons Firma.

Ich verstand, dass meine Freundinnen nicht immer für mich da sein konnten.

Doch alles Verständnis der Welt half mir jetzt nicht weiter.

Ich ließ den Kopf nach hinten an die Wand sinken.

Scarlett und Deborah saßen mit ihren Männern im Warmen.

Und ich stand hier draußen und war...

Einfach nur fertig.

Wen konnte ich noch anrufen?

Ich überlegte fieberhaft. Doch am Ende musste ich zugeben, dass es sonst niemanden gab, der mir hätte helfen können.

Ein weiteres Zittern durch lief meinen Körper. Ich nieste. Plötzlich begann das Smartphone in meiner Hand zu klingeln.

Deborah?

Scarlett?

Ohne auf das Display zu sehen, nahm ich das Gespräch an.

„Hallo?“ fragte ich mit erstickter Stimme.

„Annabelle. Du klingst ja gar nicht gut.“ Ein öliges Lachen. „Bereust du schon, was du vorhin gesagt hast?“

Ich schloss die Augen.

Auch das noch.

Es war Marcus.

Mein Chef.

Mir blieb aber auch wirklich nichts erspart.

Hätte ich gewusst, dass er es war, dann wäre ich erst gar nicht ans Telefon gegangen, sondern hätte den Anruf einfach ignoriert. Doch jetzt war es zu spät.

„Ich wollte dir ein bisschen Zeit geben, damit du dich besinnen kannst.“ Mein Chef lachte.

Ich antwortete nicht. Was sollte ich auch sagen?

Manchmal war Schweigen die beste Option.

„Der Artikel schlägt ein wie eine Bombe.“ Marcus lachte. „Ich habe hart gearbeitet, damit du so groß rauskommst, Annabelle.“

Ich schluckte.

„Du bist in der Zwischenzeit sicher zur Vernunft gekommen.“ Marcus räusperte sich.

Ich sagte immer noch nichts.

„Ich höre den Regen um dich, Annabelle. Da draußen ist es kalt. Und einsam. Du musst nur ein Wort sagen. Oder nein, nicht einmal das. Es genügt, wenn du hierher kommst und mich als Belohnung für die Anstrengungen, die ich für dich unternommen habe, etwas wärmst.“ Ich glaubte, Marcus’ Grinsen selbst durch die Leitung förmlich sehen und spüren zu können.

Ich sagte immer noch nichts. Das hatten wir vorhin schon geklärt.

„Annabelle!“ Marcus klang jetzt ungeduldig.

Ich schwieg.

„Hier steht dein Job auf dem Spiel, ist dir das nicht klar?“ Marcus klang nun nicht mehr wie der freundliche, nette Chef, der mir einen Gefallen tun wollte. Nun klang er wie der Mann, der er in Wahrheit war: Ein toxischer Typ, der Frauen erpressen und gefügig machen wollte.

So jemanden wollte ich nicht in meinem Leben haben.

In dem Moment, als dieser Gedanke durch meinen Kopf schoss, kehrte ein Teil meiner Lebensgeister zurück. Ich glaubte, die Stimmen von Scarlett, Deborah und Harper in meinem Kopf zu hören, die mir sagten, dass ich das nicht hinnehmen sollte.

Und obwohl das Medaillon verschwunden war, glaubte ich, meine Großmutter um mich zu spüren.

Ich straffte meine Schultern und richtete mich auf. Wasser kann mir übers Gesicht und über den Rücken.

„Ich habe die ganze Arbeit für dich gemacht. Ich habe DEINE Arbeit gemacht“, zischte Marcus.

„Du hast mich vor allen Leuten unmöglich gemacht. Als seriöse Journalistin werde ich nie gelten. Du hast meinen Ruf in den Schmutz gezogen!“ Mit einem Mal sprudelten die Worte nur so aus mir heraus. „Du kannst mir anbieten, was du willst. Ich möchte nichts mehr mit dir zu tun haben.“

Mit diesen Worten beendete ich das Gespräch.

Marcus war weg.

Und mein Job auch.

Ich hatte diesem Kerl die Stirn geboten und hätte ein wildes Triumphgefühl verspüren sollen.

Doch stattdessen fühlte ich mich noch kraftloser. Es war, als hätte diese eine Tat alle meine Reserven aufgebraucht.

Ich war müde.

So entsetzlich müde, immer wieder für mich kämpfen zu müssen, gegen alle Widerstände.

Müde.

Und vor allem hatte ich keine Ahnung, wie es in meinem Leben weitergehen sollte.

Kapitel 27

Annabelle

Drei Wochen später.

„Du hast es gut." Seufzend starrte ich Edward an, der zufrieden an seinem Futter mümmelte und mich kaum beachtete. Der Stall stand in einer geschützten Ecke der Dachterrasse, die an dieser Stelle eigentlich einem Wintergarten ähnelte. Edward hatte es warm, trocken und bekam genug zu essen.

Und er hatte einen neuen Freund gefunden. Elijah, der kleine Sohn von Scarlett und Garrison, kam jeden Tag auf die Dachterrasse und streichelte Edward, spielte mit ihm und riss sich darum, das Zwergkaninchen zu füttern. Edward brauchte mich nicht mehr und beachtete mich dementsprechend kaum noch. Wahrscheinlich würde Elijah protestieren, wenn ich irgendwann nach Hause zurückkehrte und Edward wieder mitnahm.

Irgendwann.

Wieder seufzte ich.

Irgendwann bald.

„Süße, was ist denn?“ Scarlett trat auf die Dachterrasse. „Ich steht jetzt schon drei Minuten hier vor der Tür und in der Zeit hast du gefühlt zehnmal geseufzt. Was bedrückt dich?“

„Ach…“ Ich scharrte mit den Füßen. „Nichts.“ Ich hob den Kopf und lächelte. „Ich bin ja froh, dass ich bei euch unterkommen konnte. Das…“

„Das ist doch selbstverständlich“, schnitt mir Scarlett das Wort ab.

Ich hatte es zu Hause nicht mehr ausgehalten. Zwar hatte ich mich aus dem Regen in mein Bett geschleppt. Doch Franklin hatte Tag und Nacht gebohrt, gehämmert und geschraubt. Ich hatte ihn um Ruhe gebeten, aber er hatte auf stur geschaltet und am Ende die Tür gar nicht mehr aufgemacht. Als ich völlig übernächtigt zu einem Treffen mit Scarlett erschienen war, hatte meine Freundin kurzerhand die Sache in die Hand genommen, mich nach Hause begleitet und mir geholfen, ein paar Sachen zu packen. Dann hatte sie mich und Edward in ihrem luxuriösen Penthouse einquartiert – mich im Gästezimmer und Edward auf der Dachterrasse.

Ich war dankbar für ihre Gastfreundschaft. Aber seit ich hier war, fühlte ich mich irgendwie in der Schwebe. Ich fand keinen rechten Antrieb mehr und wusste nicht, was ich tun oder wie es bei mir weitergehen sollte.

„Freunde helfen einander. Dafür sind sie da, oder?“ Scarlett sah mich an.

„Schon aber… ich kann ja nicht ewig bei euch wohnen. Ihr seid eine Familie und wollt auch Zeit zu dritt und…“ Ich beendete meinen Satz nicht. Ich wusste noch nicht einmal, was ich weiter sagen sollte.

„Erstens bist du noch nicht ewig da und zweitens musst du erst mal wieder auf die Beine kommen. Vorher lasse ich dich nicht weg“, erklärte Scarlett bestimmt. „Du hast nicht nur übernächtigt ausgesehen, sondern auch deprimiert.“

„Ist das ein Wunder?“ verteidigte ich mich. „Ich habe meinen Job verloren und…“ Ich sah zu Boden. „Alles“, sagte ich dann mit leiser Stimme.

„Ich weiß, Süße. Hey, das war doch kein Vorwurf.“ Scarlett legte ihren Arm um mich. „Jeder Frau ginge das so. Es ging mir ja schon selbst so.“

Ich nickte und biss mir auf die Lippen.

Seit ich aus Jaxons Büro gerannt war, schien es, als hätte mein Glück mich verlassen. Ich hatte kein Zuhause mehr und keinen Job. Die Miete für meine Wohnung musste ich weiter zahlen, auch wenn ich nicht dort wohnte.

Ich hatte einige Bewerbungen verschickt, doch bisher hatte ich nur Absagen bekommen.

Noch nicht einmal zu einem Interview hatte man mich eingeladen. Dabei hatte ich mich wirklich auf alles beworben. Feste Anstellungen und Freelance-Jobs, einmalige Aufträge. Und das Ganze querbeet durch alle Themen: Politik, Mode, Beauty, Gesellschaft, Wirtschaft, Kultur. Nur beim Sport hatte ich mich zurückgehalten, denn davon verstand ich wirklich gar nichts.

Die meisten dieser Jobs wurden hier in New York rasend schnell vergeben. Wenn man nach ein paar Tagen oder einer Woche noch nichts gehört hatte, dann war man raus.

Ich hatte nichts gehört.

Auf keine einzige meiner Bewerbungen.

„Vielleicht muss ich wieder Donuts verkaufen." Gequält sah ich Scarlett an. Ich hatte mich so sehr angestrengt, all die Kurse besucht, den Abschluss gemacht... für nichts.

Marcus hatte mit seinem einen Artikel alles verdorben und mich unmöglich gemacht.

„Bestimmt nicht, Annabelle. Das machst du nur, wenn du willst. Du machst ab jetzt nur noch das, was du willst. Und was dir gut tut." Scarlett sah mich streng an. „Auch Jobs für so zwielichtige Typen wie diesen Marcus wirst du nicht mehr annehmen. Und auf Angebote wie das von Jaxon wirst du verzichten. Ist das klar?"

Ich nickte gehorsam. Bei der Erwähnung von Jaxons Namen zog sich meine Brust zusammen. Ich hatte mich in den letzten Tagen und Wochen wirklich bemüht, nicht mehr an ihn zu denken. Tagsüber schaffte ich das noch einigermaßen. Ich schrieb eine Bewerbung, spielte mit Edward und Elijah oder redete mit Scarlett. Aber abends, wenn ich in meinem Bett lag, dann kam die Erinnerung unweigerlich. Ich sah Jaxons Gesicht vor mir oder glaubte, seine Stimme zu hören oder seine Berührungen zu spüren. Natürlich verbot ich mir, von ihm zu träumen.

Aber dennoch... er kam immer wieder.

Wie immer drängte ich diesen Gedanken beiseite. „Wie läuft es denn bei dir so?" fragte ich Scarlett. „Wie haben in letzter Zeit immer nur von mir geredet."

Scarlett lachte. „Na ja, in einer Lage wie deiner hat man keinen Kopf für andere. Und das ist doch auch okay." Meine Freundin zwinkerte mir zu.

„Bei mir läuft es gut. Meine nächste Schmuck-Kollektion wird bei Garrisons Frühjahrsmodenschau präsentiert und ich bin schon total gespannt. Bisher lief es sehr gut, aber ich glaube, was ich jetzt designt habe, toppt noch einmal alles.“

„Oh wow, das ist wirklich toll, Scarlett! Da gratuliere ich dir. Das ist großartig!“ Meine Stimme klang nicht ganz echt, als ich die Worte aussprach.

Dabei gönnte ich meiner besten Freundin ihr Glück wirklich von ganzem Herzen. Für Scarlett war ihr Beruf schon immer eine Herzenssache gewesen. Dass ihr Einsatz und ihre Bemühungen immer wieder belohnt wurden, freute mich zutiefst.

Doch zugleich führte mir diese ganze Sache auch meine eigene Pechsträhne vor Augen. Ich schien wirklich nirgends Fuß fassen zu können.

Ja, Donuts auf dem Weihnachtsmarkt fabrizieren, das hatte ich erfolgreich hingebracht. Die Kunden hatten mich geliebt und waren jedes Jahr wieder zu meinem Stand gekommen. Aber der Weihnachtsmarkt dauerte nicht ewig und ich hatte es satt, mich immer wieder mit Gelegenheitsjobs durchschlagen zu müssen.

Doch vielleicht musste ich genau das jetzt wieder tun.

Der Weihnachtsmarkt war vorbei. Bald wurde der Winter zu Ende gehen. Vielleicht konnte ich also... Burger braten, statt Donuts verkaufen. Oder es fand sich etwas in einem der kleinen Donut- oder Hot Dog Läden.

Bei der Vorstellung wurde mir schlecht. Ich würde den ganzen Tag in Fett stehen und zu meinem Feierabend stinken wie...

Wie hatte ich das früher nur ausgehalten?

Jetzt wurde mir schon von der bloßen Vorstellung übel und ich schluckte hastig.

Vielleicht würde sich doch noch etwas anderes finden.

Automatisch griff ich nach meinem Medaillon.

Und wie immer griff ich ins Leere.

Ich hatte mein Medaillon nicht wieder gefunden. Es war und blieb verschollen. Ich hatte nicht den Mut aufgebracht, bei Jaxon anzurufen und zu fragen, ob er das Schmuckstück meiner Großmutter gefunden hatte. Aber er wusste, was es mir bedeutete. Sicher hätte er sich gemeldet, wenn es in seinem Büro aufgetaucht war. So ein großes Arschloch war er dann doch nicht.

Oder?

Ich schüttelte den Kopf.

Vielleicht war er doch so.

Es war ihm auch völlig gleichgültig gewesen, was er mir antat. Ich war für ihn nichts weiter als ein Spielzeug. Wieso sollte er sich dann um meinen Schmuck kümmern?

Andererseits... ich war mir ziemlich sicher, dass ich das Medaillon nicht bei Jaxon verloren hatte. Ich hatte es am Morgen dieses Tages gar nicht angezogen.

Darum war auch alles schief gegangen.

Davon war ich im Stillen überzeugt.

Doch das sagte ich Scarlett nicht. Sonst hätte sie mich womöglich für verrückt erklärt.

„Komm, Süße, lass uns wieder reingehen. Du holst dir hier draußen sonst noch die nächste Erkältung, vor allem, wenn du hier in diesem dünnen Pullover stehst. Nicht jeder hat so ein kuscheliges Fell wie Edward. Außerdem haben wir kein Heu, das uns wärmt." Scarlett lachte und zog mich nach drinnen.

Ich folgte ihr hastig.

Zu frisch war noch die Erinnerung an die Monster-Erkältung, die ich gerade erst überstanden hatte. Nachdem ich Jaxon und Chloe zusammen ertappt hatte, war ich pitschnass nach Hause gekommen und hatte wenige Stunden später angefangen zu niesen und zu husten.

Mittlerweile ging es mir wieder besser. Aber so richtig energiegeladen wie zuvor fühlte ich mich noch nicht. Eine Mattigkeit hatte von mir Besitz ergriffen und ging einfach nicht wieder, egal wie lange ich schlief.

Pling.

In diesem Augenblick meldete sich mein Handy, das ich auf dem Couchtisch in Scarletts riesigem Wohnzimmer liegen gelassen hatte.

„Entschuldigung. Ich sollte meine Sachen wirklich nicht einfach so hier herumliegen lassen." Schnell griff ich nach dem Smartphone, bevor Scarlett mich daran erinnern konnte, dass ich hier nicht Zuhause war.

Doch Scarlett winkte gelassen wie immer ab. „Ach, macht doch nichts."

Schnell checkte ich meine Benachrichtigungen.

Eine neue Mail.

Ich öffnete sie.

Kurze Zeit später sah ich ungläubig zu Scarlett auf. „Oh wow."

„Was?“ fragte Scarlett.

„Man hat mich zu einem Interview eingeladen.“ Ich versuchte, die Nachricht zu verdauen und überflog die Mail noch einmal. Auf diesen Job hatte ich mich schon vor drei Wochen beworben.

„Wow, Annabelle, das ist doch super!“ freute sich Scarlett lautstark.

„Ja...“, erwiderte ich langsam, während ich die Mail zum dritten Mal las.

„Du hörst dich nicht gerade begeistert an“, stellte Scarlett fest.

„Na ja, es geht um Gesellschaftsthemen. Adlige und Promis und so. Das ist eigentlich nicht mein Ding. Und ich vermute, dass der Job sehr schlecht bezahlt ist. Sonst wäre er schon längst vergeben. Ich habe mich schon vor drei Wochen beworben, gleich nachdem...“ Ich sprach nicht weiter.

„Ach, nun sei doch nicht immer so pessimistisch.“ Scarlett runzelte die Stirn. „So bekommst du nie einen Job. Es könnte doch auch wirklich gut sein. Vielleicht fängt gerade jetzt deine Glückssträhne wieder an?“

„Vielleicht.“ Ich ließ mich auf das große Sofa sinken und schloss die Augen. Dann legte ich das Smartphone neben mich und massierte mir leicht die Schläfen. Mein Kopf dröhnte und ich fühlte mich, als hätte ich etwas Falsches gegessen. Dabei hatte ich heute noch gar nichts gegessen. Seit Tagen war mir immer wieder übel, besonders morgens.

Es musste der Stress sein.

Alles, was sich in den letzten Wochen ereignet hatte, war nicht spurlos an mir vorüber gegangen.

„Hey, ist alles okay?“ fragte Scarlett. „Du hörst dich wirklich seltsam an.“

Vorsichtig öffnete ich die Augen. „Mir ist nur schlecht. Und schwindlig. Das hatte ich in der letzten Zeit öfter.“

Scarlett schürzte die Lippen.

„Aber kein Grund, sich Sorgen zu machen“, fügte ich hastig hinzu. „Das ist bestimmt nur der Stress. Und wahrscheinlich habe ich meine Erkältung noch nicht ganz auskuriert. Da hatte es mich schließlich ziemlich erwischt.“

Scarlett blickte mich skeptisch an. „Möglich. Aber nach drei Wochen... Das sollte doch langsam besser werden. Wird es das?“

Wurde es das?

Ich schüttelte den Kopf.

Eigentlich hatten diese Symptome erst vor einer Woche so richtig angefangen. Da hatte ich die Erkältung allerdings schon überstanden und nicht mehr geniest oder gehustet.

„Das geht bestimmt vorbei." Ich schloss die Augen.

„Hm...", machte Scarlett. „Hast du heute schon was gegessen?"

Ich schüttelte den Kopf. „Mir war einfach zu schlecht."

„Ist dir vor allem morgens übel?" wollte Scarlett wissen.

Ich seufzte. „Ja, morgens scheint es schlimmer zu sein. Als ob irgendwas in mir nicht wollte, dass ich den Tag beginne." Ich biss mir auf die Zunge. Beinahe hätte ich hinzugefügt, dass dieses Etwas in mir vermutlich wusste, dass der Tag beschissen würde. Aber ich wollte weder undankbar noch pessimistisch erscheinen. Scarlett und Garrison kümmerten sich rührend um mich und Elijah trug seinen Teil dazu bei, indem er sich um Edward kümmerte.

Irgendwann würden sich die Dinge in meinem Leben schon zum Besseren wenden.

Ganz sicher.

Ich hoffte nur, dass irgendwann bald war.

Sehr bald.

„So etwas hatte ich auch gerade...", sagte Scarlett langsam.

„Wirklich?" Ich sah sie an. „Dann habe ich mich vielleicht bei dir angesteckt."

Scarlett lachte. „Nein, sicher nicht."

Ich kratzte mich ratlos an der Nase. „Nein? Aber was hattest du denn?"

Scarlett setzte sich neben mich aufs Sofa. Dann legte sie mir eine Hand auf die Schulter. „Das hätte ich dir ohnehin erzählt... Ich musste es nur erst Garrison sagen und das konnte ich erst gestern tun, weil er immer so beschäftigt war..."

Beunruhigt setzte ich mich auf. „Ist es etwas Ernstes? Nun sag schon!"

Scarlett lachte. „Nein, nichts Ernstes. Jedenfalls nicht in dem Sinn."

„Nun red schon!" verlangte ich ungeduldig.

„Ich bin schwanger!" platzte Scarlett da heraus.

Mit offenem Mund starrte ich meine beste Freundin an. „Schwanger?" wiederholte ich ungläubig. „Ich... das ist ja toll... ich meine..." Meine Gedanken wirbelte und rasten und schlugen in meinem Kopf Purzelbäume.

Schwanger?

„Garrison und ich versuchen schon seit einer Weile, ein zweites Kind zu bekommen. Aber bisher wollte es einfach nicht klappen“, erklärte Scarlett. „Und jetzt…“ Meine Freundin hob beide Hände und strahlte mich an.

„Das ist… das ist ja wunderbar“, stammelte ich, während es in meinem Kopf immer noch drunter und drüber ging.

„Finde ich auch.“ Scarlett lächelte. „Und Elijah wird sich sicher über ein Geschwisterchen freuen, wenn wir es ihm sagen.“ Dann wurde meine Freundin wieder ernst. „Aber du… könntest du auch schwanger sein?“ Forschend blickte Scarlett mich an.

Für einen Moment erstarrte ich vollkommen, als Scarletts Worte zu mir durchdrangen. Dann schüttelte ich abwehrend den Kopf und brachte ein ungläubiges Lachen hervor. „Schwanger? Nein, das glaube ich nicht.“

„Bist du dir sicher?“ Scarlett ließ nicht locker. „Ich meine… ich hatte wirklich genau die gleichen Symptome und…“

Oh Gott.

Ich konnte nicht schwanger sein.

Ich DURFTE nicht schwanger sein.

Nicht auch das noch.

Natürlich liebte ich Kinder und ich hatte mir immer vorgestellt, einmal welche zu haben. Aber nur mit dem passenden Mann an meiner Seite.

Jaxon…

Meine Haut prickelte.

Jaxon war nicht der passende Mann. Und darum konnte ich nicht schwanger sein.

Aber…

Ich erinnerte mich an einen Tag, an dem ich die Pille vergessen hatte. Damals hatte ich der Sache keine weitere Bedeutung beigemessen.

Doch zwei Tage später hatte ich Jaxon kennengelernt und die Nacht mit ihm verbracht.

„Du solltest einen Test machen. Einfach nur, um sicher zu sein. Um Gewissheit zu haben.“ Scarlett schien im Gegensatz zu mir genau zu wissen, wie es jetzt weitergehen sollte.

Einen Test.

Ich schüttelte den Kopf. „Ich bin nicht schwanger.“

„Ich habe noch einen übrig, wir haben in der letzten Zeit so einige verbraucht." Scarlett schien gar nicht auf mich zu hören. „Komm." Scarlett sprang auf und hielt mir die Hand hin.

Ich ergriff sie.

„Dann bist du sicher." Scarlett drückte mich an sich und führte mich dann ins Bad. Dort öffnete sie den riesigen Wandschrank und drückte mir eine blaurosa Packung in die Hand. „Einfach aufreißen, draufpinkeln, hinlegen und warten. Du kannst nichts falsch machen."

Ich nickte nur. Wie betäubt sah ich die Packung an.

Konnte ich wirklich schwanger sein?

„Ich lass dich jetzt allein. Aber wenn was ist, ich bin draußen. Ruf einfach." Scarlett strich mir übers Haar. „Und hey, Süße: Ich bin da. Immer. Das weißt du. Und Deborah auch."

Ich nickte.

Scarlett verschwand und schloss die Tür hinter sich.

Ich riss die Packung auf und tat, was Scarlett mir gesagt hatte. Dann wartete ich mit angehaltenem Atem.

Nach einer gefühlten Ewigkeit hatte ich endlich das Ergebnis.

Im digitalen Fenster lächelte mich ein Smiley an.

Positiv.

Ich war schwanger.

Wütend starrte ich den Test an.

Ein gottverdammtes Smiley?

Ging man denn davon aus, dass jede Frau sich über eine Schwangerschaft freute?

Ich zuckte zusammen.

Dann legte ich eine Hand auf meinen Bauch. „So habe ich das nicht gemeint", flüsterte ich.

Nur...

Was sollte ich denn jetzt nur tun?

Mein Leben war sowieso schon aus den Fugen geraten. Ich hatte nicht einmal einen Job.

Und dieses Kind hatte keinen Vater.

Ich würde ihm nichts bieten können.

Nur ein gefräßiges Zwergkaninchen.

Mit zitternden Lippen rang ich nach Luft und versuchte, nach Scarlett zu rufen.

Meine beste Freundin würde mir beistehen.

Einerseits.

Aber andererseits war das hier auch etwas, das ich allein durchstehen musste.

Ich dachte an Jaxon.

Dann schüttelte ich den Kopf.

Allein hieß in diesem Fall wirklich allein.

Jaxon war Vergangenheit.

Er war nicht der passende Mann für mich und nicht der passende Vater für dieses Kind.

So sehr ich mir in diesem Augenblick auch wünschte, es wäre anders.

Kapitel 28

Jaxon

Verbissen starrte ich aus dem Fenster. Doch heute konnte mich nicht einmal die Skyline von New York aufheitern, die wie immer vor mir in den Himmel ragte.

Ruhig, Jaxon.

Ruhig.

Ich schnaubte.

Wie konnte ich ruhig sein, wenn nichts funktionierte? Also wirklich auch gar nichts. In den letzten Wochen hatte ein unerfreuliches Ereignis das nächste gejagt. Wenn ich als Unternehmer nicht quasi dazu verpflichtet wäre, Optimist zu sein, dann würde ich sagen, dass ich eine Pechsträhne hatte.

Ich schüttelte den Kopf.

Nein.

Keine Pechsträhne.

Ich hatte einfach ein paar unkluge Entscheidungen getroffen. Das kam vor. Aber jeder Tag war ein neuer Anfang und an jedem Tag konnte ich bessere Entscheidungen treffen. Schließlich gab es immer wieder etwas, das entschieden werden musste.

Ich biss die Zähne zusammen. Aus der Sache mit Annabelle hatte ich wirklich gelernt. Auf so etwas würde ich mich nie wieder einlassen. Es war die dümmste aller dummen Ideen gewesen, die ich jemals gehabt hatte.

Ihr Artikel hatte eine regelrechte Lawine losgetreten und in den letzten Wochen hatte ich Tag und Nacht damit verbracht, zumindest zu versuchen, den Schaden für *PerfectPartner* und für mein Image wieder einzudämmen.

Chloe war mir dabei keine Hilfe mehr gewesen. Sie hatte nicht verstanden, dass der Kuss in unserem Büro eben nur... ein Kuss war. Darauf hatte ich Konsequenzen ziehen müssen.

Doch nun schien das Schlimmste erst einmal überstanden. Aber diese Krise würde mich und mein Unternehmen noch eine Weile beschäftigen. Es war eines der Dinge im Leben, die alles veränderten.

Wirklich alles.

Annabelles Gesicht erschien vor meinem inneren Auge.

Rasch schüttelte ich den Kopf. Ich hatte in den letzten Wochen wirklich viel zu tun gehabt. Zugleich hatte ich mich auch in die Arbeit gestürzt, um mich abzulenken. Annabelles Verrat hatte mich tiefer getroffen, als ich das für möglich gehalten hatte.

Und doch schaffte ich es nicht, alle Gedanken an sie abzuschütteln. Spätestens tief in der Nacht, wenn ich in meinem Bett lag und endlich schlafen wollte, kam der Gedanke an Annabelle wieder.

Vielleicht sollte ich mir etwas Zeit für mich nehmen und mich amüsieren. Eine andere Frau würde mich auf andere Gedanken bringen. So war das bisher immer gewesen. Aber merkwürdigerweise verspürte ich so gar keine Lust auf etwas Spaß und Abwechslung.

Mein Handy klingelte.

Ich sah auf das Display.

Chase.

Mit einem Mal packte mich ein schlechtes Gewissen. Ich hätte mich schon längst bei ihm melden sollen. Aber ich hatte wirklich viel zu viel um die Ohren gehabt.

„Jaxon“, begrüßte mich mein Freund mit dröhnender Stimme. „Wie geht es dir?“

„Ach…“, seufzte ich. Chase gehörte zu den wenigen Menschen, denen ich nichts vormachen musste. Wir waren seit Ewigkeiten befreundet. Außerdem bemerkte er immer, wenn man ihm etwas vorspielte.

Kunststück.

Als Privatdetektiv gehörte es zu seinem Job, genau zu wissen, wann andere die Wahrheit sagten und wann nicht.

„Tut mir leid, dass das so lange gedauert hat, Mann. Aber das war eine echte Herausforderung mit diesen anonymen Mails.“ Chase lachte wieder. „Seit langem mal wieder ein Auftrag nach meinem Geschmack.“

Mein schlechtes Gewissen wurde noch größer. „Chase, ich hätte mich auch schon längst melden sollen. Mir ist seit drei Wochen klar, wer diese Mails verschickt hat.“

„Ach?“ fragte Chase erstaunt. „Wie hast du denn das herausgefunden?“

Ich lachte. „Na ja, das war nicht so schwierig. Tut mir leid, wenn das an deinem beruflichen Ego kratzt. Aber Annabelle Haven, diese…“ Ich unterbrach mich. „Also in diesem Artikel über mich hat sie genau die Formulierung aus den Mails verwendet. Klar also, dass sie die Mails geschrieben hat.“ Ich schluckte.

„Annabelle Haven…“, murmelte Chase.

„Ich hatte hier alle Hände voll zu tun. Dieser Artikel hat mir fast das Genick gebrochen. Victor Davenport hatte schon zugesagt, bei mir einen größeren Geldbetrag zu investieren und den später eventuell noch zu steigern. Doch wegen der miesen Presse hat er diese Pläne gecancelt. Meine Ideen für die Expansion liegen erst mal auf Eis, bis ich einen neuen Geldgeber finde. Die Suche läuft auf Hochtouren, aber der Artikel macht es nicht gerade einfacher. Du kannst dir also vorstellen, was hier in den letzten Wochen los war“, beschrieb ich die Lage für meinen Freund. „Ich hätte mich wirklich bei dir melden sollen, aber…“ Ich holte tief Luft.

„Und diese Annabelle kennt Ethan Collins?“ fragte Chase da unvermittelt.

„Ethan Collins?“ wiederholte ich.

Mein Programmierer?

Was hatte der denn mit der ganzen Sache zu tun?

„Er hat die Mails verschickt“, erwiderte Chase. „Die kamen von seinem Konto. Das Ganze war natürlich extrem gut getarnt. Kunststück, wenn man

Programmierer ist. Das ist sein Job. Aber wir haben es trotzdem geschafft, ihm auf die Schliche zu kommen." Chase klang stolz.

„Ethan Collins hat die Mails geschickt?" fragte ich ungläubig. „Bist du dir sicher?"

„Absolut sicher. Wir haben alles doppelt und dreifach überprüft, bevor ich dich anrufe." Chase räusperte sich.

Ethan Collins hatte die Mails geschickt. Ethan Collins, der dafür zuständig war, den Algorithmus von *PerfectPartner* so zu perfektionieren, dass die User meiner App auch tatsächlich den perfekten Partner fanden.

„Wir haben den Mann natürlich überprüft und ich habe rausgefunden, dass er bei dir arbeitet", meldete sich Chase wieder zu Wort.

„Aber... Warum... also warum hat er denn das getan?" fragte ich fassungslos.

„Das kann ich dir nicht sagen. Da musst du ihn schon selbst fragen. Ich würde dir angesichts der Lage jedenfalls raten, dafür zu sorgen, dass er zu keinen kritischen und sensiblen Daten mehr Zugang hat. Und zwar ab sofort. Wer weiß, was sonst noch alles passiert." Chase klang energisch.

Ich nickte. In meinem Kopf wirbelten die Gedanken nur so umher.

Hatte Ethan vielleicht noch mehr getan als nur diese Mails zu schicken?

Ich dachte an die Beschwerden der Userinnen, die angeblich kein passendes Match mehr fanden. Ethan hatte keine Erklärung dafür gehabt.

Wirklich nicht?

Ich hatte ihm geglaubt. Doch jetzt sah ich alles in einem neuen Licht.

Ich sprang auf. „Ich gehe der Sache sofort auf den Grund, Chase. Danke für die Info. Ich melde mich bei dir. Diesmal wirklich, versprochen."

Mein Freund lachte. „Das werden wir sehen. Aber... sonst schicke ich dir einfach die Rechnung. Und die wird höher ausfallen, wenn du dich nicht meldest. Ich will wissen, wie die Sache ausgeht. Klar?"

„Sicher", versprach ich. „Bis dann."

Ohne auf Chases Antwort zu warten, beendete ich das Gespräch, steckte das Smartphone weg, durchquerte mein Büro und machte mich im Laufschritt auf den Weg zu Ethans Arbeitsplatz.

Der Fahrstuhl schien ewig zu brauchen, bis er unten war. Selbst in der engen Kabine ging ich ungeduldig auf und ab.

Wie sollte ich Ethan zur Rede stellen?

Als ich endlich auf der richtigen Etage angekommen war, stürmte ich durch den Gang und stieß schließlich die Tür zu Ethans Einzelbüro auf. Der Programmierer hatte sich hinter einem Haufen von Bildschirmen, Tablets und weiteren technischen Geräten vergraben. Erschrocken sah er auf, als ich mich vor ihm aufbaute. Er hatte Kopfhörer auf den Ohren und mich nicht kommen hören.

„Mr. Caldwell", begrüßte er mich und lehnte sich dann in seinem Stuhl zurück. „Haben wir ein Meeting?"

„Nein", erwiderte ich schroff. „Wir haben kein Meeting. Aber diese Firma gehört mir und Sie sind mein Angestellter. Ich kann jederzeit hier reinkommen. Wann immer es mir passt."

Ethan sah mich erstaunt an. „Na ja, aber ungestört arbeiten ist schon wichtig für mich, also..." Er kratzte sich am Kopf. „Außerdem kommen Sie bestimmt nicht ohne Grund hier rein. Sie haben schließlich auch selbst genug zu tun. Was gibt es denn?"

Mit kaltem Blick musterte ich den jungen Kerl und merkte, wie es in mir zu brodeln begann und sich ein Sturm zusammenbraute. Dieser verlogene Typ hatte sich in meine Firma und in mein Vertrauen geschlichen, um mich dann von innen raus zu zerstören.

„Was es gibt...", erwiderte ich gedehnt. „Nun, ich habe endlich die Wahrheit herausgefunden. Das gibt es. Darum bin ich hier."

„Welche Wahrheit?" Ethan blickte mich ratlos an.

Er konnte hervorragend schauspielern. Wirklich hervorragend. Fast konnte man glauben, dass er keine Ahnung von der ganzen Sache hatte. Aber ich kannte Chase lange genug. Mein Freund irrte sich nie.

„Sie haben anonyme Mails verschickt. An Victor Davenport." Ich ballte die Fäuste und sah Ethan an.

Ein Schatten huschte über sein Gesicht und verschwand dann genauso schnell wieder wie er gekommen war.

„Ich habe keine Ahnung, wovon Sie reden", behauptete Ethan.

„Ach nein?" höhnte ich. „Von den Mails an Victor Davenport rede ich. Sie haben mich persönlich verunglimpft und meine Firma schlecht gemacht. Sie haben mich sabotiert. Und das alles, während ich Sie bezahlt habe, damit Sie für mich arbeiten. Sie sind wirklich ein mieses, verlogenes Schwein." Die Wut in mir wurde immer größer.

„Das… das stimmt nicht." Ethan schüttelte den Kopf. Doch sein Gesicht wirkte bleicher als vorhin. „Dafür gibt es keine Beweise, das ist alles erstunken und erlogen. Wahrscheinlich wollen Sie mich loswerden und da fällt Ihnen nichts besseres ein als…"

„Wage es nicht, mich auch noch anzulügen, du Scheißkerl!" fauchte ich und packte Ethan unvermittelt am Kragen. Vorher hatte ich ihn gesiezt, jetzt duzte ich ihn. Mir war alles egal.

Mit einer kraftvollen Bewegung riss ich den Programmierer aus seinem Stuhl, bis er nur noch auf Zehenspitzen stand. „Ich habe Beweise! Und ich bin nicht hier, um mit dir zu diskutieren. Ich will nur wissen, warum du das getan hast."

Ethan schwieg. Sein Atem ging schwer.

„Wenn du nicht redest, dann wird die ganze Sache umso schneller bei meinem Anwalt landen. Also sag schon. In wessen Auftrag hast du gehandelt?" Dass Ethan sich allein diese ganze Sache ausgedacht hatte, glaubte ich nicht. Dafür war er nicht intelligent genug.

Ethan atmete schwer.

„War es Victor?" fragte ich.

„Victor." Ethan lachte. „Natürlich nicht. Wie kommen Sie denn darauf? Es war nicht Victor. Dahinter steckt eine viel größere Sache." Ethan lachte wieder. „Viel, viel größer. Jack Bryant von *DateFresh*." Mein Programmierer grinste mich an und wirkte für einen Moment tatsächlich stolz.

„Jack Bryant von *DateFresh*?" Ich starrte Ethan an. Jack Bryant war der Name meines Hauptkonkurrenten. Er wollte mit seiner App *DateFresh* den Markt ebenso erobern wie ich mit *PerfectPartner*.

Klar.

Er hatte Interesse daran, *PerfectPartner* auszuhebeln.

Ich dachte nach.

Dann schüttelte ich Ethan. „Das war nicht alles, oder? Der Mistkerl hat nicht nur dafür gesorgt, dass du diese Mails schickst. Auf sein Geheiß hast du auch meinen Algorithmus manipuliert."

Ethans Augen glänzten. „Es war wirklich ziemlich einfach, sobald ich hier mal im Sattel saß. Davon habe ich schon immer geträumt. Als Student habe ich diese russischen Spionagethriller verschlugen und seitdem wollte ich auch immer mal Undercover arbeiten…" Ethan grinste. „Und über die Bezahlung kann ich mich wirklich auch nicht beschweren. Jack Bryant hat echt Geld."

Ich starrte meinen Programmierer ungläubig an. Er hatte sich von meinem Konkurrenten anheuern lassen, weil er einmal in seinem Leben einen russischen Spionagethriller nachspielen wollte?

Wie dumm konnte man sein?

Aber es klang so blöd, dass es wahrscheinlich wahr war.

Annabelle hatte die Mails also nicht geschickt. Aber wie kam der Text der Mails dann in den Artikel?

Waren Annabelle und Ethan…?

„Und was hat Annabelle Haven mit der Geschichte zu tun? Wann hast du sie rekrutiert?" Ich benutzte absichtlich die Sprache, die in alten Spionageromanen verwendet wurde.

„Annabelle Haven?" Das Erstaunen auf Ethans Gesicht schien diesmal echt. „Wer soll das sein? Diesen Namen habe ich noch nie gehört."

„Ich warne dich… Wenn du mir nicht die Wahrheit sagst…" Ich schüttelte Ethan.

„Aber es ist die Wahrheit. Ich schwöre." Ethan sah mich an. „Ich… Also Sie werden mich doch nicht feuern, oder?"

Ich schüttelte den Kopf über so viel Naivität.

„Ich meine, ich kann auch wieder die Seiten wechseln… denken Sie nur mal drüber nach… ich als Doppelagent bei *DateFresh*…" Ethans Augen begannen wieder zu glänzen wie vorhin.

Der Kerl hatte eindeutig zu viele Spionageromane gelesen.

Wahrscheinlich hoffte er insgeheim auch noch, irgendwo ein Bond-Girl zu finden. Oder einen ganzen Haufen davon.

Aber das hier war weder ein Roman noch ein Film. Das hier war das wahre Leben.

„Vergiss es", schnaubte ich. „Du bist gefeuert. Und du kannst froh sein, wenn ich dich für diesen Scheiß nicht hinter Gitter bringe. Was du getan hast, ist strafbar."

Ethan verstummte.

Ich stieß ihn in den Stuhl zurück. Dann wandte ich mich um und verließ das Büro. Den Rest würde Belinda erledigen. Ich würde ihr sagen, dass sie sich darum kümmern sollte, dass Ethan auf der Stelle von hier verschwand.

Ich hatte Annabelle für alles verantwortlich gemacht. Aber soeben hatte sich herausgestellt, dass nichts ihre Schuld war.

Sie hatte die Mails nicht geschrieben.

Also… also hatte sie vielleicht wirklich den Artikel nicht geschrieben?

Das hatte sie behauptet.

Ich hatte ihr nicht geglaubt, denn es war mir lächerlich erschienen.

Doch jetzt… jetzt schien es mir logisch.

Die Gedanken an sie, die ich in den letzten Wochen verdrängt hatte, kehrten mit aller Macht zurück. Ich sah Annabelles widerspenstiges rotes Haar, ihre funkelnden grünen Augen, ihre vollen Lippen, ihre festen Brüste und ihre langen Beine… fast glaubte ich, ihren Duft zu riechen. Zypresse und Grapefruit.

Ich musste zu ihr.

Jetzt.

Ich dachte an das Medaillon, das in der obersten Schublade meines Schreibtischs lag.

Annabelles Medaillon.

Oder besser gesagt, das Medaillon ihrer Großmutter.

Belinda hatte es im Vorzimmer gefunden. Ich hatte es an mich genommen, doch bisher hatte ich es nicht über mich gebracht, es Annabelle zurückzugeben. Es war, als ob tief in mir etwas gewusst hätte, dass der richtige Zeitpunkt noch nicht gekommen war.

Jetzt war er da.

Ich würde ihr das Medaillon bringen.

Dann würde ich ihr alles erklären.

Und ihr zuhören, so wie ich es schon vor Wochen hätte tun sollen.

Aber würde sie mir auch zuhören?

Mein Herz pochte, als ich im Lift wieder nach oben fuhr.

Kapitel 29

Annabelle

Mit klopfendem Herzen stand ich vor dem Eingang des schmucklosen Bürogebäudes.

Ein Vorstellungsgespräch. Ich hatte tatsächlich ein Vorstellungsgespräch. Nach all den Rückschlägen und Enttäuschungen der letzten Wochen hatte ich nun die Chance, jemanden zu überzeugen, dass ich für einen Job geeignet war.

Meine Hände zitterten leicht, als ich auf den Knopf drückte, um den Fahrstuhl zu rufen.

Fünfte Etage, hatte man mir gesagt.

Es war nur ein Freelance-Job und es war inhaltlich ganz und gar nicht das, was ich mir vorstellte. Gesellschaft. Promis. Klatsch und Tratsch.

Sicher, die Menschen lasen das auch. Manchmal las ich das sogar selbst. Nach einem langen Tag tat es verdammt gut, einfach nur etwas zu lesen, bei dem man nicht viel denken musste. Man konnte sehen, dass andere Menschen auch Probleme hatten, dass sie, genauso wie man selbst, immer wieder bei etwas scheiterten, bevor es ihnen schließlich gelang.

Die ganze Sache hatte also durchaus ihre Daseinsberechtigung.

Nur dass es nicht das war, was ich wollte. Ich träumte davon, die Gesellschaft zu verändern und Missstände aufzudecken.

Annabelle, diesen Luxus kannst du dir nicht erlauben. Du musst erst mal den Einstieg finden. Irgendein Job ist besser als keiner. Du musst wieder auf eigenen Beinen stehen. Du kannst Scarlett und Garrison nicht ewig auf der Tasche liegen.

Und vor allem… vor allem müsste ich in naher Zukunft nicht nur für mich selbst sorgen, sondern auch für mein Kind.

Ich war jetzt für zwei Menschen verantwortlich. Vorsichtig streichelte ich über meinen Bauch. Noch fühlte er sich so flach an wie eh und je. Doch das würde sich bald ändern.

Ich schluckte.

Daran durfte ich jetzt nicht denken. Sonst würde ich in dem Gespräch keinen zusammenhängenden Satz hervorbringen.

Erst das Gespräch.

Dann würde ich mich mit meiner Schwangerschaft beschäftigen und damit, was sie für meinen Zukunft bedeutete.

Wie lange würde ich noch arbeiten können?

Egal.

Jetzt kam es erst einmal drauf an, überhaupt einen Job zu bekommen.

Ich atmete tief durch und strich mir eine widerspenstige Haarsträhne aus dem Gesicht.

Pling.

Der Fahrstuhl hatte die fünfte Etage erreicht. Ich zwang mich zu einem Lächeln und stieg aus. Der erste Eindruck zählte. Natürlich wollte ich wirken, als sei ich begeistert von der Aussicht auf diesen Job.

Ich drückte auf die Klingel neben der gläsernen Tür. Eine junge Frau in meinem Alter öffnete.

Ich lächelte noch mehr. „Hallo, ich bin Annabelle Haven. Ich habe ein Vorstellungsgespräch."

„Herzlich willkommen." Die junge Frau lächelte ebenfalls. „Ich bin Jeannie. Leider hat sich hier alles ein wenig verzögert. Ich muss Sie bitten, noch ein wenig zu warten." Jeannie wies auf eine Tür. „Eine andere Bewerberin wartet ebenfalls noch. Es wird wirklich noch ein wenig dauern. Darf ich Ihnen in der Zwischenzeit einen Kaffee bringen?"

„Nein danke", lehnte ich ab. Die bloße Vorstellung von Kaffee ließ meinen Magen revoltieren.

Oh Gott.

Jetzt durfte mir auf keinen Fall übel werden.

„Melden Sie sich einfach, wenn Sie etwas brauchen. Ihren Mantel hänge ich hierhin." Jeannie war wirklich nett und hilfsbereit. Wenn hier alle so waren, dann war es sicherlich angenehm, hier zu arbeiten.

Ich betrat den kleinen Warteraum. In einem der bunten Sessel saß eine Frau, die jetzt den Kopf von ihrem Handy hob.

Ach du Scheiße.

Was machte sie denn hier?

SIE.

Chloe, die Frau, die ich zum letzten Mal gesehen hatte, als sie auf Jaxons Schoß saß und ihre Zunge in seinen Hals geschoben hatte.

Chloe grinste mich an. „Na sowas. Wen haben wir denn da?"

„Was... was machst du denn hier?" stammelte ich verdattert. Ich hätte gerne mit der gleichen Souveränität geantwortet wie Chloe. Doch das war in diesem Moment bei mir einfach nicht drin.

„Oh, ich habe hier ein Vorstellungsgespräch." Chloe grinste. „Und du?"

„Ich... ich auch...", stotterte ich. In meinem Kopf überschlugen sich die Gedanken. „Aber... aber wieso hast du ein Gespräch? Du... du hast doch einen Job."

Chloe ging nicht auf meine letzte Bemerkung ein. „Oh, du suchst einen Job?" Sie kicherte. „Du glaubst doch wohl selbst nicht, dass dich jemand einstellt!"

Meine Wangen liefen rot an. Ich ließ mich in den nächstbesten Sessel fallen.

„Vor allem jetzt nicht, da ich hier bin." Chloe grinste breit. „Erstens habe ich mehr Erfahrung als du. Und zweitens... zweitens habe ich niemanden in der Öffentlichkeit verleumdet." Chloe beugte sich nach vorne. „Dieser Artikel mag dir Aufmerksamkeit eingebracht haben, Kleine. Aber er war ein großer Fehler. Wirklich groß. Niemand will eine Nestbeschmutzerin in den eigenen Reihen." Sie grinste wieder. „Wie gut, dass wir uns hier treffen. So kann ich diese netten Menschen hier gleich warnen und ihnen die Augen öffnen. Wahrscheinlich wussten sie nicht, wer du bist, sonst hätten sie dich sicherlich nicht eingeladen." Chloes Augen waren eiskalt, als sie mich aufmerksam musterte.

Und tatsächlich wurde mir dabei eiskalt. Ich fröstelte.

Chloe zischte: „Ich sag dir was, Kleine. Ich werde persönlich dafür sorgen, dass du keinen Fuß mehr auf den Boden bekommst. Du wirst keinen Job finden, weder hier noch sonstwo. Intrigante Schlampen will man nirgendwo haben."

Ich schluckte.

Warum hasste sie mich derart?

Schließlich hatte SIE doch gewonnen. Sie hatte alles. Sie hatte einen Job, sie hatte Jaxon, sie hatte...

Wut stieg in mir auf.

Sie hatte sich unmöglich verhalten und jetzt schob sie mir den Schwarzen Peter zu.

Das würde ich nicht zulassen!

„Du bist doch hier die intrigante Schlampe!" platzte ich ohne Vorwarnung heraus. „Wer hat sich denn an Jaxon herangeworfen, obwohl du genau wusstest, dass er und ich..."

Die Worte erstarben auf meinen Lippen.

Dass Jaxon und ich was?

Zusammen waren?

Waren wir nie gewesen.

Das hatte ich mir nur eingebildet.

„Vielleicht hört man das da drinnen auch gerne", schob ich nach. Doch ich konnte spüren, wie meine Argumente schwächer wurden.

Chloe lachte laut. „Ach ja?" Ihre Augen funkelten. „Wenn ich dir einen guten Rat geben darf... damit schießt du dich selbst ins Aus. Wer will schon eine eifersüchtige Tussi einstellen, die nicht damit klar kommt, dass der Mann sich für eine andere entschieden hat? Vor allem, wenn sie ihn auch noch hintergangen und bloßgestellt hat."

„Aber so war das alles nicht! Ich habe den Artikel gar nicht geschrieben!" Verzweifelt blickte ich Chloe an.

Warum rechtfertigst du dich vor ihr, Annabelle?

In diesem Augenblick stand die Szene wieder vor meinen Augen. Chloe saß auf Jaxons Schoß und die beiden küssten sich hemmungslos. Und ich stand wie eine blöde Kuh einfach nur daneben und sah zu. Bei der Erinnerung daran wurde mir schwindlig vor Entsetzen und Wut.

„Ihr habt mich die ganze Zeit über belogen und betrogen." Die Worte purzelten wie von selbst aus meinem Mund. Ich schaffte es einfach nicht, die Klappe zu halten. „Pech nur, dass ich euch auf frischer Tat ertappt habe."

Chloe grinste. „Mann, Annabelle. Hab dich nicht so. Das war doch nur ein kleiner Kuss. Jaxon hat mich in dem Moment nicht gevögelt. Auch wenn er das sicher gerne getan hätte. Auf dem Schreibtisch, neben dem Schreibtisch, unter dem Schreibtisch, an diesem riesigen Panoramafenster..."

Oh Gott.

Ich schloss die Augen.

„Halt die Klappe!" schrie ich dann. Es war unerträglich, wie Chloe in meiner Wunde herumbohrte. „Ich habe es mit eigenen Augen gesehen! Verkauf mich nicht für blöd." Ich sprang auf und merkte, dass ich am ganzen Körper zitterte.

Chloe betrachtete mich amüsiert. „Tickst du etwa immer so aus, nur weil jemand mal eine andere küsst? Mann, da kann Jaxon wirklich froh sein, dass das nichts wurde mit euch. Welcher Mann will sich schon so ein hysterisches Weib ins Haus holen. Das gibt die ganze Zeit nur Drama." Sie schüttelte lächelnd den Kopf. Je mehr ich mich aufregte, desto ruhiger schien sie zu werden.

„Alles in Ordnung?" Die Tür hinter mir öffnete sich und die freundliche Jeannie erschien.

Ich zitterte immer noch.

„Aber sicher." Chloe blickte Jeannie an, als könnte sie kein Wässerchen trüben. „Ms. Haven hier hat sich nur ziemlich aufgeregt, weil sie so lange warten muss. Dabei kommt das eben vor. Das weiß doch jeder in unserem Job."

Jeannie ließ ihren Blick von Chloe zu mir und wieder zurück wandern.

Ich biss die Zähne zusammen.

So eine falsche Schlange!

Mir war schon klar, wie die Situation auf Außenstehende wirken musste. Chloe saß ruhig in ihrem Stuhl und lächelte. Ich stand und zitterte vor Wut. Und wenn man draußen eine laute Stimme gehört hatte, dann war es vermutlich meine.

Diese dumme Kuh!

Ich platzte fast, doch ich schaffte es, meine Zähne zusammen zu beißen. Dann setzte ich ein freundliches Lächeln auf. „Da gab es wohl ein kleines Missverständnis. Natürlich habe ich kein Problem damit, zu warten. Ich habe Ms. Gallagher hier nur gerade gefragt, ob sie vielleicht weiß, wo die Toilette ist. Ich muss mich kurz frischmachen."

„Die Toilette zeige ich Ihnen gerne." Jeannie schien erleichtert, dass wir nicht weiter zusammen in dem Raum sitzen würden.

Ich folgte ihr nach draußen.

„Hier." Jeannie wies auf eine graue Tür.

„Danke." Ich verschwand ohne ein weiteres Wort nach drinnen. Dann schloss ich mich in eine Kabine ein und lehnte den Kopf gegen die Fliesen.

Was sollte ich nur tun?

Sollte ich überhaupt zu diesem Gespräch gehen?

Bereits jetzt hatte ich nicht gerade den besten Eindruck hinterlassen. Bestimmt würde das auch Jeannies Chef zu Ohren kommen.

Kurz überlegte ich, Scarlett anzurufen.

Dann lachte ich hohl. Das hatte ich schon einmal getan. Als ich im MoMA auf der Toilette war, während Jaxon draußen wartete. Das Ganze kam mir vor wie in einem anderen Leben.

Jaxon.

Ich wollte nichts weiter, als ihn zu vergessen. Doch jedes Mal, wenn mir das zu gelingen schien, tauchte er wieder auf.

Sein Kind in meinem Bauch.

Chloe hier.

Was machte sie hier? Ich hatte sie gefragt, doch sie hatte sich um eine Antwort gedrückt.

Ich seufzte. Ewig konnte ich mich hier drin nicht verstecken. Also verließ ich die Kabine wieder und wusch mir die Hände.

„Ja, die beiden sind noch im Warteraum. Das heißt, Annabelle Haven ist gerade auf der Toilette." Als ich das Wasser abstellte, hörte ich eine Stimme im Gang.

„Okay. Wir nehmen Sie als zweites dran. Chloe Gallagher scheint mir eine erfahrenere Kandidatin." Das war eine Männerstimme, die ich nicht kannte. Wahrscheinlich handelte es sich um Jeannies Chef.

Andrew Philips.

Mit ihm würde ich mein Gespräch haben.

„Andererseits glaube ich nicht, dass sie lange bleiben wird. Sie hat einfach schon zu viel Erfahrung und sucht wahrscheinlich nur etwas zur Überbrückung…" Der Mann klang nachdenklich.

„Das kann gut sein", stimmte Jeannie zu.

„Die anderen Kandidatinnen kann man vergessen. Es wird eine dieser zwei." Andrew Philips, wenn er es denn war, schnaubte. „Unglaublich, wer alles als Freelancer über Promiklatsch schreiben will. Selbst Menschen, die gar keine Ahnung von Journalismus haben und keinen zusammenhängenden Satz herausbringen."

Jeannie antwortete nicht.

„Fangen wir mit Chloe Gallagher an. Mich interessiert wirklich, was passiert ist, dass sie nicht mehr bei Jaxon Caldwell arbeitet. Der Job muss doch ziemlich gut bezahlt sein. Und überhaupt… wieso gibt man einen Job als PR-Lady für eine Dating-App auf, um stattdessen über Promiklatsch zu schreiben?" Eine Hand klopfte auf die Theke.

„Vielleicht hat es mit diesem Artikel zu tun. Der, den Annabelle Haven geschrieben hat", gab Jeannie zu bedenken.

Mist.

Ich hatte gehofft, hier als unbeschriebenes Blatt anfangen zu können.

Aber sie wussten es.

Natürlich wissen sie es, Annabelle. Wahrscheinlich gibt es in ganz New York keinen Menschen, der es nicht weiß.

Ich wollte nicht lauschen. Wirklich nicht. Aber was konnte ich denn dafür, dass die Wände hier so dünn waren? Wenn Jeannie und ihr Chef nicht wollten, dass jemand dieses Gespräch mithörte, dann hätten sie es lieber in einem Konferenzraum führen sollen.

„Das glaube ich nicht", antwortete Andrew Philips nun. „Das ist schlechte Presse. Kommt vor. Es gehört zu ihrem Job, mit so etwas fertig zu werden. Wenn sie darum hinschmeißt, dann taugt sie für den Job einfach nicht."

Ich atmete auf.

Andrew Philips hatte möglicherweise einige Vorbehalte gegen mich. Aber auch Chloe stand unter seiner Beobachtung.

„Ich… ich habe da etwas gehört." Jeannie senkte ihre Stimme ein wenig.

Ich presste mein Ohr gegen die Wand.

Oh Gott, hoffentlich kam niemand hier rein und ertappte mich so.

Wenn jemand kommt, dann wirst du das gleich hören, Annabelle.

„Gehört?“ fragte Andrew Philips.

„Na ja, ich war auf einer Party für Presseleute und da gehen immer alle möglichen Gerüchte herum…“ Jeannie zögerte.

Andrew Philips schnaubte leicht. „Die meisten davon sind nicht wahr.“

„Ja. Aber…“ Jeannie schien Luft zu holen. „Chloe Gallagher war ebenfalls auf der Party. Sie hat ziemlich einen über den Durst getrunken, wenn Sie verstehen, was ich meine.“

„Hm“, machte Andrew Philips. „Und wann war das?“

„Vorletzte Woche.“ Jeannie schwieg. Sie schien abzuwarten, ob ihr Boss hören wollte, was Chloe im betrunkenen Zustand von sich gab.

„Und was hat sie gesagt?“ fragte Andrew Philips nach einer kleinen Weile, die mir allerdings wie eine Ewigkeit vorkam.

„Na ja… sie hat sich die Augen ausgeheult, wenn man das so sagen kann.“ Jeannie seufzte.

„Die Augen ausgeheult?“ fragte Andrew Philips. „Das sieht ihr gar nicht ähnlich. Sie scheint eine ziemlich taffe Person zu sein.“

„Anscheinend ist sie seit Jahren in ihren Boss verknallt. Jetzt hat sie sich endlich Chancen ausgerechnet, bei Jaxon Caldwell zum Zug zu kommen. Sie hat ihn wohl geküsst, als er gerade Liebeskummer hatte. Er wollte nicht mehr als das. Doch dann… dann hat sie es wohl weiter versucht. Ich weiß nicht so genau, ob der Teil der Geschichte nicht übertrieben war“, berichtete Jeannie.

Ich hörte wie gebannt zu.

Andrew Philips auf der anderen Seite der Wand schien es genauso zu gehen.

„Nach dem Kuss hat sie sich Chancen ausgerechnet und sich… sie hat sich wohl in seinem Büro ausgezogen und allen erzählt, dass sie was miteinander hätten. Und da hat Jaxon Caldwell sie gefeuert.“ Jeannie beendete ihren Bericht.

Mir klappte die Kinnlade herunter.

WAS?

Chloe und Jaxon… hatten nie etwas miteinander gehabt?

Jaxon wollte gar nichts von Chloe?

Er hatte sie entlassen?

DARUM war Chloe hier?

Mit einem Mal bemerkte ich, wie geschickt sie vorhin meiner Frage ausgewichen war, was sie hier machte. Sie hatte ja schließlich einen Job. Das hatte ich geglaubt.

Doch das hatte sie nicht.

Nicht mehr.

„Unglaublich", sagte Andrew Philips in diesem Moment und brachte mit diesem einen Wort meine Gefühle ziemlich gut zum Ausdruck.

Ich hatte genug gehört und ging wieder zum Waschbecken. Mit zitternden Fingern öffnete ich den Hahn, ließ das kalte Wasser über meine Handgelenke laufen, beugte mich nach vorne und trank dann einen Schluck direkt aus der Leitung.

Dann richtete ich mich auf und betrachtete mein blasses Gesicht im Spiegel.

Jaxon hatte Chloe geküsst, weil er gerade Liebeskummer hatte.

Das hatte Jeannie behauptet.

Liebeskummer.

Wegen mir?

Was sollte ich jetzt tun?

Ich legte eine Hand auf meinen Bauch.

Was war das Beste für uns?

Mein Herz schlug so heftig, dass ich glaubte, Jeannie müsste es noch auf der anderen Seite der Tür hören.

Kapitel 30

Jaxon

Sollte ich sie anrufen?

Ich hatte eben das Medaillon aus der obersten Schreibtischschublade geholt. Es lag vor mir auf dem gläsernen Designer-Schreibtisch und blinkte und blitzte mich an.

Annabelles Kontakt hatte ich noch nicht gelöscht. Ich könnte sie also einfach anrufen und behaupten, dass wir das Medaillon erst heute gefunden hatten, weil Belinda das Reinigungsteam angewiesen hatte, hier einmal gründlicher sauber zu machen.

Ich schüttelte den Kopf.

Das klang so durchschaubar wie... wie ein transparenter Vorhang?

An Annabelles Stelle würde ich nicht kommen. Ich würde eine Freundin schicken, um das Medaillon abzuholen.

Aber ich wollte keine Freundin sehen.

Ich wollte Annabelle sehen!

Wieder starrte ich auf das Display des Smartphones vor mir.

Vorhin hatte ich nichts mehr gewollt als Annabelle sofort zu sehen. Ich war mir sicher gewesen, sie kontaktieren zu wollen. Doch jetzt überkamen mich Zweifel.

Vielleicht nahm sie nicht ab, wenn ich anrief. Wer könnte ihr das verübeln? Sie hatte mich ertappt, wie ich wild mit einer anderen knutschte und ich hatte sie ausgelacht, statt ihr ruhig zuzuhören und die Situation zu klären.

Ich schuldete ihr eine Erklärung. Und eine Entschuldigung. Und noch so einiges mehr.

Das wollte ich ihr alles geben.

Und zwar von Angesicht zu Angesicht.

Ich wollte alles wieder gut machen.

Wenn das ging.

Wenn Annabelle mir die Chance dazu geben würde.

Du kannst so noch ewig rumeiern, Jaxon, das bringt dich keinen Schritt weiter.

Ich tippte auf das grüne Hörersymbol.

Es klingelte nicht. Stattdessen hörte ich sofort eine Computer-Stimme, die mir mitteilte, dass die Nummer nicht mehr vergeben sei.

Verdammt!

Ich schlug mit der flachen Hand auf den Schreibtisch.

Annabelle hatte die Nummer gewechselt.

Und jetzt?

Ich betrachtete das Medaillon.

Vielleicht brachte es dieses Mal ja mir Glück.

Ich würde zu Annabelle fahren. Als ich Annabelle mit der Limousine abgeholt hatte, hatte sie mir ihre Adresse genannt. Bestimmt wohnte sie noch dort.

Oder?

Was, wenn sie nicht nur ihre Telefonnummer, sondern auch gleich ihre Adresse gewechselt hatte?

Was, wenn sie sogar New York verlassen hatte, um anderswo einen Neuanfang zu wagen?

Wer konnte ihr das verdenken?

Ich biss die Zähne zusammen. Dann nahm ich das Medaillon in meine Hand und steckte es sorgfältig in die Brusttasche meines Jacketts. Ich würde nur dann mehr herausfinden, wenn ich mich der Sache stellte.

Warten brachte nichts.

Gar nichts.

Eine halbe Stunde später parkte ich meinen Lamborghini vor dem Gebäude, in dem Annabelle lebte. Die ganze Fahrt über war ich mögliche Gesprächsverläufe im Kopf durchgegangen. Was könnte ich sagen? Was könnte Annabelle sagen? Was könnte ich dann antworten?

Als ich aus dem Auto stieg, überlegte ich, ob ich auch alles bedacht hatte.

Vermutlich konnte man nicht alles bedenken.

Oder?

Ich holte tief Luft. Dann legte ich eine Hand auf die Brusttasche meines Jacketts, in der das Medaillon steckte. „Bring mir Glück", flüsterte ich und sah nach oben in den Himmel. Vielleicht hörte Annabelles Großmutter mich irgendwo und würde dafür sorgen, dass alles ein gutes Ende nahm.

Als ich die Eingangstür erreichte, öffnete diese sich von innen und eine ältere Dame mit einem Pudel kam heraus. Höflich hielt ich ihr die Tür auf.

„Ich möchte zu Annabelle Haven. Wissen Sie vielleicht, in welcher Etage sie wohnt?" fragte ich.

„Dritte Etage rechts, junger Mann. Die erste Tür." Die Dame ging an mir vorbei, ohne auf eine Antwort zu warten.

„Danke!" rief ich ihr hinterher.

Dann betrat ich das Gebäude. Es gab keine großzügige Lobby wie in dem Wolkenkratzer, in dem ich mein Penthouse hatte. Stattdessen lief ich direkt in einen engen dunklen Flur, dessen Wände mit Graffiti beschmiert waren. Unter den Graffiti war alte Farbe zu erkennen, die bereits von den Wänden blätterte. Hier war sicherlich seit Ewigkeiten nichts mehr renoviert worden.

Langsam ging ich nach oben. Vorhin hatte ich nichts lieber gewollt, als Annabelle sofort zu sehen. Doch jetzt, wo es soweit war, packte mich die Nervosität. Meine Schritte wurden langsamer und langsamer.

Wenn ich nur wüsste, dass alles gut gehen würde.

Als ich das dritte Stockwerk erreichte, setzte plötzlich ein ohrenbetäubendes Hämmern ein.

Was war das?

Um diese Zeit?

Dann zuckte ich die Schultern, wandte mich nach rechts und stand dann direkt vor der ersten Tür,

Vor Annabelles Tür.

Ich schluckte. Langsam, wie in Zeitlupe, hob ich meine Hand und presste den Finger auf den altmodischen Klingelknopf.

Nichts tat sich.

Alles, was ich hörte, war das laute Hämmern.

Konnte Annabelle mein Klingeln bei diesem Lärm hören?

Funktionierte die Klingel überhaupt?

Ich starrte die verschlossene Tür an. Das Holz war schäbig und alt. Wahrscheinlich war die Tür ziemlich dünn. Und doch schien sie unüberwindlich zwischen Annabelle und mir zu stehen.

Ich holte tief Luft. Dann ballte ich meine rechte Hand zur Faust und hieb gegen die Tür.

„Annabelle!" rief ich laut.

Nichts.

„Annabelle!" Ich hämmerte weiter gegen die Tür. „Ich bin es, Jaxon. Ich muss dringend mit dir reden. Mach bitte auf!"

Das Hämmern endete so plötzlich wie es begonnen hatte.

Hinter mir wurde eine Tür aufgerissen. „Müssen Sie hier so einen Lärm machen? Was soll das?"

Ein untersetzter Mann mit kleinen Augen stand vor mir. Er trug eine Latzhose, die mit Farbe beschmiert war und in seinen Haaren hatte sich Baustaub verfangen. Das musste der Kerl sein, der seine Wohnung renovierte.

Da erinnerte ich mich daran, wie Annabelle mich angerufen und gebeten hatte, bei mir duschen zu können, weil das Wasser bei ihr nicht funktionierte. Sie hatte irgendetwas von einem Nachbarn erzählt, der gerade renovierte. Das musste der Kerl sein. Damals hatte ich nicht so sehr auf das geachtet, was Annabelle erzählte. Wir waren kaum aus der Dusche gekommen...

Bei der Erinnerung wurde meine Hose eng und mein Schwanz pochte leicht.

„Hat es Ihnen die Sprache verschlagen?" keifte da der Nachbar. „Ich hab Sie gefragt, was Sie hier machen. Sie stören meine Ruhe."

Ich schluckte eine giftige Bemerkung herunter. Der Typ schien ein echtes Problem zu haben. Aber vielleicht konnte er mir weiterhelfen. Also grinste ich ihn an und sagte: „Entschuldigung, ich wollte Sie wirklich nicht stören. Ich suche Annabelle Haven. Ziemlich dringend. Sie wohnt doch hier?" Ich deutete auf Annabelles Tür.

Der Kerl zuckte mit den Schultern und grunzte. „Keine Ahnung."

Keine Ahnung?

Wusste er nicht, wer neben ihm wohnte? Sicher, New York war eine ziemlich anonyme Großstadt. Aber dennoch...

„Hab sie seit Ewigkeiten nicht gesehen. Keine Ahnung, wo sie jetzt ist." Der Mann zuckte mit den Schultern. „Sicher weg. Sonst wäre dieses blöde Kaninchen hier wieder aufgetaucht. Von diesem beschissenen Vieh hab ich echt die Schnauze voll. Nagt Kabel an, frisst alles, was ihm in die Quere kommt... so schnell kann man gar nicht aufräumen, wie das Vieh wieder Unordnung macht. Aber jetzt ist es weg." Der Mann grinste. „Sein Glück, sonst wäre es irgendwann als Braten auf meinem Tisch gelandet."

Ich schüttelte mich vor Ekel.

Doch wieder riss ich mich zusammen. „Haben Sie eine Ahnung, wo Annabelle hingegangen sein könnte?" wollte ich wissen?"

„Nee, hab ich nicht. Das hab ich doch schon gesagt." Der Mann schnaubte. „Ich hoffe auch, sie kommt nie wieder. Ist wirklich nicht einfach mit Nachbarn. Immer soll man Rücksicht nehmen, nie kann man machen, was man will..."

Ich dachte bei mir, dass es vermutlich ganz und gar nicht einfach war, neben dem untersetzten Mann zu leben. Wenn jemand immer nur machen wollte, was ihm gerade in den Sinn kam, war das sicher kein einfacher Mitmensch.

Annabelle konnte froh sein, dass sie hier weg war.

Aber wo war sie?

Ich starrte die schäbige Tür an.

Wenn Annabelle weggezogen wäre, dann wäre die Wohnung vermutlich schon längst neu vermietet. Wohnungen waren in New York rar und begehrt. Doch diese Wohnung stand nach wie vor leer. Das bedeutete... es bedeutete, dass Annabelle nicht weit weg sein konnte. Oder zumindest nicht für sehr lange.

Vielleicht war sie in Urlaub gefahren?

Ich schüttelte den Kopf.

Unwahrscheinlich. Annabelle hatte mir erzählt, dass sie kein Geld hatte und ihr Job nicht sehr sicher war. So jemand fuhr nicht in Urlaub.

Vielleicht war sie bei einer Freundin.

Das schon eher.

Aber es half mir nicht weiter. New York war riesig. Wer hier einen Menschen suchte, konnte genauso gut nach einer Stecknadel im Heuhaufen suchen. Vermutlich war es sogar wahrscheinlicher, eine Stecknadel im Heuhaufen zu finden als eine ganz bestimmte Person hier in New York.

In diesem Augenblick öffneten sich die Türen des Lifts und ein Mann mit kantigem Gesicht trat heraus. Ohne mich weiter zu beachten, stapfte er an mir vorbei und klingelte an Annabelles Tür.

Wer war das?

Was wollte er hier?

Als Annabelle nicht öffnete, hämmerte der Mann genau wie ich vorhin an die Tür. „Annabelle! Mach auf. Ich weiß, dass du da bist. Du kannst dich nicht ewig verkriechen. Du schuldest mir was. Denk dran. Ich werde jeden Tag kommen. Bis deine Schuld beglichen ist."

Der Mann hob erneut den Arm.

„Wird mir zu viel hier", brummte da Annabelles Nachbar. Er ging zurück in seine Wohnung und warf die Tür hinter sich ins Schloss.

Gleich würde das Hämmern wieder einsetzen.

Rasch nutzte ich die Chance. „Sie suchen Annabelle Haven?"

Der Mann mit dem kantigen Gesicht fuhr herum. „Ja. Sie auch?"

Ich nickte.

„Marcus Bryant", stellte sich der Mann vor.

Bryant. Ich runzelte die Stirn. Der Mann war mir von Anfang an bekannt vorgekommen. „Sind Sie zufällig der Bruder von Jack Bryant?" fragte ich. „Oder sonstwie verwandt?"

Überrascht sah mich der Mann an. „Jack ist mein Bruder, ja. Kennen Sie ihn?"

„Flüchtig", erwiderte ich und dachte an meinen Konkurrenten. „Und woher kennen Sie Annabelle?" wollte ich dann wissen.

Marcus Bryant lachte. „Annabelle ist eine meiner Mitarbeiterinnen. Ich bin Chef von *Intrigued*. Ich weiß nicht, ob Sie das Magazin kennen."

Intrigued.

Das Magazin, in dem der Schmierenartikel erschienen war.

Und das hier war Annabelles Chef.

Ich starrte ihn an. Doch ich ließ mir nichts anmerken und sagte nur: „Oh ja, ich habe schon einige Dinge von Ihnen gelesen. Zuletzt der Artikel über Jaxon Caldwell und *PerfectPartner*. Der war wirklich gut."

Ich hielt den Atem an.

Was würde jetzt geschehen?

Würde Marcus Bryant mich erkennen?

Doch Annabelles Chef schien vor allem mit sich selbst beschäftigt. Er lachte hämisch auf. „Ja, dieser Artikel. Der war wirklich gut. Kein Wunder, ich habe ihn ja auch selbst geschrieben."

„Sie?" Die Überraschung in meiner Stimme war nicht gespielt. „Aber ich dachte, das war Annabelle."

Marcus Bryant schnaubte. „Ihr Name stand drunter, ja. Weil ich ihn drunter gesetzt habe. Aber die Kleine ist viel zu zimperlich, um so einen Artikel wirklich zu schreiben. Hat mir die ganze Zeit was von Moral vorgeschwafelt und dass Caldwell gar nicht so schlimm sei, wie alle glauben... Wen interessiert das schon? Damit verkauft man keine Magazine!" Marcus Bryant sah mich um Bestätigung heischend an.

Ich nickte automatisch, während ich innerlich eins und eins zusammenzählte.

Marcus Bryant hatte den Artikel geschrieben.

In dem Artikel waren Ausschnitte aus den verleumderischen Mails erschienen.

Jack Bryant, Marcus' Bruder, hatte Ethan Collins beauftragt, diese Mails zu verschicken. Ethan arbeitete bei mir, wurde in Wahrheit aber von Jack Bryant bezahlt, um den Algorithmus von *PerfectPartner* zu manipulieren. Was Ethan ziemlich gut gefiel, weil er irrtümlich glaubte, das Leben würde einem russischen Spionageroman ähneln.

Ich schüttelte den Kopf.

Jack und Marcus hatten sich wohl zum Ziel gesetzt, mich auszuschalten, damit Jacks Firma größer werden konnte. Und Marcus würde davon auch profitieren.

Unglaublich.

Wenn mir jemand diese Geschichte erzählen würde, dann würde ich kein Wort glauben.

Aber ich hatte es selbst erlebt.

Alles war wahr.

„Ich hab die ganze Arbeit für sie gemacht. Ich ebne ihr den Weg in die Zukunft. Und dann... dann versteckt sie sich einfach, statt sich bei mir zu bedanken. Dabei verlange ich doch gar nicht viel. Nur einen Abend. Eine Nacht." Marcus Bryant sah mich an und grinste. Es war ekelhaft. „Das ist doch wohl das Mindeste, oder?"

Ich sah dem Arschloch ins Gesicht und kalte Wut packte mich.

Der Kerl hatte mich unmöglich gemacht, mein Geschäft beinahe zerstört und jetzt wollte er sich auch noch an Annabelle ranwerfen? Weil sie sich geweigert hatte, seine miesen Machenschaften zu unterstützen?

Was für ein Widerling.

„Das Mindeste?" Meine Stimme klang so hart wie ich sie selbst noch nie gehört hatte. „Das ist eine Schweinerei. Genau wie der Artikel über mich eine Schweinerei ist. Ich wusste natürlich die ganze Zeit, dass das nur verleumderische Schmierereien sind. Aber es war gut, das nochmal aus Ihrem eigenen Mund zu hören." Ich grinste und genoss zu sehen, wie sie das Unverständnis auf Marcus Bryants Gesicht so langsam in Entsetzen verwandelte.

„Meine Anwälte wird das auch interessieren", fügte ich hinzu.

„Sie sind... Jaxon Caldwell?" fragte Marcus Bryant.

Ich grinste noch breiter. „Schon blöd, wenn man einen Artikel über jemanden schreibt und die Person dann nicht einmal erkennt, wenn sie vor einem steht. Sie hätten wohl besser recherchieren sollen, Bryant. Dann hätten Sie Ihre Geheimnisse hier nicht so unvorsichtig ausgeplaudert."

„Das... das war doch alles gar nicht so gemeint", behauptete Marcus Bryant jetzt.

Ich lachte. „Sicher nicht. Wahrscheinlich war es ganz anders. Annabelle hat den Artikel geschrieben und Sie unter Druck gesetzt, ihn zu veröffentlichen."

„Ja!“ Marcus Bryant griff nach dem Strohhalm, den ich ihm hinhielt. „Diese miese Schlampe ist wirklich das allerletzte. Sie sollten sich vorsehen, Caldwell. Wahrscheinlich plant sie eine Fortsetzung für den Artikel und wer weiß, was darin alles zu lesen sein wird.“

Ich lachte. „Das kannst du deiner Großmutter erzählen. Und die wird es dir auch nicht glauben.“ Ich tippte mir an die Schläfe. „Du hörst von meinen Anwälten, Bryant.“

Am liebsten hätte ich den Mistkerl windelweich geprügelt.

Doch das konnte ich mir nicht erlauben.

Dann würde er die Story wieder so hindrehen, dass er das unschuldige Opfer war. Diesen Triumph würde ich ihm nicht gönnen.

Ich hatte dringendere Dinge zu tun.

Ich musste zu Annabelle.

Mehr denn je.

Hier würde ich sie nicht finden.

Also drehte ich Bryant meinen Rücken zu und ging die Treppe hinunter.

Allerdings hatte ich weniger Ahnung denn je, wo Annabelle sein könnte.

Kapitel 31

Annabelle

„Scarlett?“ flüsterte ich so leise wie ich nur konnte.

„Annabelle? Bist du das? Ich verstehe dich kaum!“ Scarlett sprach lauter als gewöhnlich, als wollte sie wettmachen, dass ich leise sprach.

„Ja“, wisperte ich. „Bitte sei leise, ich möchte nicht, dass mich hier jemand hört.“

Wenn ich so deutlich hören konnte, was Andrew Philips und Jeannie auf der anderen Seite der Tür besprachen, dann konnten sie mich vermutlich auch hören. Und ich wollte nicht, dass sie mitbekamen, was ich jetzt zu sagen hatte.

„Wo ist hier? Wo bist du?“ Scarlett flüsterte nicht, sprach aber zumindest in normaler Lautstärke. „War das Gespräch schon? Ist es gut gelaufen?“

„Nein, ich bin noch dort. Auf der Toilette“, erklärte ich.

„Auf der Toilette?“ wiederholte Scarlett.

„Ja. Diese Chloe, Jaxons PR Consultant, ist auch hier. Er hat sie gefeuert und...“ Ich holte tief Luft und erzählte Scarlett alles, was ich von Chloe erfahren hatte und wie ich Andrew Philips und Jeannie belauscht hatte.

„Wow." Scarlett holte tief Luft. „Das ist ja ein Ding. Und was wirst du jetzt tun?"

„Ich... ich weiß nicht." Das war gelogen.

In mir drin wusste ich genau, was ich tun wollte.

Ich wollte zu Jaxon.

Aber ich wusste nicht, ob das das Richtige war.

Vielleicht wollte ich etwas, das mir am Ende gar nicht gut tat? Genauso war das doch oft, wenn man sich trennte. Man traf diese Entscheidung, weil einem der Mensch nicht mehr gut tat. Und doch sehnte man sich nach ihm, wenn man gegangen war.

Ich hatte mir das Sehnen verboten, aber nun war es mit aller Macht erwacht. Mein Herz flatterte, meine Haut prickelte und mein Magen zog sich leicht zusammen.

„Warte doch erst mal ab", riet mir Scarlett jetzt. „Du bist völlig durcheinander. Das ist in so einer Lage normal. Ich wäre es an deiner Stelle auch. In so einem Zustand trifft man allerdings keine guten Entscheidungen. Mach dich frisch und gib dein Bestes in dem Gespräch. Dann kommst du her und wir finden gemeinsam eine Lösung."

Scarlett klang nüchtern und sachlich und was sie sagte, war vollkommen logisch.

Ich sollte es so tun.

Genau so.

Aber...

Das wollte ich nicht.

Ich wollte zu Jaxon.

Wie sollte ich mich auf ein Gespräch mit Andrew Philips konzentrieren, wenn ich die ganze Zeit an Jaxon denken musste? Und an das, was Jeannie und Andrew über Chloe gesagt hatten?

Ich würde keinen zusammenhängenden Satz über meine Lippen bringen und Andrew Philips würde mich für blöd halten. So würde ich den Job nie bekommen

„Annabelle? Bist du noch dran?" fragte Scarlett.

„Ja... Ja...", erwiderte ich. Zu mehr war ich nicht fähig. In meinem Kopf ging alles drunter und drüber.

„Konzentriere dich auf dich. Du darfst diese Chance nicht wegwerfen, nur weil es so aussieht, als wäre Jaxon... vielleicht doch kein Arschloch. Das ist natürlich wichtig. Aber am wichtigsten ist immer, dass man sich um sich selbst kümmert. Jaxon läuft dir nicht weg. Auch dann nicht, wenn du jetzt zu dem Gespräch gehst."

Scarlett hatte recht.

Sie hatte so recht.

Und doch... sie hatte nicht dieses merkwürdige Gefühl im Magen, das mir sagte, dass ich jetzt AUF DER STELLE zu Jaxon musste.

Ich hatte bereits alles verloren.

Doch jetzt... jetzt hatte ich Hoffnung.

Und diese Hoffnung war das machtvollste Gefühl, das ich seit langem verspürt hatte.

„Du machst das jetzt, Annabelle. Du kannst das. Wenn das Gespräch gut läuft, dann fühlst du dich auch bei Jaxon viel besser. Du bist nicht auf ihn angewiesen. Zeig ihnen, was du kannst. Und dann kommst du her. Es wird alles gut", beschwor mich Scarlett.

„Ich... sicher", erwiderte ich nur.

„Viel Glück, ich drücke dir die Daumen." Scarlett klang erleichtert.

„Danke. Bis später." Ich beendete das Gespräch. Dann saß ich noch eine Weile auf dem Klodeckel. Scarlett meinte es nur gut.

Und sie hatte recht.

Sie hatte wirklich recht.

Doch tief in mir wusste ich, dass ich jetzt nicht tun konnte, wozu sie mir riet.

Ich steckte das Handy weg, öffnete die Tür der Kabine und wusch mir erneut die Hände. Dann verließ ich die Toilette.

„Nanu, da sind Sie ja. Ich wollte schon nach Ihnen suchen." Jeannie lächelte mich an. „Sie sehen ein wenig aufgewühlt aus. Oder mitgenommen. Ist alles in Ordnung?"

„Ja... Ich meine nein. Ich... also... mir geht es nicht so besonders." Ich bemühte mich um ein leidendes Gesicht. „Ich musste mich eben übergeben und..."

„Oh." Jeannie blickte mich erschrocken an. „Kann ich etwas für Sie tun? Brauchen Sie ein Medikament gegen Übelkeit?"

Ich schüttelte den Kopf und fühlte mich schlecht. Jeannie gab sich solche Mühe und machte sich solche Sorgen um mich, während ich sie einfach anlog.

Aber ich konnte ja wohl schlecht die Wahrheit sagen. Dann würde ich diesen Job nie bekommen. Mit einer Notlüge wahrte ich mir wenigstens eine kleine Chance.

„Könnten wir unser Gespräch vielleicht auf morgen verschieben?" fragte ich, während ich mir den Kopf rieb, als würde er schmerzen.

„Ich sehe mal in Mr. Philips' Kalender nach." Jeannie musterte mich erneut, doch nachdem klar war, dass ich mich nicht an Ort und Stelle übergeben würde, richtete sie ihren Blick auf den Bildschirm vor sich. „Wir wollten zwar heute noch eine Entscheidung treffen, aber..." Jeannie beendete ihren Satz nicht.

„Es tut mir wirklich furchtbar leid." Das war nicht gelogen. Ich wünschte, ich könnte hier bleiben.

Aber das ging nicht.

Während Jeannie den Kalender ihres Chefs durchforstete, musste ich mich zusammenreißen, um nicht von einem Bein aufs andere zu treten.

Schließlich hob Jeannie den Kopf. „Morgen ist nichts zu machen. Übermorgen um 15 Uhr, ginge das?"

Ich holte mein Handy hervor und tat, als würde ich meine Termine checken. Dabei hatte ich gar keine. „Das lässt sich machen", verkündete ich dann.

„Gut." Jeannie nickte. „Dann erholen Sie sich gut und ruhen sich aus. Und geben Sie uns einfach Bescheid, wenn Sie bis übermorgen noch nicht wieder fit sind."

„Bestimmt klappt übermorgen. Ich weiß nicht... das ist sicher nur eine kleine Unpässlichkeit, die schnell vorbei geht", versicherte ich.

Jeannie nickte freundlich.

„Dann bis übermorgen", verabschiedete ich mich. Ich drehte mich um und musste mich zusammenreißen, um nicht aus der Tür zu stürmen.

Langsam ging ich nach draußen.

Vielleicht tat ich gerade das Unvernünftigste in meinem Leben.

Vielleicht rannte ich einem Typen hinterher, der das nicht verdient hatte.

Aber irgendetwas in mir sagte mir, dass das nicht so war.

Auf der Straße sah ich mich um. Wenn ich zu Fuß ging, wäre ich mindestens eine Stunde unterwegs.

Sollte ich die Subway nehmen?

Ich schüttelte den Kopf. Mir war danach, einen Moment allein zu sein, um meine Gedanken zu sammeln. Ich musste wissen, was ich Jaxon sagen sollte. Ich hatte nur diese eine Chance. Die war entscheidend. Jetzt würde über alles entschieden.

Über meine gesamte Zukunft.

Über mein Leben und das meines Kindes.

Ich schluckte.

In diesem Moment wurde mir wirklich übel und am liebsten wäre ich wieder ins Gebäude gelaufen und hätte Jeannie verkündet, dass ich doch bereit für das Gespräch war. Es erschien mir wie das kleinere Übel.

Jetzt...

Was, wenn Jaxon mich gar nicht sehen wollte?

Das war möglich, auch wenn er nichts mit Chloe hatte.

Oder... oder wenn er mich zwar sehen wollte, aber nichts von dem Kind wissen wollte, das ich in mir trug?

Bei dem Gedanken wurde mir schwindelig.

Ich holte tief Luft.

Du schaffst das, Annabelle. Es ist immer gut, Gewissheit zu haben. Und vielleicht hat Scarlett ja recht. Vielleicht wird wirklich alles gut.

In diesem Augenblick fuhr ein Taxi vorbei, dessen Schild anzeigte, dass es frei war. Ohne lange zu überlegen, hob ich meinen Arm. Eigentlich hatte ich kein Geld.

Aber das war jetzt egal.

Jetzt zählten nur noch ich und mein Kind.

Das Taxi hielt vor mir an. Ich öffnete die hintere Tür und stieg ein. Sofort sank ich auf der Rückbank tief ein.

Meine Güte.

Wie alt war der Wagen?

Egal, Annabelle. Darauf kommt es jetzt wirklich nicht an. Wenn du das perfekte Transportmittel suchst, dann bist du morgen noch hier. Das gibt es nicht.

Ich schluckte. Ein Teil von mir wollte so dringend zu Jaxon. Und ein anderer Teil wollte hier stehen und warten, bis ich sicher sein konnte. Sicher, dass alles perfekt war.

Perfekt gab es nicht.

„Bitte fahren Sie mich zum Hauptquartier von *PerfectPartner*“, wies ich den Fahrer an.

Der Mann nickte und blickte kurz in den Rückspiegel. Seine Augen waren fast so dunkelbraun wie seine Haut. Woher seine Vorfahren wohl kamen? Indien? Bangladesch? Pakistan? Er hatte eindeutig asiatische Züge, wie so viele New Yorker. Nicht umsonst wurde die Stadt als Schmelztiegel der Nationen bezeichnet.

Der Fahrer gab Gas und wir fädelten uns in den Verkehr ein.

Es ging los. Die Wolkenkratzer Manhattans zogen an mir vorbei.

Ich war auf dem Weg zu Jaxon. Mein Herz klopfte schneller. Ich schloss die Augen und versuchte mir vorzustellen, wie es sein würde, wenn ich ihn sah. Ob er mir diesmal zuhören würde? Würde er mich verstehen?

Ich atmete langsam und tief ein und aus, um mich zu beruhigen.

Dann schlug ich die Augen wieder auf.

Wo waren wir?

Natürlich kannte ich nicht jede Ecke von Manhattan. Aber die Straßen um das Hauptquartier von *PerfectPartner*, um meine eigene Wohnung und den Central Park, die waren mir doch ziemlich vertraut. Ich sah aus dem Fenster und wurde von Minute zu Minute sicherer, dass ich diese Gegend hier noch nie gesehen hatte.

Ich beugte mich nach vorne und räusperte mich. „Ähm, Entschuldigung, Sir? Sind Sie sicher, dass Sie auf dem richtigen Weg sind?“

Der Taxifahrer sah kurz in den Rückspiegel und nickte mir zu. Dann sagte er etwas in einer Sprache, die ich nicht verstand.

„Ich möchte zum Hauptquartier von *PerfectPartner*“, erklärte ich.

„Sicher“, antwortete der Fahrer jetzt. „Abkürzung.“

„Ach so.“ Erleichtert lehnte ich mich zurück. So gut wie ein Taxifahrer kannte ich Manhattan dann natürlich doch nicht.

Wenige Minuten später hielt das Taxi an.

Wo waren wir?

Die Gebäude kamen mir immer noch kein bisschen bekannter vor als eben.

„Ich glaube, wir sind hier nicht richtig“, sagte ich so fest ich konnte zum Fahrer.

Der Mann schüttelte den Kopf. „Alles gut." Sein Akzent war hart. Offensichtlich sprach er nur einige Worte Englisch.

„Ich glaube, das ist nicht das Hauptquartier von *PerfectPartner*." Ich sprach so langsam und deutlich wie möglich. Wenn ich wenigstens gewusst hätte, was die Muttersprache des Mannes war. Dann hätte ich eine Übersetzungs-App nutzen können, um ihm zu sagen, wohin ich wollte.

„Hintereingang." Der Mann deutete um die Ecke.

Das hier sollte der Hintereingang von *PerfectPartner* sein? Misstrauisch sah ich mich um.

„Dreißig Dollar", verlangte der Mann nun und hielt mir ein Kartenlesegerät nach hinten.

Sollte ich wirklich bezahlen?

Am liebsten hätte ich von dem Mann verlangt, mich zum Vordereingang zu fahren.

Doch er wedelte weiter ungeduldig mit dem Gerät.

Sicher war es besser, wenn ich erst einmal bezahlte. Vielleicht wäre er dann kooperativer. Ich hielt mein Handy an das Gerät.

Es piepste.

Die Zahlung ging durch.

Der Taxifahrer verstaute das Gerät und stieg aus. Dann öffnete er meine Tür und verbeugte sich. Unsicher stieg ich ebenfalls aus. Ich legte den Kopf in den Nacken und sah mich um. Die Häuser um mich herum kamen mir immer noch kein bisschen bekannter vor als eben.

„*PerfectPartner*?" fragte ich den Fahrer.

Er nickte und machte eine Geste, die um die Ecke des Wolkenkratzers zeigte, vor dem wir standen. Dann schloss er die hintere Tür.

„Das ist doch nicht..." Noch bevor ich meinen Satz zu Ende bringen konnte, war der Fahrer wieder in sein Taxi gestiegen und brauste davon.

Sprachlos sah ich ihm nach.

PerfectPartner ist gleich um die Ecke, Annabelle.

Mit einem unguten Gefühl im Magen bog ich um die Ecke. Manhattan war meine Heimat. Aber jetzt fühlte ich mich unbehaglich.

Das hier war nicht das Hauptquartier von *PerfectPartner*.

In meinem Kopf spielten sich Horrorszenarien ab. Vielleicht hatte der Taxifahrer mich hier ausgesetzt und um die Ecke lauerte eine Gang, mit der er gemeinsame Sache machte und die mich jetzt ausrauben würde...

Ich verbot es mir, weiterzudenken und setzte tapfer einen Schritt vor den anderen.

Als ich um die Ecke gebogen war, blickte ich mich um.

Natürlich war das hier nicht das Hauptquartier von *PerfectPartner*. Das hatte ich gleich gewusst.

Du hättest dich einfach auf deine Intuition verlassen sollen, Annabelle. Warum bist du nicht einfach in dem Taxi geblieben und hast darauf bestanden, dass der Fahrer dich dort hinbringt, wo du hinwillst=

Mein Blick fiel auf ein kleines Schild. *The perfect partner for your home.*

Oh Gott.

Das Büro einer Innenarchitektin.

Oder so etwas.

Alles war einfach ein Missverständnis gewesen.

Der Typ hatte mich zu der falschen Adresse gefahren.

Ich atmete erleichtert aus und ging dann auf die Tür von *The perfect partner for your home* zu. Hier konnte man mir sicher helfen. Vorsichtig drehte ich den Knauf. Nichts tat sich. Dann klingelte ich und lauschte. Niemand antwortete.

Ich seufzte.

Wo war ich überhaupt?

Ich rief GoogleMaps in meinem Handy auf. Langsam baute sich die Karte auf. Der blaue Punkt mit meinem Standort war irgendwo weit am nördlichen Rand von Manhattan. Ich schluckte. Dann zoomte ich in die Karte, um die nächsten Bushaltestelle zu finden.

Nichts.

Ich war in Manhattan, aber ich hätte genauso gut in der Mitte von Nirgendwo sein können.

Kein Bus.

Keine Subway.

Und kein Mensch zu sehen. Um mich herum waren graue Hochhäuser, deren Fenster blind wirkten und teilweise sogar mit Brettern vernagelt waren. Das bemerkte ich erst jetzt.

Es war unheimlich.
Mein Herz begann wieder zu rasen.
Ich musste hier weg.
Sofort.
Auf der Stelle.
Ich brauchte Hilfe.
Wieder holte ich mein Handy hervor.
Sollte ich ein Taxi rufen?
Dann schüttelte ich den Kopf.
Was, wenn genau dieser Fahrer wieder kam?
Ich versuchte es anders.
„Annabelle?" Scarlett ging sofort ran.
„Scarlett, ich... kannst du mich abholen?" stammelte ich.
„Dich abholen? Sicher. Lief das Gespräch nicht gut?" wollte Scarlett wissen.
„Nein, ich... ich bin gegangen", gestand ich. „Ich wollte unbedingt zu Jaxon. Und da habe ich gesagt, dass mir übel wäre und..." Ich schluckte.
„Und jetzt bist du bei Jaxon?" Scarlett klang leicht alarmiert.
„Nein. Ich wollte ein Taxi nehmen, aber der Fahrer hat mich nicht verstanden. Scarlett, ich weiß nicht, wo ich bin und hier ist es unheimlich... ich grusele mich wirklich."
In diesem Augenblick überquerte ein Mann die Straße. In seiner Hand hielt er eine Bierflasche und sein Haar stand wild ab. Er machte eine obszöne Geste in meine Richtung und prostete mir dann zu. Ich zog mich in den Hauseingang zurück.
Der Mann ging weiter.
Erleichtert atmete ich auf.
„Annabelle, hörst du mich noch?" Scarletts Stimme war laut. Offensichtlich hatte sie etwas gesagt, aber ich war zu sehr auf den Mann fixiert gewesen.
„Ja, ich höre dich", erwiderte ich.
„Wo bist du? Schick mir deinen Standort. Ich hole dich ab."
Bei Scarletts Worten spürte ich, wie sich Erleichterung in meinem ganzen Körper breit machte.

Meine Freundin war einfach immer für mich da. Egal, was war, egal, ob ich etwas verkackte, egal was auch immer. Scarlett ließ mich nicht im Stich.

Auch wenn ich ihren Rat gerade mal wieder in den Wind geschlagen und mich dadurch erst in diese Situation gebracht hatte.

Ich schluckte. Abholen war gut. Aber es war noch nicht alles, was ich wollte.

„Kannst du mich dann zu Jaxon fahren?“ fragte ich bang.

„Das mache ich. Und ich warte dort auch auf dich“, erklärte Scarlett.

„Du bist die Beste“ antwortete ich. Ich räusperte mich. „Es war vielleicht keine so gute Idee, das Gespräch zu vertagen und einfach loszufahren. Wenn ich auf dich gehört hätte, dann säße ich nicht hier mitten in der Pampa und bräuchte schon wieder deine Hilfe.“ Ich schluckte. „Aber... Ich meine... das Kind... ich wollte die Sache einfach klären.“

„Schon okay, Süße. Das, was passiert ist, kannst du nicht wieder rückgängig machen“, beruhigte mich Scarlett. „Jetzt schau nach vorne. Dann klärst du eben zuerst das mit Jaxon. Und danach kümmerst du dich um alles andere. Schick mir deinen Standort, dann bin ich da, sobald es geht.“

„Mache ich. Bis gleich“, verabschiedete ich mich.

„Bis gleich.“ Scarlett legte auf.

Ich schickte ihr meinen Standort. Dann sah ich mich um. Die Straße war trostlos. Es gab keine Bank, keinen Baum, kein Café. Ich war von kahlem Beton und ein paar struppigen Büschen umgeben.

Seufzend lehnte ich mich an die Wand.

Gerne hätte ich meine Augen geschlossen. Doch das traute ich mich nicht. Was, wenn der Mann mir der Bierflasche in der Hand wieder auftauchte?

Unruhig stieß ich mich von der Wand ab und ging auf und ab.

Was würde Jaxon wohl sagen, wenn wir uns wiedersahen?

Ich legte eine Hand auf meinen Bauch.

Alles würde gut.

Es musste einfach.

Mein Herz klopfte noch lauter als vorhin in der Toilette.

Kapitel 32

Jaxon

Ich saß in meinem Wagen und dachte nach.

Was sollte ich tun?

Ich hatte weniger Ahnung denn je, wo ich Annabelle finden konnte. Wenn ich diesem Nachbarn glauben konnte, dann war sie seit Ewigkeiten nicht zu Hause gewesen. Das konnte bedeuten, dass sie nicht so bald wieder kommen würde. Oder es konnte bedeuten, dass sie bald wieder kommen würde. Vielleicht war sie doch nur in Urlaub gefahren und hatte das Kaninchen bei einer Freundin in Pflege gegeben. Vielleicht überlegte sie, wegzuziehen.

Was wusste ich schon?

Mein einziger Trost war, dass ich nun alles aufgeklärt hatte. Marcus Bryant und sein Bruder Jack hatten mich fertig machen wollen und waren dabei nicht davor zurückgeschreckt, unschuldige Menschen wie Annabelle für ihre Zwecke zu benutzen. Ohne weiter darüber nachzudenken, was das mit ihrem Leben machte.

Ich würde nicht zulassen, dass sie am Ende wie Sieger dastehen würden.

Und dazu musste ich Annabelle finden.

Aber wie?

Frustriert hieb ich mit der Faust aufs Lenkrad.

Dann schnippte ich mit den Fingern.

Natürlich.

Dass mir das nicht gleich eingefallen war.

Ich zog mein Handy hervor und wählte die Nummer.

„Jaxon? Was gibt's?" Chase antwortete nach dem zweiten Klingeln.

„Ich brauche nochmal deine Hilfe, Chase", kam ich ohne Umschweife zur Sache.

„Bei dir ist ganz schön was los, Buddy." Chase klang amüsiert. „Sind noch mehr anonyme Mails aufgetaucht?"

„Nein. Es ist etwas viel Wichtigeres. Diesmal kann es nicht warten. Ich brauche deine Hilfe sofort", erklärte ich.

„Um was geht es?" Chase machte nie viel Aufhebens darum, dass er immer für mich da war, wenn ich ihn brauchte. Er war es einfach.

„Ich muss Annabelle Haven finden", verkündete ich.

„Annabelle Haven?" wiederholte Chase. „Die Annabelle, die du im Verdacht hattest, die anonymen Briefe geschrieben zu haben?"

Meine Kehle war trocken. „Genau die. Und es ist wirklich dringend."

„Willst du dich an ihr rächen?" fragte Chase halb im Scherz.

„Nein. Ich..." Ich wusste nicht genau, wie ich meinem Freund die Lage erklären sollte. Wir hatten uns so lange nicht gesehen.

Chase schwieg für einen Moment. Dann sagte er: „Du bist in sie verliebt."

„Nein, ich", setzte ich an. Dann verstummte ich, bevor ich schließlich zugab: „Doch ja, das bin ich."

Chase lachte. „Mein Freund Jaxon ist verliebt. Na endlich, Mann. Das wurde aber auch Zeit." Chase lachte lauter. „Gut, aber vergiss mich nicht, wenn du die Hochzeitseinladungen verteilst, ja?"

„Ganz so wild ist es nicht", versuchte ich abzuwiegeln. „Ich... es gab ein Missverständnis zwischen uns. Ich habe ihr Unrecht getan, weil ich geglaubt habe, dass sie die Briefe verfasst hätte. Und das will ich jetzt wieder gut machen. Ich möchte alles klären. Nichts weiter."

Chase lachte weiter. „Ich glaube dir kein Wort. Oder halt: Ich glaube dir, aber die letzten beiden Worte glaube ich nicht." Ich konnte ihn förmlich vor mir sehen, wie er grinste.

„Dann hilfst du mir?“ fragte ich drängend, ohne eine weitere Erklärung abzugeben. „Ich bin vor ihrer Wohnung, aber offensichtlich war sie seit Wochen nicht daheim. Das behauptet wenigstens ihr Nachbar. Und ihr Chef weiß auch nicht, wo sie ist, ganz abgesehen davon, dass sie den Job gar nicht mehr zu haben scheint.“

„Aha, ich verstehe“, murmelte Chase nachdenklich und schwieg einen Moment. „Das ist nicht gerade ein einfacher Auftrag, Jaxon. Du willst eine verschwundene Person in einer riesigen Stadt aufspüren. Und zwar eine Person, die vielleicht gar nicht gefunden werden will und sich daher gut versteckt hat. Womöglich hat sie sogar die Stadt verlassen.“

„Das könnte gut sein“, gab ich zu. Chases Worte versetzten mir einen Stich. Ich hatte so sehr gehofft, dass mein Freund mir helfen konnte. Doch nun...

„Du hast keine Ahnung, wo sie ist. Und ihre Freunde kennst du auch nicht“, fasste Chase zusammen. „Ich verstehe, dass du ungeduldig bist, aber das kann eine Weile dauern. Ich sage nicht, dass es unmöglich ist, im Gegenteil. Ich bin stolz darauf, dass ich bisher jeden Auftrag zur Zufriedenheit aller erledigt habe. Aber es wird dauern.“

„So lange kann ich nicht warten“, stieß ich hervor.

Für einen Augenblick herrschte Schweigen in der Leitung. „Nun, es gäbe da einen anderen Weg, den du versuchen kannst“, meinte Chase dann langsam.

„Ja?“ stieß ich ungeduldig hervor.

„Poste es auf Social Media. Verlinke *PerfectPartner* oder lass *PerfectPartner* es teilen. Das dürfte ja kein Problem sein, gib einfach in deinem Marketing Bescheid.“ Chase räusperte sich. „Ihr habt Millionen Follower, die sicher entzückt sein werden, wenn sie dir helfen können, auf diese Weise die Frau zu finden, die dein Herz gewonnen hat.“ Chase kicherte. „Deine PR-Abteilung wird dich vermutlich küssen.“

„Lieber nicht.“ Ich dachte an Chloe. Dann fügte ich hinzu. „Also ich meine, das mit der PR-Abteilung. Das andere...“ Ich holte tief Luft. Der Gedanke, auf Social Media derart offen zu sein, verursachte mir Unbehagen.

Aber...

Wenn ich dadurch Annabelle finden konnte...

Dann war es das wert.

„Poste ein Foto von ihr und schreib, dass du sie liebst und es ein Missverständnis gab", riet mir Chase. „Die Leute werden entzückt sein."

Ich überdachte nochmal alles. „Okay", sagte ich dann entschlossen. „Das mache ich. Danke für deine Idee, Buddy." Ich lachte. „Du bist mir wirklich immer wieder eine Hilfe. Und falls du jemals einen neuen Job suchst, dann nehme ich dich gerne als PR Consultant. Jederzeit."

Chase stimmte in mein Lachen ein. „Oh, danke, Buddy. Aber ich glaube, das ist nicht ganz das Richtige für mich. Mein Job ist es, die wahren Verhältnisse aufzudecken und klarzustellen. PR macht eigentlich genau das Gegenteil. Dafür bin ich wohl eher nicht geeignet."

Wir lachten gemeinsam.

Das tat gut.

Dann wurde Chase ernst. „Viel Glück, Buddy. Du schaffst das."

Ich nahm mein Handy und verfasste einen kurzen Text. Als nächstes suchte ich ein Foto von Annabelle, das ich bei unserem Date gemacht hatte. Meine Hand schwebte für einen Augenblick über dem „Posten"-Button. Dann tippte ich darauf.

Der Post ging online.

Ich wiederholte die ganze Sache mehrmals. Facebook, Instagram, X. Jedes Mal verlinkte ich *PerfectPartner*. Dann schrieb ich eine kurze Nachricht an die Marketing-Abteilung, mit der Anweisung, diesen Post sofort zu teilen.

Und jetzt hieß es warten.

Warten.

Warten.

Warten.

Gott, wie ich das hasste. In der Zeit, in der ich nichts tun konnte, fühlte ich mich hilflos und unruhig.

Was, wenn Chases Vorschlag doch nicht den gewünschten Erfolg brachte?

Oder… wenn ich gar einen Shitstorm dafür erntete, dass ich eine Frau suchte, die ganz offensichtlich nicht von mir gefunden werden wollte?

Vielleicht war das ganze doch keine so gute Idee gewesen.

Unbehaglich rutschte ich auf meinem Sitz hin und her.

Sollte ich das Gesuch einfach wieder löschen? Und darauf vertrauen, dass Chase Annabelle schon finden würde?

Mein Finger schwebte über dem „Löschen"-Button. Doch wie fasziniert beobachtete ich, wie mein Post innerhalb von Minuten zahlreiche Likes einsammelte. Dann erschienen die ersten Kommentare.

Du findest sie, Mann.

Viel Glück.

Wenn ihr füreinander bestimmt seid, dann findet ihr euch auch.

Ich atmete auf. Die Menschen mochten, was ich tat.

Und Chases Strategie funktionierte.

Jetzt musste ich nur noch warten, bis der Beitrag von jemandem gesehen wurde, der Annabelle kannte.

Warten.

Ich lachte hohl.

Hey, ich dachte, du wolltest Annabelle loswerden. Wieso diese Änderung?

Ich starrte auf den Kommentar.

Wer war das?

Der Username war nichtssagend, wie so oft.

Dann holte ich tief Luft und tippte: *Ich möchte sie finden. Ich war ein Idiot und das will ich ihr selbst sagen.*

Wieder warten.

Check deine Nachrichten.

Ungeduldig tippte ich auf das Nachrichten-Symbol.

Hey, ich bin Scarlett. Annabelle ist meine Freundin und ich weiß, wo sie ist.

Ich schluckte. Dann antwortete ich: *Würdest du es mir sagen?*

Scarlett tippte. Ich konnte es an den drei Punkten auf dem Bildschirm sehen. Das machte mich wahnsinnig. Was schrieb sie?

Endlich poppte ihre Nachricht auf. *Ruf mich an. Hier ist meine Nummer.*

Fassungslos starrte ich für einige Sekunden auf Scarletts Kontaktdaten.

War es wirklich so einfach?

Dann tippte ich auf die Nummer und rief an.

Es klingelte.

„Jaxon Caldwell?" fragte eine volle, warme Frauenstimme. Annabelles Freundin musste eine sympathische Person sein.

„Ja." Ich schluckte. „Hören Sie, ich muss Annabelle unbedingt finden. Ich bin zu ihr nach Hause gefahren, aber ihr Nachbar weiß nicht, wo sie ist.

Offensichtlich war sie schon einige Zeit nicht mehr Zuhause und… ich weiß nicht, was ich machen soll.“

„Warum wollen Sie sie finden?“ fragte Scarlett.

„Ich war ein Idiot. Das habe ich ja schon geschrieben.“ Ich holte tief Luft. Wenn ich es schaffte, Annabelles Freundin auf meine Seite zu ziehen… „Ich kann mir gut vorstellen, dass Annabelle mich vielleicht nicht mehr sehen will. Aber… Aber ich möchte ihr gerne alles persönlich erklären und vielleicht gibt es noch eine Chance für uns. Ich habe… Ich habe mich auf den ersten Blick in sie verliebt und mich nicht getraut, das zuzugeben. Noch nicht einmal mir selbst gegenüber.“

Scarlett schien nachzudenken. „Ja, das kann ich verstehen. Aber ich bin mir sicher, dass Sie auch verstehen, dass ich Ihnen nicht so schnell und einfach sagen will, wo Sie Annabelle finden können. Sie haben in der letzten Zeit nicht gerade den besten Eindruck gemacht, wenn Sie verstehen, was ich meine.“

Ich schluckte. Natürlich hatte Scarlett Recht. Und dennoch trafen mich diese Worte zutiefst.

„Scarlett, ich verstehe Ihren Unmut, ehrlich“, erklärte ich dann mit belegter Stimme. „Aber ich schwöre hoch und heilig, dass ich Annabelle nichts Böses will. Ganz bestimmt nicht. Ich möchte wieder gut machen, was ich verkackt habe und Annabelle um Verzeihung bitten. Wenn ich nur eine Chance dazu bekomme.“

Scarlett schwieg für einen Moment. Sie schien zu überlegen. Schließlich atmete sie aus. „Also gut, Mr. Caldwell. Sie bekommen Ihre Chance. Ich wollte Annabelle eben abholen. Irgendein dämlicher Taxifahrer hat sie zur falschen Adresse gefahren und sie kommt von dort nicht mehr weg. Ich schlage vor, dass Sie meinen Job übernehmen und Annabelle abholen. Dann können Sie sich mit ihr aussprechen.“

Ich konnte kaum glauben, was ich hörte. „Das ist großartig, Scarlett. Wirklich. Ich weiß gar nicht, wie ich Ihnen danken soll. Und ich werde Sie nicht enttäuschen, das verspreche ich.“

Scarlett räusperte sich. „Gut, dann schicke ich Ihnen Annabelles Standort.“

„Danke“, stieß ich hervor.

„Schon gut“, verabschiedete Scarlett sich.

Sekunden, nachdem wir das Gespräch beendet hatten, erhielt ich eine Nachricht mit einer Adresse. Aufgeregt sah ich nach, wo Annabelle war.

In einem Außenbezirk, ganz wie Scarlett gesagt hatte. Aber nicht allzu weit weg.

Dennoch wurde die Fahrt durch Manhattan zu einer echten Geduldsprobe. Die Straßen waren wie üblich verstopft und da sich die Adresse weit ab von meiner üblichen Route befand, kannte ich keine Abkürzung.

Doch endlich, endlich endlich bog ich um die letzte Ecke. Und da sah ich Annabelle auch schon am Straßenrand stehen. Es war unverkennbar sie. Unter dem Mantel ragten lange Beine hervor. Über ihren Rücken fiel eine wilde rote Lockenmähne.

Ich hielt an. Annabelle sah zu meinem Wagen herüber. Am liebsten hätte ich gewunken, aber ich traute mich nicht. Langsam löste ich meinen Gurt und stieg aus.

Annabelle sah mich an. Ihre Augen waren groß und jetzt hätte ich schwören können, dass sie smaragdfarben waren.

„Jaxon." Annabelles Stimme war leise. „Was machst du hier?"

Ich versuchte ein Lächeln. „Ich habe dich gesucht."

Annabelle nickte und schien die Nachricht zu verdauen. „Wie hast du mich gefunden?" wollte sie dann wissen.

Ich fuhr mir mit einer Hand durchs Haar. „Das ist eine lange Geschichte. Ich... ich war bei dir Zuhause und habe dich nicht gefunden. Niemand schien zu wissen, wo du bist. Also habe ich auf Social Media gepostet, dass ich dich suche. Deine Freundin Scarlett hat sich gemeldet."

„Scarlett?" wiederholte Annabelle.

Ich grinste. „Ja. Sie ist eine ganz schön harte Nuss, wenn ich das so sagen darf. So ohne weiteres hat sie mir nicht verraten, wo ich dich finden kann."

Annabelles Mundwinkel hoben sich leicht. Sie lächelte.

In diesem Augenblick fühlte ich mich auch ein ganzes Stück leichter.

„Ja, auf Scarlett kann ich mich immer verlassen", nickte Annabelle.

„Diese Freunde kenne ich", erwiderte ich und dachte an Chase.

Dann machte ich einen Schritt auf Annabelle zu. Und noch einen. Und noch einen. Jetzt stand ich nah vor ihr. „Ich war ein Idiot", erklärte ich dann. „Ein riesengroßer, dämlicher Idiot. Und es tut mir alles entsetzlich leid."

Annabelles Augen wurden eine Spur größer.

Ich holte tief Luft. „Als ich diesen Artikel mit deinem Namen gesehen habe, da…“ Ich hatte große Mühe, in Worte zu fassen, wie ich mich gefühlt hatte. „In mir ging es drunter und drüber. Alles, was ich damals bei Helen gefühlt habe, war wieder da, nur zehnmal stärker. Hundertmal stärker. Eine Million Mal stärker. Ich habe mich furchtbar dafür verflucht, wie ich mich nur so in dir täuschen konnte.“ Ich schluckte. „Ich bin gar nicht auf die Idee gekommen, dass der Artikel… nicht von dir sein konnte.“

Annabelle seufzte. „Na ja, wie konntest du auch. Ich…“ Sie gab sich einen Ruck. „Mein Chef, Marcus Bryant, hatte mich beauftragt, einen Artikel über *PerfectPartner* zu schreiben. Darum bin ich damals zu dem Charity-Event gegangen. Ich wusste, dass du dort sein würdest. Ich wusste nur nicht, dass DU es bist.“

Ich sah Annabelle an.

Sie fuhr fort: „Und dann, als ich dich besser kennenlernte… da war mir klar, dass ich diesen Artikel so nicht schreiben kann. Marcus hat sich furchtbar aufgeregt. Und dann… dann hat er diesen Artikel einfach selbst geschrieben. Ohne mir auch nur ein Wort davon zu sagen. Er hat noch erwartet, dass ich ihm dafür dankbar bin.“ Annabelle lachte.

Ich ballte die Faust. Vorhin hätte ich Bryant am liebsten schon zur Rechenschaft gezogen. Und jetzt noch viel mehr.

„Sein Bruder ist mein Konkurrent. Jack Bryant gehört *DateFresh*“, erklärte ich. „Die beiden wollten meinen Ruf ruinieren.“

Annabelle sah mich mit großen Augen an.

Ich holte tief Luft. „Und Chloe…“

„Ich weiß, dass du sie gefeuert hast“, unterbrach mich Annabelle jetzt.

„Woher?“ Nun sah ich sie erstaunt an.

„Ich habe mich auf einen Job beworben. Und sie war ebenfalls dort.“ Annabelle beobachtete mich genau.

„Ich wollte nie etwas von ihr“, erklärte ich dann. „Seit ich dich zum ersten Mal gesehen habe, habe ich immer nur an dich gedacht.“ Ich rückte ein Stück näher an Annabelle heran. Jetzt schien die Luft zwischen uns wieder zu schwirren vor Energie. Ich konnte Annabelles Duft einatmen. Zypresse mit einem Hauch Grapefruit.

Vorsichtig griff ich in meine Tasche und holte das Medaillon hervor. „Jetzt wollte ich dich wiedersehen. Und außerdem wollte ich dir das hier geben.

Du hast es bei unserem letzten Treffen verloren." Ich reichte Annabelle das Medaillon.

Sie starrte das Schmuckstück auf meiner Handfläche an. „Ich habe es so lange gesucht", flüsterte sie dann.

„Ich weiß." Unbehaglich trat ich von einem Bein aufs andere. „Ich hätte mich gleich bei dir melden sollen, als ich es gefunden habe. Aber..." Ich vollendete den Satz nicht.

„Das ist nicht mehr so wichtig." Annabelle gab einen Laut von sich, der irgendwo zwischen Weinen und Lachen zu liegen schien. „Die Hauptsache ist, dass ich es jetzt wieder habe."

Annabelle nahm das Medaillon. Ihre Fingerspitzen berührten meine Haut und ich zuckte leicht zurück. Es fühlte sich wie ein elektrischer Schlag an.

„Ich... denkst du, du kannst mir noch eine Chance geben?" fragte ich.

Annabelle nickte langsam.

Ich rückte noch näher an sie heran.

Da hob Annabelle die Hand. „Ich... ich muss dir noch etwas sagen."

Mein Magen zog sich zusammen.

Etwas sagen?

Hatte sie... hatte sie jemand anderen kennengelernt?

„Ich bin schwanger", platzte Annabelle heraus.

Regungslos stand ich vor ihr.

Hatte ich wirklich richtig gehört?

„Ich... ich kann natürlich verstehen, wenn das überraschend kommt. Und auch, wenn du vielleicht gar keine Kinder willst. Wir haben nie darüber gesprochen und ich will dir bestimmt kein Kind unterschieben und..." Annabelles Augen waren riesig.

„Unterschieben?" Ich schüttelte den Kopf. Sanft legte ich einen Zeigefinger auf Annabelles Lippen. Sie waren warm und weich. „Wer sagt denn sowas?"

Annabelle schluckte.

„Ich werde Vater." Ich lachte. „Ja, das kommt überraschend. Aber am Ende... machst du mir das schönste Geschenk meines Lebens. Ich... Ich werde Vater", wiederholte ich noch immer ungläubig.

Und dann hielt ich es nicht mehr aus.

Ich zog Annabelle fest in meine Arme und drückte sie an mich. Der Duft nach Zypresse und Grapefruit wurde intensiver.

Endlich.

Endlich hatte ich sie wieder.

Annabelle sah mich an. Ihre grünen Augen schimmerten. Ich löste meinen Finger von ihren Lippen und strich ihr zärtlich über die Wange. Dann beugte ich mich an vorne und küsste sie. Meine Hand fuhr nach unten und kam auf ihrem Bauch zu liegen.

Annabelle erwiderte meinen Kuss und legte ihre Hand auf meine.

Jetzt konnte uns nichts mehr trennen.

Kapitel 33

Annabelle und Jaxon

Ein Jahr später

Annabelle

Auf dem Wohnzimmertisch stand ein riesiger Karton. Langsam hob ich den Deckel.

Vor mir lagen verschiedene kleine Sträuße und Blumenbögen.

„Hm“, machte ich. „Chrysanthemen.“

„Schön bunt“, erklärte Deborah und zwinkerte mir zu. „Und haben immer Saison.“

„Jaaa...“ Ich war nicht ganz so überzeugt. „Das wirkt alles ein bisschen... mädchenhaft und irgendwie ziemlich knallig.“ Ich beäugte die Blumen kritisch. „Oder was meint ihr, Ladies?“

Scarlett schürzte die Lippen. „Also ich finde es gar nicht so schlecht. Es ist mal was anderes. Aber am Ende ist es deine Hochzeit und du entscheidest. Wir können nur eine Meinung abgeben.“

Ich nickte und seufzte.

„Hey, es ist deine Hochzeit.“ Deborah stieß mich leicht mit dem Ellbogen in die Seite. „Du solltest dich freuen.“

„Ich freue mich ja", erwiderte ich, auch wenn ich in diesem Moment ganz und gar nicht so klang. „Wenn nur dieser ganze organisatorische Kram erst mal erledigt wäre..."

Wieder warf ich einen Blick in den Karton.

„Das wird schon", tröstete mich Deborah. „Mich hat das auch fast verrückt gemacht. Aber es geht vorbei und am Ende wirst du einen schönen Tag haben."

„Genau", stimmte Scarlett ein. „Und wenn du Wert auf unsere Meinung legst... Die Amaryllis und die Calla wirken irgendwie..."

Scarlett verstummte.

„Zu pompös", erklärte Deborah entschieden. „Wenn die Chrysanthemen zu mädchenhaft sind, so sind die anderen zu pompös."

„Hm", machte ich wieder.

„Die Rosen gefallen mir", bemerkte Scarlett. „Diese kleinen Perlen in der Komposition machen es elegant."

„Es ist zeitlos und doch romantisch", ergänzte Deborah.

„Ich mag die Rosen auch am liebsten", gab ich zu. „Aber denkt ihr nicht, dass sie zu klassisch sind?"

„Sie sind genau das richtige für deine Hochzeit, wenn du sie genau richtig findest", sagte Deborah entschieden.

Dankbar lächelte ich sie an. „Ich bin so froh, dass ihr beide bei mir seid und mir hier zur Seite steht."

Deborah tätschelte meine Hand.

„Bahahaha....", kam es in diesem Moment aus Ophelias Kinderwagen. Scarlett sprang auf und sah hinein. Dann setzte sie sich wieder hin. „Sie schläft. Hat wohl einen besonders intensiven Traum."

Ich lachte. „Das hat Phoebe auch immer wieder."

Scarletts Tochter und meine kleine Phoebe waren im Abstand von nur zwei Wochen zur Welt gekommen. Ich stellte mir vor, wie die beiden später einmal beste Freundinnen würden, miteinander spielten und alle Geheimnisse miteinander teilten.

Scarlett lächelte mich an.

„Mom, Missy hat eine Murmel nach mir geworfen", beschwerte sich Elijah in diesem Moment.

„Missy!" ermahnte Deborah ihre Tochter.

„Elijah, sie ist viel kleiner als du. Natürlich wirft man nicht mit Murmeln. Aber das hat sie noch nicht richtig gelernt. Sag es ihr einfach und dann wird sie es eines Tages verstehen.“ Scarlett lächelte ihren Sohn an und breitete die Arme aus. Elijah kam zu ihr und kuschelte sich an sie. Scarlett wuschelte ihm zärtlich durchs Haar.

„Was ist das?“ fragte Elijah und deutete auf die Deko.

„Oh, wir suchen gerade etwas für Annabelles Hochzeit aus. Was gefällt dir denn am besten?“ fragte Scarlett.

Nun kam auch Missy angewackelt. Mit ihren kleinen Händchen patschte sie auf den Tisch und wollte die Blumen anfassen.

„Langsam, Missy.“ Deborah küsste ihre Tochter auf den Scheitel und nahm sie auf den Schoß.

„Die bunten Blumen sind cool.“ Elijah deutete auf die Chrysanthemen. „Nicht so langweilig.“

Ich lachte. Scarlett und Deborah stimmten ein.

Dann fragte ich Elijah und Missy: „Wollt ihr raus zu Edward?“

Elijahs Augen leuchteten auf. „Dürfen wir?“

„Klar.“ Ich nickte.

Scarletts Sohn liebte das Zwergkaninchen. Als ich mit Edward aus Scarletts Gästezimmer zu Jaxon ins Penthouse gezogen war, hatte Elijah sich erst beruhigen lassen, als Scarlett ihm versprochen hatte, er dürfte sein eigenes Zwergkaninchen haben, wenn er erst alt genug war, sich darum zu kümmern.

„Ich kenne den Weg.“ Elijah sauste an mir vorbei in Richtung Terrassentür. Er reckte sich und legte seinen Finger auf den Schalter, der die Tür öffnete.

„Ganz schön schlau“, lachte ich.

Missy tapste Elijah auf unsicheren Beinen hinterher.

Phoebe brabbelte etwas im Schlaf. Nun stand ich auf, um einen Blick in den Kinderwagen zu werfen.

Scarlett schmunzelte.

Ich setzte mich wieder hin. Dann sah ich von meinen Freudinnen zu den Blumen und wieder zurück. Ich lebte schon seit gut einem Jahr mit Jaxon zusammen in dem Penthouse. Und manchmal konnte ich mein Glück einfach nicht fassen. Ich hatte ihn nicht nur wiedergefunden, nein, wir waren heute auch unzertrennlicher denn je. Jaxon war ein begeisterter Vater und verbrachte regelmäßig Zeit mit Phoebe und mir.

Mein Leben war einfach wunderbar.

Schöner hätte ich es mir nicht erträumen können.

In diesem Augenblick huschte etwas Weiches an meinem Bein vorbei.

„Edward!“ Keine Sekunde später war mein Zwergkaninchen schon auf das Sofa gesprungen und von dort auf den Wohnzimmertisch. Dort schnupperte er neugierig an den Blumen und begann dann zu mümmeln.

„Also wirklich.“ Empört starrte ich Edward an. „Man könnte meinen, ich würde dir sonst nichts zu essen geben.“

Deborah lachte. „Ein wenig Abwechslung in der Kost kann jeder vertragen, oder?“

„Aber nicht diese Art von Abwechslung.“ Entschlossen nahm ich Edward vom Tisch und setzte ihn auf meinen Schoß, wo ich ihn festhielt.

„Er ist uns entwischt.“ Aufgeregt keuchend kam Elijah wieder ins Wohnzimmer.

„Er ist hier.“ Ich hielt Edward hoch.

„Tut mir leid.“ Elijah sah mich schuldbewusst an.

„Schon gut“, beruhigte ich den Jungen. „Edward war schon immer sehr neugierig und ziemlich gewitzt. Dafür kannst du nichts.“

Missy kam wieder angewackelt. Dann plumpste sie auf ihren Hintern.

Ich lachte.

Noch lag Phoebe im Wagen. Aber bald würde sie auch so die Gegend unsicher machen.

„Kann ich ihn wieder in den Käfig tun?“ fragte Elijah.

„Sicher.“ Ich übergab Edward an Elijah. Vorsichtig nahm er ihn und ging mit ihm nach draußen.

„Halt!“, hörte ich dann nur noch. Und schon kam Edward wieder hereingehoppelt.

Wir lachten.

Diesmal versteckte sich Edward unter dem Tisch. Dort lag die Verpackung des Kartons.

„Edward“, lockte Elijah. „Ich gebe dir etwas zu knabbern, wenn du wieder rauskommst.“

Unter dem Tisch raschelte etwas.

Dann kam Edward zum Vorschein. Er hatte das Ende einer Dekogirlande in seinen Zähnchen und hoppelte auf Elijah zu.

Die Amaryllis auf dem Tisch geriet ins Rutschen. Ich hatte gar nicht bemerkt, dass eine Girlande zu ihr gehörte, von der noch ein Stück im Karton unter dem Tisch lag. Bis jetzt.

„Edward!“ rief Deborah.

Wie üblich hörte Edward nicht.

„Hey, du Frechdachs!“ Ich rannte Edward hinterher.

Scarlett lachte schallend und Deborah stimmte mit ein.

Endlich bekam ich das Kaninchen zu fassen.

„Edward“, sagte ich vorwurfsvoll, während ich ihn hochhob und ihm über das Fell strich. „Wenn du so ungezogen bist, dann müssen wir dich leider zurück in den Käfig setzen.“

Edward schaute mich aus großen Knopfaugen an, als könnte er kein Wässerchen trüben.

„Ich leiste dir Gesellschaft“, sagte Elijah.

„Dann zieh dir eine Jacke an, wenn du länger draußen bist“, rief Scarlett.

Elijah verzog den Mund, gehorchte aber.

Nachdem Edward sicher im Käfig saß, kehrte ich zurück ins Wohnzimmer. Ich betrachtete die beiden Kinderwagen und meine besten Freundinnen.

Und das Chaos auf dem Tisch.

Mit einem Mal machte sich in mir die Gewissheit breit, dass das mit unserer Hochzeit schon werden würde.

Und alles andere auch.

Schließlich hatte ich den besten Mann der Welt an meiner Seite.

***

Jaxon

„Mann, tut das gut.“ Mit einem langgezogenen Seufzer der Erleichterung stellte ich mein Bierglas wieder zurück auf die Theke.

„Du scheinst Durst zu haben“, kommentierte Chase grinsend.

„Auch.“ Ich grinste ebenfalls. „Aber besonders nach Bier. Und noch mehr nach Bier mit einem guten Freund.“

Chase lachte. „Wir haben uns schon eine ganze Weile nicht mehr gesehen.“

Ich weiß. Schuldbewusst zuckte ich mit den Schultern. „Ich habe dir damals versprochen, dass wir uns wieder öfter sehen würden. Aber…"

„Lass mich raten." Chase kratzte sich leicht an der Nase. „Dir ist was dazwischen gekommen."

„Haha", machte ich.

„Nein, im Ernst. Dein Leben hat sich ja ganz schön verändert." Chase blinzelte mir zu. „Dass du ein Jahr später Vater bist, hätte ich nicht gedacht, als du mir damals diesen Auftrag erteilt hast."

Ich lachte wieder. „Ich auch nicht."

Chase und ich saßen in einem der ältesten Irish Pubs von Manhattan. Hier wurde Tradition noch hochgehalten. Der Boden war mit Sägespänen bedeckt und das Mobiliar machte einen leicht schäbigen Eindruck. Wie lange war ich nicht mehr an einem solchen Ort gewesen?

Ich konnte mich nicht mehr erinnern.

Nicht dass ich es allzu sehr vermisste hatte. Ja, vielleicht ein Gespräch mit Chase. Doch mit Annabelle hatte ich jeden Abend eine wunderbare Gesprächspartnerin Zuhause. Seit sie bei mir ins Penthouse eingezogen war, hatte sich mein Leben einmal um die eigene Achse gedreht. In meinem Wohnzimmer hing nicht nur der Jackson Pollock, sondern es gab auch andere Dekorationsgegenstände. Etwas, das einfach nur schön aussah. Ich hätte mir so etwas nie gekauft. Aber ich musste zugeben, dass es gar nicht so schlecht wirkte.

Und meiner kleinen Tochter Phoebe schien es zu gefallen. Sie hatte mein Herz gewonnen, seit ich sie gleich nach ihrer Geburt in den Armen gehalten hatte. Sie schien jeden Tag ein Stück zu wachsen und ich freute mich schon auf den Tag, an dem sie zum ersten Mal „Papa" sagen wurde.

Vielleicht würde sie aber auch zuerst „Mama" sagen. Momentan kümmerte sich Annabelle um sie. Dafür hatte sie eine Auszeit vom Job genommen.

„Tja, und wie fühlt sich das Vaterdasein an?" Chase schlug mir kumpelhaft auf die Schulter.

Ich lachte. „Großartig."

Chase grinste. „Dann wirst du vielleicht bald Vollzeit-Vater."

Ich lachte. „Würde ich gerne. Aber *PerfectPartner* hält mich ziemlich auf Trab."

Chase nahm einen großen Schluck Bier. Ich tat es ihm gleich und leerte mein Glas in einem Zug.

Mann, tat das gut.

„Ich hab die Presse um euch gar nicht richtig mitbekommen“, gestand Chase. „Aber es gab ziemlichen Rummel, oder?“

Ich grinste. „Oh ja. Annabelle hat da wirklich einen guten Job gemacht.“

Nachdem Annabelle und ich uns wiedergesehen hatten, hatte sie Chloes Aufgaben übernommen. Sie war besser in diesem Job als Chloe.

Die Tür zum Pub ging auf.

Jack Bryant trat ein, mit einem ihm ähnlich aussehenden Mann hinter ihm. Sein Bruder Marcus. Ich erinnerte mich an unser Treffen vor Annabelles Tür.

Ich musterte die beiden.

Jack Bryant trat an die Theke. Da bemerkte er mich. „Caldwell. Dir kann man wohl auch nicht aus dem Weg gehen.“

Ich grinste Jack an. Heute wollte ich mir von ihm nicht die Laune verderben lassen. „Doch, kann man. Ich bin nur hier. Nicht nebenan.“

„Rauswerfen lasse ich mich von dir nicht. Dazu hast du kein Recht.“ Jack Bryant schnaubte.

Marcus Bryant stichelte: „Musstest du dringend eine Auszeit von Zuhause nehmen? Ging dir deine Alte mal wieder auf die Nerven?“

„Hey.“ Ich erhob mich und zog meine Augenbrauen zusammen. Drohend sagte ich: „Sprich nicht so von Annabelle.“

Marcus blickte mich überheblich an. „Ich kann sagen, was ich will. Und an deiner Stelle würde ich aufpassen. Nicht, dass die Kleine noch einen verleumderischen Artikel über dich veröffentlicht.“

Kurz nachdem wir uns wiedergesehen hatten, hatte Annabelle einen Artikel über die Machenschaften von Marcus und Jack geschrieben, der im auflagenstärksten Magazin der USA veröffentlicht worden und viral gegangen war.

ALLE hatten den Artikel gelesen.

Kurz danach hatte Jacks App *DateFresh* eine Rekordzahl an Nutzerinnen verloren und Marcus' Magazin *Intrigued* hatte ums wirtschaftliche Überleben kämpfen müssen.

PerfectPartner hatte dagegen die höchste Nutzerzahl seit dem Launch gefeiert. Dank der guten Presse hatte ich es leicht gehabt, einen neuen Investor zu finden. Ja, auch Victor Davenport hatte wieder bei mir angeklopft. Aber ich hatte mich lieber für jemand anderen entschieden. Jemanden, der mich auch unterstützte, wenn es hoch her ging und für einen Moment nicht alles glatt lief.

Vor einem Monat hatte ich die Networking- und Friendship-Versionen von *PerfectPartner* gelauncht und in drei Monaten würde es uns auch in Kanada und Großbritannien geben.

Alles lief nach Plan.

Besser sogar.

Kein Wunder, dass Marcus und Jack fuchsteufelswild waren. Ich hatte damit gedroht, einen Anwalt einzuschalten. Aber am Ende hatte ich auch so gegen die beiden gewonnen und das fühlte sich viel besser an.

„Die Kleine, wie du sie nennst, ist um Klassen besser als du." Gelassen sah ich Marcus an. „Ich verstehe, dass dich das ziemlich gefuchst hat. Aber manchmal muss man seine eigene Unterlegenheit eben anerkennen." Dann schüttelte ich den Kopf. „Und nein, natürlich wird sie keinen Artikel über mich veröffentlichen. Ich habe mich anständig verhalten. Hättest du das auch getan, hätte es den Artikel nicht gegeben."

Marcus schnaubte. „Sie hätte auch einfach die Klappe halten können."

„Und deine Scheiße weiter tolerieren?" schoss ich zurück. Innerlich schüttelte ich den Kopf. Wie konnte man nur die Verantwortung für die eigenen Fehler anderen zuschieben?

Marcus packte seinen Bruder am Arm. „Komm, wir gehen."

Die beiden verließen das Pub.

Erleichtert atmete ich auf. Heute wollte ich wirklich keinen Ärger mit Marcus und Jack. Und sonst auch nicht.

„Das sind ja zwei Herzchen", lachte Chase.

„Kann man wohl sagen", brummte ich und fügte hinzu: „Angeblich soll Jack mittlerweile Chloe und Ethan Collins eingestellt haben."

„Diesen Programmierer und die PR-Frau?" hakte Chase nach.

Ich nickte. „Der Programmierer stand ja sowieso schon auf seiner Gehaltsliste."

„Na ja, viel gebracht hat es ja anscheinend nicht", urteilte Chase. „*DateFresh* läuft nicht gerade berauschend."

Ich lachte. „Das stimmt."

Chase winkte dem Barkeeper, zum Zeichen, dass wir noch ein Bier wollten. „Vergiss die beiden, Buddy. Das sind nur Geister aus der Vergangenheit. Vorbei."

Ich lächelte. „Mehr als vorbei."

Hier waren Chase und ich. Mein bester Freund würde mir immer beistehen, das wusste ich seit letztem Jahr mehr als sonst noch.

Daheim warteten Annabelle und Phoebe.

Besser konnte das Leben nicht mehr werden.

***

Annabelle

Mit klopfendem Herzen stand ich am bodentiefen Fenster des Bootshausrestaurants und beobachtete gebannt den sanften Schneefall, der die Szenerie vor mir in eine märchenhafte Winterlandschaft verwandelte. Hinter mir hörte ich die gedämpften Stimmen unserer Hochzeitsgäste, die sich in aufgeregter Erwartung auf den Stuhlreihen niedergelassen hatten.

Gleich war es soweit. Gleich würden Jaxon und ich für immer zueinander gehören.

Nach diesem Moment hatte ich mich mehr gesehnt als nach allem anderen.

„Nervös?" Scarlett und Deborah lugten um die Ecke.

„Ein wenig", gab ich zu.

„Dafür gibt es keinen Grund." Beide lachten.

„Es ging mir allerdings auch so", erklärte Deborah.

„Und mir auch", ergänzte Scarlett.

„Das ist normal und es gehört einfach dazu. Das wird schon. Wir sehen dich vorne. In ein paar Minuten bist du verheiratet." Scarlett blinzelte mir zu.

Ich schloss für einen Moment die Augen und atmete tief durch. Hier hatte ich vor über einem Jahr mit Jaxon zu Abend gegessen. Es war ein wunderbarer Abend gewesen, der sich wie der Beginn von etwas Neuem angefühlt hatte. Und doch hätte ich mir niemals erträumen lassen, dass ich heute als Braut hier stehen würde.

„Bereit?" Mein Vater stand vor mir. Er würde mich zum Altar führen.

Ich nickte.

Scarlett und Deborah winkten mir zu und gingen zu ihren Plätzen.

Dad ergriff meine Hand und tätschelte mir den Arm. „Es ist ein wunderbarer Tag, Annabelle. Wir sind so froh, Jaxon in unserer Familie willkommen zu heißen."

Ich nickte wieder. Mit meiner freien Hand griff ich nach meinem Medaillon, das ich auch heute trug. Ich hatte mich zuerst für teureren Schmuck entscheiden wollen. Doch dann hatte ich Jaxon gestanden, dass ich mich einfach unwohl dabei fühlte, ohne Großmutter zu heiraten.

Jaxon hatte nur gelacht und mir gesagt, dass ich doch einfach tun sollte, was sich gut anfühlte.

Ich trug ein schlichtes, bodenlanges Kleid, das perfekt zu dem Medaillon passte. Mein Haar war unter einem Schleier hochgesteckt und in meiner Hand hielt ich einen Strauß Rosen, passend zur Tischdekoration.

Dad und ich gingen in den großen Saal. Ich spürte, wie vor meinen Augen alles verschwamm. Hastig blinzelte ich. Aus dem Augenwinkel nahm ich meine Mutter wahr, die Phoebe hütete. Ich sah Scarlett, Deborah und ihre Familien, Chase, Jaxons Eltern und seinen Bruder mit seiner Frau.

Liam, Jaxon und Helen hatten sich ausgesprochen und sich endgültig versöhnt.

Alle waren wieder eine Familie.

Und zwar eine, in der alte Wunden heilen konnten.

Überwältigt schritt ich zwischen den Stuhlreihen nach vorne.

Musik spielte.

At Last von Etta James.

Auch das war eher ungewöhnlich für eine Hochzeit.

Aber es war Jaxons und mein Lied geworden.

Es war perfekt für uns.

Vorne stand Jaxon. Seine Augen waren dunkel und er blickte mich erwartungsvoll an.

Meine Haut prickelte leicht und ich spürte, wie meine Knie weich wurden. Auch nach einem Jahr an Jaxons Seite spürte ich die Anziehung zwischen uns so intensiv wie am ersten Tag.

„Pass gut auf sie auf." Dad übergab meine Hand an Jaxon.

„Das werde ich", versprach Jaxon. Dann lächelte er mich an. „Du bist wunderschön. Die schönste Braut, die die Welt je gesehen hat."

Als ich vorne stand, öffnete sich hinten mit einem Quietschen die Tür zu einem Nebenraum. Elijah erschien. Der kleine Junge zog ein leichtes Wägelchen aus Holz hinter sich her. Darauf saß Edward in einem Käfig, der oben offen war. Und vor Edward befand sich ein Kissen, auf dem Jaxons und meine Ringe lagen.

Elijah hatte sich geweigert, Blumen zu streuen. Das sei nur für Mädchen. Er wollte die Ringe bringen, gemeinsam mit Edward.

Gerührt sah ich die beiden an.

Es war richtig, dass Edward heute hier war.

Er gehörte zur Familie.

„Hier, die Ringe", rief Elijah vergnügt, als er uns erreicht hatte.

Dann parkte er das Wägelchen in der ersten Reihe und setzte sich daneben. Er streichelte Edward. „Gut gemacht."

Ich lachte.

Dann wandte ich mich zu Jaxon.

Seine dunklen Augen blickten ruhig und gelassen. Neben mir stand ein Mann, der wusste, was er wollte und der mir das Gefühl von Sicherheit vermittelte.

Jetzt würden wir JA sagen.

Und dann würden wir für immer zusammengehören.

Nie hatte sich etwas richtiger angefühlt.

Ende

Nachwort

Verhütungsmittel suchst du in diesem Buch vergeblich. Warum ist das so? Die Geschichte spielt sich in deiner Phantasie ab und soll dir eine unbeschwerte Zeit und unbeschwertes Lesevergnügen bescheren.

In dieser Welt haben alle Milliardäre Sixpacks und sind richtig gut im Bett. Geschlechtskrankheiten gibt es in dieser Welt nicht.

***

Rebeccas kostenloser Liebesroman:
www.rebeccabaker.de/buch

Rebeccas WhatsApp-Kanal:
www.rebeccabaker.de/whatsapp

Rebecca auf TikTok:
https://www.tiktok.com/@rebeccabaker.autorin

Lese-Reihenfolge bei meiner Bücher?
https://www.rebeccabaker.de/reihenfolge-buecher/

Rebecca auf Facebook:
https://www.facebook.com/rebecca.baker.autorin

Rebecca auf Instagram:
https://www.instagram.com/rebecca_baker_autorin/

Außerdem

Liebe Leserin,
ich hoffe sehr, dass dir diese Geschichte gefallen hat. Falls dem so ist, freue ich mich über eine kurze Bewertung auf Amazon. Da ich als Indie-Autorin nicht die Mittel eines großen Verlages habe, würdest du mich auf diese Art am meisten unterstützen.

***

Kennst du auch schon meine anderen Bücher?
Diese findest du hier:
https://www.amazon.de/stores/Rebecca-Baker/author/B07581617B

***

Übrigens:

Hast du schon einen WhatsApp-Kanal abonniert?
www.rebeccabaker.de/whatsapp

***

Oder willst du einen kostenlosen Liebesroman von mir lesen?
Dann melde dich für meinen Newsletter an und du bekommst das Buch für deinen Kindle umgehend in dein Email-Postfach zugestellt. Das geht hier:

www.rebeccabaker.de

Ein Geschenk zu Schluss

Mit der Anmeldung zu meinem Newsletter erhältst du meinen kostenlosen Liebesroman „Love not War – (K)Ein Playboy fürs Leben“.

Vom Ex öffentlich gedemütigt und vom stadtbekannten Playboy schamlos ausgenutzt. Welchem Mann kann Jenny überhaupt noch tr auen?

Jenny wird von ihrem Verlobten Kevin während einer Shopping-Tour mitten im Einkaufszentrum abserviert – und alle sehen zu... Doch nicht nur das: Kevin scheint Spaß daran zu haben und verspottet Jenny...

Ausgerechnet Pete kommt ihr zur Hilfe. Sein Ruf eilt ihm voraus: Er ist ein Playboy, von dem ihre beste Freundin erst kürzlich so einiges ausgeplaudert hat...

Aus purer Dankbarkeit lässt sich Jenny dennoch auf Pete ein und eins kommt zum anderen...

Doch diese flüchtige Begegnung bleibt nicht ohne Folgen für die beiden...

Jetzt zum Newsletter anmelden und sofort lesen:

www.rebeccabaker.de

Meine Hörbücher

Meine Bücher sind zum Teil auch als Hörbuch erhältlich.
Eine Übersicht aller erhältlichen Hörbücher mit Verlinkung zu den jeweiligen Shops und Streaming-Anbietern findest du auf
www.rebeccabaker.de/audio

***

Wie wäre es zum Beispiel mit „Dark Inheritance", gesprochen von Emilia Schwarzfeld und Till Beck?
Hier findest du das Hörbuch und den Link zum jeweiligen Shop:
https://www.rebeccabaker.de/sinclair-1
Viel Spaß beim Hören und Genießen!

Printed in France by Amazon
Brétigny-sur-Orge, FR

31783850R00201

J. SYDNEY JONES

WIENER REQUIEM

atb aufbau taschenbuch

J. Sydney Jones lebt in Kalifornien. Er hat in Wien studiert und mehrere Bücher über Österreich verfasst. Als erster Roman über Wien und den Ermittler Karl Werthen erschien als Aufbau Taschenbuch von ihm: »Das Haus der Spiegel«.

Merkwürdige Unfälle geschehen an der Wiener Oper, seit Gustav Mahler dort den Taktstock schwingt. Doch erst nachdem eine Sängerin getötet wird, sieht jemand die Gefahr, in der Mahler schwebt. Alma Schindler, eine junge Frau, die den Komponisten still verehrt, beauftragt den Anwalt Karl Werthen, Nachforschungen anzustellen. Mit seinem Freund, dem Kriminologen Hanns Gross, macht Werthen sich an die Arbeit. Sie finden heraus, dass auch andere große Komponisten auf rätselhafte Weise zu Tode gekommen sind. Dann wird eine zweite Leiche entdeckt – wieder ein Musiker aus dem Umfeld Mahlers.

Sydney Jones erweist sich als Kenner Wiens und seiner Musikwelt. Neben Mahler treten mit Karl Kraus und Gustav Klimt weitere herausragende historische Gestalten auf.

J. SYDNEY
JONES

WIENER
REQUIEM

KRIMINALROMAN

Aus dem Amerikanischen
von Wolfgang Thon

atb aufbau taschenbuch

Die Originalausgabe unter dem Titel Requiem in Vienna erschien 2010
bei Thomas Dunne Books. An imprint of St. Martin's Press.

FSC Mixed Sources
Product group from well-managed forests and other controlled sources
www.fsc.org Cert no. SA-COC-001819
© 1996 Forest Stewardship Council

ISBN 978-3-7466-2649-9

Aufbau Taschenbuch ist eine Marke der Aufbau Verlag GmbH & Co. KG

1. Auflage 2010

Umschlaggestaltung capa, Anke Fesel unter Verwendung
eines Fotos von Carla Brno / bobsairport
Typografie Renate Stefan, Berlin
Gesetzt aus der Minion durch psb, Berlin
Druck und Binden CPI – Moravia Books, Pohorelice
Printed in Czech Republic

www.aufbau-verlag.de

PROLOG

Keiner der Anwesenden erinnerte sich später an etwas Ungewöhnliches an diesem Tag. Es war eine ganz normale Probe gewesen, unter der Leitung des neuen Dirigenten der Hofoper, Gustav Mahler. Die Sänger nannten ihn den »Feldwebel«.

Man bereitete sich auf eine Aufführung des *Lohengrin* vor, und in Sachen Wagner war Mahler immer besonders heikel. Obwohl er zum Christentum konvertiert war, bevor man ihm die neue Position offeriert hatte, ging Mahler, als geborener Jude, immer wie auf Tiffany-Eiern, sobald er eines der Werke des Bayreuther Meisters vorbereitete. Denn noch immer war Wagner der Liebling der deutschnationalen Presse. Würde Mahler auch nur einen dieser Kritiker durch eine einzelne falsche Note, einen geringfügigen Fehler in seiner Inszenierung verärgern, würde er wieder üble Kritik auf dem Niveau von »Was kann man von einem Juden schon erwarten« ertragen müssen.

Heute also wieder die übliche Schikane. Und sofern der Herr Direktor seiner normalen Routine folgte, würden es mehr als acht Stunden werden.

Am Morgen war das Fräulein Margarethe Kaspar, eine junge Mezzosopranistin aus dem hintersten Österreich, dem Waldviertel und damit einem der unwahrscheinlichsten Orte, aus dem eine Sängerin stammen konnte, das Opfer seiner schrillen Anschuldigungen. Ein von Inzucht gezeichneter, mondgesichtiger Schweinebauer käme eher aus einer solchen Gegend. Aber doch keine Sopranistin der Wiener Hofoper!

Hier war sie aber nun, das Fräulein Kaspar aus Krumau im Kostüm ihrer Rolle als einer der vier Knappen in Wagners Adaption des deutschen Ritterromans. Ihre tiefrot geschminkten Lippen zitterten, denn sie war den Tränen nahe.

»Sie singen, als würden Sie die Schweine zum Trog rufen«, herrschte Mahler sie an. »Bitte lassen Sie es mich nicht bereuen, Sie verpflichtet zu haben.«

An diesem Punkt, so wurde später berichtet, brach das arme Kind in Tränen aus, und ihre sonst so samtweiche, helle Haut verlor allen Reiz. Rote Flecken bildeten sich auf ihren Wangen, schamhaft schlug sie ihre kleinen Hände vor das Gesicht.

»Meine Beste!«, schrie Mahler weiter. »Reißen Sie sich zusammen! Dies ist ein Beruf, verstehen Sie! Wenn Sie dafür nicht geschaffen sind, gehen Sie zurück aufs Land zu den Dorfjungen mit ihren dicken Fingern.«

Bei dieser letzten Bemerkung stand Mahler in unmittelbarer Nähe des jungen Mädchens, trotzdem wurden seine Worte bis in den letzten Rang getragen.

Das gesamte Ensemble verstummte plötzlich; selbst das kakophonische Einstimmen der Instrumente im Orchestergraben und das Hämmern hinter der Bühne erstarben. Das war zu hart gewesen; selbst Mahler schien zu erkennen, dass er die Grenzen des Anstandes überschritten hatte.

Er zog die Sängerin enger an sich und legte beschützend den Arm um sie. Selbstverständlich gab es das Gerücht, dass sie seine Geliebte sei. Sie war nicht groß, überragte aber dennoch den kleinen Dirigenten um eine halbe Haupteslänge. Er maß in seinen abgewetzten Lederstiefeln einen Meter dreiundsechzig.

»Nun komm schon, Grethe.« Er klopfte dem jungen Mädchen auf die Schulter, es war ein nicht sehr überzeugender Versuch, sie zu trösten. »Es tut mir leid, dass ich Sie so angeherrscht habe. Aber ein hohes C muss man treffen, da kann man sich nicht allmählich hinaufsingen. Das ist unverzichtbar, einfach unverzichtbar.«

Sie schluchzte noch, als er sie verließ und sich dem Rest des Opernchores zuwandte.

»Was starren Sie denn so? Zurück an die Arbeit.« Er klatschte mit Nachdruck lehrerhaft in seine Hände.

In genau diesem Moment gellte ein Ruf hinter dem halbgeschlossenen Vorhang hervor.

»Achtung!«

Es war jedoch zu spät; der schwere Feuervorhang aus Asbest, dessen Säume mit Blei gefüllt waren, krachte herunter. Er sauste hinunter auf das unglückliche Fräulein Kaspar, das noch immer in ihre Hände weinte. Nur knapp verfehlte der Vorhang Mahler, der zur Seite gesprungen war.

Mit einem furchterregenden Getöse schlug der Vorhang auf den Bühnenboden auf, gefolgt von einem Moment fassungsloser Stille. Nur die kleinen schwarzen Lacklederschuhe der Sopranistin schauten noch unter dem Vorhang hervor. Dann hörte man die sich überschlagenden Stimmen der Bühnenarbeiter hinter dem Vorhang, eine übertönte die andere: »Sie ist tot. O mein Gott, das kleine Singvögelchen ist tot.«

1. KAPITEL

Dienstag, 6. Juni 1899
Wien, Österreich

Werthen weigerte sich, zu Fuß auf den Friedhof zu gehen. Er würde dem Toten seinen Respekt erweisen durch seine Anwesenheit am Grab. Sein bei einem Duell verletztes Knie verhinderte jedoch, dass er die Wallfahrt von gut drei Kilometern, vom Wiener Stadtzentrum hinaus auf den Zentralfriedhof in Simmering – dem kürzlich eingemeindeten 11. Bezirk –, zu Fuß unternehmen würde wie Hunderte anderer Würdenträger.

Ein Duell! Mein Gott, wie unbekümmert er nun daran denken konnte und wie unwahrscheinlich ihm dies nur wenige Monate zuvor erschienen war. Es war ihm so fremd wie Suaheli; eine Abweichung von seinem gesetzten, bürgerlichen Alltag, so unvorstellbar, wie es eine höfliche Salonplauderei im Leben eines Buschmannes gewesen wäre.

Ein Duell mit Worten, ein verbales Feuerwerk für einen leicht zu unterhaltenden Richter, ja, das gehörte zu seinem Metier. Aber keinesfalls ein Duell auf Leben und Tod. Nicht diese Körperwärme des Gegners, die man spürte, wenn man, vor den vorgeschriebenen fünfzehn Schritten, noch Rücken an Rücken stand. Nicht dieses Gefühl des kalten Stahls in seinen Händen. Eine solche Exzentrizität kannte man nicht von Karl Werthen, dem Notar für Testamente und Treuhandangelegenheiten!

Aber er hatte es getan. Und er hatte so gut geschossen, dass der Schädel seines Gegners wie ein Kürbis zerbarst und sich an diesem eiskalten Frühlingsmorgen purpurrotes Blut über die Wiesen des Praters ergoss. Es war ein Kampf auf Leben und Tod, um sich selbst, seine Freunde und seine geliebte Frau von einem Mann zu befreien, der sie alle eines Tages hatte töten wollen.

Werthen schob die bösen Erinnerungen an die brutale Tat beiseite und suchte sich einen Platz in möglichst großer Nähe zum frisch ausgehobenen Grab in der Sektion 32A, Nummer 27. Es lag genau zwischen den letzten Ruhestätten von Franz Schubert und Johannes Brahms. Fast alle Gräber des Zentralfriedhofs waren schon belegt, obwohl er erst vor fünfundzwanzig Jahren eröffnet worden war. Der Friedhof maß 200 Hektar, und schon bald werden die Mieten hier weit überhöht sein, sinnierte Werthen. Der Friedhof war zwar nur halb so groß wie Zürich, aber doppelt so lustig, witzelten die Wiener.

In der Sektion 32 A lagen alle Berühmtheiten der Musikgeschichte. Sowohl die, die nach der Eröffnung des Friedhofes im Jahr 1875 gestorben waren, wie Brahms und Anton Bruckner, aber auch die Toten der vorangegangenen Epoche wie Gluck, Beethoven und Schubert, deren sterbliche Überreste exhumiert worden waren, um hier 1880 erneut bestattet zu werden. Es fehlten lediglich Haydn, der in Eisenstadt begraben lag, sowie auch der arme Teufel Mozart, dessen Gebeine unauffindbar geblieben waren.

Für Werthen würde dies sicher nicht die letzte Ruhestätte werden. Nein, seine Gebeine würden in der jüdischen Parzelle, nahe dem Tor 1, vermodern.

Pflichtbewusst saß Werthen an diesem Morgen in seiner Kanzlei in der Habsburgergasse, als eine gewaltige Trauergemeinde, die in die nahegelegene Episkopalkirche strömte, ihn an das Begräbnis erinnerte. Was soll's, dachte er. Ein Ausflug. Ein Zeichen des Respekts für den großen Meister. Er teilte seinem Assistenten Doktor Wilfried Ungar mit, dass er kurz nach dem Mittagessen zurück sein würde, und verließ die Kanzlei, bevor der selbstgefällige junge Mann eine Bemerkung dazu machen konnte. Ungar war so einer, der mit seinem doppelten Universitätsabschluss in Jura und Wirtschaft protzte; selbst seine engen Freunde nannten ihn nur Doktor Doktor Ungar. Aber Werthen konnte sich nicht beklagen. Der junge Mitarbeiter hatte die Praxis in den vergangenen Monaten über Wasser gehalten, als Werthen sich von seinen Verletzungen, die er sich bei dem Duell zugezogen hatte, langsam erholte und darüber nachsann, was er mit seinem Leben nun anfangen wollte. So im Bett liegend, hatte er sich wieder wie ein Heranwachsender gefühlt, der den großen Fragen nach der Karriere und dem Sinn des Lebens nachhing. Mit einer Kugel im Körper konnte man sich wunderbar auf das Wichtigste im Leben konzentrieren. Eigentlich hatte er seine Seele nicht wirklich prüfen müssen: Seine Karriere hatte im Strafrecht begonnen, bevor er in das erhabenere Feld der Testamente und des Treuhandels gewechselt war. Nun, so wusste er, musste er auf die eine oder andere Weise zu seiner ersten Berufung zurückkehren.

Erst jetzt erreichte die Trauergemeinde nach einem langen Marsch den Friedhof. Wiewohl es die Mittagsstunde war, wurde die gesamte Strecke durch brennende Gasleuchten markiert. Geschäfte und Schulen blieben geschlossen, um der Bevölkerung die Möglichkeit zu geben, dem vorbeiziehenden Leichenzug ihren Respekt zu erweisen. Der Leichenwagen wurde auf seinem Weg durch die verstopften Straßen Wiens von vier grauen Lipizzanern gezogen und von acht Kutschen voller Blumenschmuck begleitet.

Es war ein ungewöhnlich warmer Tag für Anfang Juni. Trotzdem es für Werthen nur eine kurze, angenehme Fahrt im Fiaker gewesen war, sammelte sich der Schweiß an seinem hohen gestärkten Kragen; sein schwarzer Wollmantel saugte die Sonnenstrahlen förmlich auf. Er konnte die unangenehme Lage der Pilger, die diesen Weg zu Fuß hinter sich gebracht hatten, nur zu gut nachvollziehen. Viele Staatsdiener, Künstler, Musiker und Gelehrte und selbst der eine oder andere Kritiker trotteten hinter den Kutschen her.

Der Anblick des Leichenzuges erinnerte Werthen an ein anderes Begräbnis im letzten September. Das Begräbnis der Kaiserin Elisabeth, die in Zürich einem grausamen Attentat zum Opfer gefallen war. Bei diesem Gedanken fühlte er ein Stechen in seinem Knie, denn ihr Tod und seine Verletzung waren unauflösbar miteinander verbunden.

Er kehrte mit seinen Gedanken wieder zu den Geschehnissen des Tages zurück. Die Menschen drängelten; jeder versuchte, eine gute Sicht auf das Grab zu erlangen. Ein alter und sehr kleiner Mann, der den Weg gewiss nicht zu Fuß hinter sich gebracht hatte, drängte sich direkt vor Werthen, so dass sein ebenso unkonventioneller wie unmöglich hoher Hut ihm die Aussicht vollkommen versperrte.

Da Werthen auf beiden Seiten dicht von anderen Trauernden eingeschlossen war, blieb ihm nichts, als dem alten Herrn auf die Schulter zu tippen.

Ein rotes Gesicht mit stark geäderter Nase wandte sich ihm herausfordernd zu.

»Entschuldigung. Vielleicht könnten Sie Ihren Hut absetzen, so dass auch ich etwas sehen kann.«

»Unsinn«, stieß der Mann entrüstet hervor und wandte sich wieder dem Grab zu. Werthen bemühte sich an dem glänzenden schwarzen Hut vorbeizuspähen. Gerade erklomm Karl Lueger die improvisierte Rednerbühne. Dieser Mann war eine Wiener Legende, berühmt für sein gutes Aussehen sowie sein demagogisches Talent. Werthen war kurz davor, den verdammten Hut vor ihm platt zu schlagen, um eine gute Sicht auf den Bürgermeister zu erhalten, der nun seine Rede begann. Er verstand selbst nicht, weshalb dieser Judenhasser von einem Bürgermeister ihn so beeindruckte. Aber wie fast alle Wiener war auch Werthen fasziniert von Luegers rhetorischen Fähigkeiten, seiner Ausstrahlung und seinem Charisma. Man musste zugeben, dass der Mann seine antisemitische Rhetorik etwas gezügelt hatte, seit er im Amt war, und nun nicht länger versuchte, die Juden für jedes Unglück des Kaiserreiches verantwortlich zu machen.

Er hatte verschiedene städtische Großprojekte angeschoben; so kümmerte er sich um die Regulierung der Donau und die Fertigstellung der Stadtbahn.

Die Menge verstummte. Werthen spähte an der schwarzen Hutsäule vor ihm vorbei und erblickte plötzlich auf der gegenüberliegenden Seite des Grabes seinen alten Freund und Klienten, den Maler Gustav Klimt. Klimt zwinkerte ihm zu.

Der Maler war zwar kein Riese – aber dafür fast so breit wie lang –, dennoch überragte er deutlich den vor ihm stehenden Mann. In der kleinen Gestalt erkannte Werthen den Dirigenten der Wiener Hofoper, Gustav Mahler. Nie hatte ein jüngerer Mann diesen Posten innegehabt; Mahler war erst siebenunddreißig gewesen, als er vor zwei Jahren nach Wien gekommen war. Die beiden mussten den Weg zu Fuß zurückgelegt haben, aber Klimt, einem begeisterten Wanderer, war dies nicht anzumerken. Werthen fragte sich, wann Klimt wohl seine lange überfälligen Rechnungen begleichen würde. Dann suchte er mit seinen Blicken nach engen Familienangehörigen am Grab, aber es waren dort nur entfernte Verwandte zu sehen. Als ausgesprochen seltsam empfand Werthen vor allem das Fehlen der Witwe des Mannes, Adele, und das Fehlen seines Bruders.

»Meine Freunde«, begann Bürgermeister Lueger mit dröhnender Stimme. »Wir haben uns hier zu einem sehr feierlichen Anlass zusammengefunden. Abertausende von Wienern säumten die Wege unseres Trauermarsches zur letzten Ruhestätte, um unserem geliebten Maestro die Ehre zu erweisen. Die Wiener Bürger, die sich den heutigen Tag frei nahmen, weder zur Arbeit noch zur Schule gingen, empfanden in ihrem Inneren dasselbe wie wir, die wir hier versammelt sind – eine tiefe, zu Herzen gehende Traurigkeit angesichts des Verlustes eines solchen großen Mannes.«

Werthens Aufmerksamkeit wurde abgelenkt, da ein dünnes Gespenst von einem Mann den fast unmöglichen Versuch unternahm, sich noch zwischen ihn und den Alten mit dem hohen Hut zu zwängen.

»… geehrt zu werden durch seine geliebte Stadt, begraben zwischen zwei anderen Meistern der Musik, Schubert und seinem lieben Freund Brahms …«

Er schnappte nur Bruchstücke der Rede auf und konzentrierte sich stattdessen auf den dünnen Mann, der nun zwischen ihm und dem Mann vor ihm eingezwängt war.

»Wir Wiener versprechen hier an seinem Grab, diesen Mann der Musik nie zu vergessen …«

Schnell entdeckte Werthen, warum sich der Mann so weit ins Gedränge begeben hatte. Der Kerl wartete ganz offensichtlich auf einen Höhepunkt in der Rede, um zuzuschlagen.

»Mein lieber Maestro, solange noch ein Wiener lebt, so wirst auch du unvergessen sein. Wir haben für dich eine letzte Ruhestätte inmitten der größten Komponisten der Welt gewählt, um zu bezeugen, dass, wann immer von Wien gesprochen wird, auch von Johann Strauß die Rede sein wird. Wir nehmen nun Abschied von dir, geliebter Walzerkönig. Wir verlassen dich, damit du deine letzte Reise antreten kannst. Wir geloben auf ewig das Andenken an deinen überragenden Geist lebendig zu erhalten; in unserem Herzen und in unserer Seele.«

Als trotz des ernsten Anlasses ein donnernder Applaus einsetzte, schlug der dünne Mann zu.

Werthen kannte die Methoden solcher Menschen aus seiner Zeit als Verteidiger noch bestens. Mühelos glitt die sehnige Hand in die Jackentasche des alten Mannes vor ihm und zog geschickt eine Börse von enormer Größe daraus hervor. Noch während die versammelten Trauergäste Bürgermeister Luegers Rede applaudierten und der Direktor der *Gesellschaft der Musikfreunde* den Platz auf der Tribüne einnahm, bereitete die dürre Kreatur vor Werthen ihren Rückzug vor.

»Nicht so hastig«, sagte Werthen und packte den Nacken mit eisernem Griff. Der Mann drehte den Kopf zu ihm herum. Seine Augen funkelten vor Wut.

»Was wollen Sie von mir?«, zischte der Mann ihn an.

»Geben Sie das Geld zurück, oder Sie kommen ins Landl.«

Erschrocken ließ der Mann die Geldbörse fallen, als Werthen den Spitznamen des Wiener Gefängnisses benutzte. Werthen lockerte seinen Griff. Die Gestalt entkam und verschwand in der Menge. Es war alles so schnell vonstatten gegangen, dass keiner der Umstehenden die Auseinandersetzung bemerkt hatte.

Werthen bückte sich nach der Geldbörse des alten Mannes. Kaum hatte er sich wieder aufgerichtet, als der Alte sich herumdrehte und die Börse in Werthens Hand sah. Sogleich begann er zu schreien.

»Ein Dieb! Ein Dieb! Der Lump stiehlt meinen Geldbeutel.«

Noch bevor Werthen zu einer Erklärung ansetzen konnte, wurde er an beiden Armen gepackt und an den Rand der Menschenmenge geschoben. Der Alte folgte ihnen wütend schimpfend. Die schwere Hand eines Gendarmen in blauer Jacke und roter Hose legte sich auf Werthens Schulter.

»Also dann«, sagte der Gendarm. »Was ist vorgefallen?«

Die nächsten fünfzehn Minuten verbrachte Werthen mit Erklärungen des Geschehens, wurde jedoch immer wieder durch den ungestümen alten Herrn unterbrochen.

»Und wo ist der Dieb jetzt?«, fragte der Gendarm.

Aber Werthen konnte den Mann in der Menge der Trauernden nicht mehr entdecken. Vermutlich war er bereits geflohen.

»Herr Gendarm, ich versichere Ihnen, dass ich keinesfalls auf Beerdigungen gehe, um andere Menschen zu bestehlen. Ich bin Jurist, ein Angehöriger des Gerichtshofes.«

Die Menschenmenge entfernte sich langsam von der Grabstätte. Arbeiter trugen den Blumenschmuck aus den Kutschen und errichteten kleine Hügel aus üppig duftenden Blüten. Andere Arbeiter schaufelten Erde auf den Sarg; der offizielle Grabstein würde erst später aufgestellt werden.

»Auch wenn Sie ein Angehöriger des Gerichtshofes sind«, sagte der Polizeibeamte, »es liegt eine Anschuldigung gegen Sie vor …«

»Kann ich vielleicht behilflich sein?«

Werthen hatte nicht bemerkt, dass Klimt hinzugetreten war. War der Maler sonst von eher schroffem Benehmen, so zeigte er sich nun von seiner freundlichsten Seite, zog seinen Hut sowohl vor dem Gendarmen als auch vor dem alten Manne. All jene Männer, die geholfen hatten, Werthen festzuhalten, waren schon längst ihrer Wege gegangen und hatten lediglich zu Protokoll gegeben, die Geldbörse in der Hand des Juristen gesehen zu haben.

»Das kommt darauf an, welchen Dienst Sie uns erweisen können«, antwortete der Gendarm. Klimt zuckte nicht einmal mit der Wimper bei den abweisenden Worten, sondern behielt sein anbiedernd freundliches Verhalten bei. Gerade wollte Werthen seinen alten Freund begrüßen, als dieser warnend den Kopf schüttelte.

Der Maler zog eine Karte aus seiner Westentasche und übergab sie dem Gendarmen.

»Herr Gustav Klimt, zu Ihren Diensten.« Erneut zog er seinen Hut und lächelte salbungsvoll. »Kaiserlicher Hofmaler.«

Er übertreibt ein bisschen, dachte Werthen. Wohl eher etwas wie der Deckenmaler verschiedener öffentlicher Gebäude. Und durch seine Nacktmalereien auch hauptamtlicher Störer der öffentlichen Ordnung.

Argwöhnisch betrachtete der Gendarm die Visitenkarte und rieb mit seinem dicken Daumen über die geprägten Lettern.

»Ich stand genau gegenüber von diesen beiden Herren und sah sehr genau, was geschah. Dieser Herr hier« – er zeigte auf Werthen – »hat wirklich wie ein Wohltäter gehandelt, da er einen Diebstahl verhinderte. Er wollte den Geldbeutel gerade an diesen Herren« – er zeigte auf den alten Mann – »zurückgeben, als es zu dem Missverständnis kam.«

»Der Mann ist ein Schuft«, rief der Alte. Es war nicht ganz klar, ob er mit seiner Anschuldigung Werthen oder Klimt meinte.

»Ich schwöre es«, sagte Klimt in dramatischem Ton. »Sie können meine eidesstattliche Aussage gleich hier und jetzt aufnehmen.«

»Also dann …«, sagte der Wachtmeister.

»Sie glauben diesem Kerl doch nicht etwa. Die beiden stecken ganz offensichtlich unter einer Decke.«

Werthen nahm es für ein gutes Zeichen, dass der Polizist bei dieser Bemerkung die Augen verdrehte, und schloss daraus, dass weitere Beteuerungen von seiner Seite eher von Nachteil sein würden. Die geprägten Lettern auf der Visitenkarte Klimts hatten Wirkung gezeigt: KAISERLICHER HOFMALER, GUSTAV KLIMT.

Der Wachtmeister ließ den Geldbeutel in die Hände des alten Mannes fallen.

»Ich würde sagen, der Gerechtigkeit wurde ausreichend Genüge getan. Es scheint sich tatsächlich um ein Missverständnis zu handeln.«

»Was soll das heißen, Sie Volltrottel?«, stieß der alte Mann hervor.

Werthen ließ den Mann unbehelligt weiter schimpfen, denn der Gendarm schien an einer weiteren Debatte nicht mehr interessiert.

Sie fanden einen freien Ecktisch im Café Feldmann auf der gegenüberliegenden Straßenseite. Es war ein riesiges Lokal, ohne jedes Flair von Gemütlichkeit. Da es nahe am Friedhof lag, verköstigte es vor allem Trauergesellschaften.

»Ich bin Ihnen zu Dank verpflichtet«, sagte Werthen, nachdem sie sich gesetzt hatten.

»Das war nicht mehr, als Sie auch für mich getan hätten. Es freut mich, dass nun auch ich Ihnen einen Gefallen erweisen konnte. Und vor allem freut es mich, dass diese Karten, die ich habe drucken lassen, endlich zu etwas gut waren.«

»Welch ein glücklicher Zufall, dass Sie gesehen haben, was sich abspielte«, sagte Werthen, während er die Speisekarte überflog.

»Nichts habe ich gesehen«, sagte Klimt, ohne sich die Mühe zu machen, in die Speisekarte zu schauen. »Der Hut dieses Dummkopfs hat mir die Sicht versperrt. Aber als ich hörte, wie der alte Narr sich aufplusterte, konnte ich mir ein Bild von dem Geschehen machen. Geschieht ihm recht, diesem Wichtigtuer.«

»Sie kennen ihn also?«, fragte Werthen.

»Aber sicher, ich habe ihn sofort bemerkt. Es wundert mich, dass Sie ihn nicht erkannten. Das war Eduard Hanslick, Wiens selbsternannter Musik-Diktator.«

Das also war Hanslick, dachte Werthen. Der Mann beherrschte schon seit Generationen das musikalische Geschehen; seine Kritiken entschieden noch immer über den Erfolg oder Misserfolg eines Komponisten oder Darstellers. Hanslick galt als entschiedener Gegner der romantischen Musik Wagners und Bruckners, er bevorzugte die strengere Musik der Klassik, wie man sie von Brahms kannte. Was hatte er noch über Johann Strauß gesagt? In etwa: Die Melodien von Strauß verderben dem Hörer die Ohren für die ernsthafte Musik. Dieser aufgeblasene alte Geier; Werthen hoffte, dass der Gendarm ihm für sein unverschämtes Benehmen eine Geldbuße auferlegen würde.

Die Kellnerin kam, und Klimt orderte einen Kaffee mit Schlagobers. »Mit einem Berg von Schlagobers«, sagte er zu der jungen Frau. »Ich habe unbändigen Appetit. Jemanden zu beerdigen macht wirklich hungrig.« Dazu bestellte er sich ein Stück Linzer Torte.

Werthen nahm nur seinen üblichen Kleinen Braunen, da er hoffte, rechtzeitig zum Mittagessen zu Hause zu sein. Frau Blatschky hatte einen Zwiebelrostbraten versprochen. Er konnte die saftigen Stücke vom Rindfleisch und die gerösteten Zwiebeln schon fast auf seiner Zunge schmecken.

»Welch ein Zufall, Sie hier zu treffen«, sagte Klimt. »Ich hatte Sie ohnehin aufsuchen wollen.«

»Es wird hoffentlich nicht wieder ein Modell vermisst«, sagte Werthen. Sein erster Fall hatte seinen Anfang mit dem Tod einer jungen Frau genommen, die Klimt Modell gestanden hatte. Allmählich begann er, seine außerjuristischen Tätigkeiten als Fälle zu betrachten. Erst gestern hatte er sein Messingschild am Eingang in der Habsburgergasse austauschen lassen. Es hieß nicht länger ADVOKAT KARL WERTHEN; TESTAMENTE UND TREUHANDANGELEGENHEITEN; nun war zu lesen: ADVOKAT KARL WERTHEN; TESTAMENTE UND TREUHANDANGELEGENHEITEN, STRAFRECHT UND PRIVATE ERMITTLUNGEN.

Klimt schüttelte den Kopf. »Nein, so ernst ist es nicht, sollte ich denken, aber es liegt schon ein Schuss Dramatik darin. Möglicherweise ist es sogar ein Fall.«

Werthen wurde plötzlich munter.

»Sie kennen doch die junge Schindler, nicht wahr?«, fragte Klimt.

»Schindler? Sie meinen den Landschaftsmaler?«

»Emil Schindler. Ich meine seine Tochter Alma. Der arme Emil starb an einem Blinddarmdurchbruch.«

»Ja, richtig«, erinnerte sich Werthen. »Und seine Witwe hat dann Ihren Kollegen aus der Sezession geheiratet, diesen Moll.«

»Carl Moll«, bestätigte Klimt. »Es freut mich zu hören, dass Sie die Gerüchteküche in der Kunstwelt fleißig verfolgen.«

»Demnach sind es also nicht nur Gerüchte«, mutmaßte Werthen.

»Nun ja, sehen Sie, diese junge Dame und ich werden häufig in Zusammenhang gebracht, geschäftlich und auch privat …«

»Kein weiteres Wort, Klimt! Sie haben also eine neue Eroberung.«

Klimt besaß immerhin den Anstand, bei diesen Worten zu erröten. »Wohl kaum, obwohl ich zugeben muss, dass ich von dieser jungen Frau wirklich hingerissen bin. Sie ist wunderschön und hat einen klugen Kopf. Leider hat sie eine Schwäche für einen gewissen Musiker.«

Eine Pause trat ein, als der Kaffee und das Gebäck serviert wurden. Klimts Tasse zierte ein wahres Matterhorn aus Sahne. Er wirkte zufrieden und folgte mit einem beinahe zärtlichen Blick dem Hinterteil der Kellnerin, als sie davonging.

»So ein süßes, junges Ding«, sagte er, wandte sich seinem Kaffee zu und machte sich über den Kuchen her. Er schlang ihn förmlich in sich hinein.

Werthen gönnte Klimt fünf Minuten, um ohne Unterbrechung zu essen und zu trinken.

»Alma Schindler«, gab Werthen dann das Stichwort.

»Genau. Sie ist ein prächtiges Mädchen, und ich glaube eigentlich, dass sie auch in mich vernarrt ist. In diesem Frühling bin ich mit ihr und ihrer Familie nach Italien gereist. Da war schon eine besondere Chemie zwischen zu. Man spaziert so durch Venedig, über den Markusplatz … Aber es gab auch Probleme. Carl … also Moll. Ich meine, nicht dass Sie mich …«

»Der Stiefvater hat die Liaison missbilligt.«

Klimt schüttelte bekümmert den Kopf. »Bürgerliche Konventionen. Glauben Sie mir, Alma hat ihren eigenen Kopf. Jedes andere süße, junge Ding hätte schon längst mein Bett mit mir geteilt.« Er seufzte bedauernd.

Werthen zog seine Taschenuhr hervor: fünf vor zwölf. Noch könnte er es rechtzeitig zum Mittagessen nach Hause schaffen.

»Was hatten Sie mir denn über Fräulein Schindler eigentlich sagen wollen?«

»Ach ja. Es scheint, als hätte sie einen Hang zu älteren Männern. Ihr neuestes … Projekt ist Mahler.«

»Ich habe Sie mit ihm gesehen. Ein neuer Freund?«

»Er ist nicht so ganz mein Geschmack, wenn Sie wissen, was ich meine.«

»Nein, nicht so ganz.«

»Es ergab sich einfach zufällig, dass wir den ganzen Weg hier hinaus zum Friedhof gemeinsam gegangen sind. Währenddessen hat er sich unablässig darüber beklagt, wie manieriert die Grabrede von Pastor Zimmermann in der Episkopalkirche doch gewesen sei. Außerdem habe der Acappella-Chor des

Männergesangsvereins anderthalb Noten tiefer geendet als begonnen. Als wäre es seine Beerdigung gewesen. Na, so ist der Bursche halt.«

Werthen wusste noch immer nicht, worauf Klimt hinauswollte, und drängte ihn weiterzusprechen.

»Und? Dieser Mahler und Alma Schindler stehen sich also nahe?«

»Wohl kaum. Sie hat ihn erst einmal aus der Ferne gesehen, schwört aber, dass er der Mann ihres Lebens sei. Und was Alma will, bekommt sie auch.«

»Sie scheint jemand zu sein, mit der man rechnen muss. Aber was hat das Ganze nun mit mir zu tun?«

»Ja, das ist ja das Drama. Sie möchte, wie sie es ausdrückt, dass ein privater Ermittler ›gewisse Nachforschungen‹ durchführt. Mehr will sie mir dazu nicht sagen, aber da ich in meinen Erzählungen immer Ihren Scharfsinn gerühmt habe, möchte Alma Sie unbedingt treffen.«

Werthen überlegte einen Moment. Es hörte sich nicht sehr vielversprechend an, sondern eher peinlich; als wollte die junge Frau ihn mit Mahlers Beschattung beauftragen, um herauszufinden, ob der Musiker eine Affäre hatte. Eine Ermittlung privater Natur also und dazu eine von der uninteressantesten Sorte.

»Ich würde es als einen persönlichen Gefallen ansehen«, sagte Klimt.

Der Maler sah ihn so erwartungsvoll an, dass Werthen schließlich nachgab.

»Also gut, richten Sie ihr aus, sie soll einen Termin mit meiner Kanzlei vereinbaren. Ich werde sehen, ob ich in irgendeiner Weise behilflich sein kann.«

»Bravo, Werthen. Sie geben also die alten Testamente und die Treuhänderei auf?«

»Es ist eher so, dass ich diese Dinge ein wenig ruhen lasse.«

»Und wie geht es Ihrer verehrten Gattin? Ich bedaure sehr, dass ich nicht zu Ihrer Vermählung habe kommen können. Ich war damals in Italien unabkömmlich.«

»Es war eine ruhige Feier«, erwiderte Werthen. Sehr ruhig in der Tat, denn selbst seine eigenen Eltern waren nicht erschienen. Ihr Missfallen galt der Tatsache, dass es nur eine standesamtliche Heirat und keine kirchliche Trauung gewesen war.

»Richten Sie ihr meine besten Grüße aus. Sie ist wahrlich ein ziemlich temperamentvolles Füllen!«

Werthen war sich nicht ganz sicher, ob Berthe der Vergleich mit einem Pferd gefallen hätte, doch er verstand, was Klimt meinte.

»Ja, das ist sie. Und ich bin ein glücklicher Mann.«

Werthen wollte seinen Kaffee bezahlen, aber das ließ Klimt nicht zu. »Also bitte, Werthen. Beleidigen Sie mich nicht.«

Klimt widmete sich den Resten seines Kuchens, als Werthen nach Hut und Mantel griff.

Schon im Gehen sagte er: »Übrigens, Klimt …«

»Ich weiß, mein alter Freund. Das Geld ist in der Post. Oder besser gesagt, es wird morgen in der Post sein.«

2. KAPITEL

Klimt hatte recht, dachte Werthen. Sie ist wirklich eine Schönheit.

Alma Schindler saß ihm in seinem Büro am Schreibtisch gegenüber. Seine Frau Berthe, die zurzeit einige Stunden in seiner Firma als Sekretärin arbeitete, saß mit gespitztem Bleistift hinter der jungen Dame in der Ecke.

Fräulein Schindler trug einen Hut mit Federn, der bei einer Neunzehnjährigen viel zu altmodisch wirkte, dafür aber von Habig stammte, dem vornehmen Geschäft auf der Wiedner Straße. Als sie den Hut absetzte, sah man ihr Haar, das ganz nach der neuesten Mode frisiert war. Es war zu einer üppigen Hochfrisur aufgetürmt, mit vielen Wellen und Locken. Sie trug ein weißes Kleid mit Applikationen aus Spitze und Stickereien, einem hohen Kragen und Puffärmeln und darüber eine eng anliegende cremefarbene Weste mit dunklen Seidenstreifen. Werthen bewegte sich, was Mode anging, zwar auf unbekanntem Terrain, aber er meinte, ein ähnliches Gewand bei Fournier am Graben gesehen zu haben, einem exklusiven Modegeschäft.

Äußerlich wirkte Fräulein Schindler wie eine schick gekleidete, vornehme Städterin. Sprach man jedoch mit ihr, erinnerte sie eher an eine frühreife Jugendliche. Sie war durchaus gebildet, aber etwas zu bemüht, dieses Wissen auch zu zeigen. Schließlich lebten sie in einer Zeit, die bei den Damen der Gesellschaft ein zurückhaltendes Wesen und eher eine langweilige Gesetztheit bevorzugte.

Werthen sah von Fräulein Schindler hinüber zu seiner Frau. Er wunderte sich, wie verschieden die zwei Frauen doch waren. Berthe war nur um wenige Jahre älter als die junge Alma Schindler, und doch strahlte sie eine Verlässlichkeit und Eigenständigkeit aus, die ihn immer wieder begeisterte. Alma Schindler dagegen wollte glänzen und sonnte sich dabei nur in unverdientem Ruhm. Berthe jedoch ruhte ganz in sich: souverän, selbstsicher und gelassen. Nur um ihren Mund lag häufig der Hauch eines spöttischen Lächelns, so als würde sie die Welt immer ein wenig amüsieren. Es waren nicht einzelne Züge ihres Äußeren, durch die sich Werthen zu Berthe hingezogen fühlte, auch nicht die rein körperliche Anziehungskraft; vielmehr ging ihr Reiz von ihrer ganzen Persönlichkeit aus. Sie war eben eine ruhige, gezähmte Schönheit, wie ein warmer Zuckerkringel aus Weiblichkeit, der nicht für jeden zur Schau gestellt wurde.

Allerdings war Werthen in der Beurteilung seiner Frau wohl nicht ganz objektiv.

»Es ist sehr freundlich von Ihnen, Herr Advokat, dass Sie mich so kurzfristig empfangen.«

Was soll man darauf antworten?, dachte er und griff zu der üblichen Phrase. »Keine Ursache.«

»Ich weiß nicht, wie viel Ihnen Gustav … Herr Klimt bereits erzählt hat …«

»Sehr wenig. Er erwähnte lediglich ein Anliegen, dass Sie mit mir besprechen möchten.«

»Sie werden denken, dass ich ein albernes junges Mädchen bin«, sagte sie und errötete wie auf Stichwort.

Werthen hob den Blick und sah zu Berthe hinüber, die jedoch mit leicht amüsiertem Blick eifrig etwas in Kurzschrift notierte.

Unvermittelt lehnte sich Fräulein Schindler ein wenig über den schmalen Schreibtisch und fixierte Werthen. Er roch den Duft von Erdbeeren in ihrem Atem. Es mussten die ersten der Saison gewesen sein.

»Es dreht sich um Herrn Mahler, den Komponisten.«

»Der Dirigent der Wiener Hofoper«, ergänzte Werthen.

»Auch das, aber haben Sie denn seine Musik nicht gehört? Überragend. Könnte ich nur eines Tages so etwas komponieren, hätte mein Leben wirklich einen Sinn.«

Sie lächelte ihn liebreizend an, während sie mit ihm sprach und sich weiter über seine Seite des Schreibtischs beugte. Die obere Hälfte ihres Mieders bestand aus reiner Spitze, Werthen musste sich zusammenreißen, seinen Blick nicht auf ihr Dekolleté zu richten.

»Nein, ich hatte bislang noch nicht das Vergnügen. Aber am Dirigentenpult ist er jedenfalls ganz ausgezeichnet.«

»Das sind nur Fingerübungen«, sagte sie herablassend. »Aber deshalb bin ich nicht bei Ihnen. Meine Güte, das kommt mir jetzt alles so albern vor.«

»Ich bitte Sie, Diskretion ist innerhalb dieser vier Wände selbstverständlich«, sagte Werthen, der fast gegen seinen Willen von ihrem Charme eingenommen wurde.

»Jemand versucht, ihm Schaden zuzufügen, vielleicht sogar, ihn zu ermorden. So. Jetzt habe ich es ausgesprochen!«

Sie lehnte sich auf dem Stuhl zurück und verschränkte die Arme vor ihrer Brust, fast wie ein gescholtenes, verstocktes Kind.

Werthen atmete tief durch. Das hatte er nun allerdings wirklich nicht erwartet. Berthe warf ihm einen kurzen Seitenblick zu.

»Wie kommen Sie denn zu dieser Annahme?«

»Es gab da einige … Vorkommnisse.«

»Mehrere?«

»Ja.«

»Ich habe selbstverständlich von dem unglücklichen Unfall, dem Tod der jungen Sopranistin gelesen …«

»Das war kein Unfall.«

Wieder blickte Werthen zu seiner Frau hinüber, die nur kurz die Augenbrauen hob.

»Könnten Sie das vielleicht ein wenig erläutern?«

»Ein Feuervorhang fällt nicht einfach aus Versehen herunter. Er ist mit Seilen doppelt gesichert. Der Feuervorhang aus Asbest hängt bei der Hofoper unmittelbar hinter dem Proszenium und hat eine eigene Winde. Er kommt nicht so einfach herunter, wenn er es nicht soll.«

Werthen war beeindruckt. Die junge Frau hatte ganz offenbar ihre Hausaufgaben gemacht. Natürlich war ganz Wien theaterverrückt, und er selbst bildete da ebenfalls keine Ausnahme. Feuerschutzvorhänge waren eine relativ neue Erfindung, die sich erst jetzt, nach dem tragischen Feuer im Wiener Ringtheater im Dezember 1881, weltweit allmählich durchsetzte. Hunderte Menschen waren getötet worden, als ein Kulissenbrand in den Zuschauerraum übersprang. Das ausgebrannte Theater hatte man später abgerissen und durch einen Wohnblock mit dem passenden Namen »Sühnhaus« ersetzt.

»Und was sagt der Inspizient des Hauses dazu?«

Fräulein Schindler zeigte nun eine ganz uncharakteristische

Mimik: Sie zog ihr hübsches Näschen kraus, als würde sie in der Sonne liegende Pferdeäpfel riechen.

»Dieser Herr ist ein Idiot. Er hat keine andere Erklärung, als dass sich die Knoten der Seile irgendwie gelöst haben müssen. Aber diese Knoten sind ja nicht einfach ein paar hübsche Schleifen aus Hanf, sondern kunstfertig geknüpft, damit sie eine schwere Last halten. Und immerhin gibt es zwei davon, Herr Werthen.«

»Sie erwähnten noch andere Vorkommnisse.«

»Ein Bühnenbild fiel nur knapp neben Herrn Mahler zu Boden. Sie müssen dazu wissen, dass die Oper noch immer ein ›Hanf-Haus‹ ist.«

Sie lächelte, als sie diesen technischen Ausdruck benutzte, wohl in Erwartung von Werthens Ratlosigkeit. Er nickte jedoch nur. Ein alter Fall aus Graz, als er noch im Strafrecht praktizierte, hatte ihm etwas Bühnenwissen vermittelt. Im Prozess ging es um eine Anklage wegen Vandalismus. Beschuldigter war ein Bühnenarbeiter, dem seine Arbeit beim Grazer Stadttheater gekündigt worden war. In Graz, wie in Wien, war die Tradition noch immer eine sehr starke Kraft; die hergekommene, alte Weise wurde oft auch für die beste gehalten. So wurden die Bühnenbilder an der Hofoper noch immer durch reine Muskelkraft hochgezogen; mehrere Männer bewegten die Bühnenbilder, indem sie an Hanfseilen zogen. In der Tat, ein »*Hanf-Haus*«.

»Es werden also Seile mit fliegenden Gegengewichten benutzt, nicht wahr?«, antwortete Werthen. »Herr Mahler ist wohl kein Anhänger dieser Tradition, wie ich hörte.«

Nun zeigte Alma Schindler ein anderes Lächeln; kleinlaut erkannte sie das Wissen des Rechtsanwaltes an, weil sie wohl begriff, dass er mit Lexikonwissen nicht zu beeindrucken war.

»›Tradition ist Faulheit.‹ Das habe ich Mahler wohl hundert Mal sagen hören.« Sie lächelte wieder kokett. Werthen registrierte, dass sie nur Mahlers Nachnamen benutzt hatte, ohne ein »Herr« davorzusetzen, ein Zeichen angemaßter Nähe. »Sehen Sie, ich bin häufig bei den Proben anwesend. Mahler weiß davon natürlich nichts. Ein Freund von Carl … meinem Stiefvater, sorgt dafür, dass ich durch den Seiteneingang hineinschlüpfen kann. Dann sitze ich ganz still im vierten Rang.«

Sie ließ einen Moment verstreichen, um diese Mitteilung wirken zu lassen.

»Auch seine morgendliche Tasse Kamillentee wurde einmal mit Farbe vermischt, scheinbar unabsichtlich. Glücklicherweise hat Mahler nicht davon getrunken.«

»Die Operndirektion sah keine Veranlassung zu einer Untersuchung?«

»Das ist doch nur ein Haufen alter Memmen!«

»Und was ist mit Mahler selbst? Hat er sich wegen dieser Vorkommnisse nicht beschwert?«

»Er ist viel zu sehr mit seiner Musik beschäftigt, als dass er darin mehr als Zufälle sieht.«

»Aber, Fräulein Schindler, warum sollte jemand Mahler schaden wollen? Er ist immerhin im Begriff, die musikalische Welt Wiens umzuwälzen, wenn man der Presse Glauben schenken mag.«

»Bei einer solchen Umwälzung gibt es aber Gewinner und Verlierer.«

Sie hatte natürlich recht, aber es klang Werthen ein bisschen zu melodramatisch. Einen Mann töten, nur weil er mit der Claque, den bezahlten Klatschern, aufräumen will? Weil er das Licht komplett löschen lässt, bevor eine Aufführung beginnt, und Zuschauer, die sich verspäten, erst in der Pause einlässt?

»Und was soll ich Ihrem Wunsch nach unternehmen?«

»Führen Sie eine Untersuchung durch. Finden Sie heraus, wer für diese Schandtaten verantwortlich ist. Stoppen Sie ihn … oder sie, bevor Mahler ernsthaft verletzt wird.«

»Ich verstehe.« Werthen antwortete vollkommen ausdruckslos.

»Ich bin bereit, dafür zu zahlen. Mein Vater hat mir ein geheimes Bankkonto eingerichtet. Mein richtiger Vater, meine ich.«

Den Vorschlag tat Werthen mit einem Winken ab. »Lassen Sie uns zuerst einmal sehen, wie die Dinge wirklich liegen.«

»Dann werden Sie meinem Anliegen also nachkommen?« Zum ersten Mal zeigte ihr Gesicht eine ehrliche Gemütsbewegung, und zwar kindliches Entzücken.

»Ich möchte zunächst mit Herrn Mahler sprechen.«

»Sie dürfen ihm aber nicht verraten, dass Sie in meinem Auftrag handeln.«

»Meine Nachforschungen vollziehen sich in absoluter Diskretion, das versichere ich Ihnen.«

Fräulein Schindler stand plötzlich auf und streckte ihre Hand aus.

»Klimt hat ganz recht. Er findet Sie ganz wunderbar. Und das finde ich auch.«

Er gab ihr die Hand und war überrascht von ihrem kräftigen Händedruck.

Alma Schindler nickte Berthe kurz zu, ohne auf ihre Anwesenheit weiter einzugehen, und verließ dann die Kanzlei.

Werthen und Berthe warteten einen Moment, bis auch die Haustür ins Schloss gefallen war.

»Nun?«, sagte er.

»Sie ist schwerhörig.«

»Wie bitte?«

»Jetzt sag mir nicht, dass du auch schlecht hörst.«

»Wie kommst du darauf?«

»Diese kleine Pose, als sie sich zu dir hinüberlehnte, als wollte sie sich bei dir einschmeicheln … Das war keineswegs der Grund. Fräulein Schindler hat einfach nur ein kleines Hörproblem. Ich hatte eine Freundin in der Schule, die es ganz ähnlich gemacht hat, und übrigens denselben Effekt bei den Jungen erzielte.«

»Ich versichere dir …«, begann er.

»Ach Karl, mach dir keine Gedanken. Sie ist ein attraktives Ding, das will ich gern zugestehen. Und sie ist außerdem ziemlich schlau. Das ist für eine Frau eine sehr schwierige Kombination.«

»Und was hältst du von ihrer Geschichte?«

Berthe nahm Notizbuch und Stift auf. »Sie hat eine lebhafte Phantasie, soviel ist sicher. Aber immerhin gibt es da auch eine tote Sopranistin, nicht wahr?«

»Du meinst also, wir sollten die Sache weiter verfolgen?«

»Was ich denke, zählt nicht wirklich, oder? Du hast es dem Mädchen so gut wie versprochen. Und das obendrein noch ohne Honorar.«

Werthen kam sich plötzlich vor wie ein Narr. »Ja, das habe ich wohl.«

Berthe trat zu ihm und legte ihre warme, weiche Hand an seine Wange.

»Mach dir keine Gedanken, Karl. Ich bin sicher, sie hat auch schon ganz andere Männer bezirzt.«

Werthen und seine Frau aßen in einem ihrer Lieblingsbeiseln zu Mittag, das nur ein paar Schritte vom Büro entfernt lag. Die *Alte Schmiede* war ein einfaches, gemütliches Lokal mit einem täglich wechselnden Mittagstisch. Heute gab es Leberknödelsuppe und als Hauptgericht scharfes Gulasch mit neuen, gedämpften Kartoffeln. Sie tranken einen Rotwein aus dem Burgenland zu ihrem Mahl, verzichteten aber auf den Nachtisch. Stattdessen saßen sie noch eine Weile bei einer Tasse Kaffee, ließen den Morgen Revue passieren und planten den Nachmittag.

Nachdem Fräulein Schindler gegangen war, hatte sich Werthen entschieden, den Fall anzugehen, und in der Hofoper angerufen, um mit dem Dirigenten persönlich zu sprechen. Mahler sei heute zu Hause, wurde ihm mitgeteilt, da er unter Halsschmerzen leide. Er bat um Mahlers Privatnummer, und sein Anwalttitel genügte, um diese zu erhalten. Sein Anruf wurde von Justine Mahler, einer der Schwestern des Musikers, entgegengenommen. Sie war seine Haushälterin und, wenn man bedachte, wie hartnäckig sie Werthen nach dem Grund seines Anrufs befragte, wohl auch seine Leibwächterin. Er betonte die Wichtigkeit und den privaten Charakter des gewünschten Treffens – und schließlich wurde ihm eine Audienz für zwei Uhr am Nachmittag gewährt.

»Gustav sollte zu dieser Zeit seinen Mittagsschlaf beendet haben«, sagte die scharfe Stimme am anderen Ende. »Wenn nicht, werden Sie warten müssen.«

Er verabschiedete sich von Berthe, die zu ihrer nachmittäglichen Arbeit im Kindergarten in Ottakring aufbrach. Der Tag war perfekt für einen Spaziergang: Es wehte eine leichte Brise, die Wolken zogen hoch und schnell über den strahlend blauen Himmel. Die Stadt wirkte wie von Belotto gemalt. Werthen war mit sich und der Welt im Reinen, als er die friedlichen, gepflasterten Straßen des Inneren Bezirkes entlangschlenderte. Er hatte alles, was er zurzeit brauchte: die Liebe einer guten Frau, eine Mahlzeit im Bauch, einen schönen Tag zum Spazieren, und am Ende wartete vielleicht noch ein neuer Fall auf ihn.

Mahlers Wohnung lag ganz in der Nähe der Ringstraße, in der Auenbruggerstraße. Eine kurze Gasse, die zum Rennweg führte, dem Viertel der Diplomaten, nahe beim Belvedere. Als Werthen den Weg zum Schwarzenbergplatz nahm, erinnerte er sich an jenen Morgen, an dem er mit seinem alten Freund, dem Kriminologen Hanns Gross, diesen Palast verlassen hatte, wo sie die ungeladenen Gäste des Erzherzogs Franz Ferdinand gewesen waren.

Tatsächlich lag Mahlers Wohnung genau an der Ecke zum Rennweg, nur ein paar Schritte vom *Unteren Belvedere* entfernt. Der Wohnblock war von Otto Wagner gebaut worden und zeigte schon an der Fassade die Handschrift der frühen Periode des Architekten: zurückstehende dekorative Vertäfelungen an den Ecken, und die gleichen Ornamente wiederholten sich als Fries unter den Fenstern des dritten und vierten Stockwerkes.

Da es ein modernes Gebäude war, gab es einen Fahrstuhl, und Werthen entschied sich auch, ihn zu nehmen; er spürte sein verletztes Knie nach dem Spaziergang deutlich. Die Tür wurde nach seinem zweiten Klopfen von einer weiblichen Version des Dirigenten geöffnet. Auch ihr Haar war widerspenstig und eher dünn, sie hatte eine Habichtsnase, und die Augen wirkten etwas verschleiert und gemahnten an ein Raubtier. Sie trug eine breite Krawatte über ihrer cremeweißen Bluse, einen breiten weißen Gürtel und einen Tellerrock aus grobem Leinen.

»Sie müssen Herr Werthen sein«, sagte sie.

»Ja.« Werthen war sich nicht sicher, wie er sie anreden sollte, vielleicht mit *Gnädige Frau*? Es gab eine ungeschriebene Regel, nach der Frauen jenseits der dreißig nicht länger als *Fräulein*, sondern als *Frau* angesprochen wurden. Er entschied sich dann jedoch für einen kurzen Handschlag statt einer verbalen Begrüßung.

»Ich nehme an, Sie möchten eintreten.«

Mit diesen Worten drehte sie sich um und überließ es ihm, die Tür hinter sich zu schließen. Vom Eingang zweigten zwei kurze, dunkle Flure ab, die zu verschiedenen Zimmern führten. Justine ging ihm voran durch direkt gegenüberliegende Doppeltüren aus dunklem Mahagoni. Hinter diesen erstreckte sich ein weiterer Korridor, der jedoch sehr viel länger, auch heller war und Zugang zu einer Reihe von weiteren Zimmern erlaubte. Es ging dem Dirigenten der Hofoper offensichtlich finanziell sehr gut, da er sich eine solche Flucht von Zimmern nur für sich selbst und seine Schwester erlauben konnte.

Werthen folgte Justine Mahler weiter, die nach links abbog. Sie passierten eine offene Tür auf der rechten Seite, und er warf im Vorbeigehen einen Blick hinein. Es war ein formelles Esszimmer mit ebenso elegantem wie modernem Esstisch und Stühlen im geometrischen Design. Die Möbel waren ganz offensichtlich nach Entwürfen der Wiener Werkstätten gefertigt, einer Gruppe von Künstlern des Jugendstils und der Sezession, die sich um Gustav Klimt versammelt hatte. Das Licht fiel durch große Fenster in den Raum.

Justine öffnete die Doppeltüren zum nächsten Zimmer, und sie betraten einen großzügigen Wohnraum, dessen Mitte ein prachtvoller Bösendorfer-Flügel zierte. Dessen Lack glänzte wie frisch poliert. In einer Ecke des Zimmers meinte Werthen einen Stapel Decken auf einem Diwan zu sehen; nach einem zweiten Blick entdeckte er Mahler selbst, der, mit einem weißen Verband um den Hals und einem Thermometer im Mund, unter diesem Berg von Daunendecken vergraben lag. Werthen musste ein Lachen unterdrücken; es wirkte ganz wie eine Karikatur aus *Der Floh* oder eine der anderen wöchentlichen Witzzeichnungen.

Neben dem Diwan stand ein kleiner emaillierter Tisch, auf dem eine Schachtel mit *Loukoumi* lag oder *Turkish Delight*, wie die Engländer diese Süßigkeiten nannten, nach denen Mahler süchtig war. So war es jedenfalls in den Boulevardblättern zu lesen. Daher wusste Werthen auch, dass der Komponist einen regelmäßigen Vorrat direkt von der Ali Muhiddin Haci Bekir Company aus Istanbul bezog. Mahler erschien Werthen etwas menschlicher, da er sich diese Schwäche gönnte. Die kleinen Würfel aus Fruchtgelee waren reich mit Puderzucker bestreut und dufteten stark nach Zimt und Minze.

Justine Mahler blieb vor dem Diwan stehen, nahm das Thermometer aus Mahlers Mund, warf einen kurzen Blick darauf, brummte, als sie die Temperatur ablas, und schob es dann in die Tasche ihrer Bluse.

»Ermüden Sie ihn bitte nicht. Er muss sich noch auf die letzte Opernaufführung der Saison vorbereiten.«

Dann ging sie. Werthen fühlte sich erleichtert, als wäre ein Sturm vorbeigezogen. Er übergab Mahler eine seiner neuen Visitenkarten. Mahler nahm diese und griff, da seine Schwester gegangen war, nach einem Stück Loukoumi.

»Setzen Sie sich«, sagte er und steckte sich die Süßigkeit in den Mund, ohne im Geringsten daran zu denken, auch Werthen etwas anzubieten.

Mahlers Stimme wirkte trotz der Halsschmerzen gebieterisch und war sehr viel tiefer, als man bei seiner geringen Körpergröße erwartet hätte. Er griff nach dem Kneifer neben sich und setzte ihn auf seine schmale Nase. Dann musterte er die Visitenkarte und kaute dabei gründlich das Konfekt, bevor er zu sprechen begann.

»Ein beeindruckendes Trio«, meinte Mahler und zeigte auf die Karte. »Und wer der Herrn stattet mir einen Besuch ab?«

»Der Privatermittler«, entgegnete Werthen.

»Ah. Was genau ist denn diese lebenswichtige Information, die Sie angeblich für mich haben?«, fragte Mahler, als Werthen einen unbequem aussehenden Armlehnenstuhl zum Diwan zog. Die Wiener Werkstätten machten wunderschöne Entwürfe, aber die Möbel waren doch eher zum Anschauen als zum Sitzen geeignet.

Die dunklen Augen des Musikers funkelten, und der Hauch eines Lächelns zeigte sich auf seinen dünnen Lippen. Der Wust von unkontrollierbarem Haar wirkte hier im Bett weniger unpassend, als wenn er hutlos und mit seinem ungleichmäßigen Gang die Kärntnerstrasse hinuntereilte, oft begleitet von johlenden Kindern. Selbst hier, unter einem Berg von Daunendecken liegend, klopfte er voll nervöser Energie mit der linken Hand einen Takt auf die Bettdecke.

Werthen räusperte sich und begann: »Es gab an der Oper gewisse Vorkommnisse, wenn ich es richtig verstanden habe. Der Tod von Fräulein Kaspar ist wohl nur der traurige Höhepunkt dieser Vorfälle.«

Mahler sagte nichts, fixierte Werthen jedoch lange mit einem durchdringenden Blick.

»Unter anderem gab es den Vorfall mit einem hinabstürzenden Bühnenbild und dieser giftigen Substanz in Ihrer Teetasse.«

»Mein Gott, Herr …« Mahler warf einen prüfenden Blick auf die Karte, »… Herr Werthen. Wenn Sie mich vorab in Kenntnis gesetzt hätten, dass Sie mit einem neuen und recht melodramatischen Libretto ankommen würden, hätte ich mich dem Anlass gemäß gekleidet.«

Werthen fühlte, wie er errötete, und entschied sich dann, die Höflichkeitsfloskeln beiseite zu lassen.

»Ich wurde beauftragt, die versuchten Anschläge auf Ihr Leben zu untersuchen.«

Bei diesen klaren Worten verschwand das arrogante Lächeln von Mahlers Lippen.

»Und wer ist Ihr Auftraggeber?«

»Verzeihen Sie, aber ich bin nicht befugt, diese Information preiszugeben.«

»Ja, gewiss. Es wird sich um Prinz Montenuovo handeln, der um seine Investitionen bangt.«

Mahler sprach von dem gefürchteten Vertreter des Stellvertretenden Hofkämmerers, des Verwaltungschefs der Hofoper, der allein und direkt Kaiser Franz Joseph verpflichtet war.

»Wie ich bereits sagte, bin ich nicht befugt, die Identität meines Auftraggebers zu enthüllen. Ich bin vor allem zu Ihnen gekommen, um zu erfahren, ob Sie diese Vermutung teilen.«

»Was denn? Dass jemand mich töten will? Das ist lächerlich. Allenfalls Grethe vielleicht. Also Fräulein Kaspar. Sie können Ihrem ungenannten Auftraggeber ausrichten, dass er lieber ihren Tod untersuchen lassen sollte. Sagen Sie ihm, er soll die Opernkätzchen überprüfen, die schon ihre Krallen nach der jungen Sopranistin ausgefahren hatten. Jedermann weiß, dass sie meine Geliebte war. Viele der jungen Dinger hatten sie auf dem Kieker, da bin ich sicher.«

»Mit ›Kätzchen‹ meinen Sie vermutlich die anderen Sängerinnen?«

»Sie sind entschieden zu liebenswürdig; die meisten von ihnen nennen sich lediglich Sängerinnen. Aber schon bald werde ich den Stall ausgemistet haben! Dann fliegen all die alten Jungfern hinaus, die ausschließlich auf eine Pension aus sind. Bis es soweit ist, muss ich sie leider dulden.«

»Sie sehen also keine Gefahr für sich selbst?«

»Nur für meine Ohren, da ich dem sogenannten Gesang der Damen zuhören muss.«

Falls wirklich jemand versucht hatte, Mahler zu töten, verstand Werthen nun jedenfalls das Motiv etwas besser.

»Im Ernst, ich mag einige verärgert haben, aber ich habe weder die Zeit, noch die Geduld, mich um meine Beliebtheit zu sorgen. Es geht um die Musik. Die Musik ist das Wichtigste. Diejenigen, die das nicht begreifen, müssen gehen. Aber ist das ein Grund zu morden? Ich denke nicht.«

»Und das Bühnenbild? Die vergiftete Tasse mit Tee?«

»Unfälle. Es arbeiten mehr als hundert Leute vor und hinter der Bühne. Da muss man mit so etwas rechnen.«

»Ja.« Werthen zeigte nun seine einstudierte Anwaltsmiene, um sich nicht zu verraten. Denn plötzlich fühlte er sich wie ein Narr. Natürlich hatte Mahler recht. Ein Unfall. Zufall. Hinter dem Tod von Fräulein Kaspar steckte vielleicht mehr, aber selbst wenn dem so wäre, hatte sich die Polizei darum zu kümmern. Fräulein Schindler hatte offensichtlich ihrer überbordenden Phantasie freien Lauf gelassen.

»Nun, denn …« Werthen stand auf, um sich zu verabschieden.

»Ihre Visitenkarte. Es steht dort ›Testamente und Treuhandangelegenheiten‹. Stimmt das?«

Werthen reagierte betroffen bei dieser Frage: »Selbstverständlich! Ich maße mir doch keine Titel an.«

»Beruhigen Sie sich. Ich wollte Sie nicht beleidigen. Aber ich benötige jemanden, der ein neues Testament für mich aufsetzt. Es muss einiges geändert werden, da sich gewisse Umstände ebenfalls verändert haben. Wann könnten wir damit beginnen?«

Mahler verzichtete auf irgendwelche Höflichkeitsfloskeln, als er um diesen Dienst bat. Er war ganz offenkundig gewöhnt zu befehlen.

»Sie wünschen meine juristischen Dienste in Anspruch zu nehmen?«

Mahler hatte sich aufgesetzt; er wirkte wie belebt und voller Tatendrang. Er riss sich den Verband vom Hals.

»Herr Werthen, bitte vergeben Sie mir meinen schroffen Ton. Er ist das Ergebnis meines tagtäglichen Umgang mit diesen verstockten Sängern. Ja, ich möchte Ihre Dienste in Anspruch nehmen.«

Trotz seines barschen Gebarens hatte Mahler etwas Anziehendes. Er war ein Mann, der ganz nach seiner eigenen Fasson lebte.

»Sie sind Jude«, sagte Mahler unvermittelt. Es war keine Frage.

»Ich wüsste nicht, welche Rolle das hier spielen sollte.«

»Offensichtlich getauft. Assimiliert sozusagen. Genau wie ich.«

»Ja.«

»Und ursprünglich aus Mähren, wieder genau wie ich selber.«

»Sie haben Erkundigungen über mich eingezogen?«, fragte Werthen.

»Hätten Sie dies an meiner Stelle nicht auch getan? Ein kurzer Anruf bei einem sehr diskreten Freund in gehobener Stellung. Nicht mehr.«

»Und, waren Sie zufrieden mit dem, was Sie hörten?«

»Sonst hätte meine Schwester Sie gar nicht vorgelassen.« Ein weiteres schmallippiges Lächeln zeigte ungleichmäßige, aber weiße Zähne. »Also, was sagen Sie? Akzeptieren Sie mich als neuen Klienten?«

»Gewiss doch. Es wird mir eine Ehre sein, Herr Mahler.«

Mahlers Schwester wartete bereits im Flur, um Werthen hinauszubegleiten. Hatte sie ein ausgezeichnetes Zeitgefühl, oder hatte sie einfach gelauscht? An der Tür berührte sie leicht seinen Arm und sah ihn flüchtig an. Justine Mahler machte den Eindruck einer Frau, der ein Geständnis auf der Zunge lag.

»Gustl braucht Schutz. Ob er es nun selbst weiß oder nicht. Ich bin auf jeden Fall sehr froh, dass Sie gekommen sind.«

Noch bevor Werthen die Möglichkeit hatte, nachzuhaken, führte sie ihn höflich aber bestimmt hinaus.

3. KAPITEL

Zwischen Werthen und Berthe hatte sich so etwas wie ein häusliches Leben entwickelt, wenn es auch alles andere als perfekt organisiert war. So entsprach ihr Haushalt keineswegs aristokratischen Gepflogenheiten – das Frühstück im eigens dafür vorgesehenen Salon, Besucherkarten akkurat auf einem hohen Tisch neben dem Eingang ausgelegt, die Jause mit Mohnkuchen und Kaffee pünktlich um halb fünf serviert, endlose und eher überflüssige Empfänge … Ihr Haushalt wurde auch nicht mit koscherer Küche und streng eingehaltenem Sabbat mit obligatorischer Thora-Lesung geführt. Langsam aber sicher entwickelten Werthen und Berthe ihren eigenen Rhythmus und ihre eigenen Rituale.

So wie heute am heiligen Sonntag; die Geschäfte und Schulen waren wie üblich geschlossen, und sie gingen beide im Studierzimmer ihrer Lieblingsbeschäftigung nach: Sie vertieften sich in Bücher. In ihrer Kindheit war ihnen das Lesen bei Tisch streng verboten gewesen, allerdings saßen sie auch jetzt nicht am Tisch, sondern an entgegengesetzten Enden des breiten Ledersofas, das sie auf Berthes nachdrücklichen Wunsch hin gekauft hatten.

Nicht bei Tisch also, aber beim Frühstück, die Füße auf einem Fußbänkchen ausgestreckt. Für Werthen bestand dieses Mahl immer noch aus Frau Blatschkys aromatischem, kräftigem Kaffee und einem Kipfel aus der Bäckerei im Parterre ihres

Wohnhauses. Werthen wurde gewöhnlich gegen fünf Uhr früh vom unwiderstehlichen Duft dieses Gebäcks geweckt, wenn das süße Hefearoma durch das Treppenhaus nach oben getragen wurde.

Berthe dagegen war nach ihrem kurzen Aufenthalt in London überzeugt, dass ein Frühstück aus einer Kanne feinstem Ceylon Tee und knusprigem Toast mit Frank Cooper's Oxford Marmelade bestehen muss. Den Tee und die Marmelade bezog sie von Schönbichler in der Wollzeile. Berthe hatte Werthen an einem regnerischen Tag im März die Wunder dieses Geschäftes gezeigt, das versteckt in einem Durchhaus abseits der Wollzeile lag. Werthen hatte niemals eine derart würzige Duftmischung in einem einzigen Raum für möglich gehalten.

Nachdem sie die Neue Freie Presse durchgeblättert hatte, widmete sie sich dem neuen Buch von Hermann Bahr, »Essays über das Wiener Theater«, während Werthen sich in Engelbert Bauers neues Buch: »Vom praktischen Nutzen der Elektrizität« vertieft hatte. Er liebte die Herausforderung neuen Wissens; das löste seine Gedanken aus ihren gewohnten Bahnen, und er lernte neue und wunderbare Dinge über eine Welt, die sich in immerwährendem Wandel befand.

Dies war das eingespielte Ritual am Sonntagmorgen, auch wenn ihre Ehe erst ein paar Monate währte.

Frau Blatschky empfand allerdings einen tiefen Widerwillen gegen dieses neue, informelle Arrangement. Für Werthen den Junggesellen war es nur recht gewesen, das Frühstück im Arbeitszimmer einzunehmen, aber nun war er ein verheirateter Herr, und die Köchin hatte höhere Erwartungen an die neue Dame des Hauses gehegt.

Nach der Hochzeit war Frau Blatschky zu ihm gekommen, um ihre Kündigung anzubieten, da doch die junge Dame sicherlich ihr eigenes Personal mitbringen würde. Sowohl Werthen als auch Berthe hatten ihr versichert, dass sie großen Wert auf ihr Bleiben legen würden. Doch zu Zeiten war es schwierig für Frau Blatschky. Nicht nur das ungezwungene Verhalten der Jungverheirateten machte ihr zu schaffen. Das Ericsson-Telefon, das Berthe hatte installieren lassen, war eine ständige Quelle der Verwirrung für Frau Blatschky. Man konnte sie stocksteif vor dem Apparat stehen sehen, wenn er klingelte, weil sie zu große Furcht hatte, ihn auch nur zu berühren. Keine noch so beruhigende Erklärung konnte sie davon überzeugen, dass sie keinen elektrischen Schock beim Abnehmen des Hörers bekommen würde. Auch die Tatsache, dass Werthen und Berthe sich ein Schlafzimmer teilten, statt in separaten Gemächern zu nächtigen, schien Frau Blatschky zu schockieren.

Aber Werthen hatte sich im Laufe der Jahre an sie gewöhnt, und auch Berthe konnte sich mit ihr abfinden, vor allem wegen ihres wunderbaren Zwiebelrostbratens.

Sie übersahen geflissentlich Blicke voller Geringschätzung, wenn Frau Blatschky das Frühstückstablett absetzte, und machten es sich einfach bequem und gemütlich.

»Mein Gott!«, entfuhr es Berthe hinter ihrer Zeitung.

Werthen sah von seinem Buch auf. »Was gibt es?«, fragte er mit gespieltem Entsetzen. »Schlagen sich die Abgeordneten wieder?« Das Wiener Parlament war bekannt für seine lärmenden Debatten, bei denen es durchaus auch einmal handgreiflich zugehen konnte.

»Nein.« Berthe sah ihn an. »Es geht um Mahler. Er hatte einen Unfall in der Hofoper.«

Werthen war schon fast hinaus durch die Wohnungstür, als er endlich doch noch Berthes Rufe wahrnahm.

»Wäre es nicht klug, zunächst einmal mit ihm zu telefonieren?«

In seiner Hast hatte er völlig den Luxus des Telefons im Foyer vergessen.

»Genau«, stieß er immer noch gehetzt hervor.

»In diesem Zustand bist du für niemanden eine Hilfe. Atme erst einmal tief durch, am besten gleich fünfmal.«

Zu seiner eigenen Überraschung befolgte er ihren Rat, und nach dem fünften tiefen Atemzug fühlte er sich deutlich besser.

Er rief also in Mahlers Wohnung an und erreichte die Schwester des Komponisten, Justine. Sie berichtete, dass Mahlers Verletzungen nicht lebensgefährlich seien und Mahler ihn später am Tag gerne empfangen werde. Werthen legte den Hörer auf die Gabel aus Bakelit. Das Gerät gab einen Klingellaut von sich, um das Ende der Verbindung anzuzeigen.

»Geht es ihm besser?«, fragte sie.

»Allerdings. Wirst du mich begleiten?«

»Zu Mahler?«

»Wir sollten zuerst der Hofoper einen Besuch abstatten.«

»Aber mein Friseur hat heute geschlossen.« Etwas übertrieben zupfte sie an ihren Haaren.

»Ich meinte das Gebäude, nicht eine Vorstellung.«

Ihre amüsanten Gesten hatten eine ernüchternde Wirkung auf Werthen, der immer noch erstaunt war über seine heftige Reaktion auf die Nachricht von Mahlers Verletzung. Gab er der Wahrheit die Ehre, dann bedeutete Mahler ihm menschlich gesehen eher wenig. Doch er hatte dem Schindler-Mädchen seine Dienste angeboten und wurde sich nun schmerzlich bewusst, dass er nichts getan hatte, um den Komponisten zu schützen. Tatsächlich hatte er Fräulein Schindler erst gestern mitgeteilt, dass ihre Befürchtungen hinsichtlich Mahlers Sicherheit unbegründet seien. Sie hatte zwar dagegen argumentiert, aber er hatte ja unbedingt den klügeren älteren Herren spielen müssen und ihr versichert, alles sei unter Kontrolle. Jetzt bereute er nicht nur seine Worte; auch sein blasierter und etwas selbstzufriedener Tonfall am Telefon war völlig fehl am Platz gewesen.

Da kam ihm Berthes zupackende Art gerade recht; daher auch seine Einladung an sie, den Vorfall gemeinsam zu untersuchen. Werthen war sich zudem sicher, dass es ihr schmeichelte, auch wenn sie sich bemühte, einen möglichst unbeteiligten Eindruck zu machen.

Nach einem weiteren kurzen Anruf bei der Verwaltung der Hofoper verließen sie ihre Wohnung und gingen forschen Schritts in Richtung Ringstraße.

Das kaiserliche Opernhaus war zwar erst dreißig Jahre alt, vermittelte jedoch den überwältigend würdevollen Eindruck hohen Alters. Der Sandstein der Fassade hatte schon eine rotbraune Patina, und das Kupferdach schimmerte von pastellgrünen Oxidationsspuren. Wie auch andere Gebäude an der Ringstraße war es in einer Melange verschiedener Stile gebaut worden, die Renaissance hatte jedoch den größten Einfluss gewahrt, vor allem bei den Loggien und Portiken, die aus der Fassade herausragten. Insgesamt war die Hofoper ein enormes Gebäude und stand auf einem Gelände von mindestens 76.000 Quadratmetern, das an die Ringstraße und die extravagante Kärntnerstraße grenzte. Werthen sah allerdings auch den entscheidenden Makel der Hofoper: Sie war von Gebäuden umgeben, die den freien Blick darauf verstellten. Und es führte auch kein breiter Boulevard auf sie zu wie bei der Pariser Oper.

Berthe versäumte keine Gelegenheit, Werthen daran zu erinnern, dass die Entstehungskosten von sechs Millionen Gulden gereicht hätten, um mindestens sechs Wohnhäuser für Arbeiter zu bauen. Darin hätten dann einige Hundert der Tausenden von Arbeitern, die für Hungerlöhne schuften mussten, eine Bleibe finden können. Die sogenannten *Bettgeher* mieteten Betten an und konnten diese nutzen, während die Wohnungsmieter ihrer Arbeit nachgingen. Andere waren auf die öffentliche Wohlfahrt und Aufwärmräume angewiesen. Am schlimmsten war es um die vielen Tausend bestellt, die auf Parkbänken schlafen oder gar in der weitverzweigten Kanalisation leben mussten.

Glücklicherweise gab es um diese Zeit noch keine Schlangen von Wartenden vor dem Fenster einer Arkade. Ein paar Stunden später schon würden Männer, Frauen und auch Kinder die Vorverkaufskasse belagern, um sich die besten Plätze zu sichern. Schwarzhändler in geflickten Paletots würden Eintrittskarten zu Wucherpreisen anbieten und immer einen Liebhaber der Oper finden, der verzweifelt genug auf eine Vorstellung aus war, dass er den Preis akzeptierte.

Wie verabredet wartete am Eingang Herr Regierungsrat Leitner, der dritte Verantwortliche der Wiener Hofoper nach dem Stellvertretenden Kämmerer Prinz Montenuovo und dem Intendanten Baron Wilhelm von Menkl. Werthen hatte vor dem Verlassen seiner Wohnung am Telefon nur kurz angedeutet, dass er Mahlers Anwalt sei, und schon hatten die Gedanken des Regierungsrates zu rotieren begonnen. Sah sich die Hofoper einer Klage wegen grober Fahrlässigkeit gegenüber? Werthen unterließ es geflissentlich, den Mann von dieser Vermutung abzubringen.

Nachdem man sich höflich vorgestellt hatte, lächelte Leitner, ganz höherer Beamter, und plauderte etwas herablassend, während er den beiden über die große Treppe zum Zuschauerraum voranschritt. Leitner war von mittlerer Größe und trug an diesem warmen Tag einen schwarzen doppelreihigen Kammgarnanzug mit einem hohen gestärkten Kragen. Werthen hatte sich dagegen für eine grüne Trachtenjacke aus Leinen entschieden. Ein Blick auf den höheren Beamten genügte, um mitfühlend in Schweiß auszubrechen. Es war erst Anfang Juni, doch es lastete bereits eine Hitzewelle auf der Stadt.

Leitner schien die Hitze jedoch nichts auszumachen. Sein graumeliertes Haar war kurz geschnitten, er schien allerdings am Morgen nicht genug Zeit gehabt zu haben, es gründlich zu kämmen. Er trug einen kurzen, ebenfalls leicht ergrauten Bart. Mit seinen braunen Augen fixierte er sein Gegenüber eindringlich, was Werthen bereits beim Betreten des Zuschauerraums bemerkt hatte. Insgesamt machte Leitner den Eindruck eines Herrn, der es gewohnt war, Befehle zu erteilen.

»Und wie ich schon andeutete, ereignete sich der Vorfall ganz plötzlich. Aber ich versichere Ihnen, die medizinische Versorgung wurde sofort sichergestellt …«

Diese Worte wirkten kalkuliert, fast unterwürfig und standen in deutlichem Gegensatz zu Leitners äußerer Erscheinung. Werthen warf einen verstohlenen Seitenblick zu Berthe hinüber, um festzustellen, ob sie es auch bemerkt hatte. Ihr Blick war jedoch in die Höhe gerichtet; sie betrachtete den enormen Saal, den sie gerade betreten hatten. Werthen folgte ihrem

Blick. Nie zuvor war er während des Tages in der Hofoper gewesen. Allerdings drang auch keinerlei Tageslicht in diesen gewaltigen, mit Gold nur so prunkenden Raum. Seit zehn Jahren war die Hofoper elektrifiziert; der Raum wurde durch den Glanz Hunderter von Glühbirnen hoch oben im zentralen Leuchter erhellt. Ein Irrlicht, kaum sichtbar inmitten all der Helligkeit, brannte noch immer mit Richtung auf die Zuschauerränge, als wollte es böse Geister vertreiben.

Der Saal war wahrhaftig riesig; er bot fast dreitausend Zuschauern Platz. Der Orchestergraben wurde von Logen und Galerien hufeisenförmig eingerahmt. Die vierte Galerie unter der Decke war so weit von der Bühne entfernt, dass die Sänger darauf ohne die Hilfe eines Opernglases wie Zwerge erschienen. Dorthin waren die musikhungrigen, aber mittellosen Opernliebhaber verbannt. Die kaiserliche Loge direkt gegenüber der Bühne nahm zwei Etagen ein, allerdings wurde sie vom Herrscher nur selten benutzt. Vor allem seit die Kaiserin gestorben war.

Überall glänzte das vergoldete Dekor und ließ alles noch prachtvoller erscheinen. Werthen war tief beeindruckt, auch wenn er ansonsten eher das Schlichte schätzte.

»Ja«, erklärte Leitner. »Es ist wirklich herrlich.«

Seine Bemerkung erforderte keine Erwiderung, überbrückte jedoch den unangenehmen Moment des Schweigens.

»Es ist wunderschön«, erwiderte Werthen schließlich.

Leitner nickte und rieb sich dabei aufmunternd die Hände.

»Hier entlang.« Er führte sie durch den Mittelgang, an den Stuhlreihen im Orchestergraben vorbei auf die Bühne.

»Herr Mahler hatte ganz genaue Vorstellungen von der Position seines Pultes. Wir haben mehrfach den gesamten

Orchestergraben angehoben und wieder abgesenkt, um die entsprechende Stelle zu finden.«

Werthen und Berthe blickten in den Graben, konnten aber kein Dirigentenpult sehen, sei es nun angehoben oder abgesenkt.

»Herr Mahler ist ein großer Erneuerer«, fuhr Leitner fort. »Vor seiner Zeit stand der Dirigent direkt neben dem Rampenlicht. Jahn«, das war Mahlers unmittelbarer Vorgänger gewesen, »gab sich damit zufrieden, von einem Korbstuhl inmitten des Orchesters aus zu dirigieren. Aber für Herrn Mahler ging es immer um die äußerste Präzision.«

Für Werthen hörte sich dies eher nach einer Vorhaltung als nach einem Lob an.

»Schließlich entschied er sich dafür, das Pult etwas erhöht in die Nähe der Streicher zu stellen. Er bestand darauf, Sänger *und* Orchester zu dirigieren und nicht etwa nur die Sänger auf der Bühne.«

»Und was geschah nun genau?«, fragte Werthen, ermüdet von Leitners Seitenhieben.

»Es passierte gestern bei der Nachmittagsprobe. Alles verlief ganz ruhig. Ich beobachtete die Proben aus der zweiten Loge im zweiten Rang, es handelt sich um die Loge der Verwaltung. Mahler hatte dort sogar ein Telefon installieren lassen, um jederzeit mit der Bühne und dem Graben in Kontakt treten zu können.«

»Und?« Werthen ließ nicht locker.

»Nun«, Leitner spreizte die Hände. »Dann passierte es eben. Einfach so, aus heiterem Himmel.«

»Es?«, fragte Berthe und lächelte, weil sie merkte, dass Werthen dieselbe Bemerkung auf der Zunge gelegen hatte.

»Ja, also … der Unfall eben.«

»Haben Sie ihn gesehen?«, fragte Werthen.

»Nein, habe ich nicht. In eben diesem Moment galt meine ganze Aufmerksamkeit der neuen Soubrette, die wir nach dem unglücklichen Tod von Fräulein Kaspar eingestellt haben. Ich hörte einen kolossalen Donner, dann rang jemand nach Luft, und man rief um Hilfe. Natürlich lief ich so schnell wie möglich hinunter. Herr Mahler lag noch auf dem Rücken, als ich eintraf.«

»Das Pult war einfach zusammengebrochen?«, fragte Werthen.

»Offensichtlich. Das hat mir zumindest Herr Blauer erklärt.«

»Und Herr Blauer ist wer?«

»Siegfried Blauer ist unser Inspizient. Er ist für alles verantwortlich, was sich hinter dem Vorhang abspielt.«

Werthen sah noch einmal in den Orchestergraben, bemerkte aber nichts anderes als den leeren Fleck, wo eigentlich das Dirigentenpult hätte stehen sollen.

»Wird es gerade repariert?«

Leitner sah ihn verwirrt an.

»Das Pult, meine ich«, fuhr Werthen fort.

Leitner seufzte. »Nein, nein. Noch nicht jedenfalls. Danach müssen Sie Herrn Blauer fragen. Herr Richter hat das Dirigat übernommen, solange Herr Mahler indisponiert bleibt. Er bevorzugt den Stuhl im Orchester, und morgen endet unsere Spielzeit.«

»Schon, aber wo ist das Pult jetzt?«

Wieder die ratlose Geste Leitners. Werthen war sich jetzt sicher, dass das äußere Erscheinungsbild des Mannes wirklich täuschte. Leitner war nur ein Bürokrat, aber einer, der alle Formen bürokratischer Täuschung beherrschte, so die Kunst, seine Verantwortung auf andere Schultern abzuladen.

»Das soll heißen, Herr Blauer weiß es?«, erkundigte sich Berthe mit einem sarkastischen Unterton.

»Sicherlich«, antwortete Leitner. Sein Mund verzog sich zu einem schmalen Lächeln. »Sie wissen ja, er ist für alles zuständig, was hinter dem Vorhang geschieht.«

Leitner führte sie auf einem kleinen, umständlichen Rundgang durch das Gebäude, bis sie endlich hinter die Bühne gelangten. Sie verließen den Saal durch eine Seitentür, nahmen die Treppe in den zweiten Rang, wo er ihnen die Loge der Verwaltung zeigte. Dort hatte er sich aufgehalten, betonte er, als der Unfall passierte.

Einen Moment wirkte er verlegen, dann fuhr er fort: »Ich würde es übrigens zu schätzen wissen, wenn Sie Mahler gegenüber meine Anwesenheit hier nicht erwähnen würden.«

Werthen fand dieses Ersuchen zwar merkwürdig, wollte aber gerade zustimmen, als Leitner fortfuhr: »Herr Mahler ist ziemlich … eigen, was die Loge betrifft. Wir nennen es eigentlich die Loge der Verwaltung, er jedoch hält es eher für sein Privateigentum. Wenn er sie nicht in Anspruch nimmt, soll sie ungenutzt bleiben.« Er schürzte die Lippen und blinzelte ihnen zu. »Ich bin sicher, Sie haben Verständnis für meine Bitte.«

Dann führte er sie zurück zum Korridor und bog nach links ab. Hier schien es nicht mehr weiter zu gehen.

»Ein kleines Geheimnis«, sagte er und versuchte ein gewinnendes Lächeln. »Bitte nicht verraten.«

»Selbstverständlich nicht«, antwortete Werthen.

Leitner betätigte einen gut versteckten Türknauf in der Wand und öffnete dann mit einem Ruck eine kleine Tür, die sie vorher nicht bemerkt hatten. Die Tür führte direkt hinter die Kulissen auf eine metallene Plattform, die gut sechs Meter über der Bühne schwebte.

»So hat man direkten Kontakt zur Bühne und gleichzeitig auch etwas wie einen Balkon, um Befehle zu geben«, erklärte Leitner.

Von diesem Balkon führte eine kleine Metalltreppe im Zickzack herunter auf die Bühne.

Sie gingen hinab. Werthen und Berthe fanden sich erneut in einem riesigen Raum wieder. Tatsächlich war dieser noch größer als der Zuschauersaal auf der anderen Seite des Vorhangs. Der Raum hinter der Bühne war mehrere Stockwerke hoch und so tief, dass man sein Ende nur ahnen konnte. Überall liefen Männer umher; sie zogen große Kulissen mit Hanfseilen, andere kletterten wie Seeleute hoch oben in den Tauen, um sie zu lösen. Wieder andere gaben laute Anweisungen, wo die zwei- und dreidimensionalen Bühnenrequisiten aufzustellen seien.

»Sehen Sie dort, unsere rotierende Bühne«, sagte Leitner.

In diesem Moment registrierte Werthen die große runde Scheibe im Bühnenboden, die mindestens zwanzig Meter im Durchmesser maß. Ein Teil davon ragte über das Proszenium hinaus, der Rest verschwand hinter der Bühne.

»Sie ist auf einem Sockel aus Metall unterhalb der Bühne befestigt«, erklärte Leitner. Seine Stimme hatte eine gewisse Schärfe, die verriet, dass er solche Errungenschaften nicht gutheißen konnte. »Der Sockel wiederum ruht auf gut geölten Kugellagern, wodurch er fast geräuschlos arbeitet. Natürlich wird er elektrisch betrieben. Für Herrn Mahler muss alles auf dem neuesten Stand der Technik sein.«

Die Installation war genial, das musste Werthen zugeben. Er hatte von der ersten Drehbühne in München aus dem Jahre 1896 gelesen. Mit ihrer Hilfe war es möglich geworden, mehrere Szenenwechsel schon vor der Vorstellung auf der Bühne vorzubereiten, um dann nur noch einen Schalter betätigen zu müssen, und das neue Szenenbild erschien über dem Proszenium, während die anderen im Hintergrund der Bühne versteckt blieben.

»Natürlich ist eine derartige Vorrichtung für ein Haus mit einem überschaubaren Repertoire bestens geeignet, aber doch nicht für eine Institution wie die Hofoper«, erklärte Leitner. »Wie Sie sich vorstellen können, sind die Kosten immens. Für jede Produktion müssen eigene Bühnenbilder gebaut werden, da sie ja in das chinesische Puzzle der Drehbühne passen müssen. Aber die Kosten interessieren Herrn Mahler offensichtlich überhaupt nicht. Er beschließt diese Dinge über meinen Kopf hinweg mit Montenuovo, und das im Namen der künstlerischen Notwendigkeit.«

Werthen erkannte die Boshaftigkeit in Leitners Stimme, und auch der Herr Regierungsrat schien dies zu bemerken, weil er seine Kritik abrupt unterbrach und Werthen und Berthe ein gewinnendes Lächeln zuwarf.

»Aber das ist ja wohl kaum das, was Sie heute interessiert, nicht wahr?«

Nach weitern zehn Minuten hatten sie endlich Blauer hinter der Bühne gefunden. Für die Angestellten der Kaiserlichen Hofoper war die Arbeitswoche nicht wie für die übrigen Wiener am Samstagmittag beendet, sondern sie mussten an beiden Tagen des Wochenendes zur Verfügung stehen; die Vorstellungen gingen vor. Blauer führte gerade einen neuen Bühnenarbeiter in die Feinheiten der Arbeiten auf dem Schnürboden ein, als Leitner die beiden zu ihm führte.

»Ich werde mich jetzt verabschieden«, sagte Leitner. »Ich versichere Ihnen, der unglückliche Vorfall geht nicht auf ein Vergehen seitens der Direktion der Hofoper zurück. Sollten Sie weitere Fragen haben, finden Sie mich in meinem Büro.«

Bevor Werthen überhaupt eine weitere Frage hätte stellen können, war er verschwunden.

»Kein Vergehen?«, flüsterte Berthe angesichts des überhasteten Abgangs des Mannes. »Vielleicht ist Mahler einfach in einem Anfall von Wut vom Pult gefallen, weil ein Musiker eine Note nicht sauber getroffen hat.«

Genau dasselbe hatte Werthen vorhin gedacht, und er lächelte seine Frau an. Dann wandte er sich Blauer und dem Bühnenarbeiter zu. Er wartete höflich auf das Ende ihres Gespräches und stellte sich dann vor. In seiner Hast hatte Leitner auf diese Selbstverständlichkeit zivilisierten Umgangs verzichtet.

Blauer war ein untersetzter Mann mit einer Brille. Geduldig hörte er dem Bühnenarbeiter zu, einem kräftigen Kerl mit rotem Gesicht und einem beeindruckenden Backenbart. Niemand in Wien, ausgenommen der Kaiser, trug noch einen solchen Backenbart. Der Akzent des Hünen ließ vermuten, dass er ein Bewohner von Ottakring war, dem Arbeiterviertel, das für sein gutes Bier und seinen schwerverständlichen Dialekt bekannt war. Der Mann schien Werthen wie gemacht für diese harte Arbeit, die hauptsächlich darin bestand, Bühnenwände mit Seilen hochzuhieven.

Das Gespräch war schließlich beendet, und Werthen und Berthe gingen auf die beiden Männer zu.

»Herr Blauer?«, fragte Werthen.

»Ja.«

Werthen blieb wie angewurzelt stehen, denn es war der große Mann, der geantwortet hatte.

»Wie kann ich Ihnen helfen?« Blauer bedeutete dem kleineren Mann mit einem Nicken, dass er sich jetzt um seine Arbeit kümmern könne.

Plötzlich war der Dialekt des Mannes verschwunden; er sprach in einem neutraleren Wiener Tonfall, der zwar immer noch einen gewissen melodischen Singsang aufwies, aber nicht mehr so hart und kehlig klang.

»Herr Regierungsrat Leitner hielt es für sinnvoll, dass ich – wir – mit Ihnen sprechen.« Werthen stellte sich und Berthe kurz vor. Die Erwähnung seiner beruflichen Verbindung mit Mahler ließ den Mann erstarren.

»Ja?«

»Es geht um den unglücklichen Unfall mit dem Dirigentenpult. Ich würde gerne einmal einen Blick auf das Pult werfen.«

Blauer ließ den Blick von Werthen zu Berthe wandern und wieder zurück zum Anwalt, faltete seine riesigen Arme über seiner breiten Brust und schüttelte bedächtig seinen Kopf.

»Ich fürchte, das geht nicht«, antwortete er.

»Sie verweigern mir eine Inspektion des Pultes?«, sagte Werthen.

Erneut schüttelte er schroff den Kopf. »Nein, das natürlich nicht. Aber Sie müssen verstehen, es ist unmöglich, es zu inspizieren. Wir haben das Pult gestern entsorgt. In unserer Bühnenwerkstatt würden Sie jetzt nur noch Sägespäne davon finden. Wir bauen gerade ein neues Pult.«

»Wie bedauerlich«, murmelte Werthen.

»Wieso?«, entgegnete Blauer und deutete mit einer Handbewegung auf sein Ohr an, dass er Werthen wegen der vielen Geräusche um sie herum nicht verstanden habe.

»Schon gut«, entgegnete Werthen. »Es wäre einfach nur vorteilhaft gewesen, das alte Podium auf Konstruktionsmängel hin zu untersuchen.«

»Das haben wir selbstverständlich getan. Es war nichts zu sehen, außer ganz normalen Verschleißspuren. Ich vermute, dass Herr Mahler abgeglitten ist. Er ist auch während der Proben recht temperamentvoll.«

Diese Bemerkung war gar nicht so weit von Berthes früherem sarkastischen Einwurf entfernt.

»Wäre das dann alles?«, erkundigte sich Blauer und machte Anstalten zu gehen. »Ich habe heute Nachmittag noch viel zu erledigen.«

Werthen ignorierte die Bemerkung des Mannes. »Es hat doch früher auch schon einmal einen Unfall gegeben.«

Blauer seufzte. »Sie spielen auf Fräulein Kaspar an?«

»Allerdings«, bestätigte Werthen. »Fräulein Kaspar und der eiserne Vorhang. Herr Mahler wäre auch damals schon fast in Mitleidenschaft gezogen worden, oder?«

»Der jungen Sängerin ist es jedenfalls erheblich schlechter ergangen, würde ich sagen.« Blauer verfiel unwillkürlich in seinen Ottakringer Dialekt.

»Gleichwohl sollten zwei solcher Unfälle doch einige Besorgnis erwecken.«

»Der verantwortliche Bühnenarbeiter wurde sofort entlassen«, erklärte Blauer. »Ich habe dem Mann mehrfach erklärt, dass man ein totes Pferd nicht satteln darf, aber er wollte nicht hören.«

»Damit meinen Sie vermutlich, dass man das freie Ende des Seils nicht festklammern sollte?«

Blauer nickte beeindruckt. »Genau. Haben Sie einmal als Bühnenarbeiter gearbeitet?«

Die Frage ließ Werthen erröten. Er bemerkte ein Lächeln Berthes hinter vorgehaltener Hand.

»Nein«, antwortete er höflich. »Ich habe mich nur vorab gründlich informiert.«

Blauer sprach weiter. »Sein Name war Redl. Er bekam die einfachsten Anweisungen nicht in seinen Kopf. Nach dem Vorfall mit dem eisernen Vorhang habe ich ihn dann endgültig hinausgeworfen.«

»Sie behaupten also, dass Herr Redl für das Herunterfallen des eisernen Vorhangs verantwortlich war?«

»Er hat das natürlich abgestritten. Aber ich habe mir hinterher die Taue angesehen. Sie waren alle falsch zusammengeklammert. Der Mann war ein Idiot.«

»Und wo könnte man Herrn Redl finden?«

Voller Verachtung pfiff Blauer durch die Lippen. »Bestimmt nicht hier in der Nähe. Hätte nirgendwo mehr im Kaiserreich eine Arbeit gefunden. Wenn man dem Bühnentratsch glaubt, ist er nach Amerika ausgewandert, wo niemand nach seinen Arbeitspapieren fragt. Viel Glück werden Sie bei dem nicht haben.«

Der Tag war immer noch angenehm warm, und so entschieden sich Werthen und Berthe, zu Fuß zu Mahlers Wohnung zu gehen.

»Du bist doch bestimmt hungrig, Liebling«, sagte Werthen, als sie die Hofoper verließen.

Spitzbübisch lächelte sie ihn an. »Soll das heißen, du bist hungrig?«

»Ich versuche nur, mich wie ein vollendeter Gentleman zu benehmen.«

»Wenn es um deinen Appetit geht? Mir war gar nicht klar, dass die Regeln der Schicklichkeit auch hier gelten.«

»Was wir jetzt jedenfalls brauchen, ist ein gemütliches kleines Lokal, einen Teller mit einem Wiener Schnitzel und ein kühles Glas Veltliner. Einverstanden?«

Berthe stimmte begeistert zu und ergriff seine Hand. »Dann geh voran, du Hungriger.«

Werthen führte sie zum Operncafé, wo sie tatsächlich eine gemütliche kleine Ecke abseits der Laufkundschaft fanden. Wenig später schon wurden ihnen Teller mit großen Scheiben panierten Kalbfleisches serviert, das großzügig über den Tellerrand ragte. Dazu wurde Kohlsalat mit Kümmel und scharfer Essigsoße gereicht. Der Veltliner war so kühl, dass die Gläser beschlugen.

Schweigend genossen sie ihr Mahl und überließen sich dem Geschmack und Duft der Speisen.

»Was hältst du von ihm?«, fragte Werthen schließlich.

»Von wem? Leitner oder Blauer?«

»Leitner ist einfach zu enträtseln.« Werthen schwenkte die Gabel herum bei dem Gedanken: »Blauer scheint mir der Schwierigere der beiden zu sein.«

»Ein moderner Mann«, verkündete Berthe.

»Blauer? Mit dem Backenbart?«

Sie nickte und legte für einen Augenblick Messer und Gabel auf den Tellerrand.

»Er hat sich ganz allein hochgearbeitet. Der ist ohne Beziehungen Bühnendirektor der Kaiserlichen Hofoper geworden. Er hat bestimmt vor Ehrgeiz die Abendschule besucht, und hart gearbeitet hat er eh immer. Du hast gehört, wie er seinen Tonfall verändern konnte.«

»Aber ist er auch ehrlich?«

»Das, mein Lieber, ist sehr schwer zu entscheiden.«

»Das Dirigentenpult steht für eine Untersuchung nicht zur Verfügung, ein Bühnenarbeiter, der etwas über den ersten Unfall aussagen könnte, ebenfalls nicht. Das ist alles ein bisschen zu günstig, würde ich sagen.«

»Für wen?«

»Für die Person, die Mahler umbringen will.«

»Du nimmst also die Geschichte von Fräulein Schindler für bare Münze?«

»Nein«, erwiderte er, »Ich nehme die Tatsachen für bare Münze.«

Am Nachmittag trafen sie in Mahlers Wohnung ein. Diesmal schien die Schwester des Komponisten sich offensichtlich nicht selbst bemühen zu wollen, die Tür zu öffnen. Ein Dienstmädchen machte stattdessen auf, eine drahtige kleine Person in frisch gestärktem blauen Dienstkleid und Schürze. Bei seinem früheren Besuch hatte Werthen diese Frau nicht gesehen, sie war aber offenkundig über seine bevorstehende Ankunft informiert worden. Genauso deutlich war auch ihre Überraschung darüber, dass er in Begleitung erschien. Sie blickte von Werthen zu Berthe und schnappte kurz nach Luft.

»Herr Werthen und Gemahlin sind bei Herrn Mahler angemeldet«, verkündete er möglichst lautstark in der Hoffnung, dass der Klang seiner Stimme bis in die inneren Gemächer dringen und weitere durch Berthes Anwesenheit ausgelöste Überraschungen beschwichtigen würde. Werthen hatte die Erfahrung gemacht, dass andere Frauen in einem von einer Schwester des Hausherrn geführten Haushalt generell nicht willkommen waren. Justine Mahler hatte bei ihrer ersten Begegnung den Eindruck einer höchst fürsorglichen und besitzergreifenden Frau gemacht. Tatsächlich war dies ein Grund gewesen, auf Berthes Begleitung beim Treffen mit Mahler am Nachmittag zu bestehen. Sie würde Mahlers Schwester gewiss in Verlegenheit bringen und vielleicht ein wenig unvorsichtig machen. Falls es in diesem Fall noch tiefere, bislang verschwiegene Wahrheiten gab, sollte sich die Schwester nicht allzu behaglich fühlen; ebenso wenig wie Mahler selbst.

Werthens laute Stimme verfehlte ihre Wirkung nicht. Das Dienstmädchen wurde beinahe augenblicklich von Justine Mahler höchstpersönlich ihrer Pflichten entbunden. Sie rauschte angetan mit einem dicken Rock heran. Sie trug zu ihrer Bluse eine breite taubengraue Krawatte wie am Tag zuvor, womöglich war es dieselbe. Die Bluse selbst verschwand auf der Hüfte unter einem weißen Gürtel, der um den Rock gebunden war.

»Herr Werthen«, begann sie.

»Fräulein Mahler.« Er nickte. »Ich möchte Ihnen meine Frau, Berthe Meisner, vorstellen.«

Justine Mahler taxierte Berthe kurz und streckte dann langsam ihre Hand aus.

»Ist mir ein Vergnügen, Frau Werthen.«

Berthe ergriff die dargebotene Hand. »Frau Meisner, bitte. Aus beruflichen Gründen habe ich meinen Mädchennamen beibehalten.«

Justine Mahler zog kurz die Augen zusammen. Diese Information missfiel ihr offensichtlich genauso wie der Besuch einer anderen Frau in ihrer Wohnung.

»Bitte entschuldigen Sie«, erwiderte die Schwester des Komponisten schließlich. »Da ich mich vor allem um die Belange meines Bruders kümmere, bin ich zu wenig an Gesellschaft gewöhnt und vergesse die angemessenen Formalitäten. Also, kommen Sie bitte herein und fühlen Sie sich beide willkommen.«

Abermals folgte Werthen der Schwester durch die weitläufige Wohnung, durchquerte den äußeren Eingangsbereich hin zu den inneren Räumen. Man hörte eine Violine, etwas von Bach, dachte Werthen, und recht gut gespielt. Berthe und er wurden in denselben Wohnraum geführt, in dem auch sein erstes Treffen mit Mahler stattgefunden hatte. Wie zuvor ruhte Mahler auf einer Liege, aber diesmal lag sein Arm in einer Schlinge. Eine große Frau von klassischer Schönheit spielte die Violine; ihr langes weißes Kleid wand sich in weichem Faltenwurf um ihre Beine. Sie spielte allerdings wenig inspiriert, und nun erkannte Werthen auch das Werk: eine Chaconne aus der zweiten Partita für Solovioline. Er hatte dieses Stück zum ersten Mal als kleiner Junge während eines Dinners im Hause seiner Eltern gehört. Ein junger Wiener Geiger, ein Protegé, kaum älter als Werthen selbst, war zur Unterhaltung der Gäste engagiert worden. Werthen erinnerte sich noch gut an ein Gefühl der Beschämung, da die Gäste dem jungen Musiker keinerlei Aufmerksamkeit schenkten, sondern lachten und tranken. Sie aßen weiter ihre Mahlzeit, es hatte Wildschwein mit Preiselbeeren gegeben, und klirrten dabei mit ihrem silbernen Besteck. Doch Werthen hatte weit von seinen Eltern entfernt am anderen Ende des Tisches gesessen und war von der Musik tief berührt worden. Er verlor sich in ihr wie noch in keiner anderen Musik. Nur bei geschriebenen Worten – zum Beispiel den Gedichten Schillers – hatte er sich bislang so vergessen können. An diesem Abend, als der junge Wiener so leidenschaftlich diese Noten spielte, die einhundertfünfzig Jahre zuvor komponiert worden waren, hatte Werthen erschüttert festgestellt, dass ihm plötzlich Tränen in den Augen standen. Er bemerkte erst, dass er weinte, als eine einzelne Träne auf den noch unberührten Teller fiel.

Und jetzt, so viele Jahre später, spürte er wieder dieselbe herzergreifende Rührung, als er die Musik beim Eintreten in den Salon vernahm. Die Frau, die mit geschlossenen Augen spielte, schien ihre Anwesenheit eher zu spüren als zu sehen, denn sie unterbrach unvermittelt ihr Spiel, nahm die Violine mit dramatischer Geste herunter und legte sie in die Beuge ihres rechten Arms. Dann blickte sie zu Werthen und Berthe herüber und neigte dabei ihren Kopf wie eine verwirrte Taube.

»Aber bitte, Natalie«, sagte Justine Mahler. »Hören Sie nicht wegen uns auf, es war großartig.«

Die Frau namens Natalie lächelte Justine an, spielte jedoch nicht weiter.

»Werthen«, rief Mahler von seinem Krankenlager. »Wir müssen aufhören, uns auf diese Weise zu treffen. Sie müssen mich für einen Invaliden halten, dabei bin ich, trotz meiner momentanen Schwäche, eher eine robuste Person. Und wer ist diese charmante junge Dame?«

Werthen bemerkte bei Mahlers Bemerkung die missbilligenden Blicke der beiden anderen Frauen. Er stellte Berthe vor und wurde seinerseits mit der Geigerin Natalie Bauer-Lechner, einer alten Freundin der Familie, bekannt gemacht.

Eine Freundin Mahlers noch aus seiner Zeit als armer Musikstudent in Wien.

Mahler verzichtete auf höfliche Floskeln. Er kam sofort zur Sache. »Nun, meine Damen, Sie werden entschuldigen, aber Herr Werthen und ich möchten bei einer geschäftlichen Unterredung ungestört sein.«

Seine Schwester und Frau Bauer-Lechner schienen immun gegen Mahlers schroffes Benehmen, hatten gewiss schon früher darunter gelitten und es vielleicht selbst lange als ein Zeichen seines künstlerischen Genies unterstützt. Berthe dagegen empfand Widerwillen bei dieser Bemerkung, sagte jedoch nichts, sondern folgte den anderen Frauen zu einer Tasse Tee in die Küche.

Mahler wartete, bis sich die Doppeltüren hinter ihnen geschlossen hatten, und ließ einen Seufzer der Erleichterung hören.

»Ein Mann muss einfach auch mal allein sein.«

Werthen lächelte bei dieser Bemerkung, hatte er doch gelegentlich durchaus ähnlich empfunden.

»Setzen Sie sich!« Mahler zeigte mit seinem gesunden Arm auf einen Sessel in seiner Nähe. »Aus Ihrem besorgten Verhalten schließe ich, dass Sie in diesem neuen Fiasko einen weiteren Anschlag auf mein Leben sehen.«

»Dieser Gedanken ist mir in der Tat gekommen.«

»Das ist natürlich Unsinn. Aber nicht uninteressant. Ich denke, Sie beschäftigen sich mit Musikgeschichte?«

»Gewissermaßen.«

»Sie erinnern sicher die traurigen Ereignisse von 1870? Ich kam erst fünf Jahre später an das hiesige Konservatorium, aber selbst in dem Provinznest Iglau, in dem ich aufgewachsen bin, hörten wir von der Tragödie, die Josef Strauß, dem talentierten Bruder von Johann und Eduard, widerfahren war.«

Werthen fiel nun ebenfalls der Vorfall wieder ein. Strauß war während einer Konzertreise durch Polen vom Pult gestürzt und kurz danach verstorben. Der Tod gab einige Rätsel auf, denn die Witwe erlaubte keine Autopsie. Es war nicht bekannt, ob der Komponist durch die Verletzung starb, die er sich durch den Sturz zugezogen hatte, oder ob vorangegangene Verletzungen oder möglicherweise eine Krankheit die Ursache gewesen waren.

»Sie wollen doch diese beiden Fälle nicht vergleichen?«, wandte Werthen ein. »Es gab keinerlei Hinweise, dass im Fall von Strauß das Pult defekt war.«

»Ist dies denn hier so?«, antwortete Mahler. »Es ist bekannt, dass ich an Gleichgewichtsstörungen leide. Wenn ich zuweilen auf einem Berggipfel stehe, vergesse ich mich selbst häufig völlig vor Begeisterung über die Landschaft.«

»Sie wollen sagen, dass Sie vielleicht einfach vom Pult gestürzt sind? So war es aber nicht; es ist unter Ihnen zusammengebrochen.«

»Gerade dirigierte ich noch Wagner, im nächsten Moment lag ich schon auf dem Rücken im Orchestergraben und bestaunte die weiß glänzenden Schienbeine von Arnold Rosé, meinem Ersten Geiger, der sich über mich bückte und dessen Hosen über den Knöchel hinaufrutschten.«

»Er war als Erster bei Ihnen?«

»Werthen, also wirklich, ich bitte Sie. Dieser Mann hofft, mein Schwager zu werden. Sollte er mich ermorden, würde er sich damit wohl kaum einen warmen Platz im Herzen meiner Schwester erobern.«

Werthen spürte, wie angesichts der unbekümmerten Reaktion Mahlers auf diesen letzten Zwischenfall der Ärger in ihm hochstieg.

»Es gibt tatsächlich eine lange Reihe von merkwürdigen Todesfällen in der Musikgeschichte, wobei keiner notwendigerweise auf eine ruchlose Verschwörung zurückzuführen ist«, fuhr der Musiker jetzt fort. »Nehmen Sie zum Beispiel den unglücklichen Jean Baptiste Lully. Sie denken, dass mein Fall vom Podium fatal gewesen sei? Monsieur Lully dirigierte nach der französischen Art seiner Zeit mit einem langen Stab von der Seitenbühne aus. Eines Abends spießte er beim Dirigieren den eigenen Fuß auf und starb kurz danach an Wundbrand.«

Mahler lachte in sich hinein.

Plötzlich hatte Werthen genug. »Das Pult ist verschwunden. Das ist eines der Probleme.«

Mahlers Belustigung über seine Geschichte verebbte. »Das Pult ist verschwunden?«

»Der Inspizient sagte, dass es inzwischen nur noch Holzspäne wären, also gibt es keine Möglichkeit, herauszufinden, ob sich jemand daran zu schaffen gemacht hat.«

Mahler dachte einen Moment darüber nach. »Sie sagten, dies sei *eines der Probleme*. Damit wollen Sie gewiss andeuten, dass es weitere gibt.«

»Der Bühnenarbeiter, der angeblich dafür verantwortlich ist, dass der Feuervorhang herunterstürzte, arbeitet nicht mehr an der Hofoper.«

»Mir wäre es ebenfalls nicht sonderlich genehm, wenn dieser Nichtsnutz noch dort wäre.«

»Er scheint sogar nicht mehr in Österreich zu sein. Angeblich ist er nach Amerika ausgewandert.«

Mahler schwieg wieder.

»War er auch für das Bühnenbild verantwortlich, das herunterfiel?«

Werthen bemerkte erst jetzt, dass er den Inspizienten nicht danach gefragt hatte.

»Vielleicht«, antwortete er rasch, um den eigenen Fehler zu kaschieren.

»Und der vergiftete Kamillentee?«, erkundigte sich Mahler.

Werthen zuckte mit den Schultern. »Sie zählen selbst vier gefährliche – vielleicht sogar lebensgefährliche – Vorfälle auf und machen sich dennoch anschließend lustig«, sagte er stattdessen. »Denken Sie, das sei eine angemessene Antwort? Warum haben Sie mich heute eigentlich zu sich bestellt?«

Mahler schmunzelte. »Die Überarbeitung meines Testamentes, oder haben Sie dies vergessen?«

»Heute? Am Sonntag?«

Mahlers Kopf ruhte auf dem weißen Kissen, aber er nickte dennoch. »Also gut, ich gebe es zu. Es stimmt, ich empfinde eine gewisse Besorgnis. Vor allem jetzt, da das Pult so spurlos verschwunden ist.«

Werthen sagte nichts, um Mahler zu zwingen, es selbst auszusprechen.

»Meinetwegen, wenn es unbedingt sein muss, forschen Sie drauf los.«

»Warum ist er nur so starrköpfig?«, erkundigte sich Berthe, als sie die Josefstädterstraße entlang nach Hause schlenderten.

»Er will einfach nicht glauben, dass er mit jemandem arbeitet, der seinen Tod will. Ich kann mir vorstellen, dass diese Vorstellung recht abschreckend ist und nichts, über das man lange nachsinnen möchte.«

»Wirst du die Untersuchung beschränken?«

»Was meinst du?«, fragte Werthen. Sie kamen nun wieder an die Ringstraße. Eine vor kurzem elektrifizierte Tram fuhr vorbei. Funken stoben von ihrer Oberleitung. »Du sagst, Mahler würde vielleicht mit jemandem arbeiten, der seinen Tod wünscht. Aber es gibt doch auch die Möglichkeit, dass die Familie dabei eine Rolle spielt, oder?«

»Du denkst an seine Schwester?«

»Warum nicht? Oder eine Geliebte, die den Laufpass bekommen hat.«

»Und wer könnte das sein?«

»Es hat nicht einmal eine halbe Tasse Tee gedauert, herauszufinden, dass Natalie Bauer-Lechner hoffnungslos in Mahler verliebt ist. Und wenn ich Justine Mahlers Bemerkungen richtig verstanden habe, hat die Dame keinerlei Aussichten, jemals seine Frau zu werden.«

»Das scheint ein ziemlich glückliches kleines Heim zu sein.«

Berthe hob ihre Augenbrauen. »Sie sind wie Kletten und weichen nicht von seiner Seite.« Dann schob sie ihren Arm unter seinen.

Eine Viertelstunde später erreichten sie, müde von dem langen Tag, ihre Wohnung. Werthen spielte mit dem Gedanken an ein heißes Bad, einen Sherry vor dem Abendessen und ein wenig Zeit zum Lesen. Also ein gemütlicher Abend mit seiner Frau und dann früh ins Bett. Bei diesem Gedanken wurde ihm ganz warm ums Herz. Er war ein glücklicher Mann.

Als sie die Tür öffneten, kam ihnen Frau Blatschky entgegen und flüsterte: »Ich habe ihm ja gesagt, dass Sie außer

Haus wären, aber er bestand darauf, auf Sie zu warten. Er ist schon seit ein paar Stunden hier, und ich sollte vielleicht hinzufügen, dass er bereits zweimal gegessen hat.«

Werthen wollte sie gerade fragen, wer der mysteriöse Gast denn wäre, als eine wohlbekannte Stimme aus dem Wohnzimmer dröhnte.

»Werthen, mein Bester, wo zum Teufel haben Sie denn nur den ganzen Tag gesteckt?«

Die Stimme gehörte niemand anderem als Dr. Hanns Gross, einem alten Freund und Kollegen Werthens, der – wie Gross sich selber gern nannte – einer der führenden »Kriminologen« des Kaiserreichs war.

4. KAPITEL

»Es würde mich wahrhaftig nicht im Geringsten stören, wenn ich nie wieder eine einzige Buche zu sehen bekäme«, sagte Gross, als er sich ein Stück vom Tafelspitz mit Meerrettichsauce abschnitt, den Frau Blatschky vor ihm abgestellt hatte. »Daher kommt nämlich der Name der Gegend, Buchenwald, ein Land voller Buchen.«

Im vergangenen Jahr war Gross an die Franz-Josef-Universität in der Hauptstadt der Bukowina, Czernowitz, gesandt worden, um dort den ersten Fachbereich für Kriminologie in Österreich-Ungarn einzurichten. Es war ein Zeichen der Anerkennung all der Jahre, die er der Forschung und dem Schreiben über die Kriminalistik, wie er sein Feld gern nannte, gewidmet hatte. Die Universität war während des Sommers geschlossen, und so war Gross nach Wien zu einer Konferenz an der dortigen Universität gekommen, während seine Frau Adele Freunde in Paris besuchte.

»Mein Gott«, meinte er und schluckte rasch ein Stück Rindfleisch hinunter, »selbst die Straßen dieser sogenannten Hauptstadt sind eingerahmt von diesen pflanzlichen Eindringlingen.«

»Ach, und ich habe gehört, es soll eine ganz entzückende Stadt sein«, erwiderte Werthen und zwinkerte dabei seiner Frau Berthe zu.

Gross legte Messer und Gabel zur Seite und warf einen vernichtenden Blick auf den Anwalt.

»Mein lieber Werthen, ich kenne Sie seit Jahren und werde deshalb bei dieser vermeintlich unschuldigen Bemerkung nicht gleich aus der Haut fahren. Ich stelle lediglich fest, dass man der Sprache einen Bärendienst erweist, wenn man diesen Ort eine Stadt nennt. Es ist eine staubige und schmutzige Ansammlung armseliger Gebäude, viele äußerlich aufgeputzt, damit sie aussehen wie in der österreichischen Heimat. In Wirklichkeit aber ist es ein Potemkinsches Dorf. Die Fassaden gaukeln uns mehrstöckige Bauten vor, aber im armseligen, dunklen Innern sind sie nur einstöckig oder höchsten zweistöckig. Katharina die Große wäre von dem Blendwerk beeindruckt gewesen.«

Berthe warf ihrem Mann einen Seitenblick zu und hob dann vielsagend die Brauen.

»Ich habe Ihre Mimik durchaus bemerkt, meine Teure«, fuhr Gross fort. »Sie sind offenbar der Ansicht, dass ich übertreibe. Weit gefehlt! Czernowitz rühmt sich einer Bevölkerung von hunderttausend Einwohnern, aber ich muss sehr weit laufen, um auch nur einen einzigen Deutschen zu finden. Diese Ortschaft ist nicht mehr als ein überfülltes jüdisches *Schtetl*; damit will ich natürlich niemanden beleidigen.«

Werthen und Berthe, die beide aus jüdischen Familien stammten, hatten sich bereits allzu sehr an die unbewusst antisemitischen Bemerkungen von Gross gewöhnt, um noch darauf einzugehen. Seltsamerweise glaubte er tatsächlich, er würde mit seinen Bemerkungen niemanden verletzen. Für ihn waren das rein sachliche Feststellungen.

»Ich habe gehört, es gäbe dort viele musikbegeisterte Menschen«, sagte Berthe.

»Sofern sie die eher überhitzte Melodramatik von Zigeunermusik mögen.«

»Gibt es denn gar nichts, weswegen man den Ort empfehlen könnte?«, fragte Werthen.

»Mir wurde gesagt, dass der Mathematiker Leopold Gegenbauer von dort stammt«, erwiderte Gross und nahm sein Besteck wieder auf. »Kurz gesagt, meine Freunde, es ist die tiefste Provinz. Meine arme Gemahlin Adele kommt vor lauter Sehnsucht nach Gesellschaft und Kultur beinahe um. Deshalb flieht sie zu einem Besuch ihrer Cousine nach Paris oder kümmert sich mit viel Getöse um unsere leerstehende Wohnung in Graz, wann immer sie die Möglichkeit dazu sieht. Und was mich angeht, so habe ich ein oder zwei einigermaßen gescheite Schüler. Der Rest würde dem Kaiserreich in der Armee einen besseren Dienst erweisen.«

»Ich bin sicher, dass Sie Ihren Worten selbst nicht ganz glauben, Doktor Gross«, sagte Berthe strahlend.

»Aber ganz gewiss glaube ich das, meine Teure. Und wenn sie schon nicht als Kanonenfutter herhalten sollen, dann könnten sie vielleicht Melker und Stallburschen werden. Czernowitz ist ein furchtbarer Ort. Aber offenbar hat man sich an oberster Stelle endlich dazu entschlossen, meine Arbeit anzuerkennen, und mir diesen Lehrstuhl in Kriminologie eingerichtet. Das ist wirklich der einzige Grund, aus dem ich dort weiter ausharre. Wenn die Kriminalistik je als Wissenschaft anerkannt werden soll, muss ich meinen Fachbereich in ein hervorragendes Zentrum der Forschung und der Ausbildung umgestalten, das denen in Paris oder bei Scotland Yard gleichkommt.«

Sie aßen eine Zeitlang schweigend weiter. Die Uhr an der Wand hinter Werthen tickte in einer angenehmen Tonlage und untermalte damit das Klirren des Bestecks auf dem Porzellan.

Schließlich sah Gross von seiner Mahlzeit auf. »Sie müssen meine schlechten Manieren entschuldigen«, sagte er. »Da plaudere ich endlos über meine eigene Lage und frage gar nicht, wie Sie beide die Zeit verbracht haben.«

»Wir«, begann Werthen zögernd, »wir waren recht beschäftigt.«

Gross rieb sich erwartungsvoll die Hände. »Nun erzählen Sie schon.«

»Wir haben renoviert und neue Möbel gekauft. Eben diese Dinge, die frisch Vermählte so machen.«

Gross zwirbelte seinen graumelierten Schnurrbart. »Sie wissen sehr gut, dass es nicht diese Art von Geschäftigkeit ist, nach der ich Sie gefragt habe.«

»Ach, nun erzähle es ihm schon«, meinte Berthe.

Werthen schmunzelte. Sie hatte eindeutig ein gütigeres Herz als er.

»Wir sind mit einer neuen Ermittlung beschäftigt.«

»Das ist schon eher, was ich meinte«, sagte Gross. »Ich wusste, wer sich einmal so in einen Fall verbissen hat, wie Sie das getan haben, kommt von der Welt des Verbrechens nicht mehr los. Wer ist involviert?«

»Mahler.«

»Der Komponist? Was hat er getan, abgesehen von dem musikalischen Anschlag auf mein Trommelfell?«

»Nichts hat er getan«, erklärte Werthen, »man will ihm etwas antun. Es scheint, als sei er zur Zielscheibe eines Mörders geworden.«

»Wunderbar.« Diesmal klatschte Gross vor Freude in die Hände. »Was meinen Sie?« Er wandte sich kurz an Berthe. »Könnten wir vielleicht zum Dessert übergehen?« Dann drehte er sich wieder zu Werthen herum und strahlte ihn an. »Erklären Sie es mir!«

Bei Kaffee und Strudel breitete Werthen die Einzelheiten der bisherigen Nachforschung aus: scheinbar zusammenhanglose Unfälle, die durchaus fehlgeschlagene Anschläge auf Mahlers Leben gewesen sein konnten.

Gross unterbrach ihn: »Ich gehe davon aus, dass Sie diese junge Schindler überprüft haben?«

»Überprüft?«

»Ihre Personalangaben überprüft«, erklärte Gross.

»Ich weiß, was das Wort bedeutet, Gross. Aber aus welchem Grunde sollte ich Fräulein Schindler überprüfen?«

»Um sicherzustellen, dass sie keine Betrügerin ist.«

»Machen Sie sich nicht lächerlich, Gross«, fauchte Werthen.

»O nein. Ich finde, Dr. Gross hat da eine sehr berechtigte Anmerkung gemacht«, mischte sich Berthe ein. »Schließlich wissen wir von ihr nicht mehr, als dass Klimt ihr nachläuft, so wie er das bei jedem Rock tut. Wenn sie wirklich so vernarrt in Mahler ist, versucht sie vielleicht, seine Aufmerksamkeit zu erregen und sein Wohlwollen zu erlangen.«

»Indem sie versucht, ihn zu töten?«, antwortete Werthen ungläubig.

»Ganz im Gegenteil, alter Junge«, sagte Gross. »Indem sie ihm scheinbar zur Hilfe eilt, nachdem sie selbst den Alarm ausgelöst hat.«

»Sie hat sehr deutlich gemacht, dass ich ihre Identität Mahler gegenüber nicht enthüllen darf.«

Gross nickte. »Ganz recht …«

»Aber nichts könnte sie daran hindern, sich ihm selbst zu erkennen zu geben«, sagte Berthe.

»Das ist genau mein Punkt«, meinte Gross und nickte Berthe anerkennend zu.

Werthen fühlte sich überstimmt und geradezu umzingelt.

»Es ist, wie Ihre Frau andeutet, unverzichtbar, dass wir alle Möglichkeiten in Betracht ziehen.«

»Wir?«, stieß Werthen hervor. »Einen Augenblick, Gross. Was ist denn mit Ihrer Konferenz?«

Gross tat dies mit einem geringschätzigen »Pah« ab. »Eine Sache von ein paar Stunden hier und da. Wohingegen dieser Fall etliche verlockende Möglichkeiten zu bieten scheint.«

»Es ist bis jetzt schwerlich ein Fall«, widersprach Werthen. »Und ich bezweifele sehr, dass die junge Schindler in der Lage sein wird, ein angemessenes Honorar zu zahlen, wenn überhaupt.«

»Schon, aber Sie sagten auch, dass Mahler Ihnen grünes Licht für Ermittlungen gegeben hat. Also *sind* Sie sein Anwalt.«

Plötzlich hatte Werthen das Gefühl, dass er seine Ermittlung schützen musste. Er war sich nicht sicher, ob er zulassen wollte, dass sich Gross in die Ermittlungen hineindrängte, um sie dann womöglich an sich zu reißen. Das hier war seine, Werthens, Ermittlung, und Mahler war sein Klient.

Als hätte er seine Gedanken gelesen, nahm Gross noch einen letzten Schluck Kaffee, tupfte seinen gesträubten Schnurrbart mit der Leinenserviette ab und sagte: »Es ist selbstverständlich Ihr Fall, Werthen. So wie die Dinge stehen, würde ich Sie lediglich unterstützen wollen, als Berater, so nennt man das wohl.«

»Bezahlt oder unbezahlt?«, erkundigte sich Berthe schlau.

Gross heuchelte Empörung. »Sie tun mir Unrecht, meine Teure. Selbstverständlich ohne Bezahlung. Vielleicht sollte ich sagen, dass ich Ihnen hierdurch die Freundlichkeit und Großzügigkeit vergelte, dass Sie mich einladen, bei Ihnen zu übernachten, damit ich kein Zimmer im Bristol buchen muss. Wenn Sie das in Rechnung stellen, wäre ich gewiss reichlich für jeden nur erdenklichen Dienst entlohnt, den ich Ihnen erweisen könnte.«

Werthen und Berthe wechselten kurz einen Blick.

»Einverstanden?«, drängte Gross.

Werthen nickte bedächtig. Aber er spürte einen Anflug von Enttäuschung, dass Gross es so geschickt verstanden hatte, sich in den Fall einzuschleichen.

Gross konnte zwar behaupten, dass er lediglich beraten wolle, aber ob er sich wirklich damit zufriedengeben würde, bei einer Ermittlung die zweite Geige zu spielen, stand auf einem ganz anderen Blatt.

Am nächsten Morgen planten sie schon beim Frühstück ihr weiteres Vorgehen. Klugerweise schwieg Berthe, während die Männer sich berieten. Sie einigten sich schnell auf die ersten Schritte ihres Vorgehens. Alma Schindler und ihre Motive wurden vorerst zurückgestellt. Als Erstes wollten sie etwas über das Leben des unglücklichen Fräulein Kaspar in Erfahrung bringen, die von dem Feuerschutzvorhang erschlagen worden war. Sollte sie gar das auserkorene Opfer dieses »Unfalls« gewesen sein, würde das die Vermutung stützen, dass dieser Anschlag ursprünglich auf Mahler gezielt hatte.

Wie der Zufall es wollte, kannte Gross den Untersuchungsrichter der Region Waldviertel, aus der die junge Sopranistin stammte. Ein Anruf genügte, und sie konnten damit beginnen, Informationen über die Frau zusammenzutragen. Gab es einen eifersüchtigen oder zurückgewiesenen Liebhaber? Oder einen

Gesangslehrer, dem sie über den Kopf gewachsen war? Gab es jemanden, irgendjemanden, der ein Motiv haben könnte, Fräulein Kaspar zu töten? Man würde auch Befragungen an der Hofoper durchführen müssen, um zu erfahren, ob eine der anderen Sängerinnen in ihr eine Gefahr für die eigene Karriere gesehen hatte.

»Berufliche Eifersucht kann ein sehr mächtiges Motiv darstellen«, betonte Gross. »Das Theater ist ein äußerst gefährlicher Arbeitsplatz.«

Werthen nickte. »Und lassen Sie uns nicht vergessen, dass wir es möglicherweise mit einer niederen Form der Eifersucht zu tun haben. Mahler hat bereits zugegeben, dass Fräulein Kaspar seine Geliebte war. Wer weiß, wie viele andere Sängerinnen dieser Mann schon verführt hat. Vielleicht hat eine von Ihnen es nicht ertragen, eine neue Favoritin herumstolzieren zu sehen.«

»Anna von Mildenburg zum Beispiel«, warf Berthe plötzlich ein. Sie sprach von der österreichischen Wagner-Sopranistin, die kürzlich von der Hamburger Oper, an der Mahler zuvor dirigiert hatte, an die Hofoper gewechselt war.

»Wie kommst du darauf?«, wunderte sich Werthen.

»Indem ich *niveaulose* Zeitungen lese, wie du sie so gerne nennst. Man kann dort alle möglichen interessanten Informationen entdecken. Die Zeitungen waren voll mit dieser Affäre, als die Mildenburg engagiert wurde. Es scheint, als hätten sie und Mahler in Hamburg eine längere Beziehung gehabt.«

»Da haben Sie es, Werthen«, verkündete Gross. »Das ist doch ein Ausgangspunkt.«

Nachdem ihre ersten Einschätzungen des Falles abgeschlossen waren, stellte sich nun die dringliche Frage nach dem weiteren Vorgehen.

»Die Liste der Feinde Mahlers könnte recht umfangreich sein«, sagte Gross. »Wie ich hörte, ist er ein strenger Arbeitgeber. Ein Perfektionist. Nicht die Art von Persönlichkeit, mit der sich gewisse Wiener gut verstehen.«

Gross bezog sich auf den wienerischen, wenn nicht gar österreichischen Hang zur *Schlamperei* bei der Arbeit. Mahler erwartete von seinen Sängern mehr als nur durchschnittliche Leistungen; er forderte ihnen das Beste ab, oder aber man legte ihnen nahe, sich eine anderweitige Anstellung zu suchen. Werthen konnte sich gut vorstellen, dass es an der Hofoper viele gab, die Mahler mit seinem Perfektionismus vor den Kopf gestoßen hatte. Aber er wollte Gross nicht noch unterstützen, denn er verstand nur zu gut, in welche Richtung Gross' Gedanken führten.

»Als Erstes müssen wir eine Liste aller Verdächtigen zusammenstellen«, sagte Gross und bestätigte damit den Verdacht Werthens. »Ich bezweifle allerdings stark, dass wir viel Kooperation von der Opernverwaltung erwarten können. Schließlich wollen sie vor allem der ganzen Welt signalisieren, dass an der Hofoper alles in Ordnung wäre.«

Gross wartete einen Moment auf eine Antwort, als diese jedoch ausblieb, fuhr er unbekümmert fort: »Nein, was wir brauchen, sind ein paar Klatschgeschichten alter Schule von jemandem, der weiß, wo der Hund begraben liegt. Vielleicht sogar von irgendeinem Journalisten.«

Gross sprach das Wort »Journalist« mit solcher Abscheu aus, dass Werthen wider Willen schmunzeln musste. Tatsächlich kannte Werthen genau den richtigen Mann für diese Informantenrolle, den jungen Schriftsteller Karl Kraus nämlich, dessen Bekanntschaft er gemacht hatte, als er literarischen Zeitschriften einige seiner eigenen Kurzgeschichten angeboten hatte. Trotz seiner Jugend, Kraus war erst fünfundzwanzig, hatte er bereits eine prominente Rolle in der literarischen Welt Wiens übernommen und gehörte den Redaktionsleitungen vieler Journale an. Zunächst hatte er der literarischen Bewegung *Jung Wien* angehört, zu der Leute wie Bahr, der stets in Sandalen herumlaufende Vagabund Peter Altenberg, Richard Beer-Hofmann, Hugo von Hofmannsthal und Felix Salten zählten. Doch schließlich hatte Kraus einen Bruch mit diesen Männern herbeigeführt, als er eine vernichtende Satire über ihr bevorzugtes Kaffeehaus verfasst hatte. In einem anderen satirischen Artikel hatte er sich mit dem Führer der Zionisten Theodor Herzl angelegt, indem er dessen separatistische Ansichten verächtlich machte. Kraus gehörte wie Werthen zu den Juden, die an die Assimilation glaubten.

Neuerdings brachte Kraus sein eigenes Journal, *Die Fackel*, heraus, dessen Inhalt er fast ausschließlich selbst bestritt. Er griff die Habsburger Heuchelei und Korruption an und machte sich über die verschiedensten Bewegungen lustig – angefangen von der Psychoanalyse bis hin zum deutschen Nationalismus.

Kraus wusste bestimmt, wo, wie Gross es ausgedrückt hatte, in Wien der Hund begraben lag. Und das Beste war, dass Kraus zu den Unterstützern Mahlers zählte und ihm dafür Beifall zollte, dass er den Sausstall ausmistete, wie er es in einem seiner Artikel genannt hatte.

Aber Kraus konnte noch warten. Zunächst musste Werthen etwas klarstellen.

»Wir sind hier unterschiedlicher Ansicht, Gross. Sie möchten zunächst den Täter oder die Täter ausfindig machen, um danach weitere Anschläge auf das Leben Mahlers zu verhindern.

Also wollen Sie sozusagen die Krankheit heilen. Ich dagegen sehe eher die Möglichkeit der Prävention.«

»Sie wollen doch nicht etwa eine Leibwache für Mahler vorschlagen, Werthen, oder?«, erkundigte sich Gross.

»Karl, Mahler würde dem niemals zustimmen«, setzte Berthe hinzu.

Werthen tippte an seine Nase. »Was er nicht weiß … Ein Gramm Prophylaxe trägt zur Heilung soviel bei wie später ein ganzes Pfund Medizin.«

»Und wen schlagen Sie für diese Rolle vor?«, fragte Gross. »Sie wollen das doch wohl nicht selbst übernehmen?«

Werthen schüttelt den Kopf.

»Und Sie haben hoffentlich keinen dieser Schläger von Klimt im Sinn.« Gross spielte auf ein paar kriminelle Subjekte an, mit denen Klimt bekannt war. Der Maler hatte diese Leute tatsächlich einmal als Leibwächter zur Verteidigung von Werthen und Gross eingesetzt, als deutlich wurde, dass bei ihrem Versuch, Klimt juristisch zu verteidigen, ihrer beider Leben in Gefahr geraten war.

Werthen antwortete nicht auf diese Mutmaßung von Gross.

Berthe lachte leise auf. »Karl, du bist unverbesserlich. Hast du diese Männer etwa bereits beauftragt?«

»Die Idee ist mir erst gestern Nacht gekommen. Ich hatte bisher noch nicht die Zeit, sie in die Tat umzusetzen.«

»Bisher, meinst du?«, hakte sie nach.

»Wir stecken also in einer Sackgasse«, erklärte Gross. »Sie schlagen die eine Vorgehensweise vor und ich eine andere.«

»Gibt es einen Grund, warum wir nicht beide Wege gleichzeitig verfolgen können?«, meinte die praktisch veranlagte Berthe.

Werthen, den es noch immer schmerzte, dass Gross sich in die Ermittlungen gedrängt hatte, stand der Sinn eigentlich nicht danach einzulenken, aber es wurde dennoch ein Waffenstillstand geschlossen.

Später am Morgen gelang es Werthen, mit Klimt Verbindung aufzunehmen, der nun seinerseits den Kontakt zu den beiden Burschen herstellte, die ihnen im vergegangen Jahr geholfen hatten. Sie hießen Herr Prokop und Herr Meier, und Werthen arrangierte ein kurzfristiges, vertrauliches Treffen mit ihnen in ihrem Lieblingslokal – einer Weinstube in der Nähe vom Margarethen-Gürtel unterhalb der Schienen der neuen Stadtbahn. Werthen, der selbst nicht gerade kleinwüchsig war, fühlte sich zwischen diesen an der Bar versammelten ungeschlachten Männern, die Karten spielten und über Geschichten von eingeschlagenen Köpfen und gestohlenen Kutschpferden lachten, wie ein Pygmäe. Prokop und Meier waren noch genauso massig und zwielichtig, wie Werthen sie von früheren Begegnungen in Erinnerung hatte. Aber selbst die beiden wirkten wie lammfromme Klosterbrüder im Vergleich zu den anderen Melone tragenden Ganoven.

Prokop hatte seit ihrer letzten Begegnung einen Zahn verloren; Meier trug einen schmutzigen Verband an seinem kleinen Finger, dessen oberstes Glied zu fehlen schien. Prokop, der zumeist das Sprechen übernahm, hatte die hohe Stimme eines Chorknaben, was in seltsamen Gegensatz zu seinem Äußeren stand, das eher dem eines Boxers glich. Ihr Gespräch wurde regelmäßig durch das Rattern der Züge über ihnen unterbrochen. Die Weingläser tanzten auf dem abgenutzten Tisch, sobald ein Zug vorbeifuhr. Nachdem Werthen vorsichtig einen

Schluck probiert hatte, überließ er sein Glas lieber diesem Tanz.

Man einigte sich auf ein Honorar und die Vorgehensweise: Die beiden Männer sollten Mahler einen halben Tag lang abwechselnd überwachen. Leitner hatte an der Hofoper angekündigt, dass die Vorstellung des heutigen Abends, die letzte der Saison, von Hans Richter dirigiert werden würde, da sich Mahler noch von seinen Verletzungen erholen müsse. Der Auftrag für Prokop und Meier beschränkte sich also zunächst darauf, die Wohnung des Komponisten zu beobachten. Klugerweise hatte Werthen eine neuere Photographie von Mahler mitgebracht, denn diese beiden hatten sicher noch nie von dem Mann gehört. Überraschenderweise stellte sich heraus, dass Meier ein großer Bewunderer der Operette war. Als man an der Hofoper *Die Fledermaus* von Strauß zum Gedenken an seinen Tod aufführte, hatte Meier die Vorstellung besucht und Mahler dirigieren sehen.

Die Abmachung wurde per Handschlag und mit einem großen Schluck Wein besiegelt.

Noch zwei Stunden später litt Werthen unter diesem Ritual. Gross und er waren auf dem Weg zu ihrem Treffen mit Anna von Mildenburg in ihrer Wohnung am Ring. Von Mildenburg wohnte im Sühnhaus, Schottenring 7, der nordwestlichen Hälfte des Boulevards. Die Adresse hatte einen unheilvollen Klang, denn das Wohnhaus war auf den Ruinen des Ring-Theaters gebaut worden, das 1881 niedergebrannt war und Hunderte von Zuschauer in den Tod gerissen hatte. Werthen konnte sich noch sehr genau an dieses Unglück erinnern. Als Jüngling war er zur Weihnachtszeit mit seinen Eltern in Wien gewesen. Sie hatten Eintrittskarten für *Hoffmanns Erzählungen* von Offenbach in der Abendvorstellung gehabt. Seine Mutter erkrankte jedoch an einer Darmgrippe, und sein Vater entschied, es wäre ungehörig, wenn der Rest der Familie – sein jüngerer Bruder Max lebte damals noch – sich vergnügen würde, während seine Ehefrau das Bett hüten musste. Dieses eine Mal war sein »Ehrenkodex«, mit dem Werthens Vater ständig nachäffte, was er für die Eigenheiten der Adelsschicht hielt, für sie von Vorteil gewesen.

Der Kaiser selbst hatte später den Bau des »Hauses der Sühne« angeordnet, ein prachtvolles Gebäude mit kirchenähnlichen Spitzbögen, das Elemente der Gotik und der Renaissance verband. Das Gebäude war in Wohnungen und Geschäftsräume aufgeteilt und verfügte über eine kleine Gedenkkapelle, die den dort Gestorbenen gewidmet war. Obwohl es eine elegante Adresse war, wurden im Sühnhaus häufig sehr kurzfristig Wohnungen frei, denn die Wiener waren ein abergläubisches Völkchen, deshalb war diese Anschrift nicht sonderlich beliebt. Doch für diejenigen, die wohlhabend genug waren und kurzfristig eine vornehme Unterkunft suchten, war das Sühnhaus eine bevorzugte Adresse. Die Sängerin konnte sich die monatliche Miete zweifelsohne problemlos leisten. Berthe hatte erzählt, dass die Mildenburg für die unerhörte Summe von 14.000 Gulden engagiert worden war. Das entsprach in etwa dem, was ein Referent des Kaisers verdiente.

Ihr Treffen war mit dem Agenten der Sängerin vereinbart worden. Seinen Namen hatte Berthe ganz leicht im jährlich neu aufgelegten Namensverzeichnis sämtlicher Künstleragenten gefunden. Sie hatte den Mann sogleich angerufen, noch während Werthen mit Prokop und Meier beschäftigt war. Der Agent und die Sängerin waren darüber informiert worden, dass Werthen und sein »Assistent« Gross im Auftrage Mahlers kämen. Die Art des Auftrages hatte Berthe allerdings wohlweislich im Dunkeln gelassen.

»Ihre Gattin ist wirklich eine ganz ausgezeichnete Errungenschaft«, hatte Gross gemurmelt, als sie die Josefstadt verlassen hatten, um zu ihrer Verabredung zu gehen. Aus dem Munde von Gross war eine solche Bemerkung wahrhaftig ein großes Lob.

Die Mildenburg wohnte im obersten Stockwerk mit Blick über den breiten Ring. Genau gegenüber lag die Börse, und auf derselben Straßenseite, nicht weit entfernt, befand sich das Polizeipräsidium.

Sie standen nun vor der Wohnungstür der Sängerin. Werthen betätigte den Türklopfer, der die Form eines holländischen Holzschuhs hatte. Kurz darauf öffnete die Sängerin selbst: Werthen erkannte sie sogleich, da er sie als Brünhilde an der Hofoper gesehen hatte. Normalweise erscheinen Bühnengrößen sehr viel kleiner, wenn man ihnen außerhalb des Theaters begegnete. Anna von Mildenburg dagegen war in natura größer. Sie war zwar keine korpulente Frau, jedenfalls nicht für eine Wagner-Sopranistin, aber doch recht stattlich. Sie trug ein fließendes Gewand, das eine Mischung aus Kleid und Kimono zu sein schien. Ihr Haarschopf war mit Hilfe vieler Klammern und Kämmen hochgesteckt, und die aristokratisch-römische Nase dominierte ihr Gesicht. Erwartungsvoll blickte sie die beiden Männer an.

»Sie müssen Herr Werthen sein«, sagte sie und streckte ihre Hand aus.

Werthen nahm die warme Hand der Frau und spürte einen elektrischen Impuls. Schauspielerinnen und Sängerinnen hatten stets diesen Effekt auf ihn: Er errötete bis in die Haarspitzen und hatte Mühe, seine Stimme wieder zu finden, als sie in den Salon gingen. Er war rechtwinklig und mit geometrischen Motiven ausgestattet; es schien, als hätte man hier einem Dekorateur der Wiener Werkstätten freie Hand gegeben, ganz wie bei Mahler. Werthen machte etwas stotternd alle miteinander bekannt und nahm dann neben Gross auf einem Diwan Platz, dessen Polster ein wie von Klimt gemaltes feines byzantinisches Mosaikmuster aufwies.

»Sie untersuchen also diese Anschläge auf Mahlers Leben?«

Diese Bemerkung überraschte Werthen, und er sah zu Gross hinüber, der stumm nickte.

»Ich habe selbstverständlich sofort Mahler angerufen, nachdem Ihre Assistentin dieses mysteriöse Treffen vereinbart hatte. Wir haben nichts voreinander zu verbergen.«

»Sieht ganz so aus«, brachte Werthen schließlich heraus.

»Und Sie, mein Herr«, sagte die Mildenburg und wandte sich an Gross, »sind keineswegs der namenlose Assistent, zu dem Herr Werthen Sie hier macht, nicht wahr?«

»Nun ja …«, begann Gross.

Sie schnitt ihm das Wort ab. »Natürlich sind Sie das nicht. Ich bin vielleicht nur eine darstellende Künstlerin, aber ich bin kein Dummkopf. Ich habe schon einmal ein Bild von Ihnen gesehen. Sie sind, wenn ich mich nicht irre, der Kriminologe Dr. Hanns Gross.«

»Sie irren nicht«, gab Gross zu.

»Also ist die Angelegenheit ernst«, folgerte sie. »Und keines von Gustavs Hirngespinsten.«

»Neigt er denn dazu?«, fragte Gross nach.

Die Mildenburg lächelte wissend, lehnte sich auf ihrem

Hoffmann-Stuhl zurück und zog ihre japanische Robe schicklich über einen entblößten Knöchel.

»Er ist immerhin ein kreatives Genie. Die ganze Welt verehrt ihn für seine Hirngespinste.«

»Zumindest für die am Podium und dem Piano«, ergänzte Gross.

»Man kann ein Leben nicht so einfach in künstlerisch und privat aufspalten, oder meinen Sie wohl?«, erwiderte sie.

Werthen hatte mittlerweile jegliche Scheu vor der Sängerin verloren; stattdessen wurde er zunehmend gereizter durch ihr Benehmen. Und dieser Mahler! Was hatte der Mann sich dabei gedacht, die Natur ihrer Mission einfach auszuplaudern? Er hatte gehofft, die Frau unvorbereitet vorzufinden und sie vielleicht aus dem Gleichgewicht bringen zu können. Jetzt jedoch hatte sie das Gespräch fest in der Hand. Sie konnten es genauso gut dabei bewenden lassen.

»Warum bestürzt Sie das so, Herr Rechtsanwalt?«, fragte sie. »Wie ich schon sagte, Mahler und ich haben keine Geheimnisse voreinander. Wir mögen zwar nicht mehr verlobt sein, aber die seelische Verbindung zwischen uns ist bestehen geblieben.«

»Ganz gewiss«, erwiderte Werthen, der es eilig hatte, auf ein anderes Thema zu kommen. »Sie kannten die junge Kaspar?«

»Selbstverständlich. Sie war eine Sängerin an der Hofoper, genau wie ich selbst. Waren wir Freunde? Vertraute? Wohl kaum. Sie war eine viel zu langweilige Person für mich. Aber für Mahler, oh, für ihn war sie genau richtig. Formbar. Sie war jemand, den er sich zurechtbiegen, aufbauen konnte.«

»So wie er es mit Ihnen gemacht hat?«, fragte Werthen geradeheraus.

Sie nickte. »Genau wie mit mir. Aber ich hatte ja bereits zu Beginn meiner Karriere den wundervollen Unterricht von Rose Papier am Konservatorium genossen und später die unschätzbare Hilfe Cosima Wagners bei der Interpretation der Werke ihres Mannes erhalten. Wohingegen Fräulein Kaspar … nun, immerhin hatte sie Mahler.«

»War sie ein Naturtalent?«

»Nein, keineswegs. Sie war eine recht nette Soubrette und ein perfekter Mezzo. Mahler jedoch hatte sich vorgenommen, eine Belcanto-Sängerin aus ihr zu machen.«

»Waren Sie bei der Probe dabei, als die unglückliche junge Frau starb?«, warf Gross ein.

»Zum Glück nicht. Das hätten meine Nerven nicht ertragen, den armen Mahler so in Gefahr und dem Tode nahe zu sehen!«

»Immerhin ist Fräulein Kaspar dabei ums Leben gekommen«, sagte Werthen scharf.

Plötzlich fiel die melodramatische Verzückung von Anna von Mildenburg ab; sie fixierte ihn mit einem eiskalten Blick.

»Das war tragisch, gewiss. Aber eben nur ein unglückliches Nebenprodukt.«

»Nebenprodukt?«

»Des Angriffs auf das Leben Mahlers. Deshalb sind Sie doch hier, oder? Sie sind doch wohl hoffentlich nicht der Ansicht, dass die Kaspar das eigentliche Opfer gewesen ist. Für wen wäre dieses verhuschte kleine Geschöpf wohl schon so von Belang gewesen, dass er einen Feuervorhang auf sie hätte herabstürzen lassen?«

»Sie war doch ein vielversprechendes Talent, oder nicht?«, sagte Gross.

»Vielversprechend vielleicht. Übrigens war sie auch keine Bedrohung für andere Sängerinnen. Mitzi hatte das Ensemble bereits verlassen.«

»Sie sprechen von Mitzi Brauner?« sagte Werthen.

Sie lächelte anerkennend. »Wie ich sehe, haben wir einen Opernfreund unter uns.«

Werthen ignorierte die Bemerkung, blickte ihr aber direkt in die Augen, um sie wieder auf den Pfad zu zwingen, von dem sie fortwährend abschweifen wollte.

»Ja, Mitzi Brauner«, fuhr von Mildenburg fort. »Sie ist nach Aachen gegangen. Das ist zwar kein großes Haus, aber schließlich war ihre große Zeit auch vorbei. Sie hatte nicht mehr das Aussehen, um Soubrettenrollen zu spielen. Die kleine Kaspar hatte also freie Bahn.«

»Und was ist mit der Affäre zwischen Fräulein Kaspar und Mahler?«, fragte Werthen. »Gab es da …?«

»Verärgerte, eifersüchtige und verschmähte Liebhaberinnen, die ihr am liebsten die Augen ausgekratzt hätten?«, beendete sie seinen Satz und lachte anschließend schallend. »Wohl kaum. Wenn ich es richtig sehe, hat Mahler in den knapp zwei Jahren seines Engagements hier in Wien etliche Eroberungen gemacht. Aber da gab es am Ende keine verletzten Gefühle, genau wie es zwischen Mahler und mir keine gibt. Man kann ein Licht nicht unter den Scheffel stellen. Wir anderen Künstler erkennen so etwas an.«

»Es gab also keine niederen Gefühle wie Eifersucht«, stellte Werthen fest.

»Bezweifeln Sie es gern, wenn es Ihnen gefällt«, entgegnete die Mildenburg schnippisch.

Langsam kommen wir voran, dachte Werthen.

»Stehen Künstler also über normalen menschlichen Emotionen?«, drängte er weiter.

»Wie soll ich das jemandem erklären, der nichts mit Kunst zu tun hat?«

»Aber, ich bitte Sie, meine Teuerste«, warf Gross ein. »Werthen ist immerhin ein geschätzter Autor. Seine Kurzgeschichten wurden hoch gepriesen.«

Werthen warf ihm einen scharfen Blick zu, aber der Kriminologe hatte viel zu viel Spaß an diesem Scharmützel, um ihm Aufmerksamkeit zu schenken.

»Davon wusste ich ja gar nichts«, sagte Anna von Mildenburg und betrachtete Werthen.

»Das ist einer der Gründe, aus dem Mahler ihn beauftragt hat, denn der gute Werthen versteht die Launen der Künstler. Weil er selbst einer ist.«

Wie immer bereitete es Gross ein diebisches Vergnügen, etwas zu dick aufzutragen. Aber es amüsierte Werthen auch zu sehen, wie die Mildenburg plötzlich ihr Verhalten veränderte.

»Also können Sie es verstehen«, sagte sie und beugte sich zu Werthen hinüber, als wollte sie ein wohlbehütetes Geheimnis preisgeben. »Sehen Sie, diese Art von Eifersucht kann es in diesem Falle nicht geben. Ich meine, Mahler möchte von einer Frau Besitz ergreifen, aber nicht auf körperliche Weise. Er will ihre Seele, nicht ihren Körper. Seine Eroberungen waren solche der Seele, nicht des Fleisches.«

»Sie meinen Sie und er …?«

»Genau. Als hätte ein Schwert zwischen uns im Bette gelegen. Es gibt keine verschmähten Geliebten, denn es gab keine Liebenden.«

5. KAPITEL

Der Tod erzwang einen Waffenstillstand zwischen Werthen und Gross.

Der schmächtige, fast schon dürre Kommissar Bernhard Drechsler leitete die Untersuchung in der kleinen Wohnung im Ersten Bezirk. Drei bullige Gendarmen warteten gelassen vor der Tür, während Werthen und Gross ihrer Arbeit nachgingen. Der größte der drei Männer, dessen stark geäderte, scharlachrote Nase vermuten ließ, dass er sich einen großen Teil der jährlichen Burgenländer Weinernte einverleibt hatte, machte einen etwas geistesabwesenden Eindruck und hatte seine massigen Arme herausfordernd über seinem Bauch gefaltet.

Werthen wusste nicht genau, wonach sie überhaupt suchen sollten. Doch Gross bestand auf einer Ermittlung, denn es war ihnen gelungen, sehr frühzeitig am Tatort einzutreffen, wodurch sie diesen noch vor Beginn der offiziellen polizeilichen Untersuchung in Augenschein nehmen konnten. Sie verdankten dies der persönlichen Gunst von Inspektor Drechsler, den Werthen bislang noch nicht kennengelernt hatte. Als Drechsler im Frühjahr zu einem Weiterbildungskurs nach Czernowitz gesandt worden war, hatte sich zwischen dem Wiener Inspektor und Gross eine kollegiale Beziehung entwickelt, die allerdings stark von Konkurrenz bestimmt und rein beruflicher Natur war.

Als Gross gestern den Inspektor über den »Fall« Mahler

unterrichtet hatte, wies Drechsler korrekterweise darauf hin, dass es ohne Verbrechen auch keine Morduntersuchung geben konnte. Der Tod von Fräulein Kaspar war als Unfall zu den Akten gelegt worden. Natürlich war dieser Umstand Gross bekannt, und er hatte Drechsler auch nicht in der Erwartung informiert, dass die Polizei sich aktiv beteiligen würde. Er wollte vielmehr einen direkten Draht zur Wiener Polizei aufbauen, um informiert zu werden, sobald es zu weiteren Vorfällen rund um die Oper kommen würde.

Der Tod von Friedrich Gunther war ein solcher Vorfall. Gunther gehörte zu den Wiener Philharmonikern und war dritter Geiger im Orchester der Hofoper.

Er war am Morgen gegen neun Uhr, mit einer hellgrünen Gardinenkordel um den Hals am Messing-Kronleuchter in seinem Wohnzimmer hängend, von seiner Putzfrau entdeckt worden. Unter ihm lag ein umgekippter Esszimmerstuhl. Als Werthen und Gross eintrafen, war der Leichnam noch nicht abgehängt worden. Werthen hatte sich fast übergeben müssen, als er das rotblaue, geschwollene Gesicht vor sich sah.

Gross dagegen war fasziniert von der sacht baumelnden Leiche; er näherte sich ihr, betrachtete sie von allen Seiten und untersuchte den Teppich unter dem Toten mit einer starken Lupe, die er seiner allgegenwärtigen Spurensicherungstasche entnahm. Dabei murmelte er vor sich hin, untersuchte den Teppich noch genauer und warf dann einen schnellen Blick auf den größten der drei Wachmänner, der noch immer seine Arme vor sich verschränkt hatte.

»Ich nehme an, dass sie Schuhgröße siebenundvierzig tragen, Herr Gendarm.«

Dies war keine Frage.

Der Polizist riss sich aus seiner Lethargie und nickte fast schon argwöhnisch.

»Sie haben einen der einfachsten Grundsätze der Tatortbesichtigung verletzt: Tritt nicht auf den Beweisen herum.« Gross' Stimme wurde lauter.

»Ich wusste gar nicht, dass es ein Verbrechen ist, sich selbst umzubringen ... Herr.« Der Blick des Gendarmen funkelte unverschämt.

»Das reicht, Schmidt«, warnte Drechsler den Mann und fuhr dann an Gross gewandt fort: »Sie sind von der nächsten Polizeiwache hierher beordert worden. Ich konnte sie gerade noch davon abhalten, den Mann abzuschneiden.«

»Wir dachten, der Kronleuchter würde gleich von der Decke reißen«, erklärte Gendarm Schmidt sich verteidigend.

Gross taxierte den Zustand des Kronleuchters. »Da er den ersten Ruck überstanden hat, wird er auch noch länger halten.« Er blickte vom Stuhl zu den Stiefeln des Opfers, die vor ihm in der Luft hingen. »Haben Sie irgendetwas angefasst? Etwas verrückt? Den Stuhl zum Beispiel?«

Schmidt schüttelte den Kopf. Der andere Polizist stand einfach stumm neben ihm.

»Meine Herren?« Gross deutete auf die anderen beiden.

»Nein, mein Herr«, erwiderten die beiden einstimmig.

Gross entnahm seiner Spurensicherungstasche ein Maßband und Kreide, während Werthen die Atmosphäre des Raumes in sich aufsog.

Offensichtlich war Gunther Junggeselle gewesen. Schon die Größe des Zimmers und seine Einrichtung hätten es ihm verraten, selbst wenn die noch immer in Tränen aufgelöste Putzfrau es nicht bereits ausgesagt hätte. So würde beispielsweise keine Frau diese billigen Stilmöbel akzeptiert haben, mit denen Gunther seine Wohnung vollgestellt hatte. Durch einen kleinen Bogengang zur Linken gelangte man ins Esszimmer. Dunkle, im mittelalterlichen Stil bemalte Stühle waren rund um den deutlich helleren Renaissancetisch zusammengedrängt. Der Stuhl, auf dem Gunther gestanden hatte, bevor er sich erhängte, stammte offensichtlich aus diesem Esszimmer. Fast in der Mitte des Wohnraums stand ein einzelner, unglaublich scheußlicher, massiver Armsessel, flankiert von einem Intarsientisch. An den Wänden hingen verschiedene Kunstdrucke: Vermeer, Hals, Brueghel. Gunthers Geschmack tendierte zur Holländischen und Flämischen Schule; alles Insignien der Kultur also, aber nichts passte wirklich zusammen, es war ohne jedes Gefühl für Stil zusammengestellt. Werthen brauchte nicht in das kleine, hintere Schlafzimmer zu gehen, um zu wissen, dass dort vermutlich ein einzelnes Bett und ein riesiger Schrank stehen würden, beide im schweren altdeutschen Stil oder im imitierten altenglischen Stil.

Gross arbeitete noch immer unterhalb von Gunthers Leiche. Er photographierte den Schauplatz aus verschiedenen Blickwinkeln, wodurch der Raum kurzzeitig vom Blitzlicht erhellt wurde.

Ansonsten war das Zimmer kaum beleuchtet; das einzige Licht kam von zwei Gasleuchten an der Wohnzimmerwand, denn der Kronleuchter war lediglich eine Attrappe, die nicht funktionierte. Werthen wunderte sich, dass der Kronleuchter das Gewicht des toten Geigers hielt. Er ging zum einzigen Fenster des Wohnzimmers, das auf einen Lichtschacht hinausführte. Gunthers Adresse, die Herrengasse, war zwar durchaus vornehm, aber seine vollgestopfte Wohnung lag auf der Rückseite des Gebäudes, welches einmal der Stadtpalais der Familie Lobkowitz gewesen war. Vielleicht waren dort damals die Bediensteten der Familie untergebracht gewesen. Aber nach dem Umbau des alten Stadtpalais im letzten Jahrzehnt war die Wohnung nun abgeschlossen und besaß keine Verbindung zum Haupthaus.

Werthen wusste, dass die Musiker an der Hofoper nur wenig verdienten. Die Arbeit war eher ein gesicherter Ruheposten – zumindest war sie dies vor Mahlers Schreckensherrschaft an der Hofoper und bei den Philharmonikern gewesen –, aber diese Sicherheit hatte einen hohen Preis. Gunther hatte offensichtlich gerade genug verdient, um als alleinstehender Mann davon leben zu können; so war die Geige seine Gefährtin geworden, ob nun aus Absicht oder aus Not. Ein trauriges Leben, dachte Werthen. Der Kunst gewidmet, gewiss, aber wenn man dann aus der erhabenen Welt der Musik nach Hause in eine solch bedrückende Umgebung kam ... Wieder einmal erstaunte es Werthen, dass sich der Sinn für das Schöne nicht in allen Aspekten eines Lebens verwirklichte. Es überraschte ihn, dass ein Mann wie Gunther, von dem man annehmen sollte, dass er von der Schönheit der Musik erfüllt gewesen war, in einer solch scheußlichen Umgebung leben konnte. Vielleicht jedoch hatte Gunther, wie viele Wiener, den größten Teil seiner freien Zeit in seinem Lieblingskaffeehaus verbracht und nicht in den engen Räumen seiner unwirtlichen Wohnung.

Werthens Grübeleien wurden durch ein Schnauben von Gross unterbrochen.

»Selbstmord, pah! Das ist vollkommener Blödsinn.«

Bei dieser Bemerkung wurde auch Drechsler munter.

»Nun, ich gebe zu, dass das Fehlen eines Abschiedsbriefes

verdächtig ist. Aber was bringt Sie zu dieser Einschätzung, ohne dass Sie den Leichnam des Opfers einer rechtsmedizinischen Untersuchung unterzogen haben?«

Bei dieser Bemerkung stellte Gross einfach den Stuhl aufrecht und platzierte ihn direkt unter die herabhängenden Füße von Gunther. Die Schuhspitzen des Opfers schwebten fünf Zentimeter über der Sitzfläche in der Luft.

»Verflucht noch mal«, sagte Drechsler. »Schneidet ihn ab.« Er winkte den Gendarmen zu, die nun die Arbeit zu Ende führten, die sie am liebsten schon vor Eintreffen des Inspektors hinter sich gebracht hätten.

Sie legten den Leichnam vorsichtig auf den Boden, und Gross beugte sich für eine rasche, erste Untersuchung hinunter. Drechsler, dessen Habichtsgesicht durch einen Überbiss verunstaltet wurde, hockte sich neben ihn.

Der Inspektor übernahm nun die Leitung; er fuhr mit dem Zeigefinger unter die Vorderseite der Schlinge. Die direkt darunterliegende Haut zeigte weder einen Bluterguss noch eine Verbrennung durch die Reibung der Kordel. Mit geschlossenen Augen tastete er mit der Hand nun zur Rückseite des Kopfes, um den beim Erhängen typischen Bruch in der Halswirbelsäule zu ertasten. Er schüttelte den Kopf.

»Amateur«, stieß Gross hervor. Es schien die schwerste Beleidigung zu sein, die er sich vorstellen konnte. »Als wäre es ihm nicht wichtig gewesen, auch nur zu versuchen, uns zu täuschen.«

Werthen vermutete, dass sich Gross' Worte nicht auf den toten Mann, sondern den unbekannten Angreifer bezogen.

»Vielleicht wusste er nicht, dass Sie die Untersuchung führen würden, Dr. Gross.« Werthen hatte den Eindruck, in den

Worten Drechslers einen Hauch von Ironie vernommen zu haben.

»Dieser Fall wäre sehr wahrscheinlich als Selbstmord durchgegangen«, erwiderte Gross gelassen, »wenn es nach den Erkenntnissen Ihrer Gendarmen gegangen wäre. Der Täter hat sich vielleicht auf die hohe offizielle Selbstmordrate in Wien verlassen, die nur allzu oft die wahren Verbrechen verdeckt.«

»Er?«, fragte Werthen. Selbstverständlich wusste er, was Gross meinte. Aber es schien Werthen ungerecht, dass er die Möglichkeiten der Deduktion nicht nutzen sollte, wenn der Meisterkriminalist zugegen war.

»Zeigen Sie mir eine Frau, der es möglich gewesen wäre, Herrn Gunther hier aufzuhängen, und ich verhafte sie mit Vergnügen.«

»Festnahmen, denke ich, fallen noch immer in meinen Bereich«, warf Drechsler etwas pikiert ein.

»Das war nur so eine Redensart«, gab Gross reumütig zu.

Beschwichtigt führte Drechsler seine Untersuchung fort. »Die Abwesenheit von Strangulierungsmalen an der Vorderseite des Halses deckt sich mit der offensichtlichen Deutung«, ergänzte Drechsler.

»Welche Deutung?« Werthen hätte sich am liebsten auf die Zunge gebissen, aber es war zu spät. Gross und Drechsler wechselten mitleidige Blicke.

Das war nun wirklich zu viel. Wenn er allein ermittelte, erfasste er sehr schnell sämtliche Implikationen eines Falles. Doch die Anwesenheit von Gross hemmte ihn und schien ihn seines gewohnten Scharfsinns zu berauben. »Ich meine … Sie gehen vermutlich von der Hypothese aus, dass Herr Gunther zunächst getötet und dann aufgehängt worden ist, um es als Selbstmord erscheinen zu lassen.«

»Bravo, Werthen«, erwiderte Gross. »Genau das denken wir. Obwohl ich vielleicht anmerken darf, dass Ihr Mund noch immer schneller arbeitet als Ihr Verstand.«

Bei dieser Bemerkung kicherte Gendarm Schmidt leise, wurde jedoch sofort durch einen scharfen Blick von Drechsler zur Ruhe gebracht.

Werthen wollte sich unbedingt rehabilitieren, also wagte er sich auf dünnes Eis, obwohl forensische Pathologie nicht wirklich zu seinen Stärken gehörte.

»Das Gesicht des Toten sieht aber doch so aus, als sei der Tod durch Strangulation eingetreten, nicht wahr?«

Der noch über das Opfer gebeugte Gross bat Drechsler mit einem Blick um Erlaubnis, bevor er die Schlinge entfernte und so die Blutergüsse auf beiden Seiten des Halses freilegte.

»Genau wie Sie sagen, Werthen, Tod durch Erwürgen. Die Blutflecke auf seinen Wangen, ausgelöst durch das Platzen der Augenkapillaren, sowie die Schwellung und Blaufärbung des Gesichtes, alles weist darauf hin. Sie können hier genau die Umrisse der Finger sehen.« Er presste seinen Daumen in das schmale Dreieck an der Verbindung der Schlüsselbeine des toten Mannes mit dem Hals. »Außerdem ist der Kehlkopf zerquetscht, wenn ich mich nicht täusche, aber nach der Autopsie werden wir mehr wissen.«

Drechsler stand auf und straffte seinen Rücken. »Motive?«, fragte er. »Ein Musiker gehört doch zu einer eher harmlosen Gattung Mensch. Wer würde ihn denn umbringen wollen?«

»Genau das, mein lieber Inspektor, beabsichtigen wir herauszubekommen.«

Herr Regierungsrat Leitner war keinesfalls hocherfreut, Werthen wiederzusehen.

»Ich verstehe nicht, inwiefern der Tod des unglücklichen Herrn Gunther mit Ihren Ermittlungen Mahler betreffend zu tun hat.«

»Es hält uns bei Stimmung«, erwiderte Gross. »Wir sind eben übertrieben neugierig, wenn es um einen gewaltsamen Tod geht.«

Dass nun Gross mit von der Partie war, schien Leitner zu verunsichern, denn sein besonderer Ruf eilte dem Kriminologen voraus. Leitner lief bei Gross' Bemerkung rot an, rang seine Hände und versuchte, wenn auch mit wenig Erfolg, das Zucken in seinem Augenlid zu kontrollieren.

»Höchst ungebührlich«, murmelte er.

Sie erwiderten nichts, und schließlich verließ Leitner seinen Schreibtisch im Büro der Oper, um sie durch das Labyrinth von Treppen in den Zuschauerraum zu führen.

Als sie an den Orchestergraben traten, deutete Leitner auf einen Stuhl auf der linken Seite.

»Dort. Das ist die Position des dritten Geigers. Herr Gunther saß am gestrigen Abend zur Abschlussaufführung der Saison genau auf diesem Stuhl.«

Ohne um Erlaubnis zu fragen, sprang Gross in den etwas tiefer liegenden Graben, setzte sich auf den betreffenden Stuhl und spähte nach oben auf die Bühne.

»Der Vorhang müsste geöffnet werden, wenn es Ihnen nichts ausmacht, Herr Regierungsrat Leitner.«

Leitner zögerte, deshalb fuhr Gross fort: »Das dürfte doch eine recht einfache Angelegenheit sein, oder nicht?« Der Kriminologe schmunzelte mit gespielter Liebenswürdigkeit.

»Es wird einen Moment dauern«, erwiderte Leitner. Er ließ Werthen und Gross zurück, um einem Bühnenarbeiter den Auftrag zu erteilen.

»Überprüfen sie den Blickwinkel, Gross?«, fragte Werthen, als sie allein waren. »Es wäre besser, wenn Sie ein wenig auf dem Stuhl vorrutschen würden, denn Gunther war kleiner als Sie.«

Gross wollte etwas anmerken, befolgte dann aber nur den Rat Werthens.

»Ja, genau wie ich es mir gedacht habe«, sagte er, als der Vorhang sich öffnete. Er sprang vom Stuhl auf und reichte Werthen die Hand. »Ich benötige Ihre Hilfe, Werthen.«

Als Werthen dem Kriminologen aus dem Orchestergraben half, erstaunte ihn der feste Griff des Freundes ein wenig.

»Ich bin unserem gemeinsamen Freund Klimt zu Dank verpflichtet«, erklärte Gross und wischte sich imaginären Staub von seiner grauen Hose. »Er empfahl mir ein paar Stunden Hanteltraining, obwohl ich eigentlich ein *Indian Club*-Anhänger bin, also lieber mit Keulen arbeite. Jedenfalls haben diese Übungen Wunder für meine Ausdauer und Beweglichkeit bewirkt. Früher hätte ich nicht einmal im Traum gewagt, einfach so in einen solchen Graben zu springen.«

»Ihre Übungen sind mir im Moment eher gleichgültig, Gross. Sagen Sie schon, haben Sie gefunden, was Sie meiner Ansicht nach suchten?«

In diesem Moment kehrte Leitner zurück.

»Zufrieden, meine Herren?«

»Äußerst zufrieden, ja«, antwortete Gross.

Der Tonfall des Kriminologen gefiel Leitner ganz und gar nicht. »Falls ich Ihnen noch irgendwie behilflich sein kann …« Er klang nur mäßig engagiert.

»Sie führen doch vermutlich Anwesenheitslisten für die Orchestermitglieder, vor allem bei den Proben, nehme ich an?«

»Allerdings.« Leitner nickte bedächtig.

»Nun dann …?« Gross schwenkte auffordernd die Arme.

In Leitners Büro legte ihnen der Herr Regierungsrat ein Hauptbuch von beträchtlicher Größe vor, welches die Zeitpläne für jeden Musiker und jeden Sänger enthielt. Mit seinem Zeigefinger folgte Gross den Einträgen für Mai und Juni. Dann seufzte er befriedigt auf.

»Vielen Dank, Herr Regierungsrat Leitner, Sie haben uns sehr geholfen.«

Als Werthen Leitners fragenden Blick auffing, hob er nur die Brauen, als wollte er sagen, dass er genauso im Dunkeln tappte wie der Stellvertretende Direktor. Und zum Teil stimmte dies auch.

Sie hatten kaum das Büro verlassen, als Werthen Gross aufhielt, indem er ihn am Arm packte.

»Ich vermute, Sie haben die Anwesenheit Gunthers während der anderen Vorfälle überprüft.«

»Genau, Werthen. Das habe ich. Und er war erwiesenermaßen bei allen Vorkommnissen anwesend.«

Werthen schüttelte seinen Kopf. »Aber das beweist doch …«

»Nur sehr wenig, wenn man nicht den Blickwinkel von seinem Orchesterstuhl aus berücksichtigt.«

»Sie meinen Herrn Gunthers Blick vom Stuhl des dritten Geigers?«

»Ganz richtig. Gunther ist eindeutig Zeuge dieser Vorfälle gewesen.«

»Wie ich es mir dachte«, sagte Werthen.

»Zumindest war er Zeuge des Todes von Fräulein Kaspar«, betonte Gross bedeutungsvoll.

Werthen nickte nur. »Ja, natürlich. Gunther hatte aus seiner Position vermutlich einen perfekten Blick auf den Schnürboden und die Person, die den Feuervorhang gelöst haben könnte.«

Gross nickte anerkennend. »Sehr gut, Werthen. Ich glaube, Sie werden schon bald ein Meister der kriminologischen Ermittlung sein.«

»Das heißt«, Werthen ignorierte den Einwurf einfach, »dass unser Täter offenbar entschlossen ist, seine vorangegangenen Versuche zu vertuschen. Wenn dies so sein sollte, liegt auch die nächste Folgerung auf der Hand: Mahler ist tatsächlich in großer Gefahr.«

Es war typisch Mann, einfach loszustürmen und so alberne alltägliche Dinge wie den reibungslosen Gang der juristischen Kanzlei der Sorge der Frau zu überlassen. Berthe schätzte Dr. Gross, hätte es aber dennoch vorgezogen, wenn er zu einem anderen Zeitpunkt aufgetaucht wäre. Gerade hatten Karl und sie begonnen, als Team zu ermitteln – und das hatte Spaß gemacht. Kaum aber war der große Kriminologe zur Stelle, lief Karl ihm wie ein Hündchen hinterher.

Und sie hockte nun hier im Büro und kümmerte sich darum, dass Rechnungen bezahlt und Termine eingehalten wurden.

Berthe fragte sich unwillkürlich, ob dies vielleicht der Moment war, an dem ihr Leben auf eine falsche Bahn geriet. Sie hatte schließlich ihre eigene berufliche Karriere als Erzieherin und Autorin, doch seit ihrer Heirat hatte sie lediglich einen einzigen Artikel verfasst – über die österreichische Friedensbewegung und deren weibliche Anführer. Selbst ihre Stunden im Gemeindezentrum von Ottakring hatte sie reduziert. Das Wiener Gemeindezentrum war nach dem Vorbild der von Mary Ward eingeführten englischen *settlement houses* geschaffen worden. Es setzte sich für die benachteiligten Kinder der Stadt ein, bot Unterricht und besondere Spielmöglichkeiten an. Berthe hatte in der Leitung mitgearbeitet, dafür gesorgt, dass das Zentrum auch für behinderte Kinder geöffnet war und in den Abendstunden für die aus der Arbeiterklasse stammenden Eltern kulturelle Veranstaltungen angeboten wurden.

Auch diese Arbeit hatte seit ihrer Vermählung gelitten. Sie verbrachte dort weniger Stunden, um dafür mehr in Karls Anwaltskanzlei aushelfen zu können. Ihre Schutzbefohlenen mussten allerdings nicht darunter leiden, da sie eine Reihe von Freiwilligen angeworben hatte, aber ihr selbst fehlten die Kinder. Und sie vermisste ihre Eigenständigkeit.

Karl hatte diese Opfer keinesfalls von ihr verlangt. Weit gefehlt. Er rühmte immer wieder ihre Leistungen. Allein Berthe glaubte, einen Beitrag für ihr gemeinsames Leben leisten zu müssen, damit sie als Paar nicht immer in parallelen Welten lebten.

Genug des Selbstmitleids, sagte sie sich, während sie die letzten Papiere zur Testamentseröffnung für von Bülow ablegte.

Zum Glück haben wir Ungar, dachte sie. Dr. Wilfried Ungar, Karls Assistent, war zwar ein arroganter junger Mann, aber er hatte sich zu einer tragenden Säule der Firma entwickelt, als Karl im letzten Jahr verletzt worden war. Und mittlerweile war Ungar von großer Wichtigkeit, da sich ihr Gatte entschieden hatte, eine neue Richtung einzuschlagen und strafrechtliche Ermittlungen zu praktizieren.

Jemand klopfte leise an den Türpfosten. Die Tür stand offen.

»Ja?«

Dr. Ungar trat einen Schritt in den Raum. »Ich hoffe, ich störe Sie nicht?«, sagte er.

»Ganz und gar nicht«, sagte Berthe. »Kommen Sie doch herein.«

Ungar versuchte älter auszusehen, als er mit seinen achtundzwanzig Jahren war. Er trug einen Kneifer und einen hochgezwirbelten Schnurrbart. Sein leichter grauer Anzug stand ihm gut und war weder zu auffällig noch zu bescheiden. Er sorgte dafür, dass die Klienten sich bei ihm in guten Händen fühlten. Sein Haar kämmte er mit einem tiefen Scheitel, um zu verbergen, dass es sich bereits lichtete.

Er setzte sich in den Stuhl für die Klienten, ihr gegenüber. Sie mochte den Ausdruck auf seinem Gesicht nicht, Ungar wirkte, als würde er einer Beerdigung beiwohnen.

»Was gibt es denn?«

»Ich bedaure sehr, Frau Meisner, Ihnen mitteilen zu müssen, dass ich meiner Stellung in dieser Kanzlei nicht weiter werde nachgehen können.«

»Aber warum denn nicht?«

»Es ist dieses neue Schild, Sie verstehen.«

»Schild? Welches Schild?«

»›Advokat Karl Werthen: Vermächtnisse und Treuhandangelegenheiten, Strafrecht und private Ermittlungen‹«.

»Ach ja«, sagt sie. »Dieses Schild.«

»Strafrecht, das könnte ich ja noch tolerieren, denn Herr

Werthen hat diese Profession ja bereits in Graz ausgeübt. Aber Ermittlungen? Gnädige Frau, sehe ich aus wie ein Privatdetektiv? Wie soll ich mich noch erhobenen Hauptes unter den Kollegen bewegen? Um es kurz zu machen, ich sehe mich gezwungen, mich nach einer Position in einer seriöseren Kanzlei umzusehen.«

Berthe schwankte zwischen dem Wunsch, dem unverschämten jungen Mann eine Watschen zu geben, oder vor ihm auf die Knie zu fallen und ihn anzuflehen, dass er bleiben möge.

Sie entschied sich für einen Mittelweg. »Ich bedaure sehr, das zu hören«, begann sie.

Er hob die Hand, als wollte er ihre inständigen Bitten abwehren, die doch nun wohl folgen würden. Sie hatte jedoch nichts dergleichen im Sinn.

»Ich versichere Ihnen, gnädige Frau, dass man mich von meinem Entschluss nicht mehr abbringen kann. Ich schrieb Ihrem Mann in diesem Sinne, fühlte mich jedoch als Zeichen meiner Integrität bemüßigt, Sie auch persönlich über meine Entscheidung in Kenntnis zu setzen.«

»Das ist sehr freundlich von Ihnen, Dr. Ungar.«

»Aber ich muss nochmals betonen, dass ich von meiner Entscheidung nicht abzubringen bin. Wenn man jedoch die Inschrift des Schildes ändern könnte …«

»Ja«, sagte sie, um ihrem Ärger Luft zu machen, »es ist wirklich bedauerlich. Aber dann werden wir wohl irgendwie ohne Sie zurechtkommen müssen. Wann genau wird Ihr letzter Tag sein?«

Sie freute sich darüber, dass sein Kneifer bei dieser Bemerkung ins Rutschen geriet.

Adolf Loos, der auch Architekturkritik für *Die Fackel* verfasste, hatte das Interieur des neu eröffneten *Café Museum* gestaltet. Werthen und Gross saßen hier zusammen, um endlich ihr Gespräch mit dem jungen Journalisten Karl Kraus zu führen. Sie wollten ihn mit ihren Fragen förmlich löchern, um möglichst von allen Gerüchten zu erfahren, die auch nur ansatzweise Mahler betrafen.

Ein scherzender Journalist hatte für das Café den Spottnamen »Café Nihilismus« geprägt. Loos' moderner Entwurf eines schmucklosen Interieurs entsprang seiner Verachtung für jenen ornamentalen Stil, der noch immer dem gängigen Stilgefühl der Wiener entsprach. Den einzigen Schmuck bildeten Messingbänder an der gewölbten Decke des Cafés, aber auch diese hatten eine Funktion, verhüllten sie doch die elektrischen Leitungen. Nackte Glühbirnen hingen von den Messingbändern herab. Rote Bugholzstühle, die Loos selber entworfen hatte, bildeten einen starken Kontrast zu den hellgrünen Wänden.

Gross, der eher Geschmack an Palmenkübeln und Karyatiden-Säulen fand, schien sich in dieser minimalistischen Umgebung unwohl zu fühlen. Werthen dagegen fühlte sich auf Anhieb wie zu Hause in diesem modernen Ambiente.

»Ihnen ist natürlich klar, dass der Journalismus der Kropf der Welt ist«, gab Kraus leutselig zum Besten.

Wie soll man auf eine solche Bemerkung reagieren, dachte Werthen, außer einfach weise zu nicken? Der Aphorismus, der schockierte, galt als eine Kraussche Spezialität.

»Kropf« oder nicht, der Journalismus war immerhin auch die Profession, der Kraus selbst nachging. Er war Satiriker und befand sich als selbsternannter Polizist im Dienst gegen nachlässigen Sprachgebrauch, falsche Grammatik, armselige Wortwahl und falsch gesetzte Kommata. Kraus verachtete den schwülen und luftigen Stil, in dem viele Zeitungen ihre Titelseiten auffüllten.

»Ein Feuilleton zu schreiben ist wie Locken auf einer Glatze zu drehen«, fuhr Kraus fort. »Aber das Publikum liebt diese Locken mehr als die Löwenmähne der wirklichen Gedanken.« Er lächelte zu dieser geistreichen Bemerkung; zwischen seinen dünnen Lippen tauchten schiefe Zähne auf.

Er ist eigentlich zu jung, um schon so sehr von sich überzeugt zu sein, dachte Werthen. Und doch nickte er brav über das Bonmot, das er vermutlich schon bald auf den Seiten der *Fackel* würde lesen können, die alle drei Monate erschien. Kraus war ein eher schmächtiger Mann mit einem Lockenkopf, er trug eine Brille mit winzigen ovalen Gläsern, in denen sich das Licht reflektierte. Seine Kleidung entsprach der eines Bankiers. Kraus war das neunte Kind eines böhmischen Juden, der durch Papiertüten zu Reichtum gekommen war. Die finanzielle Unterstützung durch seine Familie erlaubte es Kraus, sich über jedermann in seinem Journal lustig zu machen.

Schon seit einer halben Stunde bemühte sich Werthen, der Unterredung die gewünschte Richtung zu geben – Mahler und seine möglichen Feinde –, aber Kraus wollte davon nichts wissen.

»Herr Kraus«, unterbrach nun Gross den Redefluss des Journalisten. »Ich habe nicht den geringsten Zweifel an Ihren geistigen Fähigkeiten und bin davon überzeugt, dass Sie eine Vielzahl vielschichtigster Bekanntschaften pflegen, aber könnten wir nun bitte zum Punkt kommen?«

Kraus richtete sich in seinem Stuhl auf, als hätte ihn sein Vater beim gemeinsamen Abendessen mit Vorwürfen überhäuft.

»Bitte entschuldigen Sie, meine Herrn. Sie müssen verstehen … meine persönlichen Lieblingsärgernisse.«

Trotz seines eher schwächlichen Körperbaus besaß Kraus eine angenehme Stimme. Als junger Mann hatte er sogar eine Karriere als Schauspieler ins Auge gefasst, scheiterte jedoch an seinem Lampenfieber. Man erzählte, dass er mit neuen Formen der Unterhaltung experimentierte. Er orientierte sich dabei an dem Amerikaner Mark Twain und seinen berühmten Ein-Personen-Shows. Als Gast in den angesagten Salons der Stadt unterhielt er bereits die Kenner, die *cognoscenti*, mit seinen Shakespeare-Präsentationen und Lesungen eigener Texte. Dazu war Werthen ein weiterer Aphorismus zu Ohren gekommen: »Wenn ich vortrage, so ist es nicht gespielte Literatur. Aber was ich schreibe, ist gedruckte Schauspielkunst.«

»Im Übrigen denke ich, dass ich Ihnen bei Ihren Nachforschungen behilflich sein kann. Ohne übertreiben zu wollen, darf ich sagen, dass ich ein Kristallisationspunkt der Stadt bin. Wien ist eine Zwiebel. Man sieht das schon in der Stadtplanung, wo sich Ring um Ring legt. Der prächtige Innere Bezirk ist von der Ringstraße umschlossen, die Vororte der Mittelklassen umschließt die Gürtelstraße, und außerhalb dieser liegen dann die ärmeren Bezirke, in welchen die Arbeiter ihre vernachlässigten, vergessenen Existenzen führen.«

Gross wollte erneut den Krausschen Redefluss unterbrechen, aber Werthen stieß ihn unter dem Tisch kurz mit dem Fuß an, da er spürte, dass Krauss nun zu ihrem Anliegen zurückfand.

»Ich bin ein Teil dieser übelriechenden Zwiebel, meine Herren, vielleicht sitze ich gar genau in ihrem Zentrum. Als Verleger höre ich so manches. Menschen schreiben mir, sie halten mich auf der Straße an, um mir Geheimnisse mitzuteilen, und sie hinterlassen ihre Botschaften beim Oberkellner in einem der von mir bevorzugten Kaffeehäuser. Ich höre auch so etliches durch meine Kontakte zu dem gebildeten Wien. Einige wenige Freunde und ich haben einen Stammtisch im Café Central, wir treffen uns dort wöchentlich, um zu diskutieren. Wir sprechen über die Welt, die dieser Hexenkessel Wien darstellt. Diese Freunde gehören nun wiederum auch anderen Zirkeln an, da ist Freud oder Schnitzler, Klimt, Loos, Viktor Adler und Mach. Und, was für Sie von besonderer Wichtigkeit sein dürfte: eben auch Mahler.«

Er warf ihnen ein weiteres schmallippiges, reptilienartiges Lächeln zu. Seine Augen funkelten hinter den Brillengläsern.

»Und was ist nun der langen Rede kurzer Sinn, Herr Kraus?«, sagte Gross, der langsam die Geduld verlor.

»Dr. Gross, ich bin sicher, dass Sie die lange Version der Geschichte nicht ertragen könnten, weil Sie vorher gewiss ein Schlaganfall treffen würde.«

»Dann gewähren Sie uns eben das Vergnügen der kurzen Version«, sagte Gross.

»Die Liste von Mahlers Feinden ist umfangreich«, sagte Krauss. »Aus dem Stehgreif könnte ich mir verschiedene Verdächtige vorstellen. Wirklich zu schade, dass Sie Frauen aus diesem Kreis ausschließen …«

Werthen hatte Krauss bis zu einem gewissen Grade ins Vertrauen gezogen, gerade genug, um in groben Umrissen die mögliche Gefährdung Mahlers zu verdeutlichen. Würde Kraus diese Bedrohung in irgendeiner Weise in seinem Journal verwerten? Kraus hatte zwar sein Ehrenwort gegeben, dies nicht zu tun, aber Werthen hätte keinen Gulden darauf verwettet.

»… ich kenne Gerta Rheingold persönlich. Sie wäre sicher entzückt über Mahlers Ableben.«

»Der Mozart-Sopran der Hofoper?«, erkundigte sich Werthen.

»Genau, und ihre Klage ist wirklich ganz köstlich. Bei den Proben zur *Zauberflöte* im vergangenen Monat wurde sie gezwungen, die Zeilen ›Stirb, Ungeheu'r, durch unsre Macht!‹ dreißig Mal hintereinander zu singen, da Mahler mit ihrem Vortrag unzufrieden gewesen war. Schließlich schleuderte die Sängerin diese Zeilen ganz einfach Mahler selbst entgegen, woraufhin die Probe unterbrochen wurde. Gewiss, sie ist eine Frau. Ich denke jedoch, dass man in der heutigen modernen und frauenbewegten Zeit auch Frauen unbedingt zu den möglichen Schurken zählen sollte. Denn was ist die *befreite* Frau anderes als ein Fisch, der sich seinen Weg ans Ufer erkämpft hat.«

Ein weiteres Bonmot, das schon bald den Seiten der *Fackel* die richtige Würze geben wird, dachte Werthen.

»Können wir uns vielleicht den männlichen Kandidaten zuwenden?«, drängte Gross nun. Er wirkte in den zierlichen Bugholzstühlen fehl am Platze, schien sich völlig unwohl zu fühlen, und seinen Kaffee hatte er auch längst ausgetrunken.

»Nun gut, ich an Ihrer Stelle würde Herrn Hans Richter befragen. Er war einer der Dirigenten unter dem vormaligen Direktor Jahn und konnte sich berechtigterweise Hoffnungen machen, selber zum Nachfolger ernannt zu werden. Und dann tauchte Mahler, der Thronräuber, an der Hofoper auf. Das war eine sehr heikle Angelegenheit. Und Leitner selbst würde natürlich ebenfalls ganz oben auf einer solchen Liste stehen.«

»Und wieso das?«, erkundigte sich Werthen.

»Er zählte zunächst zu den Unterstützern Mahlers. Aber Mahler zeigte schnell, dass er sein eigener Herr sein will. Er überlässt Leitner an keiner Stelle die letzte Entscheidungsgewalt, weder im Bereich der Finanzen noch in der Frage, wer engagiert und wer entlassen werden soll, oder bei irgendeiner sonstigen Entscheidung, die in der Verwaltung der Hofoper täglich zu treffen sind. Schon mehrfach hat Mahler Leitner schlicht übergangen und sich direkt an Prinz Montenuovo gewandt, um seinen Kopf durchzusetzen. Dann ist da natürlich noch der Inspizient, der Blauer. Der Bursche ist wahrlich aus hartem Holz geschnitzt. Mahler und er kommen in keiner Weise miteinander aus, sie sind wie zwei Seiten einer Medaille. Blauer macht keinen Hehl aus seiner Ansicht, dass die Anforderungen, die Mahler an eine Inszenierung stellt, viel zu ehrgeizig sind. Sie wissen sicher, dass Mahler ein Anhänger Appias ist«, fuhr Kraus fort und verwies damit auf den Schweizer Pionier des Bühnenbildes. »Mahler ist ein Verfechter des Realismus, der Dreidimensionalität des Bühnenbildes und einer authentischen Beleuchtung. Unsere Freunde hinter dem Vorhang der Hofoper würden hingegen viel lieber weitermachen wie bisher, mit dem Prinzip der einfachen Szenenfolge und allen anderen Traditionen der vorangegangenen Jahrhunderte.«

»Aber ist denn irgendeine dieser Beschwerden, seien es nun die von Leitner oder Blauer, so bedeutsam, dass …«

»… der Betreffende Mahler töten würde?«, beendete Kraus Werthens Frage. »Sicher nicht in einer geistig gesunden Gesellschaft. Wien ist aber nicht zurechnungsfähig.«

»Sehen Sie denn den Kreis der Feinde Mahlers auf das Umfeld der Hofoper beschränkt?«, fragte Gross vorsichtig, um zu keinen weiteren Abschweifungen Anlass zu geben.

»Wie heißt es doch gleich bei den Kriminologen?« Kraus blickte an die gewölbte Decke, als würde er dort nach der Antwort suchen. »Motiv und Gelegenheit. Das Letztere vor allem spricht für diese Männer. Aber es gibt natürlich andere, wenn auch mit deutlich eingeschränkter Möglichkeit, solche Anschläge durchzuführen. Eberhard Hassler, der Musikkritiker vom *Deutschen Volksblatt*, ist ein ausgesprochener Gegner Mahlers. Seine Kritik begründet sich vor allem auf dem Judentum Mahlers. Hassler gehört zur rabiaten Sorte der Antisemiten, seiner Ansicht nach zerstört Mahler die Musiktradition Wiens mit seinen ›orientalischen‹ Theorien, was auch immer das sein soll. Hier gibt es zwar ein Motiv, aber wenig Gelegenheit. Noch ein anderer kommt mir sofort in den Sinn. Peter Schreier, der Anführer der Claque. Er hat lautstark Verrat geschrien, als Mahler ihn und seine Kohorte von den Aufführungen ausgeschlossen hat. Mahler will nicht zulassen, dass ein Zwischenapplaus die Dynamik seines Dirigats zerstört. Aber Schreier und seine Freunde leben von diesem Applaus, sie werden dafür von den bereits etablierten wie auch den jüngeren Sängern gleichermaßen bezahlt. Schreier schrieb in einem Brief, den ich auf sein Drängen hin veröffentlichen sollte, es handele sich um eine Angelegenheit auf Leben und Tod. Man könnte also auch hier von einem Motiv reden und vielleicht sogar von einer Gelegenheit, da er sich auf und hinter der Bühne bestens auskennt.«

»Das müsste man doch auch über Hassler sagen können«, merkte Gross an. »Einem Musikkritiker wird doch sicher Zugang zu den Proben gewährt.«

Für einen Moment saßen die drei still beieinander, umgeben vom Stimmengewirr der vielen Gäste; Kellner im Smoking servierten mit elegantem Schwung Kaffee und Wasser auf kleinen Tabletts.

»Die Liste ist wirklich lang«, sagte schließlich Gross. »Und dies sind allein die offensichtlichen Möglichkeiten. Das ist wirklich ein ganz hoffnungsloser Fall. Und es gefällt mir ganz und gar nicht, dass die Quoten so deutlich gegen uns stehen.«

6. KAPITEL

Am nächsten Abend erhielt Werthen in seiner Wohnung einen Anruf von Mahler. Die Stimme des Komponisten hörte sich kräftig an, fast schneidend. Er schien merklich erholt von seinem letzten Unfall. Er teilte Werthen mit, dass er am Morgen nach Altaussee im Salzkammergut abreisen würde, um dort seine Sommerferien zu verbringen. Seine Schwester und er wollten dort in Gesellschaft ihrer Freundin Natalie für sechs Wochen ein abgeschiedenes Haus beziehen, die ungefähr eine halbe Stunde vom Dorf entfernte Villa Kerry. Mahler würde dort die Arbeit an seiner neuen Sinfonie wieder aufnehmen.

Er schilderte lebhaft das ländliche Wunder Altaussees, seine magische Umgebung; das klare, tiefe blau-schwarze Wasser des Alpensees, der von den Gipfeln des Losers und anderer Berge umgeben war, redete vom versteckten Charme des ruhigen Dorfes mit seinen paar hundert Bewohnern, pries die vortrefflichen Wander- und Radwege.

»Wie idyllisch.« Werthen konnte nur mit Mühe zwischen den überschwänglichen Ausführungen Mahlers eine Bemerkung einflechten.

»Finden Sie? Ja, ich glaube, es wird Ihnen gefallen.«

Werthen wartete einen Moment, um sicherzugehen, dass er Mahler richtig verstanden hatte.

»Sie möchten, dass ich Sie begleite?«

»Nicht begleiten, bewachen wäre vielleicht der richtige Ausdruck. In unserer Villa ist leider kein Zimmer mehr frei, aber im Dorf finden Sie eine gute Unterkunft im Hotel am See. Ich hoffe, Sie nehmen es mir nicht übel, aber ich habe mir bereits die Freiheit genommen, dort ein Zimmer für Sie zu reservieren. Zu dieser Jahreszeit kann man diesbezüglich nicht vorsichtig genug sein.«

»Herr Mahler …«, setzte Werthen an.

Mahler unterbrach ihn. »Diese beiden siamesischen Leibwächter würden in einer solch lieblichen Umgebung viel zu sehr auffallen, Werthen. Nein, ich glaube, Sie eignen sich am besten als mein persönlicher Beschützer, wenn Sie einen Schutz denn für notwendig halten.«

Mahler hatte also die beiden Leibwächter entdeckt, dachte Werthen. Es war wohl nur eine Frage der Zeit gewesen. Aber dass Mahler über den Sommer umziehen würde, war ihm neu. Vielleicht war es am besten so. Was konnte ihm auf dem Land schon passieren? Ihr namenloser Widersacher würde in solcher Umgebung nur widerwillig zuschlagen. Jeder Eindringling müsste dort sofort bemerkt werden.

»Herr Werthen? Sind Sie noch da?«

Werthen sah über die Schulter in das Wohnzimmer, in dem Berthe saß und las. Ein Schimmer des Gaslichtes tauchte ihr Gesicht in einen warmen orange-gelben Schein, sie hatte die Lippen vor Konzentration fest zusammengedrückt. Ein Gefühl plötzlicher und überwältigender Liebe überkam ihn.

»Ja«, antwortete er.

»Wir sehen uns also dann auf dem Land?«

»Ja, gut.«

»Wunderbar«, sagte Mahler, wenn auch wenig begeistert. »Bis morgen also.«

Werthen fand es scheußlich, dass er Berthe in Wien zurückließ, aber es musste ein neuer Juniorpartner für die Kanzlei gefunden werden. Berthe versicherte ihm, dass sie sich darum kümmern würde, und Gross war es nur recht, die Untersuchungen und Gespräche in Wien weiterführen zu können. Gross war bestimmt insgeheim erleichtert, dass er die Untersuchung nun auf eigene Faust führen konnte. Alles sprach also dafür, Mahler aufs Land zu folgen. Sicherlich musste er nicht die ganzen sechs Wochen bleiben, die der Komponist dort zu verbringen gedachte. Werthen beabsichtige, eine Bestandsaufnahme zu machen und dann die erste Gelegenheit zu ergreifen, um nach Wien zurückzukehren.

Er bestieg den Salzburg-Express am Donnerstag, Schuldgefühle mischten sich mit einem Gefühl freudiger Erwartung angesichts der vor ihm liegenden Zeit auf dem Lande, denn in Wien war es unter einem dunstigen blauen Himmel bei hoher Luftfeuchtigkeit sehr drückend.

In meteorologischer Hinsicht erwartete ihn das direkte Gegenteil, sobald er den schmalen Zug in Altaussee verlassen hatte.

Es regnete die nächsten beiden Tage. Ein leichter Dauerregen, der die schon lange verblühten Fliederhecken wie Trauerweiden herabhängen ließ.

Werthen stieg im Hotel am See ab, ein riesiges Alpenhaus, das mit Hirschgeweihen und anderen Zeichen der Gemütlichkeit prunkte, wie den Tiroler Vorhängen, dicken Daunendecken auf den Betten und frischer Butter auf hausgemachten Semmeln zum Frühstück. Würde der Flaneur Graf Joachim von Hildesheim, einer der Helden aus Werthens Kurzgeschichten, das Hotel beschreiben, würde er wohl die Worte »auf hartnäckige Weise bezaubernd« wählen.

Werthen selbst erlag fast widerstrebend dem Charme der freundlichen Gastgeber und Hotelbesitzer, der Familie Wolf. Sie waren zu gut, um echt zu sein: freundlich, gutmütig und nahezu überschäumend um das Wohlbefinden ihrer Gäste besorgt. Manchmal sind die Dinge eben wirklich so, wie sie zu sein scheinen, sagte er sich und nahm sich vor, sich einfach wohlzufühlen. Die Wolfs waren tatsächlich fast zu gut, um real zu sein: drei blonde, junge, in Dirndl gewandete Töchter servierten im Speiseraum. Ihre rosigen Wangen waren eine ständige Ermahnung an Werthen, sich mehr an die frische Luft zu begeben und sich zu bewegen, auch wenn er sich an frischem Hirschsteak labte. Die älteren Söhne, die ebenso blond und beunruhigend blauäugig in Lederhosen und strahlend weißen Hemden glänzten, machten sich als Bedienstete im Hotel nützlich. Sie arbeiteten am Empfang, trugen das Gepäck und halfen als Führer für abenteuerlustige Wanderer. Frau Wolf beaufsichtigte die Küche, während Herr Wolf der gute Geist und leutselige Gastgeber des Hauses war.

Die Eltern waren beide dunkelhaarig, so dass Werthen sich über ihre blonde Nachkommenschaft wunderte. Diese Verwunderung und seine kurzen literarischen Aufzeichnungen über die Familie waren die ersten Anzeichen der Rückkehr seiner schöpferischen Kräfte. So hielt er in kurzen Geschichten Stimmungsbilder von Österreich und den Österreichern fest. Vielleicht wäre es ja besser, dachte er, wenn ich meine Kreativität in andere Bahnen lenken würde. Er müsste alle Einzelheiten der Fälle, in die er nun verwickelt war, minutiös aufzeichnen und sich nicht in das Treiben einer geckenhaften Person wie dem Grafen von Hildesheim verlieren.

Nach dem Abendessen bezauberte die Familie Wolf ihre

Gäste mit Musikabenden. Sie sangen Alpenmelodien, begleitet von Herrn Wolf an der Gitarre und Frau Wolf am Akkordeon. Normalerweise war Werthen kein großer Anhänger dieses fiependen und oftmals schrillen Instrumentes, aber in den Händen von Frau Wolf verwandelte es sich in etwas fast Schwermütiges und Melodiöses.

Es war Samstag, das trostlose Alpenwetter schlug um. Dampf stieg von den von der Sonne gewärmten feuchten Wiesen auf. Werthen entschloss sich, den Mahlers einen Besuch abzustatten. Er war bislang nur am Nachmittag nach seiner Ankunft dort gewesen und war auf dem Rückweg zum Hotel bis auf die Haut nass geworden. Nur knapp war er den Gefahren eines Gewittersturms entkommen.

Zwei Tage später hatte sich erneut alles verändert, jetzt war das Wetter klar und schön. Singvögel begleiteten ihn auf seinem Weg über einen durchweichten Feldweg, der aus dem Dorf herausführte. Gelegentlich überholte ihn ein Ochsengespann, dessen Kutscher argwöhnische Blicke in seine Richtung warf, die Augen halb verdeckt von einem grünen Berghut, der mit einem Gamsbart geschmückt war. Sobald Werthen jedoch das traditionelle »Grüß Gott!« ausrief, schlug das Misstrauen in einen freundlichen Gruß um. In Wien vermied er diese Begrüßungsformel sorgsam und hielt sich lieber an das formale und neutralere »Guten Tag« oder »Guten Abend«.

Er näherte sich der Villa Kerry, als vom Dorf eine leise Melodie des Dorforchesters herüberwehte. Die Melodie wurde von der Tuba und den Klarinetten und Hörnern getragen und war ihm nicht bekannt. Als er in Sichtweite des von Mahler angemieteten Hauses kam, bemerkte er auf der Straße eine kleine Gruppe von drei Männern und zwei Frauen. Sie unterhielten sich angeregt und sahen erwartungsvoll hinauf zur Villa Kerry, als ob gerade ein Wachwechsel anstünde. Es mussten Stadtbewohner sein, denn die Frauen trugen lange weiße Kleider und schreckliche Schlapphüte, die kein vernünftiger Dorfbewohner je aufsetzen würde. Die Männer trugen Bowler, und ihre Stadtanzüge wirkten inmitten all des Grüns und der Blumen im vorderen Park der Villa Kerry ein wenig deplatziert. Im Vorübergehen erkannte Werthen den unverkennbaren Schönbrunner Dialekt. Zweifellos handelte es sich bei den Leuten um Wiener der Oberklasse. Einer der Männer, mit einem dramatisch gezwirbelten Schnurrbart, unterhielt sich mit den anderen. »Er sitzt jetzt gewiss am Piano und komponiert«, erklärte er ihnen. »Später unternimmt er zumeist einen Spaziergang. Vielleicht dann …«

Werthen hielt sich nicht damit auf, herauszufinden, worauf der Mann wartete. Offensichtlich stellten sie keine Bedrohung für Mahler dar; vermutlich handelte es sich um Musikverrückte, die dem Direktor der Hofoper und Komponisten ergeben waren. Hatten sie ihre Ferien so geplant, dass sie mit denen Mahlers zusammenfielen? Doch dann erinnerte sich Werthen, dass der elegante Kurort Bad Aussee ganz in der Nähe war; höchst wahrscheinlich hielten sie sich dort auf und machten eine Trinkkur.

Vor dem Haus wurde Werthen von Mahler höchstpersönlich empfangen. Der Musiker bat den Anwalt schnell herein und schloss umgehend die Tür hinter ihm.

»Haben Sie die Leute bemerkt?«

Seine Stimme klang beinahe panisch.

»Wen?«, fragte Werthen.

»Die Leute da.« Er deutete mit der rechten Hand in Richtung

seines vorderen Parks. »Diese Parasiten dort draußen. Mein Gott, sie schicken mir sogar Briefe, in denen sie mich um handsignierte Portraits bitten. Demnächst werden sie mir mit Operngläsern nachspionieren.«

»Sie stellen doch keine Gefahr dar«, begann Werthen.

»Keine Gefahr? Diese Leute sind einfach unerträglich. Können sie mich nicht einfach in Ruhe meiner Arbeit nachgehen lassen? Und dieses infernalische Gedudel aus dem Dorf. Jeden Tag vor dem Mittagessen johlen und trompeten sie herum, und so geht es bis in den Nachmittag. Man kann nur um Regen beten, damit der wenigstens ihre Lebensgeister bändigt.«

Aufgewühlt trat Mahler an eines der Fenster neben der Eingangstür und spähte durch die Spitzengardine auf die aufdringlichen Besucher.

Dann drehte er sich herum und wandte sich wieder an Werthen. »Seien Sie ein guter Mensch und schicken Sie sie einfach weg.«

»Machen Sie sich nicht lächerlich, Herr Mahler. Ich bin gekommen, um Sie vor tödlichen Gefahren zu schützen, doch nicht vor Ihren Anhängern.«

»Aber diese Leute bringen mich um.« Seine Stimme klang verzweifelt. »Sie töten meine Kreativität. Was auf dasselbe hinausläuft. Ich habe in jedem Jahr nur sechs Wochen, um zu komponieren. Wie soll ich mich jedoch auf meine Vierte Sinfonie konzentrieren, wenn diese Eindringlinge durch die Fenster hereingaffen? Und dann dieser grässliche Lärm, der hereindringt.«

Werthen ging zu dem Fenster auf der anderen Seite der Tür und sah, dass die kleine Gruppe weitergegangen war. Zum Glück; befreite ihn das doch von einer lästigen Pflicht.

Zwei Tage später lächelte Gross in Wien liebenswürdig die junge Dame an, die vor seinem Schreibtisch saß. Was für ein reizendes junges Ding, dachte er. Sonst hatten die Reize des schönen Geschlechts wenig Anziehungskraft für ihn. Adele und er waren seit Jahrzehnten verheiratet, er hatte sich an ein eher untätiges häusliches Wohlbehagen gewöhnt, soweit es um die fleischlichen Dinge ging. Eine tiefere physische Verbindung hatte es nie zwischen ihnen gegeben; Gross fand derartige Verbindungen eher anstrengend, außerdem störten sie ihn bei seinem wichtigsten Bestreben im Leben – ein System aus Nachweis und Analyse zu erstellen, um die Wissenschaft der Kriminologie zu revolutionieren. Adele musste wohl genauso fühlen, denn schließlich waren Frauen – sah man von wenigen Nymphomaninnen einmal ab – nicht dafür gemacht, die Betätigung im Schlafzimmer zu genießen. Nach der Geburt ihres einzigen Kindes, ihres Sohns Otto, hatten sie sich jenen vermeintlichen Freuden nicht weiter hingegeben. Als er Werthen und seine Frau besuchte, war er bestürzt zu erfahren, dass sie sich ein Schlafzimmer teilten. Ein eher unschöner Zustand, befand Gross.

Nein, zu den Fragen der Sexualität hatte Gross eine eher sokratische Haltung eingenommen. Er war jetzt in einem Alter der Vernunft und wurde von solchen Trieben nicht länger beherrscht oder auch nur berührt.

So hatte er jedenfalls bis eben gedacht.

Die Anwesenheit der jungen Frau Schindler auf der anderen Seite des Schreibtisches an diesem Montagmorgen jedoch lockte ihn aus seiner Deckung, machte ihn nervös und setzte einige lang schlummernde Gefühle frei. Er merkte, dass er ihr gefallen wollte und seine Blicke von ihr abwenden musste, als ob sie eine Art von Zauber auf ihn ausübte. Ihr Duft umgab ihn wie eine Wohltat, fast wie ein frisch gebackener Gugelhupf es vermochte.

Sie hatte zuvor angerufen und Berthe mitgeteilt, dass sie neue Informationen für den Advokaten Werthen habe. Da dieser nun aber anderweitig beschäftigt war, hatte Fräulein Schindler eingewilligt, mit Werthens Kollegen im Büro vorliebzunehmen. Wie zuvor saß Berthe neben der Tür und schrieb mit, als Gross das Gespräch begann.

»Also, junge Dame, wie kann ich Ihnen behilflich sein?«

»Ich hatte gehofft, mit Advokat Werthen sprechen zu können«, sagte sie und lächelte Gross kokett an.

»Ja, wie Frau Werthen Ihnen bereits mitteilte, ist er zur Zeit nicht abkömmlich.« Gross ignorierte Berthes zurechtweisenden Blick so beharrlich wie ihren wirklichen Namen.

»Nein, nein«, fuhr Alma fort. »Verstehen Sie mich nicht falsch. Ich wollte sagen, dass ich keineswegs erwartet hatte, stattdessen mit dem hervorragenden Herrn Dr. Hanns Gross höchstpersönlich zu sprechen.«

Gross verzog bei dieser Bemerkung sein Gesicht zu einem etwas gequälten Lächeln. »Stets zu Diensten, mein Fräulein.« Er überhörte geflissentlich den Seufzer, der von Berthe kam. »Ich weiß, dass Advokat Werthen sich für Personen interessiert, die aus diesem oder jenem Grund Herrn Mahler Böses wollen.«

Wie schon in ihrem ersten Gespräch beugte sich Fräulein Schindler auch jetzt wieder vertrauensvoll über den Tisch. Instinktiv trat Gross den Rückzug an. Die Federn seines Schreibtischstuhles knarrten, als er sich zurücklehnte.

»Es gibt da jemanden, von dem Sie wissen sollten«, fuhr sie fort, ohne kaum einmal Atem zu holen.

Allmählich riss sich Gross von ihren recht auffälligen weiblichen Reizen los. Die Falle war aber auch zu offensichtlich gestellt.

»Erzählen Sie bitte«, sagte er nun mit neutraler Autorität.

Als hätte sie den feinen Wechsel im Machtgefüge registriert, entspannte Alma Schindler sich wieder und lehnte sich auf ihrem Stuhl zurück.

»Ich habe – und ich möchte dabei nicht überheblich klingen – eine Reihe von Bewunderern. Dazu zählt auch ein gewisser Heinrich von Tratten. Er stammt aus einer alten deutschen Familie. In seinem Fall ist das ›von‹ vererbt und nicht käuflich erworben. Er besteht darauf, von mir »Heini« genannt zu werden, aber das ist nun wirklich etwas zu viel verlangt. Tatsächlich ist er um etliches älter als ich. In letzter Zeit hat uns der Zufall öfter zusammengebracht, so saßen wir bei verschiedenen Diners nebeneinander und trafen uns bei Vernissagen. Er ist zwar eigentlich ein Kunstbanause, aber dennoch ein großzügiger Förderer der Sezession. Carl, mein Stiefvater, schätzt Herrn von Tratten deswegen.«

Sie lächelte Gross gewinnend an, aber er war jetzt gegen Fräulein Schindlers Verführungskräfte gewappnet und konzentrierte sich allein auf ihre Mitteilungen.

»Ja, ja«, erwiderte er ungeduldig.

»Herr von Tratten ist, wie ich schon sagte, deutschen Ursprungs. Wie Sie ja vermutlich auch, Herr Dr. Gross.«

Da er nichts erwiderte, fuhr sie in ihrer Schilderung fort. »Für Herrn von Tratten ist Herkunft nicht nur eine Sache des Stolzes, sondern auch etwas Schützenswertes, wenn Sie verstehen.«

»Das soll heißen, Herr von Tratten hat gewisse Neigungen,

gewisse Vorlieben?«, entgegnete Gross taktvoll. Er wollte den Vogel nicht freilassen, bevor er sein goldenes Ei gelegt hatte.

»Genau.«

Berthe unterbrach: »Entschuldigung, ich möchte den Ausdruck nur korrekt in den Akten festhalten. Wir sprechen hier von Antisemitismus, nicht wahr?«

»Ja«, erwiderte Gross und warf dabei einen abschätzigen Blick in Berthes Richtung. »Ich glaube, das wollte Fräulein Schindler andeuten.«

»Wohlgemerkt«, fügte Alma schnell hinzu, »das ist an und für sich noch kein Anlass zu Verdächtigungen. Viele teilen die Ansicht, dass Wien zu sehr unter dem Einfluss jüdischen Besitzes steht, von der Industrie bis zu den Zeitungen.«

»Und ebenso in den juristischen Berufen«, fügte Berthe hinzu, wurde jedoch wiederum ignoriert.

»Und im Falle des Herrn von Tratten?«, drängte Gross sie.

»Nun, sehen Sie, er hat eine dumme Fotografie gefunden, die ich immer bei mir trage. Einige Freunde, die meine tiefe Bewunderung für Herrn Mahler kennen, haben keine Mühe gescheut, mir ein von ihm signiertes Porträt zu besorgen. Vor einigen Wochen saß ich bei einer Abendveranstaltung bei Zuckerkandls neben von Tratten. Ich öffnete beiläufig meine Handtasche, und er bemerkte Mahlers Foto. Natürlich ergab sich daraufhin ein Gespräch über die Umwälzungen an der Hofoper durch den Maestro wie auch über seinen Genius. Nun, ich begann also das Genie zu rühmen, und ich bin sicher, Herr von Tratten verstand meine Gefühle sehr genau, meine Verehrung für Mahlers Kunst, vielleicht auch für den Mann selbst, obwohl ich ihm nie begegnet bin. Plötzlich aber begann Herr von Tratten eine äußerst beängstigende Tirade über den Fluch der jüdischen Rasse und dass jeder Jude, der jemals auch nur in Gedanken eine holde arische Maid um ihren Schatz beraubte, vernichtet werden müsse. Das war genau der Ausdruck, den er benutzte: vernichten. Es war wirklich unheimlich.«

»Und warum haben Sie dies nicht bereits in Ihrem ersten Gespräch mit Advokat Werthen erwähnt?«, fragte Gross.

»In der Erregung des Moments werden gelegentlich Dinge gesagt, die eigentlich nicht so gemeint sind. Ich war mir der wirklichen Bedeutung nicht sicher. Aber Sie müssen wissen, seit jenem Abend ist Herr von Tratten wiederholt an mich herangetreten. Es scheint fast so, als mache er mir den Hof, obwohl ich ihn nicht im Geringsten dazu ermuntert habe. Er ist eine wirkliche Kröte von einem Mann, ungeachtet seines ›von‹ und des Reichtums der Familie. Und er fuhr fort, mich wegen meiner Wertschätzung Mahlers zu belästigen. So fragte er ständig, wie es denn meinem ›jüdischen Liedmeister‹ ginge. Offen gesagt, seine Andeutungen interessieren mich nicht im Geringsten. Hinzu kommt noch, dass er wirklich fürchterlichen Mundgeruch hat.«

»Ich glaube nicht, dass er dafür zu belangen ist, mein Fräulein«, antwortete Gross.

»Das habe ich auch nicht andeuten wollen«, erwiderte sie ernsthaft.

»Ich bin Ihnen dankbar, dass Sie mit diesen zusätzlichen Informationen zu uns gekommen sind, Fräulein Schindler. Wir werden Herrn von Trattens Namen auf die Liste der zu befragenden Personen setzen.«

»Mahler könnte also tatsächlich in Gefahr schweben?« Ihre Augen funkelten bei dieser Vorstellung.

»Wir nehmen diese Angelegenheit jedenfalls sehr ernst«, erwiderte Gross.

»Wundervoll.« Sie sprang auf und reichte Gross ihre Hand. »Ich bin ja so erfreut, dass Sie jetzt mit der Angelegenheit befasst sind, Herr Dr. Gross. Ich bin sicher, Sie werden die Sache schon in Ordnung bringen.«

Und schon war sie hinaus, entschwand in einem Rauschen von Kleidern und einer Wolke ihres Dufts. So weltliche Dinge wie etwa ein zu entrichtendes Honorar wurden selbstverständlich nicht besprochen.

»Wahrlich eine Kraft, mit der man rechnen muss«, sagte Gross, nachdem die äußere Tür geschlossen worden war.

Berthe nickte.

»Ich möchte wirklich nicht der Mann sein, den sie ins Visier nimmt«, fuhr Gross dann fort. »Er dürfte ihr kaum entkommen.«

Später am Tag saß Berthe allein im Büro ihres Mannes, um die Bewerbungen durchzusehen, die auf eine Anzeige im *Österreichischen Rechtsjournal* eingegangen waren, mit der sie ein neues Mitglied der Kanzlei suchte, das auf Testamente und Treuhandangelegenheiten spezialisiert war. Es gab vier vielversprechende Kandidaten, aber nur einer davon war schon in den nächsten sechs Wochen verfügbar. Es handelte sich dabei um einen Anwalt aus Linz, einen gewissen Wilhelm Tor, vierzig, mit einem Diplom der Universität von Berlin. Er war in Wien geboren und schien sehr erpicht darauf zu sein, an den Ort seiner Geburt zurückzukehren. Und wollte offenbar ebenso dringend in eine Kanzlei eintreten. Sein Lebenslauf war wirklich beeindruckend. Da er außerdem sofort verfügbar war, griff Berthe zu ihrem Füllfederhalter. Sie wollte ihre Antwort an ihn noch mit der Nachmittagspost absenden. Advokat Werthen wäre geehrt, Herrn Tor zum Gespräch zu empfangen, schrieb sie. Keine Rede davon, dass Karl gar nicht anwesend war. Sie wusste ebenso gut, wer für die Kanzlei in Frage kam.

Ich will nur hoffen, dass Herr Tor leibhaftig genauso gut ist wie auf dem Papier, dachte sie und unterzeichnete den Brief schwungvoll mit dem Namen ihres Mannes.

Dann betrachtete sie einen Moment den geprägten Briefkopf. Sie mochte die solide, strenge Eleganz, die die moderne Schrift vermittelte. Zu Karl passte keine altdeutsche oder gotische Gestaltung. Zugegebenerweise hatte ihr Ehemann durchaus barocke Züge, eine empfindliche Seele, oftmals versteckt unter einem übermäßig ausgeschmückten Wortschwall; aber wie sollte man dem entkommen, wenn man in Österreich geboren war? Doch ihre liebevollen Sticheleien gegen seine biedere Ausdrucksweise, ihre Widerrede angesichts seiner unentschiedenen Haltung zur Monarchie und vor allem ihre Ermutigungen für seine Entscheidung, zum Strafrecht zurückzukehren, sowie für seine neu entdeckte Vorliebe für Ermittlungen – all dies hatte dazu geführt, ihn aus seiner Schale der Formalität zu befreien und ihre Gemeinschaft stärker und tiefer werden zu lassen.

Jetzt könnte es aber wohl bald an der Zeit sein, die Angelegenheit zu überdenken. Solange Karl in der Lage war, seine Energie zugleich den bereits bestehenden Klienten zu widmen, konnte er gern auch seine anderen Interessen verfolgen. Aber nun, da er länger im Salzkammergut weilte, spitzten die Dinge sich zu. Die Rechtskanzlei lief nicht einfach von selbst, auch nicht mit einem Assistenten, mochte er noch so talentiert und ehrgeizig sein. Schließlich konnte eben dieser Ehrgeiz schnell dazu führen, dass der Mann sich mit einer eigenen Kanzlei selbständig machte.

Ihr graute vor der Wirklichkeit, die über sie hereinbrach, und doch sehnte sie sie gleichzeitig herbei. Es war eine Sache, dass Karl sein Geschäftsschild änderte: ADVOKAT KARL WERTHEN – TESTAMENTE UND TREUHANDANGELEGENHEITEN, STRAFRECHT, PRIVATE ERMITTLUNGEN. Nur waren es eben diese Testamente und Treuhandangelegenheiten, von denen sie lebten. Mit privaten Nachforschungen war noch kein Schilling in die Kasse gekommen. Klimt hatte noch immer nicht seine Rechnung für ihre Dienste aus dem vorangegangenen Jahr beglichen. Und auch Fräulein Schindler schien alles andere als bereit, ihre Erbschaft anzugreifen, um für die Ermittlungen zu bezahlen. Zugegeben, es war Mahler, der Karl beauftragt hatte, aber sein Honorar würde kaum die anderen offenen Posten kompensieren können. Ihr Ehemann widmete all seine Kräfte diesem einen Fall und vernachlässigte andere Klienten.

Nach Karls Rückkehr mussten sie diese Probleme ernsthaft diskutieren. Nach dem Besuch bei ihrem Arzt letzten Freitag hatten sich schließlich die Umstände geändert. Sie war nicht mehr nur von einer neuen Zielstrebigkeit erfüllt, sondern auch von einem weit drängenderen Verantwortungsgefühl. Ihr graute vor der bevorstehenden Auseinandersetzung mit Karl, da er in seiner neuen Rolle als Ermittler so auflebte. Aber sie beide waren finanziell nicht in der Lage, den Spürhund zu spielen.

Karls Eltern konnten gewiss ihren einzigen lebenden Spross mit einer größeren Geldsumme unterstützen, aber sie hielten nicht viel von ihrer Verbindung. Woraus sie kein Geheimnis gemacht hatten; zum Beispiel waren sie demonstrativ Berthes und Werthens kleiner standesamtlicher Hochzeitszeremonie ferngeblieben. Seither war die Beziehung zu ihren Schwiegereltern deutlich kühl geblieben. Ihr eigener Vater gehörte der alten Schule an, die glaubte, dass Geld ohnehin den Charakter verdarb. Er war ein erfolgreicher Selfmademan und davon überzeugt, dass seine Tochter ihren eigenen Weg in der Welt finden müsste, wozu gehörte, nicht auf geldgierige Verehrer hereinzufallen, die sie für eine gute Partie hielten. Aus diesem Grund hatte er keine Mitgift für sie ausgesetzt.

Ihre Lage war also recht offenkundig, jedenfalls die neue Situation, die ihr Doktor Franck offenbart hatte. Wenn Karl nur hier wäre! Sollte sie ihm vielleicht telegraphieren?

Nein. Statt dessen atmete sie fünfmal tief durch – ihr einfaches Rezept für jede Art von Panik – und lehnte sich dann ruhig im Sessel zurück. Die Dinge würden sich schon regeln. Oh, wie sehr sie es sich wünschte!

Werthen bedauerte allmählich, dass er den Fall übernommen hatte. Jetzt hockte er hier in der Villa Kerry wie ein Diener, der die Anordnungen seines Herrn erwartet, und nicht wie ein Anwalt oder ein Ermittler, der seiner Arbeit nachgeht. Es war zwar niemals ausdrücklich so formuliert, aber es wurde immer klarer, dass Mahler von ihm erwartete, alle Hürden und Hindernissen aus dem Weg zu räumen, die seiner Komposition im Wege standen. So saß Werthen vom frühen Morgen bis zum späten Nachmittag im Foyer auf einem harten Stuhl und wartete darauf, dass entweder Justine oder Natalie die Tür öffneten, damit er dann Autogrammjäger verscheuchte oder die Avancen vernarrter junger Frauen und Ersuchen konfuser Männer mittleren Alters abwehrte, die mit dem Maestro eine kleine Melodie durchgehen wollten. Mittlerweile war auch klar, dass Mahler ebenfalls von ihm erwartete, dass er seine Schwester Justine und seine alte Freundin Natalie von ihm fernhielt. Diese Aufgabe erwies sich als die schwierigste, da beide spürten, dass Werthen ihrer beider Bedeutung in Mahlers Leben gefährdete. Sie warfen ihm an diesen langen und ermüdenden Tagen ständig böse Blicke zu. Wann immer Essen gereicht wurde, war Werthens Portion mit Sicherheit schon kalt.

Doch gelegentlich hatte er das Gefühl, die Mühen könnte die Sache wohl wert sein, weil er Bruchstücke von Mahlers Werk hören konnte, wenn dieser auf dem Piano in seinem Zimmer im dritten Stock spielte, das er zum Musikzimmer bestimmt hatte. Mahler beherrschte das Klavier nur mäßig, und doch wurde Werthen von dem bewegt, was er aufschnappen konnte. Die Melodien waren einfach und gefühlsbetont, besaßen eine Art verfeinerte Erhabenheit. Und bei den Spaziergängen mit Mahler am Nachmittag, nachdem er die Kompositionsarbeit für den Tag beendet hatte, lernte Werthen noch andere Aspekte dieses Werkes zu schätzen. Anders als bei seinen früheren Sinfonien wollte Mahler in seiner Vierten Sinfonie keine Tuba oder Posaune einsetzen. Werthen konnte das sehr gut nachvollziehen, gab es doch viel zu viele Tuben und Posaunen in dem Blasorchester, dessen Spiel über den See von Altaussee herüberschallte. Es sollte auch die bisher kürzeste Sinfonie des Komponisten werden; wahrscheinlich würde sie weniger als eine Stunde dauern. Zwar sollte sie die herkömmlichen vier Sätze aufweisen, deren letzter ein Lied für Sopran aus der deutschen Sammlung volkstümlicher Gedichte »Des Knaben Wunderhorn« war, die Mahler schon früher zu Liedern inspiriert hatte. In diesem Fall wollte er ein Gedicht verarbeiten, das davon handelte, wie ein kleiner Junge sich den Himmel vorstellte.

»Kein Musik ist ja nicht auf Erden, die unsrer verglichen kann werden«, sprach das Kind an einer Stelle, und Werthen fand einige der Passagen, die er gerade mitgehört hatte, wirklich himmlisch.

Aber rechtfertigte sein Beitrag zu diesen künstlerischen Beschäftigungen wirklich seine Abwesenheit von Wien? Er vermisste Berthe, und seine Schuldgefühle wuchsen mit jedem Tag, den er nicht mit ihr verbrachte. Dies waren nicht die beruflichen Arbeitsferien, wie er sie sich erhofft hatte. In seiner Phantasie war er halb Spürhund und halb stoischer Beschützer gewesen und nicht ein Lakai, der unerwünschte Besucher abwimmelte. Außerdem wollte er auch nicht das stimmlose Echo für Mahlers musikalische Träumereien sein, wenn sie nachmittags durchs Land wanderten, wobei der brillante Komponist ständig Lokum aus seinen vollgestopften Taschen naschte.

Nein. So grandios die Musik auch sein mochte, es war nicht seine Aufgabe oder gar Pflicht, eine Atmosphäre zu schaffen, in der künstlerische Schöpfung gedieh. Seine Aufgabe bestand ganz einfach darin, zu verhindern, dass Mahler getötet würde. In Altaussee sah Werthen keine Gefahr für den Komponisten. Seine Schwester Justine und die Freundin Natalie reichten als Wachhunde völlig aus. Und er, Werthen, wurde in Wien mehr gebraucht.

Er stand auf und streckte den Rücken. Sein rechtes Knie schmerzte, und sein Hinterteil war vor lauter Sitzen auf dem harten Stuhl eingeschlafen. Werthen war entschlossen, am nächsten Tag oder spätestens am übernächsten abzureisen. Es war nicht fair von ihm, die Aufgabe, einen Nachfolger für Ungar zu finden, allein Berthe aufzubürden. Und was Gross betraf, so war es sehr wahrscheinlich, dass der Kriminologe den Fall bereits an sich gerissen hatte. Gross folgte der heißeren Spur in Wien, während er selbst im ländlichen Hinterland von Altaussee seine Zeit vergeudete.

Er musste in jedem Fall zurück nach Wien, weil er es versäumt hatte, die Akten zur Änderung von Mahlers Testament mitzunehmen. Gestern erst hatte Mahler ihn danach gefragt, jederzeit wollte er unterschreiben. Es ging darum, seine wiederverheiratete Schwester Emma vom Erbe auszuschließen.

Im vergangenen Jahr hatte diese Schwester Eduard Rosé geheiratet, den Begründer des gefeierten Rosé Quartetts. Gerüchten zufolge hatte er sich einige Vorteile von der Heirat mit der Schwester des neuen Dirigenten der Hofoper versprochen. In einem Anfall von Gereiztheit, weil ihm dieser Mann die Schwester und Gehilfin weggenommen hatte, verkündete Mahler, Eduard niemals an der Hofoper beschäftigen zu wollen. Das Paar war daraufhin in die Vereinigten Staaten emigriert, wo Eduard eine Anstellung beim Boston Symphony Orchestra fand.

Eduard Rosé war der Bruder von Arnold Rosé, dem Konzertmeister bei den Wiener Philharmonikern und Verehrer von Mahlers anderer Schwester Justine. Werthen fragte sich, ob es Arnold nach der Hochzeit besser ergehen würde als seinem Bruder. Soweit er es einschätzen konnte, ging Arnold Rosé allerdings weniger sprunghaft zur Sache als sein älterer Bruder.

Jedenfalls erforderte der Ausschluss Emmas aus seinem Testament eine Neufassung des Letzten Willens. Werthen beabsichtigte, Berthe ein Telegramm zu schicken, um seine Rückkehr wegen der Akte Mahlers anzukündigen. Er konnte einfach nicht die Wahrheit sagen, dass er sie nämlich sehr vermisste und er verdammt überdrüssig war, von Mahler wie ein Diener behandelt zu werden. Es hätte sich zu sehr so angehört, als käme er mit eingezogenem Schwanz nach Hause. Ja, noch heute Abend würde er ein Telegramm schicken.

»Herr Werthen.«

Er schreckte aus seinen Gedanken auf und sah Justine vor sich.

»Gustav ist bereit für den Nachmittagsspaziergang.«

»Gewiss«, erwiderte er. »Gut, frische Luft können wir alle gut gebrauchen.« Er war nicht allzu glücklich über die anstehende Wanderung, bei der er mit Mahlers ausgreifendem Tempo mithalten und sich seine endlosen Ausführungen über die Musik anhören müsste.

»Er freut sich immer sehr auf diese Ausflüge«, meinte Justine.

Werthen warf seine Mattigkeit ab und auch die Feindseligkeit Mahler gegenüber. Schließlich, sagte er sich, hatte der Mann ihn engagiert, und er hatte sein Wort gegeben, ihn zu bewachen. Irgendjemand hatte zuvor versucht, Mahler zu töten, und würde es höchstwahrscheinlich wieder versuchen. Also würde er, Werthen, seine Pflicht peinlich genau erfüllen, so lange er sich in der Villa Kerry aufhielt. Natürlich waren Justine und ihre Freundin Natalie fähige und fürsorgliche Aufpasser, als Leibwächter jedoch waren sie überfordert. Vielleicht hatte er das Bild von Mahlers häuslicher Sicherheit nur deshalb beschworen, um seine Abreise vor sich selbst zu rechtfertigen.

Werthen würde nach Wien zurückkehren, seine Frau umarmen und ihr sagen, wie sehr er sie liebe. Dann würde er sich das Testament nehmen und auf seinen Wachposten zurückeilen. Er konnte es sich nicht leisten, unachtsam zu werden.

»Sie wirken ein wenig gedankenverloren, Advokat Werthen«, sagte Justine.

»Ich bin keineswegs verloren«, erwiderte er. »Ich kenne meinen Weg.«

7. KAPITEL

In der Hofburg, gegenüber der Reichskanzlei, residierte der Kaiser, und hier befanden sich auch die Büroräume von Alfred, dem Prinzen von Montenuovo. Gross war tief bewegt, ein Schauer lief über seinen Rücken, als er in diesen gewaltigen Hallen stand. Die großen Fenster reichten vom Boden bis zur Decke, und sein Blick fiel auf den Adler, das Wappenzeichen der Habsburger, das in die feinen Spitzenvorhänge gestickt war. Die letzte Ermittlung, die er mit Werthen durchgeführt hatte, hatte sie bereits an eben diese Türen gebracht, und Gross war nicht allzu erfreut, diesem Sitz der Macht ein weiteres Mal so nahe zu kommen.

Montenuovo, ein Enkel der Kaiserin Marie-Louise, der zweiten Frau Napoleon Bonapartes, bekleidete offiziell das Amt eines Stellvertreters von Prinz Rudolf von Liechtenstein, dem Oberhofmeister. Für von Liechtenstein aber waren Pferde von sehr viel größerem Interesse als etwa Opernsänger, und so lastete die Verantwortung für die Verwaltung der Hofoper letztendlich auf den schmalen Schultern seines Assistenten Prinz Montenuovo.

Hinter Gross öffnete sich plötzlich eine von Buchregalen verborgene Geheimtür, und Montenuovo inszenierte seinen etwas dramatischen Auftritt. Er war im quasi-militärischen Stil seines Amtes gekleidet, mit blauer Uniformjacke und einem Schwert am Gürtel. Eine breite rote Schärpe führte von seiner rechten Schulter und diagonal über Brust und Bauch zur linken Hüfte.

Montenuovo war ein kleiner Mann mit enormer Macht; aufgewachsen in unmittelbarer Nähe der gekrönten Häupter. Er besaß ein nahezu natürlich hoheitsvolles Auftreten und war bekannt für seine entschlossene Hartnäckigkeit und seine Loyalität den Traditionen des Hauses Habsburg gegenüber. Es wurde allgemein spekuliert, dass im Falle des Rücktritts oder des Todes von Liechtensteins Montenuovo der neue Oberhofmeister werden würde. Dann oblag es seiner Befugnis, den Zutritt zum Kaiser zu gewähren oder zu verweigern, und er hätte für die jungen Habsburger zu entscheiden, in welche Familien eingeheiratet werden durfte. Aber auch der Erhalt der kaiserlichen Bibliotheken und Museen und alle anderen Entscheidungen, die den kaiserlich-königlichen Haushalt betrafen, einschließlich der Hofoper, würden dann in seinen Machtbereich fallen.

Das Gespräch mit Kraus hatte sich als sinnvoll erwiesen. Nach dessen Informationen zählte dieser winzige Zirkusdirektor zu den entschiedenen Unterstützern Mahlers. Und Kraus zufolge glaubte der Prinz nicht allein an Mahlers Genius, sondern war auch von dessen angeborener Ehrlichkeit und seinem untadeligen Charakter überzeugt. Schon mehrfach hatte sich Mahler über den Kopf des stellvertretenden Intendanten Leitner hinweg in Personal- und Finanzangelegenheiten direkt an den Prinzen gewandt.

Gross hatte sich entschlossen, Montenuovo aufzusuchen, um für ihre Ermittlungen so etwas wie eine Legitimierung zu erhalten. Er dachte, es sei an der Zeit, den Prinzen über seine eigenen und Werthens Anstrengungen zum Schutze Mahlers zu informieren.

Gross erhob sich, als Montenuovo zu seinem Schreibtisch aus Rosenholz schritt.

»Bitte, Dr. Gross. Behalten Sie Platz. Es ist ja keine königliche Hoheit im Raum.«

Die Stimme war für einen kleinen Mann erstaunlich tief. Sein graues Haar und sein Bart waren kurz geschnitten und unterstrichen sein würdevolles Aussehen. Er setzte sich beinahe behutsam, als würde ihm der Stuhl normalerweise von einem Lakaien untergeschoben.

»Wir freuen uns, nun endlich den großen Kriminologen kennenzulernen.«

Der Gebrauch des königlichen »Wir« für seine eigene Person war Gross natürlich nicht entgangen.

»Es war außerordentlich freundlich von Ihnen, dass Sie sich so kurzfristig Zeit für mich nehmen konnten, Euer Gnaden.«

»Keineswegs! Die ausgezeichnete Arbeit, die Sie in Czernowitz leisteten, ist durchaus nicht unbeobachtet geblieben.«

Gross bedankte sich mit einem leichten Neigen seines Kopfes für das Kompliment.

»Wie kann ich Ihnen behilflich sein?« Montenuovo faltete seine perfekt manikürten Hände vor sich auf dem wuchtigen Schreibtisch.

»Es obliegt mir, Euer Gnaden, Sie über eine Untersuchung zu informieren, die mein Assistent und ich an der Hofoper durchführen.«

»Es handelt sich bei Ihrem Assistenten vermutlich um Advokat Werthen?«

Was sagten noch seine Kritiker über Montenuovo? *Er hat seine Ohren überall.* So etwas in der Art, dachte Gross. Und Montenuovo machte deutlich, dass seine Kritiker recht hatten.

Was die Belange des Hofes anging, sah er alles und war allwissend.

»Ja, richtig. Advokat Werthen«, bestätigte Gross.

Montenuovos höfliche Miene veränderte sich nicht. »Und um welche Art von Untersuchung handelt es sich dabei?«, erkundigte er sich.

»Wir ermitteln im Auftrag Herrn Mahlers.«

Bei dieser Bemerkung kam etwas Leben in das unbewegte Gesicht des Prinzen.

»Unser hochverehrter Herr Direktor. Erzählen Sie mir nicht, dass Sie diese Serie von zufälligen Unfällen untersuchen, die sich jüngst in der Hofoper ereignet hat.«

»Es waren weder Zufälle noch Unfälle, jedenfalls meiner Ansicht nach, Euer Gnaden.«

»Sie glauben also, dass Mahler wirklich in Gefahr schwebt?« Montenuovo bemühte sich, seine gleichmütige Miene beizubehalten.

Gross setzte den Prinzen über die neuesten Ergebnisse der Untersuchung in Kenntnis. Er erwähnte alle Vorfälle, die sie einer genauen Untersuchung unterzogen hatten, und deutete auch an, wie gering ihre Fortschritte bisher leider waren, seit Mahler sie mit den Ermittlungen beauftragt hatte. Auch der Mord an Friedrich Gunther sowie die Tatsache, dass dieser vermutlich ein Augenzeuge der Ermordung Fräulein Kaspars gewesen war, blieben nicht unerwähnt.

Die Autopsie von Herrn Gunther, dem früheren Mitglied des Hofopernorchesters, hatte keine neuen Erkenntnisse gebracht. Kommissar Drechsler hatte Gross bestätigt, was sie bereits am Tatort vermutet hatten: Der Kehlkopf des Mannes war durch Menschenhand zerquetscht worden. Es war inzwischen unbestritten, dass Gunther von einem unbekannten Angreifer erwürgt und dann aufgehängt worden war, um einen Selbstmord vorzutäuschen. Der voraussichtliche Todeszeitpunkt lag zehn Stunden vor der Entdeckung der Leiche und damit war klar, dass man Gunther nicht lange nach seiner Heimkehr von der letzten Vorstellung der Saison getötet hatte. Kommissar Drechsler und seine Beamten hatten die Mitbewohner des Hauses und die Nachbarn befragt, ohne über das Kommen und Gehen im Hause etwas Ungewöhnliches erfahren zu haben. Bis jetzt steckten die polizeilichen Ermittlungen in einer Sackgasse fest.

Aber es war Gross zumindest gelungen, Drechslers Aufmerksamkeit auf den Tod Fräulein Kaspars zu lenken, so dass der Fall zum ersten Mal einer genauen polizeilichen Untersuchung unterzogen wurde. Das allein bedeutete eine enorme Hilfe, da die Polizei einen deutlich besseren Zugang zum Personal der Oper hatte, als Werthen oder er selbst sich je hätten erhoffen können. Gross hatte den Kommissar noch immer nicht restlos davon überzeugen können, dass Mahler in Gefahr schwebte, aber zumindest war es ihm gelungen, ersten Argwohn zu säen.

Gross entnahm der Innentasche seines Mantels ein großes gefaltetes Blatt. Es handelte sich um den Entwurf einer Tabelle mit Namen von Personen und Spalten für Motive, Mittel und Gelegenheiten. Einen weiteren Ausgangspunkt bildete die Anwesenheit der Personen am Ort der jeweiligen Vorfälle, hinter denen sie Anschläge auf Mahlers Leben vermuteten. Mit Hilfe der Informationen von Drechsler hatte Gross vorläufig Blauer, den Inspizienten, von der Liste gestrichen, da dieser am Tag der Probe, die mit Fräulein Kaspars Tod endete, nicht anwesend gewesen war.

Montenuovo folgte den Ausführungen sehr genau, betrachtete die Tabelle und schüttelte den Kopf.

»Eine sehr detaillierte Darstellung einer äußerst komplizierten Angelegenheit.«

»Um ganz ehrlich zu sein, Euer Gnaden, handelt es sich um den vielleicht merkwürdigsten Fall, dem ich mich je gewidmet habe. Zum einen existiert gar kein wirkliches Verbrechen, das wir hier untersuchen, eher ist es so, dass wir bemüht sind, ein Verbrechen zu verhindern. Andererseits gibt es jedoch bereits zwei Tote, und meiner Ansicht nach sind beide Opfer der Person, die auch versuchte, Mahler zu töten. Die Untersuchung sollte sich deshalb zunächst auf diese beiden Todesfälle konzentrieren und auf weitere Vorfälle wie den Zusammenbruch des Dirigentenpultes.«

»Ich stimme Ihnen durchaus zu«, sagte Prinz Montenuovo. »So wie Sie mir den Fall nun darstellen, empfinde ich es als geradezu skandalös, dass nicht schon früher etwas unternommen worden ist. Mahler, großer Gott, er ist doch aufs Land gefahren. Wir müssen jemanden zu seiner Sicherheit entsenden.«

»Beunruhigen Sie sich nicht. Mein Kollege Werthen ist vor Ort in Bereitschaft.«

»Aber dies sollte doch Sache der Polizei sein. Sie sprechen davon, dass Kommissar Drechsler von der drohenden Gefahr überzeugt werden müsse. Das ist doch absurd. Überzeugungsarbeit wird man hier nicht mehr leisten müssen. Die Polizei untersteht dem Innenministerium und somit letztlich seiner Hoheit. Ich werde noch heute Morgen mit dem Kaiser sprechen.«

Dies war mehr als Gross hatte erwarten können, aber für einen Moment fühlte er sich dennoch etwas niedergeschlagen.

Mit der offiziellen Übernahme des Falles durch die Polizei würden Werthen und er selbst an den Rand gedrängt werden. Er hatte sich jedoch bereits so an dem Fall festgebissen, dass er dies nicht zulassen wollte. Und was würde es für ihn persönlich bedeuten, wenn man ihm den Fall aus den Händen nähme? Eine vorschnelle Rückkehr nach Czernowitz, um dort in der sommerlichen Hitze und bei drückender Luftfeuchtigkeit zu verschmachten? Wirklich kein angenehmer Gedanke.

»Selbstverständlich müssen jedoch Sie und Ihr Kollege Ihre Untersuchung unabhängig von der Polizei weiterführen. Die Polizeibeamten neigen zuweilen dazu, stur vor sich hinzuarbeiten, Ihre Reputation dagegen, Dr. Gross, spricht für sich selbst. Dies ist jedoch nicht länger eine private Angelegenheit zwischen Ihnen und Herrn Mahler. Würden die Zeitungen davon erfahren, käme es zu einem schrecklichen Skandal. Nein, die Hofoper selbst wird Ihr Auftraggeber sein.«

Höflich lächelte Gross dem Prinzen zu, innerlich jedoch schrie er laut hurra.

Herr Tor schien ein durchaus liebenswürdiger Herr zu sein. Berthe empfand ihn als intelligent und zugänglich. Er war deutlich größer, als sie es erwartet hatte, ein kräftiger Mann mittleren Alters, mit traurigen Augen und einer breiten, fast knollenförmigen Nase. Es fehlte ihm zwar die Leichtigkeit eines Dr. Ungar im gesellschaftlichen Umgang, dafür jedoch hatte er offensichtlich auch nicht dessen übersteigertes Ego. Tatsächlich schien Herr Tor im Hinblick auf die gesellschaftlichen Konventionen ein eher hoffnungsloser Fall zu sein; direkt angesprochen, neigte er gar zum Stottern. Auch musste er ständig ausschnauben. Berthe bemerkte bald, dass er die eigentlich längst aus der Mode gekommene Angewohnheit hatte, Tabak zu schnupfen.

Mit einer gewissen Verlegenheit stellte sie fest, dass sie ihn dennoch gerne um sich hatte. Ein Mann, so schlicht und hilflos in den Gepflogenheiten der Etikette und doch ganz offensichtlich von lebhafter geistiger Begabung. Er wird zwar keine Strafsache vor Gericht vertreten können, aber er kann gewiss all die vorbereitenden Arbeiten sorgfältig erledigen, tröstete sie sich. Verträge und Testamente zu schreiben zählte zu den Arbeiten, die trotz der Erfindung der Schreibmaschine noch immer ausschließlich handschriftlich erfolgten. In der juristischen Profession setzten sich Neuerungen nur langsam durch; die Klienten schenkten einer soliden, kunstvollen Handschrift mehr Vertrauen als der nüchternen Schrift einer mechanischen Schreibmaschine. Und nach der Form seines Bewerbungsschreibens und der Vita zu urteilen, besaß Tor eine untadelige Schrift.

»Ihr Lebenslauf spricht für sich, Herr Tor«, sagte sie zu ihm. Bei dieser Bemerkung schien er sich etwas zu entspannen.

»Es freut mich, dass Sie so denken, Frau Meisner.«

Er hatte keine Miene verzogen, als sie vorher gebeten hatte, die Abwesenheit ihres Ehemannes zu entschuldigen und sich selbst mit ihrem Mädchennamen vorstellt hatte. Auch dies rechnete sie ihm hoch an, war sie es doch mehr als leid, Gross regelmäßig an ihren rechtmäßigen Namen erinnern zu müssen. Der spießige alte Kriminologe benutzte natürlich voller Absicht den falschen Namen. Es war seine Art, sein Missfallen über solch moderne Sitten zu bekunden. Herr Tor hingegen zeigte keinerlei Unbehagen, er schien auf solche Dinge kaum zu achten.

»Ich möchte nicht neugierig erscheinen«, fuhr sie fort,

»aber ich finde es doch seltsam, dass ein Mann von solch offensichtlicher Qualifikation es nötig hat, sich um einen Arbeitsplatz als Kanzleiassistent zu bewerben.«

Weiter sagte sie nichts, da sie vermeiden wollte, ihrer Nachfrage zu viel Nachdruck zu verleihen.

Tor atmete tief durch. »Sicher, ich verstehe Ihre Besorgnis. Vorherrschend für meine Bewerbung ist mein Wunsch, in meine Heimat, an meinen Geburtsort zurückzukehren. Ich war zu lange ein Fremder in der Fremde. Als gebürtiger Österreicher habe ich meinen Abschluss in Deutschland gemacht. Ich habe viele Jahre im Ausland verbracht und habe, so könnte man wohl sagen, versucht, ein eigenes Leben zu führen. Ich bin mir bewusst, dass dies für eine erfolgreiche Karriere weder zeitgemäß noch besonders klug ist. Nach meinem Abschluss folgten Jahre, in denen ich auf der Suche war, ausgedehnte Reisen unternahm. In Amerika habe ich nicht juristisch praktiziert, sondern bin einfach meinen Eingebungen gefolgt. Zum Beispiel habe ich in Nevada im Bergbau gearbeitet, in Ohio Musikinstrumente verkauft, und in New York habe ich für eine deutschsprachige Zeitung gearbeitet. Vor zehn Jahren habe ich dann erkannt, dass ich in der Neuen Welt nicht finden werde, was ich suchte. Daraufhin bin ich nach Frankfurt zurückgekehrt und habe eine Stelle in einer Frankfurter Kanzlei angenommen. Im letzten Jahr verließ ich diese Firma und siedelte nach Linz über, um so meinem eigentlichen Ziel – Wien – näher zu kommen. Als ich dann ihre Anzeige sah, Frau Meisner, schien es mir, als würde ein Traum wahr werden.«

Für einen Mann wie Tor war dies eine sehr lange Rede gewesen, und er schien auch von seinem Wortschwall erschöpft, plötzlich jedoch entschied er sich, noch etwas anzufügen. Während er sprach, blieb sein Körper vollkommen ruhig, seine Hände hielt er auf dem Schoß.

»Ich bin kein ehrgeiziger Mann, Frau Meisner. Ich suche weder Ruhm noch Reichtum. Ich habe gelernt, der Sonne besser nicht zu nahe zu kommen. Einige der Menschen, die mir am nächsten standen und mir die liebsten waren, haben dies getan; die Folgen waren tragisch. Nein. Geben Sie mir einen dauerhaften Arbeitsplatz, an dem ich meine Ausbildung und meine Intelligenz nutzen kann, und ich bin ein glücklicher Mann. Ich habe weder die Absicht, eine eigene Kanzlei zu eröffnen, noch meine Kollegen zu beeindrucken. Das Schild Ihres Mannes am Eingang macht deutlich, dass es sich um eine Firma handelt, die in verschiedenen Bereichen arbeitet. Das kostet einen einzelnen Juristen viel Kraft. Ich schließe daraus, dass Sie jemand Solides und Bodenständiges suchen. Einen, der sich dem täglichen Geschäft, der Detailarbeit im Bereich der Testamente und Treuhandangelgenheiten widmet, und so Advokat Werthen die Möglichkeit gibt, die eher kriminalistische Seite zu verfolgen. Falls ich mich jedoch irre und Sie einen Mitarbeiter für das Strafrecht suchen, so müsste ich Ihnen bedauerlicherweise sagen, dass ich nicht der geeignete Mann dafür bin.«

»Nein, nein, Herr Tor, Sie sehen dies vollkommen richtig, wir benötigen Sie vor allem für den Bereich der Testamente und Treuhandangelegenheiten. Und ich weiß Ihre Aufrichtigkeit wirklich zu schätzen.«

Berthe schätzte dies in der Tat so sehr, dass sie Herrn Tor augenblicklich einstellte. Tor war einverstanden, schon am nächsten Tag zu beginnen.

Plötzlich dachte Berthe an das Telegram Ihres Mannes, das

spät am vergangenen Abend eingetroffen war. Ganz offensichtlich war Karl enttäuscht, seine Überwachung unterbrechen zu müssen, allein um nach Wien zurückzukehren und Mahlers Unterlagen zu holen. Tor musste ohnehin in diese Richtung reisen, da er nach Linz wollte, um verschiedene Dinge zusammenzupacken.

»Ich hätte da ein Bitte, die vielleicht ein wenig merkwürdig erscheinen könnte …«, begann sie.

»Worum handelt es sich?«, fragte er freundlich.

Sie erklärte die Umstände in Kürze, und Herr Tor antwortete, dass er mehr als bereit sei, als Bote für Herrn Werthen in Altaussee zu fungieren. »Dies würde mir auch die Möglichkeit eröffnen, mich Ihrem geschätzten Ehemann persönlich vorzustellen«, fügte er hinzu.

Schnell hatten sie alles arrangiert: Tor würde unverzüglich in Richtung Salzkammergut abreisen. Karl hatte geschrieben, dass er am nächsten Tag zurückkehren wollte. Auf diese Weise konnte Berthe ihm die Unannehmlichkeiten der Reise ersparen. Sie würde ihm umgehend ein Telegramm in sein Hotel senden müssen, um seiner Abreise zuvorzukommen. Sosehr sie auch wünschte, Karl wiederzusehen, sosehr wusste sie, dass er sich zerrissen fühlen würde zwischen den entgegengesetzten Ansprüchen seiner Arbeit, und sie versuchte, es ihm so leicht wie möglich zu machen. Später war noch genug Zeit, ihm die freudige Botschaft zu überbringen. Und nun, da Herr Tor in die Firma eintreten würde, blieb ihr auch das kleine Gespräch mit Karl über die Rentabilität der privaten Ermittlungen erspart.

Es war ein guter Arbeitstag gewesen, dachte sie am Abend, als sie mit ihrer Freundin Rosa Mayreder in der Alten Schmiede zu Abend aß. Schnell wandte sich ihr Gespräch dem Bund der Frauenrechtlerinnen zu, den Mayreder organisierte.

Aber die ganze Zeit über war Berthe mit dem winzigen Leben beschäftigt, das nun in ihr heranwuchs. Die Speisen vor sich nahm sie kaum wahr: ein saftiger Germknödel – ein großer, weißer Knödel, der mit Pflaumenmarmelade gefüllt, mit geschmolzener Butter begossen und mit gemahlenem Mohn und Zucker bestreut wurde. Der Hefegeruch, den sie früher so sehr schätzte, bereitete ihr nun eher ein Unbehagen. Sie schob den Teller von sich, was ihrer Freundin keineswegs entging.

»Seit meiner Eheschließung habe ich ein, zwei Kilo zugenommen«, sagte sie zur Erklärung. Sie war keine Anhängerin des Körperkultes, wie ihn die verstorbene Kaiserin pflegte, die keine Reise ohne ihre Sportgeräte unternommen hatte, dennoch war auch Berthe stolz darauf, sich eine gesunde körperliche Konstitution erhalten zu haben.

Rosa lächelte über ihre Worte, und Berthe verstand, dass man ihr nichts vormachen konnte.

In Wien war Rosa Mayreder eine angesehene Frau. Berthe schätzte sich glücklich, zu ihren Freundinnen gezählt zu werden. Rosa war Autorin, Malerin, Musikerin und Frauenrechtlerin. Sie war sowohl durch ihre eigene Arbeit als auch durch die ihres Mannes, der Architekten Karl Mayreders, mit vielen Kunstschaffenden verbunden, die die neuen Strömungen der Kunst vertraten. Es war tatsächlich Rosas Gatte gewesen, der Adolf Loos den ersten Auftrag erteilt hatte, als der junge Mann von seinem Aufenthalt in Amerika zurückkehrt war.

Berthe hatte Rosa durch ihre Arbeit im Gemeindezentrum kennengelernt; Rosa hatte angeboten, Kinder bei Kunstprojekten anzuleiten. Berthe war von ihrer Wärme und ihrer spielerischen Art beeindruckt gewesen. Rosa hatte selbst keine Kinder, und da sie nun bereits in den Vierzigern war, würde es wohl auch so bleiben. Auch aus diesem Grund hatte sie ihren eigenen Zustand nicht erwähnt; sie wusste nicht, ob die Kinderlosigkeit für Rosa einen Verlust bedeutete oder nicht. Sie hatte nie darüber gesprochen, und Berthe hielt es genauso.

»Und ist dein Ehemann zurzeit mit etwas Interessantem beschäftigt?«, fragte nun plötzlich Rosa, wie um das Thema zu wechseln, das gar nicht offen angesprochen worden war.

Berthes Gesicht leuchtete auf. »Das ist er in der Tat.« Sie senkte ihre Stimme und beugte sich über den Tisch zu Rosa hinüber. Die zwei sahen wie Verschwörerinnen aus, als Berthe die Anstrengungen beschrieb, die sie unternahmen, um Mahler zu schützen.

»O mein Gott!«, stieß Rosa hervor, nachdem Berthe ihre Zusammenfassung beendet hatte. »Man hört natürlich davon, dass er an der Hofoper wie ein Zuchtmeister regiert, aber sollte deswegen jemand versuchen, ihn aus dem Wege zu räumen?«

»Vielleicht gibt es da keinen Zusammenhang mit seiner Musik«, sagte Berthe, »aber das glauben weder Karl noch Dr. Gross.«

»Da ist also noch ein zweiter Zuchtmeister involviert«, sagte Rosa lächelnd in Anspielung auf Gross.

Zustimmend hob Berthe ihre Augenbrauen. »Aber er kann auch ein spaßiger alter Bär sein.«

»Das würde ich gern mal erleben.« Rosa beendete ihr Mahl und legte Messer und Gabel auf ihren Teller. »Wenn man aber mehr darüber weiß, wie sich Mahler schon aufgeführt hat, mag man schon ausreichende Motive für einen Mord finden. Denk doch an die schmähliche Art, mit der er Hugo Wolf behandelt hat.«

Berthe schnalzte kurz mit ihrer Zunge. »Der arme Mann.«

Wolf, ein musikalisches Genie, dem die Komposition von Liedern ewig währenden Ruhm einbringen würde, war 1897 im Alter von siebenunddreißig Jahren verrückt geworden und lebte nun in Niederösterreich in der Irrenanstalt im Alsergrund.

»Kurz bevor er in geistige Umnachtung fiel, hatte er Mahler noch besucht«, sagte Rosa. »Denn Mahler hatte zunächst versprochen, unsere Oper herauszubringen, dann aber sein feierliches Versprechen zurückgenommen.«

Berthe erinnerte sich nun: Rosa hatte das Libretto für Wolfs Oper *Der Corregidor* geschrieben. Die beiden waren während dieser gemeinsamen Arbeit schnell Freunde geworden. Als Mahler sich weigerte, die Oper zu spielen, kam Wolf völlig aus dem Gleichgewicht. Vor allen Leuten hatte er vor der Hofoper gebrüllt, Mahler sei entlassen worden und er selbst, Hugo Wolf, sei nunmehr der neu ernannte Direktor der Hofoper. Daraufhin wurde Wolf von seinen Freunden in die Anstalt gebracht.

»Eine schreckliche Zeit«, sagte Rosa, die diese Momente nochmals in Gedanken durchlebte. »Es war das Gefühl, betrogen worden zu sein, das ihn den Verstand verlieren ließ. Mahler und er waren so enge Freunde gewesen, und dann diese tiefe Enttäuschung.«

Berthe hatte von dieser Freundschaft nichts gewusst. »Wann haben die beiden sich kennengelernt?«

»Am Konservatorium. Sie waren beide arme, am Hungertuch nagende Studenten gewesen und haben zeitweilig sogar das Quartier geteilt. Man fragt sich, wie viele andere ehemalige Freunde Mahler verärgert hat.«

Diese flapsige Bemerkung Rosas verfehlte ihre Wirkung auf Berthe nicht. Weder sie noch ihr Mann, nicht einmal Gross, hatten diese Möglichkeit bisher auch nur in Betracht gezogen. Trotz der Anwesenheit der alten Freundin Mahlers, Natalie Bauer-Lechner, hatten sie bislang alle die Tatsache übersehen, dass Mahler die Jahre von 1875 bis 1880 in Wien verbracht und sich sein ärmliches Auskommen als Musiklehrer für junge Schüler verdient hatte.

Bislang hatten sich Karl und Dr. Gross auf die Menschen in Mahlers heutigem Leben konzentriert, die einen Groll gegen ihn hegen könnten. Was aber, wenn der Grund für diese Anschläge in der Vergangenheit lag und keineswegs in der Gegenwart?

Glaubte man Rosas Schilderung, hatte Hugo Wolf ein sehr starkes Motiv, Mahler umzubringen. Da er jedoch in der Irrenanstalt eingesperrt war, konnte man ihn wohl schwerlich zu den Verdächtigen zählen. Aber wer sonst aus diesen alten Zeiten hegte vielleicht einen ähnlich starken Groll? Wie viele andere frühere Bekannte mochten sich betrogen gefühlt und all die Jahre ihren Hass genährt haben? Man wird nun mal nicht im zarten Alter von siebenunddreißig zum Direktor der hochangesehenen Hofoper berufen, ohne dabei dem einen oder anderen auf die Zehen getreten oder andere Konkurrenten von der Erfolgsleiter gestoßen zu haben.

Dies war eindeutig eine neue Richtung für ihre Untersuchungen. Berthe konnte es kaum erwarten, schon bald mit ihrem Gatten darüber zu sprechen.

»Ich danke dir, Rosa«, sagte sie und streichelte die Hand ihrer Freundin.

Rosa fragte nicht nach, wofür der Dank war, sondern erwiderte einfach das Lächeln.

Am nächsten Morgen ging Gross zum Büro der Zeitung *Deutsches Volksblatt* in der Bäckergasse 20, im ersten Bezirk. Er hatte es jetzt eilig, in dieser Untersuchung endlich weiterzukommen. Eberhard Hassler war, wie Kraus angedeutet hatte, wegen seiner scharfzüngigen Kritiken ein potentieller Verdächtiger.

Es war Gross möglich gewesen, einige Kritiken zu lesen, und er musste zugeben, dass diese weit über die Grenzen der Musikkritik hinausgingen; Hassler griff Mahler persönlich an und sprach von dessen Zugehörigkeit zu einer *Religions-Rasse*: »Herr Mahler, so scheint es, will die Hofoper in eine jüdische Oper verwandeln, indem er unsere vorzügliche Einrichtung der Stimme einer Maria Renard und eines Dirigenten wie Hans Richter beraubt, um diese durch Juden wie die dürftige Sopranistin Selma Kurz und den unerfahrenen Dirigenten Franz Schalk zu ersetzen. Wo soll dies enden? Gibt es denn niemanden unter uns, der Herrn Mahler aufhalten kann, bevor dieser Schande über die edelste Institution des gesamten Kaiserreiches bringt?«

Vor allem dieser letzte Satz brachte Gross ins Grübeln; es schien doch so, als wollte Hassler jemanden zu einer Gewalttat gegen Mahler anstiften. Obwohl er von Kraus nicht viel hielt – der Journalist hörte sich einfach zu gern selbst reden, musste Gross zugeben, dass Kraus wirklich ein ausgezeichneter Kenner der Wiener Verhältnisse war. Hassler war tatsächlich jemand, den man unbedingt einer Befragung unterziehen sollte.

Das Büro des Mannes lag im dritten Stock eines neoklassizistischen Gebäudes, in dem sich auch die anderen Räume der Zeitung befanden, die von der antisemitischen *Christlich Demokratischen Partei* herausgegeben wurde, deren Anführer,

Karl Lueger, seit zwei Jahren der Bürgermeister Wiens war. Er ging durch die Doppeltüren, vorbei am neu eingebauten Fahrstuhl zum Treppenhaus, und gelangte so über fünf Treppenabsätze in das gewünschte Büro.

Er hatte zuvor angerufen, um einen Termin zu vereinbaren, aber Hasslers Sekretär hatte ihm beschieden, dass dies nicht möglich sei.

»Herrn Hassler«, so teilte ihm der Mann mit einer herrischen Stimme mit, »befragt man nicht, vielmehr führt er selber Befragungen durch.«

Gross glaubte an sich selbst wie an eine Naturgewalt. Er war davon überzeugt, dass ihm sein Ruhm vorauseilen würde, wohin auch immer er sich wendete. Jedermann würde demnach bestrebt sein, ihm behilflich zu sein, um welche Ermittlung es auch immer gerade gehen mochte. Und so kam dann die Zurechtweisung durch diesen noch grünen Privatsekretär wie ein Schock für ihn. Aber dadurch wollte er sich keinesfalls in seiner Ermittlung behindern lassen.

Gross war trotz seiner übertriebenen Selbstsicherheit auch ein Realist. Er nahm den Verweis des Sekretärs nicht persönlich; es war nichts als ein Hinweis auf den ärmlichen Verstand des jungen Mannes. Aber dies war auch der Grund gewesen, den Prinzen Montenuovo aufzusuchen. Ausgerüstet mit einem Brief des Prinzen, glaubte er jetzt, dass keine Tür Wiens ihm verschlossen bleiben würde.

Der Journalist wurde, so vermutete Gross, von demselben jungen Privatsekretär bewacht, mit dem er bereits am Telefon gesprochen hatte. Er schien kaum älter als ein Abiturient zu sein, aber Gross konnte mit eigenem zunehmenden Alter das anderer Menschen immer schlechter schätzen. Er hielt sich nicht mit Vorreden auf, sondern übergab dem Jüngling kurzerhand den Brief des Prinzen. Der zeitigte das gewünschte Ergebnis, denn der junge Mann kam umgehend von seinem Platz hervor und verschwand im sich anschließenden Büro. Keine Minute später war er zurück.

»Herr Hassler wird Sie nun empfangen.« Es war dieselbe hohe Stimme wie am Telefon.

Gross hielt sich auch nicht damit auf, Höflichkeiten mit dem jungen Mann auszutauschen, während dieser ihn in ein großes Eckbüro führte, dessen Wände übermäßig mit den merkwürdigsten Symbolen behängt waren: Ein ausgestopfter Hirschkopf hing über dem Diplom der Wiener Universität; Drucke von englischen Jagdszenen waren gerahmt von gekreuzten Säbeln; das Rot, Gold und Schwarz der Fahne des vereinigten Deutschlands spiegelte sich im markanten Farbspiel der Fenstervorhänge und Wandbehänge wider. Gross empfand die Dekoration als ziemlich übertrieben, aber das allein machte aus dem Mann gewiss keinen Mörder.

»Dr. Gross. Welch eine Freude, Sie persönlich kennenzulernen.«

Der Mann, der ihn begrüßte, passte hervorragend in die übertrieben symbolisch aufgeladene Umgebung: Eine Duellnarbe markierte seine linke Gesichthälfte von der Augenbraue bis zum Kinn, sein schwarzes Haar war mit einer schweren Pomade praktisch an den Kopf geklebt, und ein kurzer, borstiger Bart wuchs unter seiner großen Nase. Sein dezenter brauner Anzug dagegen war von sehr gutem Schnitt und verdeckte fast den Bauchansatz, der sich an der Taille zeigte.

Gross setzte sich in den gepolsterten Lederstuhl mit hoher Rückenlehne, den Hassler ihm angeboten hatte. Eine unförmige

Schreibmaschine stand zwischen ihnen auf dem Schreibtisch, so dass Gross seinen Stuhl verschieben musste, um einen direkten Blick auf seinen Gesprächspartner werfen zu können.

»Sie haben mächtige Freunde«, begann Hassler.

»Der Prinz ist mehr ein Auftraggeber als ein Freund. Aber mächtig ist er in der Tat«, erwiderte Gross.

»Sie kommen also in einer Angelegenheit, die den Hof betrifft? Ich bin nicht sicher, wie ich Ihnen diesbezüglich helfen kann.« Hassler lächelte liebenswürdig, woraufhin sich seine Gesichtsnarbe verzog.

»Eine Angelegenheit der Hofoper, um genau zu sein«, korrigierte ihn Gross.

Hasslers Liebenswürdigkeit verschwand augenblicklich. »Und man sendet einen Kriminologen, um dies zu besprechen? Welches Verbrechen habe ich denn begangen?«

Bevor Gross die Chance einer Erwiderung hatte, preschte Hassler weiter voran: »Man hat mir freundliche Anfragen auf dem geprägten Briefpapier des Kaisers zugesandt. Als sollte das Eindruck auf mich machen. Und nun erdreistet man sich, mich mit Hilfe eines Kriminologen einschüchtern zu wollen. Unerhört!« Er schlug mit seiner feisten Faust auf den Schreibtisch, so dass die Tasten der Schreibmaschine durchgeschüttelt wurden.

»Herr Hassler, ich habe nicht die geringste Ahnung, wovon Sie sprechen.«

»Ich spreche von nichts anderem als der Pressefreiheit. Das mag in diesem Land, in dem die offene behördliche Zensur herrscht, einen hohlen Klang haben, denn täglich bleiben weiße Flecken in den Aufmachern der ersten Seiten, weil die Autoritäten im letzten Moment eine Meldung unterdrücken, die ihnen zu heikel erscheint. Diese Zensur nun aber auch auf den Kulturseiten auszuüben ist ein Skandal. Blasphemie.«

Gross begann nun zu verstehen, woher der Wind wehte. Offensichtlich hatte Montenuovos Sekretariat versucht, eine Mäßigung der Kritik Hasslers an Mahler zu erreichen, und nun glaubte der Journalist, in ihm einen weiteren Gesandten des Prinzen vor sich zu haben. Gross entschied sich, den tobenden Reporter keines Besseren zu belehren. Je länger er sein wirkliches Anliegen verborgen halten konnte, umso mehr Auskünfte würde er aus dem impulsiven Mann herausquetschen können.

»Sie müssen zugeben, Herr Hassler, dass Sie mit einigen Ihrer Kolumnen durchaus hart am Wind segeln. Es liegen schließlich etliche Verleumdungsklagen gegen Sie vor.«

Wie Gross es sich erhofft hatte, verstärkte sich der Zorn Hasslers noch.

»Verleumdung! Jedes Wort, das ich drucke, ist wahr. Weisen Sie mir das Gegenteil nach! Mahler ist dabei, die Hofoper zu zerstören, und dies wird von unzähligen Musikern und Sängern bestätigt.«

»Es ist eine Sache, seine Musikalität zu kritisieren, aber eine ganz andere, seine Religionszugehörigkeit als Argument gegen ihn anzuführen.«

»Aber er ist doch ein Jude. Ganz gleich, ob er konvertiert ist, natürlich nur, um sich diese Position zu erschleichen. Einmal ein Jude, immer ein Jude.«

»Wenn das keine Verleumdung ist, dann nennen wir es eben Diffamierung«, warf Gross ein.

»Behaupten Sie, er sei kein Jude?« Hassler grinste listig, als hätte er in einem Verfahren gerade gepunktet.

Gross erlaubte ihm diesen kleinen Triumph, machte es ihm

sogar zum Geschenk; sollte Hassler doch glauben, er hätte das Gespräch unter Kontrolle. Vielleicht würde er dadurch leichtsinnig werden.

»Sie haben also höchst persönliche Einwände gegen Herrn Mahler?«, erkundigte er sich.

»Ich kenne ihn auf einer solchen Basis gar nicht, und ich habe auch nicht das geringste Interesse daran.«

»Sie haben ihn nie getroffen? Sie waren also niemals bei einer Probe anwesend?«

»Ich verstehe, worauf sie hinauswollen«, sagte Hassler. Er lehnte sich in seinem Stuhl zurück und nickte Gross zu. »Sie wollen, dass es so aussieht, als habe ich keinerlei intimes Wissen über Mahler und sein Regime. So als gäbe ich nur einen Haufen versteckter Anspielungen und Meinungen zum Besten. Aber lassen Sie es sich gesagt sein, Dr. Gross, ich habe meine Quellen. Und ich besuche auch zahlreiche Proben, um zu wissen, was hinter den Kulissen vor sich geht. Ich habe mit eigenen Augen gesehen, wie Mahler seine Sänger und Musiker tyrannisiert.«

»So wie das unglückliche Fräulein Kaspar? Ich vermute, dass Sie auch bei der Probe anwesend waren, als sie versehentlich zu Tode kam. Ihr nachfolgender Artikel lieferte so viele Details, dass ich vermute, Sie haben es mit eigenen Augen gesehen.«

Hassler massierte mit dem Zeigefinger seine Narbe. »Eine wirklich höchst unglückliche Angelegenheit. Aber nein, ich war persönlich nicht anwesend. Meine Erkenntnisse stammen von einem meiner Informanten aus der Oper, der selbst ein Augenzeuge der Tragödie war. Aber das heißt nicht, dass meine Angaben nicht einhundertprozentig korrekt waren. Ich kann schließlich nicht überall zur selben Zeit sein. An jenem Tag hatte ich an einer Veranstaltung in Graz teilzunehmen.«

Gross sagte dazu nichts, in der Hoffnung Hassler könnte weitere Einzelheiten preisgeben, die seine Abwesenheit beweisen würden.

»Also, auf geht's«, sagte Hassler. »Überbringen Sie mir die fatale Verwarnung des Oberhofmeisters und lassen Sie mich in meiner Arbeit fortfahren. Oder sind Sie deswegen gar nicht zu mir gekommen? Was ist wirklich Ihre Aufgabe? Woher rührt Ihre Neugierde bezüglich meiner Anwesenheit bei den Proben?«

»Ich versuche nur, die Wahrheit herauszufinden.«

»Worüber?«

Statt die Frage des Mannes zu beantworten, stand Gross einfach auf und nickte ihm höflich zu. »Ich bedanke mich für Ihre Zeit, Herr Hassler. Wie Sie schon sagten, ich sollte Sie nun weiterarbeiten lassen.«

»Sie können Montenuovo und seiner Sippschaft ausrichten, dass ich ein Journalist bin, den man nicht einschüchtern kann. Ich werde damit fortfahren, die Wahrheit zu drucken, bis man Mahler zum Teufel jagt.«

Die letzten Worte schleuderte er Gross hinterher, der bereits ins äußere Büro ging, an dem erstaunten Sekretär vorbei.

Am nächsten Tag, einem Donnerstag, kämpfte Werthen in Altaussee mit einem widerspenstigen Fahrrad. Er war nicht mehr Fahrrad gefahren, seit er aus seinen Kniebundhosen herausgewachsen war. Es war auch keinesfalls seine Vorstellung von einem großen Vergnügen, aber jetzt war er hier und trat mit großem Eifer in die Pedale, schon um mit Mahler, einem geübten Radfahrer, mitzuhalten. Vor einer Stunde waren sie von der Villa Kerry aus losgefahren. Nachdem Mahler von Werthens Entscheidung, nach Wien zurückzukehren, erfahren hatte, hatte sich der Musiker entschieden, aus dieser Abschiedsfahrt ein nachhaltiges Erlebnis zu machen. Offenbar wollte der Komponist Werthen für seine bevorstehende Abreise bestrafen. Mahler gehörte, wie Werthen vermutete, zu der Sorte Mensch, die auch die geringste Änderung eines Plans sogleich als Verrat wertete. Die Welt drehte sich allein um ihn. Alles, was die geordnete Rotation seines Ein-Mann-Sonnensystems störte, war ihm ein Gräuel.

Der Ledersattel drückte sich schmerzhaft in Werthens Skrotum; von der langen Fahrt bergauf bekam er allmählich Krämpfe in den Waden. Sie folgten einem Ochsenpfad, der den südlichen Teil der Loser Berge durchquerte. Der Weg schlängelte sich von rechts nach links im endlosen Zickzack, und die Steigung war äußerst beschwerlich zu befahren. Werthen war verschwitzt und fühlte sich jämmerlich, aber er kämpfte weiter. So schnell würde er nicht aufgeben, und unterkriegen ließ er sich schon gar nicht.

Mahler fuhr ihm immer weiter davon. Werthen verlor den ganz in Schwarz gekleideten Musiker schon bald aus den Augen. Dieser hatte nun einen solchen Abstand zwischen sie beide gelegt, dass er bereits um eine westliche Kurve verschwunden war, wenn Werthen gerade die östliche erreichte hatte.

Da er Mahler aus dem Blick verloren hatte, versuchte er sich von seiner unangenehmen Pflicht des Radelns abzulenken, indem er die Vorkommnisse der letzten Tage gedanklich noch einmal Revue passieren ließ. Schließlich hielt er an, stieg vom Rad und marschierte mit dem Fahrrad in der Hand und trotz der Schmerzen in seinem verletzten Knie zügig weiter.

Am Dienstagabend hatte er Berthes Telegramm erhalten und war sehr enttäuscht gewesen, dass ihm nun eine passende Ausrede fehlte, um früher als geplant nach Wien zurückzukehren. Aber er versuchte, eine gute Miene dazu zu machen. Er empfing seinen neuen Angestellten Wilhelm Tor am Bahnhof in Altaussee und nahm Mahlers Unterlagen entgegen. Werthen verstand sogleich, aus welchem Grund sich Berthe für diesen Burschen entschieden hatte: Er war das genaue Gegenstück zu Ungar. Ihm war klar, dass Berthe wegen der offenkundigen Schüchternheit des Mannes Mitleid mit ihm empfunden hatte. Aber nach einem kurzen Gespräch erschien auch ihm Tor als ein durchaus zuverlässiger Mann. Er war zwar nicht unbedingt jemand, mit dem man eine Flasche Wein trinken wollte, aber schließlich sollte er ja auch sein Angestellter werden und kein enger Freund.

Am Dienstag war es dann viel zu spät geworden, als dass Tor noch in seine Linzer Wohnung hätte fahren können. Werthen buchte ein Zimmer in seinem Hotel, das etwas weniger luxuriös war als das seine. Am Morgen erbot sich Tor, einen Teil der Unterlagen abzuschreiben, da er die Akte auf seiner langen Zugreise überprüft hatte. Werthen war über diese Hilfe mehr als glücklich gewesen, da er bereits früh in der Villa Kerry zu erscheinen hatte. Er erklärte Tor den Weg; der Mann wollte die Abschriften später in der Villa abliefern, bevor er den Mittagszug nahm.

Als Werthen dann am Mittwochmorgen zur Villa Kerry kam, bemerkte er eine Anzahl neuer Fahrräder, die an der Hauswand aufgereiht waren. Mahler plante ganz offensichtlich weitere anstrengende körperliche Aktivitäten, er konnte einfach nicht genug bekommen.

Als er dann die Villa betrat, war er von der Veränderung, die ihn erwartete, überrascht. Plötzlich war das Haus mit Besuchern gefüllt, die alle zur selben Zeit bei Mahler und seiner Familie hereingeschneit waren. Einer der Gäste war Arnold Rosé, der Verehrer von Justine, der Schwester Mahlers. Er sah gut aus, hatte einen kräftigen Körperbau und wirkte mit seinem fein getrimmten Bärtchen eher wie ein Doktor als ein Musiker.

Ihm gegenüber saßen Regierungsrat Leitner und der Dirigent Hans Richter, in dessen enormem Bart noch die Krümel vom Frühstück hingen. Den vierten in der Runde bildete der berühmte Tenor Baltazar Franacek. Kaffeetassen im bekannten Gmundener Dekor standen auf dem Tisch verteilt.

Diese kleine Versammlung gefiel Werthen außerordentlich, da er hoffte, sie würde ihm die Möglichkeit einer Befragung von Richter und Franacek verschaffen. Die Namen der beiden waren gefallen, als es um Streitereien mit Mahler ging. Leitner vermied es angestrengt, Werthen zu begrüßen, obwohl er der Einzige im Raum war, der ihn kannte. Eine förmliche wechselseitige Vorstellung schien nicht zu erfolgen, und so wollte Werthen gerade seinen Posten an der Tür beziehen und dem Quartett nur kurz zunicken, als Mahler selbst am oberen Ende der Treppe auftauchte. Sein Anzug war zerknittert, und sein Haar schien seit Tagen nicht gebürstet worden zu sein.

»Oh, sehr gut, Werthen, dass Sie schon da sind. Sie kennen diese Herren, vermute ich.« In seiner rechten Hand, mit der er gelangweilt in Richtung der vier Männer wedelte, hielt er noch ein Stückchen Lokum.

»Nein, eigentlich nicht«, antwortete Werthen und warf Leitner ein verschmitztes Lächeln zu, der nun für seine schlechten Manieren büßen sollte.

Mahler stellte nun selbst Werthen vor und nannte ihn mit Bedacht nur seinen Juristen.

Werthen erfuhr, dass Rosé gekommen war, um etwas Zeit mit der Familie Mahlers zu verbringen. Die anderen Männer waren dagegen aus geschäftlichen Gründen angereist.

Der Tag schritt voran, und die drei Männer hatten einer nach dem anderen ihre privaten Unterredungen mit Mahler, deren Tonfall immer schärfer wurde. Richter war gekommen, um förmlich seinen Abschied von der Hofoper zu bekunden, und wurde von Mahler lautstark des Verrats bezichtigt. Dann wollte Leitner über die zu häufigen, angeblich krankheitsbedingten Abwesenheiten einer einzelnen Sopranistin sprechen, die Mahler unwidersprochen hingenommen hatte. Zum Abschluss forderte Franacek eine Erhöhung seiner Bezüge, was in ein lautstarkes Geschrei ausartete, das im ganzen Haus deutlich zu hören war.

Sobald einer der Herren das Haus verlassen wollte, versuchte Werthen, den Mann abzufangen und ein kurzes Gespräch mit ihm zu führen. Richter sorgte dabei für eine besondere Überraschung, denn als Werthen in sehr diskreter Weise nach dem Grund seiner Auseinandersetzung mit Mahler fragte, lächelte der korpulente Dirigent zunächst nur breit.

»Nun, ich kann Ihnen versichern, dass es keinerlei Grund für harte Worte von meiner Seite aus gab. Herr Mahler hat mir einen außerordentlichen Gefallen damit getan, dass er Direktor der Hofoper geworden ist; ursprünglich wollte man mir diese Position aufbürden. Ich möchte hinzufügen, Herr Advokat, dass das politische Intrigenspiel, das zu einer solchen Position gehört, mir weder zusagt noch meinem Talent entspricht. Herr Mahler hat mich somit vor einem fatalen Schicksal bewahrt.

Allerdings hat er nun auch meine Position als Dirigent unhaltbar gemacht, da er selbst fast den gesamten Wagner dirigiert, der meine besondere Stärke ist.«

Richter schmunzelte ein weiteres Mal und sah ihn verschwörerisch an. »Aber nochmals, er hat mir damit einen Gefallen getan, denn ich habe schon lange gewünscht, Wien zu verlassen, um nach London zu gehen, wo man mich mit offenen Armen willkommen heißen wird. Mahler hat mir einen ausgezeichneten Vorwand geliefert, meinen Vertrag aufzukündigen. Es gibt natürlich Personen, die meinen, ich wünschte Herrn Mahler Schlechtes, aber warum, frage ich Sie, sollte ich, da er doch so ein Segen für mich gewesen ist?«

Mit einem lauten Lachen ging der korpulente Herr daraufhin seiner Wege.

Leitner war keinesfalls so gut gelaunt, sondern nickte Werthen zur Verabschiedung nur barsch mit zusammengekniffenen Lippen zu. Auch Franacek war offensichtlich durch die Begegnung so stark verärgert, dass er sich in großer Eile verabschiedete und Werthen keine Gelegenheit zu einem kurzen Gespräch gab.

»Dieser Mann ist unmöglich«, sagte der Tenor, als er seinen Panamahut von der Garderobe aus Hirschhorn zog. Franacek warf Wilhelm Tor fast zu Boden, als der in genau diesem Moment die Villa betrat, in dem Franacek aus dem Haus stürmte.

Für den Rest des Tages war Mahler völlig ruhelos, denn nachdem die Besucher endlich das Haus verlassen hatten, begann die Dorfkapelle zu spielen, und so war es undenkbar, dass Mahler an diesem Tag noch komponieren konnte. Tor verabschiedete sich umgehend, da er denselben Mittagszug erreichen wollte wie die anderen drei Herren.

Werthen hatte am Mittwoch eine unruhige Nacht verbracht, aber am nächsten Morgen endlich eine Entscheidung getroffen. Er würde nach Wien zurückkehren. Dies schien nun kein Risiko mehr zu sein. Gross hatte in einem Telegramm von seinem Besuch beim Prinzen Montenuovo berichtet, und so hatte Werthen erfahren, dass die Gendarmerie in Kürze seine Aufgabe übernehmen würde, Mahler zu bewachen.

Diese Nachricht wurde von Mahler nach all den zänkischen Gesprächen vom Vormittag natürlich nicht gut aufgenommen. Er wertete die Mitteilung Werthens als Verrat, und als Strafe folgte sogleich eine weitere, kräftezehrende Radtour.

Es wurde langsam nebelig. Werthen war so in seine Gedanken versunken, dass er die Veränderung des Wetters gar nicht bemerkt hatte. Der Sonnenschein war plötzlich hinter einem dunstigen Schleier verschwunden, der nun in einen dichten Nebel übergegangen war und die Kleider durchnässte.

Werthen beschleunigte seinen Gang, stieg aber nicht zurück aufs Rad. Er erwartete, dass Mahler schon bald die Talfahrt antreten würde.

Er hörte schwache Laute vor sich. Es klang wie eine Männerstimme, aber er war sich nicht ganz sicher. Es lag eine deutliche Spur von Panik darin. Werthen versuchte noch schneller zu gehen, es war allerdings lästig, sich so mit dem Rad an der Hand zu bewegen, denn es schlug ihm ständig an die Waden. Dann hörte er die Stimme plötzlich sehr genau.

»Hilfe! Hilfe!«

Es war Mahler.

Werthen ließ das Rad fallen und begann in die Richtung zu laufen, aus der die Stimme zu ihm drang. Er stolperte über einen großen Stein, der auf dem Weg lag, fiel auf Hände und

Knie und zerkratzte sich seine Handflächen an einer freiliegenden Wurzel. Er sprang wieder auf die Füße und rannte weiter.

Endlich, als er um eine westliche Kurve der Serpentine lief, erblickte er Mahler oder besser gesagt, das Rad des Komponisten. Es war am äußersten Rand des Pfades um einen Baumstamm gewickelt und hing halb über einen Abgrund. Werthen arbeitete sich zum Fahrrad voran, und dann sah er Mahler. Er hing mehrere Meter unterhalb des Rades, klammerte sich mit verrutschter Brille an die Zweige eines Blaubeerbusches. Auf seinem Gesicht zeichnete sich Panik ab.

»Gott sei Dank, dass Sie endlich da sind, Werthen. Ich weiß nicht, wie viel länger ich mich noch halten kann.«

Werthen sagte nichts, sondern sondierte blitzschnell die Lage. Die Kante des Pfades war voller Geröll und bot keinen guten Halt. Unter Mahler ging es mehrere hundert Meter steil bergab; der Unfall hätte kaum an einer ungünstigeren Stelle passieren können.

»Stehen Sie doch nicht einfach rum! Helfen Sie mir!«

Werthen ging den Pfad wieder hinauf.

»Wo gehen Sie denn hin? Halt! Helfen Sie mir.«

Er war zu konzentriert, um Mahler zu antworten. Stattdessen ging er zurück zum Fahrrad und drückte es noch fester um den Stamm der Tanne. Er zog einige Male prüfend daran. Es hielt. Schnell knöpfte er seine ledernen Hosenträger ab, knüpfte die beiden Riemen mit einem festen Knoten zusammen und band dann das eine Ende an das Fahrrad. Er zog an diesem improvisierten Rettungsseil, um sicher zu sein, dass es halten würde. Dann ging er zu Mahler zurück.

Werthen schlug das lederne Ende der Hosenträger mehrfach um seine linke Hand, während er sich Zentimeter für Zentimeter zu dem Busch hinabließ, an dem sich Mahler festklammerte. Geröll löste sich unter seinen Füßen und fiel auf Mahler, aber jetzt hatte der Komponist erkannt, was Werthen vorhatte, und klammerte sich mit aller Macht an den Blaubeerbusch. Werthen sah, dass die Wurzeln des niedrigen Gebüschs bereits begannen, sich aus dem Grund zu lösen.

Langsam schob er sich weiter in die Richtung Mahlers und versuchte keine weiteren Steine loszutreten. Weil er vorsichtig vorgehen musste, war jeder Schritt qualvoll langsam. Dann kam er nicht weiter, weil die Reichweite der Hosenträger ausgenutzt war. Aber er hatte Mahler noch immer nicht ganz erreicht.

Schnell löste er die Umwicklung des Lederriemens und ergriff diesen nun allein mit seiner linken Hand. Seine Rechte streckte er nach Mahler aus, streifte dabei die scharfen Enden des Blaubeerbusches, konnte aber schließlich das Handgelenk Mahlers fassen.

»Wenn ich ›Loslassen‹ sage, versuchen Sie, sich nach oben abzustoßen. Verstanden?«

Mit weit geöffneten Augen nickte Mahler.

Werthen umklammerte mit der Linken die Hosenträger fester. Er spreizte die Beine, um einen möglichst festen Stand zu bekommen, und hoffte, dass sein verletztes rechtes Bein nicht nachgeben würde. Dann verstärkte er seinen Griff um Mahlers Handgelenk nochmals und rief: »Loslassen!«

Er zog hart an, und im selben Moment versuchte Mahler sich nach oben abzustoßen, ließ jedoch den Busch nicht los.

»Ich halte Sie«, zischte Werthen. »Lassen Sie den Busch los und versuchen Sie einen Halt für ihre Füße zu finden.«

Er zerrte und kämpfte, um Mahler hinaufzuziehen. Für

einen Moment wurde sein Knie schwach, knickte fast unter ihm ein. Er verlagerte das Gewicht auf sein rechtes Bein, das sich weiter oben befand, und sammelte nochmals seine ganze Kraft.

Laut ächzend begann der Komponist sich den Abhang hinaufzuschieben. Endlich konnte er ein Bein über den Felsvorsprung schwingen, und Werthen wusste, dass sie gewonnen hatten. Aber Mahler ruhte nicht, bevor er nicht ganz bis zum Pfad wieder hinaufgekrabbelt war. Dann rollte er sich auf den Rücken und begann hysterisch zu lachen.

Werthen atmete schwer. Er saß im Nebel an den Stamm der Tanne gelehnt und begann, Mahlers Fahrrad zu untersuchen.

»Das war kein Unfall«, sagte er plötzlich.

Mahler hörte auf zu lachen, rollte sich auf den Bauch, richtete seine Brille und sah zu Werthen auf.

»Ich war auf dem Weg hinunter zu Ihnen, fuhr um diese Kurve und konnte plötzlich nicht mehr bremsen.«

»Kein Wunder«, sagte Werthen und hielt das gerissene Ende des Bremskabels hoch. »Es ist fast ganz durchschnitten worden, so dass es nur wenige Bremsversuche halten sollte.«

»Aber wer …?«, begann Mahler, besann sich dann aber eines Besseren.

Ja, wer? dachte Werthen bei sich. Im Haus hatten sich so viele Besucher aufgehalten, dass an Verdächtigen wahrlich kein Mangel herrschte.

Als sie ihre Räder den Berg hinunterschoben, verschwand der Nebel so schnell, wie er gekommen war, und die Sonne kam wieder hervor. Am Anfang der Serpentinenfahrt kam ihnen eine andere Gruppe von Radlern entgegen, eine schnatternde, lachende Schar von jungen Männern und Frauen.

Werthen staunte, als er in ihrer Mitte niemand anderes als Alma Schindler entdeckte. Sie schien ebenso erstaunt zu sein, doch als er einen Gruß zu ihr hinüberrufen wollte, schüttelte sie hastig den Kopf und lachte dann überlaut über die Bemerkung eines ihrer Kameraden.

Nein, dachte Werthen, als sie ihren Weg fortsetzten, an Verdächtigen mangelt es gewiss nicht.

8. KAPITEL

»Jedem von ihnen hatte sich die Gelegenheit geboten«, sagte Werthen. »Die Fahrräder waren vor der Villa nebeneinander aufgereiht.«

»Aber woher wussten sie, an welchem sie herumhantieren mussten?«, wollte Gross wissen.

»Sie waren entweder teuflisch schlau oder hatten einfach sehr viel Glück.«

»Mahler ist nicht sehr groß. Auch mit wenig Kenntnis des Fahrradfahrens kann jedermann herausfinden, welches Fahrrad für ihn bestimmt war.«

Nachdem dafür gesorgt worden war, dass ein Mitglied der örtlichen Gendarmerie regelmäßig vor der Villa Kerry patrouillierte, war Werthen mit dem morgendlichen Frühzug nach Wien zurückgekehrt. Mahler hatte nichts von einer Rückkehr nach Wien wissen wollen. Seine Sommerwochen waren der Komposition gewidmet, ein geheiligter Grundsatz, auch wenn er lebensgefährlich sein könnte.

Werthen, Berthe und Gross saßen nun am Esstisch und genossen einträchtig ihr Mittagessen. Werthen konnte nur unter großen Schwierigkeiten die Blicke von seiner Frau abwenden, denn ihr Kleid hatte diese entzückende Schattierung eines hellen Blau, das so gut zu ihren Augen passte. Ihr Gesicht war schmal, aber nicht lang, das Kinn kräftig, die Nase an der Spitze leicht gebogen. Bald würden sich dort die ersten Sommersprossen zeigen und unter Puder versteckt werden – Berthes einziger Anflug von Eitelkeit. Ihre ruhige, häusliche Schönheit, eine warme Mischung weiblicher Züge, sollte nicht der ganzen Welt zur Schau gestellt werden.

Werthen verspürte wenig Neigung, diese Angelegenheiten jetzt mit Gross durchzugehen. Viel lieber würde er sich mit Berthe in die Abgeschiedenheit ihres Schlafzimmers zurückziehen, um ihr zu sagen, wie sehr er sie vermisst hatte.

Natürlich gehörte dies nicht zu den Dingen, die ein wohlerzogener Ehemann mitten am Tag tun sollte. Aber er fühlte sich im Moment auch nicht besonders wohlerzogen.

Frau Blatschky hatte sie mit gefüllten grünen Paprika und gekochten Kartoffeln verwöhnt. Die Füllung aus Schweinehackfleisch war mit ungarischem Paprika und Kapern leicht gewürzt, ihren geheimen Zutaten. Berthe schien heute nur wenig Geschmack daran zu finden, fand Werthen, der unaufmerksam Gross folgte, der die Ereignisse während Werthens Abwesenheit erläuterte.

»Unser Herr Schreier, der Anführer der Claque, hat sich ganz wie erwartet als äußerst gereizte Persönlichkeit entpuppt. Ich habe ihn in einem unglaublich heruntergekommenen Café in einem gottverlassenen Außenbezirk getroffen.«

Gross' Stimme verriet sein deutliches Missfallen, was Werthen und Berthe amüsierte.

»Ja, wirklich«, sagte er, schon an ihre Belustigung gewöhnt. »Gottverlassen ist das einzig angemessene Wort, um einen solchen Ort zu beschreiben. Überall trostlose, von Rauch geschwärzte Arbeiterwohnhäuser, hier und da Überbleibsel eines vergangenen Dorflebens, ein bezauberndes Barockgebäude, verdeckt von ungeschlachten Wohngebäuden. Und das nennt man Fortschritt. Es war, als könnte man die Luft an diesem Ort schmecken.«

»Und Herr Schreier?«, versuchte Werthen ihn auf das Wesentliche zurückzuführen.

»Ja, richtig, ein sehr passender Name. Selbst im Gespräch klingt er grob und ungeschlacht. Die Haare wachsen ihm in Büscheln aus den Ohren. Es wundert mich, dass er überhaupt Zutritt zur Hofoper erhält. Er hat mehr oder weniger zugegeben, dass er Mahler am liebsten tot sehen würde. Er würde alles unterstützen, was notwendig wäre, um Mahler von der Direktion der Hofoper zu entbinden. Er machte auf mich einen verzweifelten Eindruck. Aber«, er legte eine dramatische Pause ein, »er war bei der Probe am Tag von Fräulein Kaspars Tod nicht in der Oper. Drei Stammgäste des Cafés bezeugen dies, der Besitzer ebenfalls. Ich habe mit diesem Mann, einem Herr Radetzky, noch nach meiner Befragung des Herrn Schreier unter vier Augen gesprochen. Es ist kein Zweifel möglich. Radetzky bezeugt, dass Schreier den ganzen Tag an seinem Stammtisch gesessen hat. Nachdem er sich einen einzigen Kaffee einverleibt hatte, verlangte er einen Platzregen nach dem anderen.«

Gross hatte sich in beeindruckender Weise in den Wiener Jargon eingearbeitet, aber Werthen fiel ein, dass er ja in seinem bahnbrechenden Wälzer »Kriminaluntersuchung« ein ganzes Kapitel dem kriminellen Slang gewidmet hatte. »Platzregen« war ein Wiener Slangausdruck für ein kostenloses Glas Wasser, das der Kellner jedem Gast in einem Café brachte, der dann, ohne weitere Getränke bestellen zu müssen, auf seinem Platz sitzen bleiben konnte.

»Wie kann sich Herr Radetzky da so sicher sein?«, wandte Berthe ein.

Gross nickte; darüber hatte er auch schon nachgedacht. »Es war der zwölfte Geburtstag seiner Tochter, und er hatte gehofft, das Café mittags kurz schließen zu können, um ihr ein Geschenk zu kaufen. Aber Schreier bewegte sich nicht von seinem Platz, und das Geschenk musste warten.«

»Sehr anständig von ihm«, bemerkte Werthen ziemlich erstaunt, weil er wie die meisten Wiener schon sein Maß unverschämter Kellner abbekommen hatte. Diese Männer machten sich ihre Gesetze selbst und benahmen sich wie absolute Monarchen in ihren Café-Miniaturimperien. War man ein genehmer Gast, könnte man keinen besseren Verbündeten finden, hatte man jedoch aus welchem Grund auch immer das Missfallen des Herrn Oberkellner erregt, suchte man sich am besten schleunigst ein anderes Café. Man wäre sonst immer derjenige, der als letzter und am grantigsten bedient wurde. Herr Radetzky musste also die große Ausnahme von der Regel des selbstherrlichen Wiener Kellners sein.

Gross informierte sie noch kurz über seine weiteren Nachforschungen, einschließlich der Befragung von Montenuovo, und seine Besuche beim antisemitischen Journalisten Hassler wie auch bei Almas Bewunderer von Tratten. Letzterer hatte, so Gross, ähnliches Missfallen bezüglich Mahler geäußert, konnte aber lückenlose Alibis für die beiden fraglichen Vorfälle vorweisen.

»Natürlich«, sagte Werthen, »beweisen solche Alibis gar nichts. Jedenfalls nicht, wenn es einen Komplizen gibt.«

Gross nickte wiederum verständnisvoll. »Aber natürlich. Es handelt sich lediglich um ein Mittel, das Feld der in Frage kommenden Personen für den Anfang einzugrenzen. Jeder bleibt dennoch verdächtig. Schade, dass Sie keine Gelegenheit gefunden haben, Richter ausführlicher zu befragen«, fügte Gross hinzu.

»Was ich gehört habe, hat mich von seiner Unschuld überzeugt«, entgegnete Werthen. »Es stimmt, dass Richter von allen Verdächtigen das stärkste Motiv haben könnte, denn schließlich war er der designierte neue Direktor. Mahler hat nicht nur seine Position übernommen und ist dabei sogar so weit gegangen, auch das Dirigat aller Opern Wagners an sich zu reißen, was bisher Richters Domäne gewesen war; man könnte sagen, er hat den Mann zum Rücktritt getrieben. Aber in Altaussee erweckte Richter den Eindruck, dass er damit wirklich zufrieden war. Er freut sich auf sein Engagement in London. Bei dem Tenor Franacek dagegen bin mir nicht so sicher.«

Werthen informierte die beiden dann, dass auch Alma Schindler sich am Tag der Beinahe-Katastrophe in der Umgebung von Altaussee aufgehalten habe, worauf Gross vernehmlich seufzte.

»Ich hatte gehofft, wir könnten die Liste der Verdächtigen verkürzen, statt sie zu verlängern.«

»In gewisser Weise haben wir dies getan«, entgegnete Werthen. »Abgesehen von der Möglichkeit eines Komplizen, stehen nach diesem letzten Vorfall nur noch diejenigen im Verdacht, die sich zur Tatzeit in oder in der Nähe von Altaussee aufgehalten haben.«

»Abgesehen von möglichen Komplizen«, warf Berthe ein.

»Und abgesehen von der Möglichkeit, dass die Fahrradfabrik oder das Geschäft an den Bremsen herumgepfuscht haben«, fügte Gross hinzu.

Werthen seufzte. Es war unmöglich, diesen Fall einzugrenzen, es gab lediglich einen immer weiter wachsenden Kreis von Verdächtigen.

Sie hatten ihr Mittagessen beendet, und Frau Blatschky servierte die heiß ersehnte Kanne ihres aromatischen und starken Kaffees.

»Es tut mir leid, aber ich habe weitere schlechte Nachrichten«, sagte Berthe plötzlich, »denn die Liste könnte sogar noch länger sein, als wir ursprünglich vermutet haben.« Sie erzählte dann von ihrer Unterhaltung mit Rosa Mayreder beim Mittagessen und der Vermutung, Mahlers Feind könnte aus seiner Vergangenheit stammen, wie das Beispiel Hugo Wolfs nahelegte. Berthe hatte diese Information bislang zurückgehalten, um sie erst in Anwesenheit ihres Mannes aufzudecken.

»Ausgezeichnet.« Gross strahlte sie an. »Das ist etwas, das wir bisher vollständig ignoriert haben, Mahlers frühe Jahre in Wien. Mein Kompliment, Frau … Meisner.«

Berthe errötete, und Werthen registrierte, dass Gross diesmal sogar ihren richtigen Namen benutzt hatte.

»Aber es gibt nicht nur schlechte Nachrichten«, sagte Gross. »Mit dem letzten Anschlag auf Mahlers Leben ergibt sich endlich ein psychologisches Profil unseres Täters. Ich gehe von einer eher romantischen Natur aus. Er ist hochempfindlich und mit einem sehr starken Drang von Verfolgungswahn ausgestattet. Ein jüngerer Mann, immer bereit zuzuschlagen – denken Sie an die skrupellose Ermordung des Herrn Gunther –, aber doch einer, der ausgeklügelte, wenn auch abstruse Pläne entwickelt, um Mahler zu beseitigen. Er beschreitet nie den direkten Weg. Wie einfältig, zur Pistole zu greifen, wie viel effizienter aber auch. Er könnte Mahler erschießen, und damit wäre die Sache erledigt. Aber nein, unser Mann denkt sich symbolische Angriffspläne aus: Eine Feuervorhang fällt herunter, ein Dirigentenpult bricht zusammen, eine Fahrradbremse ist durchtrennt. So sehen die verschlungenen Strategien unseres Täters aus. Es ist überdeutlich, dass er eine besondere Verachtung für Mahler hegt, einen großen Groll. Er vollzieht einen Racheplan, er will Mahler nicht einfach nur töten. Wir kommen ihm immer näher. Ja, näher und näher.«

»Wie gut, dass wenigstens Sie daran glauben«, meinte Werthen.

»Du hast heute keinen sehr hungrigen Eindruck gemacht«, erklärte Werthen, als er mit Berthe zur Justizkanzlei ging.

An diesem Nachmittag herrschte hektischer Verkehr auf der Josefstädterstraße. Pferdekarren knarrten über Kopfsteinpflaster, und Straßenbahnwagen quietschten auf den Eisenschienen. Eiserne Fensterläden wurden nach der Mittagspause hochgezogen, Käufer hasteten emsig hin und her; ihre Weidenkörbe waren schon mit Obst und Brot gefüllt. Nach der kühlen Luft des Salzkammergutes behagte Werthen die Sommerwärme in Wien. Es war ein perfekter Tag für einen Verdauungsspaziergang.

»Nein«, sagte sie und griff plötzlich fester nach seiner Hand. »Karl?«

»Ja, Liebste.« Er liebte die trällernde Art, mit der sie seinen Namen aussprach.

»Ich muss dir etwas mitteilen, und ich habe mir wirklich nicht vorgestellt, dass wir dabei auf einer so geschäftigen Straße unterwegs sind.«

»Wirklich? Was gibt es denn?« Werthen war plötzlich beunruhigt. War sie krank? Sie war doch so jung und kräftig.

»Also, am besten sage ich es wohl ganz direkt. Ich … Ich meine wir, also … wir bekommen ein Baby. Ich bin schwanger.«

Diese Nachricht erfüllte Werthen mit einem plötzlichen Hochgefühl, seine Brust schwoll sichtlich an. Ein Kind. Ihr gemeinsames Kind. Und doch fühlte er auch eine plötzliche Traurigkeit aufkommen, seine Eltern, die ihre Heirat abgelehnt hatten, würden diese Freude vermutlich nicht teilen. Würden sie auch ihr Enkelkind ablehnen?

»Das ist eine wunderbare Neuigkeit«, sagte er tonlos.

»Was ist denn los? Du wolltest doch immer ein Kind haben, oder?«

Sie waren mitten auf dem geschäftigen Bürgersteig stehen geblieben, und die Fußgänger murrten vernehmlich, wenn sie ihnen ausweichen mussten.

»Aber natürlich, meine Liebste.« Er erwog kurz, ihr seine Besorgnis anzuvertrauen, entschied sich aber dagegen. Sie sollte sich nicht damit belasten. Sie musste sich jetzt ganz dem kleinen Lebewesen widmen, das in ihr heranwuchs. »Es ist einfach eine große Überraschung.« Er versuchte zu lächeln. »Es ist eine herrliche Überraschung. Und du wirst die allerschönste Mutter in ganz Wien sein.«

Berthe jedoch überlief es bei seiner aufgesetzten Fröhlichkeit kalt.

»Ich befürchte, Gross wird seine Zweitwohnung in Wien verlieren.« Werthen lachte. »Es wird bald eine Kinderstube sein.«

Sie unternahm einen Versuch, in das gezwungene Lachen einzustimmen. Sie hatte gehofft, es würde der glücklichste Tag in ihrem Leben werden.

Stattdessen gingen sie den Rest des Tages schweigend durch den Ersten Bezirk, jeder tief in seine Gedanken versunken.

Herr Tor saß geschäftig an seinem Schreibtisch, als sie ankamen. Werthen war froh darüber, denn er fühlte, dass Berthe ihn nun bald wegen seiner Reaktion auf die Neuigkeit zur Rede stellen würde. Warum sage ich ihr nicht einfach die Wahrheit?, überlegte er. Sie ist meine Frau, sie hat das Recht, von meiner Sorge zu erfahren. Aber ein irregeleiteter männlicher Beschützerinstinkt hielt ihn davon ab, sie damit zu belasten. So konnte das Missverständnis zwischen ihnen weiter wachsen.

Für den Rest des Nachmittags gingen sie beide ihren eigenen Aufgaben nach, Berthe kümmerte sich um lange überfällige Rechnungen – unter anderem diejenige von Klimt –, und Werthen zog sich in sein Büro zurück. Er musste sich um die Probleme einer Treuhandangelegenheit des Grafen Lasko kümmern. Es ging um Komplikationen, für die Tor nicht ausreichend eingearbeitet war. Doch als er sah, was Tor bisher schon bewerkstelligt hatte, war er durchaus zufrieden. Er hatte wohl doch ausreichend Zeit, um weiter über den Fall Mahler zu grübeln.

Er legte sich eine Seite Kanzleipapier bereit, tauchte seinen Federhalter in das Tintenfass auf dem Schreibtisch, dann richtete er drei Rubriken ein: eine für die Verdächtigen in der Hofoper, eine für diejenigen der Villa Kerry und schließlich eine für die Verdächtigen aus Mahlers Vergangenheit, insbesondere aus seinen frühen Tagen in Wien. Die erste Spalte war die längste, auch wenn einige der dort Aufgeführten Alibis vorweisen konnten. Leitner, Blauer, Schreier und Hassler standen ganz oben. Aber auch Richter – mit geringer Wahrscheinlichkeit – und der Tenor Franacek gehörten dazu. Beide waren auch in der Villa Kerry gewesen, genau wie Leitner. Diese kritzelte er in die zweite Spalte. In diese zweite Spalte gehörte außerdem noch der angehende Schwager Rosé, die Schwester Justine und die zurückgewiesene Geliebte Natalie. Alma Schindler erschien Werthen als etwas weit hergeholter Verdacht, nachträglich hatte er herausgefunden, dass sie in Begleitung ihrer Schwester und mehrerer Kusinen an jenem Tag in den Bergen gewesen war. Höchst unwahrscheinlich, dass sie ihrer Begleitung lange genug entwischen konnte, um Mahlers Bremsen zu sabotieren, und ebenso unwahrscheinlich war es, dass sie es alle gemeinsam getan hatten. Aber er konnte Alma und ihre Gefährtinnen auch nicht gänzlich von der Liste streichen. Die Frauen hätten ebenfalls eines Komplizen bedurft.

Weiter fügte Werthen Almas Namen noch der ersten Spalte hinzu, sie hatte ja zugegeben, bei Mahlers Probe in der Hofoper anwesend gewesen zu sein.

Die dritte Spalte, Mahlers Vergangenheit, war die kürzeste. Sie enthielt nur Hugo Wolfs Namen. Wahrscheinlich müsste die Untersuchung sich zunächst hierauf konzentrieren. Welche anderen Namen könnten noch in diese letzte Spalte gehören? Mehrere Fragezeichen sollten hier auf noch unbekannte Namen hinweisen.

Es waren so viele Möglichkeiten. Eine positive Auswirkung hatten ihre Bemühungen immerhin schon gehabt. Wie Gross berichtet hatte, war als Folge ihrer Untersuchungen Montenuovo wieder im Boot, und auch die Polizei war nun in die Ermittlungen einbezogen. Zumindest stand Mahler nun unter Polizeischutz.

Ein leichtes Klopfen an seiner Tür entriss ihn seinen Gedanken.

»Ja?«

Tor trat ein, in den Händen die restlichen Akten des Grafen Lasko.

»Ich glaube, dies vervollständigt die andere Angelegenheit«, sagte er und legte die Akten auf den Tisch neben Werthens Liste von Verdächtigen.

»Hervorragend«, entgegnete Werthen und blätterte kurz durch die Akten. Er nahm anerkennend Tors schöne Handschrift wie auch die gewählten Formulierungen zur Kenntnis.

Tor blieb kurz neben dem Schreibtisch stehen und überflog, wie Werthen annahm, die drei Spalten mit den Verdächtigen.

»Kann ich sonst noch etwas für Sie tun?«

»Wäre es zu viel verlangt, wenn ich heute ein wenig eher das Büro verlassen würde, Advokat Werthen? Ich bin noch immer damit beschäftigt, mich einzurichten, und benötige diverse Dinge für meine Zimmer.«

»Aber natürlich, Herr Tor. Mit Ihrem Streifzug nach Altaussee in unseren Angelegenheiten haben Sie sich dies mehr als verdient. Nehmen Sie sich die Zeit, um alles zu regeln. Ich werden die Stadt in diesem Sommer nicht mehr verlassen.«

Tor lächelte, jedenfalls schien es Werthen so. Aber der Ausdruck wirkte fast wie eine Mitleidsbekundung, die man einem Familienmitglied bei einer Beerdigung ausspricht.

Armer Mann, dachte Werthen. Er ist wirklich quälend schüchtern. Aber er hat einen erstklassigen Rechtsverstand, sie konnten froh sein, ihn engagiert zu haben. Gut, dass Berthe diesen ungeschliffenen Diamanten entdeckt hatte, dachte Werthen, nachdem Tor das Büro verlassen hatte.

So war er in Gedanken also wieder bei Berthe und entschloss sich, zu ihr zu gehen, um sich zu erklären. Aber als er in das vordere Büro kam, entdeckte er eine Mitteilung auf ihrem Schreibtisch:

Karl, ich muss dringend einiges bei Gerngross besorgen. Wir sehen uns später zu Hause. B.

Er las die Zeilen noch ein Mal. Soweit er wusste, hatte Berthe noch nie einen Fuß in das neue Warenhaus Gerngross in der Mariahilferstraße gesetzt. Ein derartiges sogenanntes Kaufhaus wie in Amerika war ihr ein Gräuel, die Speerspitze eines Amok laufenden Kapitalismus, der ihrer Ansicht nach das Gefüge der Wiener Gesellschaft zerstören würde. Das würde alteingesessene, in Familienbesitz befindliche Geschäfte zwingen, über die Mittagszeit geöffnet zu bleiben, womöglich sogar an Wochenenden. Undenkbar.

Er stellte sich Berthes Schmährede lebhaft vor und musste schmunzeln. Tatsache war aber, dass sie niemals »einiges bei Gerngross besorgen« würde. Und sie wusste genau, dass er dies ebenfalls wusste.

Ihre verschlüsselte Nachricht war als eine ernste Ermahnung an ihn gedacht.

Hofrat Richard Freiherr von Krafft-Ebing, Dekan der psychiatrischen Fakultät der Universität von Wien, residierte in einem Eckbüro im dritten Stock des Universitätsgebäudes in der Ringstraße. Jeder Zentimeter darin wurde als Arbeitsplatz genutzt: Mit Glastüren versehene Bücherschränke standen an den Wänden und umrahmten die großen Fenster, die den Blick auf die Ringstraße freigaben. Auf seinem eher kleinen Tisch türmten sich Notizbücher, gebundene Journale und dicke Bücher, viele davon aufgeschlagen, andere wiederum mit einer Vielzahl kleiner blauer Zettel gespickt.

Krafft-Ebing war mittelgroß, altmodisch gekleidet; sein kurz geschnittenes Haar war schon ergraut. Sein Bart war unter dem Kinn zu einem scharfen V geschnitten, und schon bei ihrem ersten Treffen im letzten Jahr waren Werthen seine grau-grünen Augen aufgefallen, die Licht zu versprühen schienen.

Gross und Werthen hatten den Neuropsychiater in einem früheren Fall konsultiert, und dessen Wissen betreffs der Ätiologie der Syphilis hatte sich als äußerst hilfreich erwiesen. Gross war mit ihm noch aus alten Zeiten in Graz befreundet, gemeinsam hatten sie dort Pionierarbeit in der forensischen Psychopathologie geleistet, es ging um die Erforschung mentaler Störungen, sofern diese von kriminologischer Bedeutung waren.

An diesem Samstagmorgen hatten sie ihn wegen eines anderen Auftrages aufgesucht. In seiner Eigenschaft als Hofrat war Krafft-Ebing auch für eine der führenden psychiatrischen Krankenhäuser Wiens zuständig, der Niederösterreichischen Staatlichen Irrenanstalt, in die Hugo Wolf eingewiesen worden war.

Nachdem man die üblichen Höflichkeiten ausgetauscht hatte, kam Krafft-Ebing zur Sache.

»In ihrer Nachricht erwähnten Sie Hugo Wolf. Zugegeben, er ist einer unserer berühmtesten Insassen. Ich bin mir allerdings nicht sicher, dass er noch compos mentis ist. Er ist im letzten Stadium der Syphilis, wie Sie sicherlich wissen.«

»Das war mir nicht bekannt«, sagte Gross.

»Tragischer Fall«, fuhr Krafft-Ebing fort und schüttelte den

Kopf. »Hat sich als junger Mann angesteckt. Offenbar seine Einweihung in die wunderbare Welt der Sexualität durch eine der zahllosen Prostituierten dieser Stadt. Ein großer Jammer. Sind Sie mit seiner Musik vertraut?«

Er kannte den Musikgeschmack seines Freundes Gross, der nach Haydn nichts mehr gelten ließ, und hatte daher die Frage gleich an Werthen gerichtet.

»Ich habe mehrere seiner Liederabende im Musikverein besucht«, erwiderte Werthen. »Er scheint mir schon so etwas wie ein Genie zu sein.«

»Schien«, verbesserte ihn Krafft-Ebing. »Seine Freunde und Förderer lassen es sich nicht nehmen, ihm ein teures Zimmer mit Aussicht auf den Stephansdom zu bezahlen. Ein großes Piano ziert den Raum. Aber das ist ein fruchtloser Versuch. Musik ist ihm jetzt verhasst. Den Blick aus seinem Zimmer hält er für ein Wandgemälde.«

»Nichtsdestotrotz«, sagte Gross, »wir würden gerne mit ihm sprechen, wenn es irgendwie möglich ist. Wir werden ihn keineswegs überstrapazieren.«

»Seien Sie gewarnt«, erklärte Krafft-Ebing. »Sie dürfen nicht viel erwarten. Ich werde die Verwaltung informieren. Bis Sie dort eingetroffen sind, sollte alles arrangiert sein.«

Das Staatliche Irrenhaus lag in der Lazarettgasse 14 in der Nähe des Allgemeinen Krankenhauses in Alsergrund im Neunten Bezirk. Es war ein schöner Tag, und so gingen sie zu Fuß dorthin. An der Universitätsstraße verließen sie den Ring und kamen zuerst am Allgemeinen Krankenhaus vorbei. Dort im »Narrenturm« waren noch bis vor vier Jahrzehnten die geistig Behinderten »behandelt« worden. Bei dieser Behandlung wurden die armen Seelen an die Mauern gekettet, in Eisbäder getaucht, und um ihnen ihre Angst zu nehmen, trugen sie Ledermasken.

Das Staatliche Irrenhaus wurde 1853 ganz in der Nähe eröffnet und verbesserte das Schicksal dieser Leidenden beträchtlich. Aber auch dort ereigneten sich skandalöse Vorfälle. So wurde 1865 der große Mediziner Ignaz Semmelweis nach einem Nervenzusammenbruch dort eingeliefert. Zuvor hatte er entdeckt, dass einfaches Händewaschen einen wirksamen antiseptischen Schutz gegen das Wochenbett- oder Kindbettfieber bewirken konnte. Nun starb er zwei Wochen nach seiner Einlieferung angeblich an einer Sepsis, ausgelöst durch eine bei einer Operation infizierte Hand. Werthen kannte allerdings die Wahrheit von einem die Familie vertretenden Anwalt, der leider erfolglos die Einrichtung verklagt hatte: Tatsächlich war Semmelweis an den Verletzungen durch die Misshandlungen gestorben, die ihm das Anstaltspersonal beigebracht hatte.

Sie gingen am Allgemeinen Krankenhaus vorbei und näherten sich der Kreuzung Spitalgasse, wo sie rechts abbogen.

Bis jetzt waren sie schweigend nebeneinander gegangen, doch nun räusperte sich Gross plötzlich.

»Sagen Sie, Werthen«, begann er, »meine Anwesenheit in Ihrem Heim bereitet doch keine Unannehmlichkeiten?«

»Was wollen Sie damit andeuten, Gross?«

»Ich weiß nicht, wie ich es sagen soll, aber gestern Abend verspürte ich eine gewisse frostige Atmosphäre. Ihre Frau Gemahlin war nicht sie selbst beim Abendessen. In ihrem Gespräch sprühte kein Funke. Es gelang ihr gerade mal, die Erbsen auf ihrem Teller mehrfach umzugruppieren. Ich weiß, ich bin selbst oft genug ein alter Brummbär. Zu meiner eigenen Verwunderung hält Adele es immer noch mit mir aus. Aber was bleibt ihr schon anderes übrig, nicht wahr? Ich hätte jedenfalls Verständnis, wenn meine Anwesenheit Ihrer Frau auf die Nerven geht.«

»Glauben Sie mir, Gross, es hat nichts mit Ihnen zu tun.«

»Ah, dann war es also Ihre Reise ins Salzkammergut? Sie mag nicht gern allein gelassen werden.«

»Auch das ist es nicht.«

Gross blieb stehen. »Also, was ist es dann? Ich möchte mich zwar nicht in Ihre privaten Angelegenheiten einmischen, aber irgendetwas beunruhigt Sie beide doch. Wenn es da etwas gibt, das Sie daran hindert, unserem Fall Ihre volle Aufmerksamkeit zu schenken, ist es übrigens auch meine Angelegenheit.«

»Unser Fall!« Werthen war plötzlich gereizt. »Es handelt sich um meinen Fall, Gross. Ich habe um Ihre Mitarbeit gebeten, aber Sie haben nicht die Kontrolle übernommen.«

»Sehen Sie. Es passt nicht zu Ihnen, so die Kontrolle über sich zu verlieren. Etwas quält Sie, und das beeinträchtigt Ihr Urteilsvermögen. Ihre Gutmütigkeit geht Ihnen verloren.«

Zum Teufel mit dem Kerl!, dachte Werthen. Gross würde weiter herumstochern und schnüffeln, bis er eine Erklärung fand. Werthen wollte gerade zu einer neuen Tirade ansetzen, als er plötzlich verstand, worauf Gross anspielte. Schon viel zu lange hatte er dieses absurde Missverständnis zwischen sich und Berthe hingenommen.

Es blieb ihm nichts anderes übrig, als sich Gross anzuvertrauen, ihm die wunderbare Neuigkeit ebenso wie seine unangemessene Reaktion darauf mitzuteilen.

»Aber das ist doch nur natürlich«, entgegnete Gross, nachdem er geduldig zugehört hatte. »Selbstverständlich sind Sie wegen der Reaktion Ihrer Eltern auf diese Neuigkeit besorgt.

Natürlich wünschen Sie sich, Ihre Frau und der Nachwuchs mögen akzeptiert werden. Und vielleicht habe ich sogar eine Möglichkeit, dafür zu sorgen. Lassen Sie mich nur machen, alter Freund. Und wenn wir zum Mittagessen heimkehren, nein, wenn Sie ohne den elenden Dr. Gross zum Mittagessen heimkommen, dann nehmen Sie Ihre junge Frau in die Arme und sagen Ihr die Wahrheit. Sagen Sie Ihr, dass Sie nicht wegen der frohen Kunde, sondern wegen der Gedanken an Ihre Eltern gezögert haben. Teilen Sie Ihre Sorgen mit Ihrer Ehefrau, mein Bester. Die Ehe beruht darauf, dass man alles teilt.«

Werthen bezweifelte stark, dass sich Gross selbst an diese Richtlinien hielt. Er war nur zu gut vertraut mit den Verhältnissen in Gross' Familie während der frühen Grazer Jahre und war davon überzeugt, dass der Kriminologe in seinem eigenen Haushalt als autokratischer Familienvorstand herrschte, auf seine Art ebenso tyrannisch wie Mahler. Werthen verzichtete allerdings auf eine Bemerkung in diese Richtung.

»Danke, Gross. Das ist wirklich ein guter Ratschlag.«

»Und machen Sie sich keine Gedanken über mein Mittagessen, das dann leider ausfallen muss«, fügte der Kriminologe hinzu. »Ich werden schon irgendwo einen Bissen finden.«

Werthen musste angesichts dieses unverhohlenen Bettelns um Anteilnahme lächeln. Es klang fast so, als wäre Gross ein Gassenjunge auf der Suche nach Brosamen.

»Das werden Sie ganz bestimmt.«

Sie setzten ihren Weg fort. Werthen fühlte sich nach ihrem kurzen Gespräch tatsächlich erleichtert. Jetzt konnte er seine ganze Aufmerksamkeit der bevorstehenden Ermittlung widmen.

Die Spitalgasse kreuzte bald die Lazarettgasse, und schon

standen sie vor den imposanten grauen Mauern des Staatlichen Irrenhauses.

»Erschießen Sie mich lieber, alter Freund«, murmelte Gross, als sie die Stufen zur Eingangstür hochgingen. »Sollte ich total überschnappen, lassen Sie nicht zu, dass man mich an solch einem Ort einsperrt.«

Es war wirklich ein Tag der Offenbarungen, fand Werthen, als sie durch die große Eingangstür an uniformierten Pförtnern vorbei zum Empfangsschalter gingen. Der dicke, rotwangige Beamte hinter dem Tresen trug eine dunkelblaue und rote Uniform, in der er wie eine abenteuerliche Mischung aus Husar und Bahnschaffner wirkte.

»Worum geht's?«, fragte er, bevor Gross oder Werthen überhaupt die Gelegenheit fanden, ihr Anliegen vorzutragen. Auf dem kleinen Tisch vor ihm lag die aktuelle Ausgabe der *Reichspost*.

Krafft-Ebings Nachricht war offensichtlich rechtzeitig eingetroffen, denn der Mann änderte sofort sein aggressives und unwirsches Verhalten, als Gross sie vorgestellt hatte.

»Hier entlang, meine Herren. Warum haben Sie das nicht gleich gesagt? Der Herr Hofrat hat extra deswegen angerufen.«

Sie folgten dem rundlichen Mann über das Haupttreppenhaus durch einen Korridor zur Abteilung 2A. Durch die geschlossenen Türen drangen gedämpfte Geräusche. Der Beamte bewegte sich angesichts seines Gewichts erstaunlich schnell; er hatte es wohl eilig, zur seiner erbaulichen Lektüre über das jüdische Problem in Österreich zurückzukehren, wie Werthen mutmaßte.

»Hier ist es«, sagte er schließlich und hielt vor einer Tür, die mit der Nummer dreizehn gekennzeichnet war. Er hielt sich nicht mit Anklopfen auf, steckte seinen Generalschlüssel ins Schlüsselloch, öffnete die Tür und schob seinen Kopf ins Zimmer.

»Besuch, Herr Wolf. Seien Sie lieb, sonst gibt es heute Abend keinen Strudel.«

Dann zog der Mann den Kopf wieder zurück und winkte ihnen verschwörerisch zu, als hätte er ein ungezogenes Kind gezüchtigt.

»Er wird kooperieren. Wenn nicht, kann ich auch noch etwas deutlicher mit ihm umspringen …«

»Das wird nicht notwendig sein«, entgegnete Gross. »Sie können jetzt gehen.«

»Das ist aber gegen die Vorschriften«, widersprach der Beamte.

Seine dienstlichen Bedenken lösten sich jedoch augenblicklich in Luft auf, als Werthen ihm drei Florin in die Hand drückte.

»Da der Herr Hofrat den Besuch persönlich erlaubt hat, wird schon alles in Ordnung sein, nehme ich an.«

»Allerdings«, erwiderte Gross und drängte sich an ihm vorbei in das Zimmer. Werthen folgte ihm und schloss die Tür hinter sich.

Vom Bett aus starrte sie ein schmächtiger Mann mit riesigen Augen und dem verlorensten Blick an, dem Werthen jemals begegnet war. Wolf war schlank und wirkte grüblerisch, seine scharfen Gesichtszüge wirkten wie gemeißelt. Unter den tiefliegenden Augen zeigten sich violette Flecken, die Haut unter den Wangenknochen war von tiefen Furchen durchzogen, die wie Narben wirkten. Sein Bartwuchs war sehr spärlich; er hatte einen nervösen Tick, der ihn zwang, unaufhörlich die

Barthaare herauszuziehen, so dass seine Gesichtsbehaarung nur noch wie ein blasser Schatten eines Bartes wirkte.

Wie erwartet war durch das Fenster der Stephansdom gut zu sehen. Allerdings wurde der Blick durch die Gitter vor den Scheiben quadratisch unterteilt. Ein verstaubter Flügel von Bösendorfer nahm den meisten Platz im Raum ein.

»Ich wusste, dass Sie kommen würden.« Wolfs Stimme stand in völligem Gegensatz zu seiner äußeren Erscheinung, sie war kraftvoll, fast dröhnend. Werthen zuckte dabei unwillkürlich zusammen.

»Ist er jetzt gegangen? Versteht man es endlich?«

Gross war sehr versiert in Psychologie und zögerte keinen Moment.

»Ja«, erwiderte er. »Alles ist so, wie es sein sollte.«

Bei dieser Bemerkung schienen sich Wolfs Gesichtszüge fast aufzuhellen; er schlang die Arme um die Knie und zog sie unter das Kinn. Dann begann er auf dem Bett zu schaukeln.

»Endlich«, murmelte er.

Diesen Mann so heruntergekommen zu erleben war für Werthen fast nicht zu ertragen. So also lebte der große Fackelträger der Musik Richard Wagners, der Komponist der Mörike-Lieder, der Eichendorff-Lieder, der Goethe-Lieder, des Italienischen Liederbuches und der Oper *Der Corregidor*, alle gerühmt für die Tiefe des Gefühls, für ihre bahnbrechende Tonalität. Und nun war er nur noch eine bloße menschliche Hülle.

»Sie können meine Oper aufführen. Ich bin jetzt der Direktor.«

In Gedanken war er immer noch beim Streit mit Mahler, dachte Werthen, was ihnen, wie er schuldbewusst zugeben musste, zum Vorteil gereichte.

»Ja«, stimmte Gross zu. »Zu guter Letzt.«

»Er ist ein Teufel, müssen Sie wissen.« Seine Stimme erhob sich fast zu einem Schrei bei dem Wort »Teufel«. Wolf wandte sich Werthen zu und starrte nun ihn an und nicht mehr Gross.

Die Worte entsetzten den Anwalt, aber er brachte die Kraft zu einer Erwiderung auf.

»Wie meinen Sie das?«

»Er hat meine Idee für ein Libretto gestohlen. O ja, Wort für Wort hat er gestohlen. Und ich war nicht der Einzige. Nein. Der andere. Das Genie. Der Teufel hat auch von ihm gestohlen. Und hat seine Tage auch hier beschlossen. Genau wie ich. Oh, er ist ein Teufel, ganz sicher.«

»Mahler?«, sagte Gross. »Ist er der Teufel?«

Plötzlich sprang Wolf vom Bett auf und rammte den Kopf gegen die Wand, was eine tiefe Wunde auf seiner Stirn verursachte. Blut lief über sein eingefallenes Gesicht, und er lachte hysterisch.

Werthen eilte zur Tür, riss sie auf und rief nach einer Wache. Schwere Stiefel hämmerten durch den Korridor. Zwei stattliche Männer in langen weißen Kitteln stürmten in das Zimmer, packten Wolf mit den Armen und warfen ihn auf das Bett. Der größere von beiden stemmte sein Knie auf die schmale Brust des Komponisten.

»Ist das unbedingt notwendig?«, fragte Werthen.

Der andere Wächter sah ihn böse an. »Sie sollten jetzt lieber hier verschwinden. Sie haben schon genug Ärger gemacht.«

Gross nahm Werthen beim Arm. »Kommen Sie! Der Mann hat recht.«

Gross hielt sein Wort und ließ Werthen und Berthe allein zu Mittag essen; er ging in ein Gasthaus in der Nähe. Frau Blatschky hatte ihren freien Nachmittag genommen, und so waren Mann und Frau endlich einmal allein. Werthen erklärte Berthe sofort, warum er auf die freudige Nachricht ihrer Schwangerschaft mit so wenig Begeisterung reagiert hatte.

Sie nahm ihn in die Arme. »Karl, wie kann ein so intelligenter Mann nur so töricht sein?«

Sie führte ihn durch den Flur zu ihrem Schlafzimmer. Er war etwas verwirrt, als er sah, dass sie sich entkleidete.

»Beeil dich«, sagte sie. »Bevor Frau Blatschky zurückkehrt und sich empört.«

Er stieg zu ihr ins Bett, nahm sie sanft in die Arme wie eine zerbrechliche Puppe. Dann drehte sie sich auf den Rücken und zog Werthen zu sich.

»Ich bin schwanger und nicht krank«, sagte Berthe und drückte ihre kühlen Hände auf seine Lenden. »Ich bin nicht zerbrechlich.« Sie schlang ihre Beine um seine, grub ihre Fersen in seine Oberschenkel und drückte sich gegen ihn.

Bald vergaß er seine Kavaliersmanieren, so versunken war er in der Bewegung seiner Hüften.

Später lagen sie verschlungen unter dem dünnen Sommerlaken. Sie schmiegte den Kopf auf seine linke Schulter.

»Du hast nicht wirklich erwartet, dass sich Mann und Frau neun Monate lang einander nicht mehr begehren, oder?«

Er hatte darüber überhaupt nicht nachgedacht. Es gehörte zu den Dingen, über die seine Eltern niemals sprachen, und in der Schule erfuhr man auch nichts darüber.

Jetzt richtete sie sich auf ihren Ellbogen auf und sah ihm direkt in die Augen.

»Sei nie wieder so dumm«, sagte sie erbittert. »Sprich mit mir. Glaube an mich. Versprochen?«

»Ich verspreche es.«

»Ich kann es gar nicht glauben, dass der langweilige Dr. Gross den Vorschlag gemacht hat«, sagte Berthe und tischte zwei Omeletts für ihr spätes Mittagessen auf.

»Genaugenommen hat er auch nicht gesagt: ›Treib es mit deiner Frau.‹ Eher schon, ›Nimm sie in die Arme‹ oder so etwas in der Art.«

Als sie ins Esszimmer gingen, hörten sie das metallische Klicken ihres Briefschlitzes an der Tür. Die Nachmittagspost.

Werthen stellte die Teller auf den Tisch und ging ins Foyer, um nach der Post zu sehen. Er überflog die Briefe, legte Rechnungen und Geschäftsbriefe auf den Tisch im Flur zur späteren Durchsicht. Ein Brief trug keinen Absender und war daher nicht so leicht einzuordnen. Er nahm ihn mit in das Esszimmer.

»Ich bin ausgehungert, entschuldige. Omeletts sind die einzige Nahrung, die ich zurzeit zu mir nehmen kann.«

Er setzte sich zu ihr und legte den Briefumschlag neben den Teller. Ihn beschlich ein eigenartiges Gefühl, weil es nicht üblich war, dass er Briefe ohne Absender erhielt.

»Willst du ihn öffnen oder ihn bewundern?«

Nachdem sie sich geliebt hatten, machte sie einen sehr munteren Eindruck. Und offenbar regte sich auch wieder ihr Appetit.

»Vielleicht sollten wir öfter Siesta halten.«

Seine Bemerkung brachte sie jedoch weder in Verlegenheit, noch konnte es ihre gute Laune dämpfen.

»Auf der Rückseite gibt es etwas, das man Lasche nennt«, sagte sie. »Es ist üblich, dass man sie aufreißt.«

Werthen tat wie ihm geheißen und entnahm dem Umschlag ein einziges Blatt. Es fühlte sich nach billigem Papier an, war grob und ungeprägt. Er faltete es auseinander. Es war eine kurze Mitteilung, hingekritzelt wie von einem Schuljungen. Die untere Hälfte der Seite war mit Noten versehen. Er legte den Schrieb zwischen sie auf den Tisch.

»Eigenartig«, murmelte Berthe zwischen zwei Bissen.

Werthen überflog die Notiz, las sie dann ein zweites Mal, um sicherzugehen.

»Mehr als eigenartig«, sagte er. »Regelrecht skurril. Falls das wahr ist …«

»Falls das wahr ist«, sagte Gross später am Nachmittag, nachdem er in die Wohnung zurückgekehrt war, »haben wir es hier mit einem Fall von historischer Bedeutung zu tun.«

»Die verstellte Handschrift könnte der Angelegenheit Glaubwürdigkeit verleihen«, bemerkte Werthen.

»Richtig«, sagte Gross. »Der Schreiber hat sich die Zeit genommen, seine oder ihre Handschrift zu verstellen. Was eines von beiden beweist: Entweder hat er eine sehr eigene Handschrift, die ihn verraten würde, oder seine Handschrift ist uns bekannt. Beides oder eines von beiden könnte zutreffen.«

»Ein Narrenstreich«, sagte Berthe. »Irgendjemand hat von unserer Untersuchung erfahren und macht sich auf unsere Kosten einen Spaß.«

Weder Gross noch Werthen reagierten auf die Bemerkung. Gross las den Brief noch einmal laut vor:

Sehr geehrter Advokat Werthen,

Sie und Ihre Freunde sollten die Dinge aus einem größeren Blickwinkel betrachten. Mahler ist und war nicht der einzige Komponist in Wien, dessen Leben in Gefahr ist. Andere sind wegen ihrer Lasterhaftigkeit gestorben. Andere sogenannte große Musiker. Muss ich Namen nennen? Aber ich will nicht zu viel verraten. Wo bliebe das Vergnügen? Merken Sie sich nur, dass ich bereits zugeschlagen habe und auch im Namen der Kunst wieder zuschlagen werde!

»Wie verstehen Sie die musikalische Notation?«, frage Werthen.

»Ich bin kein Musiker«, antwortete Gross und hielt das Papier ins Licht, suchte aber vergeblich nach einem Hinweis auf den Hersteller.

»Darf ich?« Berthe streckte die Hand aus, nahm den Brief und ging in das kleine, von ihr hergerichtete Musikzimmer hinüber, die frühere Dienstmädchenkammer. Sie bot gerade ausreichend Platz für ein Klavier. Sie setzte sich hin, legte den Brief vor sich und spielte die Noten ein erstes Mal, dann noch einmal.

»Irgendwie kommt mir das bekannt vor«, sagte sie. »Fast wie die Melodie eines späten Quartetts von Beethoven. Aber es ist doch wohl eine originale Melodie. Ich vermute, dass der Briefschreiber auch dieses Fragment geschrieben hat.«

»Merkwürdig«, sagte Gross.

»Ein anderer Komponist«, grübelte Werthen. »Nun, wir haben in letzter Zeit tatsächlich zahlreiche Todesfälle erlebt. Erst Anfang des Monats ist Strauß gestorben.«

»Und vor zwei Jahren Brahms«, fügte Berthe hinzu.

»Bruckner starb im Jahr zuvor.« Werthen schüttelte den Kopf. »Aber sie sind alle eines natürlichen Todes gestorben?«

»Dieser Weg führt in den Wahnsinn«, murmelte Gross. »Sollen wir jetzt jeden Musikertod der letzten zehn Jahre in Frage stellen? Das ist blanker Unsinn.«

Doch Werthen war sich sicher, dass Gross' Interesse sehr wohl geweckt war.

9. KAPITEL

Im Verlauf des folgenden Tages bedrängte Gross immer stärker die Idee, ein Verrückter könnte tatsächlich mitten in Wien die berühmtesten Musiker der Zeit einen nach dem anderen ermorden. Den ganzen Tag über lief er in seinem Zimmer auf und ab, da ein für diese Jahreszeit ungewöhnlicher Regen ihn daran hinderte, nach draußen zu gehen. Berthe und Werthen hörten unablässig den unerträglichen Rhythmus seines Paradeschritts, der sie am Ende mit Schirmen bewaffnet aus dem Haus in den Regen trieb.

Sie sprachen während ihres Spazierganges nicht über den mysteriösen Brief, sondern genossen den frischen Geruch der Stadt. Sie schlenderten die Ringstraße entlang. Der Regen fiel von den Platanen auf ihre schwarzen Schirme. Ein paar weitere unerschrockene Spaziergänger waren ebenfalls unterwegs, aber die Stadt war an diesem Tage noch ruhiger als an anderen Sonntagen.

Als sie in ihre Wohnung zurückkehrten, hatte auch Gross endlich seine Zurückhaltung aufgegeben. Jetzt hatte er das Wohnzimmer mit Beschlag belegt und ruhte langgestreckt auf der Ledercouch, in einem seidenen Morgenrock über der Hose und einem weißen Hemd mit Schlips und Weste.

»Wo sind Sie beide denn bloß gewesen?«, fragte er, als sie den Raum betraten. »Wir müssen unbedingt sogleich besprechen, welche Richtung unsere Untersuchung nun einzuschlagen hat.« Bei diesen Worten sprang er förmlich von der Couch und begann erneut, im Wohnzimmer auf und ab zu gehen.

»Gross …«, begann Werthen, wurde jedoch sofort unterbrochen.

»Ich kenne diesen Tonfall«, sagte der Kriminologe und blieb abrupt stehen. »Sie werden versuchen, mich auf den Boden der nackten Tatsachen zurückzubringen. Da spricht wieder der vernünftige Karl Werthen. Ich kenne diese Stimmlage nur allzu gut.«

»Ganz offensichtlich brauchen Sie jemanden, der Sie wieder auf den Boden der Realität zurückholt«, sagte Werthen. »Wie können Sie auf Grund eines einzigen anonymen Briefes so überzeugt sein?«

»Es ist dort vom Verbrechen des Jahrhunderts die Rede.«

»Aber ist denn Ruhm so wichtig für Sie?«, fragte Werthen, der von diesem Zugeständnis sehr überrascht war. »Man sollte doch denken, dass Sie bereits eine ausreichende Berühmtheit erlangt haben.«

»Es geht hier doch gar nicht um Ruhm, mein lieber Werthen. Sie haben mich völlig missverstanden. Nein, es geht um die Abscheulichkeit dieser Verbrechen. Die Wunder einer solchen Musik der Welt zu entreißen. Und warum das Ganze? Ein Moment des Hasses? Von wessen Lasterhaftigkeit spricht dieser Nichtsnutz eigentlich? Die der anderen oder seiner eigenen?«

»Aber, Gross, Sie haben doch sicher auch die naheliegendste Möglichkeit in Betracht gezogen, dass nämlich der Briefschreiber vorsätzlich falsche Angaben macht.«

»Sicherlich«, sagte er und wedelte mit seiner Hand, als wollte er eine lästige Fliege vertreiben. »Es könnte sich natürlich, wie Ihre Gattin behauptet, ganz einfach um einen dummen Scherz handeln. Vielleicht fühlte sich einer der von uns an der Oper oder woanders Befragten gestört und will uns Ungelegenheiten bereiten, indem er uns einen Bären aufbindet. Oder einer der von uns Befragten ist selbst der Übeltäter und spürt, dass unsere Untersuchung ihm unangenehm nahe kommt und verfällt deshalb auf diese List.«

»Und dann gibt es natürlich immer noch die Möglichkeit, dass der Verfasser des Briefes psychisch labil ist«, setzte Berthe hinzu. »Jemand, dessen Selbstwertgefühl durch solche Hirngespinste gestärkt wird. Also eine Person, die in einer Irrenanstalt besser aufgehoben wäre.«

»Oder vielleicht jemand, der bereits in einer Irrenanstalt untergebracht ist«, sagte Gross nachdrücklich, als wollte er andeuten, der Schrieb könnte in irgendeiner Weise von Hugo Wolf stammen. »Aber ja, natürlich habe auch ich diese Möglichkeiten in Betracht bezogen, ich bin ja kein Dummkopf.«

Auch wenn Werthen an dieser positiven Selbsteinschätzung nichts auszusetzen hatte, nahm er ihm die Erklärung für sein Engagement keinesfalls ab.

»Ich habe gar nicht gewusst, dass Sie ein Liebhaber der modernen Musik sind, Gross. Ich dachte immer, die wirklichen musikalischen Errungenschaften endeten für Sie mit Haydn.«

Gross warf ihm einen giftigen Blick zu, verschränkte die Arme hinter dem Rücken und nahm seinen Marsch wieder auf. An der Wiener Universität hatte Werthen Vorlesungen bei einem Juraprofessor besucht, der in genau derselben Weise hinter den Studenten auf und ab ging, wobei das Knarren der Bohlen der monotonen Stimme einen gewissen Rhythmus verlieh.

»Es ist unmöglich, mit Ihnen zu sprechen, wenn Sie weiterhin unablässig herumwandern«, sagte Werthen schließlich.

»Ich verschaffe mir so Appetit für das Mittagessen, denn Frau Blatschky hat mich wissen lassen, dass sie ihren ausgezeichneten Palatschinken zubereitet und dazu einen Hauch von Schokoladensauce versprochen.«

Sie überließen also Gross sich selbst und seinen »Übungen«, um ihn später zum Mittagessen wieder zu treffen. Die Männer zumindest wussten Frau Blatschkys wunderbar leichte, mit Aprikosenmarmelade gefüllte Pfannkuchen zu schätzen, die mit einem frischen, moussierenden Moselwein serviert wurden.

Beim Kaffee waren sie dann endlich in der Lage, die neuen Entwicklungen des Falles zu besprechen. Das Essen hatte immer eine wohltuend besänftigende Wirkung auf Gross.

»Ich gebe zu«, sagte er, »dass ich etwas geblendet bin von der schieren Größe dieses Unterfangens. Dass jemand wirklich die größten Musiker Wiens nacheinander ermordet, ist ein Verdacht, der einfach die Phantasie anregen muss. Ich wäre nicht aufrichtig, würde ich ein paar niedere Beweggründe leugnen. Würde ich … würden *wir* ein solches Verbrechen aufklären, könnten meine kriminalistischen Leitsätze weltweit und praktisch über Nacht bekannt werden. Ich vermute, dass mich diese Motivation gewissermaßen antreibt. Aber lassen Sie mich auch sogleich anfügen, dass solche Verbrechen, wenn sie denn tatsächlich geschehen sein sollten, auch mein Verlangen nach Gerechtigkeit und Strafe auf den Plan rufen. Ein Schurke, der zu solchen Freveltaten fähig ist, muss zur Rechenschaft gezogen werden, alles andere ist undenkbar; würde es doch bedeuten, dass wir trotz aller Errungenschaften der Zivilisation noch immer im tiefsten Dschungel leben.«

Es war nicht nötig, auf diese kleine Rede zu reagieren. Sie

klang einfach aufrichtig, denn das Streben von Gross galt schon immer sowohl der Gerechtigkeit als auch dem eignen Ruhm.

»Bin ich also vollkommen überzeugt von der Echtheit des anonymen Briefes?«, sagte Gross. »Nein, natürlich nicht. Glaube ich, dass es möglich wäre? Ja. Ist diese neue Spur es wert, verfolgt zu werden? Ja und noch einmal ja. Sie einfach außer Acht zu lassen würde mir als ein äußerst fahrlässiges Verhalten erscheinen.«

»Ich nehme also an«, sagte Berthe, »dass wir mit dem Tod von Johann Strauß beginnen sollten. Es handelt sich um den jüngsten Todesfall, und er ist somit am leichtesten zu untersuchen.«

»Genau mein Gedanke«, sagte Werthen und prostete ihr mit seiner Kaffeetasse zu.

Am nächsten Morgen machten sich Werthen und Gross daran, ihre Übereinkunft umzusetzen.

Für Werthen kam der Fall damit an seinen Ausgangspunkt zurück, denn für ihn hatte alles mit dem Begräbnis von Johann Strauß begonnen. War das wirklich erst vor wenigen Wochen gewesen? Es war in der Zwischenzeit so viel passiert, dass er glaubte, es seien Monate vergangen.

Das Palais, in dem die Witwe Strauß weiterhin lebte, lag in der Igelgasse 4, im 4. Bezirk. Werthen wusste, dass der Wiener Walzerkönig ein schwieriger Mann gewesen war. Seine Musik war zwar weit verbreitet, einige nannten sie schrecklich süßlich, andere hingegen entzückend schrecklich, er selbst war jedoch kein sonderlich glücklicher Mann gewesen. Seine erste Ehe mit einer ehemaligen Opernsängerin, Henriette Treffs-Chalupetzky, die Strauß seine Jetty nannte, hatte einen Wendepunkt in seinem Leben markiert. Die sieben Jahre ältere Jetty war zu dem Zeitpunkt, als Strauß sie kennenlernte, die Geliebte des Bankiers Baron Todesco und bereits Mutter von sieben unehelichen Kindern. Ihre mehr als ungewöhnliche Beziehung wurde 1862 durch eine Vermählung in der Domkirche St. Stephan legalisiert. Sie nahmen ihren Wohnsitz im zweiten Bezirk, Jetty brachte ihre Kinder bei den verschiedenen Vätern unter und widmete sich fortan der Karriere von Johann Strauß als ihrer wichtigsten Lebensaufgabe. Sie erwies sich als perfekte Geschäftsführerin, Sekretärin und Hausfrau, die den Liedmeister Strauß dazu drängte, Operetten zu schreiben. Schon kurz nach seiner Eheschließung begann er, seine Walzer nicht mehr allein als Tänze zu komponieren, sondern als Kernstücke großer symphonischer Werke. Seine erste bekannte Operette *Die Fledermaus* erschien 1874. Er komponierte mehr als dreizehn Operetten und außerdem die Oper *Ritter Pazman*.

Jetty starb 1878 an einem Schlaganfall, und Strauß, der nicht gut allein leben konnte, heiratete nur fünfzig Tage später nochmals und diesmal mit unheilvollen Folgen. Auch »Lili« Dittrich war Sängerin und zudem fünfundzwanzig Jahre jünger als Strauß. Sie hatte sich Strauß in der Hoffnung genähert, durch ihn ein Engagement am Theater an der Wien zu erlangen. Strauß jedoch hatte keine Schülerin-Lehrer-Beziehung beabsichtigt, sondern ihm stand der Sinn nach einer Tändelei mit der deutlich jüngeren Frau. Die beiden hatten ihre Affäre bereits lange vor Jettys Tod begonnen, und so wandte der frisch verwitwete Strauß sich ihr sofort zu. Sie heirateten in der Karlskirche und zogen in die Igelgasse; ein Haus, das nach Plänen gebaut war, die Jetty angeregt und beeinflusst hatte.

Es war keine glückliche Ehe. Lili führte ihre Affäre mit dem Direktor des Theaters an der Wien fort, die ein offenes Geheimnis in der Stadt war, das Strauß große Qualen bereitete. Nach vier turbulenten Ehejahren mit Strauß brannte sie schließlich mit dem Theaterdirektor durch, wurde allerdings von ihm wenig später verlassen. Man munkelte, sie würde nun einen Hutladen führen und fast verarmt in Berlin leben. Das hinderte sie nicht daran, jede Möglichkeit wahrzunehmen, ihren vormaligen Gatten in der Presse herabzuwürdigen.

Nicht lange nach der Auflösung dieser Ehe lernte Strauß die um einunddreißig Jahre jüngere Adele Deutsch-Strauß kennen, die Witwe eines Bankiers mit dem Namen Strauß. Es schien, als wären sie füreinander gemacht. Sie fanden Trost aneinander, und mit Adeles Unterstützung gewann Strauß seine künstlerische Leistungsfähigkeit zurück, schuf Meisterwerke wie zum Beispiel die Operette *Der Zigeunerbaron*. Eine Eheschließung in Wien war jedoch unmöglich, da die Katholische Kirche seine Scheidung nicht anerkannte und Geschiedenen ihren Segen für eine weitere Heirat verweigerte.

So lebten Strauß und Adele eine Zeitlang einfach zusammen, bis jedoch ihr Wunsch, das gemeinsames Leben beglaubigen zu lassen, übermächtig wurde. Aus diesem Grunde gab Strauß seine österreichische Staatsbürgerschaft auf und nahm vorübergehend seinen Wohnsitz in Sachsen-Coburg, um dort die Bürgerrechte zu erlangen, wo eine Scheidung als legal galt. Außerdem gab er seinen katholischen Glauben auf und wechselte zum Protestantismus, der geschiedenen Menschen eine weitere Heirat erlaubte. Man sollte anfügen, dass ein solcher Glaubenswechsel Strauß nicht zu schwergefallen sein dürfte, da er jüdischer Herkunft war und der katholische Glauben damals angenommen worden war, um der Familie den gesellschaftlichen Aufstieg im Kaiserreich zu ermöglichen. Im Jahre 1887 wurden Strauß und Adele dann endlich getraut, und sie kehrten nach Wien zurück. Adele zeigte, dass sie die Geschäfte für Strauß ebenso gut zu führen wusste wie Jetty, und seine letzten Lebensjahre waren fruchtbar und zufrieden. Tatsächlich verwaltete Adele Strauß Geschäfte so gut, dass man ihr den Namen »Cosima im Dreivierteltakt« gab und so mit der streitbaren, besitzergreifenden Witwe Wagners verglich.

Als ihr Fiaker die lebhafte Wiener Hauptstraße verließ, um in die ruhige, elegante Igelgasse einzubiegen, musste Werthen einräumen, dass er dieser Begegnung gespannt entgegensah. Er wollte unbedingt herausfinden, warum Adele am Begräbnis ihres Mannes nicht teilgenommen hatte; ihr Fernbleiben hatte damals fast einen Skandal verursacht.

Als sie an der Igelgasse 4 vorfuhren, einem imposanten Gebäude mit einer gelben Schönbrunner Fassade und einer ganzen Reihe von Karyatiden, sprang Gross als Erster aus dem Wagen. Wie üblich überließ er so banale Dinge wie die Bezahlung des Fahrers Werthen. An diesem Tag aber war der Jurist darüber weniger verärgert als sonst.

Sie wurden erwartet und man führte sie in einen Salon von geradezu einschüchternder Größe. Der Marmorboden war mit den feinsten Teppichen belegt, reich bestickte Kissen zierten die beiden großen Kanapees, die nebeneinander vor dem soliden Kamin platziert waren, der von venezianisch-maurischem Stil zu sein schien. In den kristallenen Kronleuchtern brach sich das Licht der Sonnenstrahlen, die durch die nach Osten gewandten Fenster fielen; transparente farbige Dreiecke aus rotem, blauem und gelbem Licht tanzten an der Decke und an den Wänden. Es war ihnen möglich gewesen, den Privatsekretär von Frau Strauß am Morgen zu erreichen, und Werthen hatte ihm erläutert, dass er und sein Kollege gern über die Beziehung des verstorbenen Gatten zum Direktor der Hofoper, Gustav Mahler, sprechen wollten. Allein schon der Namen von Prinz Montenuovo, ihrem Schirmherrn bei dieser Aufgabe, hatte jede Gegenfrage des Sekretärs erübrigt. Jetzt also hatte man sie in diesen unverhohlen protzigen Salon geführt, und sie waren ähnlich beeindruckt, wie es auch Adele Strauß einmal gewesen sein musste.

»Meine Herren, bitte nehmen Sie Platz.« Die Stimme gehörte einer kleinen, etwas verhuscht wirkenden Frau, die plötzlich durch eine Seitentür in den Raum getreten war. Sie war von Kopf bis Fuß in Schwarz gekleidet und bewegte sich mit einer gewissen Eleganz, wobei ihre seidenen Röcke wie Herbstlaub im Wind raschelten.

Sie wies auf ein Kanapee und nahm selbst ihnen gegenüber Platz.

»Es ist sehr freundlich von Ihnen, uns so kurzfristig zu empfangen, Frau Strauß«, sagte Werthen. Die beiden Männer hatten sich darauf verständigt, dass er das Gespräch leiten würde.

»Nichts zu danken«, sagte sie. Sie saß scheu auf der Kante ihres Kanapees, ganz wie ein Vogel, der jederzeit bereit war davonzufliegen. »Ich muss jedoch gestehen, dass der Zweck Ihres Besuches mir etwas rätselhaft ist. Schani, ich meine Johann, hatte nur wenig Kontakt zu Mahler. Ich meine, mich zu erinnern, dass sie im vergangenen Jahr höfliche Briefe wechselten, als Mahler *Die Fledermaus* an der Hofoper dirigierte. Es gab auch eine kurze Begegnung, als Johann im Mai selbst die Ouvertüre der Operette an der Hofoper dirigierte. Aber ihre Beziehung war wohl alles andere als vertraut.«

»Herr Mahler ist ein großer Bewunderer der Arbeit Ihres

Mannes«, sagte Werthen. »Und er hat das Verlangen, seiner Achtung auch gebührenden Ausdruck zu verleihen.« Dies war die Geschichte, auf die sie sich geeinigt hatten, obwohl Werthen nach wie vor der Ansicht war, dass dies kein überzeugendes Entree darstellte. Andererseits konnten sie nicht einfach zu Frau Strauß gehen und fragen, ob beim Tode ihres Mannes auch wirklich alles mit rechten Dingen zugegangen war.

»Das ist recht erstaunlich«, erwiderte sie. Sie klang ein wenig gekränkt. »Nach all dem, was Mahler über das *Aschenbrödel* meines Johann gesagt hat.«

»Mir sind derlei kritische Bemerkungen gar nicht bekannt«, sagte Werthen. Sie sah beide überrascht an. »Sie sind Sendboten Herrn Mahlers und wissen nicht, dass dieser kurzerhand ablehnte, das letzte und vielleicht größte Werk meines Mannes aufzuführen? Ein Ballett, das die Geschichte von Aschenbrödel verarbeitet. Johann hat die letzten Noten auf seinem Todeslager komponiert. Es war ihm ein Liebesdienst an der Musik gewesen, und es hat ihn viel Kraft gekostet, sich unter diesen Umständen darauf zu konzentrieren. Seine Seele war stark beunruhigt in diesen letzten Tagen, doch die Musik blieb ihm bis zu seinem Ende. Seine letzten Worte stammen aus dem bekannten Lied *Brüderlein fein*, das sein alter Musiklehrer, Joseph Drechsler, schrieb: ›Es muss geschieden sein.‹ Es war auch eine Höllenpein für meinen geliebten Johann, sich bis zum Ende seines Lebens ganz diesem Ballett zu widmen. Mahler besaß dann die Dreistigkeit, es eine Ansammlung ›asthmatischer Melodien‹ zu nennen.«

Werthen hob die Brauen bei diesem Ausdruck. Das klang wirklich sehr nach Mahler; er war tatsächlich sehr taktlos in seinen künstlerischen Urteilen.

»Wir sind nicht direkt die Sendboten Herrn Mahlers«, warf Werthen schnell ein und musste dabei ein wenig improvisieren. »Ich hätte eher sagen sollen, dass die Direktion der Hofoper uns sandte, um zu ermitteln, wie der Anerkennung von Herrn Strauß gebührend Ausdruck verliehen werden kann.«

Dies schien sie zu besänftigen, denn sie ließ einen Seufzer hören. »Nun, ich sage Ihnen gerne, was ich für eine angemessene Anerkennung halten würde. Eine Aufführung des *Aschenbrödels*. Ich vermute, dass auch das Dirigat der *Fledermaus* meinem geliebten Gatten zur Ehre gereichen sollte, aber man bedenke die Tragik, die daraus erwuchs.«

»Wie das?«, fragte nun Gross.

Sie wandte ihm ihre Aufmerksamkeit zu. Das Benehmen von Gross schien sie mehr zu schätzen, denn ihr verkniffener Mund entspannte sich etwas. Werthen überließ klugerweise dem Kriminologen die Gesprächsführung.

»Nun, damals hat er sich ja die schwere Erkältung zugezogen, nicht wahr? Am 22. Mai, Pfingstmontag. Ich hatte ihm ausdrücklich gesagt, er solle nicht in diesen eiskalten Schuppen von Oper gehen, denn das Wetter war wieder sehr rau geworden, wie so oft im späten Frühjahr. Am Ende habe ich nur noch verlangt, dass er zumindest lange Unterwäsche tragen sollte. Aber davon wollte mein Johann nichts hören. Er war ein sehr eitler Mann; er wollte eine gute Figur machen und trug seinen Frack. An jenem Tag wurde seine Gesundheit zerstört. Die Erkältung wurde zu einer Lungenentzündung und hat ihn keine zwei Wochen später dahingerafft.«

Bei diesen Worten weinte sie leicht und zog ein seidenes Taschentuch aus ihrem linken Ärmel, um sich die Nase zu tupfen.

Wie ganz Wien wusste auch Werthen von diesem tragischen Ende. Hier tat sich unerwartet eine ganz neue Verbindung zwischen diesem Tod und der Hofoper auf. Aber man würde hier wohl kaum nach einem Schuldigen suchen können. Niemand konnte einen Tod planen, an dessen Beginn eine schwere Erkältung stand.

Adele Strauß wandte sich plötzlich wieder Werthen zu. »Sie erwähnten doch, dass Sie Jurist seien, nicht wahr?«

Werthen nickte.

»Vielleicht können Sie mir in einer Angelegenheit einen Rat erteilen.«

»Ich bin sicher, dass die Kanzlei, die normalerweise für Sie tätig ist, Sie ausgezeichnet berät.«

»Das ist nichts als ein Club alter Weiber! Und hier geht es um etwas ganz Neues, etwas Revolutionäres, dass ich in Gang setzen möchte. Das Urheberrecht für Musikwerke beträgt derzeit nur dreißig Jahre. In meinen Augen ist dies völlig unangemessen. Ich möchte, dass das entsprechende Gesetz geändert wird und der Zeitraum auf fünfzig Jahre neu festgelegt wird. Ich bin schließlich noch eine junge Frau, und da der größte Anteil des Vermögens meines Mannes an die Gesellschaft der Musikfreunde geht, werde ich von den Tantiemen seiner Werke leben müssen.«

Werthen sah die kleine Frau an und empfand so etwas wie Respekt. Sie musste einen Kern aus Stahl besitzen, wenn sie sich so kurz nach dem Ableben ihres Mannes mit derlei Dingen beschäftigen konnte. Vielleicht erklärte dies auch ihre so merkwürdige Abwesenheit beim Begräbnis auf dem Zentralfriedhof: Sie spürte einfach kein Verlangen danach, sich öffentlich zu zeigen. Sie war seine Witwe, sie würde für die Bekanntheit seines

Namens auch im nächsten Jahrhundert sorgen. Es war ihre Pflicht. Werthen hegte keinen Zweifel, dass sie selbst Cosima Wagner darin überflügeln würde, einen Geniekult um den verstorbenen Gatten zu entfachen.

»Wir können diese Angelegenheit gern später verfolgen, wenn Sie daran weiterhin interessiert sein sollten«, erwiderte er.

»Das werde ich ganz gewiss sein. Vielleicht könnten Sie ja Ihre Karte hinterlassen.«

Adele Strauß stand auf, um anzudeuten, dass nach ihrer Ansicht alles besprochen wäre.

»Bitte empfehlen Sie mich bei dem Prinzen.«

»Ja, selbstverständlich«, sagte Gross mit ernsthafter Stimme.

Sie warf dem stattlichen Kriminologen einen weiteren anerkennenden Blick zu.

»Eine Sache bereitet mir dennoch Kopfzerbrechen«, sagte sie, als sie den Herren ihre feine Hand zum Handkuss darbot.

»Und was könnte dies sein, meine Teuerste?«, fragte Gross, beugte sich über die Hand und ließ, ohne diese wirklich zu küssen, ein diskret schmatzendes Geräusch hören.

»Ich frage mich, wie es zu dieser Konfusion hat kommen können, und vermute, dass diese nur vom Büro des Prinzen selbst verursacht worden sein kann. Und ich muss auch zugeben, meine Herren, dass ich eigentlich dies für den Grund Ihres Erscheinens hielt. Es aufzuklären.«

»Was aufzuklären?«

»Nun, wie eine solche Einladung versehentlich gesandt werden konnte. Johann war doch bereits an der Schwelle des Todes, als der Ruf an die Hofburg erfolgte. Es war jedoch unmöglich,

Johann daran zu hindern, sein Krankenlager zu verlassen und zur Hofburg zu eilen. Und dies nur, um dort zu erfahren, dass niemand ihn geladen hatte. Als er zurückkehrte, begab er sich in sein Bett, um es lebend nicht mehr zu verlassen.«

»Sie sagen also, dass Ihr Gatte eine Bitte um Erscheinen von der Hofburg erhielt, vielleicht gar vom Büro des Prinzen Montenuovo, als er bereits schwer erkrankt war?«, wiederholte Gross. »Aber als er dort ankam, stellte es sich heraus, dass niemand nach ihm gesandt hatte. Das Sendschreiben ihm also irrtümlich zugestellt worden war?«

Sie nickte.

»Liegt Ihnen dieses Schreiben noch vor?«

»Nein, ich fürchte, Johann hat es nach seiner Rückkehr empört verbrannt. Aber dieser Brief hat ihn zugrunde gerichtet, genauso als hätte jemand einen Revolver an seinen Kopf gehalten und den Abzug betätigt.«

Nachdem sie das Haus verlassen hatten, konnten Gross und Werthen nur mit dem Kopf schütteln.

»So könnte es also am Ende doch wahr sein«, wunderte sich Werthen. Der Tod von Strauß wäre tatsächlich ein Mord gewesen, wenn jemand einen Brief der Hofburg mit der ausgewiesenen Absicht gefälscht hätte, den schwerkranken Mann aus dem Bett zu holen. Man wusste schließlich, dass absolut niemand eine Einladung des Kaisers ablehnen würde.

»Genau«, sagte Gross und setzte sich in Richtung der großen Durchgangsstraße in Bewegung, wo sie leichter einen Fiaker anhalten konnten. »So habe ich es auch verstanden. Aber es gab noch einen weiteren interessanten Punkt im Gespräch, den wir bedenken sollten.«

Werthen überlegte kurz. »Sie meinen die Verbindung zur Hofoper? Aber es kann doch keiner planen, dass jemand eine Erkältung bekommt, die zum Tode führt.«

Gross schüttelte den Kopf. »Das meine ich auch nicht. Frau Strauß hat die letzten Worte ihres Mannes erwähnt: ›Es muss geschieden sein.‹ Könnte er nicht vielleicht etwas anders gelautet haben: ›Es muss die Geschiedene sein‹?«

Werthen blieb mitten auf dem Gehsteig stehen und starrte seinen Kollegen an.

»Großèr Gott, Gross, ich denke, da könnten Sie wirklich auf etwas gestoßen sein. Er hätte dann also seine zweite Frau Lili gemeint. Sollte Strauß sie verdächtigt haben, ihm die gefälschte Einladung gesandt zu haben? Sie könnte durchaus zu einer solchen Niedertracht fähig sein, wenn ich bedenke, was nach der Scheidung von Strauß so kolportiert wurde. Sie macht ausschließlich ihn für ihre missliche Lage verantwortlich.«

»Dies, mein Freund, sollten wir auf jeden Fall in unsere Überlegungen mit einbeziehen.«

Berthe hatte unterdessen den Morgen im Gemeindezentrum von Ottakring verbracht. Es war ihr erster Besuch nach einer viel zu langen Abwesenheit gewesen, und nun half sie, Bücher und Schreibgeräte bis zum Herbst zu verstauen, denn das Zentrum würde für den Rest des Juni sowie während der Monate Juli und August geschlossen bleiben.

Sie war nicht allein in ihren Bemühungen, sondern auch Frau Emma Adler half an diesem Morgen mit. Dieses Zusammentreffen war keineswegs zufällig, denn Berthe hatte gewusst, dass Emma für diesen Tag im Arbeitsplan des Gemeindezentrums eingetragen war. Berthe meinte sich zu erinnern, dass

Emmas Gatte in Wiener Studententagen ein Freund Mahlers gewesen sei und Emma deshalb eine Informationsquelle für diese Zeit Mahlers in Wien sein könne.

Emma, die Tochter eines jüdischen Eisenbahningenieurs, hatte den jungen Mediziner Viktor Adler, den Sohn eines reichen Geschäftsmannes aus Prag, 1878 geheiratet und im folgenden Jahr ihren gemeinsamen Sohn Friedrich zur Welt gebracht. Adler hatte mehrere Jahre als Arzt gearbeitet, bevor er seiner wirklichen Berufung folgte, dem *Internationalen Sozialismus*. Er war im innersten Kreis der sozialistischen Bewegung Österreichs tätig, war maßgeblich an der Einführung der Arbeiterparaden zum 1. Mai beteiligt gewesen und hatte sein beträchtliches persönliches Vermögen in die *Arbeiter Zeitung* eingebracht.

In den Büros dieser linken Zeitung hatten sich Berthe und Emma kennengelernt. Emma arbeitete als Journalistin und Übersetzerin, während Berthe dort verschiedene Artikel als freie Mitarbeiterin untergebracht hatte. Emma war sechzehn Jahre älter als Berthe und eine ausgesprochen gutaussehende Frau. Sie hatte für verschiedene Maler Modell gestanden. Eine gewisse Berühmtheit erreichte sie als Modell der heiligen Jungfrau Maria für ein Altarbild der Kirche in Attersee, dem Ferienort in einem Seengebiet, wo die Familie Adler ihre Urlaube verbrachte. Gern erzählte Emma die lustige Geschichte, die sich zutrug, als das fertige Bild in der Kirche aufgehängt wurde. Ein uriger alter Bauer hatte laut ausgerufen: »Aber das ist doch gar nicht die Mutter Gottes, das ist die Adler-Frau!« Zwei Jahre später war die Kirche nach einem Blitzschlag vollständig niedergebrannt, und das Einzige, was man hatte retten können, war eben dieses Bild gewesen. Seit jener Zeit wurde das Bild von den Dorfbewohnern fast wie eine Reliquie verehrt, zu der man um ein Wunder betete.

Aber es gab da nichts Übernatürliches, nichts Märchenhaftes in Bezug auf Emma. Sie war eine der bodenständigsten Frauen, die Berthe kannte.

»Wir haben deine Mitarbeit in der letzten Zeit vermisst«, sagte Emma, nachdem sie die letzten Neuigkeiten ausgetauscht hatten und Berthe die Freudenbotschaft ihrer Schwangerschaft überbracht hatte. Während sie miteinander sprachen, fuhren sie damit fort, die Schulbücher in hölzerne Kisten zu verpacken.

»Ich helfe Karl jetzt mehr in seiner Kanzlei«, erklärte Berthe.

»Ich hoffe, das geht nicht zu Lasten deiner eigenen Karriere.«

»Nein, so ist es nicht«, versicherte Berthe, obwohl sie sich selber da nicht so ganz sicher war. »Ich erledige dort nicht nur Büroarbeiten. Karl hat sein Gebiet wieder um das Strafrecht erweitert und führt nun auch Ermittlungen durch.«

»Das war wohl zu erwarten.« Da Emma dieser Aussage nichts weiter hinzufügte, konnte Berthe nur vermuten, dass sie irgendwie von Karls Ermittlungen in dem Wiener Serienmörderfall des vergangenen Jahres gehört hatte.

»Und, gibt es zurzeit einen neuen wunderbaren Fall?«

Berthe hatte auf die Neugier ihrer Freundin gehofft.

»Mahler«, flüsterte Emma, als Berthe ihre Erzählung beendet hatte. »Er ist so ein seltsamer kleiner Mann.«

»Ja, das ist er wirklich, oder? Wenn ich mich recht erinnere, seid ihr einmal befreundet gewesen.«

»Nur Viktor. Ich selbst habe ihn nur einige Male getroffen. Aber Viktor steckte voller Geschichten über Mahler.« Emma lächelte. »Das ist natürlich alles eine Ewigkeit her. Damals waren wir junge Bohemiens. Es muss so um 1878 gewesen sein, als Viktor und ich uns kennenlernten. Er hatte gerade die Vegetarische Gesellschaft ins Leben gerufen, denn wir waren alle große Wagnerianer und teilten dessen Ansicht, dass Vegetarismus die Welt würde retten können. Wir wollten damals unbedingt die Welt retten, und zwar auf so direktem Wege wie möglich.« Sie schüttelte ihren Kopf in Gedanken und staubte ein weiteres Buch ab, bevor sie es zu den anderen legte. »Seit jener Zeit haben wir gelernt, dass die Welt in Wirklichkeit doch etwas komplizierter ist. Und manchmal scheint's, als möchte sie gar nicht gerettet werden, diese ungezogene Welt.« Sie lachte matt.

»Ich hoffte, du selbst oder Viktor könnten mir etwas zu Mahlers Freunden von damals erzählen.«

»Aha, du sammelst also Verdächtige aus seiner Vergangenheit?«, folgerte Emma. »Aber da gibt es wirklich nicht viel zu erzählen. Sie haben sich immer in diesem schmuddeligen kleinen Kellerrestaurant Ecke Wallnerstraße und Fahnengasse getroffen ... dem Ramharter. Ja, das war der Name dieser Schänke. Mein Gott, ich habe an diese dunkle, kalte Bude seit Jahren nicht mehr gedacht. Ich habe Viktor damals zu einigen eher weniger schmackhaften Abendessen begleitet, aber es wurde schnell klar, dass die ach so fortschrittlichen Herren lieber keine Frau bei ihren Treffen dabeihaben wollten. Dort jedenfalls habe ich Mahler zum ersten Mal getroffen. Er trug damals einen Bart; ein großes verwildertes Gewuschel. Er hatte wohl angenommen, dass es ihn älter aussehen ließ. Er war damals erst achtzehn oder neunzehn, aber schon sehr von sich selbst überzeugt.«

»Der ewige Künstler«, sagte Berthe fast seufzend.

»Eher der ewige Langweiler, wenn du mich fragst. Ich meine, wie kann man achtzehn sein, in der Blüte der Jugend und bei bester Gesundheit, und trotzdem ohne Ende von der Todessehnsucht philosophieren. Aber die anderen waren kaum besser. Da war zum Beispiel Hermann Bahr, ein junger, eher einfältig wirkender Schriftsteller, der berühmt werden wollte. Und er hat es tatsächlich geschafft. Und dann Engelbert Pernerstorfer. Du kennst ihn, er ist noch immer eine der zentralen Figuren in unserer sozialistischen Bewegung. Damals hat er eine kleine Zeitung, das *Deutsche Wort*, herausgegeben. Oh, ja. Abgesehen davon, dass sie Sozialisten und Vegetarier waren, waren sie alle große Deutschnationale. Was für eine lächerliche Sache. Eine schnatternde Schar jüdischer Intellektueller, die sich auf Schmusekurs mit diesen Antisemiten begeben hatte. Viktor hat sich von den Deutschnationalen abgewandt, als ihr Judenhass nicht mehr zu übersehen war. Meine beiden Brüder, Heinrich und Otto, gehörten genauso zu der Gruppe wie der Journalist Richard von Kralik. Hugo Wolf kam nur selten vorbei, ihn fand man eher im Café Griensteidl, wo sich alle Möchtegern-Künstler der Zeit trafen. Ich habe es immer Café Größenwahn genannt. Und dann war da noch der arme Rott.«

»Den kenne ich nicht«, sagte Berthe.

»Eine wirklich große Tragödie. Hans Rott. Er war zusammen mit Mahler und Wolf am Konservatorium. Nach allem, was man hörte, ein wirkliches Genie. 1880 hat er völlig den Verstand verloren und ist vier Jahre später im Sanatorium gestorben. Wirklich ein Jammer. Man hat damals einhellig Brahms dafür verantwortlich gemacht.«

»Brahms war dafür verantwortlich, dass dieser Musiker den Verstand verlor?«

»Er hatte schon die Veranlagung dazu. Du weißt, dass Viktor eine Zeitlang mit Freud gearbeitet hat. Er interessierte sich stark für Psychologie. Er war der Ansicht, dass Rott ein empfindsamer Charakter mit überbordender nervöser Energie war, die in klare Bahnen gelenkt werden müsste.«

»Das hört sich eher nach meinem Gatten an«, warf Berthe scherzend ein.

»Und auch nach meinem. Aber dieser junge Mann tanzte wirklich auf einem sehr dünnen Seil mit seinen Gefühlen. Als Brahms dann seine Chancen auf ein staatliches Stipendium zerstörte, schnappte Rott einfach über. Während einer Zugfahrt zu einer freien Stelle im Elsass zog er einen Revolver und zielte damit auf einen Mitreisenden, der sich gerade eine Zigarre anzünden wollte. Er behauptete, Brahms hätte im ganzen Zug Dynamit untergebracht und es dürfe deshalb kein Streichholz angezündet werden. Sie haben Rott entwaffnet und ins psychiatrische Krankenhaus gebracht. Und bei all dem ging es allein um die Politik und gar nicht um die Musik Rotts.«

Berthe hatte ein Gefühl, als hätten Emma und sie selbst die vergangenen Jahre auf verschiedenen Planeten verbracht. Von all diesen Dingen hatte sie nichts gewusst.

»Ich fürchte, du musst mir das genauer erklären.«

»Ich spreche vom Kampf zwischen Wagner und Brahms. Als junger Musiker zähltest du entweder zu den Anhängern des einen oder des anderen, und wehe dir, wenn du unter die Gegenpartei fielst. Am Konservatorium war Rott, wie Mahler und Wolf, ein großer Liebhaber Wagners und ein Anhänger Bruckners. Brahms dagegen hielt überhaupt nichts von Bruckner, er war sicher, dass dessen Musik nach wenigen Jahren in Vergessenheit geraten würde … Aber wenn dein Ehemann für

Mahler arbeitet, so sollte er diesen selbst fragen. Oder, besser noch, Natalie Bauer-Lechner. Ich bin sicher, dass sie ihm, und ausschließlich ihm, noch immer zu Diensten ist.«

»Das ist sie«, antwortete Berthe. »Mir war nicht klar, dass du sie auch kennst.«

»Sie kannten sich doch alle vom Konservatorium«, sagte Emma. »Und dann habe ich durch Viktor seinen ganzen Freundeskreis kennengelernt, obwohl ich kaum behaupten möchte, auch nur einen von ihnen wirklich gekannt zu haben. Aber egal, diese Frau weiß auf jeden Fall über diese Jahre genau Bescheid. Sie kann dir bestimmt erklären, wo der Hund begraben liegt, wie man so sagt. Du solltest sie einmal zu dem Zerwürfnis zwischen Mahler und Wolf wegen eines gewissen Librettos befragen. Das ist der Stoff, aus dem die Tragödien und Komödien gewebt werden.«

»Und auch Wolf hat den Verstand verloren«, murmelte Berthe. »Scheint, als wäre das in dieser Zeit ein bisschen häufig vorgekommen.«

10. KAPITEL

Werthen saß neben Gross auf einem Stuhl im Büro von Kommissar Meindl im Polizeipräsidium, und ihn beschlich das eigenartige Gefühl eines Déjà-vu-Erlebnisses. Sie hatten bereits in einem anderen Fall mit diesem Mann zu tun gehabt. Werthen bemerkte, dass ein Ölgemälde an der Wand hinter dem Kommissar fehlte, bei ihrem letzten Besuch war es noch da gewesen. Nun hing dort nur noch das obligatorische, von dem mächtigen Backenbart umrahmte Gesicht des Kaisers. Früher hatten zwei Porträts die Wand geschmückt. Auf dem anderen Bild war der Mann zu sehen gewesen, den Werthen in einem Duell getötet hatte, der Mann, der ihn, Berthe und seine Nächsten bedroht hatte. Beim diesem Gedanken musste er einmal tief durchatmen.

Zu ihrer Überraschung war auch der adlernasige und hagere Kriminalinspektor Bernhard Drechsler zu dem Treffen eingeladen worden. Sie hatten die Vorladung per Telegramm am frühen Morgen bekommen.

»Es ist mir ein Vergnügen, meine Herren, Sie alle wieder hier begrüßen zu dürfen«, sagte Meindl. Sein Blick hinter dem Zwicker jedoch war allein auf Gross gerichtet. Meindl war gut gekleidet, sein leichter, anthrazitfarbener Anzug sah aus wie von Knize selbst geschneidert. Seine freundliche Anrede täuschte jedoch, er war überhaupt nicht erfreut. Gut rasiert und rotwangig saß er wie ein Cherub hinter seinem gewaltigen Tisch aus

Kirschholz. Ein ärgerlicher Cherub allerdings, seinem verkniffenen Mund nach zu urteilen.

Grund dazu hatte er wohl auch, jedenfalls nach Werthens Meinung. Immerhin war der Mann, mit dem er sich duelliert hatte, Meindls Beschützer gewesen, sein Mentor und Gönner. Seit dem Tod dieses mächtigen Mannes war Meindls Karriere ins Stocken geraten. Anfang des Jahres war die Beförderung zum Oberinspektor ausgeblieben. Aber Werthen hatte das Gefühl, dass es heute um sehr viel mehr ging.

»Wie es scheint, kommen Sie wieder einmal der Wiener Polizei zur Hilfe, geschätzte Kollegen.« Meindls Stimme troff förmlich vor Ironie. »Ich beziehe mich natürlich«, fuhr Meindl fort, »auf die Affäre Mahler. Prinz Montenuovo hat uns für die Sicherheit und Gesundheit des Direktors der Hofoper verantwortlich gemacht.«

»Ich fühlte mich verpflichtet, den Prinzen über unsere Untersuchung in Kenntnis zu setzen«, sagte Gross, um ihn zu besänftigen. Seine Worte zeigten jedoch keinerlei Wirkung.

»Selbstverständlich«, erwiderte Meindl mit gespitzten Lippen. »Es wäre jedoch außerordentlich freundlich von Ihnen gewesen, wenn Sie in Anbetracht unserer gemeinsamen Vergangenheit vorher zu mir gekommen wären.«

Werthen bemerkte, dass Gross unruhig auf seinem Stuhl hin und her rutschte. Der Kriminologe zählte nicht zu denen, die Dummköpfe leicht ertragen konnten.

»Ah. Und was hätten Sie dann unternommen, Herr Inspektor?«, erkundigte sich Gross. »Etwas anderes, als mir zu erzählen, dass der Tod von Fräulein Kaspar ein Unfall gewesen wäre und ich wiederkommen sollte, sobald es eindeutige Beweise für einen direkten Angriff auf Mahler gäbe?«

Oberkommissar Drechsler räusperte sich. Es klang wie ein ungewolltes Eingeständnis, dass zumindest er genau dies getan hätte, falls ihm die Informationen von Gross vorgelegt worden wären.

»Vermutlich hätte noch nicht einmal der Tod des unglücklichen Violinisten Friedrich Gunther ihr Interesse geweckt«, fuhr Gross unbeirrt fort.

»Das werden wir jetzt wohl nicht mehr herausfinden, nicht wahr?«, gab Meindl scharf zurück. »Aber wir wollen uns nicht gegenseitig beschuldigen. Schließlich liegt eine schwierige Aufgabe vor uns. Drechsler hat mich mit den bislang vorliegenden Fakten des Falles vertraut gemacht.«

»Betrifft das auch den Mordversuch auf Mahler in der letzten Woche?«, warf Werthen ein.

Meindls Blick blieb auf Gross fixiert, er ignorierte Werthen absichtlich. »Ja, wir haben von diesem Unfall durch unsere Kollegen in Altaussee gehört.«

»Die Bremsen waren ganz offensichtlich durchtrennt worden«, fuhr Werthen fort. »Also handelte es sich wohl schwerlich um einen Unfall.«

Endlich wandte sich Meindl doch Werthen zu. »Da habe ich mich wohl versprochen. Es war kein Unfall, nein.«

Er stieß diese Worte unüberhörbar hasserfüllt hervor. Noch nie, dachte Werthen, hatte ihn jemand in dieser Weise angesprochen. Es flößte ihm Unbehagen ein, weckte jedoch auch seinen Ärger. Dennoch entschied er sich, den Mund zu halten. Wenn Meindl auch seinen Hauptförderer verloren hatte, besaß der Mann höheren Orts doch immer noch einige Freunde. Letztes Jahr war Werthen zu Ohren gekommen, dass er aufgrund des Duells fast wegen Mordes angeklagt worden wäre.

Duelle verstießen zwar gegen das Gesetz, wurden jedoch dennoch nur selten strafrechtlich verfolgt. Meindl allerdings, hatte Werthen in Erfahrung gebracht, hatte sich mächtig ins Zeug gelegt, um ihn vor Gericht zu bringen, so dass Werthen am Ende nur die Fürsprache des Kaisers hatte retten können. Dem Herrscher war nicht daran gelegen, dass gewisse Dinge bekannt wurden.

Meindl war ein lästiger Mensch, aber er konnte auch ein gefährlicher Feind werden. Folglich hielt Werthen es für klüger, ruhig zu bleiben und Gross die Führung zu überlassen.

»Gut, dann werden wir Sie jetzt Ihre Arbeit machen lassen«, versuchte Gross die ganze Angelegenheit zu beschleunigen.

Aber Meindl hatte seine eigene Tagesordnung für dieses Treffen. »Was hat Frau Strauß mit diesen Ermittlungen zu tun?«, fragte er plötzlich.

Das ist es also, überlegte Werthen. Die liebe Witwe hatte es nach ihrem Besuch mit der Angst zu tun bekommen, ihre Macht genutzt und selbst an einigen Strippen gezogen, um herauszufinden, was sie wirklich von ihr gewollt hatten.

»Wir sind es gewohnt, gründlich zu arbeiten«, sagte Gross. »Strauß und Mahler hatten gewisse Beziehungen zueinander.«

»Gewisse Beziehungen«, wiederholte Meindl, justierte seinen Zwicker und nickte. »So viel ich weiß, dirigierte Mahler die Operette von Strauß …«

»Die Fledermaus«, las Drechsler aus seinem Notizbuch vor, das er hervorgezogen hatte.

»Genau«, pflichtete Meindl ihm bei. »Und Strauß zog sich seine letztlich tödliche Krankheit zu, als er in der Hofoper dirigierte. Hier gibt es keine wirkliche Verbindung zu Mahler, meine ich. Nichts, womit man eine trauernde Witwe belästigen muss.«

Jetzt war es endgültig zuviel für Gross, er kochte über. »Inspektor Meindl, darf ich Sie erinnern, dass Advokat Werthen und ich von Prinz Montenuovo engagiert worden sind. Wir schulden ihm Rechenschaft. Wen wir befragen und wen nicht, ist daher keine Angelegenheit der Polizei.«

»Da bin ich anderer Ansicht. Es ist jetzt sehr wohl eine Angelegenheit der Polizei.«

Meindl hob seine Stimme um einen ganzen Halbton, als er dies sagte. Dann atmete er tief durch.

»Sehen Sie«, versuchte er sich zu beruhigen, »wir sind ehemalige Kollegen. Es sollte kein Groll zwischen uns stehen. Bis zu einem gewissen Punkt gestehe ich eine berufliche Verstimmung zu. Wenn allerdings eine der bedeutendsten Personen unseres Kulturlebens sich beschwert …«

»Frau Strauß hat sich über unseren Besuch beschwert?«, fragte Gross.

Meindl krallte die Hände auf dem Tisch fest zusammen. »Es handelte sich zugegebenermaßen nicht so sehr um eine Beschwerde, als um eine offizielle Anfrage. Sie fühlte sich aufgeschreckt durch Ihren Besuch, weil sie Ihre eigentlichen Absichten nicht genau erkennen konnte.«

»Wie ich schon sagte«, bemerkte Gross, »wir sind es gewohnt, gründlich vorzugehen, und folgen allen möglichen Spuren. Irgendjemand versucht, Herrn Mahler zu töten, und wir wollen diese Person finden, bevor er – oder sie – Erfolg hat.«

»Ich dachte, wir hätten die Liste der Verdächtigen auf Männer beschränkt«, sagte Meindl und blickte zu Kommissar

Drechsler. »Es gab da die Sache mit Herrn Gunther, der mit einer Schlinge hochgezogen wurde.«

»Ja«, gab Gross zu. »Aber man muss immer mit Komplizen rechnen.«

»Ich für meinen Teil kann mir keine Frau vorstellen, die zu einer solchen Rachetat fähig wäre, besonders im Falle Herrn Mahlers. Weshalb? Eine böse ausgegangene Liebesaffäre? Ein Wort der Kritik bei einer Probe?«

Keiner der drei anderen antwortete darauf. Dass Meindl so blind menschlichen Motiven gegenüber war, zeigte auch, wie überfordert er als Inspektor war. Er war einfach ein eigennütziger Bürokrat, der nach Beförderung strebte, und kein Polizist, dachte Werthen. Wie konnte sich jemand so gerissen durch die byzantinischen Verwicklungen höfischer Politik manövrieren und gleichzeitig so ahnungslos in den einfachsten Mechanismen der menschlichen Psyche sein?

»Ich habe Sie nicht hergebeten, um zu streiten, sondern um sicherzustellen, dass wir auf derselben Seite stehen«, erklärte Meindl schließlich und versuchte, seinen Worten einen gnädigen Anstrich zu geben. »Ich möchte gerne wissen, wohin Ihre Untersuchungen Sie führen und wen Sie befragen. Das würde uns allen Zeit ersparen. Wir wollen schließlich nicht unsere Aufgaben doppelt erledigen.«

Gross seufzte. Sie kamen nicht umhin, wenigstens zum Schein eine Zusammenarbeit mit Meindl zu versuchen.

»Es handelt sich allerdings um eine recht komplizierte Angelegenheit«, begann Gross.

Zwanzig Minuten später beendete der Kriminologe eine präzise Zusammenfassung des Falles bis zum aktuellen Stand. Darin enthalten war eine kurze Aufzählung der Verdächtigen, wie auch mögliche Alibis zu den jeweiligen Tatzeiten. Er erwähnte auch die Richtung, die ihre Nachforschungen noch nehmen würden, nämlich die Überprüfung von Freunden und Feinden aus Mahlers Vergangenheit, seiner Zeit als Student in Wien. Mit keinem Wort jedoch erwähnte Gross die neue, viel umfassendere Ermittlung, in der es vielleicht um eine ganze Reihe miteinander zusammenhängender Morde an einigen der größten Musiker Wiens ging.

Meindl nickte weise während des ganzen Vortrages, aber Werthen bezweifelte, dass er viel mitbekommen hatte. Offenbar vertraute er Drechsler und dessen genauen Notizen.

»Wir sollten uns auf jene konzentrieren, die sich in Altaussee aufhielten«, erklärte Meindl zum Abschluss. »Schließlich gibt es für diesen Vorfall eine überschaubare Zahl von Verdächtigen.«

»Jedenfalls solange Sie ausschließen, dass jemand die Bremsen nahezu durchtrennt hat, bevor das Fahrrad überhaupt ausgeliefert wurde.« Werthen konnte nicht anders, das selbstzufriedene Grinsen musste von Meindls Gesicht verschwinden. »Oder es war ein Besucher, der mitten in der Nacht unbemerkt gekommen war. Die Fahrräder standen draußen vor dem Haus und wurden nicht bewacht.«

»Selbstverständlich«, sagte der Kommissar, doch es klang nicht sehr überzeugt. An Gross gewandt, fuhr er fort: »Es war sehr umsichtig, dass Sie daran gedacht haben, einen Mann zum Schauplatz aufs Land zu schicken.«

Gross schüttelte einfach nur den Kopf zu dieser Bemerkung.

Als sie gingen, gab ihnen Meindl noch eine weitere Bemerkung mit auf den Weg:

»Die Zeit ist von höchster Bedeutung, meine Herren. Bis jetzt ist es mir gelungen, alle Spekulationen über einen Anschlag auf Mahler von der Presse fernzuhalten. Aber ich kann nicht dafür garantieren, dass diese Vorfälle noch sehr viel länger geheim bleiben. Es ist nur eine Frage der Zeit, bis ein einfallsreicher, oder vielleicht sollte ich lieber sagen: ein sensationssüchtiger Journalist die Tatsachen aufdeckt und sie genüsslich auf der Titelseite einer Wiener Tageszeitung ausbreitet. Dann wird unser Täter abtauchen, oder schlimmer, noch entschlossener zuschlagen, um die Sache hinter sich zu bringen.«

Werthen gestand sich das zwar nicht gerne ein, musste aber zugeben, dass Meindl nicht ganz unrecht hatte. Die Zeit spielte tatsächlich gegen sie.

Gross und er wurden von Drechsler aus dem Präsidium am Schottenring geführt. Es wurde allmählich wärmer. Gross schlug vor, eine Kleinigkeit zu essen, aber Drechsler schützte dringende Aufgaben vor.

Bevor er sie verließ, hatte er noch eine Neuigkeit für sie. »Es gibt eine neue Entwicklung im Fall Gunther. Wir haben endlich eine Zeugin gefunden, eine junge Frau aus etwas anrüchigem Gewerbe, Sie wissen schon, was ich meine, die in der Nacht seines Todes an einer Straßenecke nicht weit von Gunthers Wohnung stand. Einer meiner findigen jungen Wachtmeister hat den nächtlichen Schauplatz in den angrenzenden Straßen observiert, um herauszufinden, ob eine der Frauen dort ihrer Beschäftigung nachgeht. Es hat zwar einige Zeit in Anspruch genommen, aber schließlich haben wir diese Frau ausfindig gemacht.«

Gross war weniger daran interessiert, wer alles aufgeboten wurde, um diese Zeugin zu finden, als vielmehr, was sie zu sagen hatte. »Heraus damit, mein Herr.«

»Sie erwähnte einen Mann, der das Gebäude in den frühen Morgenstunden verließ. Ein größerer Mann, der zu Fuß unterwegs war. Die Gaslampe bei Gunthers Haus funktionierte nicht, die Zeugin konnte daher wenig mehr berichten. Alter, Gesichtszüge, Bekleidung Fehlanzeige. So wie er sich bewegte, schien er aber eher von mittlerem Alter als jung zu sein. Aber als ihr klar wurde, dass mit ihm kein Geschäft zu machen war, verlor sie schnell das Interesse.«

»Und es wartete keine Kutsche auf ihn, kein Fiaker?«, erkundigte sich Gross.

»Sie gab an, dass er zu Fuß weiterging, und zwar die Herrengasse hinunter zur Hofburg. Er kam nicht in ihre Richtung.«

»Konnte sie die Zeit nicht präziser angeben als nur ›in den frühen Morgenstunden‹?«, hakte Werthen nach.

Drechsler zuckte die Achseln. »Sie erinnert sich, dass die Glocke der Minoriten-Kirche zwei geschlagen hat, ist sich aber nicht mehr sicher, wie viel Zeit danach verging, bevor sie den Mann sah.«

»Also ungefähr zwischen zwei und drei Uhr am Morgen?«, meinte Gross.

»Das dürfte eine realistische Schätzung sein«, entgegnete Drechsler.

Werthen wollte gerade die offensichtliche Schlussfolgerung ziehen, als Gross ihm zuvorkam.

»Ich nehme an, der junge findige Wachtmeister hat dann auch die nächtliche Szenerie der entfernter liegenden Abschnitte der Herrengasse observiert, in der Hoffnung, weitere Zeugen zu finden?«

Drechsler lächelte. »Es ist ein Vergnügen, mit Ihnen zusammenzuarbeiten, Dr. Gross. Man muss nicht alles erklären.«

Gross nahm das Kompliment mit einem Nicken zur Kenntnis.

»Und noch eins«, sagte Drechsler, »man sollte den Inspektor nicht verärgern.«

»Sie meinen Meindl?«, sagte Werthen.

Drechsler nickte. »Er mag Sie nicht besonders.«

»Daraus hat er wahrlich keinen Hehl gemacht«, entgegnete Werthen.

»Er setzt darauf, dass Sie einen falschen Schritt in der Ermittlung machen. Damit er irgendwie Ihre Karriere, Ihren guten Ruf zerstören kann.«

Werthen konnte das verstehen, fragte sich aber, warum Drechsler so offen darüber sprach.

»Und Sie hält er für einen Windbeutel«, sagte Drechsler an Gross gewandt. Dieser errötete, entgegnete aber nichts.

»Sie sind recht offen mit uns, Herr Kriminalkommissar«, sagte Werthen.

»Wollen Sie die Wahrheit wissen? Ich kann den Mann nicht leiden. Er versteht rein gar nichts von der Polizeiarbeit. Seine Freunde höheren Orts haben ihm diese Position im Präsidium verschafft. Er behandelt seine Männer wie Apportierhunde, steckt Lob für eine Verhaftung stets selbst ein, wälzt aber allen Tadel wegen der ungelösten Fälle auf andere ab.«

»Und Sie halten sich selbst für die bessere Wahl als Inspektor des Polizeipräsidiums«, folgerte Gross.

»Selbst meine Tante Gretl wäre eine bessere Wahl«, antwortete Drechsler. »Aber einen wie mich würde man dort niemals nehmen. Ich war nicht auf der Universität und habe nicht die richtigen Freunde. Nein, ich habe diesen Ehrgeiz nicht, aber ich hätte schon lieber einen besseren Chef als den jetzigen.«

»Das glaube ich Ihnen, Herr Kriminalkommissar«, meinte Gross. »Und sicher teilen etliche andere Beamten ebenfalls diesen Wunsch.«

»Vielleicht können wir uns dann ja gegenseitig helfen«, meinte Drechsler ein wenig doppeldeutig und war kurz darauf in Richtung des Ersten Bezirks, Freyung, entschwunden.

Werthen und Gross schlenderten über den Ring.

»Ich hätte wirklich nichts gegen ein Plätzchen zum Essen«, sagte Gross schließlich.

Werthen wollte jedoch noch etwas klären, bevor sie sich nach einem geeigneten Restaurant umsahen.

»Drechsler war sehr offen zu uns. Aber Sie haben sich nicht erkenntlich gezeigt. Sie haben den anonymen Brief nicht erwähnt und auch nicht die mögliche Verbindung zu Mahlers Vergangenheit.«

»War das jetzt eine Frage?«, entgegnete Gross.

»So könnte man sagen.«

»Darauf kann ich nur antworten, dass Sie das auch nicht getan haben.«

»Ich war mir ziemlich sicher, dass Sie auf einen solchen Vorstoß meinerseits nicht gerade gewartet haben.«

»Genaugenommen habe ich genau das getan, mein lieber Werthen. Dies ist, wie Sie ja so häufig zu erinnern pflegen, Ihr Fall. Es ist also auch Ihre Entscheidung, wen Sie ins Vertrauen ziehen.«

»Ich bin nicht sicher, dass es eine bewusste Entscheidung war. Ich habe nur …«

»Genau«, fiel ihm Gross ins Wort, »Sie haben instinktiv entschieden, gefühlsmäßig. Und das ist völlig in Ordnung. In diesem Stadium unserer neuen Ermittlungen gilt, je weniger

Personen eingeweiht sind, umso besser. Und jetzt … was halten Sie von einer Wurstplatte?«

Werthen sah sich um. Er erinnerte sich an ein gemütliches Lokal in der Nähe des Rings. Er führte Gross in den Schwarzen Schwan, ein Wirtshaus in der Nähe des Rathauses mit dieser rustikalen Atmosphäre, die Gross so schätzte.

Sobald sie an einem behaglichen Ecktisch aus Eiche saßen, bestellte Gross eine Platte Wurstaufschnitt mit Zwiebeln. Werthen hielt sich an ein Gläschen Slibowitz und einen kleinen Braunen.

»Es gibt zu viele Spuren, denen wir folgen müssen«, sagte Werthen und schaute Gross dabei zu, wie er sich über das Essen hermachte.

»In welchem Fall der kluge Ermittler angewiesen ist, die Möglichkeiten auf eine überschaubare Menge einzugrenzen«, nuschelte Gross mit einem letzten Bissen im Mund. »Einstweilen empfehle ich, Herrn Mahler auf kleiner Flamme weiter köcheln zu lassen.« Er tupfte die fettigen Lippen mit einer Serviette ab. »Um beim Vokabular der Kochkunst zu bleiben.«

»Berthe wird enttäuscht sein«, sagte Werthen. »Sie hat die Spur bezüglich Mahlers Vergangenheit sehr ausführlich erforscht, insbesondere nach den gestrigen Hinweisen von Frau Adler.«

»Diese Hinweise gibt es ja schon seit Jahrzehnten«, antwortete Gross. »Sie können also noch ein paar Tage oder auch Wochen warten, während wir uns um den Tod von Brahms und Bruckner kümmern. Meine Rückkehr nach Czernowitz kann ebenfalls warten. Schließlich ist das Semester vorbei, und Adele weilt immer noch in Paris.«

Gross will damit wohl um eine Verlängerung seiner Unterkunft bitten, vermutete Werthen, um mit der Ermittlung fortfahren zu können. Werthen ging nicht weiter auf die Bemerkung ein. »Und wie wollen Sie die Ermittlung weiterführen?«, erkundigte er sich stattdessen.

»Wir können mit Ihrem Freund beginnen, Herrn Kraus. Er scheint all den Tratsch und Klatsch zu kennen, der in dieser schönen Stadt als Nachricht firmiert.«

»Von welcher Art von ›Ponderabilien‹ sprechen wir hier?«, wollte Karl Kraus wissen.

Sie saßen im Büro der *Fackel* in der Maximilianstraße 13, einer Straße innerhalb des Rings genau gegenüber der Hofoper. Kraus arbeitete im exakten geografischen Mittelpunkt Wiens. Trotz der imponierenden Adresse schrieb der Journalist in einem beengten und unaufgeräumten Eckbüro, das einen kleinen Tisch und ein ramponiertes Ledersofa beherbergte. Alte Ausgaben der *Wiener Zeitung*, der *Neuen Freien Presse*, des *Fremdenblatts*, der *Wiener Mode* und der *Deutschen Zeitung* stapelten sich an einer Wand. Werthen und Gross saßen auf zwei etwas wackligen Stühlen mit gerader Rückenlehne. Auf dem Schreibtisch von Kraus herrschte ein einziges Durcheinander von Papier. Er schrieb alle Artikel der Zeitschrift selbst und von Hand; seine Schrift war ein gedrängtes Gekritzel, wie Werthen auf dem Kanzleipapier sehen konnte, das überall verstreut herumlag.

»Ponderabilien der Art, wie zum Beispiel Bruckner und Brahms gestorben sind.« Gross lächelte Kraus unbekümmert an.

»Oh, da wollen aber zwei in schwere See stechen.«

»Wie meinen?«, fragte Gross.

Nun war es an Kraus, unschuldig zu lächeln. »Warum zählen Sie nicht auch gleich den Tod von Herrn Strauß dazu?«, erkundigte er sich. »Wir machen hier in Wien doch ein so schönes Geschäft mit dem Tod.«

»Ist es das, woran Sie gerade arbeiten?«, fragte Werthen.

»Für meine verspätete Juni-Ausgabe«, bestätigte Kraus und deutete auf die Seite vor ihm. »Das ›kaufmännische Trauern um Johann Strauß‹. Hat doch einen freundlichen Ton, finden Sie nicht? Sein Tod war die Geburtsstunde für eine Flut neuer Produktionen in allen Theatern dieses Landes. Sogar der Vergnügungspark im Prater hat sich mit einer ›Totenfeier à la Venedig‹ dazugesellt. Ich vermute, sie werden einen dunkelhaarigen Südländer Strauß-Melodien auf einer Gondel summen lassen, die auf einem dieser lächerlich künstlichen Kanäle schwimmt. Geschmacklosigkeit kennt eben keine Grenzen.«

»Wir haben bereits gewisse Untersuchungen im Fall Strauß angestellt«, warf Gross ein. »Vielen Dank für die Empfehlung. Aber Herr Brahms und Herr Bruckner genügen für den Augenblick.«

Kraus war sehr schnell von Begriff, wie Werthen wusste. Man brauchte ihm nicht lange und umständlich etwas zu erklären und konnte auch nichts verschleiern. Er verstand zweifellos die Implikationen ihrer neuen Ermittlung.

»Nun«, Kraus lehnte sich auf seinem Stuhl zurück. »Sie kennen sicherlich die entscheidenden Tatsachen. Bruckner starb am 11. Oktober 1896. Er war zweiundsiebzig und gerade in eine kleine Wohnung im Oberen Schloss Belvedere umgezogen. Dort bemühte er sich blindwütig, den letzten Satz seiner Neunten Sinfonie zu beenden. Schon seit mehreren Jahren war es um seine Gesundheit schlecht bestellt, dennoch war es ein ziemlicher Schock, als seine Haushälterin seinen leblosen Körper entdeckte. Natürlich war er nie verheiratet. Er starb sehr einsam.«

»Gab es ein Testament?«, fragte Gross.

Kraus warf dem Kriminologen einen amüsierten Blick zu. Diese Rückfrage bestätigte Kraus' Verdacht hinsichtlich der Ausrichtung ihrer Fragen.

»Aber ja. Alles war korrekt und ordnungsgemäß. Unterschrieben im Jahre 1893. Darin überließ er alle Handschriften der kaiserlichen Bibliothek. Ansonsten gab es wenig von Wert zu vererben. Er hatte einen beschwerlichen Weg hinter sich gebracht, der arme Bruckner.«

»Seine Unterstützung für Wagner hat er teuer bezahlt«, sagte Werthen.

»Allerdings«, stimmte Kraus zu. »Das hat ihm das musikalische Establishment, damit meine ich Hanslick und seine Gefolgsleute, nicht verziehen. Sie nannten seine Musik wild und unverständlich.«

Er spielte auf Eduard Hanslick an, den Doyen der Wiener Musikkritik, ein erbitterter Gegner der Musik von Wagner und allen Anhängern der neuen Musik.

»›Musik hat kein anderes Thema als die Verbindung der Noten, die wir hören. Die Musik spricht nur durch den Klang, sie besteht nur aus Klang.‹ Ich glaube, das ist eine angemessene Wiedergabe von Hanslicks Hauptargument«, sagte Kraus, zufrieden mit sich. »Er war demnach ein eingeschworener Feind der Romantik mit ihrer Betonung der Gefühle. Wagners Darstellungskunst und sein Einsatz der Musik zur weiteren Dramatisierung kollidierten mit allen Theorien des Kritikers. Aber Wagner hat es ihm heimgezahlt, wie Sie wissen, mit der clownesken und pedantischen Rolle des Beckmesser in *Die Meistersinger von Nürnberg*. Wagner hatte die Figur ursprünglich Hans Lick nennen wollen, aber auf Veranlassung seines Anwaltes änderte er den Namen. Natürlich war Wagner nicht das einzige Opfer von Hanslicks spitzen Bemerkungen. Auch Bruckner, der Wagner unterstützte und die große Sünde beging, von der klassischen Form abzuweichen, geriet unter seinen Bann. Hanslick ging sogar so weit, jegliche Aufführungen von Bruckners Musik zu verhindern, und nutzte seinen beträchtlichen Einfluss, um dem einfachen Organisten vom Land selbst das Unterrichten unmöglich zu machen. In dieser Hinsicht allerdings war Hanslick nicht ganz erfolgreich. Er konnte zwar verhindern, dass Bruckner zum Professor an der Wiener Universität ernannt wurde, aber er durfte Orgel und Kontrapunkt am Konservatorium unterrichten. Ich glaube, Ihr Freund Mahler war ein Student und früher Anhänger, wie übrigens auch Hugo Wolf, ein weiteres Opfer von Hanslicks kritischem Gift.«

Jetzt konnte Werthen plötzlich die Verbindung herstellen: Hanslick war der Mann, der bei der Trauerfeier für Strauß mit dem Zylinderhut seinen Blick verstellt und ihn dann des Taschendiebstahls verdächtigt hatte.

»Ich erinnere mich, wir sind uns schon einmal inoffiziell begegnet«, rief Werthen aus und berichtete dann von den seltsamen Umständen dieses Zusammentreffens.

»Sehen Sie sich vor, oder Sie werden eines schönen Tages aufgespießt in einer seiner Kolumnen enden«, meinte Kraus. »Obwohl er schon fast im Ruhestand ist, schießt er von Zeit zu Zeit immer noch einen vergifteten Pfeil ab. Es ist allerdings eigenartig, dass er überhaupt auf Strauß' Beerdigung war. Für dessen Musik hatte er nichts übrig.«

Gross hatte ruhig den scheinbaren Abschweifungen zugehört, aber jetzt mischte er sich in das Gespräch ein.

»Wurde eine Todesursache veröffentlicht?«

»Nein, nichts dergleichen. Aber wie ich schon sagte, war Bruckner in den letzten Jahren seines Lebens krank. Ein sonderbarer Mann. Grässlich gekleidet, wie ein Schulmeister aus der Provinz. Was sein Vater auch tatsächlich war. Bruckner interessierte sich nur für Musik, Orgelspiel und Komponieren. Den gesellschaftlichen Gepflogenheiten einer Großstadt stand er ziemlich hilflos gegenüber. Man erzählt sich die reizende Geschichte, wie Bruckner einmal Hans Richter ein Trinkgeld in die Hand gedrückt hat, nachdem dieser mit großer Sorgfalt seine vierte Sinfonie dirigiert hatte.«

»Und Brahms?«, setzte Gross nach.

»Das war etwas unkomplizierter. Er starb an Leberkrebs, dasselbe Leiden, das schon seinen Vater dahingerafft hatte. Das war im April vor zwei Jahren, glaube ich. Und wenn Sie mich jetzt nach seinem Testament fragen, bekommen Sie Ihre Geschichte von menschlicher Hinterlist, Begierde und Neid. Um es kurz zu machen, Herr Brahms verstarb ohne einen Letzten Willen, woraufhin sich die verschiedensten Personen wegen seiner recht erheblichen Reichtümer an die Gurgel gingen. Der Streit ging angefangen von seiner Hauswirtin über seinen Musikverleger bis hin zu entfernten deutschen Cousinen. Die Angelegenheit ist immer noch auf ihrem Weg durch die Instanzen. Aber ich nehme an, Advokat Werthen, darüber wissen Sie nur zu gut Bescheid. Es hört sich an wie eine Geschichte von Dickens.«

»Allerdings«, entgegnete Werthen und war froh, nichts damit zu tun zu haben, weil das Verfahren mit Sicherheit noch ein ganzes Jahrzehnt dauern würde und die Prozessparteien am Ende nur leere Bankkonten vorzuweisen haben würden. »Brahms wird sicherlich seinen Weg in die Lehrbücher finden als ein Paradebeispiel dafür, dass man rechtzeitig sein Testament schreiben sollte.«

»Allerdings stand Brahms im Krieg der Romantiker auf der anderen Seite«, sagte Gross.

Kraus nickte nachdrücklich. »Er und Hanslick zogen an einem Strang. Brahms hat ihm sogar Einblick in seine Kompositionen gegeben, bevor sie aufgeführt wurden. Die beiden hatten sich verschworen, um die Musikkultur Wiens zu gestalten. Sie saßen in verschiedenen Gremien, die Musikpreise verliehen, und sprachen ihr Urteil über die Arbeit junger Musiker des Konservatoriums. Einer dieser armen Unglücklichen … Ich habe seinen Namen vergessen, aber er wird mir wieder einfallen. Jedenfalls wurde einem dieser Studenten ein wahrhaft geniales musikalisches Talent nachgesagt. Dessen Komposition, eine Sinfonie, ließ Brahms nicht gelten, da diese Musik nicht von ihm stammen könnte. Sie wäre zu gut für das Werk eines einfachen Studenten des Konservatoriums. Damit zerstörte er einfach so eine vielversprechende Karriere. Wenig später wurde der Mann in einem Zug aufgegriffen; im Fieberwahn stammelte er etwas davon, Brahms habe eine Bombe in den Zug gelegt. Er starb später in einem Irrenhaus.«

Kraus hielt inne, immer noch auf der Suche nach dem entfallenen Namen schaute er hoch zu den Überresten eines Spinnennetzes, das an der Decke wie ein zerfetztes Fähnlein hing.

»Meinen Sie vielleicht einen Studenten namens Rott?«, fragte Werthen. Berthe hatte von dem jungen Mann erzählt, den Emma Adler erwähnt hatte.

»Ganz genau der ist es«, sagte Kraus. »Hans Rott. Sehr klug von Ihnen, Herr Advokat.«

Werthen nickte. Er fand diese erneute Erwähnung des jungen Musikers in einem ganz anderen Zusammenhang ziemlich eigenartig.

»Sei dem, wie es mag«, fuhr Kraus fort. »Brahms war jedoch keinesfalls nur ein aufgeblasener Wichtigtuer. Er war ein großer Anhänger von Strauß, wussten Sie das?«

Sowohl Werthen als auch Gross mussten zugeben, dass sie es nicht gewusst hatten.

»Ja, trotz Hanslicks Verachtung für Strauß' Musik war Brahms ein Verehrer seiner Werke. Er schrieb sogar eine Widmung auf Adele Strauß' Fächer. Unter die Anfangsnoten der ›Blauen Donau‹ schrieb er: ›Leider Gottes nicht von Brahms.‹ Er hatte durchaus einen gewissen Sinn für Humor. Und dann war da ja noch diese Geschichte mit der musikalischen Verschlüsselung …«

Kraus sah sie in der Hoffnung auf ein Zeichen der Bestätigung an, aber wieder blieben seine Anspielungen für Werthen und Gross im Dunkeln.

»Im ersten Fall beziehe ich mich auf ein Stück, das er mit Schumann schrieb, die F-A-E Sonate, gewidmet einem Violinisten, dessen Motto ›Frei aber einsam‹ war. Mit den Noten F, A und E umspielten sie das Thema, das Brahms später umänderte in F-A-F, ›frei aber froh‹. In derartigen Verschlüsselungen pflegte er auch liebreizende Anspielungen auf die Damen in seinem Leben zu verstecken. Auf Clara Schumann zum Beispiel mit musikalischen Motiven, die das C und ein Es für den Buchstaben S enthielten. Das Gleiche mit Adele Strauß, sagt man. Die A-Es-Kombination taucht in seinen späten Werken ständig auf.«

»Wollen Sie andeuten, dass Brahms und Frau Strauß …?«

»Wohl kaum«, erwiderte Kraus. »Große Komponisten sind nach meiner festen Überzeugung wie Eunuchen oder katholische Priester. Verheiratet mit einem höheren Gott, ihrer Kunst. Obwohl Clara Schumann immerhin verwitwet war, unterhielt Brahms, nach allem was man hört, eine Beziehung ohne jegliche Körperlichkeit zu ihr. Aber er hielt ihr die Treue bis ans Ende und war einer der bedeutendsten Trauergäste auf ihrer Beisetzung. Die übrigens weniger als ein Jahr vor Brahms' eigenem Tod stattfand.«

Kraus lächelte sie an. Offensichtlich war er von seinem verblüffenden Erinnerungsvermögen genauso amüsiert wie vom Interesse, das Werthen und Gross seinen Geschichten entgegenbrachten.

»Und da wir gerade von Clara Schumann sprechen, es gibt da noch etwas Interessantes über Brahms. Sie war seine einzige wahrhaftige Vertraute. Max Kalbeck selbst hat mir diese Geschichte erzählt.«

Er sprach, Werthen hatte dies sogleich verstanden, von dem wohlbekannten Musikkritiker und langjährigen Freund von Brahms, der an einer monumentalen Biografie des Komponisten arbeitete.

»Kalbeck berichtete mir von einer privaten Mitteilung an Frau Schumann bezüglich Hanslicks Opus magnum, *›Die Schönheit in der Musik‹*. Hanslick gegenüber war Brahms voll des Lobes, aber Clara Schumann gestand er, das Buch sei so dumm, er habe aufgegeben, es zu lesen, und hoffe nur, dass Hanslick ihn nicht auf die Probe stellen würde.«

Es trat ein Moment völliger Stille ein, als die Tragweite dieser Geschichte langsam einsickerte.

»Sie haben uns wirklich einiges zum weiteren Nachdenken gegeben, Herr Kraus.«

Mühsam wuchtete sich Gross aus seinem Stuhl. Sie hatten recht lange dort gesessen, und auch Werthen fühlte einen Stich in seinem rechten Knie, als er aufstand.

»Danke, Kraus«, sagte Werthen aufrichtig.

»Nicht der Rede wert«, erwiderte der Journalist, der sich nun ebenfalls hinter seinem Schreibtisch erhob. »Das gibt den grauen Zellen die Gelegenheit, sich darzustellen. Aber Sie müssen mich unbedingt informieren, sollten Sie jemals all diesen Rätseln auf den Grund kommen.«

»Das werden wir tun, Herr Kraus«, sagte Gross. Er setzte seinen Bowler auf und verließ munteren Schrittes das Büro.

In der Kanzlei in der Habsburgergasse ging Berthe die Nachmittagspost durch. Der Brief Mahlers war wohl von größeren Umschlägen verdeckt worden, sonst hätte sie ihn zuerst geöffnet. Seine Handschrift war ordentlich und genau, ganz anders als seine zerzauste äußere Erscheinung. Sie überflog ihn schnell, es ging darum, dass der Komponist weitere Änderungswünsche bezüglich seines Testamentes hatte und Karl bat, so schnell wie möglich zu kommen.

Wohl kaum, dachte sie. Stattdessen würde sie Tor entsenden, und zwar am Wochenende, nicht früher. Schließlich war Mahler nicht ihr einziger Klient, auch wenn er sich so aufführte. Ihr kam es ziemlich offenkundig vor, dass Mahler sich viel zu sehr auf ihren Ehemann verließ. Sie fragte sich sogar, was wirklich hinter dieser plötzlichen Änderung seines Testamentes steckte. Wahrscheinlich benutzte er es nur als eine Ausrede, um Karl in seinen Kreis zurückzuholen.

Nein, das Wochenende war früh genug. Sie brauchte Tor für den Rest der Woche hier in Wien, damit er sich um die zahlenden Kunden kümmerte. Während Karl zusammen mit Gross Gespenstern hinterherjagte, mussten sie hier den Arbeitsrückstand aufarbeiten.

Es war zwar ein unfreundlicher Gedanke, aber er war dennoch wahr. Hirngespinste. Geister. Phantasieausgeburten einer verblendeten Seele. So schätzte sie den anonymen Brief ein. Und in der Zwischenzeit hatte sie in ihren Gesprächen mit Rosa Mayreder und Emma Adler einige recht brauchbare Ideen bezüglich der weiteren Ermittlungen entwickelt.

Leg es aufs Eis, Liebling, hatte Karl ihr heute beim Mittagessen geraten. Gross und ich sind vielleicht auf einer heißen Spur.

O nein, sie war fest entschlossen, nicht zu warten. Sie würde ganz gewiss nicht den Büroesel spielen, während ihr Ehemann und Gross sich eine schöne Zeit machten und gegen Windmühlen kämpften. Sie wusste, mit wem sie zunächst reden musste: Natalie Bauer-Lechner. Die Dame, die alles über Mahler aus der Zeit am Konservatorium wusste. Nur war die bei Mahler in Altaussee.

Vielleicht konnte sie selbst ja anstelle von Tor zu Mahler fahren. Damit würde sie zwei Fliegen mit einer Klappe schlagen.

Ein säuerlicher Geschmack in ihrem Mund schreckte sie auf. Nein!, dachte sie. Nicht jetzt. Nicht hier!

Aber sie hatte keine Wahl.

Berthe schaffte es gerade noch zur Gemeinschaftstoilette im Treppenhaus, bevor sie Frau Blatschkys wunderbares Mittagessen ausspuckte.

Mein liebes Kind, dachte sie, als sie ihre zerzauste Frisur im Spiegel sah und dann ihren Mund mit kaltem Wasser ausspülte. Ich hoffe, du bist es wert.

Doch dann konnte sie fast das kleine kostbare Leben in sich spüren, und sie wusste, dass es jede Mühsal lohnen würde.

11. KAPITEL

Weiches rosiges Licht drang durch einen Spalt in den schweren Vorhängen ins Zimmer hinein. Werthen war gerade aus einem Traum erwacht, der ihn zurück in seine Kindheit auf das Anwesen seiner Familie in Niederösterreich geführt hatte. Er ging darin mit Stein, dem Wildpfleger und Faktotum auf dem Gut der Werthens, einer seiner liebsten Freizeitbeschäftigungen nach: dem Sprengen der Biberdämme. Diese wurden regelmäßig von den Bibern in die Bäche gebaut, die die verschiedenen auf dem Gelände des Gutes verstreut gelegenen Teiche speisten. Karls Vater, Herr Werthen, beobachtete mit Vorliebe die Zugvögel, die sich an den Teichen niederließen, manche nur für paar Stunden, andere dagegen für Tage oder Monate. Doch die Biberdämme verhinderten den Zulauf frischen Wassers und somit auch die natürliche Filterung des Wassers. Wenn man sich nicht um die Teiche kümmerte, würden sie schon innerhalb weniger Wochen zu stinken beginnen. Also holte der alte Stein alle paar Wochen die Dynamitstangen hervor, die er im Geräteschuppen unter Verschluss hielt und sprengte die größeren Dämme in die Luft. Die kleineren zerstörte er mit den Händen.

Der Wildhüter kannte sich gut aus mit Dynamit und wusste, wie man eine Ladung anbringen und aus der Ferne zünden musste. In seinem Traum beobachtete Werthen Steins schwielige Hände, wie sie die roten und blauen Drähte mit der großen Geschicklichkeit eines ausgezeichneten Geigers befestigten. Trotz seines hohen Alters vermied Stein die altmodischen Zünder, die man mit einem Sicherheitsstreichholz entzündete; er bevorzugte eine mit Batterie betriebene Sprengkapsel. Und zu seiner großen Überraschung erlaubte Stein dem jungen Werthen, den Zünder zu betätigen. Es gab einen unglaublichen Krach, Wasser spritzte auf, Hölzer flogen umher, und dann war der Traum zu Ende.

An diesem Morgen fühlte sich Werthen hellwach und erwartungsvoll, durchdrungen von einem heiteren Optimismus, den er fast wie einen Talisman mit sich trug. Er konnte sich freuen wie ein junger Welpe, es war dieser Überschwang am frühen Morgen, der Berthe selbst an ihren guten Tagen frühmorgens so reizte.

Sie schlief noch, wenn auch unruhig. Es war ungewöhnlich, dass sie nicht tief schlief, aber er sagte sich, dass vielleicht das Baby der Grund war. Er rollte sich auf die Seite und betrachtete sie, wie sie so auf dem Rücken dalag, ihr Haar auf dem Damastkissen ausgebreitet. Ihr linkes Augenlid zuckte. Und durch die Vene unter ihrem Ohr pulsierte das Blut in einem regelmäßigem Rhythmus. Eine ganze Schar von Sommersprossen zeigte sich auf ihrem Nasenrücken und der oberen Hälfte ihrer Wangen. Plötzlich brach ihr regelmäßiger Atem ab, sie atmete einmal tief ein und öffnete ein Auge. Sie sah, wie er sie betrachtete, und lächelte.

»Guten Morgen, mein Liebes«, sagte er.

Ihre Antwort klang wie ein gedämpftes »Hmmm«.

»Es scheint wieder ein schöner Tag zu werden.«

Sie stöhnte erneut leise auf, als sie sich auf die ihm abgewandte Seite rollte. Er schmiegte sich an sie und zog sie mit seinem rechten Arm ganz dicht an sich heran.

»Schon so fröhlich am frühen Morgen?«, flüsterte sie.

»Ich habe auch gute Gründe dafür.«

Das brachte ihm ein weiteres unverbindliches »Hmmm« ein.

Er schnupperte an ihrem Haar, sog ihren Duft ein und spürte, wie sich ein Lächeln über sein ganzes Gesicht ausbreitete.

»Es tut mir sehr leid, dass ich dich mit all den Geschäften hier so alleinlasse«, sagte er und kehrte damit zu ihrem Gespräch vom vergangenen Abend zurück. »Gross ist ganz fixiert auf diese neuen Spuren, und ich muss zugeben, dass er auch mein Interesse entfacht hat.«

Sie rollte sich wieder zurück auf den Rücken und blinzelte ihn mit einem Auge an. »Er hat dein Interesse *entfacht*? Da spricht wieder unser hochtrabender Advokat, hm?«

Er küsste sie auf die Wange. »Also gut. Ich habe da so ein Gefühl, dass wir da einer sehr großen Sache auf der Spur sein könnten.«

»Gibt es denn etwas Größeres als den Versuch, den Direktor der Hofoper umzubringen?« Sie hatte jetzt beide Augen geöffnet. »Karl, es stecken nicht gleich hinter jedem Todesfall Verschwörungen und Morde in den höchsten Kreisen.«

»Das stimmt.«

»Du meinst, es ist falsch.« Sie seufzte. »Hast du vergessen, dass Brahms an Krebs gestorben ist?«

»Ich bin kein Arzt, aber ich beabsichtige, einen aufzusuchen. Lass uns einfach einmal annehmen, jemand wäre in der Lage, die Symptome von Leberkrebs durch ein Gift oder eine Droge hervorzurufen.«

Berthe antwortete darauf nicht. Stattdessen sagte sie: »Ich kann nicht mehr auf der Seite schlafen.«

»Unwohlsein?«

»Allerdings. Und Sodbrennen. Warum spricht man eigentlich von Morgenübelkeit? Mir ist ganz einfach Tag und Nacht schlecht.«

»Mein armer Liebling.« Liebevoll strich er ihr durchs Haar, aber sie schüttelte ihn ab.

»Ich bin kein armes Was-auch-Immer, aber mein Körper hat mich bisher noch nie so im Sich gelassen.«

»Das tut er doch auch jetzt nicht, er bereitet nur ein neues Leben vor.«

»Indem er mir eine derartige Übelkeit verursacht, dass ich nicht einmal mehr etwas essen kann? Wenn man an die Darwinsche Lehre glaubt, muss man zugeben, dass sich hier im evolutionären Prozess eine Falte gebildet hat, die man besser mal ausbügeln sollte.«

Sie lagen noch für einen Moment still beieinander.

»Ich werde die Spuren, die vom Konservatorium zu Mahler führen, weiterverfolgen«, sagte sie schließlich.

»Ja, tu das. Ich glaube, das ist eine gute Idee.«

»Ich habe dich nicht um eine Erlaubnis gebeten!«

Als er nichts darauf erwiderte, fügte sie hinzu: »Tut mir leid. Man sagt, dass Frauen in den ersten Wochen der Schwangerschaft sehr launisch sind. Noch so ein evolutionärer Vorteil, vermute ich.«

Beim Frühstück erfuhren sie, dass Gross bereits aufgestanden war und gefrühstückt hatte – zwei Eier, ein süßes Brötchen und zwei Tassen Kaffee, berichtete Frau Blatschky, die sich offensichtlich ein wenig ausgenutzt fühlte – und dann zu seinem morgendlichen Spaziergang aufgebrochen war.

»Er sagte, er würde um neun Uhr zurück sein«, sagte die Köchin, als sie die Kaffeekanne aus Augartener Porzellan hereinbrachte und den Raum mit dem reichen Aroma frischen Kaffees erfüllte.

Berthe wartete, bis Frau Blatschky die Tür hinter sich geschlossen hatte. »Allein schon von diesem *Geruch* wird mir ganz übel!«, rief sie dann.

Werthen legte seine Serviette über die Kaffeekanne, um zu verhindern, dass der Duft sich noch weiter ausbreitete. Nach einem Moment ging es Berthe wieder besser, und sie konnten ihre Pläne für den Tag besprechen.

Gross und er hatten einen Termin mit Hanslick vereinbart. Es führten recht viele Spuren zu dem Kritiker. Kraus zufolge war er ein entschiedener Gegner sowohl von Bruckner als auch Strauß. Kann Überdruss an Musik wirklich zu einem Mord führen? Werthen wusste es selber nicht, aber bei seiner kurzen Begegnung mit dem Kritiker auf dem Begräbnis von Strauß hatte dieser einen äußerst reizbaren Charakter gezeigt. Doch was konnte Hanslick mit dem Tod von Brahms zu tun haben? Immerhin waren die beiden sehr eng miteinander befreundet gewesen.

Werthen hatte nach dem Treffen mit Kraus am gestrigen Nachmittag in der Kaiserlichen Bibliothek seine Hausaufgaben gemacht. Er hatte sich durch die Kritiken der letzten zehn Jahre gearbeitet, die in der *Neuen Freien Presse* erschienen waren, und festgestellt, dass Hanslick kurz vor Brahms' Tod eine ganze Reihe von Kritiken zu den letzten Klarinettenquintetten des Meisters geschrieben hatte. Hierin beklagte er, dass Brahms die klassischen Ideale mit dieser so emotionalen Musik verraten hätte. Hinzu kam nun die Geschichte, die Kraus gestern zum

Besten gegeben hatte. Demnach hatte sich nämlich Brahms verächtlich über Hanslicks Traktat geäußert – und wenn Kraus Wind von dieser Geschichte bekommen hatte, warum nicht auch Hanslick selbst? War dem so, könnte man in der Tat Hanslick mit dem Tod von allen drei Komponisten in Verbindung bringen.

Hanslick war ebenfalls kein Anhänger Mahlers. Eigentlich erstaunlich angesichts der Stellung, die Mahler in der Auseinandersetzung zwischen Brahms und Wagner bezogen hatte, und tatsächlich hatte Hanslick auch Mahlers Ankunft in Wien 1897 zunächst sehr begrüßt. In seinen ersten Besprechungen hatte er die Texttreue des Komponisten und Dirigenten gepriesen, sowohl bei Wagner als auch bei Mozart. Aber dieser Enthusiasmus wich schon bald der bekannten Boshaftigkeit; in jüngeren Aufzeichnungen, die Werthen am vorangegangenen Tag entdeckt hatte, verriss Hanslick Mahlers Arbeit an der Hofoper. Er gab sich entsetzt, dass Mahler die jahrhundertealte Tradition der Hofoper mit unklugen und ungestümen Experimenten an die Moderne verriet.

Es gab also viele Gründe für ein Gespräch mit Hanslick, vor allem galt es herauszufinden, ob er wirklich zu ihren Hauptverdächtigen zu zählen war. Werthen fragte sich, ob der Mann sich wohl an ihn erinnern würde; immerhin war auf dem Friedhof eindeutig die Wut mit Hanslick durchgegangen; er hatte ja noch getobt, als der Gendarm bereits in den Streit eingegriffen hatte. Falls Hanslick ihn jedoch erkannte, könnte dies nach Ansicht von Gross auch sein Gutes haben. Vielleicht fühlte der Kritiker sich unwohl und wäre ein wenig aus dem Gleichgewicht gebracht. Ihre Vertrauenswürdigkeit, die durch den Prinzen Montenuovo beglaubigt war, machte sie für einen so bürgerlichen Mann wie Hanslick unangreifbar. Die Situation für den Kritiker wäre undurchschaubar, wenn er feststellen musste, dass ein Mann, den er als gemeinen Dieb beschuldigt hatte, in Wahrheit ein Abgesandter des Oberhofmeisters war.

»Ich habe einen Besuch bei der *Arbeiter Zeitung* geplant«, erklärte Berthe. »Zumindest wenn es mir gelingt, diese Übelkeit zu kontrollieren. Ich habe schon seit Monaten nicht mehr mit Viktor Adler gesprochen. Er zählte früher zu den persönlichen Freunden Mahlers.«

Werthen nickte. »Und du denkst noch immer, dass es gut ist, die kleine Reise nach Altaussee zu unternehmen?«, erkundigte er sich.

Sie wollte gerade explodieren, als sie einen Moment nachdachte und verstand, dass er lediglich seine Sorge um sie zeigen wollte und nicht versuchte, sie zu kontrollieren.

»Vielleicht können wir noch ein wenig abwarten. Schließlich kehren sie alle nächsten Monat nach Wien zurück. Ich kann auch dann noch mit Natalie sprechen.«

»Und Tor?«, fragte Werthen. »Ich denke, du hast völlig recht mit deiner Einschätzung, dass Mahler etwas zu fordernd wird und sich viel zu sehr auf mich stützt. Was soll ihm schließlich schon passieren, wenn die Polizei Tag und Nacht auf ihn aufpasst?«

Sie fassten den Entschluss, Tor lieber früher als später loszusenden. Berthe würde sich noch an diesem Morgen darum kümmern. Tor könnte am späten Nachmittag in Altaussee bei Mahler eintreffen und bereits am Donnerstag nach Wien zurückkehren. Werthen würde am Nachmittag in die Kanzlei gehen und ein paar Arbeiten zu Ende führen. Gross hatte erwähnt, er wolle mit den Aufwartefrauen sprechen, die für

Brahms und Bruckner gearbeitet hatten, und Werthen war der Ansicht, dass Gross diese Aufgabe sehr gut alleine bewältigen konnte.

»So«, sagte er und trank seinen letzten Schluck Kaffee. »Damit wäre alles erledigt.«

Berthe schluckte schwer und legte den knusperigen Toast, den sie gerade hatte essen wollen, wieder zur Seite.

»Bei mir leider nicht«, stieß sie hervor, sprang auf und lief ins Badezimmer.

Sie trafen Eduard Hanslick im *Café Frauenhuber* in der Himmelpfortgasse im Inneren Bezirk. Es war zwar eines der neuesten Cafés von Wien, das Gebäude jedoch hatte eine lange Geschichte. Nachdem es fünfhundert Jahre lang ein öffentliches Badehaus gewesen war und für die Reinlichkeit der Bevölkerung Wiens gesorgt hatte, eröffnete dort 1795 ein vormaliger Patissier der Kaiserin Maria Theresia ein Restaurant. Zu dieser Zeit dirigierten Mozart und Beethoven ihre Werke in einem eigens dafür gebauten Saal in dem Gebäude. Das jetzige Café wurde erst 1891 gegründet, aber in weniger als zehn Jahren war Frauenhuber zu einer Institution geworden. Durch eine Reihe von Fenstern an der schmalen, kopfsteinbepflasterten Straße fiel angenehm natürliches Licht in die Gasträume.

Das Café ist so etwas wie ein Zufluchtsort im Inneren Bezirk, dachte Werthen, und besitzt noch die ursprüngliche Wiener Gemütlichkeit. Beim Eintreten wurde er vom Duft eines frisch gebackenen Zwetschgenstrudels begrüßt. Die marmornen Tische, die roten Samtbänke und die Thonet-Stühle aus Bugholz passten perfekt zu der niederen Bogendecke und dem Holzparkett. Eine Sammlung kleiner Ölbilder – Landschaften und Portraits – hing an den grob verputzten Wänden, ein Ständer mit viel gelesenen Zeitungen stand bei der Tür, und die Ober im schwarzen Smoking mit weißer Krawatte bewegten sich unaufdringlich zwischen den Tischen, die schwerbeladenen silbernen Tabletts in Schulterhöhe auf ihren Handflächen balancierend. Einer der Ober servierte Hanslick, der in einer hinteren Ecke, neben dem vor kurzem installierten Telefon, Platz genommen hatte, gerade einen Kaffee.

Werthen erkannte diesen Ober sofort. Er hieß Herr Otto und war vormals Ober im *Café Landtmann* gewesen. Es war schon eine ganze Weile her, dass Werthen ihn zum letzen Mal gesehen hatte.

Als Herr Otto sich umwandte, erkannte er Werthen ebenfalls und nickte ihm höflich zu, als dieser sich zusammen mit Gross dem Tisch von Hanslick näherte.

»Einen schönen guten Tag, Herr Advokat«, sagte der Ober mit einem leichten Grinsen auf seinem Gesicht.

»Und wie geht es Ihnen, Herr Otto? Sie haben das Lokal gewechselt, stelle ich fest.«

Da die Herren keine schweren Wintermäntel trugen, die er ihnen hätte abnehmen können, wartete er auf ihre Sommerhüte und nahm sie fast mit Ehrfurcht entgegen.

»Vielen Dank, Herr Advokat, vielen Dank.«

»Sie werden also nicht ins *Landtmann* zurückkehren?«

Herr Otto schüttelte nachdrücklich seinen Kopf. »Nicht in diesem Leben. Kein Vertrauen mehr. Eine schreckliche Sache. Die Angelegenheit war wirklich schrecklich, aber zum Glück haben Sie sie ja für mich ganz ausgezeichnet geregelt.«

Eigentlich habe ich nur ganz kurz eingegriffen, überlegte Werthen. Herr Otto, vormals der Oberkellner des *Café Landt-*

mann und so etwas wie eine lokale Legende, hatte seine Stellung verloren, weil man ihn des Diebstahls verdächtigte. Ein anderer Ober, Herr Turnig, hatte sich mit der Behauptung an die Geschäftsführung gewandt, er hätte verschiedentlich beobachtet, dass Otto vor der Endabrechnung Geld aus der Kasse genommen hätte. Da Turnig ein Cousin der Frau des Geschäftsführers war, wurde seinem Wort Gehör geschenkt. Herr Otto war entlassen worden, und in der Folge war Herr Turnig selbst der Oberkellner geworden.

Werthen hatte Herrn Otto damals schon über Jahre gekannt. Als er von seinen Schwierigkeiten hörte, war er felsenfest von dessen Unschuld überzeugt und nahm sich vor, die Angelegenheit aufzuklären. Zu dieser Zeit erholte er sich noch von seiner Beinverletzung, wollte aber dennoch gern weiter ermitteln. Die Sachlage war ziemlich einfach, denn Herr Otto war nicht schuldig, also hatte Herr Turnig die Anschuldigungen erfunden und das Geld, eine Summe von immerhin mehreren tausend Kronen, vermutlich selbst gestohlen. Das offensichtliche Motiv war neben der Geldgier vor allem Ehrgeiz gewesen. Die Schande, die zu Herrn Ottos Entlassung geführt hatte, beförderte Turnig wiederum auf dessen Position im noblen *Café Landtmann*.

Werthen hatte zunächst im Privatleben des Herrn Turnig ermittelt und schnell herausgefunden, dass dieser weit über seine Verhältnisse lebte. Er residierte in einer weitläufigen Wohnung im Ersten Bezirk und konnte sich zudem noch ein Chalet für den Sommer in Carinthia leisten.

Als Werthen ihn in einer gezielten Befragung mit diesen Fakten konfrontierte, brach Herr Turnig schnell zusammen. Er floh lieber, als zu warten, dass die Polizei an seiner Tür auftauchen würde, und es wurde kolportiert, dass er nun als Kellner in Florenz arbeitete, außerhalb der Reichweite der österreichischen Behörden.

Der gute Ruf von Herrn Otto war wieder hergestellt worden, und er wurde Oberkellner im *Cafémann Frauenhuber*; für Werthen ein weiterer guter Grund, nun dieses zu seinem Lieblingskaffeehaus zu machen.

Herr Otto nahm Werthens Hand und schüttelte sie nachdrücklich.

»Wenn ich Sie kurz stören darf, mein Herr, ich möchte mich bei Ihnen tausendfach bedanken. Und meine Frau schließt sich meinem Dank sehr herzlich an. Für Sie und Ihren Freund das Übliche, nehme ich an?«

Werthen nickte.

Ihr kleines Gespräch hatte nur wenige Minuten gedauert, aber dennoch die Aufmerksamkeit einer Reihe von Gästen auf sich gezogen, unter anderem auch die von Hanslick. Gross, dem bekannt war, welche Hilfe Werthen dem Ober geleistet hatte, konzentrierte sich auf den Musikkritiker, und auch Werthen betrachtete nun diesen Mann.

In Hanslicks Blick zeigte sich keine Spur eines Wiedererkennens.

»Herr Hanslick?«, erkundigte sich Gross.

Der eher kleine Mann stand auf und nickte ihnen zu.

»Zu Ihren Diensten, meine Herren. Herr Dr. Gross und Herr Advokat Werthen, nicht wahr?«

Er nickte jeweils dem Falschen zu, als er ihre Namen nannte, aber Werthen stellte es kurz richtig, während sie an seinem Tisch Platz nahmen.

Gross kam sofort zur Sache.

»Vermutlich fragen Sie sich, was der Grund für unser Gespräch ist, Herr Hanslick?«

Der Kritiker lächelte schwach und machte eine zustimmende Geste mit seiner zierlichen Hand.

»Ich gebe meine Neugierde gern zu. Als Beamter der kaiserlichen Regierung stehe ich selbstverständlich für jede offizielle Anfrage zur Verfügung.«

»Ja«, sagte Gross. »Der Prinz ließ uns bereits wissen, dass Sie ein äußerst zuvorkommender und kooperativer Staatsdiener wären.«

Werthen war klar, dass der Kriminologe das Wort »Staatsdiener« vor allem wegen seines zweiten Wortteils und seiner weitreichenden Implikationen gewählt hatte. Hanslick gehörte zu der Sorte von Mann, die man an ihren offiziellen Status erinnern musste.

Herr Otto brachte ohne weiteres Aufhebens zwei Tassen Kaffee.

»Mein Kollege Werthen und ich hatten die Gelegenheit, Ihre Artikel zu studieren«, fuhr Gross fort, »vor allem Ihre kenntnisreiche und ausgezeichnete Arbeit ›Das Schöne in der Musik‹. Wir sind beide der Ansicht, dass Sie der richtige Mann für diese Aufgabe sind.«

Hanslick strahlte angesichts dieses Lobes, kniff im nächsten Moment jedoch die Augen zweifelnd zusammen.

»Und um welche Aufgabe handelt es sich wohl, meine Herren?«

»Prinz Montenuovo hat den Plan gefasst, die jungen Menschen unseres Kaiserreiches über unsere kulturellen Errungenschaften zu unterrichten. Zu diesem Zweck möchte er verschiedene Schulbücher über alle Kunstrichtungen erstellen lassen, von der Musik über die Malerei zu Skulptur und Entwurf. Jeder Band soll von einer absoluten Autorität auf diesem Gebiet verfasst werden. Soweit es um Musik geht, steht selbstverständlich Ihr Name, Herr Hanslick, ganz oben auf der Liste.«

»Ein Schulbuch?«

Gross schüttelte den Kopf. »Vielleicht ein falsch gewählter Ausdruck. Ein Buch, das den ganzen musikalischen Reichtum unseres großen Reiches umfasst und die jungen Menschen an die Wunderwerke unserer Komponisten heranführt. Wer wäre dafür wohl besser geeignet als Sie?«

Gross lächelte dem Kritiker salbungsvoll zu. Es war wirklich ein gelungener Auftritt, musste Werthen zugeben. Fast glaubte er selbst, dass es ein solches Projekt gab. Dieses Mal jedoch, anders als bei ihrer vorgeblichen Mission bei Frau Strauß, hatten Werthen und Gross die kleine List vorab mit dem Prinzen besprochen. Falls Hanslick mit einer Anfrage beim Oberhofmeister überprüfen würde, ob diese Bücher wirklich geplant wären, würde man es ihm bestätigen. Dann jedoch, nach einer gewissen Zeit, würde dasselbe Amt mit Bedauern verkünden, dass das Projekt verschoben sei.

»Ich fühle mich sehr geehrt«, begann Hanslick.

»Ausgezeichnet, ausgezeichnet«, unterbrach Gross ihn schwärmerisch. »Und wir sind nun hier, um sicherzustellen, dass die Leistungen unserer Komponisten in ihrer ganzen Bandbreite Eingang in diese Bücher finden, denn natürlich ist uns Ihre Position im sogenannten ›Krieg der Romantiker‹ nicht unbekannt.«

Hanslick hob bei dieser Bemerkung seine Hand und bewegte seine kurzen, stumpfen Finger dabei, als spiele er Klavier.

»Ach bitte, verschonen Sie mich mit diesen alten Geschichten.«

»Alte Geschichten, mein Herr?«, hakte Gross nach.

Hanslick trank einen Schluck Kaffee. »Das sind doch längst überholte musikalische Streitereien. Es wird höchste Zeit, dass man sie endlich zu Grabe trägt.«

»Wir waren der Ansicht, dass Sie Ihrer Meinung über einige unserer Komponisten sehr deutlich Ausdruck verliehen haben.« Werthen wählte seine Worte absichtlich sehr wohlgesetzt.

»Ich habe eine sehr klare Meinung, ganz gewiss. Sie befürchten vermutlich, ich würde Komponisten wie Bruckner oder Strauß, die das Gefühl in der Musik meiner Meinung nach zu stark in den Mittelpunkt stellen, einen geringeren Platz einräumen?«

»Allerdings«, gab Werthen zu, »dieser Gedanke war uns in der Tat gekommen. Ich glaube, Sie sprachen in Ihrer Kritik anlässlich der Premiere von Bruckners achter Sinfonie von ›traumvernebeltem Katzenjammer‹.«

»Ich fürchte, meine Kritiker verstehen mich nicht immer richtig. Oder vielleicht verstehen sie mich doch und geben lediglich falsch wieder, was ich wirklich sage. Einige behaupten, ich hätte eine klare Linie gezogen: ob eine Komposition als intellektueller oder emotionaler, in Tönen verkörperter Inhalt verstanden werden kann oder lediglich als inhaltslose, tonale Struktur. Meine Kritiker – man könnte sie auch meine Feinde nennen – sagen, ich schreibe dies zum Schaden der letzteren. Ich habe jedoch meiner Ansicht nach in meiner Abhandlung ›Das Schöne in der Musik‹ eine klare Erörterung dieser beiden Extreme gegeben. Es ist wahr, ich empfand und empfinde Bruckners Werke noch immer als nervtötend. Die Achte war zwar, im Gegensatz zu anderen Sinfonien Bruckners, durchaus interessant in ihren Details, aber als Ganzes doch fremd und fast abstoßend. Die Natur dieses Werkes besteht eigentlich in nichts anderem als der Anwendung von Wagners dramatischem Stil auf die sinfonische Form.«

»Und das Werk Wagners ist …« Gross suchte nach dem richtigen Ausdruck.

»Übertrieben dramatisch?«, schlug Hanslick vor. »Missverstehen Sie mich nicht. In meiner Jugend war ich ein aufrichtiger Anhänger Wagners, und ich schätze seine Musik noch immer. Es ist allein die dahinterstehende Theorie, die ich ablehne. Ich habe einmal sogar geschrieben, dass mich das Vorspiel zu *Tristan und Isolde* an ein altes italienisches Gemälde eines Märtyrers erinnert, dessen Gedärme langsam aus seinem Körper quellen. Aber das gilt nicht für das ganze Werk Wagners und ist auch nicht meine Gesamteinschätzung. Für Wagner war die Musik ein Instrument, um Dramen zu zeigen und Gefühle hervorzurufen. Aber Musik sollte nicht auf der Gefühlsebene verstanden werden. Es ist nicht grundlegend für Musik, Gefühle auszudrücken. Nein, meine Herren, der wahre Wert der Musik liegt in der formalen Ästhetik der Musik selbst, nicht im Ausdruck von außermusikalischen Gefühlen.«

Werthen beobachtete Hanslick sehr genau, während dieser mit Gross in einer Weise sprach, die Werthen nur als verhalten enthusiastisch oder gedämpft emotional beschreiben konnte. So mussten wohl auch seine Vorlesungen an der Universität klingen. Mahler hatte ihm erzählt – Mahler hatte als Student Hanslicks Vorlesungen besucht –, dass er gewöhnlich am Rednerpult stand und seinen Vortrag vom Blatt praktisch in seinen Bart hineinmurmelte. Er war wohl kaum verständlich gewesen und sprach mit einer monotonen, hohen, »einschläfernden, aber nicht unangenehmen« Stimme, wie Mahler es ausdrückte. Verdeutlichte er etwas am Klavier, bewegten sich seine kleinen Hände und Finger geschwind und achtsam über die Tasten, wobei sein Körper mit der Musik mitschwang und er den Takt mit dem Fuß klopfte. Er spielte dabei immer frei aus dem Gedächtnis. Mahler empfand diese Lesungen als sehr komisch anzuschauen, aber keinesfalls als unmusikalisch.

Werthen fiel ein, dass Hanslick zuallererst ein ausgebildeter Jurist war. Er war daher sicherlich in der Lage, Argumente überzeugend zu präsentieren.

»Falls Sie meine Totenrede für Strauß gelesen haben, dürften Sie mich kaum für einen Feind seiner Musik halten«, sagte Hanslick. »In meinem Nachruf in der *Neuen Freien Presse* betrauerte ich seinen Tod als den Verlust einer unserer größten eigenständigen Musikerbegabungen.«

Sowohl Werthen als auch Gross konnte ihre Verwunderung hier kaum verbergen.

»Oh, ich weiß«, sagte Hanslick, als er ihr Erstaunen bemerkte. »Jeder zitiert gern meine Worte, dass seine Melodien die Menschen für die ernste Musik verdürben. Was die meisten jedoch nicht berücksichtigen, ist die Tatsache, dass ich diesen Vorwurf seinerzeit seinem Vater machte und damals noch sehr jung und ein sehr streitbarer Kritiker war, der sich einen Namen machen wollte. Dennoch habe ich auch den Tod von Johann Strauß dem Älteren betrauert und geschrieben, dass Wien einen seiner begabtesten Komponisten verloren hat. Den Sohn, Johann den Jüngeren, habe ich immer bewundert. Sein Rhythmus pulsiert mit lebhafter Vielfältigkeit, die Quellen, aus denen er seine Melodien schöpfte, waren ebenso fein wie unerschöpflich. Er war ein sehr vornehmer Mann und eines der letzten großen Symbole einer erfreulichen Zeit, die jetzt zu einem abrupten Ende kommt. Wir stehen, wie Ihnen natürlich ebenfalls bewusst ist, an der Schwelle zum zwanzigsten Jahrhundert. Uns bleiben nur noch Monate in diesem eleganten Jahrhundert, dessen Kinder wie alle sind. Und wer weiß schon, welches Grauen uns nach der Mitternacht des 31. Dezember 1899 erwartet.«

»Ja, das ist wohl wahr«, pflichtete Gross ihm bei.

»Wohlgemerkt, ich versuche nicht, mich ›zu verkaufen‹, wie die Amerikaner sagen«, fuhr Hanslick fort. »Es wäre mir wirklich eine Ehre, meine Gedanken zu dem Projekt des Prinzen beizusteuern. Ich erzähle Ihnen all dies nicht, um mich bei Ihnen anzubiedern, sondern nur weil es mir außerordentlich missfällt, falsch verstanden und falsch zitiert zu werden.«

Er trank seinen Kaffee aus und strich glättend mit dem Zeigefinger über die Enden seines Schnurrbartes.

»Und nun, meine Herren, muss ich Sie leider verlassen. Ich habe noch eine Vorlesung für den Nachmittag vorzubereiten.«

Als er ging, sah Hanslick Werthen scharf in die Augen.

»Es war mir ein Vergnügen, erneut Ihre Bekanntschaft zu machen, mein Herr, und diesmal unter so viel erfreulicheren Umständen.«

Er verschwand, bevor der perplexe Werthen etwas erwidern konnte.

»Wissen Sie, Gross«, sagte Werthen, nachdem Hanslick das Café verlassen hatte, »ich kann mir nicht vorstellen, dass dieser Mensch unserer Lehrbuchgeschichte auch nur ansatzweise Glauben schenkte.«

»Ich stimme Ihnen zu, Werthen. Eine sehr scharfsinnige Charaktereinschätzung, würde ich sagen.«

»Aber warum haben wir die Farce denn fortgeführt?«

»Das war wohl kaum eine Farce, mein lieber Werthen. Unsere Geschichte war vielleicht ausgedacht, aber unsere Legitimation durch den Prinzen Montenuovo ist es nicht. Wir können davon ausgehen, dass er unsere Glaubwürdigkeit überprüft hat, bevor er dieser Unterhaltung zustimmte. Nein, Herr Hanslick ist kein Dummkopf. Er war sich sicher über unsere wirklichen Beweggründe, nämlich die Klärung seiner Beziehungen zu Bruckner und Strauß, im Klaren, und er hat uns klugerweise sofort die erwünschten Antworten gegeben.«

»Aber können wir ihm glauben?«

»Es ist Ihre Ermittlung, Werthen.«

»Verdammt, Gross, müssen Sie sich denn immer so zänkisch aufführen?«

Der Kriminologe hob die Brauen.

»Also gut«, lenkte Werthen ein. »Ich denke, wir können ihm trauen. Er mag voreingenommen sein, aber ich habe auch eine gewisse Ernsthaftigkeit in seinen Gefühlen wahrgenommen, vor allem, was Strauß anging.«

Gross nickte. »Außerdem können wir seinen Nachruf in der *Neuen Freien Presse* überprüfen. Aber ich habe ebenfalls nicht den Eindruck, dass er gelogen hat.«

»Ich denke, wir sollten ihn vorläufig von unserer Liste der Verdächtigen streichen.«

Herr Otto servierte ihnen zwei Gläser Wasser und nickte dabei ernsthaft.

»Herr Hanslick ist so etwas wie eine Legende«, erklärte der Oberkellner.

»Zählt er zu Ihren Stammgästen?«, erkundigte sich Werthen.

Herr Otto nickte. »Er sitzt normalerweise an genau diesem Tisch. Häufig in Gesellschaft seines Kollegen, Herrn Kalbeck.«

Er spricht von Hans Kalbeck, dachte Werthen, dem Musikkritiker des *Neuen Wiener Tagblatts* und Freund von Brahms. Von ihm hatte Kraus erfahren, wie wenig Brahms das Musiktraktat von Hanslick gefallen hatte.

»Sie sind Kollegen, sagen Sie?«

Herr Otto nickte erneut. »Sie treffen sich hier mindestens zwei- bis dreimal in der Woche. Dabei tauschen sie sich über die Artikel aus, die sie geschrieben haben. Herr Kalbeck ist übrigens hier gewesen, Minuten bevor Sie eintrafen. Heute jedoch haben sie nicht über ihre Artikel gesprochen. Die beiden haben die Köpfe zusammengesteckt und wie Verschwörer miteinander geflüstert. Als ich den Kaffee brachte, haben sie ihr Gespräch unterbrochen und erst weitergeredet, als ich außer Hörweite war.«

Das könnte durchaus etwas mit unserem Treffen zu tun gehabt haben, dachte Werthen.

»Sagen Sie mir, Herr Advokat. Arbeiten Sie zurzeit an einem neuen Fall? Und sind Sie deshalb hier? Ist es vielleicht eine Angelegenheit, in der Herr Hanslick eine Rolle spielt?«

Werthen war sehr erstaunt über das Vergnügen, das Herr Otto offensichtlich bei seinen Fragen empfand.

»Genau wie dieser englische Gentleman, nicht wahr?«, sagte Otto. »Er raucht Pfeife, spielt Violine und fasst dann den Schuldigen.«

Gross räusperte sich bei dieser Bemerkung verärgert, denn er beharrte noch immer darauf, dass Arthur Conan Doyle die

Figur des Sherlock Holmes aus einer von Gross' eigenen früheren Schriften gestohlen hatte.

»Ich bin ganz und gar nicht wie dieser englische Gentleman, das versichere ich Ihnen«, erwiderte Werthen hastig.

Herr Otto wartete noch einen Moment, als hoffte er, dass Werthen ihm auch seine anderen Fragen beantworten würde. Aber der lächelte nur.

»Wie sagt man noch?«, sagte der Ober, bevor er zu einem anderen Tisch ging. »Die beiden halten zusammen wie Pech und Schwefel. Jedenfalls haben die Herren Hanslick und Kalbeck heute genau diesen Eindruck gemacht.«

So viel zu seinen Plänen, den Nachmittag über in seinem Büro zu arbeiten. Stattdessen musste er nun unbedingt der von Herrn Otto enthüllten Spur folgen und mit Max Kalbeck sprechen.

Kalbeck war nicht in seinem Büro des *Neuen Wiener Tagblattes*, und der Redakteur wusste auch nicht, wann er zurück sein würde.

»Max bestimmt seine Arbeitszeit selbst«, erklärte der Mann rundheraus. Offensichtlich hatte Kalbeck eine sehr enge Beziehung zum Herausgeber der Zeitung – seine Mutter war die beste Schulfreundin der Mutter des Herausgebers gewesen – und konnte deshalb über sein Kommen und Gehen selbst bestimmen.

Der Redakteur, ein gewisser Herr Pfingsten, hatte einen kugelrunden Kopf, in den die dunklen Augen wie die Knopfaugen einer Vogelscheuche einfach hineingesteckt zu sein schienen. Sie wirkten fast schwarz. Ein Bartflaum bedeckte seine Oberlippe, und sein pomadiertes Haar trug er nach vorn gekämmt, was ihm Ähnlichkeit mit einem altrömischen Senator verlieh.

»Er hat ausgezeichnete Kontakte«, fügte Pfingsten ironisch hinzu. »Zu meiner Zeit ging man in eine Aufführung, hörte sehr genau zu, machte sich Notizen und schrieb dann einen Artikel für die Ausgabe des folgenden Tages. Heute geht es immer nur um Kontakte, um ›Insider‹-Informationen. Damit ist der Klatsch an der Hofoper gemeint. Ich frage Sie, berichten wir hier eigentlich noch über Musik oder über Militärspionage?«

Werthen konnte dem graugesichtigen Herrn Pfingsten diese Frage nicht beantworten und verließ die Redaktion. Also würde er den Nachmittag wohl doch in seinem eigenen Büro verbringen.

Herr Tor war unterwegs nach Altaussee, Berthe besuchte vermutlich Viktor Adler, und so erwartete Werthen, ungestört seine Büroarbeit erledigen zu können. Als er den Eingang der Kanzlei in der Habsburgergasse erreichte, sah Werthen, dass die Haustür offen stand. Mehrfach schon hatte er sich bei der Pförtnerin, Frau Ignatz, einer älteren Frau mit einer Vorliebe für Katzen, deswegen beschwert. Einer der Mieter aus einem der oberen Stockwerke versäumte ständig, die Tür zur Straße ganz zu schließen. Das war wirklich ein Ärgernis, denn so konnte jedermann einfach ins Haus spazieren.

Frau Ignatz war nicht in ihrer Pförtnerloge, daher verschob Werthen seine Beschwerde auf später. Er ging hinauf in sein Büro im zweiten Stock und dachte für einen Moment, er habe einen Schatten hinter der Milchglasscheibe der Tür gesehen. Aber das war ja unmöglich.

Andererseits hatte sich Berthe vielleicht entschieden, doch im Büro auszuhelfen. Bei dem Gedanken, dass sie vielleicht ihre eigenen Ermittlungen aufgegeben hatte, um ihm im Büro zu helfen, empfand er ein Gefühl von Stolz. Und das trotz ihres Zustands.

Die Tür war verschlossen, aber das musste nicht heißen, dass sie nicht da war. Es war schließlich Mittagszeit, und die Kanzlei war offiziell von zwölf bis zwei geschlossen.

Er steckte seinen Schlüssel ins Schloss, drehte den Schlüssel und öffnete die Tür.

»Berthe«, rief er, da der Empfangstisch nicht besetzt war. »Bist du da?«

Niemand antwortete, was Werthen enttäuschte. Also blieb ihm nur, sich allein an die Arbeit zu machen.

Doch als er sein Büro betrat, erschrak er. Sämtliche Schreibtischschubladen waren herausgezogen, und Dokumente und Papiere lagen überall am Boden verstreut. Er spürte eine Bewegung hinter sich, aber noch bevor er reagieren konnte, zuckte ein scharfer Schmerz durch seinen Hinterkopf. Seine Knie gaben nach, und er fiel ohnmächtig zu Boden.

»Mein Gott, Werthen, sie könnten tot sein!« Gross betupfte die Wunde am Hinterkopf mit einem feuchten Tuch. »Das muss womöglich genäht werden.«

In Werthens Kopf schien jemand eine Trommel zu schlagen. Er stemmte sich auf seinen Ellbogen und konnte der Versuchung nicht widerstehen, mit der anderen Hand nach der Wunde zu tasten. Es fühlte sich feucht und warm an. Als er die Hand vor die Augen hob, sah er Blut, aber nicht sehr viel.

»Jemand hat hier eingebrochen«, meinte er.

»Ganz offensichtlich«, stimmte Gross ihm zu.

»Wie lange war ich bewusstlos?«

»Ich bin Kriminologe, kein Mediziner, Werthen. Wann sind Sie denn hier angekommen?«

»Kurz nach eins.«

Gross blinzelte nach der Uhr an der Wand hinter ihnen.

»Dann ist das vor etwa einer halben Stunde passiert. Da die Aufwartefrauen von Brahms und Bruckner für einen Monat aufs Land gefahren sind, hatte ich beschlossen, mich hier mit Ihnen zu treffen.«

Gross betrachtete prüfend das Durcheinander im Büro.

»Haben Sie den Angreifer gesehen?«

»Nein, dazu blieb keine Zeit.«

»Wonach könnte er gesucht haben?«

»Denken Sie, es könnte unser Mann gewesen sein?« Werthen hatte sich nun aufgesetzt, und obwohl ihm schwindlig war, war seine Verletzung nicht wirklich schlimm. Offenbar hatte er nicht einmal eine Gehirnerschütterung, also brauchte er nicht ins Krankenhaus. Denn das war wirklich der letzte Ort, an dem er heute sein wollte.

»Ich sehe keine andere mögliche Erklärung. Es sei denn, Sie wären gerade mit einer heiklen Sache, einem strittigen Testament zum Beispiel, beschäftigt.«

Werthen schüttelte den Kopf und bereute es sofort. Denn statt einer Trommel spielte jetzt eine Kesselpauke in seinem Schädel. Er schloss die Augen und strich sich über die Nase.

»Nein«, brachte er schließlich heraus. »Es gibt im Augenblick nichts dergleichen.«

»Dann liegt es doch wohl auf der Hand, möchte ich sagen. Aber was zum Teufel könnte er gesucht haben? Bewahren Sie hier auch private Unterlagen auf?«

»Nein«, sagte Werthen wieder. Plötzlich hämmerte sein Herz

vor Furcht. »Meine Notizen über unsere Untersuchung sind zu Hause. Mein Gott, Gross! Vielleicht ist er jetzt dorthin gegangen? Berthe …«

»Schnell, schnell!« Gross packte Werthens linken Arm und half ihm. »Wir haben keine Minute zu verlieren.«

Nach den ersten Schritten ließ das Schwindelgefühl etwas nach. Der erste Treppenabsatz war noch qualvoll, aber dann konnte Werthen mit dem Schmerz umgehen. Als sie an der Pförtnerloge vorbeikamen, erkannte Frau Ignatz seinen Zustand und trat hastig an die Tür.

»Herr Advokat, was ist los? Ist das Blut?«

»Machen Sie sich keine Sorgen, meine Teure«, erwiderte Gross schroff.

Aber ihre Sorge galt gar nicht Werthen.

»Ich wusste ja, dass es Ärger geben würde. Ihr neues Türschild … Das zieht doch das ganze Wiener Gesindel nur so an. Und jetzt auch noch das. In meinem Haus!«

Sie drehte sich um und schlug die Tür ihrer Kammer hinter sich zu, bevor Gross oder Werthen auch nur antworten konnten.

Sie hatten Glück, denn auf der Straße fuhr gerade ein freier Fiaker vorbei. Auf der Fahrt in die Josefstadt zu seiner Wohnung versuchte Werthen sich selbst mit dem Gedanken zu beruhigen, dass Berthe geplant hatte, nach einem kurzen Abstecher ins Büro Viktor Adler zu besuchen. Sie würde nicht zu Hause sein, sie wäre also in Sicherheit. Er musste fest daran glauben, ganz fest.

Aber was war mit Frau Blatschky? Hatte er auch sie in Gefahr gebracht?

Der Fiaker wurde aufgehalten, da eine der neuen elektrifizierten Stadtbahnen ins Stocken geraten war und nun die ganze Kreuzung an der Langegasse blockierte. Der Verkehr staute sich in allen Richtungen.

Gross schlug mit seiner Faust gegen das Dach des Fiakers. »Suchen Sie einen anderen Weg, Mann. Wir haben hier einen Notfall!«

Der Fahrer murmelte etwas von Schwangerschaft. Das war wohl einer dieser typischen Wiener Scherze, aber Werthen war im Moment keineswegs nach Scherzen zumute.

»Fünfzig Kreuzer, wenn Sie uns aus diesem Chaos herausbringen!«, rief Werthen dem Fahrer durch die Scheibe zu.

Diesmal gab es keine geistreiche Bemerkung; der Fahrer riss die Pferde nach links. Es krachte und polterte, als der Fiaker ein Stück über den Gehweg rumpelte. Dann holperte er auf die gepflasterte Straße und bog in eine Nebengasse ein, um die blockierte Kreuzung zu umgehen. Der Mann trieb die Pferde an, als wäre er ein Jockey auf dem Freudenauer Rennplatz im Prater. In null Komma nichts hatten sie den Stau umfahren und fuhren kurz danach vor Werthens Wohnhaus in der Josefstädterstraße vor.

Werthen sprang hastig aus dem Fiaker und überließ diesmal Gross die Bezahlung der Fahrt wie auch des hohen Trinkgeldes.

Er ignorierte den Fahrstuhl und sprang stattdessen die Treppe hinauf. Er nahm zwei Stufen auf einmal, ohne auf den Schmerz in seinem Hinterkopf und sein verletztes rechtes Knie zu achten. Er flog geradezu die Treppen hinauf, gefolgt von dem keuchenden Gross.

Oben angekommen, drückte er die Klinke hinunter, aber es war – wie es auch sein sollte – abgeschlossen. Eilig öffnete er die Tür mit seinem Schlüssel, riss sie auf und schrie: »Frau Blatschky!«

Es blieb still, und einen Moment überkam Werthen Panik; er befürchtete schon das Schlimmste. Dann sah er sich in der Diele um. Die Wohnung machte einen unberührten Eindruck.

Gross kam nun schwer atmend herein, und gemeinsam gingen sie Richtung Wohnzimmer.

Eine plötzliche Bewegung hinter ihnen ließ sie beide zusammenfahren.

»Sie müssen wirklich leiser sein, Herr Advokat.«

Frau Blatschky stand im Flur.

»Da sind Sie ja«, sagte Werthen.

»Ja, natürlich bin ich hier. Und Ihre liebe Frau, die zukünftige Mutter, ebenfalls.« Sie strahlte geradezu bei diesen Worten. »Sie hätten es mir sagen müssen. Die arme Frau kann das reichhaltige Essen jetzt doch gar nicht mehr vertragen. So geht's nicht weiter. Ich habe sie ins Bett gebracht, denn da hätte sie schon längst sein müssen. Ja, und ich habe ihr eine kräftigende Hühnerbrühe serviert. Wir werden alle in Zukunft etwas einfacher essen, jetzt, wo ich von ihrem Zustand weiß.«

»Geht es ihr gut?«

»Aber sicher. Aber sie geht doch mit einem Kind.« Wieder strahlte sie über das ganze Gesicht. »Daran müssen wir nun alle denken.«

»Ist das so zu verstehen, dass es hier keinen Zwiebelrostbraten mehr geben wird?«, erkundigte sich Gross bestürzt.

»Und auch keinen Bauernschmaus, keinen Palatschinken oder sonst eine üppige Speise, die den Magen der Dame belasten könnte«, erklärte Frau Blatschky entschieden.

Gross wirkte ziemlich bekümmert.

»Und der Kaffee am Morgen?«

»Ein Kräutertee muss genügen«, antwortete sie streng. »Aber wo sind Sie den hineingeraten, Herr Advokat? Da ist ja Blut an Ihrem Kragen!«

12. KAPITEL

Achtundvierzig Stunden später fühlte sich Werthen wieder wie ein Mensch. Den restlichen Mittwoch und den gesamten Donnerstag verbrachte er mit Berthe im Bett. Frau Blatschky umsorgte sie beide und sah sie jetzt noch nicht einmal mehr schräg von der Seite an, weil sie sich ein gemeinsames Bett teilten. Es ging soweit, dass er schließlich keine Hühnersuppe mehr sehen konnte.

Ein positiver Effekt von Berthes morgendlicher Übelkeit jedoch war eine gewissen Annäherung der beiden Frauen des Hauses. Frau Blatschky sah jetzt in Berthe offenkundig keinen ungebetenen Gast mehr, eine moderne Frau ohne jeden Sinn für Häuslichkeit, oder anders formuliert: eine Bedrohung ihrer eigenen Position im Haushalt.

Jetzt schien es fast, als hätte Frau Blatschky, die Witwe eines Marineoffiziers, der eine Woche nach ihrer Hochzeit gefallen war, in Berthe die Tochter gefunden, die sie selbst nie hatte haben können. Und Werthen hütete sich, auch nur ein einziges Wort zu sagen, das diese wunderbare neue Harmonie stören könnte.

Es war Frau Blatschkys klugem Rat zuzuschreiben, dass Werthen schließlich Berthe von dem Überfall auf ihn erzählt hatte. Zuerst war er abgeneigt gewesen, weil er seine Frau nicht damit belasten oder sie aufregen wollte, vor allem in dieser Phase ihrer Schwangerschaft. Frau Blatschky hatte ihm jedoch klargemacht, dass er seine Frau nicht belügen dürfte. Außerdem hatte Werthen erst kürzlich den Fehler begangen, seiner Eltern wegen nicht ehrlich zu ihr zu sein; dieser Vorfall war ihm nur zu gut in Erinnerung geblieben. Er hatte ein völlig unnötiges Zerwürfnis zwischen ihnen ausgelöst.

Tatsächlich nahm Berthe die Nachricht von dem Überfall auf das Büro recht gefasst auf. Sein Hinterkopf sei ohnehin etwas zu groß gewesen, bemerkte sie lakonisch.

Gross und er hatten in den vergangenen zwei Tagen genügend Zeit gehabt, um über den Anschlag nachzudenken. Wer kam als Täter in Frage, und welches waren seine Motive? Sie kamen zu keiner plausiblen Erklärung. War es vielleicht nur eine Botschaft gewesen? Eine Warnung? Aus den Akten in Werthens Büro oder auch aus den Unterlagen zu Hause konnte man kaum etwas über den Stand der Ermittlungen in Erfahrung bringen.

Sollte es eine Warnung gewesen sein, war sie völlig wirkungslos. Werthen war jetzt entschlossener denn je, diesem Fall auf den Grund zu gehen.

Am Donnerstagnachmittag, nachdem Gross einige Erkundigungen eingezogen hatte, war Berthe aufgestanden, um einen kleinen Nachmittagsspaziergang zu unternehmen. Deshalb hatte Werthen Gelegenheit, sich ausführlich mit dem Kriminologen im Schlafzimmer zu beraten, denn er musste immer noch Bettruhe halten.

Trotz Gross' Nachfragen hatte sich Frau Ignatz nicht an einen Fremden an diesem Mittwoch im Haus erinnern können. Zudem war sie ja unterwegs gewesen, als Werthen das Gebäude betreten hatte.

»Sie ist eine wirklich höchst impertinente Frau«, fügte Gross hinzu, ersparte sich aber weitere Erklärungen.

Gross' Interesse jedoch erregte die Tatsache, dass die Haustür des Gebäudes zur Habsburgergasse an jenem Tag geöffnet, die Tür zu Werthens Büro dagegen verschlossen gewesen war.

»Dies könnte auf einen Täter aus dem Haus hinweisen«, sagte Gross.

Werthen tat diese Vermutung ab. »Der Einzige, der in der Kanzlei hätte sein können, war Tor. Und der war bekanntlich in Altaussee.«

Gross nickte, schürzte dann aber die Lippen und begann, von Federn, Stiftschlüsseln, Eckhebeln und allem möglichen Zubehör des *Gewerbes für den freien Einbruch* zu erzählen.

»Jeder Vertreter dieses Gewerbes ist in der Lage, ein Schloss wie das Ihre blitzschnell zu öffnen. Er braucht dazu nicht einmal eine Minute«, erklärte Gross, dem man seine Missbilligung über den primitiven Zustand des betreffenden Schlosses anmerkte. »Allerdings frage ich mich, warum er die Tür hinter sich wieder abgeschlossen hat.«

»Offensichtlich hat die Person Wert darauf gelegt, dass alles ganz normal aussieht«, entgegnete Werthen. »Ein Klient hätte in Unkenntnis der Sprechzeiten in der Mittagspause kommen können. Er wäre hereingeplatzt und Zeuge eines gerade stattfindenden Einbruchs geworden. Außerdem war es tatsächlich so, dass der Mann durch die verschlossene Tür Zeit gewonnen hat. Als er hörte, wie ich den Schlüssel ins Schloss steckte, war er noch in der Lage, sich zu verstecken und mich zu überrumpeln, als ich schließlich mein Büro erreichte.«

»Das stimmt«, sagte Gross. »Daran habe ich auch schon gedacht.« Allerdings klang er nicht sonderlich überzeugend.

Schließlich entschieden sie, die Polizei nicht über den Einbruch zu informieren. Sie fürchteten, dies könnte ihre Ermittlungen weiter erschweren.

Am Freitag hatte sich Werthen so weit erholt, dass er am Vormittag wieder in die Kanzlei gehen konnte. Dort hatte Tor bereits für Ordnung gesorgt. Da Werthen ihm keine umfassende Loyalität schuldete, erzählte er ihm auch nicht die ganze Geschichte. Er erwähnte nur einen Eindringling, der die Akten durchwühlt habe. Seine Abwesenheit führte er auf eine kleine Lebensmittelvergiftung wegen verdorbenen Fischs zurück, weshalb er einige Tage nicht ins Büro hatte kommen können.

Tor schien tatsächlich beunruhigt, weil jemand in die Kanzlei eingebrochen war, aber es gelang Werthen rasch, ihn zu beschwichtigen.

»Wir haben ja Frau Ignatz als Wachtposten. Sie wird ab sofort besonders auf verdächtige Charaktere achten.«

Tor jedoch nahm diese hingeworfene Bemerkung allerdings sehr ernst. »Sie ist eine aufmerksame Frau.«

Werthen konnte nur zustimmen.

»Und wie ist Ihre kleine Expedition nach Altaussee verlaufen, Herr Tor?«

»Vollkommen ereignislos, Herr Werthen. Wenigstens hat zur Abwechslung die Sonne geschienen. Herrn Mahlers weitere Anfragen waren leicht zu beantworten.«

Es schien damit alles gesagt zu sein, aber Tor hatte offensichtlich noch etwas auf dem Herzen.

»Aber?« Werthen wollte es ihm leicht machen.

»Es steht mir eigentlich nicht zu, so etwas zu äußern, aber er verhält sich meiner Meinung nach ungerechtfertigt streng seiner Schwester gegenüber.«

»Ich dachte, das sei schon geklärt. Emma wird im Testament nicht mehr berücksichtigt.«

»Es geht nicht um Emma, Herr Advokat, sondern um Justine. Sollte sie Herrn Rosé heiraten, beabsichtigt Mahler, auch sie zu enterben. Das war die Änderung, die er in seinem Testament vornehmen wollte.«

Werthen hatte fast damit gerechnet. Im Falle einer Hochzeit mit einem der Mahler-Mädchen würde es Arnold Rosé nicht besser ergehen als seinem Bruder Eduard. Was für eine Bosheit und Erbitterung mochten bei einer derart kleinkarierten Entscheidung Mahlers eine Rolle spielen? Aber er hatte nicht darüber zu urteilen. Tor und er selbst waren nur die Erfüllungsgehilfen und hatten in dieser Angelegenheit nichts zu entscheiden.

Er wollte das gerade ausführen, als die äußere Bürotür aufflog. Alma Schindler rauschte sichtlich aufgelöst in die Kanzlei.

»Mein Gott, Herr Advokat! Es ist schon wieder geschehen.«

»Beruhigen Sie sich, Fräulein Schindler!«, sagte Werthen, nahm ihre Hand und führte sie in sein eigenes Büro, wo sie ungestört waren.

Dann half er ihr in den Stuhl vor seinem Tisch.

»Worum geht es? Gab es eine weitere Attacke auf Mahler? Das ist unmöglich! Die Polizei …«

»Nein, nicht Mahler!« Sie kreischte fast. »Dieses Mal ist es Zemlinsky. Jeder Mann, dem ich näher komme, scheint in Gefahr zu geraten.«

Sie war in einem schrecklichen Zustand, und Werthen fürchtete, dass sie gleich in Ohnmacht fallen würde.

»Tief einatmen, Fräulein Schindler«, riet er ihr, als ihm Berthes Hausrezept einfiel. »Tief einatmen. Ich zähle bis zehn.«

Schließlich hatte sie sich so weit beruhigt, dass sie berichten konnte, was geschehen war.

Ihre Geschichte jagte ihm einen kalten Schauer über den Rücken. Wieder war ein Komponist das Opfer, und sie hatten eine weitere mögliche Zielscheibe.

Alexander Zemlinsky lebte mit seiner jüngst verwitweten Mutter und seiner Schwester Mathilde in der Weissgerberstraße im Dritten Bezirk. Von dort ging der Blick über den Kanal in die Leopoldstadt, das jüdische Viertel. Von dort waren sie erst kürzlich hierher umgesiedelt. Die Familie entstammte dieser eigenartigen Melange von Rassen und Glaubensbekenntnissen, wie es für einen großen Teil der Bevölkerung Wiens typisch war. Der Vater Adolf war im Sommer verstorben. Er war Sohn katholischer Eltern, hatte sich aber in Clara verliebt, die Tochter eines sephardischen Juden und einer Muslimin. Die ganze Familie konvertierte zum Judentum; dies war die Religion, mit der Zemlinsky aufwuchs.

Wie Kraus Werthen anvertraut hatte, war Zemlinsky ein vielversprechender Komponist. Drei Jahre älter als Kraus, studierte er am Wiener Konservatorium, gewann eine Vielzahl Preise und Auszeichnungen für seine Kompositionen und war erst in diesem Sommer zum musikalischen Direktor am Carltheater ernannt worden. Das war ein atemberaubender Erfolg für einen Mann, der gerade erst achtundzwanzig Jahre alt geworden war. Seine Oper *Es war einmal* sollte, so war zu hören, im nächsten Winter von Mahler an der Hofoper aufgeführt werden. Wie zuvor Mahler hatte auch Zemlinsky sich im Namen der Assimilation von seinem Judentum losgesagt.

Werthen wurde in das Zimmer des Komponisten in der

Wohnung der Familie geführt. Es war ein Arbeitszimmer mit Schlafgelegenheit, dessen Wände vielfältig dekoriert waren. Lorbeerkränze verzierten eine ganze Wand, eine andere war mit Bildnissen von Komponisten bedeckt, die der junge Mann offensichtlich schätzte: Johannes Brahms nahm darunter einen hervorgehobenen Platz ein; er war ein früher Förderer von Zemlinskys Werk, wie Kraus berichtet hatte. Wagner war auf einem Kupferdruck zu sehen, ein Mistelzweig war am Rahmen befestigt, als sei das Bild ein Weihnachtsgeschenk gewesen. Auf seinem Schreibtisch stand eine Büste von Brahms sowie das Bild einer jungen und sehr attraktiven Frau.

Bei der es sich um Alma Schindler handelte.

Der Komponist selbst lag lang ausgestreckt – er maß allerdings nur einen Meter und sechzig – auf einer Liege, und seine Stirn zierte ein großes Pflaster. Kraus hatte sich ein ungeheures Vergnügen daraus gemacht, Werthen mit Gerüchten über die enormen sexuellen Abenteuer des kleinen Mannes zu schockieren. Denn trotz seiner Statur und seines wirklich hässlichen Gesichtes schien Zemlinsky schöne oder zumindest willige Frauen anzuziehen wie ein Frosch die Prinzessinnen. Von einem Kinn konnte man kaum sprechen, seine Nase war dagegen groß und plump, und seine Augen traten hervor, als wollten sie jeden Augenblick aus seinem Kopf herausplatzen.

Es kümmerten sich gerade mehrere Leute um ihn: seine Schwester Mathilde, dann eine junge Sopranistin, die Werthen als Melanie Guttmann vorgestellt wurde – und sich später als Zemlinskys Verlobte entpuppte – sowie ein recht korpulenter junger Mann mit zurückweichendem Haaransatz, einem sehr intensiven, starren Blick und einer Halskrause – Herr Arnold Schönberg, ein ehemaliger Schüler von Zemlinsky und Mitglied in Zemlinskys kleinem Orchester Polyhymnia. Aus der Art, wie Mathilde und Schönberg trotz Werthens Anwesenheit Blicke austauschten und sich ihre Hände wie unabsichtlich berührten, wenn sie ihm ein Glas Wasser reichte, zog Werthen den eindeutigen Schluss, dass sie ein Liebespaar waren.

Die Welt der Wiener Musik und ihrer Musiker war wahrhaftig recht klein.

Fräulein Schindler machte sie kurz miteinander bekannt. Dann wollte Zemlinsky etwas sagen, aber Schönberg fiel ihm ins Wort.

»Wir sagten Ihnen doch bereits, dass dies hier vollkommen unnötig war, Fräulein Schindler. Es handelte sich um ein dummes Missgeschick, nichts weiter. So etwas kommt im Theater nun mal vor.«

Seine Stimme klang erstaunlich hoch, aber er sprach sehr vehement.

»Armer Zem«, sagte Alma. »Es ist zu schrecklich. Es ist alles mein Fehler, warum musste ich auch unbedingt Ihre Studentin werden. Ich trage einen Fluch auf mir, der alle trifft, die mir zu nahe kommen.«

Diese Bemerkung schien Fräulein Guttmann sichtlich zu missfallen.

»Ich bin sicher, dass es eine logische Erklärung gibt«, sagte sie. »Lassen Sie uns nicht zu melodramatisch werden. Davon hat niemand etwas.«

»Ruhe, bitte, und zwar ihr alle!«, befahl Zemlinsky von seinem Krankenbett aus. »Wer ist dieser Kerl, den Sie hier angeschleppt haben, Alma?«

Werthen ergriff das Wort, bevor sie die Möglichkeit hatte, zu viel über die Ermittlungen im Fall Mahler zu erzählen.

»Ich bin Bevollmächtigter der Familie und widme mich in letzter Zeit auch privaten Nachforschungen«, sagte er. »Fräulein Schindler befürchtet, dass Ihnen keineswegs zufällig etwas zugestoßen ist. Also habe ich mich entschlossen, sie zu begleiten. Und ich versichere Ihnen, dass ich keinerlei Neigung zum Melodrama habe.«

»Sie reden wie ein Anwalt«, sagte Zemlinsky abfällig. »Trifft das zu?«

»Schuldig«, erwiderte Werthen humorvoll.

Der Anflug eines Lächelns zuckte über Zemlinskys dünne Lippen.

»Na wunderbar«, jammerte Schönberg. »Jetzt sind schon Juristen involviert. Aber Sie mussten sich ja unbedingt einmischen.«

Seine Worte waren an Alma Schindler gerichtet, sie aber ging über die Bemerkung hinweg und kniete stattdessen vor dem Bett nieder. Sie packte die Hand des Komponisten und küsste sie.

»Bitte vergeben Sie mir, Zem.«

Totenstille herrschte im Raum. Selbst dem lebhaften Schönberg hatte es die Sprache verschlagen.

Schließlich brach Zemlinsky den Bann allgemeiner Verlegenheit.

»Unsinn, Mädchen. Kommen Sie hoch, nun stehen Sie schon auf. Es gibt nichts zu entschuldigen. Eine ordentliche Zigarre wird mir wieder auf die Beine helfen.«

In Werthens Kopf hämmerte es noch von dem Angriff auf ihn, und er bezweifelte, dass die Bemerkung ernst gemeint war. Allerdings bewunderte er den Komponisten für seine draufgängerische Haltung.

Alma gehorchte und stand auf. Dann sah sie die anderen hochmütig an.

»Es gibt wirklich keinen Grund, dass Sie Ihre Zeit hier verschwenden, Herr Advokat«, fuhr der Komponist fort. »Wie Schönberg schon sagte, solche Unfälle passieren im Theater nun einmal. Ich lehne mich häufig auf dem Pult zurück, das ist im Großen und Ganzen alles. Das Geländer ist nicht ausgelegt, das Gewicht eines Mannes zu halten, sondern soll lediglich den Raum begrenzen. Das sagte zumindest der Inspizient.«

»Sie wollen also sagen, dass Sie vom Dirigentenpult gefallen sind?«

Zemlinsky schloss die Augen, er schien jetzt fast peinlich berührt.

»Ja«, entgegnete er mit geschwächter Stimme.

Alma Schindler warf Werthen einen bedeutungsvollen Blick zu, als wollte sie ihn an Mahlers Sturz von dessen Dirigentenpult erinnern.

»Es ist jetzt an der Zeit«, sagte Schönberg, »dass alle Besucher dies Zimmer verlassen. Alex braucht Ruhe. Ich bestehe darauf.«

Er spreizte die dicken Arme wie ein Hirte, der seine Schäfchen zusammentreibt.

Da Zemlinsky keine Einwände vorbrachte, wollte Werthen nicht länger stören. Alma jedoch dachte anders darüber.

»Wer hat Sie denn zum Majordomus ernannt, Herr Schönberg? Das steht ausschließlich Zem und seiner Schwester, Fräulein Zemlinsky zu …«

Alma Schindler war offensichtlich eine schlechte Beobachterin menschlicher Beziehungen, sowie sie außerhalb ihrer eigenen Bedürfnisse lagen. Sie hatte die Verbindung zwischen

Mathilde und Schönberg nicht zur Kenntnis genommen, und angesichts ihrer verletzenden Bemerkung sprang die Schwester ihrem Freund bei.

»Ich glaube wirklich, Fräulein Schindler, es ist jetzt besser, wenn Sie gehen. Es könnten sonst Wahrheiten ausgesprochen werden, die Sie nicht besonders gerne hören.«

Trotzig straffte Alma die Schultern. Bevor Werthen eingreifen konnte, hatte sie bereits ihre Frage ausgesprochen.

»Als da wären?«

»Zum Beispiel, wie jämmerlich Ihre Versuche zu komponieren sind. Sie sind langweilig und zweitklassig«, sagte Schönberg. »Und das ist keineswegs nur meine Meinung.«

Almas Blick zuckte zu Zemlinsky.

»Das also denken Sie darüber?« Es brach fast aus ihr heraus. »Das haben Sie zu denen da gesagt? Nach allem, was wir uns bedeutet haben? Und nach allem, was ich Ihretwegen von meiner Familie erdulden musste?«

Mein Gott, dachte Werthen. Wie konnte man nur so unverschämt sein! Hier lag ein verletzter Mann, und sie kümmerte sich nur um ihre eigenen gekränkten Gefühle! Waren sie tatsächlich ein Liebespaar gewesen? Die schöne Alma Schindler und dieser Gnom?

»Es ist jetzt wirklich Zeit, dass Sie gehen«, erklärte Fräulein Guttmann. Sie klang überraschend beherrscht.

Aber Werthen bemerkte, wie viel Mühe es sie kostete, ihrer Rivalin gegenüber diese Zurückhaltung an den Tag zu legen. Viel lieber hätte sie Alma die Augen ausgekratzt.

»Kommen Sie«, sagte Werthen zu Fräulein Schindler. »Das hier hat keinen Sinn.«

Er ergriff ihren Arm, sie aber schüttelte seine Hand ab

und ging allein zur Tür. Dort drehte sie sich noch einmal herum.

»Das ist mal wieder typisch!« Sie spie die Worte förmlich aus. »Sie halten doch alle zusammen. Sie und Ihresgleichen. Und dann wundern Sie sich, warum man Sie nicht leiden kann.«

Jetzt war es an Werthen, seinen Zorn zu zügeln, während er die junge Frau aus dem Haus auf die Straße geleitete. Als sie in der warmen Sommersonne standen, konnte er nicht mehr an sich halten.

»Sprechen Sie nie, nie wieder so in meiner Gegenwart. Oder haben Sie vergessen, dass auch ich ein Jude bin?«

Sie war kurz davor, noch mehr Gift zu verspritzen, als sie plötzlich innehielt und eine zerknirschte Miene aufsetzte.

»Sie haben recht. Ich weiß wirklich nicht, was da über mich gekommen ist. Aber dieser Schönberg! Er ist so ein Schmarotzer, ein altes Waschweib. Ausgerechnet der spricht von jämmerlichen Kompositionen! Hören Sie sich nur seine *Verklärte Nacht* an.«

Dann warf sie Werthen ein gewinnendes Lächeln zu und schob ihren Arm in seinen.

»Bitte vergeben Sie mir. Sagen Sie, dass Sie mir vergeben, bitte, bitte.«

Sie benahm sich wie ein Schulmädchen, nicht wie die »femme fatale«, die sie sonst so gerne spielte. Werthen jedoch schüttelte jetzt seinerseits ihren Arm ab.

»Sind Sie seine Geliebte?«

Die Frage schien sie nicht sonderlich zu überraschen, obwohl sie immerhin ein wenig errötete.

»Herr Advokat, eine solche Frage stellt man einer jungen Dame nicht.«

»Fräulein Schindler, Sie sind nur dem Alter nach eine junge Dame. Ich finde nicht, dass Sie auch nur im Geringsten unschuldig wirken, und außerdem habe ich die Frage nicht aus lüsternem Interesse gestellt. Also, sind Sie seine Geliebte?«

»Es gab Momente von Intimität, ja. Warum ist das so wichtig?«

»Das haben Sie selbst früher schon beantwortet. Wer in Ihre Nähe kommt, muss mit Unfällen rechnen.«

Das galt zwar nicht für Bruckner, Brahms und Strauß, aber immerhin hatte Alma nun etwas, worüber sie nachdenken konnte, während sie mit einem Fiaker in die innere Stadt zurückfuhren. Er ließ sie bei ihrem Schneider in der Seilerstraße aussteigen und fuhr dann weiter zur Kanzlei in die Habsburgergasse 4. Die kraftvollen Atlasgestalten, die den ersten Stock der Fassade zierten, gaben ihm ein Gefühl von Verlässlichkeit und Sicherheit, als er das Gebäude durch den Haupteingang betrat.

Und heute war die Tür auch verschlossen, so wie es vorgeschrieben war.

Wie verabredet trafen er sich mit Gross zum Mittagessen. Frau Blatschky hatte plötzlich die gesunde Küche entdeckt und Gross dadurch vom gemeinsamen Tisch vertrieben. Werthen war froh, dass er sich heute mit ihm im Roten Igel am Wildbretmarkt traf. Das Speiselokal war eines von Brahms' bevorzugten Restaurants gewesen, und zwar aus gutem Grund: Vermutlich gab es hier das beste preiswerte Essen in Wien, eine deftige Mahlzeit aus Fleisch und Kartoffeln. Und beides wurde zur Zeit an Werthens häuslichem Tisch nur selten serviert. Es war ein schöner Tag, das Wetter mild und sonnig, so dass

Werthen sich zunächst im Garten nach Gross umsah. Der jedoch saß in einer Stube ganz hinten im Restaurant. In dem großen, dunklen Raum mit der gewölbten Decke aßen normalerweise die Arbeiter an großen Tischen gemeinsam. Gross hatte einen dieser großen Tische für sie beide allein reserviert.

»Hier beliebte Brahms zu speisen«, erklärte Gross, als Werthen sich zu ihm setzte.

Der Kriminologe setzte seine Hommage auf Brahms mit einem Ungarischen Tokaier zum Essen fort, weil dies der Wein gewesen war, den der bärbeißige alte Komponist besonders geschätzt hatte. Werthen begnügte sich derweil mit einem Viertel herben Nussberger aus Krems. Beide bestellten eine reichhaltige Mahlzeit, als würden sie es feiern, wieder einmal gemeinsam zu essen. Gross entschied sich für ein großes Holzbrett, auf dem sich Würste und Sauerkraut türmten, während für Werthen das Festessen aus gekochtem Rindfleisch und frisch geriebenem Meerrettich bestand. Vorher gab es Leberknödelsuppe und zum Nachtisch zwei Teller Apfelstrudel mit lockerer, goldener Kruste.

Während der Mahlzeit sprachen sie kaum. Eigentlich war Gross jederzeit zu einem Gespräch aufgelegt, aber da er nun der Marter von Frau Blatschkys gesunder Küche entkommen war, erschöpfte sich seine Ausdruckskraft in lustvollem Stöhnen, mit dem er jeden ersten Bissen eines neuen Gerichts willkommen hieß.

»Dieses opulente Mahl verlangt nach einem Kaffee«, brachte er heraus, nachdem er den letzten Bissen seines Strudels vertilgt hatte.

Beim Mokka berichtete Werthen von seinem Erlebnis vom

Morgen bei Zemlinsky. Gross hörte aufmerksam zu und nickte bedächtig, als Werthen geendet hatte.

»Beginnt unser Mörder jetzt ein neues Spiel? Mahler hat sich als zu schwieriges Opfer erwiesen. Stattdessen sucht er sich nun Zemlinsky aus. Ist er als Komponist tatsächlich mit Brahms und Strauß vergleichbar?«

Werthen zuckte mit den Schultern. »Kraus scheint das jedenfalls zu glauben. Er hat von ihm gesprochen, bevor diese ganze Geschichte begann. Und Zemlinsky ist immerhin Chefdirigent beim Carltheater geworden.«

»Das ist nicht gerade ein sonderlich prestigeträchtiges Engagement.«

»Nein«, gab Werthen zu, »aber der Mann ist nicht einmal dreißig. Das ist durchaus beeindruckend. Und Brahms glaubte an sein Talent. Mit einer seiner Opern hat er, glaube ich, den Luitpold-Preis in München gewonnen.«

Gross schnaubte herablassend, um zu zeigen, wie viel er von deutschem Musikgeschmack hielt.

»Dann müssen wir wohl, nehme ich an, dieser Spur zum Carltheater folgen«, sagte er.

Das überraschte Werthen. Er hatte erwartet, dass Gross durch die jüngste Entwicklung ermutigt würde. Aber der Kriminologe schien fast verärgert zu sein, dass es nun ein weiteres potentielles Opfer gab – und Werthen musste zugeben, dass ihm ebenso zumute war. Diese neue Ermittlung würde sie nicht wirklich weiterbringen oder allenfalls an zu viele neue Schauplätze.

»Das bedeutet, ein neuer Kreis von Verdächtigen, weitere Verhöre. Mich beschleicht manchmal das Gefühl, als wären wir bei diesem Fall in einen Sumpf geraten.«

»Ich könnte mich um das Carltheater kümmern«, bot Werthen halbherzig an.

»Es geht nicht nur darum, sich um etwas zu kümmern«, fuhr Gross plötzlich gereizt hoch. »Natürlich können wir uns um diese neue Spur kümmern. Aber wir erzielen keinen Fortschritt, wenn wir so herumwursteln, ständig unterwegs zu einem weiteren Verdächtigen, einem weiteren Verhör. Vielleicht verkomplizieren wir die Dinge zu sehr.«

Das war genau Werthens Gedanke, aber so leicht wollte er den Kriminologen nicht davonkommen lassen.

»Sie waren doch so begeistert von der Möglichkeit, dass ein Serienmörder die großen Komponisten Wiens ermordet haben könnte«, erinnerte Werthen ihn. »Sie sprachen selbst von etwas Bedeutenderem als nur einem einfachen Anschlag auf Mahler.«

»Ich bitte Sie, hier zu unterscheiden. Und bis jetzt haben Sie sich nicht einmal die Mühe gemacht zu fragen, wie ich meinen Morgen verbracht habe.«

»Also gut. Wie haben Sie Ihren Morgen verbracht?«

»Bei einem angesehenen Chirurgen, einem Schüler des großen Billroth, und ich habe über Leberprobleme geklagt, in der Hoffnung, die Diagnose Leberkrebs zu provozieren.«

Kurzfristig befürchtete Werthen, Gross' Urteilsvermögen könnte durch den Mangel an richtiger Nahrung beeinträchtigt sein. Aber dann begriff er.

»Sie denken an Brahms?«

»Ja. Ich habe in Erfahrung bringen können, dass es keine Möglichkeit gibt, die Symptome von Leberkrebs künstlich zu erzeugen. Hinzu kommt, dass eine kurze Obduktion durchgeführt wurde, bevor Brahms auf dem Zentralfriedhof in der

Musikerecke beigesetzt wurde. Es steht fest, dass er an Krebs gestorben ist und nicht an irgendeinem exotischen Gift.«

»Und Bruckner? Strauß?«

Gross hob abwehrend die Hände. »Wir werden sehen.«

»Was schlagen Sie vor?«

Gross zögerte einen Moment und atmete tief ein. »Vereinfachung«, sagte er dann.

Als sie Werthens Büro erreichten, hatte sich Gross' Bedürfnis nach Vereinfachung weiter verstärkt.

Tor begrüßte sie, als sie hereinkamen. »Ihre Gattin hat angerufen, Herr Advokat. Sie sagte, es sei dringend.«

Eine plötzliche Panik ergriff Werthen. Er befürchtete schon das Schlimmste wegen ihrer Schwangerschaft.

Gross bemerkte die Veränderung in seiner Gesichtsfarbe. »Immer mit der Ruhe, Werthen. Das kann alles Mögliche bedeuten.«

Werthen stürmte in sein Büro, nahm hastig den Telefonhörer ab und gab der Vermittlung seine Privatnummer. Es schien eine Ewigkeit zu dauern, bis die Frau ihn endlich verbunden hatte. Schließlich hörte er ein Klingeln am anderen Ende der Leitung. Einmal, zweimal, dreimal.

Frau Blatschky stand jetzt womöglich furchtsam daneben und rührte vor lauter Zittern den neumodischen Apparat nicht an, weil er ihr einen Stromschlag versetzen könnte. Und Berthe lag vielleicht irgendwo bewusstlos auf dem Boden, oder es war sogar noch Schlimmeres geschehen.

Beim fünften Klingeln wurde der Hörer abgehoben.

»Hier ist der Wohnsitz Werthen-Meisner.«

Es war Berthes Stimme.

»Geht es dir gut?«

»Ja, Liebling. Ich wollte dich nicht beunruhigen«, sagte sie. »Es geht nicht um mich.«

»Um wen dann?«

»Mahler. Jemand hat ihn vergiftet.«

13. KAPITEL

Er sah aus wie eine Wachsfigur.

Vier kräftige Soldaten des Alpenkorps als Bewachung hievten Mahler auf einer Trage aus dem extra eingesetzten Expresszug aus Salzburg. Prinz Montenuovo hatte keine Kosten angesichts dieses weiteren »Mordanschlags« gescheut, wie der Prinz die Vergiftung Mahlers nannte.

Mahlers Gesicht zeigte eine grünlich gelbe Farbe, und sein Brustkorb hob und senkte sich unter seinen angestrengten Atemzügen. Als sich die Soldaten mit der Trage im Kaiserin Elisabeth Bahnhof an Werthen vorbeidrängten, öffneten sich flatternd die Augenlider des Komponisten, und er erkannte den Advokaten.

Als er ihn heranwinkte, näherte sich Werthen ihm und beugte sich über die Trage. Mahler flüsterte so leise, dass Werthen ihn zunächst nicht verstand. Er beugte sich herunter, bis er den Atem Mahlers an seinem Ohr spürte, und verstand jetzt die Worte: »Finden Sie ihn, Werthen, bevor es zu spät ist.«

»Er hat Glück gehabt«, sagte Dr. Baumgartner, der behandelnde Arzt im Allgemeinen Krankenhaus. »Das heißt, es ist natürlich ein Unglück, dass er vergiftet wurde, aber er hatte insofern Glück, weil er nur wenig von den vergifteten Süßigkeiten gegessen hat. Er wird sich wohl vollständig erholen, ohne einen bleibenden Leberschaden davonzutragen.«

»Sind Sie sicher, dass es das Lokum war?«, fragte Werthen.

»Die Ergebnisse der Labortests liegen mir bereits vor, es wurde positiv auf Arsen getestet. Übrigens in einer recht großen Dosierung.«

»Wir werden die Schachtel gerichtsmedizinisch untersuchen lassen müssen«, sagte Gross.

»Darüber sollten Sie wohl sich mit … wie war noch der Name, Kommissar Drechsler … austauschen.«

Gross seufzte gereizt. »Können wir jetzt bitte mit Herrn Mahler sprechen?«

Der Arzt schüttelte kurz den Kopf. »Er braucht zunächst absolute Ruhe. Aber ich denke, dass Sie morgen Vormittag vielleicht …«

Gross wartete das Ende des Satzes nicht ab, sondern machte auf dem Absatz kehrt und stürmte aus dem Warteraum.

Werthen errötete ob dieses unhöflichen Benehmens von Gross.

»Ich möchte mich für das rüde Benehmen meines Kollegen entschuldigen, Dr. Baumgartner.«

»Sie sollten wirklich dafür sorgen, dass Ihr Freund sich beruhigt. Wenn er so weitermacht, erleidet er noch einen Herzinfarkt.«

Mit diesen Worten verschwand der Arzt ebenso abrupt wie zuvor Gross.

Also blieb Werthen allein mit Natalie Bauer-Lechner im Warteraum zurück; Justine wachte persönlich über das Wohlergehen ihres Bruders.

»Schlussendlich waren es doch noch gute Nachrichten«, sagte sie und sank erschöpft auf einen Stuhl.

»Darf ich Ihnen etwas bringen? Etwas Wasser?«

»Nein, mir geht es gut. Es war nur so ein schreckliches Erlebnis. Den ganzen Nachmittag hat er fortwährend gewürgt; er schien innerlich zu verbrennen und trank so viel Wasser, als würde er verdursten. Es war schrecklich, einfach schrecklich. Wir hatten heute ohnehin nach Wien zurückkehren wollen. Gustl muss sich doch auf den *Tannhäuser* in der nächsten Woche vorbereiten. Und nun das.«

Normalerweise war die Hofoper für einen Teil des Monats Juni und für den gesamten Juli geschlossen, aber in diesem Jahr war eine besondere Feierlichkeit zu Ehren von Cosima Wagner geplant, der Witwe Wagners und Gründerin der Bayreuther Wagner-Festspiele. Dazu gehörte eine Aufführung der Oper *Tannhäuser*. Diese Feier wurde allerdings nicht von der gesamten Wiener Gesellschaft der Musik- und Kunstschaffenden begrüßt, wie Werthen erfahren hatte. Unter Musik-Puristen war Wagner noch immer nicht sonderlich akzeptiert.

Er setzte sich neben Frau Bauer-Lechner und strich ihr beruhigend über den Arm. »Jetzt ist alles gut. Sie haben den Arzt gehört, es wird nichts zurückbleiben.«

»Ja«, sagte sie, klang jedoch nicht sehr überzeugt. »Sie macht Sie dafür verantwortlich. Ich meine Justine. Weil Sie ihren Bruder im Stich gelassen haben.«

»Man kann wohl kaum davon reden, dass ich ihn im Stich gelassen habe. Schließlich hat die Polizei seinen Schutz übernommen.«

»Er hat Sie sehen wollen, aber Sie haben nur Ihren Assistenten geschickt.«

Sie war zweifellos außer sich. Aber dies war nicht der richtige Moment für eine solche Diskussion. »Wenn Sie es mir nicht übelnehmen, würde ich Ihnen gern ein paar Fragen stellen.«

»Ich habe doch schon alles der Polizei gesagt. Können Sie nicht einfach mit den Beamten sprechen?«

»Es würde mir sehr helfen, den Ablauf der Ereignisse aus erster Hand zu erfahren. Herr Mahler hat mich beschworen, den Schuldigen zu finden. Sie haben ja selbst gesehen, dass er am Bahnhof mit mir gesprochen hat.«

»Ja, Sie haben recht. Wir sind alle etwas überfordert von dem Geschehen. Fangen Sie an! Ich tue alles, wenn es denn Gustl hilft.«

»Lassen Sie uns mit den offensichtlichsten Fragen beginnen.« Werthen zog sein ledernes Notizbuch aus der Innentasche seines Jacketts. »Wer hat in letzter Zeit die Villa Kerry besucht?«

»Sie meinen außer Justine, Arnold und mir selber?«

Rosé ist also dort geblieben, dachte Werthen. Im Falle einer Heirat mit Justine würden zwar beide aus Mahlers Testament gestrichen werden, aber dennoch war Rosé als Gast im Haus geblieben.

»Ja.«

»Nun, da war Herr Regierungsrat Leitner. Er war gestern in der Villa und hat einige wichtige Dokumente vorbeigebracht, die Gustl unterschreiben musste. Sie haben eine Zeitlang miteinander gesprochen. So viel ich weiß, ist Herr Leitner heute Morgen nach Wien zurückgekehrt.«

»Hatte er etwas zu diesem Treffen mitgebracht?«

»Sie meinen zum Beispiel eine Schachtel Lokum?«

Werthen nickte.

»Die Schachtel ist vor mehr als einer Woche angekommen, direkt aus Istanbul. Gustl hat schon wer weiß wie viele Stücke aus dieser Schachtel genascht. Ich bin sicher, dass hier ein Irrtum vorliegt. Das Lokum kann nicht die Quelle der Vergiftung sein.«

»Haben sich die beiden … freundlich unterhalten?«

Sie sah ihn mit ihren grauen Augen scharfsinnig an. »Sie möchten wissen, ob wir gehört haben, wie sie sich angeschrien haben, so wie beim letzten Mal?«

»Und? Haben sie?«

»Nein. Diesmal sind sie offenbar höflich miteinander umgegangen.«

»War sonst noch jemand da?«

»Diese Sopranistin, Gerta Rheingold. Sie tauchte am Mittwoch unerwartet in der Villa auf.«

Die Dame also, von der Mahler aus Unzufriedenheit mit ihrem Gesang verlangt hatte, eine Mozart-Arie dreißig Mal hintereinander zu singen. Am Ende hatte sie die Arie mit dem so sprechenden Inhalt förmlich herausgeschrien und ihm entgegengeschleudert: »Stirb, du elendes Scheusal!«

»Ich denke, auch hier hat es eine Wiederannährung gegeben«, behauptete Natalie. »Und es schien auch nicht so, als hätte sie heimlich Süßigkeiten mitgebracht. Als sie ging, haben sie sich sogar mit einem Kuss auf die rechte und linke Wange verabschiedet. Und dann waren natürlich noch die diensthabenden Gendarmen und Ihr Mitarbeiter Herr Tor da, der ebenfalls gestern angekommen ist. Er scheint sehr tüchtig zu sein, aber auch furchtbar schüchtern.«

Werthen stimmte ihr zu.

»Nein, es muss doch dieser widerliche kleine Mann gewesen sein, den die Polizei in Gewahrsam nahm, weil er sich am Nachmittag vor der Villa herumgetrieben hat.«

Davon hörte Werthen zum ersten Mal.

»Wer?«

»Ich habe den Namen gehört. Wie hieß er noch gleich? Ich kann mich nicht … was für ein abscheulicher kleiner Kerl. Er hat behauptet, Gustl hätte nach ihm geschickt. Das war natürlich absoluter Unsinn. Warum hätte er mit so einem Mann sprechen wollen? Gustl ist strikt gegen den Einsatz von Claqueuren.«

Gross erwartete ihn am Ausgang des Krankenhauses.

»Ich habe vermutet, dass Frau Bauer-Lechner in meiner Abwesenheit auskunftsfreudiger sein würde. Und, war es so?«

Werthen schilderte Gross rasch, was er erfahren hatte.

»Schreier«, stellte Gross fest. »Der muss es gewesen sein. Er ist der Anführer der Claque. Und man hat ihn in Haft genommen? Das ist doch absurd.«

Werthen hatte eigentlich gehofft, man könne das Gespräch mit Drechsler auf den nächsten Morgen verschieben, da er dringend nach Hause zu Berthe wollte, aber aufgrund dieser neuen Information mussten sie schon an diesem Abend mit ihm sprechen. Es war noch immer hell, und die Luft war mild. Von der Donau wehte ein süßlicher Duft herüber.

»Wer wusste alles von dieser Schwäche, die Mahler für diese grässlichen Süßigkeiten hegt?«, erkundigte sich Gross.

»Jede Person, die jemals in seinen Gemächern gewesen ist. Es lag immer eine Schachtel Lokum in seiner Reichweite. Und außerdem jeder, der die Klatschspalten liest. Die Journalisten lieben es, diese aufschlussreichen privaten Dinge auszuplaudern.«

»Inwiefern aufschlussreich?

Werthen zuckte mit den Achseln. »Als Beweis dafür, dass

auch Mahler nur ein Mensch ist, denke ich. Dass er eine Naschkatze ist und sich diese Süßigkeiten direkt aus Istanbul schicken lässt.«

»Diese Schachtel ja wohl ganz offensichtlich nicht«, sagte Gross. »Es sei denn, natürlich, die Türken wollten sich jetzt für die verlorene Belagerung vor vierhundert Jahren rächen.«

»Es muss jemand in der Villa Kerry einzelne vergiftete Stücke in diese Schachtel aus Istanbul gelegt haben«, überlegte Werthen laut.

»Ja, das ist die wahrscheinlichste Schlussfolgerung. Alles andere würde auf eine erneute islamische Invasion in Europa hindeuten.«

Werthen bemühte sich, es als ein positives Zeichen zu nehmen, dass Gross in so humoriger Laune war, aber im Grunde ärgerten ihn diese Bemerkungen eher.

»Es ist ein nervöser Tick«, gab Gross zu, als hätte er die Gedanken seines Freundes gelesen. »Adele schärft mir immer wieder ein, dass ich mich zurückhalten soll. Ich habe dies immer für die verdammt vornehme Art und Weise einer Frau gehalten, ihrem Mann zu sagen, er möge gefälligst den Mund halten.«

»Ihre Frau ist wirklich sehr taktvoll«, erwiderte Werthen, als sie den Schottenring erreichten. Sie waren auf dem Weg zum Präsidium, und als sie dort ankamen, war Drechsler tatsächlich noch immer im Dienst. Der Kommissar wirkte erschöpft. Er stand an einem kleinen geöffneten Fenster und sog tief die milde Abendluft ein.

»Setzten Sie sich, meine Herren.« Viel Auswahl hatte er nicht zu bieten. Da nur zwei alte Holzstühle vor Drechslers Schreibtisch standen, nahmen Werthen und Gross darauf Platz.

»Eigentlich sollte ich seit Anfang dieser Woche in Urlaub sein«, meinte der Kommissar und ließ sich in seinen gepolsterten Lederstuhl fallen. Dieser Stuhl war das einzige Zeichen einer Schwäche in diesem winzigen, spartanisch eingerichteten Büro. Werthen entdeckte die Photographie einer dünnen Frau und etlicher Jungen in kurzen Hosen. Drechslers Familie? Das war wohl anzunehmen, auch wenn Drechsler nicht gerade den Eindruck eines Familienmenschen machte.

»Stattdessen ist meine Familie ohne mich in Semmering. Sie hatten gehofft, dass ich wenigstens an diesem Wochenende zu ihnen kommen könnte, aber durch die Vergiftungsgeschichte von Mahler ist selbst das jetzt unmöglich geworden. Meindl will, dass die Sache schon übers Wochenende untersucht wird.«

»Mit anderen Worten, Sie sollen ein Geständnis aus Herrn Schreier herausquetschen?«

»Zur Hölle mit Ihnen, Gross. Woher wissen Sie von der Festnahme? Ach, natürlich, Sie sind ins Hospital gegangen. Dort haben Sie die Schwester gesehen …«

»Die Information kam von Frau Bauer-Lechner«, warf Werthen ein.

Drechsler nickte. »Wir haben den Kerl auf frischer Tat ertappt. Hat sich wie ein Dieb auf dem Grundstück herumgetrieben. Und er hatte auch ein Motiv, denn Mahlers Anweisungen, die Anwesenheit von Claqueuren zu verbieten, haben ihn praktisch arbeitslos gemacht.«

»Und was sagt Schreier zu den Vorwürfen?«, erkundigte sich Gross.

»Na, was denken Sie wohl? Er behauptet natürlich, dass er unschuldig ist. Mahler hätte ihm einen Brief geschrieben, in dem er ihn in die Villa einlud, um die Angelegenheit ins Reine zu bringen.«

»Und der Brief?«, fragte Gross.

»Na ja, zu den besten Lügnern gehört unser Freund Schreier nicht. Er behauptet, dass Mahler ihn in dem Brief aufgefordert hätte, diesen zu vernichten, damit er keinesfalls einem Journalisten in die Hände fiele und die Welt so von ihrem geheimen Treffen Wind bekommen könnte. Schreier zufolge wollte Mahler Ihre Fehde beenden, ohne dass die Öffentlichkeit erfahren würde, dass er vor den Sängern eingeknickt sei.«

»So ganz unwahrscheinliche ist die Bitte nicht«, meinte Gross.

»Sie glauben diesem Mann doch nicht etwa? Dieser Kerl ist ein Prolet.«

»Ich weiß, ich habe mit ihm gesprochen. Aber das macht ihn noch nicht zu einem Mörder«, entgegnete Gross. »Und außerdem hat er hieb- und stichfeste Alibis für die früheren Anschläge auf Mahlers Leben.«

»Es könnte sich um zwei Täter handeln«, erwiderte Drechsler prompt. »Mahler ist schließlich nicht gerade jedermanns Freund. Vielleicht hat Schreier ja Wind von den bisherigen Ermittlungen bekommen. Und vielleicht glaubte er, er könnte diesen Anschlag demjenigen unterschieben, der zuvor schon versucht hatte, Mahler umzubringen. Eine perfekte Gelegenheit für den Mord. Das wäre ja nichts Neues. Außerdem würde er vom Tode Mahlers profitieren.«

»Aber nur dann, wenn Mahlers Nachfolger dessen neue Anweisungen widerrufen würde«, wandte Gross ein.

Drechsler ignorierte diesen Versuch einer logischen Argumentation. »Meindl will den Fall abschließen«, wiederholte der

Inspektor. »Von Seiten des Hofes wird seit dem letzten Vorfall mächtig Druck auf ihn ausgeübt. Wir hatten immerhin vier Männer in der Villa postiert und konnten Mahler dennoch nicht schützen.«

Darauf erwiderten weder Gross noch Werthen etwas.

Drechsler schlug mir der Faust auf den Schreibtisch.

»Also gut! Ich glaube ja selbst auch nicht an seine Schuld. Dieser Mann scheint mir ein ausgemachter Idiot zu sein, zu dumm, um sich auch nur das Arsen beschaffen zu können. Ganz abgesehen davon, dass er ja auch noch einige Stücke Lokum hätte präparieren und dann von Mahler unbemerkt in die Schachtel legen müssen. Außerdem gibt es keinerlei Hinweis darauf, dass Schreier tatsächlich die Villa überhaupt betreten hat. Er sagte aus, es hätte in der Villa Kerry praktisch von unseren Leuten nur so gewimmelt, als er ankam. Deswegen hätte er Angst gehabt hineinzugehen, hätte andererseits aber auch das Treffen mit Mahler nicht verpassen wollen.«

»Was werden Sie jetzt tun, Drechsler?«

Der Inspektor schüttelte den Kopf. »Ich weiß es wirklich nicht. Es wäre ziemlich einfach, diesem Schreier so viel Angst einzujagen, dass er am Ende gesteht, glaube ich. Für mich würde dabei ein Wochenende mit der Familie in den Bergen herausspringen. Ich könnte eine Mütze voll Schlaf gebrauchen, das können Sie mir glauben. Ich sage Ihnen, ich kann einfach kein Auge zumachen, wenn meine Familie nicht in der Nähe ist.«

Werthen konnte dies gut nachempfinden, denn der Aufenthalt in Altaussee ohne Berthe hatte auch ihm schlaflose Nächte bereitet.

»Was hat Schreier mit dem Brief gemacht?«, fragte Gross.

»Verbrannt, wie von Mahler gefordert. Das behauptet er jedenfalls. Und dann hat er auch noch die Asche in der Toilette hinuntergespült, genau nach der Anweisung im Brief.«

»Lassen Sie uns einmal annehmen, er hat die Wahrheit über diesen Brief gesagt«, sagte Gross. »Eine einfache Aufforderung, den Brief zu beseitigen, hätte genügt, so denke ich, damit er nicht in die Hände von Journalisten gelangen kann. Zumindest, wenn Mahler diesen Brief wirklich selbst geschrieben hat. Falls aber eine andere Person der Briefschreiber war und sich lediglich als Mahler ausgegeben hat, ergibt es schon mehr Sinn, ganz sicherzugehen, dass der Brief niemals untersucht werden kann. Selbst verbranntes Papier kann noch auf die Handschrift untersucht werden.«

»Nehmen wir demgegenüber einmal an, dass Schreier den Brief selbst geschrieben hat«, antwortete Drechsler. »In diesem Fall würde das vollständige und unwiderrufliche Verschwinden des Briefes sicherstellen, dass Schreiers Geschichte nicht widerlegt werden kann.«

»Es gab noch andere Besucher«, mischte sich Werthen ein. »Andere Personen, die ebenfalls ein Motiv hatten und von der Vorliebe Mahlers für diese türkische Süßigkeit wussten.«

Drechsler warf einen Blick in die Papiere auf dem Schreibtisch. »Richtig. Leitner und die Sopranistin. Sie scheinen sich aber beide mit Mahler ausgesöhnt zu haben. Warum hätten sie ihn dann vergiften sollen?« Er sah nochmals in seine Papiere. »Und dann ist da noch Ihr Mitarbeiter«, sagte er und nickte Werthen zu.

»Ja, Herr Tor. Er musste eine Änderung in Mahlers Testament vornehmen.«

»Und was war das für eine Änderung?«, erkundigte sich der Inspektor.

»Ich bin nicht sicher, ob ich berechtigt bin, Ihnen das mitzuteilen. Mahler ist schließlich mein Klient.«

»Herr Advokat, ich muss Sie wohl nicht daran erinnern, dass wir hier in einem Mordfall ermitteln.«

»Aber wir ermitteln nicht in der Mordsache Mahler«, hielt Werthen dagegen. »Noch nicht. Wegen der Morde an Fräulein Kaspar und Herrn Gunther schon, aber haben wir die Verbindung zwischen diesen Mordfällen und den Angriffen auf Mahlers Leben schon ohne Zweifel belegt?«

»Ich frage mich, mein lieber Werthen«, unterbrach ihn Gross, »ob Sie hier nicht ein wenig zu sehr nach den Vorschriften argumentieren. Wir stehen doch alle auf derselben Seite, oder?«

»Es geht hier nicht um die Frage, auf welcher Seite wir stehen, Gross. Es ist eine Frage des Prinzips. Wenn sich ein Mann nicht mehr sicher sein kann, dass sein Anwalt seine Angelegenheiten vertraulich behandelt, wo soll das hinführen?«

»Die Zivilisation wird daran schon nicht zugrunde gehen!«, verkündete Gross dröhnend.

»Ihr Widerspruch ist nicht durch das geltende Recht gedeckt, Werthen«, erklärte jetzt Drechsler. »Ein solches Anwalt-Klient-Privileg existiert in Österreich nicht. Aber ich nehme zur Kenntnis, dass Sie keine Auskünfte geben wollen.«

»Ich sollte wirklich zunächst mit Mahler Rücksprache halten.«

»Gott weiß, wann er dazu in der Lage sein wird«, meinte Gross. »Mahler hat gesagt, dass er zum jetzigen Zeitpunkt dankbar für jeden Hinweis ist, der zur Erfassung der Person führt, die für diese Angriffe verantwortlich ist. Das hat er Ihnen sogar persönlich mitgeteilt, als er aus dem Zug getragen wurde.«

Natürlich wusste Werthen, dass Drechsler recht hatte. Im österreichischen Recht war die Garantie der Vertraulichkeit und der Verschwiegenheit für Gespräche zwischen dem Anwalt und seinem Mandanten nicht festgeschrieben, so wie es in England und anderen Ländern der Fall war, aber das musste sich in Zukunft ändern. Welcher Mandant würde in strafrechtlichen Belangen seinem Anwalt volles Vertrauen schenken, wenn er wusste, dass dieser gezwungen werden konnte, der Seite des Klägers Informationen zukommen zu lassen? Keiner. Jedenfalls keiner, der noch alle seine Sinne beisammen hatte. Aus diesem Grund konnte ein Anwalt der Geschichte seines Mandanten nie ganz trauen, und eine Verteidigung wurde dadurch umso schwieriger. Gross war jahrelang als Ermittlungsbeamter und auch als Staatsanwalt tätig gewesen und stand in diesem Fall natürlich nicht auf der Seite Werthens. Nur war jetzt weder der richtige Ort noch der richtige Zeitpunkt, eine solche Grundsatzdiskussion zu führen.

»Um es kurz zu machen«, lenke Werthen ein. »Mahler wollte in seinem Testament festlegen, dass seine Schwester Justine von einer Erbschaft ausgeschlossen würde, sollte sie Herrn Arnold Rosé heiraten.«

Drechsler stieß einen leisen Pfiff aus. »Und sie wusste davon?«

»Das kann ich Ihnen leider nicht sagen«, antwortete Werthen.

»Können Sie es nicht, oder wollen Sie es nicht?«, hakte Drechsler nach.

»Ich weiß diesbezüglich tatsächlich nichts. Die Villa Kerry ist kein sehr großes Haus. Justine Mahler könnte die Unterredung zwischen ihrem Bruder und Tor mitbekommen haben.

Fragen Sie doch bei Ihrem Beamten nach, der dort Wache hielt, ob er Mahlers Schwester vor der Tür hat herumstreichen sehen.«

»Was ist mit den Bediensteten?«, fragte Gross. »Es muss doch einen Koch oder ein Dienstmädchen geben.«

Drechsler und Werthen schüttelten beide den Kopf.

»Mahler wollte auf dem Land keine Bediensteten um sich haben«, erklärte Werthen. »Er behauptete, er könnte nicht komponieren, wenn sie in seiner Nähe wären. Die Sommer dort widmete er allein dem Komponieren.«

»Seine Schwester und Frau Bauer-Lechner übernahmen die häuslichen Pflichten«, fügte Drechsler hinzu. »Vielleicht ist es ja an der Zeit, dass wir uns einmal genauer mit dieser Schwester und ihrem Verehrer unterhalten.«

»Aber gehen Sie taktvoll vor, Herr Kommissar«, ermahnte ihn Gross. »Immerhin ist ihr Bruder gerade erst vergiftet worden.«

»Ja, und sie selbst könnte es gewesen sein.«

Werthen schüttelte seinen Kopf. »Bevor Sie sich zu sehr in die Idee verbeißen, dass das Testament ein Motiv darstellen könnte, möchte ich Ihnen nur mitteilen, dass Herr Mahler kein reicher Mann ist. Er verfügt zwar über seine Einkünfte als Hofoperndirektor, aber seine Lebenshaltungskosten sind nicht gerade gering. Aus seinen früheren Engagements in Hamburg oder Budapest hat er keinerlei Ersparnisse mitgebracht, und als Komponist verdient er mit seinen Sinfonien und Liederzyklen nur sehr wenig. Vielleicht ändert sich das in der Zukunft, aber im Moment jedenfalls ist das nicht der Fall. Insofern ist die Enterbung seiner Schwester mehr ein symbolischer Akt, als dass er wirklich schwerwiegende Folgen hätte.«

»Für Herrn Rosé liegt die Sache aber etwas anders, stimmt's, Werthen?«

Werthen wusste nicht genau, worauf Gross mit dieser Bemerkung abzielte.

»Sein Bruder Eduard«, fuhr Gross fort, »der die andere Schwester Mahlers geheiratet hat, ist geradezu aus Wien vertrieben worden, weil er keine Arbeit mehr hat finden können. Unser Herr Mahler ist eifersüchtig und rachsüchtig. Er sieht jeden als Feind an, der seine Pläne durcheinander bringt oder seine häusliche und kreative Routine stört. Vielleicht fürchtete Arnold Rosé, dass ihm dasselbe Schicksal drohte, und er hat Maßnahmen ergriffen, um dies zu verhindern.«

Das ist zwar eine Möglichkeit, dachte Werthen, aber eine völlig unwahrscheinliche. Während seines Aufenthaltes in der Villa Kerry hatte er Arnold Rosé kurz kennengelernt und den Mann viel zu sympathisch gefunden, als dass er ihn solch einer Tat verdächtigen würde. Rosé schien ihm ein guter und loyaler Freund von beiden, Mahler und Justine, zu sein. Werthen konnte sich einfach nicht vorstellen, dass dieser Musiker Mahlers Lokum mit Arsen vergiftet haben könnte.

»Wenn Sie nichts dagegen haben, Drechsler«, sagte Werthen, »könnten wir vielleicht zuerst Gespräche mit diesen Personen führen. Die Leute kennen mich und werden nicht so übermäßig auf der Hut sein, wie sie es vielleicht bei einer Befragung durch die Polizei wären.«

Andererseits konnte Justine ein solches Vier-Augen-Gespräch durchaus missfallen, denn, wie Natalie erzählt hatte, machte sie ihm den Vorwurf, er habe Mahler »im Stich gelassen«. Allerdings erzählte er Drechsler nichts von dieser Überlegung.

Der Kommissar dachte einen Moment nach. »Das hört sich vernünftig an. Aber ich will eine vollständige Niederschrift des Gesprächsverlaufs.«

Werthen stimmte bereitwillig zu und fragte dann, als wäre ihm dieser Einfall gerade erst gekommen: »Gibt es eine Möglichkeit, die Herkunft des Arsens festzustellen?«

»Das untersuchen wir gerade«, sagte Drechsler. »Allerdings gibt es da große Schwierigkeiten, und ich bin mir sicher, dass Sie das genau wissen.«

Er nickte dabei Gross zu, und der Kriminologe stimmte zu. Gross hatte ausführliche Artikel über dieses Thema geschrieben. Er erklärte Werthen in Kürze, dass Arsen recht einfach zu beschaffen war, und zwar auf ganz unterschiedliche Weise. So wurde es von Ärzten verschrieben, um allerlei Leiden zu behandeln; die lange Liste reichte vom Ekzem über den Rheumatismus bis hin zur Syphilis. In der Industrie behandelte man Felle mit Arsen, bearbeitete aber auch Gold damit. Es wurde sogar in Teer gemischt, um Risse in Dächern, Böden und Wänden zu verschließen und diese so gegen Ratten und Termiten zu schützen. Die genaue Herkunft des Arsens nachzuweisen, würde also sehr schwer werden, vor allem da bei dieser Giftattacke nur eine kleine Menge verwendet worden war.

»Das hört sich nicht sehr vielversprechend an«, meinte Werthen.

»Nein«, sagte Drechsler mit dumpfer Stimme, »das tut es nicht. Und jetzt, meine Herren, nehmen Sie es mir bitte nicht übel, aber ich habe heute Abend noch einen Berg von Arbeit zu erledigen.«

»Ich möchte gern mit ihm sprechen«, sagte Gross.

»Mit wem? Schreier?«

Gross nickte.

»Was wollen Sie herausfinden? Ich habe ihn selbst schon eingehend befragt.«

»Ich habe da so eine Theorie.«

»Und möchten Sie diese wunderbare Theorie vielleicht mit uns teilen?«, sagte der Inspektor.

»Das werde ich, aber erst hinterher.«

»Na gut. Ich werde im Landl anrufen und Ihren Besuch ankündigen.«

Sie waren eben im Begriff zu gehen, als sich Drechsler an Werthen wandte.

»Wenn ich richtig gehört habe, hatten Sie einen Eindringling in Ihrem Büro, Herr Advokat.«

»Wie haben Sie davon erfahren?«

»Ich glaube, sie heißt Frau Ignatz. Sie hat den Vorfall auf der Wache in der Josefstadt gemeldet. Es gibt keine Geheimnisse in Wien, solange es Concierges gibt. Hatten Sie vor, mir noch davon zu erzählen?«

Werthen spürte, dass er errötete. »Es ist ja nichts passiert.«

»Für mich hört es sich aber nach einer Aufgabe für die Polizei an. Die Dame hat ausgesagt, dass Ihnen Blut den Nacken hinuntergelaufen ist. Ein tätlicher Angriff also.«

Darauf wusste Werthen nichts zu sagen.

»In Zukunft informieren Sie die Polizei über solche Vorkommnisse, nehme ich doch an?«, sagte Drechsler.

»Es war mehr ein Unfall«, brachte Werthen hervor, aber Drechsler war offensichtlich nicht davon überzeugt. Er schnalzte bei diesem schwachen Erklärungsversuch nur mit der Zunge.

»Wir arbeiten zwar gelegentlich gemeinsam an einem Fall, Herr Advokat, aber Sie sollten immer berücksichtigen, dass es

Dinge gibt, für die ein privater Ermittler einfach nicht die richtige Ausbildung besitzt.«

Das Gefängnis des Landgerichts oder das Landl, wie der Volksmund es nannte, lag nicht weit vom Polizeipräsidium entfernt in südlicher Richtung jenseits des Rings hinter dem Rathaus. Da es ein schöner Abend war, gingen sie zu Fuß. Die Bauarbeiten im Park rund um das neogotische Rathaus waren noch nicht abgeschlossen; die Platanen wurden noch von Holzpfählen gestützt, und die Springbrunnen, die schon vor zehn Jahren hätten fertig sein sollen, hatten gerade erst begonnen, Wasser zu speien. Sie machten in einem kleinen Gasthaus hinter der finsteren Silhouette des Rathauses Rast und aßen ein einfaches Mahl. Eine Portion geräucherten Schinken mit Sauerkraut, die sie mit steirischem Bier hinunterspülten, dem besten Bier Österreichs. Sie saßen im Garten des Gasthauses unter einer mächtigen Kastanie, und Werthen fiel wieder ein, dass er hier im vergangenen Jahr öfters eingekehrt war, als er seinen Freund Klimt besuchte, der damals im Landl in Haft war.

Gross hielt sich bedeckt, was seine Gründe für diese Befragung Schreiers anging, und Werthen drängte ihn nicht. Er genoss einfach nur das Nachtmahl und hoffte, dass sie heute nicht wieder erst so spät nach Hause zurückkehrten. Vielleicht sollte er schnell Berthe anrufen. Aber sie wusste ja, wie schwierig es war, eine öffentliche Telefonzelle zu finden.

Gross beendete sein Mahl als Erster, betupfte seine Lippen mit der Baumwollserviette und kramte etwas Kleingeld hervor; sehr viel weniger, als seinem Anteil an der Rechnung entsprochen hätte. Dann verschwand er, ohne ein Wort zu sagen. Werthen konnte nur schnell den letzten Bissen hinunterschlingen und sich um die Bezahlung kümmern.

Das war der Gross, den Werthen kannte und akzeptierte. Während dieser Untersuchung hatte es eine Zeit gegeben, da schien der große Kriminologe ins Schwimmen zu geraten, zu zaudern, jetzt aber schritt er wieder aus wie ein Mann mit einem klaren Ziel.

»Ich könnte schwören, dass er jetzt seinen ersten Fehler begangen hat«, sagte Gross, als sie in den Vorraum traten und dem Gendarm ihre Namen nannten, der sie daraufhin in den Zellenbereich führte.

Schreier war im Block B untergebracht, der für die Mordverdächtigen reserviert war. Es gab noch einen zweiten Häftling in seiner Zelle, einen drahtigen Mann mit einer Tätowierung im Nacken. Werthen erkannte das Zeichen: Es war das indische Zeichen für die Macht und die Sonne, die Swastika. Aber dieser Kriminelle hatte eine spiegelverkehrte Version des Symbols auf dem Hals tätowiert. Aus dem links drehenden Rad des Lebens war ein rechts drehendes geworden, das Symbol des deutschen Nationalismus und Antisemitismus. Werthen konnte nur spekulieren, für welches Verbrechen dieser Ganove in Haft war, aber nach Schreiers verängstigten Blicken zu urteilen, als der Mann aus der Zelle geführt wurde, damit sie ungestört wären, musste es etwas wirklich Übles sein. Es war gut möglich, dass Drechsler die beiden zusammengesteckt hatte, um Schreier schneller zu einem Geständnis zu bewegen. Ein zu Tode erschrockener Mann ist nun einmal sehr viel leichter zu übertölpeln als einer, der es bequem hat und sich sicher fühlt.

»Dr. Gross«, sagte Schreier in einer hohen, bittenden Stimme, sobald sie in der Zelle allein waren, »Sie müssen mich retten. Ich bin völlig unschuldig. Warum hat man mich hier mit diesem Ungeheuer zusammen eingesperrt? Er hat mir erzählt, dass er seine Cousine erwürgt hat, weil sie eine sexuelle Beziehung zu einem Juden hatte. Und er hält mich für einen Juden.«

Werthen konnten die Angst förmlich riechen, die aus Schreiers Poren drang. Er war ein untersetzter Mann in den Vierzigern. Die Rechnung Drechslers jedenfalls schien aufzugehen.

»Beruhigen Sie sich, Herr Schreier«, sagte Gross. Er klopfte dem Mann auf die Schulter, und Schreier setzte sich auf die Kante seiner eisernen Pritsche. Sie nahmen auf der gegenüberliegenden Pritsche des anderen Häftlings Platz, nachdem Werthen das Betttuch mit einem kurzen Blick gemustert hatte. Es krabbelte dort nichts Unerwünschtes herum. Gross stellte Werthen kurz vor, aber Schreier konzentrierte sich ausschließlich auf den Kriminologen.

»Sie müssen es ihnen sagen, Dr. Gross.« Schreier flehte geradezu. »Ich habe nichts Unrechtes getan. Er hat nach mir geschickt. Es ist die heilige Wahrheit.«

»Er?«, fragte Gross.

»Mahler, natürlich. Er schrieb, dass er sich mit mir einigen wollte. Ich wusste ja, dass er früher oder später nachgeben würde. Die Sänger sind unerbittlich. Ohne uns können sie nicht überleben. Wie weiß das Publikum denn sonst, wann es klatschen soll, wenn wir nicht mit dem Applaus beginnen?«

»Wo ist der Brief?«

»Ich habe ihn verbrannt, so wie Mahler es verlangte.«

»Ich kann Ihnen nicht helfen, wenn Sie weiterhin lügen«, sagte Gross ruhig. »Sie wissen, dass Sie hier wegen versuchten Mordes festgehalten werden, oder?«

Schreier schüttelte den Kopf. »Das ist vollkommen unmöglich.«

»Ganz und gar nicht. Es ist sehr wohl möglich«, sagte Gross. »Während wir hier miteinander sprechen, wird die Anklage aufgesetzt, und man hofft, Ihnen bis zum Ende des Wochenendes ein Geständnis entlockt zu haben. Ich kann mir gut vorstellen, dass die Polizei damit auch Erfolg haben wird.«

Gross sprach die letzten Worte mit einer besonderen Betonung aus, und Schreier verstand ganz offensichtlich, wie sie gemeint waren.

»Man kann kein Geständnis aus mir herausprügeln.«

»Das ist durchaus schon vorgekommen. Sind Sie in physischer Hinsicht ein mutiger Mann, Herr Schreier? Können Sie Schmerzen leicht ertragen?«

Bei dieser Bemerkung riss Schreier die Augen auf.

»Das dachte ich mir«, sagte Gross. »Dann wird es langsam Zeit, dass Sie ehrlich zu mir sind. Wo ist der Brief?«

Schreier sah kurz hilfesuchend zu Werthen hinüber, aber der Anwalt behielt seine steinerne Miene bei.

»Der Brief, Herr Schreier, ich frage Sie nicht noch einmal danach.«

Gross stand auf, als wolle er gehen, und Schreier brach zusammen.

»Also gut. Er ist in meiner Wohnung. Ich habe ihn in einen Beutel aus Öltuch eingewickelt und über dem Spülkasten der Toilette auf meinem Stockwerk versteckt.«

Werthen wusste, dass dies der naheliegendste Platz war, an dem Kriminelle wertvolle Dinge versteckten.

»Sie glaubten, ihn damit erpressen zu können, nicht wahr?«

Schreier sagte nichts, sondern saß nur zusammengekrümmt da und starrte auf den Boden zwischen seinen Füßen.

»Oder nicht?«, schrie Gross, und der Mann schrak auf.

»Nein. So war es nicht. Mahler wurde frech, er wollte die Claque loswerden. Ich wollte dafür sorgen, dass er uns nie wieder so einfach kleinbekommen würde. Der Brief sollte meine Versicherung sein.«

»Das kann er immer noch sein, Herr Schreier«, sagte Gross, als er zur Zellentür ging und nach dem Wärter rief. »Falls der Brief an der angegebenen Stelle ist und sich herausstellt, dass es keine Fälschung von Ihnen ist, haben Sie sich damit selbst gerettet.«

Auch Werthen stand nun auf, er war froh, die Zelle und den Geruch von Hoffnungslosigkeit und Angst hinter sich zu lassen.

Als der Wärter die Tür öffnete, drehte sich Gross zu Schreier um: »Ich werde dafür sorgen, dass dieser Ganove in eine andere Zelle verlegt wird.«

»Vielen Dank, Dr. Gross. Sie sind ein wirklicher Gentleman. Melden Sie sich nur bei mir, wenn Sie wieder einen Fall vor Gericht bringen. Wir werden schon für die richtige Stimmung im Gerichtssaal sorgen. Sie werden sehen.«

»Ich werde an Ihr freundliches Angebot denken, Herr Schreier«, sagte Gross. »Und ich bin sicher, dass mein Kollege das auch tun wird.«

14. KAPITEL

»Ich glaube nicht, dass ich diese Frage beantworten möchte, Advokat Werthen.«

Justine Mahler war bis in die Haarwurzeln errötet. Sie verschweigt etwas, dachte Werthen. Es stand ihr auf dem Gesicht geschrieben.

»Warum schikanieren Sie mich, während die Person, die dafür verantwortlich ist, dass Gustl beinahe gestorben wäre, unbehelligt herumläuft?«

Sie meinte Schreier, der am Samstag aus der Haft entlassen worden war, nachdem Gross und Werthen den vermeintlich von Mahler verfassten Brief hatten sicherstellen können. Eine nähere Untersuchung der Handschrift durch Gross hatte schnell erbracht, dass Mahler nicht der Verfasser gewesen sein konnte, aber auch Schreier kam nicht in Frage. Der Kriminologe hatte Schreiers Handschrift mit der des Briefs verglichen und keine Ähnlichkeit der Schrift feststellen können. Hinzu kam, dass der Umschlag einen Poststempel von Altaussee trug, wo Mahler sich während des Sommers aufhielt, und Schreier war – dafür gab es viele Zeugen – vor seinem Besuch bei Mahler den ganzen Sommer über in Wien gewesen.

»Entweder stelle ich Ihnen diese Fragen«, bemerkte Werthen knapp, »oder Kriminalkommissar Drechsler wird dies übernehmen.«

Plötzlich wurde die Tür zum Wohnzimmer geöffnet, und

Mahler kam herein; eingehüllt in ein weißes Bettlaken wirkte er wie ein Geist.

»Was in Teufels Namen fällt Ihnen ein, Werthen?« Seine Stimme hatte nichts von ihrer herrischen Ausstrahlung eingebüßt.

»Gustl!« Justine eilte zu ihm und ergriff seinen Arm. »Du gehörst ins Bett.«

»Was glauben Sie eigentlich, was Sie hier tun, Werthen?«, tobte Mahler weiter.

Werthen vermutete, dass Natalie Mahler informiert hatte.

»Ich stelle Ihrer Schwester lediglich einige Fragen, Herr Mahler.«

»Sie behandeln Sie wie eine gewöhnliche Kriminelle. Wenn Sie etwas wissen wollen, fragen Sie mich. Ja, sie wusste von der Änderung des Testamentes. Ich habe es ihr selbst erzählt. Ich muss zugeben, dass ich ein eigennütziger Mensch bin. Und ich bedaure mein überstürztes Vorgehen. Es wird nicht mein letztes Wort gewesen sein.«

Die letzte Bemerkung war an seine Schwester gerichtet, die liebevoll seinen Arm streichelte.

»Geh zurück ins Bett, Gustl«, sagte sie. »Belaste dich nicht mit solchen Dingen. Du musst vor allem dafür sorgen, dass du wieder gesund wirst.«

Sie führte ihn durch den Flur zu seinem Schlafzimmer, begleitete ihn hinein und schloss die Tür hinter sich. Werthen begriff, dass ihr Gespräch damit wohl beendet war.

In dem Moment betrat Natalie das Wohnzimmer.

»Ich hatte das Gefühl, dass er es wissen sollte«, erklärte sie.

Werthen nickte.

»Sie würde ihm niemals etwas antun. Justine ist Gustl vollkommen ergeben.«

»Wie Sie auch«, konnte Werthen sich nicht enthalten hinzuzufügen.

Sie blieb einen Moment stumm. »Ja«, gab sie dann zu.

»Sie kennen ihn schon sehr lange?«

»Seit der Zeit am Konservatorium.« Sie musterte Werthen mit einem stechenden Blick ihrer grauen Augen. »Ich weiß, dass dies für einen Außenstehenden lächerlich wirken muss. Ich benehme mich wie eine alte Jungfer, die sich um den großen Komponisten herumdrückt, in der Hoffnung, dass er irgendwann schließlich den treuen Schoßhund wahrnimmt, dass er seine Liebe erwidern würde. Trifft das ungefähr Ihre Einschätzung meiner Person, Herr Advokat?«

Werthen sah keinen Grund, diese Offenheit nicht zu erwidern.

»Ungefähr, ja.«

»Aber es nur ein Teil der Wahrheit. Ich wünsche mir nicht, dass Gustl meine Liebe erwidert. Offen gesagt, ich wüsste gar nicht, was ich damit anfangen sollte. Mit meinem Ehemann ist es mir während meiner Ehe übrigens auch nicht anders ergangen. Musik und Gespräche genügen mir völlig. Da dies nun geklärt ist, können Sie gern Ihre Fragen stellen. Ich habe das sichere Gefühl, dass Sie an meinem Fundus von Geschichten über Gustl stark interessiert sind.«

Genau das war es, was Berthe von ihm verlangt hatte. Er sollte ihren Teil der Ermittlung, der sich um Mahlers Jugend drehte, übernehmen, da sie selbst nicht in der physischen Verfassung war, herumzureisen und Leute zu befragen. Gross, Werthen und Berthe hatten gemeinsam beschlossen, ihre Ermittlungen neu auszurichten. Das kolossale Verbrechen, die mögliche Ermordung etlicher großer Wiener Komponisten, sollte nach dem letzten und fast erfolgreichen Mordversuch an Mahler in den Hintergrund treten. Sie mussten vor allem die Person finden, die Mahler töten wollte. Sollte ihnen dies gelingen, hatten sie wahrscheinlich auch den Mörder der anderen Toten überführt.

»Ich weiß Ihre Offenheit zu schätzen, Frau Bauer-Lechner. Wie Sie richtig vermuten, möchte ich Ihnen gerne einige Fragen stellen. Insbesondere interessieren mich mögliche Feinde, die Mahler sich als junger Mann in Wien gemacht haben könnte.«

»Während der Studentenzeit? Aber das ist schon so lange her«, sagte sie. »Damals waren wir ja fast noch Kinder.«

»Manche Feinde hegen ihre Rachegefühle jahrzehntelang, Frau Bauer-Lechner. Wir sind zum Beispiel auf Hugo Wolf gestoßen.«

»Aber der arme Mann befindet sich doch in einer Irrenanstalt.«

»Er ist nur ein Beispiel. Vielleicht gibt es noch andere. Worum ging es übrigens bei dem Zerwürfnis zwischen Mahler und Wolf?«

»Gustl fand, *Der Corregidor* sei nicht überzeugend genug, um eine Aufführung an der Hofoper zu rechtfertigen. Es war eine rein musikalische Entscheidung, ohne jede Gehässigkeit.«

»Ich meinte davor. Aus der Zeit, als sie gemeinsam studierten. Wolf erwähnte in unserem Gespräch ein gestohlenes Libretto.«

Sie atmete tief durch. »Ach, diese alte Geschichte.«

»Sie wissen also davon?«

»Das ist reiner Unsinn. Ein kindischer Streit.«

»Lassen Sie mich das beurteilen, Frau Bauer-Lechner.«

»Also gut, wenn es denn sein muss. Es passierte etwa 1880, glaube ich. Wolf hatte in der Hofbibliothek etwas ausgegraben, das er für die perfekte Vorlage eines Librettos hielt. Es war die Geschichte von Rübezahl, dem berühmten Berggeist aus den deutschen Sagen. Wolf war schrecklich aufgeregt, er wollte eine Art Märchenoper daraus schaffen. So etwas hatte es noch nie gegeben. Wie Sie sich erinnern, wurde Humperdincks ›Hänsel und Gretel‹ erst 1893 uraufgeführt.«

»Aber wie soll er das gestohlen haben?«

»Wolf behauptete, dass er und Mahler über die Idee für eine solche Oper gesprochen haben. Für Gustl musste eine derartige Oper heiter werden. Wolf wollte natürlich nur einen ernsten Ansatz akzeptieren. Nach diesem Gespräch entschloss sich Gustl, selbst an einem Libretto zu arbeiten. Eine Woche später trafen sie sich erneut, und Gustl fragte seinen Freund, wie er mit dem Libretto vorankäme. Wolf arbeitete noch an dem Thema, sammelte immer mehr Geschichten, hatte aber noch nicht einmal damit begonnen, etwas niederzuschreiben. Als Mahler ihm daraufhin sein schon fertiggestelltes Libretto zeigte, bekam Wolf einen Wutanfall und schwor, dass er nun niemals auch nur eine Zeile dieses Märchens schreiben würde, da sein bester Freund ihm seine Idee gestohlen habe. Gustl versuchte ihn zu überzeugen, dass er nicht die Absicht hege, die Partitur zu diesem Libretto tatsächlich zu komponieren, denn es war für ihn nur eine Übung gewesen. Aber seit dieser Zeit war das Verhältnis zwischen Wolf und Gustl zerrüttet. Wann immer Wolf Gustl traf, ignorierte er ihn demonstrativ. Später, als es klar war, dass Wolf das Projekt aufgegeben hatte, machte sich Gustl noch einmal an die Komposition der Oper. Er gab das Vorhaben jedoch bald wieder auf, denn seine Tätigkeit als Dirigent nahm zu viel Zeit in Anspruch.«

»Das ist wohl kaum der Stoff für einen Rachefeldzug«, räumte Werthen ein.

»Nein«, erwiderte sie. »Aber wir Musiker sind sensibel.«

Werthen blinzelte, als eine undeutliche Erinnerung an das Gespräch mit Wolf ihm in den Sinn kam. Dieser hatte eine Bemerkung über den »Teufel« Mahler fallen lassen.

»War da sonst noch jemand, der einen ähnlichen Groll gegen Mahler hegen könnte?«, fragte Werthen. Dann fiel es ihm plötzlich wieder ein. Er erinnerte sich an das, was Wolf gesagt hatte; dass Mahler angeblich auch einem anderen Komponisten etwas gestohlen habe. Jemand, der laut Wolfs Worten seine Tage »hier« beendet habe. Damit hatte er wohl das Irrenhaus gemeint.

»Jemand, der später ebenfalls verrückt geworden ist?«

Natalie konnte ihre Überraschung kaum verbergen, dann lächelte sie etwas geringschätzig.

»Nicht alle schöpferischen Menschen sind verrückt, Herr Advokat.«

»Das wollte ich auch nicht andeuten. Ich habe mich lediglich nach jemandem aus Mahlers Vergangenheit erkundigt, der ebenfalls in einem Irrenhaus geendet sein könnte. Und der auch Rachegefühle gegen Mahler empfunden haben könnte.«

»Bis jetzt bin ich davon ausgegangen, dass wir nicht nur nach einem Geist suchen.«

Sie hatte natürlich recht. Der Täter musste noch am Leben sein. Aber Werthen ließ nicht locker, vor allem deshalb nicht, weil sie etwas zu verbergen schien.

»Natürlich könnte ich auch einfach Hofrat Krafft-Ebing nach früheren Patienten seines Niederösterreichischen Staatlichen Irrenhauses fragen.«

»Also gut«, gab sie zu. »Das wird nicht notwendig sein. Ich nehme an, Sie spielen auf Rott an, Hans Rott. Er starb 1884 in eben diesem Irrenhaus.«

Der Name kam Werthen bekannt vor. Sowohl Berthe als auch Kraus hatten den jungen Komponisten erwähnt.

»Standen sich Mahler und Rott nahe?«, erkundigte er sich.

»Sie gehörten beide der Wagner-Gesellschaft an, ebenso wie Wolf. Ich weiß, dass Gustl Rotts Talent sehr bewundert hat. Dass er so jung gestorben ist – er wurde nicht einmal sechsundzwanzig –, empfand er als Tragödie.«

Sie hielt inne, als hätte sie nicht mehr dazu zu sagen. Werthen bezweifelte das zwar, aber er war sich auch sicher, dass er von ihr nichts mehr erfahren würde.

Dafür jedoch hatte er eine Idee, wo er Genaueres über Herrn Rott herausfinden könnte.

Wieder einmal saß Werthen im Büro des Herausgebers der *Fackel*. Sein unangemeldeter Besuch und die Bitte um Informationen über Hans Rott schienen dem Journalisten zu gefallen, denn Kraus suchte mit offensichtlichem Vergnügen nach dem Namen in den alphabetisch geordneten Akten seines Büros.

»Da«, sagte er zufrieden, als er ein Bündel Notizen in einem blauen Ordner aus dem Schrank nahm und damit zu seinem Schreibtisch zurückkehrte. »Hier haben wir ihn, ›Rott, Hans‹. Geboren 1858 und gestorben 1884. Sein Vater Karl Matthias war tatsächlich ein recht bekannter Komödiant. Er erlitt 1874 einen furchtbaren Unfall auf der Bühne und verstarb zwei Jahre später.«

»Ein Bühnenunfall, sagen Sie?«

Kraus sah Werthen über die Gläser seiner Brille hinweg an. »So etwas kommt auf der Bühne durchaus vor.«

Werthen erinnerte sich daran, dass Schönberg das Gleiche über Zemlinskys kürzlich erfolgten Unfall gesagt hatte. Er griff nach seinem ledernen Notizbuch, um die Fakten festzuhalten.

»Rott war offensichtlich ein Wunderkind. Er begann sein Studium am Konservatorium als Stipendiat mit sechzehn. Er studierte Orgel bei Bruckner, der ein großer Freund und Förderer Rotts wurde. Seine erste Sinfonie schrieb er 1876. Die nächste Sinfonie in E-Dur wurde 1878 für den Beethoven-Preis vorgeschlagen. Bei dieser Gelegenheit geriet er in Konflikt mit Brahms, weil der alte Mann einfach nicht glauben wollte, dass ein junger Student zu einer solchen Komposition fähig wäre. Er beschuldigte ihn des Betrugs und des Plagiats. Rott zerbrach daran. Er war 1880 auf dem Weg nach Deutschland, weil er ein zweitklassiges Engagement in Mühlhausen angenommen hatte, als sich der Vorfall ereignete. Sie entfernten ihn aus dem Zug und brachten ihn in die psychiatrische Klinik des Allgemeinen Krankenhauses. Dort versuchte er sich umzubringen und wurde ein Jahr später in das Niederösterreichische Staatliche Irrenhaus eingewiesen.«

Mit einem dramatischen Blick wandte sich Kraus von seinen Aufzeichnungen ab: »Er starb dort drei Jahre später an Tuberkulose, mit der er sich als Patient angesteckt hatte.« Er schüttelte den Kopf. »Offensichtlich war man dort nicht einmal im Stande, tuberkulöse Patienten von den Gesunden zu isolieren.«

»Und wo ist die Verbindung zum Fall Mahler?«

»Darüber habe ich auch schon nachgedacht. Wie geht es Mahler übrigens?«

»Schon besser«, antwortete Werthen. »Aber es war äußerst knapp.«

»Also war es keine Lebensmittelvergiftung, wie die *Neue Freie Presse* behauptete?«

Werthen schüttelte den Kopf.

Kraus war kurz davor, sich vor Begeisterung die Hände zu reiben, weil er hier Interna über ein Verbrechen erfuhr. »Also, was nun Mahler und Rott betrifft; ich gebe zu, dass ich Gerüchte aus Musikerkreisen gehört habe. Man scheut sich ja eigentlich, kritiklos bloßen Klatsch weiterzugeben.« Sein schadenfrohes Lächeln bei diesen Worten war unübersehbar.

»Kraus …« Werthen bedachte ihn mit seinem Advokatenblick.

»Vergessen Sie bitte nicht, dass es sich nur um Gerüchte handelt, Herr Advokat.«

»Das werde ich schon nicht. Und jetzt heraus mit der Sprache.«

»Man munkelt, dass Mahler die Musik von Rott sehr gemocht hat. Vielleicht ein bisschen zu sehr, möchte ich hinzufügen. Rotts Aufzeichnungen seiner Sinfonien und Liederzyklen sind nach seinem Tod auf mysteriöse Weise verschwunden. Man darf wohl annehmen, dass er einige selbst vernichtet hat, aber es sind offensichtlich einige Kompositionen auch einfach nur verschwunden. Und diejenigen, welche die frühen Kompositionen von Rott gehört haben, berichten von einer auffälligen Ähnlichkeit mit Mahlers Musik.«

»Handelt es sich um Plagiate?«

Kraus zuckte mit den Achseln. »Ich bin kein Musikkritiker.

Und ich habe Rotts Musik nie gehört. Aber einige gehen so weit, Mahler deswegen hinter vorgehaltener Hand zu beschuldigen.«

»Mein Gott, wenn das der Fall sein sollte, hätten wir hier ein sehr starkes Motiv.«

»Motiv, gewiss«, stimmte Kraus zu und grinste über das ganze Gesicht. »Aber gab es auch die Gelegenheit? Ich muss Sie wohl daran erinnern, das Rott bereits vor fünfzehn Jahren gestorben ist.«

Als Werthen in die Wohnung zurückkehrte, untersuchte Gross noch immer den Brief an Schreier. Der Kriminologe hatte aus dem Wohnzimmer ein Chemielabor gemacht. Becher blubberten über Paraffinbrennern auf dem Biedermeiersekretär, ein Mikroskop stand wegen des besseren Lichtes direkt vor dem großen Fenster zur Straße, und Dutzende verschiedener Tintenfässer sowie weißes Briefpapier waren auf dem neuen Ledersofa verteilt.

»Hatten Sie nicht bereits nachgewiesen, dass Schreier den Brief nicht geschrieben haben kann?«, sagte Werthen zur Begrüßung.

Gross sah von dem Brief auf, den er durch ein Vergrößerungsglas untersuchte.

»Zu wissen, wer den Brief nicht geschrieben hat, ist nicht dasselbe, wie zu wissen, wer es getan hat.«

Er widmete sich salbungsvoll weiter der Untersuchung des Briefes.

»Das war doch einmal ein schöner logischer Satz, Gross«, entgegnete Werthen unüberhörbar sarkastisch. Er war nach den Ergebnissen dieses Morgens recht aufgekratzt. Aber Gross reagierte nicht auf den Seitenhieb, sondern brummte nur etwas Unverständliches vor sich hin.

»Es gibt mehrere Schmierflecken auf diesem Papier«, sagte er schließlich. »Fast in regelmäßigen Abständen. Irgendwo habe ich das schon einmal gesehen.«

»Vielleicht in ihren eigenen Journalen? Im Allgemeinen deutet dies auf jemanden hin, der seine Arbeit korrigiert, bevor die Tinte trocken konnte.«

»Genau«, pflichtete Gross ihm bei. »Sehr gut, Werthen. Auf diese Weise gelangt die Tinte auf den äußeren Rand der Handfläche und hinterlässt in periodischen Abständen Flecken. Übrigens, Ihr Schwiegervater ist eingetroffen.«

»Herr Meisner?« Werthen sah sich im Zimmer um.

»Er ist bei Ihrer Frau Gemahlin, in ihrem Zimmer.«

»Warum haben Sie mir das nicht gleich gesagt?«

Aber Gross richtete seine Aufmerksamkeit wieder ganz der genauen Untersuchung des Briefes von Schreier, den er unter die Linse des Mikroskops legte.

Frau Blatschky winkte Werthen zu, als er auf dem Weg zum Schlafzimmer an der Küche vorbeikam.

»Ich weiß schon«, sagte er zu ihr. »Gross hat es mir erzählt.«

Sie nickte, und er ging weiter zum Schlafzimmer. Dann klopfte er an seine eigene Tür und kam sich wie ein Narr dabei vor.

»Ja?«

Berthe antwortete.

Er öffnete die Tür. Herr Meisner saß auf einem Stuhl neben dem Bett und las aus dem Talmud vor. Mit seinem langen grauen Bart wirkte er fast wie ein Patriarch. Berthe lag im Bett unter der leichten Sommerdecke und gab Werthen durch ein

Handzeichen zu verstehen, dass er sich ruhig verhalten sollte, weil ihr Vater mit dem Traktat noch nicht fertig war. Soweit Werthen hörte, las er auf Hebräisch aus dem Dritten Traktat der Mischna, in der es um die Ehe geht. Werthen blieb an der Tür stehen, um den alten Herrn die Lesung in Ruhe beenden zu lassen. Seltsamerweise fand er Trost in den gesprochenen Worten, obwohl er nur einige davon verstand. Neben seinen anderen Fähigkeiten war Herr Meisner ein Talmud-Gelehrter, der seinen Glauben lebte. Auch Berthe schien Trost in diesen Worten zu finden, denn sie ließ ihren Kopf auf dem Kissen ruhen und lächelte Werthen liebvoll an.

Nachdem er die Lesung beendet hatte, schob Herr Meisner sorgfältig ein Stück bestickter Seide als Lesezeichen in das Buch, klappte es zu und legte es auf den Nachttisch neben Berthes Exemplar von Bertha von Suttners *Die Waffen nieder!*, das sie bereits mindestens zum zehnten Mal las.

Dann erhob sich Herr Meisner und lächelte Werthen freundlich an.

»Ich freue mich, Sie wiederzusehen«, sagte er und streckte dem Schwiegersohn seine große Hand entgegen.

Seit der Hochzeit im April hatten sie sich nicht mehr gesehen. Entgegen Berthes Vorahnungen hatte es mit ihrem Vater keinen Streit wegen der rein standesamtlichen Trauung gegeben. Stattdessen hatten Werthens Eltern die Zeremonie boykottiert, weil sie nicht unter kirchlicher Schirmherrschaft stattfand. Ironie, wohin man auch blickt, dachte Werthen. Vor ihm stand ein Mann, der in der modernen Welt den Traditionen treu blieb. Ein frommer Jude, der sich dennoch den Vorstellungen seiner Tochter von ihrer Hochzeit fügte. Seine eigenen Eltern dagegen, aus Überzeugung zum Christentum und der

Bequemlichkeit halber zum Protestantismus übergetreten, waren dagegen so entsetzt über die Entscheidung für eine standesamtliche Trauung, dass sie ihr fernblieben.

Herr Meisner, seit vielen Jahren verwitwet, neigte dagegen als Vater nie zu überzogenen Reaktionen. Zudem hatte er vielerlei Interessen. Er besaß eine erfolgreiche Schuhfabrik in Linz und galt zudem als einer der bedeutendsten Talmud-Gelehrten in Österreich. Außerdem war er ein Amateurmusiker mit nicht geringem Talent und ein außerordentlich belesener Historiker.

»Ich freue mich ebenfalls sehr, Sie zu sehen, mein Herr.«

Sie drückten sich herzlich die Hände. Dennoch hatte Meisner Werthen niemals aufgefordert, ihn mit dem Familiennamen oder gar mit dem Vornamen anzureden. Tatsächlich kannte Werthen Herrn Meisners Vornamen nicht einmal.

»Vater hat versprochen, dass er diesmal länger als nur ein paar Tage bleiben wird«, sagte Berthe, die wusste, dass Werthen ihren Vater sehr schätzte.

»Jetzt kann ich ja nicht anders, ob ich nun will oder nicht.«

Sie hatten Berthes Vater vorher nichts von ihrer Schwangerschaft erzählt, als Vorsichtsmaßnahme sozusagen, bis die ersten kritischen Monate vorbei und Mutter sowie Kind gesund und wohlauf waren. Offensichtlich hatte sie ihm die Überraschung nun mitgeteilt, und er war ihr deswegen keineswegs böse. Sein Kommentar ließ nur seine übliche, etwas derbe Ironie erkennen.

»Vor allem solange diese Geschichte mit Mahler noch im Gange ist«, setzte der Ältere hinzu. »Sie müssen mich über Ihre Aktivitäten in dieser Sache auf dem Laufenden halten. Ich war 1895 bei der Uraufführung seiner Zweiten Sinfonie in Berlin. Der Mann ist ein begnadeter Komponist. Zwar nicht ganz mein persönlicher Geschmack, aber er ist eindeutig ein großes Genie.«

Werthen und Berthe lächelten über seine Worte, verbunden durch ein herzliches Gefühl und die Freude darüber, dass sie ihren Vater wieder einmal bei sich hatten. Jetzt waren wie in alten Zeiten sowohl Gross als auch Herr Meisner ihre Hausgäste. Glücklicherweise hatten sie noch nicht begonnen, das zweite Gästezimmer als Kinderzimmer herzurichten.

Beim Abendessen saßen alle vier um den gedeckten Tisch. Berthe hatte Frau Blatschky überredet, noch einmal ihre alten Spezialitäten zu kochen. Die Tage der Bettruhe hatten ihr gutgetan, und der Brechreiz hatte sich fürs erste gelegt.

Aus Achtung vor Herrn Meisner hatte sich Frau Blatschky gegen Schweinefleisch entschieden und stattdessen ein Beuschel vorbereitet, ein köstliches Ragout aus feinen Streifen von Kalbslunge in einer Sahnesauce mit zarten Knödeln. Dazu servierte sie einen Salat aus Endivien und Radicchio mit einem Dressing aus Weinessig und Rapssamenöl.

Gross sagte kein Wort, bevor er nicht seinen Nachschlag vom Beuschel bekommen hatte, während Berthe sich mit dem Salat zufriedengab. Werthen und Herr Meisner unterhielten sich angeregt über den neuesten Skandal im Parlament und den Machtzuwachs von Bürgermeister Luegers Christlich Demokratischer Partei. »Dabei ist er weder christlich noch wirklich demokratisch«, erklärte Herr Meisner.

Als sich Gross schließlich die Lippen mit der Damastserviette abwischte, brachte Herr Meisner die Sprache auf Mahler.

»Also«, sagte er, »auf welchem Stand sind die Ermittlungen?«

In der nächsten halben Stunde berichteten Werthen und Gross abwechselnd von ihren Versuchen, Mahler zu schützen und die für die Attentate verantwortliche Person oder Personen ihrer gerechten Strafe zuzuführen. Es war ein langer und qualvoller Weg gewesen, der mit Alma Schindlers erstem Alarmruf begann und mit der Untersuchung des Todes von Fräulein Kaspar und Herrn Gunther sowie den Verhören einiger Verdächtiger wie Leitner und dem Inspizienten Blauer weiterging. Nicht zu vergessen die feindseligen Kritiker Hassler und Hanslick, missgünstige Künstler und Interpreten wie Hans Richter und den Anführer der aus der Oper verbannten Claque, Schreier. Sie berichteten ebenfalls von den Verdächtigen aus dem Hause Mahler, wie seine Schwester Justine, die enterbt worden war, der ihm treu ergebenen Natalie Bauer-Lechner und Arnold Rosé, dem Verehrer Justines. Dann beschrieben sie die Mordversuche auf Mahler. Schließlich blieben noch die Festnahme und die Freilassung von Schreier zu erwähnen.

Anschließend führten sie aus, dass ihre Ermittlung wegen des anonymen Briefes eine ganz andere Richtung genommen hatte. Sie hatten der Möglichkeit nachgehen müssen, dass kürzlich verstorbene berühmte Komponisten möglicherweise die Opfer eines Serienmörders waren. Es ging um Bruckner, Brahms und Strauß, wie auch um den jungen Komponisten Alexander Zemlinsky, der einen ähnlichen Unfall wie Mahler erlitten hatte, als er im Carltheater vom Dirigentenpult gestürzt war.

»Im Falle von Brahms«, hob Gross an, »haben wir nachgewiesen, dass sein Tod tatsächlich, wie damals berichtet, eine Folge von Leberkrebs war. Bei Strauß liegt der Fall allerdings anders.«

Er erwähnte kurz die mysteriöse Einladung zur Hofburg, die Strauß letztlich das Leben gekostet hatte.

»Und Bruckner?«, fragte Herr Meisner.

»Wir hatten bisher noch keine Gelegenheit, das genauer zu untersuchen«, sagte Werthen. »Ebenso wenig konnten wir uns bisher den Fall Zemlinsky genauer ansehen.«

»Nach dem letzten Anschlag auf Mahler mussten wir unsere ursprüngliche Ermittlung wieder ins Zentrum unserer Arbeit stellen«, erklärte Gross. »Ihre Tochter und Werthen sind auf einige verblüffende Gegebenheiten in Mahlers Studententagen gestoßen.«

Werthen schilderte die kürzlich ausgegrabenen Informationen über Hans Rott sowie die Gerüchte, dass Mahler Einfälle aus den Werken des toten Komponisten übernommen habe.

»Du hast den Angriff auf dich vergessen, Karl«, sagte Berthe und schob den noch halbvollen Teller mit Salat zurück.

Also erzählte Werthen, wie sein Büro verwüstet und er niedergeschlagen worden war.

»Es war eigentlich nicht der Rede wert«, setzte er am Ende hinzu, um Berthe gegenüber den Vorfall herunterzuspielen.

»Unterschätzen Sie die Gefahr nicht ein wenig?«, sagte Herr Meisner. »Wonach kann der Eindringling denn gesucht haben?«

»Das wissen wir nicht«, entgegnete Werthen. »Soweit ich es beurteilen kann, fehlt nichts.«

»Und worum geht es in diesem Brief?«

Werthen vermutete, dass er sich auf ihren anonymen Brief bezog, da der Brief an Schreier ja erst nach dem Einbruch und Anschlag auf die Kanzlei entdeckt worden war.

»Er ist hier. Die meisten Akten über meine Privatermittlungen verwahre ich hier in der Wohnung auf.«

»Das konnte der Angreifer nicht wissen, oder doch?«, erkundigte sich Herr Meisner.

Gross schlug plötzlich vor Aufregung auf den Tisch.

»Ganz genau!«, rief er. »Er war hinter dem Brief her! Irgendetwas Verräterisches muss darin zu finden sein.«

»Vielleicht sind es die Noten«, schlug Berthe vor.

Werthen stand vom Tisch auf, um den Brief zu holen. Dann trat er damit an den Tisch zurück und entfaltete ihn

»Aha«, sagte Herr Meisner, der sich den Brief und insbesondere die musikalische Notierung am unteren Ende ansah. »Aus dieser primitiven Handschrift ist natürlich kaum etwas zu schließen, aber die Noten könnten doch ein Kode sein. Musikalische Kodes sind ein Hobby von mir.«

Werthen erinnerte sich, dass bereits Kraus davon erzählt hatte, wie Brahms verschlüsselte Mitteilungen in seinen Werken versteckte.

Gross, der sich in seinem Buch ebenfalls mit Kodes beschäftigt hatte, stand jetzt von seinem Stuhl auf und trat neben Herrn Meisner.

»Ich bin mir nicht so sicher wegen des Kodes«, sagte Gross, »aber mir ist jetzt noch etwas anderes an dem Brief aufgefallen.«

Er verschwand im Wohnzimmer, kam mit dem Brief an Schreier zurück und legte ihn neben den anonymen.

»Da«, sagte er und deutete auf verschiedene Stellen in beiden Briefen. »Sehen Sie das?«

»Sie meinen die Flecken«, sagte Werthen.

»Genau. In regelmäßigen Abständen. Es sieht so aus, als hätte unser Briefschreiber immer wieder Korrekturen in seinem Text angebracht, dabei hat er seine Hand beschmiert und

Tintenflecken auf dem Papier hinterlassen. Ich nehme an, dass diese Briefe von ein und derselben Person geschrieben wurden, die lediglich ihre Handschrift dabei in unterschiedlicher Weise verstellt hat. Wenn wir den Schreiber dieser Briefe finden, dann haben wir unseren Mörder.«

»Dann war es wahrscheinlich dieser Brief, nach dem der Mann in der Kanzlei gesucht hat«, sagte Herr Meisner. »Glauben Sie, dass er hier zu Hause bei Ihnen sicher genug ist? Bedenken Sie, lieber Herr Werthen, Sie müssen jetzt eine Familie schützen.«

Sie wurden von einem hartnäckigen Klopfen an der Wohnungstür gestört, und alle erstarrten einen Augenblick.

Schließlich meinte Gross: »Es ist wohl eher unwahrscheinlich, dass ein Mörder höflich anklopft.«

Dennoch eilten nun Werthen und er zur Tür, damit Frau Blatschky ihnen nicht zuvorkam. Gross machte noch einen kleinen Abstecher in sein Zimmer und die Beule in der rechten Tasche seines Abendanzuges signalisierte, dass er jetzt bewaffnet war.

Gross stand auf der einen Seite der Tür, seine Hand umklammerte die Pistole in seiner Tasche, während Werthen durch den Türspion schaute.

»O mein Gott«, seufzte er. »Was will denn die hier?«

Er sah zu Gross hinüber. »Lassen Sie die Waffe ruhig stecken. Sie wird nicht gebraucht.«

Er öffnete die Tür. Alma Schindler stand davor und machte einen bedrückten und fast kleinlauten Eindruck. Sie trug Abendgarderobe, als wäre sie direkt aus der Oper gekommen.

»Fräulein Schindler«, begrüßte Werthen die junge Frau und bat sie herein.

»Es tut mir sehr leid, Sie um diese Zeit zu stören«, sagte sie und sah von Werthen zu Gross. »Aber seit unserem letzten Treffen habe ich mich so entsetzlich gefühlt. Ich konnte das einfach nicht so stehen lassen. Heute Abend war ich in der Oper, musste aber zur Pause einfach gehen. Meine Schwester wartet unten im Fiaker auf mich, ich muss mich also kurz fassen. Bitte nehmen Sie meine Entschuldigung an.«

»Es ist alles in Ordnung, Fräulein Schindler.«

»Nein, das ist es nicht«, entgegnete sie und stampfte gereizt mit dem Fuß auf. »Ich war eigensinnig und grausam. Ich möchte mich entschuldigen. Ich muss mich entschuldigen.«

Berthe und ihr Vater waren mittlerweise ebenfalls in den Flur gekommen. Werthen stellte alle einander vor.

»Um Himmels willen, Herr Werthen«, sagte Herr Meisner. »Was sind sie nur für ein Gastgeber. Bitten Sie die junge Dame doch auf einen Kaffee herein.«

Ihre Züge hellten sich auf, denn sie war froh, einen Verbündeten gefunden zu haben.

»Aber nein. Ich möchte nicht so einfach hier hereinplatzen. Ich wollte nur sagen, wie sehr ich es bedaure, mich so benommen zu haben.«

»Fräulein Schindler«, sagte Berthe. »Ich bin sicher, dass wir uns um alles morgen im Büro kümmern können.«

Aber Herr Meisner unterbrach noch einmal. »Sie sind also die berühmte Tochter von Schindler. Ich kann Ihnen gar nicht sagen, junge Frau, wie sehr ich die Arbeit Ihres verstorbenen Vaters schätze. Er war ein Genie der Landschaftsmalerei.«

Sie sah Herrn Meisner fast bewundernd an. »Finden Sie wirklich? Ich bin auch der Ansicht, aber ich bin ja nicht unparteiisch. Er war so ein wunderbarer Mensch.«

»Liebes Kind, das glaube ich gern. Nun kommen Sie doch bitte herein und nehmen Sie einen Kaffee mit uns.«

Er führte Alma ins Esszimmer und legte dabei väterlich den Arm um ihre Schultern.

Werthen, Berthe und Gross blieb nur übrig, ihnen verwundert zu folgen. Was in aller Welt hat der alte Mann nur vor?, fragte sich Werthen.

Alma ließ sich bereitwillig ins Esszimmer führen; an ihre wartende Schwester schien sie dabei nicht mehr zu denken.

Herr Meisner rückte der jungen Dame den Stuhl neben sich zurecht. Gross sammelte schnell die Briefe ein und schob sie zu der Pistole in die Jackentasche.

»Also, wofür genau wollen Sie sich denn entschuldigen?«, fragte Berthes Vater.

Sie errötete bis in ihr recht offenherziges Dekolleté.

»Ich kann mir überhaupt nicht vorstellen, dass einer so charmanten junge Dame ein größerer Fauxpas unterlaufen sollte«, fuhr Herr Meisner fort.

»Fräulein Schindler machte einige recht unglückliche Bemerkungen während unseres Besuches bei Zemlinsky«, sprang Werthen ein.

Sie sah auf. »Ihr Schwiegersohn ist sehr großzügig. Die unglücklichen Bemerkungen waren rassistischer Natur. Um genau zu sein, waren sie antisemitisch.«

Das löste bei dem alten Mann nur schallendes Gelächter aus. »Nun, Sie wären kaum eine echte Österreicherin, wenn Sie davon nicht ein wenig im Blut hätten, junge Dame. Zerbrechen Sie sich nur nicht den Kopf, ich finde es anerkennenswert, dass Sie gekommen sind, um dies einzugestehen. Das haben Sie gut gemacht.«

Frau Blatschky kam zur Tür. »Darf ich jetzt Kaffee servieren, gnädige Frau?«, fragte sie.

»Bitte, Frau Blatschky«, antwortete Berthe.

»Und bitte eine extra Tasse für unseren charmanten Besuch«, setzte Herr Meisner hinzu.

»Oh, nein, vielen Dank, aber ich muss jetzt wirklich gehen.« Sie ergriff Herrn Meisners Hand und strich kurz mit den Fingern darüber. »Ich danke Ihnen vielmals, mein Herr. Ich fühle mich schon viel besser. Vielleicht kann ich mir jetzt noch den letzten Akt der Oper anhören.«

Sie stand auf und verabschiedete sich. Nur Herr Meisner versuchte, allerdings vergeblich, sie daran zu hindern. Sie entschwand und hinterließ einen zarten Duft nach Veilchen in dem Zimmer.

»Mein Gott«, sagte Herr Meisner, als sich die Wohnungstür schloss. »Was für eine entzückende junge Frau! Herr Werthen, Sie tun ihr einen schlechten Dienst, wenn Sie sie eine verdorbene Dilettantin nennen. Sie hat durchaus Ausstrahlung, das Fräulein Schindler, eine echte Persönlichkeit.«

»Persönlichkeit, das ist wohl wahr«, räumte Werthen ein, meinte aber etwas ganz anderes als Herr Meisner.

15. KAPITEL

Am nächsten Morgen ging Werthen in sein Büro, ließ Gross, Herrn Meisner und Berthe zurück, die sich über die Notenschrift aus dem anonymen Brief beugten, um vielleicht den Kode zu knacken. Tor war bereits im Büro und arbeitete mit der ihm eigenen Akribie an einer handschriftlichen Abschrift des Testamentes des Herrn von Tuma, dem Familienoberhaupt der von Tumas. Schon in seiner zweiten Arbeitswoche hatte Werthen dem jungen Mann einen eigenen Schlüssel gegeben, da er den Eindruck eines besonders glaubwürdigen und zuverlässigen Menschen gemacht hatte.

Sobald dieser Fall abgeschlossen ist, werde ich sein Gehalt anpassen müssen, dachte Werthen. Seine Kanzlei konnte es sich nicht leisten, jemand so Wertvolles an die Konkurrenz zu verlieren.

Tor gehörte nicht zur gesprächigen Sorte, und so wünschten sie sich an diesem Tag gegenseitig nur kurz guten Morgen.

In seinem eigenen Büro begann Werthen den Papierberg auf seinem Schreibtisch auf übersichtliche Stapel zu verteilen. Er trennte Unwichtiges von Wichtigem und legte fest, welcher Angelegenheiten er sich selbst annehmen musste und was er Tor überlassen konnte.

Seine morgendliche Routine wurde jedoch schon bald gestört. Er hörte, wie die Eingangstür geöffnet wurde, dann das

Gemurmel gedämpfter Stimmen, und schließlich klopfte Tor an die Tür seines Büros und steckte den Kopf hinein.

»Ein Herr wünscht Sie zu sehen, Herr Advokat. Von der Polizei.« Tor machte einen fast ängstlichen Eindruck, als er diese letzten Worte hervorbrachte.

Er führte Kommissar Drechsler hinein, der es außerordentlich eilig zu haben schien.

»Herr Advokat«, begrüßte er Werthen.

Tor schloss die Tür langsam hinter sich.

»Was kann ich für Sie tun, Kommissar? Ich hoffe, Sie kommen nicht wegen des Einbruchs.«

»Nein, nein«, erwiderte Drechsler geheimnisvoll. »Ich war nur zufällig in der Gegend und hoffte, Dr. Gross bei Ihnen anzutreffen.«

»Er ist bei mir zu Hause. Kann ich Ihnen vielleicht behilflich sein?« Werthen deutete auf einen Stuhl.

Drechsler schüttelte jedoch den Kopf. »Ich erzähle Ihnen einfach nur kurz, dass unsere kleine nächtliche Überwachungsarbeit endlich Früchte getragen hat.«

»Nächtliche Überwachung?«

»Gunthers Mörder, Sie erinnern sich? Er war doch von einer Frau gesehen worden, als er das Gebäude verließ, und wir hatten gehofft, noch jemanden ausfindig zu machen, der uns eine bessere Beschreibung geben könnte.«

»Ja, richtig. Entschuldigen Sie. Und jetzt hatten Sie Erfolg, sagen Sie?«

»Mein Gendarm hat schließlich eine andere junge Frau ausfindig gemacht, die ihrer Arbeit an einer Ecke nachgeht, die näher an der Hofburg gelegen ist. Und die erinnert sich sehr genau an den fraglichen Mann.«

»Aber wie kann sie sich denn so sicher sein? Schließlich ist das doch … wie lange ist dieser Vorfall schon her?«

»Es ist vor circa drei Wochen passiert, aber sie ist sich ganz sicher. In der Nacht hatte ihr ein Mann ein Trinkgeld von fünf Kronen zugesteckt, daran erinnert sie sich ganz genau und ebenso an das Gesicht von unserem Mann.«

Werthen lief ein Schauer der Erwartung über den Rücken. »Und Sie konnte Ihnen eine Beschreibung geben?«

Drechsler antwortete erst nach einer kurzen verlegenen Pause. »Schon, nur leider ist die Beschreibung nicht sonderlich genau. Er soll ein bisschen größer als der Durchschnitt und etwas stämmig sein. Vor allem jedoch erinnert sie sich an seine Augen. Sie sagte, sie hätten gewirkt, als könnten sie einen in die Tiefe ziehen. Na, ich hab' lieber nicht nachgefragt, von was für einer Tiefe sie da spricht.«

Drechsler kicherte über seinen kleinen Scherz.

»Auf jeden Fall«, fuhr er dann fort, »hat der Kerl sie so erschreckt, dass sie gar nicht weiter versuchte, sich ihm anzubieten. Aber sie hat ausgesagt, dass sie ihn auf jeden Fall identifizieren könnte, wenn sie ihn wiedersehen würde.«

»Hat sie denn gar keine andere Besonderheit erwähnt?«, fragte Werthen. »Wie war sein Haar, Bart, Schnurrbart? Irgendetwas?«

Drechsler schwieg. »Tut mir leid, ich muss sie einfach noch mal befragen. Eine unscheinbare Kreatur, diese Mitzi Paulus. Ich weiß wirklich nicht, was die Männer in ihr sehen. Sie lebt in einer heruntergekommenen kleinen Mansarde am Kohlmarkt.«

»Haben Sie ihr schon unsere Auswahl an Gaunern gezeigt, die wir im Verdacht haben? Ich bin sicher, dass wir Photographien von der Hofoper besorgen könnten.«

»Dabei sind wir gerade, Herr Advokat. Aber es ist gar nicht so einfach, sich Photographien von Männern zu besorgen, die nicht als Kriminelle bekannt sind. Wir arbeiten uns durch die Zeitungen und die Veröffentlichungen der Hofoper. Das braucht halt seine Zeit.«

»Bravo, Drechsler. Ich werde Ihre Informationen an Gross weitergeben. Wir kommen voran, das spüre ich.«

»Na, das erzählen Sie mal Meindl. Er war außer sich vor Wut, dass wir Schreier freigelassen haben. Er wollte sogar meine Leber an die Geier verfüttern, diese aufgeblasene Natter.«

Werthen fand die Beschreibung des Inspektors recht treffend. Drechsler verabschiedete sich und wurde von Tor, der genau im richtigen Moment auftauchte, hinausgeleitet.

Später am Morgen ging Werthen zur Hofoper hinüber. Es war an der Zeit, mit Arnold Rosé zu sprechen, und er vermutete, dass während der Proben der günstigste Moment dafür wäre.

Er näherte sich der Oper von der Rückseite, vom Inneren Bezirk. Dabei fielen ihm all die Skandale und Tragödien ein, welche die schwere Geburt dieses illustren Gebäudes begleitet hatten. Die Hofoper war für Tragödien geradezu prädestiniert und nicht allein für solche auf der Bühne.

Die Architekten August von Siccardsburg und Eduard van der Nüll waren in Wien hoch geachtet und schon vor der Ausschreibung zum Bau des Opernhauses enge Freunde und Kollegen gewesen. Als 1860 der Wettbewerb angekündigt wurde, reichten sie ihren Entwurf anonym ein, so wie es den Regeln des Wettbewerbs entsprach. Aber durch einen Sinnspruch wurde ihre Arbeit identifiziert. Im Nachhinein betrachtet hatten sie sich damals für einen Spruch entschieden, der das kommende Unheil bereits anzukündigen schien: »Fais ce que dois, advienne que pourra.« – »Tue recht und scheue niemand.«

Ihr Entwurf für ein monumentales neues Opernhaus, das das alte, in der Nähe gelegene Gebäude ersetzen sollte, wurde von der Presse zunächst überschwänglich begrüßt. Man schrieb, die Architekten hätten ihren Plan geradezu *komponiert* und nicht nur entworfen. Schon das geplante Äußere der Oper war imposant, aber die Pläne für das Innere zeigten, so schrieben die Zeitungen, dass die Kaiserliche Hofoper eine ganz neue Klasse erschaffen würde. Man begeisterte sich für den zentralen, verschwenderisch noblen Treppenaufgang und die Salons, den mit Statuen und Gemälden reich bestückten großen Zuschauerraum, geschaffen von den besten Künstler des Kaiserreichs.

Aber die Flitterwochen waren nur kurz. Man begann mit dem Bau im folgenden Jahr, die Kosten explodierten, und die Arbeiten verzögerten sich immer mehr. Etwas anderes jedoch war noch viel schlimmer. Das Niveau der neugeschaffenen Ringstraße lag plötzlich um mehrere Meter höher als ursprünglich geplant. Dementsprechend lag der Eingangsbereich der Oper, als der Bau 1868 endlich abgeschlossen war, deutlich unter dem Straßenniveau.

Die Presse, die immer auf der Suche nach Schlagzeilen war, nannte das neue Gebäude eine versunkene Truhe und »das Königgrätz der Architektur«. Man spielte damit auf die Niederlage der Österreichischen Truppen im Kampf gegen die Preußen von 1866 an. Als der Kaiser dann recht salopp zu einem Adjudanten bemerkte, dass der Eingang ja in der Tat recht tief liege, erwuchs daraus eine ganz typische Wiener Tragödie. Nüll konnte diese Kritik nicht ertragen und erhängte sich im April

1868; sein Freund Siccardsburg starb nur zwei Monate später, an »gebrochenem Herzen«, so kolportierte es die niederträchtige Presse. Keiner der beiden erlebte die Fertigstellung des von ihnen »komponierten« Werkes. Die Öffentlichkeit lernte dann, mit dem unter Straßenniveau gelegenen Eingang zu leben, und der Kaiser, durch diese Erfahrung klüger geworden, zwang sich seitdem zu dem Satz »Alles sehr schön, gefällt mir sehr gut«, wann immer man bei einer öffentlichen Veranstaltung um sein Urteil bat.

Werthen betrat das Gebäude durch einen Seitengang und ging in Richtung des Auditoriums, wo der für Mahler eingesprungene Richter den *Tannhäuser* dirigierte. Der Platz des dritten Geigers war neu besetzt. Ein bärtiger Mann mittleren Alters hatte den Platz des verstorbenen Herrn Gunther übernommen. Rosé nickte Werthen zu, als er ihn entdeckte, und sie nahmen in den roten Plüschsesseln im Parkett Platz, als die anderen Orchestermitglieder den Saal für eine Kaffeepause verließen.

»Sehr freundlich von Ihnen, dass Sie mich empfangen. Möchten Sie etwas essen oder trinken, während wir miteinander reden?«, fragte Werthen.

»Ich esse nur wenig« sagte der große, elegant wirkende Geiger. »Ich vermute, Sie wollen mit mir über diese Attacken gegen Gustav sprechen.«

»Attacken?«

»Aber bitte, Herr Advokat. Justi und ich haben keine Geheimnisse voreinander. Das war keine Serie von Unfällen, sondern der eindeutige Versuch, Mahler zu töten. Und um Ihrer nächsten Frage zuvorzukommen: Ich bin es nicht gewesen. Ob Gustav sich nun dazu entschließt, seine Schwester aus seinem

Testament zu streichen, sofern wir heiraten, oder dies bleiben lässt, ist mir völlig gleichgültig.«

»Und Ihre Position im Orchester?«

»Bei mir liegt der Sachverhalt ein wenig anders als bei meinem Bruder. Im Gegensatz zu ihm habe ich in der Musikwelt Wiens durchaus eine starke Position. Meine Stellung ist mir sicher, man kann sie mir nicht so einfach aus persönlicher Bosheit wegnehmen. Trotz ihrer hinlänglich bekannten Schwächen garantiert einem die österreichische Bürokratie zumindest eine gewisse Sicherheit, was das Arbeitsverhältnis angeht.«

»Ich bin nicht gekommen, um Sie zu beschuldigen oder auch nur zu überprüfen«, sagte Werthen. »Stattdessen wollte ich von Ihnen etwas über Mahlers Vergangenheit erfahren.«

»Sie glauben, die Person, die ihn töten will, hat noch eine alte Rechnung mit ihm offen?«

»Das ist zumindest eine Möglichkeit. Was wissen Sie zum Beispiel über Hans Rott?«

Rosé zeigte bei der Nennung des Namens keinerlei Erstaunen. »Ich weiß nur, dass er tot ist und deswegen schwerlich derjenige sein kann, der Mordanschläge auf Gustav verübt hat.«

»Das ist mir sehr wohl bekannt, Herr Rosé. Ich möchte etwas über die Beziehung der beiden erfahren.«

»Gustav und Rott? Dazu ist nicht viel zu sagen. Gustav war der, wie ich denke, irrigen Ansicht, dass Rott der Talentierteste aus unserer Generation war.«

»Sie kennen seine Musik?«

Rosé warf Werthen einen mitleidigen Blick zu. »Nicht schon wieder!«

»Was?«

»Die Geschichte, Gustav hätte dem Mann seine Musik gestohlen, nachdem der im Irrenhaus gestorben war. Das ist Blödsinn, ausgemachter Blödsinn.«

»Und warum?«

»Sie brauchen sich nur einmal die Kompositionen der beiden anzuhören.«

»Sie haben das getan?«

Rosé sah ihn verwirrt hat. »Seit sehr langer Zeit nicht mehr. Ich glaube, ich habe vor etlichen Jahren einen Teil von Rotts frühen Sinfonien gehört.«

»Aber wie können Sie dann die Vermutung, Mahler habe sich etwas aus Rotts Werk zu eigen gemacht, einfach als Unsinn abtun?«

»Weil eine solche Art von Betrug nicht in Gustavs Natur liegt. Er ist, so kann man es wohl sagen, eher zu rein, zu lauter für diese Welt. Er macht es sich selber viel zu schwer und dadurch dann auch anderen.«

Werthen drängte weiter. »Waren sie Freunde?«

»Wir waren damals alle irgendwie miteinander befreundet. Aber das war in unseren Studententagen. Rott gehörte eigentlich nicht zu der Sorte von jungen Männern, die gute Freunde haben; er hatte vor allem Verpflichtungen. Als sein Vater starb – seine Mutter war schon einige Jahre zuvor verstorben –, war Rott erst achtzehn. Plötzlich trug er die Last der ganzen Welt auf seinen Schultern. Das hat ihn völlig verstört, da bin ich sicher.«

»Von welcher Last sprechen Sie? Dass er als Jüngling nun allein sein Glück machen musste?«

Rosé nickte. »Seines und das seines jüngeren Bruders. Er musste für sie beide aufkommen und außerdem dafür sorgen, dass der Bruder nicht in Schwierigkeiten geriet.«

»Wie hieß dieser Bruder?«

Rosé überlegte für einen Moment. »Ich denke, Karl. Ich habe ihn nie persönlich getroffen, aber soviel ich hörte, interessierte er sich vor allem für Zechgelage. Und markierte wohl gern den starken Mann bei den Damen. Man erzählte sich, er sei außerehelich geboren. Es gab damals Gerüchte, dass seine Mutter eine Liebschaft mit einem Adeligen gehabt hätte, vielleicht sogar einem Habsburger. Ich weiß es nicht genau, aber Rotts jüngerer Bruder kann damals erst fünfzehn oder sechzehn gewesen sein. Wie gesagt, ich habe ihn nie getroffen, nicht einmal bei Rotts Beerdigung. Es fiel allen auf, dass er fehlte. Nicht so der alte Bruckner. Der hat wie ein kleines Kind um Rott, seinen Lieblingsschüler, geweint.«

Mehr war von Rosé nicht zu erfahren, und so überließ ihn Werthen seiner Geige. Als er den Mittelgang hinaufstieg, trat Regierungsrat Leitner zu ihm.

»Ich hoffe, Sie haben etwas Wichtiges herausgefunden. Die Sache muss allmählich ein Ende haben.«

»Gewiss«, erwiderte Werthen. »Vielen Dank, dass Sie das Gespräch ermöglicht haben.«

»Sind Sie denn jetzt wenigstens kurz davor, den Täter zu fassen?«

»Wir sind ihm dicht auf den Fersen«, antwortete Werthen. »Und kommen ihm jeden Tag ein Stückchen näher.«

Er war sich nicht ganz sicher, aber bei dieser Bemerkung, die eher ein Bluff gewesen war, schien ein Ausdruck ängstlicher Besorgnis über Leitners Gesicht zu zucken. Diese Miene verschwand jedoch ebenso rasch, und Leitner zeigte wieder seinen üblichen nichtssagenden Gesichtsausdruck.

Auf der Bühne ertönte plötzlich lautes Japsen und Bellen,

und Werthen sah verwundert, wie der Inspizient, Siegfried Blauer, ein Rudel Jagdhunde auf die Bühne führte, die an ihren Leinen zerrten. Mit seinem längst aus der Mode gekommenen Backenbart und diesem Rudel von Hunden um sich herum sah er fast wie eine jüngere Version von Kaiser Franz Joseph aus.

»Meine Güte, Herr«, fuhr Blauer einen neben ihm stehenden Mann in Lederhosen dröhnend an. »Haben Sie nicht behauptet, diese Tiere wären abgerichtet?«

»Das sind sie auch«, gab der andere zurück. »Aber für die Jagd, nicht um hier possierlich auf der Bühne herumzutollen.«

»Leitner!« Blauer schirmte mit der Hand die Augen ab, um gegen die starke Beleuchtung in den Zuschauerraum sehen zu können. »Sind Sie da oben? Hören Sie mich? Das ist kompletter Wahnsinn. Siebzig Hunde für die Auftaktszene? Der Kerl muss verrückt geworden sein.«

Leitner wandte sich kurz Werthen zu. »Er spricht von Herrn Mahler, fürchte ich. Es war sein Wunsch, die Hunde auf der Bühne zu haben. Er versteht es wirklich großartig, theatralische Effekte zu erzeugen.«

»Leitner!«, schrie Blauer nochmals in seinem schleppenden Ottakringer Dialekt. »Wir brauchen wenigstens Viecher, die ihr Wasser halten können, solange sie auf der Bühne sind.«

»Sie entschuldigen, Herr Werthen, aber ich glaube, ich sollte mich dieser Angelegenheit annehmen.«

»Selbstverständlich. Und danke nochmals.«

Aber Leitner war zu stark mit dem Hundedrama beschäftigt, um ihm noch weiter seine Aufmerksamkeit zu schenken.

»Was gibt's zu feiern?«, fragte Werthen, als er am Abend in seine Wohnung zurückkehrte.

Eine geöffnete Flasche Sekt stand in einem Eiskübel. Gross und Herr Meisner prosteten sich mit ihren langstieligen Gläsern zu. Berthe stieß ebenfalls mit ihnen an, aber in ihrem Glas schien Wasser zu sein.

»Ah, Werthen«, sagte Gross ganz jovial. »Da sind Sie endlich. Schön, dass Sie rechtzeitig zu Beginn der Feierlichkeiten nach Hause kommen konnten.«

»Was wird gefeiert, wenn ich fragen darf?«

Gross strahlte ihn an. »Sie arbeiten doch als privater Ermittler. Sagen *Sie* mir, was hier gefeiert wird.«

»Sie haben es geschafft. Sie haben den Musikkode geknackt.«

»Ich nicht«, sagte Gross ein wenig enttäuscht. »Nein, die Lorbeeren gehen an Ihren verehrten Herrn Schwiegerpapa.«

»Das ist ja wunderbar. Und was sagen die Noten?«

Gross schwang sein Sektglas, als sei es ein Taktstock. »Zuerst müssen Sie die Entdeckung nachvollziehen.«

»Also wirklich, Gross!«, fuhr Werthen hoch. »Wir haben wohl kaum die Zeit für solche Gesellschaftsspiele.«

»Karl«, unterbrach Berthe ihn. »Sei doch nicht so. Es ist wirklich ganz bezaubernd. Komm, Papa, erzähl ihm, wie du den Kode aufgelöst hast.«

Herr Meisner stimmte etwas halbherzig in die allgemeine Ausgelassenheit ein. Werthen spürte, dass er vor allem seine Tochter glücklich machen wollte.

»Es war wirklich keine große Leistung«, begann er.

»Unsinn«, sagte Gross. »Ich habe meine ganzen Dechiffrierkenntnisse erfolglos angewandt: die numerischen und die alphabetischen Kodierungen, einfach alles vom Verschlüsselungsverfahren Cäsars bis zum System Napoleons. Ich war kurz davor, mir die wenigen Haare, die ich noch habe, auszuraufen.

Dann aber hat sich unser allwissender Kollege, Herr Meisner, ins Gefecht gestürzt.«

Diese Lobhymnen waren Herrn Meisner ganz offensichtlich peinlich, trotzdem lächelte er höflich.

»Bitte, Papa«, drängte Berthe.

»Nun, ich gebe zu, am Anfang schien es ein harter Brocken zu sein. Aber wie ich bereits sagte, habe ich mich schon früher mit Notenchiffrierungen beschäftigt. Seit den Zeiten Bachs haben Musiker so etwas immer wieder benutzt, um in ihren Kompositionen geheime Nachrichten zu verbergen. In der Regel benutzte man die Buchstabenbezeichnungen der Noten, um eine Botschaft zu buchstabieren. Die bestand zumeist aus den Namen von Freunden und Mitarbeitern.«

»Richtig«, sagte Werthen. »Man hat mir erzählt, dass auch Brahms solche Spiele schätzte.«

Herr Meisner warf ihm einen freundlichen Blick zu. »Genau. Bach nutze die Notenfolge F-A-B-E in seinen Kanons, um auf seinen Komponistenkollegen und Freund J. C. Faber zu verweisen. Mit den Jahren wurden die Komponisten immer erfinderischer hinsichtlich der Entwicklung ihres Alphabets. *Es* stand für den Buchstaben S, und *His* stand für ein H. Sie erwähnten Brahms, aber auch Schumann hatte seine Freude daran, die Namen seiner Freunde in sein Werk einzubauen. Mir wurde einmal erzählt, dass der irische Komponist John Field der Gastgeberin eines abendlichen Dinners Melodien widmete, die die Buchstabenfolgen B-E-E-F, wie Rindfleisch und C-A-B-B-A-G-E wie Kohl enthielten. Und erst im vergangenen Jahr hat der britische Komponist Edward Elgar, als er seine *Enigma Variations* herausbrachte, angedeutet, er spiele in seinen Variationen mit der Melodie einer sehr bekannten alten

Weise. Ich muss gestehen, dass ich das Rätsel noch nicht ganz gelöst habe, tendiere aber dazu, *Auld Lang Syne* für seine Inspirationsquelle zu halten.«

»Und hier haben wir eine ähnlich einfache Verschlüsselung?«, erkundigte sich Werthen.

»Leider nicht. Musiker haben auch Kodes entwickelt, die eine Skala von aufsteigenden Viertelnoten nutzten, ein Dutzend von ihnen stand für die ersten zwölf Buchstaben des Alphabets. Auch der Rhythmus wurde in diese Bemühungen miteinbezogen, man entwickelte Codes, die dem Morsealphabet ähnelten. Und dann hatte man auch noch mit einfachen Verfahren der Kodierung durch Buchstabenersetzung zu ringen. Der große Kryptograf des neunzehnten Jahrhunderts Ak-Kindi aus Bagdad hat gezeigt, dass man lediglich ein System entwickeln muss, in dem ein Buchstabe jeweils für einen anderen steht. So würde zum Beispiel A immer durch B ersetzt werden und B auf der anderen Seite durch den Buchstaben H. Und dann haben wir das Werk von Porta, dessen geheimes Alphabet im siebzehnten Jahrhundert oft genutzt wurde. Das wiederum bringt mich nun endlich zur Arbeit des bedeutenden britischen Geistlichen des siebzehnten Jahrhunderts, Bischof John Wilkins.«

»Ja, richtig!« Gross konnte seine Begeisterung nicht mehr zurückhalten. »Seine Abhandlung: *His Mercury: The Secret and Swift Messenger* war eine wahre Offenbarung für mich.«

»Sie sollten auch seine Schrift zur Konstruktion einer künstlichen Sprache für Diplomaten, Wissenschaftler und Philosophen lesen. Es ist ein höchst inspirierender Lesestoff.«

»Papa.« Berthe versuchte sanft, ihn wieder auf ihren eigenen Fall zurückzubringen.

»Also, der gute Bischof schrieb sein Buch über die Kryptografie, als er gerade mal siebenundzwanzig Jahre alt war, und ich denke, dass die Burschen es während des englischen Bürgerkriegs gut nutzen konnten. In seinem Werk geht er auch auf die in Noten versteckte Sprache ein. In Kapitel achtzehn, wenn ich es recht erinnere, postuliert er ein Alphabet aus absteigenden Noten. Er beginnt mit A und lässt die Buchstaben K und Q aus, da ihr Klang durch das C ersetzt werden kann. Aber Wilkens geht noch weiter und benutzt zusätzlich ein System der Buchstabenersetzung. Als Sprachgrundlage bedient er sich des Lateinischen. Als ich mich an dieses System erinnerte, war der Rest nur noch eine reine Fleißarbeit.«

»Wie lautet die geheime Botschaft?«, fragte Werthen, der vor Neugier brannte.

Herr Meisner nahm ein Stück Papier aus seiner Westentasche, blinzelte und las: »Hans Rott grüßt und verdammt dich aus seinem Grab heraus, Mahler.«

»Sind Sie sich dessen absolut sicher?«

Herr Meisner nickte feierlich.

»Aber das ist ja phantastisch«, sagte Werthen.

Gross schlug Werthen auf die Schulter und reichte ihm ein Glas Sekt.

»So, nun wissen Sie auch, warum wir feiern. Jemand, der zu Rott in Verbindung steht, will Rache an Mahler nehmen, da dieser ihm sein Werk gestohlen hat. Jetzt müssen wir nur noch herausfinden, wer dieser Jemand ist.«

Aber Werthen war noch nicht vollständig überzeugt. »Warum sollte diese Person sich denn so entblößen? Warum sollte sie eine so deutliche Spur hinterlassen?«

»Von einer deutlichen Spur kann da wohl keine Rede sein«,

widersprach Gross. »Es brauchte schließlich zwei ausgebildete Kryptografen, um den Geheimsprachenschlüssel zu finden.«

»Dennoch«, beharrte Werthen.

»Mein Freund«, versicherte ihm Gross, »diese Nachricht enthält eine Reihe von wichtigen Hinweisen. Da ist natürlich die Verbindung zu Hans Rott, aber wir wissen nun auch, dass sich unser Feind für unbesiegbar hält. Er hat ein übergroßes Ego und denkt, der Rest der Welt bestände aus lauter Idioten. Also kann er falsche Fährten legen, wie die von der Ermordung berühmter Wiener Komponisten und uns gleichzeitig mit diesem Stück kodierter Musik eine Nase drehen. Diese falsche Fährte zeigt uns außerdem, dass wir ihm mit unserer Untersuchung zu nahe kommen. Zudem erfahren wir hier auch, dass der Täter gewisse Kenntnisse von Musik und Komposition besitzt. Vielleicht ist er sogar mit Musikern befreundet.«

»Mein Gott, könnte es wirklich sein?«, meinte Werthen nachdenklich.

»Was ist denn, Karl?« Aufgeschreckt durch den plötzlichen Wechsel in seinem Tonfall packte Berthe seinen Arm.

»Ich habe heute mit Arnold Rosé gesprochen und dabei von der Existenz eines jüngeren Bruders Rotts erfahren, der wohl nicht unbedingt zur besten Sorte Bürger gehörte.«

Gross klatschte in seine fleischigen Hände. »Aha, jetzt kommen wir weiter!«

16. KAPITEL

Dass die Kirchenglocken so früh läuten, kam Werthen sonderbar vor. Es war noch vor Morgengrauen, als er diesen vermeintlichen Angelus hörte. Seine Schläfen pochten, und sein Mund fühlte sich trocken an. Es war wohl ein Glas Sekt zu viel zur Feier am Abend gewesen.

Bis er merkte, dass nicht die Glocken läuteten, sondern sein Telefon klingelte, war es zu spät, aber kurz danach klopfte es nachdrücklich an seiner Schlafzimmertür.

Berthe drehte sich schlaftrunken um. »Was ist das, Karl?«

»Es ist nichts, Liebling. Schlaf nur weiter.«

Er stand auf, zog seinen seidenen Morgenmantel an und ging zur Tür.

Es war Gross. Er wirkte übernächtigt, ein paar Stirnfransen seines Tonsurschnitts standen wirr vom Kopf ab, und er sprach leise, aber mit großer Dringlichkeit.

»Ziehen Sie sich an. Unser Mann hat wieder zugeschlagen.«

Sie lag auf dem Rücken in einer Lache getrockneten Blutes. An der klaffenden Wunde am Nacken saßen schon die ersten Fliegen. Drechsler schlug mit seinem Hut, einer Melone, nach den lästigen Insekten.

»Das gefällt mir ganz und gar nicht!«, stieß er hervor. »Ich nenne Ihnen den Namen der jungen Frau und wo sie ihre Bleibe hat, und als Nächstes höre ich von ihrem Tod. Wem haben Sie davon erzählt?«

»Und mir gefällt Ihre Unterstellung ganz und gar nicht, Kommissar. Ich habe niemandem davon erzählt. Nicht einmal Gross. Das habe ich schlicht und einfach vergessen. Es ist mir etwas anderes dazwischen gekommen.«

»Werthen!«, fuhr Gross auf. »Wie konnten Sie nur, Mann? Hätte ich von ihrer Existenz gewusst, würde diese junge Frau vielleicht noch leben.«

Diese Bemerkung war so absurd, dass noch nicht einmal Drechsler etwas dazu sagte.

Sie standen in der Dachstube von Mitzi Paulus, deren Namen Drechsler tatsächlich am Tage zuvor Werthen gegenüber erwähnt hatte. Ein Polizist hatte das kleine Fenster aufgerissen, aber die Gerüche über dem Kohlmarkt waren kaum angenehmer als die im Raum: ein Gemisch von billigem Parfüm, menschlichem Schweiß und getrocknetem Blut. Um sich davon abzulenken, berichtete Werthen Gross kurz, dass diese junge Frau angeblich den Mann identifizieren konnte, den sie in der Nacht der Ermordung von Herrn Gunther gesehen hatte.

Dann wandte er sich an Drechsler und sagte: »Ich gehe davon aus, dass Ihr Beamter nicht noch einmal mit ihr sprechen konnte?«

»Das ist richtig«, erwiderte Drechsler mürrisch. »Aber wie zum Teufel hat er herausgefunden, dass wir mit Hilfe dieser Prostituierten auf seiner Spur waren?«

Gross seufzte. »Sie arbeitete in einem gefährlichen Milieu. Vielleicht handelt es sich bei diesem Mord ja nur um ein zufälliges Zusammentreffen von Opfer und Täter.« Das sagte er ohne jede Überzeugungskraft; es war klar, dass er selbst nicht daran glaubte.

»Denken Sie nach, mein Herr«, beharrte Drechsler. »Es muss jemanden gegeben haben, der davon wusste. Vielleicht hat jemand unser Gespräch mitgehört?«

Werthen fiel lediglich ein, dass Herr Tor an der Bürotür erschienen war, als Drechsler das Büro verließ. Konnte er etwas gehört haben? Aber das war völlig absurd. Der graumäusige Tor war wohl kaum zu einem Mord fähig. Werthen erwähnte also nichts von Tor und ging stattdessen lieber in die Offensive.

»Man könnte genauso gut annehmen, dass Ihr Gendarm zu vielen Freunden von seinem großen Erfolg erzählt hat. Oder Sie selbst haben bei unpassender Gelegenheit davon gesprochen, und jemand hat es aufgeschnappt?«

»Ich muss schon sagen, Herr Drechsler«, fügte Gross hinzu, »dass ich Werthen hier von ganzem Herzen zustimme. Warum sollte er der Schuldige sein?«

»Meindl wird toben vor Wut.«

»Das ist Meindls Problem, nicht unseres«, sagte Gross.

Mit Hilfe des Briefes von Montenuovo erhielten Werthen und Gross Zutritt zum k.u.k. Hofarchiv in der Hofburg und präsentierten dort einem kränklich aussehenden Beamten im weißen Kittel ihre Anfrage wegen einer Geburtsurkunde. Sie suchten nach Aufzeichnungen über einen Karl Rott, der ungefähr 1860 geboren war. Rosé hatte gesagt, dass der Bruder von Hans Rott, der Jahrgang 1858 gewesen war, etwa zwei Jahre jünger sein musste.

Der Beamte hatte einen Tintenfleck am rechten Ohrläppchen, der wohl von seiner Gewohnheit herrührte, das Ohr mit seiner Schreibhand zu kratzen. Der junge Mann verschwand mit ihrem Formular in einem Labyrinth von Holzregalen, in denen sich eine beachtliche Ansammlung voluminöser grauer Aktenordner drängte.

Nachdem Werthen erzählt hatte, er habe von Rosé gehört, dass es einige Gerüchte um die vielleicht nicht rechtmäßige Geburt des zweiten Sohnes gegeben hatte, bestand Gross darauf, nach der Geburtsurkunde zu forschen.

Während sie warteten, dachte Werthen wieder darüber nach, wie die Information über Mitzi Paulus an den Mörder gelangt sein könnte. Vielleicht war es so wie bei Herrn Gunther, dass der Mann bislang Unerledigtes zu Ende führen wollte, indem er jeden denkbaren Zeugen seiner Verbrechen beseitigte. Demnach hätte er sich an die junge Frau erinnert, die sich ihm genähert und ihm in sein ausdrucksloses Auge geschaut hatte. Er kannte ja ihre Ecke, an der sie zu finden war. Aber würde sie tatsächlich mit ihm gehen? Schließlich hatte sie ausgesagt, dass sie ihn wiedererkennen würde. Er hatte sie eingeschüchtert, als sie ihn das erste Mal gesehen hatte. Und jetzt hatte sie gewusst, dass er von der Polizei gesucht wurde. Man konnte davon ausgehen, dass sie dann noch viel ängstlicher gewesen wäre.

Oder es war so, wie sie schon länger vermuteten, dass der Täter nicht allein arbeitete. Er konnte jemanden zu Mitzi Paulus geschickt haben, einen Fremden, der mit ihr einig wurde und die drei Fluchten knarrender Stufen zu ihrer Dachkammer über dem Kohlmarkt hochstapfte, um ihr dann die Kehle aufzuschlitzen, nachdem sie sich ausgezogen hatte und hilflos war.

Ihr Rachegott war ein wirklicher Hundesohn, kein Mensch. Wie viele Menschenleben hatte seine Jagd auf Mahler schon gekostet? Drei unschuldige Opfer.

»Hier gibt es nichts über einen Karl Rott.« Der Beamte war zurückgekehrt, aber nicht mit leeren Händen. »Ich habe aber etwas über Hans Rott gefunden. Da ich ohnehin gerade beim Buchstaben ›R‹ war, habe ich nachgeschaut.«

»Aber wir suchen nicht nach Hans«, sagte Gross missbilligend.

»Das habe ich durchaus verstanden, meine Herren. Da Sie aber vom Prinzen Montenuovo selbst entsandt wurden, dachte ich mir, dass Sie ein wenig Gründlichkeit zu schätzen wüssten.«

»Sehr richtig«, erwiderte Gross und versuchte, seine Unruhe im Zaum zu halten. »Vergeben Sie meinen schroffen Ton.«

»Ist schon in Ordnung, mein Herr. Die meisten unserer Besucher schenken mir keinerlei Beachtung, so als sei ich nur ein Teil des Inventars. Ich weiß es dennoch zu schätzen, wenn meine Sorgfalt nicht unbemerkt bleibt.«

»Vielleicht könnten Sie uns einfach darüber informieren, was Sie gefunden haben, da Sie es nun gefunden haben«, sagte Gross ungeduldig.

Der Beamte drückte den Ordner fester an seine Brust. »Also, hier wird ein Hans Rott erwähnt, der Erstgeborene des Schauspielers Karl Matthias Roth, woraus später Rott wurde, und einer Maria Rosalia Lutz, einer Sängerin. Ein später angefertigter Zusatz zeigt an, dass er einen Halbbruder hatte, der den Namen Rott annehmen durfte.«

»Halbbruder?«, sagte Werthen. »Wessen Kind war er dann?«

Der junge Beamte errötete bei diesen Worten. »Hier steht geschrieben, dass der Ordner dieses Bruders im kaiserlichen Hausarchiv steht. Vielleicht kann Prinz Montenuovo Ihnen diesbezüglich weiterhelfen.«

Werthen war sofort klar, was dies zu bedeuten hatte. Der jüngere Bruder war höchst wahrscheinlich das illegitime Kind der Maria Lutz und eines Mitglieds der königlichen Familie.

»Sie glauben also, es sei wichtig?«, fragte Prinz Montenuovo, nachdem Gross den Grund ihres Besuches genannt hatte.

»Es ist unerlässlich, Euer Gnaden«, sagte Gross.

»Dies ist nicht gerade die Art von Information, die Wir gerne veröffentlicht sehen.«

»Es könnte sich um unseren Mörder handeln, denselben Mann, der auch für die Mordversuche auf Mahler verantwortlich ist«, warf Werthen ein. Sie hatten keine Zeit für Etikette.

»Verstehe«, erwiderte Montenuovo. Er lehnte sich in seinem Stuhl zurück, schaute zu einem Fresko zweier tanzender Putten an der Decke über seinem Barocktisch und schnalzte dann ganz unhoheitsvoll mit der Zunge.

»Also dann. Wenn Sie bitte draußen warten würden. Mein Diener wird sich darum kümmern.«

Zehn Minuten später wurde ihnen die Geburtsurkunde des Wilhelm Karl übergeben, geboren am 20. Dezember 1860, der später den Familiennamen Rott trug. In der Urkunde wurde als der wirkliche Vater der Erzherzog Wilhelm genannt, einer von Franz Josephs Brüdern. Der Prinz blieb Junggeselle und starb 1984, aber sein Nachkomme lebte offensichtlich noch.

Mahler schien wieder ganz der Alte zu sein; er studierte gerade die Partitur des *Tannhäuser*, als Justine Werthen in das große Wohnzimmer mit dem Bösendorfer-Flügel führte. Gross war unterdessen wegen weiterer Hinweise zu Drechsler gegangen.

Werthen hatte sich schon immer gefragt, wie ein Dirigent es schaffte, ein Orchester mit fünfzig oder sogar mehr Musikern und überdies eine Besetzung von manchmal über hundert Sängern zu dirigieren, speziell in Mahlers grandiosen Vorstellungen von zwei- bis dreistündigen komplexen und anspruchsvollen Opernpartituren. Hier sah er einen offensichtlichen Teil der Erklärung: harte Arbeit, Aufmerksamkeit für jedes noch so kleine Detail und intensives Pauken, das einen Matura-Kandidaten vor Neid erblassen lassen würde. Mahler, der die Oper sicherlich schon hundert Mal in seiner Karriere dirigiert hatte, folgte der Partitur Note für Note mit der linken Hand und machte sich mit der rechten Hand detaillierte letzte Notizen.

Obwohl er vor nur wenigen Tagen noch dem Tode nahe gewesen war, würde Mahler am Abend die Sondervorstellung des *Tannhäuser* zu Ehren von Wagners Witwe leiten. Cosima Wagner würde am Abend persönlich anwesend sein.

»Werthen!«, rief er, sobald er den Anwalt bemerkt hatte, »haben Sie ihn gefasst?«

»Bald, Herr Mahler.«

Der Komponist nickte seiner Schwester zu, die an der Tür wartete. Justine schloss leise die Tür und entfernte sich.

»Ich muss Ihnen und Ihren Detektivkollegen gegenüber eine Sache ganz klarstellen. Ich möchte nicht, dass meine Schwester Natalie und Herr Rosé weiterhin mit Ihren Nachforschungen belästigt werden. Man darf Sie nicht wie gewöhnliche Kriminelle behandeln. Ist das klar genug ausgedrückt?«

Sein Gesicht nahm plötzlich einen rücksichtslosen und bösartigen Ausdruck an.

Aber Werthen ließ sich von diesem herrischen Benehmen nicht einschüchtern.

»Jemand versucht, Sie zu töten, Herr Mahler. Diese Person hat schon drei Menschen auf dem Gewissen.«

»Drei?«

»Ja. Ich komme gerade von dem grauenvollen Tatort eines Verbrechens. Dort wurde eine junge Frau förmlich abgeschlachtet. Sie hat wahrscheinlich unseren Verdächtigen dabei beobachtet, wie er Herrn Gunthers Haus verließ, und hat dafür mit dem Leben bezahlt.«

»Das ist ja furchtbar!«, stieß Mahler hervor.

»Ja, und wir haben jetzt keine Zeit mehr für Mutmaßungen oder gesellschaftliche und familiäre Rücksichtnahmen. Sie haben mich engagiert, um eine Arbeit zu erledigen, und genau das werde ich tun.«

»Gut, aber wo waren Sie, als ich Sie brauchte? Sie haben Ihren Assistenten geschickt, der an Ihrer Stelle die Arbeit erledigen sollte.«

Werthen hütete sich, das Offensichtliche auszusprechen: dass niemand einen Mörder aufhalten kann, der entschlossen genug und sogar bereit ist, sein eigenes Leben aufs Spiel zu setzen, um die Tat zu begehen.

»Tor ist ein kompetenter Mann«, entgegnete Werthen.

»Für Testamente und Treuhandangelegenheiten mag das zutreffen. Ich habe Sie aber darüber hinaus noch für andere Dinge engagiert. Außerdem kam er zu spät.« Mahler zog angesichts dieser unverzeihlichen Sünde eine Augenbraue hoch.

»Sie kennen doch die umständlichen Zugverbindungen, auf die man angewiesen ist. Die Züge sind auch nicht immer pünktlich.«

»Er kam einen ganzen Tag zu spät«, erklärte Mahler. »Wir haben ihn am Mittwoch erwartet. Schließlich ist er am Donnerstag angekommen, musste dann aber noch am selben Nachmittag zurück in die Stadt.«

»Die Polizei war doch vor Ort. Wenn die Sie nicht beschützen konnte, steht zu bezweifeln, dass selbst ich es gekonnt hätte.«

»Die Polizei!« Mahler spie das Wort fast hervor.

»Ich bin jedoch nicht deswegen zu Ihnen gekommen. Ich möchte etwas über Hans Rott erfahren.«

Mahler blickte von der Tastatur auf.

»Wo habe ich nur meine Manieren gelassen? Bitte, setzen Sie sich doch.«

Er erhob sich von der Klavierbank und führte Werthen zu zwei Stühlen neben der Liege. Sie setzten sich, und Mahler sah Werthen blinzelnd an.

»Was genau möchten Sie wissen?«

»Könnte jemand, der in Beziehung zu Rott steht, Grund haben, Ihnen etwas anzutun?«

»Maria und Josef! Geht es wieder um diese alten Gerüchte, die mir wie eine Fuhre Mist folgen? Genug davon!, sage ich. Ich will nichts mehr davon hören.«

»Es könnte also einen Grund geben?«

Mahler machte den Eindruck, als würde er jeden Augenblick explodieren; eine Vene an seiner Schläfe schwoll bedrohlich an und pulsierte beunruhigend schnell.

»Ich werde dies nur ein einziges Mal sagen, weil Sie für mich und die Meinen wirklich ein Fremder sind. Sie kennen den hohen Wert nicht, den ich der Ehrlichkeit und Loyalität beimesse. Also, um Ihre Frage zu beantworten: Nein, ein geistig gesunder Mensch hätte keinen Grund für eine Rache wegen irgendeines Unrechts, das ich Hans Rott angetan hätte. Die Kunst ist heilig, Werthen, verstehen Sie das nicht?«

»Ich bin leider nur ein Advokat. Erklären Sie es mir, Herr Mahler, bitte.«

Mahler schürzte die Lippen. Offenbar fand er den ironischen Kommentar überhaupt nicht amüsant.

»Die Arbeit eines Künstlers, in diesem Fall Rotts Kompositionen, sind wie eine Kommunion mit dem großen Unbekannten. Mit dem Geist, der das Universum beseelt. Solch ein Werk zu stehlen wäre eine schwere Sünde. Damit meine ich nicht Einflüsse. Wir alle werden von jenen beeinflusst, die vor uns gegangen sind. Wir rühmen diese Menschen, um ihren Einfluss auf unser Werk darzustellen. Aber jemandes Noten zu nehmen, Themen oder Melodien zu stehlen … Das ist vollkommen undenkbar. Können Sie das nicht verstehen?«

Werthen erwiderte nichts. Mahler wirkte aufrichtig.

»Also, nein. Ich habe keine Ahnung, warum irgendjemand in Verbindung mit Rott an mir Rache üben wollte. Ich habe ihn immer verehrt. Er war der *Reinste* aus unserer Generation. Vielleicht war er der beste Komponist, den ich je gekannt habe. Ein einfacher Mensch, aber Künstler durch und durch. Ich habe ihn nie verletzt. Tatsächlich war ich ihm gegenüber sehr großzügig in Gelddingen. Er war immer mittellos, ein Waisenkind, müssen Sie wissen. Er hatte zudem noch einen Bruder, den er unterstützen musste.«

»Wilhelm Karl«, warf Werthen ein. »Haben Sie ihn gekannt?«

Mahler schüttelte den Kopf. »Ich habe ihn nie kennengelernt. Wenn ich mich recht erinnere, war er der jüngere Bruder. Er ist angeblich nach Amerika gegangen, wahrscheinlich auf der Flucht vor Gläubigern. Oder einem zornigen Vater.«

Werthen überdachte das eben Gehörte.

»Nun, mein lieber Advokat. Wenn es nichts Dringendes mehr gibt … ich muss mich auf eine Aufführung vorbereiten.«

»Nein wirklich, Fräulein Schindler. Ich kann eine solche Großzügigkeit nicht annehmen.«

Berthe war verblüfft ob der Ungezogenheit der jungen Frau. Wieder war sie unangemeldet erschienen und auch noch sichtbar enttäuscht, dass Karl sie nicht persönlich begrüßte. Berthe hielt sich zwar selbst für etwas unkonventionell, was gesellschaftliche Etikette anging, aber dies hier ging auch ihr zu weit.

»Nein, nein, Frau Werthen …!«

»Meisner«, berichtigte Berthe sie nachdrücklich. »Frau Meisner.« Sie hatte das Gefühl, dass diese junge Frau sehr wohl ihren Namen kannte, aber sich einfach weigerte, ihn zu benutzen. Vielleicht um die ältere Frau als die konventionellere dastehen zu lassen.

Diese Reaktion entmutigte die überschwängliche junge Frau keineswegs. Sie benahm sich wie ein junger Welpe, der gerade einen neuen Pantoffel zum Spielen entdeckt hatte.

»Entschuldigen Sie bitte«, sagte sie fröhlich, »Frau Meisner. Aber wie ich gerade sagen wollte, werden die Eintrittskarten verfallen, wenn Sie und Ihr Ehemann sie nicht nutzen. Meinen Stiefvater, Herrn Moll, hat eine unangenehme Sommergrippe erwischt, und Mama weigert sich, ihn allein zu lassen. Außerdem ist sie … indisponiert und fühlt sich wohler, denke ich, wenn sie den neugierigen Blicken der Gesellschaft entzogen bleibt.«

»Indisponiert?«, fragte Berthe, die genau wusste, wie sie diesen beschönigenden Ausdruck verstehen musste. Aber sie bestand darauf, dass Fräulein Schindler selbst das Wort aussprach. Welch eine unangebrachte Prüderie, dachte sie. Als müsste man sich dafür schämen, ein Kind zu bekommen.

»Ich meinte schwanger«, rang sich Fräulein Schindler schließlich ab.

Dann überraschte sie Berthe, denn sie brach in Tränen aus.

»Auch die allerletzte Erinnerung an Vater wird jetzt verlorengehen«, stieß sie unter Tränen hervor.

Was immer Berthe auch von der jungen Frau halten mochte, diese Tränen schienen ebenso echt zu sein wie die lang aufgestauten Gefühle, die sie auslösten. Berthe erhob sich, ging zu ihr hinüber, setzte sich neben sie auf das Ledersofa und legte zögernd einen Arm um sie.

»Ist ja gut«, tröstete Berthe sie und wollte gerade etwas Idiotisches sagen, wie dass es sich nicht lohnen würde zu weinen oder sie solle sich keine Sorgen machen. »Weinen Sie sich ruhig aus«, sagte sie dann stattdessen.

Schließlich versiegten die Tränen, und Alma Schindler sah Berthe mit großen Augen an.

»Ich werden von bösen Vorahnungen geplagt, Frau Meisner. Was passiert, wenn Mama bei der Niederkunft stirbt? Sie ist doch eigentlich zu alt, um noch ein Kind zu bekommen. Diese Geburt kann gefährlich für sie sein. Dann sind meine Schwester und ich wirklich verwaist. Zuerst mein geliebter Vater und jetzt die Mama. Oder aber, und ich sage das nur sehr ungern, Mama wird ihre Aufmerksamkeit ganz dem neuen Kind zuwenden. Das wäre genau so schlimm, wie ein Waisenkind zu werden. Und mein Stiefvater wird mit diesem einfachen Akt der Zeugung meinen toten Vater in Mutters Gunst vollständig verdrängen. Ich weiß, dass ich wie ein verzogenes junges Ding klinge, wenn ich so von meinen Ängsten spreche, aber so ist es nun mal. Ich sollte Mamas neues Baby mit Freuden begrüßen, stattdessen graust mir davor.«

Berthe spürte, wie sich ihr Herz der jungen Frau öffnete, die plötzlich so verwundbar erschien. War es das, was ihr Vater an jenem Abend gefühlt hatte? Hatte er darum Fräulein Schindler so großmütig behandelt?

»Ich weiß Ihre Offenheit zu schätzen, Fräulein Schindler. Wir haben kaum Kontrolle über derartige Ängste. Und ich möchte mein kleines Geheimnis mit Ihnen teilen. Auch ich bin schwanger und zugleich erfüllt mit Freude und Ängsten. Ich habe Angst davor, dass ich, sobald ich Mutter geworden bin, nur noch dieses sein darf. Dass Mutterschaft für mich zu einer Art von Falle wird, weil die Gesellschaft meine Rolle ganz eng begrenzt. Und dass mein Ehemann die Erfüllung dieser Rolle ebenfalls von mir erwarten könnte.«

»Sie sind eine sehr ehrgeizige Frau, Frau Meisner.« Alma Schindlers Augen funkelten, als sie dies sagte, obwohl sie noch gerötet vom Weinen waren.

So hatte Berthe sich selbst nie eingeschätzt. »Ja«, sagte sie. »Ich glaube, das bin ich. Ich möchte eine eigene Person sein, wenn Sie wissen, was ich meine.«

Alma Schindler zappelte geradezu vor Begeisterung über diese Äußerung.

»Oh, das verstehe ich gut. Ich fühle nämlich genauso. Und ich verspüre Sterbensängste davor, mich in einen Mann zu verlieben, der meine Persönlichkeit, meinen Geist unterdrücken will.«

»Aber könnten Sie denn jemals einen solchen Mann lieben?«, wollte Berthe verwundert wissen.

»Natürlich. Jeder Mann, zu dem ich mich je hingezogen fühlte, war ein kraftvolles, dominierendes und kreatives Genie. Solche Männer dulden in ihrem Haushalt keine Talente neben sich.«

Berthe fand, dass es in diesem Fall kaum eine schlechtere Wahl für Fräulein Schindler geben könnte als ausgerechnet Gustav Mahler. Wenn ein Mann vollständig über seine Karriere und seinen Haushalt herrschte, dann er.

»So bin ich eben«, erklärte Fräulein Schindler strahlend. »Voller Widersprüche. Mein Verstand hat keine Macht darüber, wohin mein Herz mich führt.«

»Dann würde ich Ihrem Herzen vielleicht eine Art Maulkorb verpassen«, sagte Berthe lachend. »Zumindest für die nächsten Jahre, bis Sie selbständig genug und eine starke Frau geworden sind.«

»Bitte sagen Sie, dass Sie kommen werden«, bat Fräulein Schindler sie inständig.

»Wohin soll sie kommen, meine Teure?«, fragte Herr Meisner, der von einem kleinen Verdauungsspaziergang zurückgekehrt war und jetzt ins Wohnzimmer trat. »Ich möchte hinzufügen, wie bezaubernd es ist, Sie wieder bei uns zu sehen.«

»Ich freue mich auch sehr, Sie zu sehen Herr Meisner.« Alma stand auf, fast wie ein wohlerzogenes Mädchen, als der ältere Mann zu ihr trat.

Er bedeutete ihr mit einer Handbewegung, sie sollte sitzen bleiben. »Wohin also soll es gehen?«, wiederholte er seine Frage.

»Ich versuche gerade, Ihre Tochter davon zu überzeugen, mich heute Abend in die Hofoper zu begleiten. Ich habe Karten für den *Tannhäuser*.«

Sie berichtete kurz von der Krankheit ihrer Familie, und dass ihre Mutter ihren Ehemann nicht allein lassen wollte.

»Eine ganz ausgezeichnete Idee«, meinte Herr Meisner. »Es wird Berthe guttun, wenn sie die Wohnung einmal für einen Abend verlässt. Es ist eine alberne, ja vorsintflutliche Vorstellung, dass eine Frau in diesen Umständen das Bett hüten müsste.«

Er unterbrach sich plötzlich, weil er fürchtete, etwas Falsches gesagt zu haben.

»Schon gut, Vater«, meinte Berthe und fügte scherzend hinzu: »Ich habe Fräulein Schindler bereits von meinem ach so empfindlichen Zustand erzählt.«

Herr Meisner lächelte. »Na bitte, und was halten Sie davon, Fräulein Schindler? Würde Berthe die belebende kulturelle Atmosphäre der Hofoper nicht guttun? Selbst wenn es sich um Wagner handelt.«

»Aber Herr Meisner! Wagner ist der Gipfel der Kunst.«

»Ein Gipfel fürwahr, doch vielleicht auf einem weit entfernten Mond, Fräulein Schindler?«

Sie lachte. »Nein, Herr Meisner. Sie missverstehen mich. Wagner ist ein sehr irdischer Gipfel und für Frau Meisner vollkommen geeignet.«

»Und Sie sagten, dass sowohl Ihre Mutter als auch Ihr Vater verhindert sind?«, fuhr er fort.

»Ich hatte gehofft, Herrn Werthen überreden zu können, uns zu begleiten«, sagte Fräulein Schindler.

Herr Meisner schüttelte bloß den Kopf zu diesem Vorschlag.

»Unsinn. Karl ist viel zu sehr damit beschäftigt, diesen Schurken zu erwischen, bevor er noch mehr Unheil anrichtet. Ich dagegen bin ein alter Mann, der in der großen Stadt nichts mit sich anzufangen weiß, und würde nur zu gerne zwei junge Schönheiten zum Gipfel der Musik begleiten.«

»Vater!« Berthe war jedoch nicht annähernd so entrüstet, wie sie sich anhörte.

Fräulein Schindler sah sie schelmisch an. »Also abgemacht, Frau Meisner?«

»Also …«, versuchte Berthe sich zu widersetzen.

»Du kennst Karls Musikgeschmack, er bevorzugt Sinfonien und Kammermusik«, fiel Herr Meisner ihr ins Wort. »Ich tue ihm also nur einen Gefallen, wenn ich an seiner Stelle zum *Tannhäuser* gehe.«

»Da hören Sie es, Fräulein Schindler. Mein Vater hat gesprochen. Wir freuen uns sehr, Sie begleiten zu dürfen.«

Werthens Gedanken waren in blankem Aufruhr. Er ging von Mahlers Wohnung zum *Café Frauenhuber*, wo er sich mit Gross treffen wollte, und hoffte, dass der bloße Rhythmus seiner Schritte ihm dabei helfen würde, Ordnung in das Chaos der Gedanken zu bringen.

Sobald er Mahlers Wohnung verlassen hatte, fiel ihm eine Bemerkung des Komponisten wieder ein. Tor war demnach erst am letzten Donnerstag in Altaussee angekommen. Zuerst hatte Werthen nicht verstanden, warum dies von Bedeutung sein könnte. Vielleicht hatte Tor unterwegs noch einen Freund besucht. Vielleicht hatte er, wenn auch unerlaubt, einen Tag Urlaub genommen. Verdient hatte er es, er hätte Werthen nur um Erlaubnis zu fragen brauchen. Welche Rolle konnte das schon spielen?

Doch während er weiterging, ließ ihn diese kleine Unstimmigkeit nicht los, bis er die wahre Bedeutung verstand: Wenn

Tor nicht vor Donnerstag in Altaussee angekommen war, hatte er am Mittwoch noch in Wien sein können. Am Tag des Überfalls in Werthens Büro.

Eine Straße weiter hatte Werthen jedoch eingesehen, wie vollkommen lächerlich diese Unterstellung war. Wenn Tor nach einem Dokument im Büro gesucht hätte – zum Beispiel den von ihm selbst verfassten Brief –, hätte er nur in Werthens Abwesenheit einmal alle Schubladen durchwühlen müssen. Dazu hätte er ausreichend Gelegenheit gehabt. Es hatte keinen Sinn, mit einem Einbruch Aufmerksamkeit zu erregen, alles auf den Kopf zu stellen und ihn dann auch noch niederzuschlagen.

An der nächsten Straßenecke erklärte Werthen dieses Argument wieder für null und nichtig. Denn vielleicht wollte Tor eben gerade die Aufmerksamkeit auf einen solchen Einbruch lenken, weil dann niemand ihn verdächtigen würde, und zwar aus eben den Gründen, die Werthen gerade dargelegt hatte. Mit anderen Worten, Tor hatte den Einbruch und Überfall auf Werthen begangen, um eine falsche Fährte zu legen und von sich abzulenken.

Werthen hatte mittlerweile die Ringstraße erreicht und steuerte durch das Gewirr von Gassen zu dem Café. Er erinnerte sich noch einmal an das Gespräch mit Natalie Bauer-Lechner letzten Freitag auf dem Bahnhof, als sie Mahler halbtot nach Wien zurückgebracht hatten. Auch sie hatte Mahlers Worte bestätigt. Werthen hatte es zu der Zeit gar nicht registriert, aber ganz offensichtlich war es ins Unterbewusstsein durchgesickert, wie die Nervenärzte es bezeichnen würden.

Natalie Bauer-Lechner hatte erwähnt, das Tor »gestern« angekommen wäre. Was Donnerstag bedeutete, nicht Mittwoch.

Er hatte die Aussage zwar gehört, aber nicht weiter darauf geachtet. Erst jetzt hatte er die wahre Bedeutung dieser Tatsache erkannt.

Gross erwartete ihn schon im Café, er saß am selben Tisch wie an dem Tag, als sie Herrn Hanslick befragt hatten. Herr Otto, der Oberkellner, begrüßte ihn in gewohnt freundlicher Weise und brachte ihm, ohne zu fragen, einen Mokka.

Werthen konnte sich nicht zurückhalten und platzte gleich mit seinem Verdacht gegen Tor heraus.

Gross nickte nur. »In diese Richtung habe ich auch bereits überlegt. Die Entdeckung des Vornamens ›Wilhelm‹ hat den Ausschlag gegeben. Wie auch die Umkehrung seines Familiennamens, aus Rott wurde Tor. Kriminelle neigen dazu, ihre Decknamen aus ihren wirklichen Namen abzuleiten, um sich nicht selbst zu verwirren.«

Werthen spürte, wie die Spannung in ihm wuchs, bis er sie fast mit den Händen zu greifen können glaubte.

»Dann wäre also Tor der lang gesuchte Bruder von Hans Rott, der Rache verübte für die vermeintlichen Plagiate Mahlers an seinem Bruder. Das Alter stimmt ungefähr, und Mahler hatte gehört, dass dieser Bruder nach Amerika gegangen sein sollte. Tor war einige Zeit in Amerika, wie er Berthe berichtet hat. Mein Gott, Gross, er hatte auch ausreichend Gelegenheit. Er war immer zugegen, wenn auf dem Land eine Attacke auf Mahler verübt wurde. Sowohl vor dem Fahrradunfall als auch vor der Vergiftung.«

Werthen dachte einen Augenblick nach. »Aber wie könnte er auch für die Vorfälle in der Hofoper verantwortlich gewesen sein?«

»An dieser Stelle kommt unsere Theorie von einem Komplizen ins Spiel«, erwiderte Gross. »Tor – oder Rott – hat einen Helfer in der Hofoper. Wir können nicht davon ausgehen, dass er selbst Zugang zum Bühnenraum hatte. Wenn doch, wäre ein Fremder dort jedenfalls nicht lange unbemerkt geblieben.«

»Und wie steht es mit Gunther und dieser Frau Paulus?«

Gross rührte seinen Kaffee um. »Entweder haben Tor oder sein Komplize diese Morde begangen.«

»Ich kann mir Tor nur schwer in der Rolle eines Mörders vorstellen«, erwiderte Werthen. Er erinnerte sich an die Schüchternheit und die Zurückhaltung des Mannes, der ein fast hilfloses Wesen zu besitzen schien.

»Jeder kann sein Verhalten und sein Äußeres ebenso leicht ändern wie seinen Namen«, meinte Gross. »Sanftmut ist die beste Tarnung für jemanden, der genug Wut in sich hat, um mehrfach zu töten.«

Gross hatte noch einen Einfall. »Vielleicht sollten wir Frau Ignatz noch einmal befragen. Ich erinnere mich an ihre Aussage, wonach sie am Tag des Überfalls keinen Fremden im Gebäude gesehen hat. Wenn ich dies wörtlich verstehe, bliebe also die Möglichkeit, dass sie Tor gesehen hat. Schließlich ist er kein Fremder für sie. Sollte Tor also Rott sein, erklärt das noch etwas anderes, was mich an dem Überfall auf Sie gestört hat.«

Werthen wollte gerade fragen, was er damit meinte, aber das war überflüssig. Gross war nun nicht mehr zu bremsen.

»Die verschlossene Tür Ihres Büros; bisher sind wir von einem ungewöhnlichen Verhalten eines Einbrechers ausgegangen, aber genauso könnte die geschlossene Tür auf die Gewohnheit eines Angestellten zurückgehen.«

»Wie konnte ich nur so blind sein?«, brach es aus Werthen heraus.

»Schelten Sie sich nicht, mein Freund«, beruhigte Gross ihn. »Ich habe ihn auch nicht durchschaut. Außerdem ist das bis jetzt auch nur Theorie. Wir haben keine sicheren Beweise. Allerdings weiß ich, wie wir diese finden könnten, und zwar ohne Ihre impertinente ›Concierge‹ noch einmal zu befragen.«

»Seine Handschrift«, sagte Werthen. »Die verräterischen Schmierflecken. Wir haben mehrere Stapel seiner handgeschriebenen Dokumente im Büro.«

Sie bezahlten rasch und wollten schon zur Tür hinausstürmen, als Herr Otto Werthen für einen Moment aufhielt.

»Es gibt da einiges, das Sie vielleicht wissen sollten, Herr Advokat. Als Sie in der letzten Woche das Kaffeehaus verließen, ist Ihnen ein Mann gefolgt.«

»Mir ist jemand gefolgt?«

»Ja, er stand dort an der Ecke. Ich habe ihn bemerkt, weil er während Ihres ganzen Gespräches mit Herrn Hanslick dort gewartet hatte. Er tat, als betrachtete er die Auslagen des Hutmachers, aber von Zeit zu Zeit sah er kurz durch die Fenster unseres Kaffeehauses. Als Sie gingen, verhüllte er sorgfältig sein Gesicht vor Ihnen, als fürchtete er, dass Sie ihn sonst erkennen könnten. Nachdem Sie eine Straße weitergegangen waren, ging er Ihnen nach und hatte seinen Bowler tief in die Stirn gezogen.«

»Mein Gott, Herr Otto, Sie würden selbst ein guter Privatdetektiv sein. Können Sie mir den Kerl beschreiben?«

»O ja, mein Herr. Größer als der Durchschnitt und ein bisschen dick. Seine Nase war eher rund als schmal. Er benahm sich sehr zurückhaltend, als sei er bescheiden, vielleicht auch schüchtern. Aber als er Ihnen dann folgte, war mir klar, dass beides nicht zutraf. Eher wie ein Habicht, der seine Beute jagt, wenn Sie verstehen, was ich meine.«

»Ich verstehe Sie, Herr Otto«, antwortete Werthen. »Und vielen Dank.«

Herr Otto hatte gerade eine sehr treffende Beschreibung von Wilhelm Tor gegeben.

»Sie sprachen von ›einigem‹«, sagte Werthen, der schon im Begriff war zu gehen.

Herr Otto nickte. »Ganz recht. In der letzten Woche habe ich Ihnen doch von einem Gespräch zwischen Herrn Hanslick und seinem Freund Herrn Kalbeck erzählt.«

»›Wie Pech und Schwefel‹ sagten Sie über die beiden, wenn ich mich recht entsinne.«

Herr Otto errötete. »Nun, das war vielleicht etwas sehr melodramatisch ausgedrückt. Gestern jedenfalls habe ich ein Gespräch zwischen den beiden mit angehört, das viel erklärt.«

Er sah Werthen verlegen an. »Sie redeten recht laut. Ich bin kein Schnüffler.«

»Das würde ich auch niemals annehmen.«

»Also, offenbar hatten die beiden viel Geld in eine Goldmine in Südamerika gesteckt und gerade erfahren, dass es sich dabei nur um einen riesigen Schwindel handelte. Sie haben wohl ihr Geld und auch ihre Selbstachtung verloren, so wie es sich anhörte. In der letzten Woche hatten sie Wind von dem möglichen Problem bekommen. Darum ging wahrscheinlich in ihrem Gespräch.«

»Also waren sie wohl keine Diebe«, sagte Werthen. »Sondern eher selbst Opfer.«

17. KAPITEL

Der abscheuliche Gestank traf sie wie ein Schlag, als sie die Tür zu Werthens Kanzlei öffneten. Es war, als hätte ein Stinktier alles mit seinem Sekret überzogen. Beide Männer reagierten instinktiv darauf. Werthen presste die Hände auf Mund und Nase, während Gross in seiner Jacke nach einem Taschentuch suchte, um seine Nase zu bedecken.

Sie blieben im Flur stehen und konnten Tor nirgends sehen, doch dann entdeckte Werthen ein Paar Stiefel, das hinter dem Schreibtisch hervorragte.

Wilhelm Tor war offenbar nicht gerade auf eine angenehme Weise gestorben. Sein Mund war in einem verzerrten Ausdruck des Schmerzes erstarrt. Grüne Galle und Erbrochenes waren über seine Weste verteilt. Ein widerlicher Fäkaliengeruch strömte unter seinem Körper hervor. Er hatte sich im Tode entleert und einen großen Fleck auf dem Parkett hinterlassen.

Gross fing sich allmählich, ignorierte den Geruch und die grausige Szene, kniete sich hin und legte einen Finger auf Tors Hauptschlagader. Dann beugte er sich über den weit offenstehenden Mund des Mannes und atmete tief ein.

»Eine Arsenvergiftung«, sagte er, stand auf und wischte sich die Hände an der Hose ab. »Es ist der unverkennbare Geruch nach Knoblauch.«

Sie untersuchten eilig Tors Schreibtisch und entdeckten eine kleine Schachtel, die unter einem Stapel Papiere hervorlugte. Werthen hob den Stapel zur Seite und sah nun die Schachtel mit der puderzuckerbestreuten türkischen Nascherei, Lokum.

»Heißt das, was ich glaube, dass es heißt?«, fragte er.

»Es scheint jedenfalls ganz so«, meinte Gross. »Welch hinreißende Ironie; Herr Tor hat es geschafft, sich mit seiner eigenen Kreation zu vergiften. Er muss wohl die Vergifteten mit den Unbearbeiteten verwechselt haben, als ihn der Hunger auf etwas Süßes überkam.« In seinen Worten schwang ein gewisses Maß an Schadenfreude mit.

»Aber das ist doch absurd«, widersprach Werthen. »All unsere Arbeit, unsere Ermittlungen, und dann bringt sich der Täter versehentlich selbst um?«

»Er war eben kein großer Stratege. Denken Sie doch nur an all die fehlgeschlagenen Versuche, Mahler zu töten. Nein, ich empfinde diesen Abschluss seiner miserablen kriminellen Karriere als überaus passend.«

Gross beugte sich nochmals über den Mann, durchsuchte seine Taschen und zog ein abgewetztes ledernes Notizbuch mit einer Geldbörse hervor.

»Und was ist mit seinem Komplizen?«, sagte Werthen, denn sie waren schließlich beide der Ansicht, dass Tor bei den früheren Mordversuchen einen Komplizen innerhalb der Oper gehabt haben musste. »Vielleicht hat dieser Komplize ja auch Tor getötet, um sich selbst zu retten, als er merkte, dass wir näher kommen.«

Gross hörte jedoch gar nicht hin, weil er viel zu sehr mit der Durchsicht des ledernen Notizbuches beschäftigt war.

»Dieser Name kommt mir bekannt vor«, erklärte Gross und hielt das Notizbuch Werthen hinüber. Mit dem dicken Zeigefinger deutete er auf einen Namen und eine Adresse.

»Herr Ludwig Redl«, las Werthen. Die Adresse lag im Zwölften Bezirk.

»War das nicht der Bühnenarbeiter, von dem Blauer uns erzählt hat?«, sagte Gross. »Der den Mann wegen seiner Inkompetenz hatte entlassen müssen?«

»Ja genau, der muss es sein!« Jetzt fiel es auch Werthen wieder ein. »Tors Komplize?«

»Höchstwahrscheinlich. Man muss annehmen, dass Tor ihn mit der Ausführung der Anschläge beauftragt hat, also Farbverdünner in Mahlers Tee zu gießen und den Feuervorhang auf ihn niederstürzen zu lassen.«

»Aber Blauer hat angegeben, dass der Mann bereits gefeuert war, bevor der letzte Anschlag innerhalb der Hofoper stattfand, der Zusammenbruch des Dirigentenpultes. Angeblich war er nach Amerika geflohen, um dort ganz von vorne anzufangen.«

Gross tat dies mit einem Achselzucken ab. »Dieser Redl könnte das Pult doch schon lange vor seiner Entlassung manipuliert haben. Eine Sollbruchstelle, die irgendwann nachgibt. Er kann schon über alle Berge gewesen sein, als der vorgebliche Unfall dann wirklich passierte.«

Irgendetwas schien Werthen nicht zusammenzupassen, aber Gross' euphorische Stimmung war einfach zu ansteckend.

»Wir sollten uns nicht beklagen, bloß weil wir dem Mann nicht die Handschellen anlegen konnten, Werthen. Manchmal kommt das Schicksal dem Kriminalisten eben zur Hilfe. Ich denke, es wird Zeit, dass wir Drechsler benachrichtigen.«

Drechsler, der mit zwei Polizisten im Schlepptau angerückt war, hörte sich die Erklärungen von Gross und Werthen bezüglich der wahren Identität Wilhelm Tors an. Er zog letztlich denselben Schluss wie Gross: versehentliche Vergiftung mit Arsen, das sich offensichtlich im türkischen Honig befunden hatte.

»Geschieht dem Kerl ganz recht«, fügte Drechsler hinzu. »Wir müssen noch auf den Bericht des Gerichtsmediziners warten, aber es ist eindeutig, dass der Mann eine große Menge von dem Gift zu sich genommen hat. Und genauso sicher ist es, dass diese Ladung hier mit den Süßigkeiten verwechselt wurde, die für Mahler bestimmt waren. Das sollte Meindl zur Abwechslung einmal glücklich machen.«

Die anderen Polizisten hielten sich mit der Armbeuge die Nase zu, um dem widerlichen Gestank zu entkommen. Sie warteten auf den Krankenwagen, der die Leiche in das im Keller des Allgemeinen Krankenhauses gelegene städtische Leichenschauhaus bringen sollte.

»Und Herr Redl?«, warf Gross ein.

»Sicher. Ich werde umgehend einige Männer zu dieser Adresse schicken, damit wir ganz sichergehen. Es besteht durchaus die Möglichkeit, dass der Mann sich immer noch hier herumtreibt und nur ein Gerücht über seine bevorstehende Emigration nach Amerika ausgestreut hat.«

Er nickte dem Ranghöheren der beiden Gendarmen zu, der diesen Einsatz wohl koordinieren sollte.

Drechsler lächelte fast, als Werthen ihn nun ansah.

»Nun, ich kann mir vorstellen, dass Mahler jetzt wieder freier atmen wird. Das hat er Ihnen zu verdanken.«

»Wohl eher der Unfähigkeit Tors«, wehrte Gross das Kompliment ab, doch man merkte ihm an, wie stolz er auf den glücklichen Ausgang des Falles war.

»Sie können also doch noch ein paar Urlaubstage mit Ihrer

Familie verbringen«, sagte Werthen zu Drechsler. Der Kommissar nickte erfreut bei dieser Vorstellung.

»Ich gäbe meine Pension her für eine einzige ungestörte Nacht.«

Zwanzig Minuten später, nachdem der Krankenwagen die sterblichen Überreste von Wilhelm Tor fortgebracht hatte und die Concierge Frau Ignatz den Auftrag erhalten hatte, am nächsten Morgen für die gründliche Reinigung des Büros zu sorgen, gingen Werthen und Gross zurück in die Josefstädterstraße.

Es war ein wunderschöner Frühabend. Der Himmel über der westlich gelegenen Josefstadt färbte sich rosa mit einem Schuss ins Pfirsichfarbene. Gross pfiff ein paar Mozartmelodien: eine Arie aus *Cosi fan tutte* und ein, zwei Takte aus der *Kleinen Nachtmusik*. Er war ganz offensichtlich mit dem Ausgang des Falles sehr zufrieden. Werthen dagegen konnte sich eines leichten Unbehagens nicht erwehren.

Vielleicht war es ja nur das Gefühl eines enttäuschenden Abschlusses, weil sie den Mann nicht verhaftet hatten und ihn jetzt auch nicht mehr befragen konnten, um sich ihren Verdacht bestätigen zu lassen. Stattdessen würden sie sich mit einer reinen Deduktion zufriedengeben müssen, dass es sich nämlich in der Tat bei Wilhelm Tor um Wilhelm Karl Rott, den jüngeren Bruder von Hans Rott handelte. Er hatte wohl eine Art von Wahnvorstellung entwickelt, der zufolge sich Mahler nicht allein eines Musikplagiats schuldig gemacht hatte, sondern damit auch für den Wahnsinn und den Tod seines Bruders im Irrenhaus verantwortlich war. Da der ältere Bruder ins Irrenhaus eingeliefert wurde und dort verstarb, war Wilhelm gezwungen gewesen, für sich selbst zu sorgen. Vermutlich ein weiterer Grund seiner Verbitterung Mahler gegenüber.

Wie lange schon hatte er seinen Hass genährt? Darüber wusste man nichts. Immerhin jedoch hatte Wilhelm zumindest versucht, sich sein eigenes Leben zu schaffen, denn sein akademischer Abschluss als Jurist war nicht gefälscht. Werthen vermutete, Tor habe sich im Frühsommer entschlossen, Mahler zu töten und den Bühnenarbeiter der Hofoper Redl angeheuert, um ihm bei diesem Unternehmen zu helfen. Wie jedoch hatte die beiden sich kennengelernt? Falls es Drechsler nicht gelang, diesen Mann zu finden, würden sie nie etwas Genaues über ihr Zusammenwirken erfahren. Sie könnten nicht wirklich wissen, ob die beiden den Tod Fräulein Kaspars herbeigeführt hatten. Und was war mit Herrn Gunther? Er musste etwas von seinem Platz im Orchestergraben aus gesehen haben. Vielleicht hatte er sich später an Redl herangemacht und ihm damit gedroht, alles zu verraten. Vielleicht hat er wirklich beobachten können, dass der Fall des Feuervorhangs kein Unfall, sondern die Folge eines heimtückischen Anschlags gewesen war. Gunther hatte in ärmlichen Verhältnissen gelebt und vielleicht gehofft, sich durch Erpressung einen finanziellen Vorteil zu verschaffen.

Wie immer es nun gewesen war, Gunther hatte auf jeden Fall mit dem Leben bezahlt. War es aber Redl oder Rott, alias Wilhelm Tor, der die Tat begangen hatte? Auch diese Frage würde unbeantwortet bleiben. Und dann war da noch die Anzeige Berthes, in der sie nach einem juristischen Mitarbeiter suchte. Damit hatte Rott-Tor nicht rechnen können, aber zu dieser Zeit musste er schon von Werthens Ermittlungen gewusst haben. Für Tor muss diese Anzeige wie gerufen gekommen sein, denn sie brachte ihn in direkten Kontakt zu Mahler. So war es ihm möglich, die Bremsen des Fahrrades zu manipulieren und, als dieser Versuch fehlschlug, das Lokum mit Arsen zu präparieren.

Doch was war mit dem anonymen Brief, in dem von der Ermordung der großen Komponisten Wiens die Rede war? Werthen wusste, dass Tor als Mitarbeiter der Kanzlei in etliche Vorgänge eingeweiht gewesen war. Plötzlich erinnerte er sich wieder an den Tag, an dem er die Liste der Verdächtigen zusammengestellt hatte und Tor ins Büro gekommen war, um ihm einige Dokumente zu bringen. Hatte der Mann sich nicht recht lange in der Nähe des Schreibtisches herumgedrückt? Hatte er sehen können, dass Werthen eine Spalte mit Verdächtigen aus Mahlers Jugend angefügt hatte, und daher gewusst, dass die Ermittlung in eine neue und damit für Tor gefährliche Richtung wies?

So wird es wahrscheinlich gewesen sein, sagte sich Werthen. Tor hatte gewusst, dass es nach der Entdeckung der Angelegenheit mit Hans Rott nur noch eine Frage der Zeit sein würde, bis ihr Verdacht sie zu dem jüngeren Bruder Rotts, also Tor selbst führen würde. Deshalb hatte er diese falsche Spur für sie gelegt, der sie dann auch eine Weile begeistert gefolgt waren. Die Suche nach jemandem, der angeblich Bruckner, Brahms und Strauß nach dem Leben getrachtet hatte und sogar einen Anschlag auf Zemlinsky unternommen hatte. Während dieser Zeit konnte Tor unbehelligt weitere Versuche unternehmen, Mahler zu töten. Das war wirklich nicht gerade eine unserer Sternstunden, dachte Werthen, als sie durch den Volksgarten gingen und die breite Ringstraße erreichten.

Nicht zu vergessen das unglückliche Fräulein Paulus, die Prostituierte, die in ihrer Mansarde niedergemetzelt worden war. Ganz sicher hatte Tor Werthens Unterhaltung mit Drechsler im Büro belauscht und wusste, dass er in Kürze identifiziert werden würde. Dieser letzte Akt von extremer Brutalität sprach für die Tat eines gequälten Geistes. Man konnte wirklich nur froh darüber sein, dass Tors Leben und somit auch die Serie böser Taten ein Ende gefunden hatte.

Warum also, fragte sich Werthen, bin ich immer noch so beunruhigt?

»Kopf hoch, Werthen«, meinte Gross, als sie einen eiligen Fiaker vorbeiließen und dann den Ring überquerten. »Ihre Gattin wird mit unserer Leistung bestimmt zufrieden sein. Und ich für meinen Teil freue mich schon darauf, Herrn Meisner von den letzten Minuten unseres Wilhelm Tors zu erzählen.«

Als sie zehn Minuten später in ihrer Wohnung in der Josefstädterstraße ankamen, ließ Frau Blatschky sie wissen, dass Berthe und ihr Vater Herr Meisner vor wenigen Minuten in die Hofoper aufgebrochen waren.

Die Wirtin sah Werthen verärgert an. »Ich habe versucht, sie zur Vernunft zu bringen. Eine Frau in ihren Umständen sollte nicht in die Öffentlichkeit gehen oder gar in die Oper! Aber dieser Vater! Und dann diese Schindler! Die beiden haben sie gemeinsam überredet.« Zum Ausdruck ihres Missfallens schnalzte sie mit der Zunge.

»Ich bin sicher, dass schon alles gutgehen wird«, antwortete Werthen. Er war allerdings ein wenig enttäuscht, weil er seine Frau nicht antraf.

Gross' Missfallen war jedoch erheblich größer, als er erfuhr, dass Frau Blatschky kein Abendessen vorbereitet hatte.

»Also müssen wir wohl auswärts essen«, verkündete Werthen, der sich Mühe gab, fröhlicher zu wirken, als ihm zumute war. »Wie sieht's aus, Gross? Was halten Sie von einem Schnitzel im *Café Frauenhuber*?«

»Da würde ich keinen Einspruch erheben, lieber Freund.«

Nachdem sie sich kurz frischgemacht hatten, klingelte das Telefon. Werthen nahm ab und erfuhr durch Drechsler, dass man Herrn Redl an der angegebenen Adresse im Zwölften Bezirk nicht gefunden hatte. Die Vermieterin hatte ausgesagt, dass er schon vor Wochen ausgezogen sei und nach Bremerhaven wollte, um von dort aus ein Schiff nach Amerika zu erwischen.

»Die Jungs, die auf der Straße vor Mahlers Haus Wache stehen, werden glücklich sein«, setzte Drechsler noch hinzu, bevor er auflegte. »Wir können also endlich die Polizisten, die für Mahlers Schutz eingeteilt waren, abziehen und uns wieder auf Verbrechen konzentrieren, die wirklich verübt worden sind.«

Werthen und Gross fuhren mit einem Fiaker ins Café, und Gross bezahlte die Fahrt. Diese ungewohnte Geste deutete darauf hin, dass es heute Abend auf jeden Fall eine kleine Feier geben würde. Werthen schob seine befremdlichen Gefühle beiseite und ließ sich den Sekt schmecken, den Gross bei Herrn Otto bestellt hatte.

Die Schnitzel, die man ihnen servierte, hatten eine ansehnliche Größe, und der Krautsalat war mit genau der richtigen Menge von Essig und Kümmel gewürzt.

Werthen schickte sich gerade an, in die richtige Feierstimmung zu kommen, als Herr Otto feixend zu ihnen an den Tisch trat.

»Herr Advokat, ich habe mich endlich an das erinnert, was ich Ihnen noch hatte erzählen wollen.«

»Über Hanslicks Südamerika-Debakel?«, erwiderte Werthen fröhlich.

Otto schüttelte den Kopf. »Nein, mein Herr, es geht um den Mann, der Ihnen letzte Woche gefolgt ist.«

»Ah«, sagte Werthen. »Es scheint, als hätte sich diese Angelegenheit erledigt.«

»Wenn dem so ist, möchte ich die Herren nicht weiter stören. Ich hoffe, es wird Ihnen schmecken.«

Aber irgendetwas an Herrn Ottos Gesichtsausdruck erregte Gross' Neugier.

»Nun sagen Sie schon, Herr Otto. Was ist Ihnen wieder eingefallen?«, hakte der Kriminologe nach.

»Ach, eigentlich ist es nicht wichtig. Es war nur ein Detail in der Beschreibung, das ich beim letzten Mal vergessen hatte.«

Als Werthen hörte, um welches »unwichtige Detail« es sich handelte, erstarrte er plötzlich. Er wechselte einen Blick mit Gross, dessen Miene die gleiche Besorgnis zeigte.

18. KAPITEL

»Das sind ja ganz wunderbare Plätze«, sagte Berthe. »ich freue mich wirklich sehr.«

Fräulein Schindler drückte ihr die Hand. »Ich habe es Ihnen doch gesagt. Sie müssen einfach mehr ausgehen, Frau Meisner.«

»Aber bitte, nennen Sie mich doch Berthe.«

Die jüngere Frau war so entzückt, dass sie sich zu ihr beugte und Berthe einen Kuss auf die Wange drückte.

»Und was ist mit dem armen, älteren Gentleman zu Ihrer Rechten?«, meldete sich Herr Meisner. Alma Schindler saß zwischen ihnen in der dritten Reihe im Parkett.

Alma lehnte sich zu ihm und küsste ihn auch auf die Wange.

»Oh, das wird ein wahres Vergnügen werden!«, erklärte sie begeistert.

Das Orchester begann sich einzustimmen. Sie saßen so dicht an den Musikern, dass sie jedes Instrument einzeln heraushören konnten. Berthe sah sich in dem prunkvollen Saal um, betrachtete all die Männer in ihren Smokings und die Damen in Abendkleidern und den Diademen im Haar. Die meisten hielten sich Operngläser vor die Augen und suchten aufmerksam die Menge nach Freunden und vor allem nach den anwesenden Adeligen ab. Man musste sich beeilen, denn nach den neuen, von Mahler eingeführten Hausregeln wurde das

Licht während der Aufführungen gelöscht. »Sehen und gesehen werden«, dieses Spiel war nun auf die kurze Zeit beschränkt, bis sich der Vorhang hob.

Berthe fühlte sich leicht und beschwingt, fast euphorisch. Alma und ihr Vater hatten recht, sie sollte wirklich mehr unternehmen.

Alma hatte ihr Opernglas auf dem Schoß.

»Würde es Ihnen etwas ausmachen …?« Berthe deutete darauf.

»Aber gewiss, nur zu.« Alma gab ihr das Glas.

Behutsam justierte Berthe den Fokus, bis sie schließlich die Gesichter erkennen konnte. Dann ließ sie den Blick in einem Bogen durch den Saal wandern und erhaschte kurze, indiskrete Blicke auf die Besucher im ersten und zweiten Rang. Ein glitzerndes Diadem hier, strahlend weiße Zähne in einem lachenden Mund dort. Ein rotwangiger junger Mann mit einem Husaren-Schnurrbart und einem unbekümmerten Grinsen auf den Lippen winkte Berthe zu, als sie ihr Opernglas auf ihn richtete.

Doch plötzlich hielt sie inne, denn sie glaubte, jemand erkannt zu haben. Die Gestalt blieb einen Moment verschwommen, aber sie hielt das Opernglas nun fest an ihre Augen gedrückt, und es gelang ihr, den Fokus scharf auf diesen Mann einzustellen.

Herr Siegfried Blauer – unverkennbar mit seinen anachronistischen »Flohrutschen«, wie man diese Form der Koteletten liebevoll spöttisch nannte. Sie nahm das Opernglas einen Moment von den Augen, um festzustellen, wohin ihr Blick eigentlich gewandert war.

Er saß ganz allein im zweiten Rang, in Mahlers eigener Loge. Als sie wieder durch das Opernglas blickte, konnte sie sehen, wie er sich in seinem Sitz nach vorne lehnte und seine Hände auf die in rotem Samt bezogene Balustrade legte. Dann begann er, die Finger zu bewegen. Zunächst schien es nur ein nervöser Tick zu sein, aber er hörte nicht damit auf, und plötzlich kam es ihr so vor, als spielte er in einem gleichmäßigen Rhythmus auf einer Klaviatur.

Was für ein merkwürdiger Mann, dachte sie. Ist es nur Zufall, dass er sich so schamlos in Mahlers Loge breitgemacht hat? Sie erinnerte sich gut an den Tag, als Regierungsrat Leitner sie und Karl auf einer Besichtigungstour durch die Oper geführt hatte. Er hatte recht unmissverständlich Mahlers Anordnung wiedergegeben, dass niemand außer ihm diese Loge benutzen durfte. Leitner selbst, der immerhin zur Opernverwaltung gehörte, hatte Mahler allerdings verheimlicht, dass er an dem Tag in der Loge gesessen hatte, als das Dirigentenpult unter Mahler zusammengebrochen war.

Berthe starrte immer noch hinauf zu der Silhouette des Inspizienten Blauer. Was tat der Mann eigentlich da oben? Man sollte doch annehmen, er gehörte hinter die Bühne, um dafür zu sorgen, dass alles in Bereitschaft war.

»Haben Sie jemanden entdeckt?«, sagte Alma.

Berthe lächelte ihr zu. »Nein, ich glaube nicht.«

Berthe wollte das Opernglas schon zurückgeben, aber Alma meinte, sie sei schon glücklich, einfach nur die in Gold gemalten bukolischen Szenen auf dem Vorhang betrachten zu können, während sie darauf wartete, den ersten Blick auf ihren geliebten Mahler werfen zu dürfen.

Berthe setzte die Erkundung des Hauses mit dem Opernglas rasch fort und entdeckte noch andere bekannte Gesichter. Herr Leitner saß in einer Loge im zweiten Rang dicht an der

Bühne, gegenüber der Loge Mahlers. Er unterhielt sich lebhaft mit einer üppigen, tief dekolletierten Dame, die einen fast schon vulgär großen Rubin um den Hals trug. War das seine Frau? Berthe bezweifelte es. Die wenigstens Männer unterhielten sich so angeregt mit ihren eigenen Ehefrauen. Dann erkannte Berthe die Person: Mahlers verflossene Geliebte Anna von Mildenburg, die an diesem Abend wegen einer leichten Erkältung selbst nicht auftrat. Offenbar war sie jedoch nicht so krank, dass sie sich die heutige Abendgala entgehen ließ. Die Sängerin lehnte sich auf ihrem Stuhl zurück. Der Ausdruck um ihre vollen Lippen schwankte zwischen einem anzüglichen Grinsen und einem Lächeln.

Dann entdeckte Berthe nur zwei Logen weiter Justine Mahler und Natalie Bauer-Lechner, die beide eher grimmige Mienen zur Schau trugen. Nicht einmal ihnen war der Zutritt zum Olymp, Mahlers Loge, erlaubt. Natalie zupfte nervös an einer Granatbrosche, die sie am Ausschnitt trug.

Es ist wirklich faszinierend, dachte Berthe.

Fünfzehn Minuten später hatte die Oper noch immer nicht begonnen. Dafür hörte man lautes Hundegebell; es kam von irgendwo auf der Bühne, weit hinter den Vorhängen.

»Ich kann mir nicht vorstellen, was los sein könnte«, meinte Alma schließlich ungeduldig. »Herr Mahler beginnt normalerweise immer sehr pünktlich.«

»Das gibt uns umso mehr Zeit, all den Prunk zu bestaunen«, erwiderte Herr Meisner lachend.

Ameisen. Sie sehen aus wie Ameisen. Blasierte, prunkvoll herausgeputzte Insekten, die so selbstgefällig tun, während sie hier in der eleganten Hofoper sitzen, als würde die Eintrittskarte zu diesem Spektakel ihr belangloses Leben interessanter machen.

Wenn sie nur schon im Voraus von seinem Plan wüssten, diesem eleganten finalen Schachzug. Die in den ersten Reihen des Parketts würden niemals etwas davon erfahren. Der Rest, die Überlebenden, konnte es morgen in der Zeitung lesen.

Nun würde es nur noch wenige Minuten dauern, und Gustav Mahler erhielte endlich seine angemessene Strafe.

Blauer hatte lange auf diesen Moment warten müssen. Aber das Finale war die Mühen und Zeit wert. Es blieben nur noch Minuten. Wenige Minuten.

»Schaffen Sie diese Tiere endlich auf die Bühne!«, forderte Mahler, während die Hunde wie wild an ihren Leinen zerrten. Einer hob sein Bein und markierte einen hölzernen Sockel, der eine marmorne Säule darstellen sollte. Die graue Farbe begann sofort zu verlaufen.

Der Hundetrainer wurde von der Seitenbühne herbeigerufen und versuchte die Tiere zu beruhigen, während dem übernervösen Darsteller, der die Hunde eigentlich in einer triumphalen Szene auf die Bühne führen sollte, am ganzen Leib der Schweiß ausbrach.

»Nun mäßigen Sie doch endlich Ihre Tiere!«, schnauzte Mahler den Hundeführer an. Plötzlich begann auch er zu schwitzen, als sich die scharfen Blicke des Maestros wie heiße Eisen in ihn zu bohren schienen.

»Ich bedaure sehr, mein Herr«, sagte der Saaldiener im roten Mantel, »aber ohne Billett können wir Ihnen nicht gestatten einzutreten.«

»Ich sage Ihnen doch!«, fuhr Werthen den Mann an. »Es handelt sich hier um eine Angelegenheit auf Leben und Tod! Prinz Montenuovo selbst hat uns freien Zutritt gewährt.«

Diese Antwort machte den Saaldiener lediglich noch ungehaltener und misstrauischer.

»Wunderbar, und mir hat der Kaiser persönlich die Erlaubnis erteilt, jeden Störenfried hinauszuwerfen. Und nun gehen Sie bitte, meine Herren, oder ich werde mir Hilfe hinzurufen.«

Ohne dass sie es vorher abgesprochen hätten, täuschte Gross einen Ohnmachtsanfall vor, um den Saaldiener abzulenken und Werthen somit die Möglichkeit zu geben, an dem Mann vorbei zum zweiten Rang zu stürmen. Mit einem Saaldiener langwierig zu diskutieren, war angesichts der Informationen, die sie von Herrn Otto erhalten hatten, vollkommen unangebracht.

Werthen wusste genau, wohin er wollte. Sein erstes Treffen mit dem Regierungsrat Leitner hatte er noch gut im Gedächtnis, ebenso wie die genaue Lage der Geheimtür, die Leitner ihnen an jenem Tag gezeigt hatte. Vom Gang des zweiten Rangs aus führte von ihr ein Korridor hinter die Bühne. Mahler benutze diese geheime Tür, um während der Proben schnell von seinem Logensitz aus auf die Bühne zu gelangen.

Werthen verschwendete weder einen Gedanken an sein schmerzendes rechtes Bein, als er die mit Teppich ausgelegten marmornen Stufen hinaufhetzte, noch an den Saaldiener, der wütend hinter ihm herschrie. Ebenso wenig hielt er sich mit dem Versuch auf, jemanden aus der Verwaltung aufzutreiben, um die Aufführung abbrechen zu lassen. Dazu blieb einfach keine Zeit. All seine Instinkte sagten ihm, dass heute etwas Entscheidendes, etwas Dramatisches geschehen würde.

Das ging nun aber wirklich zu weit; es waren schon zwanzig Minuten über die reguläre Anfangszeit hinaus verstrichen, und der Dirigent ließ sich immer noch nicht blicken. Das Orchester war längst verstummt, das Stimmen der Instrumente abgeschlossen.

Berthe, die noch immer Almas Opernglas nutzte, überflog noch einmal den Zuschauerraum mit ihrem Blick, um dann Blauer in den Fokus zu nehmen, der in Mahlers Loge saß. Ganz offensichtlich war er höchst nervös. Berthe sah, dass seine Finger auf der Balustrade sich noch immer bewegten. Den Mund hatte er nun jedoch angespannt, fast finster zusammengepresst.

Schlagartig wurde ihr alles klar. Bisher war ihr Blick immer durch die Koteletten abgelenkt gewesen, aber wegen der zusammengekniffenen Lippen hatte sie jetzt zum ersten Mal die untere Partie von Blauers Gesichts genauer betrachtet. Und das Habsburger Kinn erkannt, oder besser gesagt, das berühmte fehlende Kinn, aufgrund des Überbisses. Dieser entstellende ererbte Schönheitsfehler war so kennzeichnend, als wäre Blauer selbst ein Habsburger.

Aber natürlich! Blauer war als der illegitime Bruder von Hans Rott ja auch ein Habsburger! Ganz klar und deutlich schossen ihr diese Gedanken durch den Kopf.

Karl hatte ihnen doch von dem außerehelich gezeugten jüngeren Bruder Rotts erzählt, der vermutlich der Nachkomme eines Adeligen war. Das würde Blauers erstaunliche Ähnlichkeit mit einem Habsburger erklären.

Und die Art, in der er seine Hände über die Balustrade bewegte? Wie ein ausgebildeter Pianist und keinesfalls wie ein Operninspizient aus Ottakring.

Was wussten sie eigentlich genau über Blauer? Sie hatten

sich nicht die Mühe gemacht, seine Vertrauenswürdigkeit zu überprüfen, sondern seine Angaben zur Person für bare Münze genommen.

Und er saß in Mahlers Loge! Das war als persönlicher Affront gemeint. Wenn er so in aller Öffentlichkeit agierte, konnte dies nur bedeuten, dass er noch heute Abend zuschlagen wollte. Hier und jetzt wollte er Mahler töten, in der Hofoper und vor den Augen von Tausenden Musikliebhabern.

Mein Gott, das ist es!, sagte sich Berthe. Blauer hatte die Mittel und die Möglichkeiten für all diese Anschläge in der Oper gehabt. Und was seine Anwesenheit in Altaussee anging, würden sie später herausfinden, wo er sich während der Vorfälle tatsächlich aufgehalten hatte.

Jetzt jedoch musste sie schleunigst handeln.

Blauer beendete sein eigenartiges Klavierspiel, sprang von seinem Stuhl hoch und verließ eilig Mahlers Loge.

Berthe erhob sich ebenfalls.

»Was ist denn los, Berthe?«, sagte Alma.

Berthe gab ihr das Opernglas zurück. »Entschuldigen Sie, aber ich muss mich kurz frisch machen.«

Ihr Vater sah sie besorgt an.

»Es ist alles in Ordnung. Ich bin gleich wieder zurück.«

Was gab es auch sonst zu sagen? Dass sie vermutete, Blauer wäre aufgrund der Form seines Kinns und seines nervösen Fingerspiels der gesuchte Mörder? Man würde sie nur auslachen.

Sie war dem Inspizienten ja bereits vorgestellt worden. Also konnte sie wie eine Bekannte auf ihn zugehen und sich einfach mit ihm unterhalten, ganz zwanglos. Sie würde es herausfinden, so oder so.

Ihr war klar, dass ihr Verhalten nicht sonderlich sinnvoll

war, aber das nahm sie in Kauf. Jetzt ließ sie sich nur noch von ihrem Instinkt leiten.

Werthen dachte nicht darüber nach, warum das Licht im Hause noch nicht gelöscht war. Irgendetwas musste eine Verspätung der Aufführung verursacht haben. Was auch immer es sein mochte – er war dankbar dafür. Durch die Verzögerung gewann er wertvolle Zeit. Seine Gedanken drehten sich weiter um die Informationen, die ihnen Herr Otto gegeben hatte. Dieses kleine Detail in der Beschreibung der Person, das er ihnen vergessen hatte mitzuteilen: Der Mann, der Werthen an dem Tag, an dem er überfallen worden war, vom *Café Frauenhuber* gefolgt war, trug einen Backenbart.

Also war es nicht Tor. Sondern jemand hatte es so inszeniert, dass der Verdacht auf Tor fallen musste. Und zwar ein Jemand, der noch immer frei herumlief und Mahler Schaden zufügen konnte. Und dieser Jemand war niemand anderes als Siegfried Blauer, der Inspizient der Hofoper.

Der Tod von Tor konnte nur eines bedeuten: Heute Abend wollte Blauer seine letzte Karte ausspielen. Werthen war sich dessen völlig sicher. Blauer musste aufgehalten werden, und das musste er selbst erledigen. Nachdem man Tors Leiche gefunden hatte, war der Polizeischutz von Mahler abgezogen worden. Weder Drechsler noch Meindl waren telefonisch zu erreichen. Der eine war zu seiner Familie in die Berge gefahren, der andere saß in diesem Moment irgendwo als Besucher in der Oper.

Werthen erreichte durch die menschenleeren Korridore des zweiten Rangs rasch die Geheimtür zur Bühne. Er sah sich kurz um, bevor er sie öffnete.

Nach einem Schritt befand er sich auf der metallenen Galerie hoch oben hinter den Kulissen. Unter ihm versuchte ein Hundeführer ein Rudel Hunde zum Gehorsam zu zwingen. Werthen wähnte einen Moment, Mahler zu erkennen, aber der Mann drehte sich herum und verließ den Raum durch eine Tür auf der anderen Seite.

Dann entdeckte Werthen Blauer, der gerade durch eine Fallklappe von der Hauptbühne in einen Raum unter die Bühne glitt. Werthen stürmte die Metalltreppe hinunter. Ein großer, schlaksiger Bühnenarbeiter tippte nur an seinen Hut, als er Werthen hinunter stürmen sah. Er nahm wohl an, dass Werthen zur Verwaltung gehörte, da er von der Geheimtür wusste.

»Blauer«, sagte Werthen zu dem Mann. »Ich muss sofort mit ihm sprechen.«

Werthen hatte das Wort »Herr« vor dem Namen des Inspizienten ausgelassen, was dem Bühnenarbeiter offenbar nur bestätigte, dass er zur Opernverwaltung gehörte.

»Herr Blauer ist unter der Bühne«, erwiderte der Arbeiter mürrisch.

»Ja, ich weiß. Wenn Sie erlauben«, Werthen machte eine Bewegung Richtung Fallklappe, aber der Bühnenarbeiter hielt ihn auf.

»Tut mir leid, mein Herr«, sagte der Mann.

»Ich muss wirklich dringend mit ihm sprechen.«

»Während einer Aufführung ist niemand außer dem Inspizienten befugt, sich dort unten aufzuhalten. Die Drehbühne ist zu gefährlich.«

Einem der Hunde, mit langen seidigen Ohren und kupiertem Schwanz, war es gelungen, sich von der Leine loszureißen, und er fing an, wie verrückt auf der Bühne herumzuspringen.

»Fangen Sie den Hund ein!«, rief der Hundeführer.

Dieses Kommando lenkte den Bühnenarbeiter einen Augenblick ab. Werthen nutzte die Gelegenheit und rannte zu der Fallklappe.

Die Verspätung der Opernaufführung hatte ihn nervös gemacht. Er musste einfach nochmals überprüfen, ob alles perfekt vorbereitet war. Bevor Blauer jedoch unter der Bühne die Ladung, die er zuvor angebracht hatte, überprüfen konnte, hörte er, wie sich hinter ihm die Fallklappe erneut öffnete. Instinktiv trat er aus dem matten Lichtschein ins Dunkle und verbarg sich hinter einem großen Metallträger, mit dem die Drehbühne von einer Szene zur nächsten bewegt wurde. Das Bellen der Hunde drang laut durch die geöffnete Fallklappe zu ihnen herunter. Dann sah er einen großen, schlanken Mann, der die Treppen hinunterstieg. Er wurde durch das einfallende Licht von hinten schwach beleuchtet.

Schon wieder dieser lästige Advokat, dachte Blauer. Er hatte in letzter Zeit ständig an Gross und Werthen gedacht. Aber der sollte jetzt doch eigentlich feiern, sagte er sich. Wenn der Advokat jedoch stattdessen hier in der Oper auftauchte, konnte dies nur eines bedeuten: Sein raffinierter Plan war fehlgeschlagen.

Blauer empfand plötzlich Ekel vor sich selbst. Er hätte diesen Werthen schon an jenem Tag in der Kanzlei töten, hätte ihm den Schädel einschlagen sollen, statt ihm nur eine Warnung zu verpassen. Aber es hatte ja wie ein fehlgeschlagener Einbruch aussehen sollen, nicht wie ein Mord. Er hatte es so inszenieren wollen, dass es die Verfolger noch ein wenig ablenkte. Wie hätte er denn auch diesen Einbruch dem dümmlichen, devoten Tor in die Schuhe schieben können, wo der sich doch angeblich zu der Zeit in Altaussee befand?

Als sich später jedoch herausstellte, dass Tor am Mittwoch noch gar nicht dort gewesen war, war der Verdacht umso stärker auf ihn gefallen.

Blauer hätte sich gern noch mehr an seinen raffinierten Manöver gelabt. Aber dazu war jetzt keine Zeit. Heute Nacht würde Mahler sterben. Und dieser dämliche Anwalt würde ihn gewiss nicht daran hindern. Er beugte sich vor und zog den scharf geschliffenen Dolch aus der Scheide in seinem Stiefel, als Werthen die unterste Stufe der Treppe erreichte und sich in Richtung der Drehbühnenmaschine vorwagte.

Berthe verlor die Orientierung, während sie die Treppen zu den Logen im oberen Rang hinaufstieg. Als sie sich wieder zurechtfand und endlich die Loge Mahlers erreichte, war diese verlassen.

Blauer war also nicht zurückgekehrt. Ob er die Hofoper verlassen hatte? Das bezweifelte sie. Der Platz eines Inspizienten war schließlich hinter dem Vorhang. Und genau dort würde sie ihn auch finden. Sie erinnerte sich an die Geheimtür in der Wand, die Leitner Karl und ihr gezeigt hatte. Sie verließ die Loge und ging zu der Stelle an der Wand am anderen Ende des Ganges.

Sie hatten schon viel zu viel Zeit mit den Hunden verloren. Man musste endlich anfangen.

Mahler straffte die Schultern und schritt durch eine Seitentür zum Zuschauersaal. Langsam erloschen alle Lichter im Haus, als er mit feierlichem Schritt in den Orchestergraben trat, seinen Platz auf dem Dirigentenpult einnahm und mit dem Taktstock leicht an den Notenständer schlug.

An diese Aufführung wird man sich noch lange erinnern, sagte er sich.

»Er ist großartig, nicht wahr?«, flüsterte Alma Schindler Herrn Meisner ins Ohr, als Mahler seine Arme hob, um mit den ersten Noten Wagners Vorspiels zu beginnen.

»Er hat wirklich die richtige Ausstrahlung«, erwiderte Herr Meisner ebenfalls flüsternd. »Aber die arme Berthe wird jetzt erst zum zweiten Akt wieder hereingelassen.«

»Schscht!«, zischte jemand hinter ihnen. Eine Dame in einem paillettenbesetzten Abendkleid forderte sie mit vor Empörung gerötetem Gesicht auf, still zu sein.

Blauer ließ den Mann an der eisernen Stütze vorbeigehen, hinter der er sich verborgen hielt, bevor er handelte.

»Blauer!«, rief der Mann.

Blauer presste die linke Hand über den Mund des Mannes und rammte ihm den Dolch nach oben in den Rücken. Er hörte ein Knirschen, als der Dolch in den Körper eindrang, und spürte zwischen den Fingern, wie der Mann heftig ausatmete. Blauer zog das Messer wieder heraus und stach noch drei Mal zu, bevor er den leblosen Körper zu Boden gleiten ließ.

Heute Nacht würde ihn niemand aufhalten.

Werthen lief erregt vor der Fallklappe auf und ab, erwartete dringend die Rückkehr des Bühnenarbeiters. Der Kerl hatte den soeben eingefangenen Hund wieder losgelassen und Werthen gerade noch am Arm erwischt, als er die Fallklappe öffnete. Er weigerte sich, Werthen vorbeizulassen, und wollte schon herumschreien, was vielleicht Blauers Aufmerksamkeit erregt hätte.

Also forderte Werthen den Bühnenarbeiter auf, selbst hinabzusteigen, um Blauer heraufzuholen. Er erklärte dem erstaunten Arbeiter, Herr Regierungsrat Leitner wolle diesen unbedingt wegen der Abschlussszene sprechen. Es gebe einige sehr kurzfristige Änderungen.

»Na, typisch, genau wie immer«, murmelte der Bühnenarbeiter. »Die streuen in letzter Sekunde noch Sand ins Getriebe, und wir müssen es wieder richten.«

Werthen äußerte zwar sein Mitleid mit dem Arbeiter, blieb aber bei seiner Forderung. Blauer musste geholt werden, und zwar sofort.

Mittlerweile war der Arbeiter aber schon viel zu lange fort. Das war kein gutes Zeichen. Mit jeder Sekunde, die verstrich, wuchs Werthens Argwohn.

Er hörte die ersten Noten der Ouvertüre und öffnete in diesem Moment wieder die Fallklappe.

Berthe öffnete genau in dem Moment die Geheimtür zu den Kulissen, als Werthen die Treppen unter der Fallklappe hinabstieg. Sie ignorierte die Ermahnung eines Bühnenarbeiters, dass hier nicht jeder Zugang habe. Auch ihrem eigenen Körper, der sie mit dem Warnzeichen der Übelkeit daran erinnerte, dass sie schließlich schwanger war, schenkte sie keine Aufmerksamkeit.

Karl konnte in großer Gefahr sein. Das war ihr einziger Gedanke.

Da die Musik Wagners auch den Raum unter der Bühne erfüllte, überhörte Blauer das erneute Öffnen der Fallklappe. Er hatte den toten Mann nicht umgedreht und so seinen Irrtum nicht bemerkt, dass er nicht den Advokaten getötet hatte.

Die von ihm angebrachte Sprengladung war noch an ihrem Platz. Er lächelte. Er hatte die harte Schule der Straße hinter sich, wo man so etwas lernte.

Eine Woge heißer Wut durchströmte ihn, als er daran dachte, wie sein Leben durch Mahler beeinflusst – und ruiniert – worden war. Wäre Mahler nicht gewesen, wäre Hans ein großer Musiker geworden und heute vielleicht selbst Hofoperndirektor. Und auch er, Wilhelm Karl, hätte ein beachteter Musiker werden können. Hatte er nicht seine kompositorischen Fähigkeiten mit der kodierten Nachricht an Werthen und Gross unter Beweis gestellt? Wieviel Jahre hatte er investiert, um endlich mit diesem Mann abzurechnen! Er war in die Rolle von Blauer geschlüpft und Inspizient der Hofoper geworden, um sich in der Nähe seiner Beute aufhalten zu können. Und jetzt trennten ihn nur noch Minuten von seinem Erfolg. Jetzt galt es, diese tödliche Falle vor dem ersten Szenenwechsel zu verlassen.

Als die Musik ihn umhüllte, drehte sich Blauer herum, um zu verschwinden.

»Was haben Sie vor, Blauer?«

Werthen stand unmittelbar vor ihm. Blauer sprang vor Schreck hoch, als hätte er einen Geist gesehen.

Als Werthens Blick auf den Leichnam des Bühnenarbeiters fiel, überkam ihn blinde Wut. »Sie Tier!«, schrie er Blauer an.

Der Inspizient sagte kein Wort, sondern knurrte nur drohend, sprang Werthen an und riss ihn zu Boden.

Werthen versuchte, sich von dem Mann wegzurollen, aber

Blauer hatte Bärenkräfte und hielt ihn fest umschlungen. Er schien alles Leben aus Werthen herausquetschen zu wollen. Verzweifelt rammte Werthen dem Kerl sein Knie in den Unterleib. Blauer schrie vor Schmerzen laut auf. Sein Griff um Werthens Körper lockerte sich einen Moment, so dass der von ihm wegkriechen konnte. Als er jedoch aufstehen wollte, trat Blauer zu und holte ihn wieder von den Füßen. Ein Schmerz zuckte durch Werthens rechtes Knie, aber er versuchte trotzdem, sich aufzurichten.

Im matten Licht sah er, wie die Klinge aufblitzte, die Blauer aus seinem Stiefel gezogen hatte. Noch im Liegen schwang der Inspizient den Dolch, aber er traf nur den Metallträger. Funken sprühten auf. Werthen riss sich sein Jackett vom Leib und wickelte es hastig um seinen rechten Arm, während Blauer langsam auf die Füße kam und ihn umkreiste. Dabei kam er immer näher. Schließlich täuschte Blauer einen Angriff auf der linken Seite an und stieß rechts zu, aber Werthen hatte sich bereits mit einem Satz nach hinten aus seiner Reichweite gebracht.

Weiter kam er jedoch nicht, weil ein eiserner Stützpfeiler seine Fluchtmöglichkeit blockierte. Auf Blauers Gesicht zeigte sich ein wahrhaft irres Lächeln.

»Jetzt sind Sie erledigt, Advokat.«

Er wollte sich gerade auf Werthen stürzen, als er heftig mit dem Kopf zuckte und ihn mit weit aufgerissenen, fassungslosen Augen anstarrte. Im nächsten Moment brach er zusammen.

Wo eben noch Blauer gestanden hatte, sah Werthen jetzt die Gestalt von Berthe. Mit der rechten Hand umklammerte sie einen ihrer hochhackigen Abendschuhe, dessen langer spitzer Absatz durch den heftigen Schlag auf Blauers Schädel abgebrochen war.

»Berthe …« Werthen nahm sie einen kurzen Moment fest in die Arme.

»Dafür haben wir jetzt keine Zeit!«, protestierte sie und befreite sich aus seiner Umarmung.

»Wie konntest du das mit Blauer wissen?«, erkundigte er sich.

»Das muss auch bis später warten!«, erwiderte Berthe ungeduldig. »Viel wichtiger ist die Antwort auf die Frage: Was hatte er geplant?«

Im Handumdrehen hatte Werthen den ohnmächtigen Blauer mit den ledernen Schnürsenkeln seiner eigenen Stiefel gefesselt. Dann überzeugte er sich, dass der Mann keine weiteren Waffen bei sich trug.

Und erst jetzt entdeckte er die beiden Drähte, die aus einem ledernen Beutel herausragten. Der eine führte zur unteren Seite der Drehbühne und war dort mit einem Drahtstift befestigt, der zweite klemmte an dem unbeweglichen Teil des Bühnenbodens. Die Enden der beiden Drähte waren durch ein drittes Stückchen Draht miteinander verbunden.

Werthen öffnete den Beutel und entdeckte zehn Stangen Dynamit, die professionell um eine Trockenbatterie gebunden waren. Die Batterie ihrerseits war mit Hilfe zweier Drähte mit einem bleistiftschmalen Sprengzünder verbunden. Von diesem Sprengzünder führten einige Drähte zu einer schmalen Box. Da sich Werthen in seiner Jugend ein wenig dem Studium der Elektrizität gewidmet hatte, erkannte er in dieser Box sofort ein Relais. An der anderen Seite des Relais waren die beiden von der Decke herunterhängenden Drähte befestigt, die Werthen zuerst entdeckt hatte.

Berthe hatte sich über ihn gebeugt und seufzte leise auf.

»Du musst hier raus!«, sagte er, als er langsam aufstand und sich zu ihr umdrehte. »Beeil dich und informiere die Leute da oben, dass hier gleich eine Bombe hochgeht.«

Das Vorspiel war beendet. Man hörte, wie oben nun der Gesang einsetzte. Plötzlich knirschte das Getriebe der Drehbühne. Sie würde sich gleich in Gang setzen. Berthe und Werthen konnten sich sehr genau ausmalen, was dann passierte. Blauer hatte die primitive Bombe genau so präpariert, dass sie durch die Bewegung der Drehbühne hochgehen würde. Das kleine Stückchen Draht, das die beiden oberen Enden der anderen Drähte miteinander verband, würde sich zunächst ein wenig dehnen und dann, sobald die Bühne sich weiter drehte, unweigerlich reißen. Es war die gleiche einfache Technik, mit der auch Alarmanlagen arbeiteten. Sobald der obere Stromkreis unterbrochen würde, würde das Relais anspringen und den anderen Stromkreis mit dem Sprengsatz schließen, es würde Strom einfließen und eine kleine Explosion auslösen. Die wiederum das Dynamit hochjagte. Es war ein eiskalter und erschreckend logischer Plan.

»Lauf los!«, drängte Werthen sie. »Sofort!«

»Dafür bleibt keine Zeit«, antwortete sie.

Sie hatte recht, es blieb nicht einmal mehr die Zeit, den Hebel oben auf der Bühne zu erreichen, um die Drehbühne zu stoppen. Und Blauer war noch immer ohnmächtig, von ihm war keine Hilfe zu erwarten.

Werthen wusste, dass er die oberen Drähte nicht einfach abreißen konnte, weil die Bombe dann sofort explodieren würde. Ebenso unmöglich war es, den Sprengsatz und die Batterie von dem Dynamit abzutrennen. Blauer hatte sie so fest zusammengebunden, dass sie unmöglich in der Kürze der Zeit gelöst werden konnten. Blieb ihm also nur die Möglichkeit, die Bombe direkt an der Ladung zu entschärfen. Dafür hatte er vielleicht noch ein paar Sekunden.

Werthen wusste, dass dies ein sehr kniffliges Manöver war. Er erinnerte sich noch gut aus seinen Jugendtagen daran, als er mit Stein, dem Gärtner, die Biberdämme in den Flussläufen auf ihrem Anwesen in die Luft gejagt hatte. Trennte man den falschen Draht zuerst ab, passierte dasselbe, als hätte man den oberen Stromkreislauf durchtrennt. Der Sprengsatz detonierte.

Von der Batterie führten zwei Drähte zum Dynamit. Welcher war der richtige? Die positive Anode musste er zuerst durchtrennen, nur dann wurde die Stromzufuhr unterbrochen. Aber es war hier unter der Bühne viel zu dunkel, um die entsprechenden Zeichen für den negativen oder positiven Pol zu erkennen.

Fieberhaft suchte Werthen den Boden nach Blauers Dolch ab, fand ihn und setzte ihn an den Drähten an. Seine Stirn war von Schweißperlen übersät, und von seinem Nacken rann ihm der Schweiß in den Hemdkragen. Welcher der beiden Drähte war der positive Pol?

Die Bühne bewegte sich langsam und spannte die oberen Drähte.

Welcher Draht zuerst?

Den linken. Es musste der blaue sein. Er schloss die Augen, um sich Gärtner Stein vorzustellen, der mit seinen schwieligen Händen an den Sprengzündern hantierte.

»Mach schnell!«, drängte Berthe, die mit einem schnellen Blick nach oben sah, wie sich allmählich die Verbindung zwischen dem Draht an der Drehbühne und dem an den Bühnenbrettern zu lösen begann.

Es war keine Zeit mehr zum Nachzudenken. Werthen formte den Draht zu einem kleinen Bogen, steckte den Dolch hinein und schnitt ihn beherzt durch.

Mein Gott, was hatte er getan? Er hatte den rechten Draht durchtrennt. Ein plötzlicher und instinktiver Sinneswandel. Nein, es war mehr als das. Ein Kinderreim war ihm in den Sinn gekommen: »*Links ist nichts, rechts ist am besten.*« Es war der Reim, den Stein ihm beigebracht hatte, um den positiven und den negativen Pol zu unterscheiden.

Ausatmen. Atme aus! Ganz langsam ließ er seinen angehaltenen Atem ausströmen und spürte Berthes tröstliche Hand auf seiner Schulter.

Gross sprach noch immer mit dem Saaldiener, als Werthen mit dem Lederbeutel voll Dynamit zum Eingang zurückkehrte.

Der Saaldiener war mittlerweile sehr beflissen, hatte er doch in der Zwischenzeit den Brief des Prinzen Montenuovo gelesen.

»Ist alles in Ordnung, mein Herr?«, fragte er devot, als Werthen und Berthe die Stufen hinunterkamen.

Werthen überreichte dem verunsicherten Mann den Beutel.

»Ja, ich denke, *jetzt* ist alles in Ordnung«, sagte er.

Der Saaldiener öffnete den Beutel und schnappte vernehmlich nach Luft.

»Sie sollten das lieber nicht fallen lassen«, sagte Werthen gelassen. »Dynamit ist ein verdammt tückisches Zeug.«

Gross ließ sich keinerlei Verwunderung anmerken, dass Werthen nicht nur mit hochgefährlichem Sprengstoff, sondern auch in Begleitung seiner Frau zurückgekehrt war.

»Sieht aus, als wären Sie beide gerade noch mal davongekommen.«

»Das sind wir wohl, wir alle«, stimmte Werthen ihm zu. »Aber lassen Sie die Musik ruhig weiterspielen.«

Als er Berthe jetzt in seine Arme schloss, machte sie keinen Versuch, sich zu befreien.

EPILOG

Einige Tage später saßen sie am Nachmittag um den Biedermeiertisch in der Wohnung von Werthen und Berthe. Zum Kaffee gab es einen Gugelhupf von beeindruckender Größe und einen köstlichen, zarten Apfelstrudel. Frau Blatschky hat sich wieder einmal selbst übertroffen, dachte Werthen. Gross unterhielt sie bestens mit seiner Schilderung vom Verhör Blauers, das am Morgen im Polizeihauptquartier stattgefunden hatte.

»Der Mann leidet ganz offenkundig unter Wahnvorstellungen. Er gibt Mahler an praktisch allem die Schuld, was in seinem Leben falsch gelaufen ist. Am Anfang steht für ihn der Tod seines älteren Bruders Hans. Aber wie es häufig bei Menschen mit gestörter Persönlichkeit vorkommt, besitzt er durchaus eine gewisse Genialität. Nachdem sein Spiel jetzt vorbei ist, zeigt er sich ausgesprochen kooperativ. Es bereitet ihm sichtliches Vergnügen, von seinen hochfliegenden Plänen zu erzählen.«

Gross unterbrach seinen Bericht kurz, um sich ein Stück Kuchen schmecken zu lassen.

»Zunächst einmal seine Tarnung als Blauer«, fuhr er dann fort, »als Autodidakt aus Ottakring, der es geschafft hatte, sich langsam bis zum Inspizienten der Hofoper heraufzuarbeiten, nachdem Mahler zum neuen Direktor berufen worden war. Dieser Blauer hat sich wirklich Zeit genommen, er wollte seine Rache genüsslich auskosten und hat deshalb verschiedene makabre Möglichkeiten ausprobiert, um Mahler zu töten, ohne dabei die Aufmerksamkeit auf sich zu lenken. Nach Ihrer ersten Begegnung in der Oper, Werthen, sah er in Ihnen einen Widersacher und fühlte sich gezwungen, etwas gegen Sie zu unternehmen. Als er dann Wind davon bekam, dass es in Ihrem Büro zu einem Personalwechsel gekommen war, zögerte er nicht, sich mit dem unglückseligen Tor anzufreunden. Wussten Sie, dass beide in Amerika waren?«

»Tor hatte mir erzählt, dass er dort einige Zeit gelebt hatte«, warf Berthe ein.

»Es scheint so, als wäre auch Blauer, oder besser gesagt Wilhelm Karl Rott, über den großen Teich gefahren, um sein Glück zu suchen. Blauer geriet jedoch sehr schnell in einen Sumpf von Spielschulden und landete mitten in den gewalttätigen amerikanischen Straßenbanden. Man hat ihn praktisch gezwungen, den Fußsoldaten für die *East Side Duck Boys* zu spielen, um seine Spielschulden abzuarbeiten. Dort, so scheint es, hat er all seine zweifelhaften Fertigkeiten erworben: den Umgang mit Gift, den Kampf mit dem Messer, und er hat dort auch gelernt, wie man eine Bombe baut. Er hat heute Morgen voller Freude mit seiner Gangsterkarriere geprahlt. Er hat sogar behauptet, er wollte seine Memoiren schreiben. Ich kann nicht sagen, wo in seinen Schilderungen die Grenzen von Dichtung und Wahrheit verlaufen, aber es war jedenfalls eine faszinierende Erzählung.«

»Hier kann man nur auf biblische Gerechtigkeit hoffen«, meldete sich nun Herr Meisner zu Wort. »Auge um Auge, Zahn um Zahn. Dieser Mann hat sein Recht darauf verwirkt weiterzuleben.«

Gross wollte sich jedoch nicht von einer Diskussion über eine angemessene Strafe ablenken lassen.

»Blauer arrangierte ein ›zufälliges‹ Zusammentreffen mit dem wohl sehr einsamen Tor in einem der von ihm frequentierten Gasthäuser. Tor sehnte sich nach Freundschaft, Kameradschaft, nach einem freundlichen Wort von einem anderen Menschen. Es fiel Blauer sehr leicht, dem anderen weiszumachen, er wäre ein wirklicher Freund. Ein Freund, der von der Opernverwaltung und speziell von Mahler verfolgt wurde. Er überzeugte den armen Tor, dass sich alle gegen ihn verschworen hätten, dass man sogar versuchte, ihn mit einer Reihe von Unfällen in Verbindung zu bringen, ja, sich offenbar bemühte, es so darzustellen, als wollte er, Siegfried Blauer, Mahler töten. Blauer ging damit ein erhebliches Risiko ein, denn er erzählte ihm sogar von dem ›Zufall‹, dass er den Geiger, Herrn Gunther, just an dem Tag besucht hätte, an dem dieser später Selbstmord beging. Und nun, beklagte er sich bei Tor, wollte man ihm auch diesen Tod in die Schuhe schieben. Tor hat das alles für bare Münze genommen und ihn kontinuierlich über die Ermittlungen auf dem Laufenden gehalten.«

»Wie konnte er nur so naiv sein?«, fragte Berthe. Dann erinnerte sie sich an ihr Bewerbungsgespräch mit Tor, an die selbstkritische Art und Weise, in der er von sich gesprochen hatte. Blauer musste diese Leere ausgefüllt haben, die Tor in sich fühlte.

Gross jedoch akzeptierte keinerlei Abschweifungen. Er fuhr mit seiner Geschichte einfach fort, als habe er Berthes Einwurf gar nicht gehört.

»Sobald Blauer einen Informanten auf der Seite der Ermittler hatte, konnte er sich daranmachen, den Lauf der Untersuchung zu beeinflussen. Besonders begeistert war er von seinem ›Berühmte Musiker‹-Schachzug, wie er ihn nannte. Wie sie schon vermutet hatten, Werthen, hat Tor in der Tat Ihre Liste der Verdächtigen eingesehen und Blauer davon berichtet. Dieser Halunke wusste daher genau, dass eine Untersuchung der Jugendjahre Mahlers unweigerlich zu Hans Rott führen würde und von dort zu dessen Bruder. Folglich hatte er versucht, uns mit Hilfe des anonymen Briefes auf eine falsche Fährte zu setzen, damit wir die angebliche Ermordung unserer großen Musiker untersuchten.«

»Dann hatte Tor mit all dem also gar nichts zu tun?«, wollte Herr Meisner wissen, dessen Oberlippe von Puderzucker bestäubt war.

»Er war nur ein ahnungsloser Komplize«, erwiderte Gross.

»Welch ein Glück, dass sich Herr Otto doch noch an den Backenbart erinnert hat«, meinte Berthe zu ihrem Ehemann.

»Allerdings«, bestätigte Werthen. »Das war keine Sekunde zu früh.«

In der Nacht davor hatte er gemeinsam mit Gross schnell die Unschuld Tors nachgewiesen, indem sie die handschriftlich abgefassten Dokumente Tors mit den Briefen des Mörders verglichen. Keines von Tors Schreiben zeigte die verräterischen Schmierspuren.

Auch diese Bemerkung wurde von Gross ignoriert. »Blauer benutzte übrigens auch die Reise Tors nach Altaussee«, fuhr er unerbittlich fort, »um seine eigenen teuflischen Unternehmungen zu tarnen. Als Tor zum ersten Mal die Villa besuchte, war Blauer selbst in der Nacht dorthin gefahren und hatte an den Bremsen des Rades, das der Komponist benutzen würde, herumgepfuscht. Später hat er Tor dazu überredet, das vergiftete Lokum unbemerkt in Mahlers Arbeitszimmer zu schmuggeln. Es wäre das Geschenk eines anonymen Bewunderers, hatte er dem gutgläubigen Mann erzählt. Und Tor hatte keinerlei Verbindung zwischen der plötzlichen Erkrankung Mahlers und den vergifteten Süßigkeiten hergestellt. Die Zeitungen haben darüber ebenfalls nichts berichtet.«

Der Kriminologe aß seinen letzten Bissen Kuchen, trank einen Schluck Kaffee und strahlte sie dann an.

»Blauer war wirklich unglaublich raffiniert, das muss ich zugeben. Er hatte Tor sogar angefleht, in Linz einen Zwischenstopp einzulegen, um dort einem erfundenen Freund eine angeblich unglaublich eilige Nachricht zu überbringen. Es war ein völlig sinnloses Unternehmen, aber dieser Zwischenstopp kostete Tor fast den ganzen Mittwoch und führte dazu, dass er erst am Donnerstag in Altaussee eintraf. Wenn das herauskam, so hatte Blauer spekuliert, würde man Tor verdächtigen, derjenige gewesen zu sein, der Werthen in seinem Büro niedergeschlagen hatte. Aber das Spiel war vorbei, nachdem Tor Blauer von der Unterhaltung zwischen dem Polizeikommissar und Ihnen, Werthen, berichtet hatte. Denn Tor las kurz darauf in der Zeitung einen Artikel über den gewaltsamen Tod von Fräulein Paulus, der jungen Frau, von der in besagter Besprechung die Rede gewesen war. Unklugerweise konfrontierte er Blauer damit, da sein Vertrauen und sein Glauben an ihn erschüttert worden waren. Natürlich folgerte Blauer sofort, dass er Tor zum Schweigen bringen musste. Zudem hatte der Mann seine Schuldigkeit längst getan. Es war ein Kinderspiel, ihm etwas mit Arsen präparierten Schnupftabak unterzuschieben – das einzige Laster Tors – und dann, nachdem er gelassen zugesehen hatte, wie dieser qualvoll starb, eine Schachtel mit vergiftetem Lokum am Tatort zurücklassen. Anschließend überließ er es uns, die ›richtigen‹ Schlüsse zu ziehen.«

»Wirklich ein unglücklicher Mann, dieser Herr Tor«, meinte Berthe mitfühlend.

»Und was ist mit den anderen losen Enden der Geschichte?«, fragte Herr Meisner. »Was ist zum Beispiel mit dem Alibi Blauers für den Tag, an dem das junge Fräulein Kaspar starb?«

Gross nickte. »Ja, die losen Enden. Seine Abwesenheit wurde durch die Unterlagen Leitners bestätigt. Tatsächlich war er jedoch dort, versteckt inmitten der Seile über der Bühne. Herr Gunther hat ihn jedoch von seinem Platz im Orchester aus gesehen und später versucht, ihn mit diesem Wissen zu erpressen. Mit tragischen Ausgang für Herrn Gunther, darf ich wohl hinzufügen. Der Geiger hätte lieber bei der Musik bleiben und die Verbrechen den Fachleuten überlassen sollen.«

»Und was ist mit dem Tod von Strauß und dem Unfall Zemlinskys, dieser ganzen Geschichte mit den Todesfällen der großen Musiker Wiens?«, wollte Herr Meisner wissen. »Diese beiden Vorfälle verliehen Blauers falscher Fährte doch erst die Glaubwürdigkeit.«

»Vielleicht werden wir nie etwas Genaueres über den Sturz Zemlinskys erfahren«, sagte Werthen. »Und ich zögere, den oft wiederholten Satz noch einmal auszusprechen, aber Unfälle kommen vor, vor allem auf der Bühne.«

Werthen unterbrach seine Rede gerade lang genug, um Gross die Möglichkeit zu geben, diese zu Ende zu führen. »Und was den Tod von Strauß und diese mysteriöse Einladung an die Hofburg angeht, die aus seiner schweren Erkältung eine Lungenentzündung machte … Na ja, ich habe ermitteln können, dass die zweite Frau von Strauß während dieser Zeit in Wien gewesen ist, um Freunde zu besuchen.«

»Ganz so wie Sie es vermutet hatten«, sagte Werthen und nickte. »Die zornige Ex-Frau als Schuldige?«

»Das darf doch nicht wahr sein«, rief Berthe aus. »Sie muss doch zur Rechenschaft gezogen werden.«

Sowohl Gross als auch Werthen wussten, dass es dazu nie kommen würde, denn jeder mögliche Beweis war längst von der Witwe vernichtet worden. Aber keiner von ihnen sagte ein Wort.

Dann herrschte einen Augenblick Schweigen, das Werthen schließlich brach. »Ich fühle mich irgendwie verantwortlich an Tors Tod. Und auch an dem des unschuldigen Bühnenarbeiters, der starb, weil Blauer ihn mit mir verwechselt hat.«

»Unsinn, Werthen«, sagte Gross. »Die Schuld liegt ganz allein bei Blauer oder vielmehr Herrn Habsburg, wie er von allen genannt zu werden verlangt. Nein, Werthen, Sie dürfen sich wirklich keinerlei Schuld geben. Wir haben unsere Pflicht Mahler gegenüber erfüllt.«

»Und die Pflicht gegenüber Fräulein Schindler«, erinnerte Herr Meisner sie. »Ich denke, die beiden werden ein prächtiges Paar abgeben.«

Herr Meisner erwies sich mit dieser Bemerkung als recht hellsichtig. Auch Werthen war davon überzeugt, dass diese junge Dame bekam, was auch immer sie sich in den Kopf gesetzt hatte.

In der Stille nach dieser letzten Bemerkung klopfte sich Gross plötzlich vernehmlich auf die Schenkel.

»Entschuldigen Sie, Werthen. In der ganzen Aufregung habe ich eine wichtige Nachricht, die ich heute Morgen für Sie am Telefon entgegennahm, vollständig vergessen. Es scheint, als wollten Ihre Eltern zu einem Besuch vorbeikommen.«

Werthen hätte nicht überraschter sein können, wenn Gross behauptet hätte, dass die Polkappen schmolzen. Er warf Berthe einen kurzen Seitenblick zu. Sie schien ebenso verwundert zu sein wie er.

Gross lächelte die beiden ein wenig verlegen an. »Ich dachte mir, es wäre ganz gut, wenn die zukünftigen Großeltern über den Zustand Ihrer Gemahlin informiert würden. Daher habe ich mir kürzlich erlaubt, ihnen einen Brief zu schreiben. Ich hoffe, Sie haben diesbezüglich keine Einwände.«

Berthe antwortete für sie beide. »Ganz und gar nicht, Doktor Gross. Ganz und gar nicht.«

DANKSAGUNG

Wieder einmal geht mein Dank an die üblichen Verdächtigen. An Alexandra Machinist, da sie eine im genau richtigen Maße fördernde, aber dennoch Tacheles redende Agentin ist, wie sie sich jeder Autor nur wünschen kann. An Peter Joseph, einen Lektor voller Scharfsinn und Witz und ein unerschütterlicher Mitverschworener in der Serie der *Wiener Mysterien*. An Hector DeJean, einen außerordentlichen Publicity-Manager, dessen persönlicher Enthusiasmus und unermüdliche Bemühungen hoch willkommen sind. An Margaret Smith, eine redaktionelle Assistentin, die immer den Überblick behält und immer eine Antwort parat hat. Mein Dank gilt auch der Art-Abteilung, den Korrektoren und allen in der Produktion für ihre kreative Mitarbeit an diesem Buch. Und an meine Frau Kelly und meinen Sohn Evan, die eine ganze Weile mit diesen Charakteren in unserer Mitte gelebt haben und die, wie gute Gastgeber, immer sehr höflich zu ihnen gewesen sind. Ein letzter Dank gilt Eurer Geduld und Eurer Liebe.